KNAUR

Von Carmen Lobato sind im Knaur TB bereits erschienen:
Im Land der gefiederten Schlange
Im Tal der träumenden Götter

Über die Autorin:
Carmen Lobato ist Romanistin und zeit ihres Lebens eine leidenschaftliche Reisende gewesen. Für *Die Stadt der schweigenden Berge* hat sie umfangreiche Recherchen vor Ort in Anatolien betrieben und sich eingehend mit dem *Gilgamesch-Epos* und der Kultur der Hethiter beschäftigt. Carmen Lobato ist als Dozentin tätig und lebt mit ihrer Familie in verschiedenen europäischen Städten.

CARMEN LOBATO

DIE STADT DER SCHWEIGENDEN BERGE

Roman

KNAUR

Besuchen Sie uns im Internet:
www.knaur.de

FSC
www.fsc.org
MIX
Papier aus verantwortungsvollen Quellen
FSC® C083411

Originalausgabe Februar 2015
Knaur Taschenbuch

Ein Unternehmen der Droemerschen Verlagsanstalt
Th. Knaur Nachf. GmbH & Co. KG, München
Ein Projekt der AVA International GmbH
Autoren- und Verlagsagentur
www.ava-international.de

Umschlaggestaltung: ZERO Werbeagentur, München
Umschlagabbildung: FinePic®, München
Satz: Adobe InDesign im Verlag
Druck und Bindung: CPI books GmbH, Leck
ISBN 978-3-426-51455-9

2 4 5 3 1

Für Detlef,
der ein Recht auf seinen Namen hat

»Wer sich der Vergangenheit nicht erinnert, ist verurteilt, sie zu wiederholen.«

GEORGE SANTAYANA,
»THE LIFE OF REASON«

»Drei Äpfel fielen vom Himmel: der erste für den, der erzählt, der zweite für den, der zugehört, der dritte für den, der verstanden hat. So schließen die meisten armenischen Märchen.«

OSSIP MANDELSTAM,
»DIE REISE NACH ARMENIEN«

ERSTER TEIL

»Wer ist denn der, der sich mit ihm an Königswürde
messen könnte
Und zu sagen vermag wie Gilgamesch:
Ich, ja, ich bin der König?«

»GILGAMESCH-EPOS«,
ERSTE TAFEL, VERSE 45–47

1

BERLIN
NOVEMBER 1930

»Verflucht, so komme ich nicht weiter!«

Als sie die Seite umblättern wollte, bemerkte Amarna, dass sie keine Ahnung hatte, was sie in den letzten fünfzehn Minuten gelesen hatte. Abrupt schlug sie die kostbare Faksimile-Ausgabe mit den Abschriften der Tontafeln zu. Der Knall war so scharf, dass der einsame Kommilitone, der fünf Lesetische weiter vorn saß, zusammenzuckte. Pikiert drehte er sich um und schob seine Brille auf dem Nasenrücken auf und ab.

Was er dachte, konnte Amarna hinter der bleichen Haut seiner Stirne lesen: Wer ist nur auf die Schnapsidee gekommen, Frauen in die Universität zu lassen?

Nun schön. Mit derlei Gedanken war das Milchgesicht weder sonderlich originell noch mehr wert als ein Achselzucken. Spätestens seit die Physikerin Lise Meitner vor vier Jahren zur Professorin ernannt worden war, waren Frauen aus der Berliner Universität nicht mehr wegzudenken. Amarna hatte andere Sorgen. Sie schrieb an ihrer Magisterarbeit und trat seit einer

geschlagenen Woche auf der Stelle. Seit sie in einem archäologischen Fachartikel, der aus der Zeit vor dem Krieg stammte, jenen Hinweis entdeckt hatte, war sie besessen davon.
Sie konnte an nichts anderes mehr denken. Es war, wie wenn sie Appetit auf die zarten, mit Zitronencreme gefüllten Pfannkuchen der Bäckerei Thomke hatte – das Gefühl, sonst nichts schlucken zu können und verhungern zu müssen, solange sie keinen solchen Pfannkuchen bekam. »Du bist wie dein Vater«, pflegte Merten, ihr Taufpate, mit eingekniffener Wange zu sagen. »Als er noch aktiver Archäologe war, hob er nie mehr als ein einziges Loch aus, an dem er grub und grub, bis er etwas fand oder in die eigene Grube stürzte. Es schlicht an einer anderen Stelle zu versuchen wäre ihm nie in den Sinn gekommen.«
Mit einem Seufzen stand Amarna auf. Merten hatte recht. Eher würde sie in ihre eigene Grube stürzen, als von diesem Loch zu lassen, also sah sie besser zu, dass sie etwas fand. Ihre Magisterarbeit drängte. Merten konnte sie nicht selbst dabei betreuen, und Professor Geest, der Kollege, der auf sein Drängen eingesprungen war, hatte für Frauen an seiner Fakultät so wenig übrig wie das pikierte Milchgesicht. Wenn Amarna die gesetzten Termine nicht einhielt, würde er ihr mit Vergnügen einen Strick daraus drehen.
Amarna studierte Altorientalistik und Archäologie. Andere Fächer waren für sie nie in Frage gekommen, denn diese waren ihre Welt, solange sie denken konnte. Sie war ein Archäologenkind, aufgewachsen zwischen Tonscherben und Folianten voller Landkarten des Vorderen Orients. Ihre Mitschülerinnen verschlangen Mädchenbücher wie die *Nesthäkchen*-Bände von Else Ury und die *Trotzkopf*-Reihe von Emmy von Rhoden, Amarna hingegen las unter der Bettdecke von den Abenteuern halbgöttlicher Helden aus Uruk und Babylon. Andere Kinder spielten mit ihren Eltern Domino und Mensch ärgere

dich nicht, während Amarna und ihr Vater ihre Sonntage über dem jahrtausendealten Brettspiel aus der sumerischen Stadt Ur verbrachten.
Dass sie Archäologin werden und in die Frühgeschichte des Vorderen Orients eintauchen wollte, hatte immer festgestanden. Nach dem Vorstudium hatte sie sich der Erforschung der Keilschrift zugewandt. Über fünftausend Jahre alt war dieses erste System von Schriftzeichen, das Menschen entwickelt hatten, um in der Welt eine Spur zu hinterlassen. Auch jetzt, nach vier Studienjahren, durchliefen Amarna Schauder, sooft sie die Hände auf jene Spuren legte, selbst wenn es nur Abschriften waren, mit denen sie in Berührung kam. Mit ihren Griffeln hatten die Schreiber versunkener Epochen ihr Stück Unsterblichkeit in Ton geritzt. Amarna konnte sich keine schönere Berufung vorstellen, als einen Funken dieser Unsterblichkeit zu bewahren.
Ihre Magisterarbeit schrieb sie über das *Gilgamesch-Epos,* eine Sammlung von Texten aus Babylon, die als eine der ältesten erhaltenen Dichtungen galt. Amarna liebte Gilgamesch. Sie war eine tüchtige Studentin, die darum kämpfte, in der von Männern beherrschten Sphäre ernst genommen zu werden, doch bei den Geschichten um den jungen König, der auszog, um sich selbst und das Geheimnis des Lebens zu finden, fühlte sie sich noch immer ein wenig wie ein Kind in einer Märchenwelt. Sie konnte sich nicht erinnern, dass jemand ihr je Kinderlieder vorgesungen hatte, aber sie hatte das Zauberlied jener uralten Geschichten gehabt. Dass Merten Professor Geest bewegt hatte, sie über Gilgamesch schreiben zu lassen, war ihr Glück.
Sie würde das Glück wieder genießen, sobald der Zitronenpfannkuchen aus dem Weg war. Vorsichtig legte sie das Buch mit den Faksimile-Drucken auf einen der Stapel, die ihren Ar-

beitsplatz umringten. Seit Wochen schienen diese Stapel beständig aufzuwachsen wie Berge um ein Tal, das immer schmaler wurde. Amarna hatte Berlin nie verlassen und solche Berge nie gesehen, aber der Gedanke daran machte für Sekunden ihre Kehle eng. Sie knipste die Lampe aus und verließ mit schnellen Schritten den Raum.

So spät am Abend war die Philosophische Fakultät der Berliner Universität leer gefegt, und auf den Gängen brannte kein Licht. Amarna hasste die Dunkelheit. Sie rannte die Flure entlang und hatte das beklemmende Gefühl, vor dem Echo ihrer eigenen Schritte zu fliehen. Glücklicherweise war es bis zu Mertens Büro nicht weit. Viel zu heftig klopfte sie an seine Tür.

»Herein?«

Amarna schob die Tür auf und sah Merten am Schreibtisch sitzen. Er war ausgesprochen lang und besaß den trainierten Körper eines leidenschaftlichen Bergsteigers, den er auf abenteuerliche Weise verbiegen konnte. Gewandt schwang er auf dem Stuhl herum und kniff beim Lächeln eine Wange ein. »Sieh an, die Studentin Amarna Brandstätter, drei Stunden nach Vorlesungsschluss. Das kann nur bedeuten, dass ich etwas gestatten soll, was ein normaler Mensch in meiner Position verbieten würde, habe ich recht?«

»Würde ich so nicht sehen.«

»Wirklich nicht?« Merten fuhr sich ins Haar und blieb hängen. Als Kind hatte Amarna ihm einmal einen mit Glitzersteinchen verzierten Kamm geschenkt, über den er sich völlig unangemessen gefreut hatte. Benutzt hatte er ihn allerdings nicht. Sein Haar, das schon damals schlohweiß gewesen war, stand ihm in wirren Wolken um den Kopf.

»Nun schön«, gab sie zu, »ich brauchte eine Genehmigung, um mir drüben im Museum, in den Katakomben, etwas anzusehen, aber warum sollte ein normaler Mensch mir die nicht

geben? Schließlich geht es um meine Arbeit, mit der ich irgendwie weiterkommen muss.«
»Um Gilgamesch?« Über der Nasenwurzel trafen sich Mertens Brauen.
»Um wen wohl sonst?«
»Und dein Vater wäre damit, dass ich diese Genehmigung ausstelle, einverstanden?«
»Warum nicht?«, gab Amarna zurück. »Er hat dich gebeten, mich bei meinen Studien zu unterstützen, wie er selbst es täte, wenn er noch aktiv wäre.«
»Wenn er noch aktiv wäre«, wiederholte Merten. »Ich darf also wieder einmal ausbaden, dass mein Freund Tilman sich aus jeglicher Aktivität zurückgezogen hat.«
Amarna schwieg. Ihr Vater war Altorientalist wie Merten, auch wenn beide ihre bedeutendsten Entdeckungen auf dem benachbarten Gebiet der Ägyptologie gemacht hatten. In der Orient-Gesellschaft gab es Stimmen, die behaupteten, er sei noch begabter gewesen als sein Freund, einer der Großen seines Fachs, dessen Rückzug einen herben Verlust darstellte. Auf die Frage, warum er in seinem Beruf nicht mehr tätig sei, hatte ihr Vater ihr nie eine Antwort gegeben. Amarna war die endlosen Fragen ohne Antworten leid. Sie brauchte Hilfe. Hier und jetzt. Merten gestand freimütig zu, dass sein Talent an das von Amarnas Vater nicht heranreichte. Doch auf ihn hatte sie sich immer verlassen können. »Also Nägel und Köpfe«, sagte er und langte nach einem Schreibblock. »Gegen den Besuch in den Katakomben ist nichts einzuwenden, aber mir ist nicht wohl dabei, dass du in der Dunkelheit allein zur Museumsinsel radelst. Ich sage Paul, er soll Feierabend machen und dich begleiten, in Ordnung?«
Hastig schüttelte sie den Kopf. Paul Vollmer war Mertens Assistent und für Amarna das, was für andere junge Frauen die

beste Freundin war. Außerdem teilte er ihre Leidenschaft für die Frühgeschichte des Vorderen Orients. Amarna war dennoch entschlossen, allein zu gehen, auch wenn sie die Gründe dafür nicht benennen konnte. »Das ist nicht nötig«, sagte sie. »Was soll mir auf den paar Metern denn passieren?«

Merten verengte die Augen. »Das Volk, das sich da draußen herumtreibt, gefällt mir nicht.«

»Was für Volk? Studenten, die auf ein Bier in eine Kneipe ziehen?«

»Du weißt so gut wie ich, dass ich von dem braunen Abschaum rede, dem man neuerdings nirgendwo in dieser Stadt mehr ausweichen kann.«

Amarna wusste, dass Merten die Nazi-Partei, die er braunen Abschaum nannte, mit allen Mitteln bekämpfte, weil der Rassenhass, den sie mit ihren Parolen anstachelte, ihm zutiefst zuwider war. Er hatte sogar ein Buch gegen den Hass zwischen Völkern geschrieben, obgleich Amarna sich bisher nicht hatte durchringen können, es zu lesen.

Von Politik versuchte sie sich fernzuhalten. Sie verstand nichts davon, und die verwirrenden Vorgänge, die zu Straßenkämpfen, Wirtschaftskrisen und Scharen von Arbeitslosen führten, machten ihr Angst. Sie war in der versunkenen Welt orientalischer Großreiche aufgewachsen wie in einer Stadt mit himmelhohen Mauern. »Der braune Abschaum ist wohl kaum an einem Blaustrumpf interessiert, der zum Arbeiten in ein Museum radelt«, sagte sie zu Merten.

»Täusch dich da nicht.« In seiner Stimme schwang ein bedrohlicher Unterton. »Diese Leute haben bei weitem mehr Feindbilder als Gehirnmasse. Juden, Kommunisten, Armenier und Leute, die sich dem dritten Geschlecht zurechnen, sind nicht die Einzigen, deren Blut sie spritzen sehen wollen.«

»Wieso Armenier?«

»Was weiß ich.« Merten vollführte eine wegwerfende Geste. »Frauen, die kurze Haare tragen und Männern die Studienplätze wegnehmen, sind ihnen jedenfalls ein Dorn im Auge.«
»Man kann auch Teufel an Wände malen«, versetzte Amarna patzig. »Was soll ich deiner Meinung nach also tun? Mein Studium an den Nagel hängen, weil es für mich zartes Pflänzchen zu gefährlich ist, mir im Museumsarchiv eine Tafel anzusehen?«
»Wenn du mich fragst, sollst du auf Paul warten«, erwiderte Merten ungerührt. »Aber du fragst mich ja nicht, und du hast sicher auch nicht vor, mir zu erzählen, was für eine ominöse Tafel du dir um jeden Preis um diese Uhrzeit ansehen musst.«
Amarna hätte ihm sagen können, nach welcher Tafel sie suchte, sie hatte eine völlig plausible Erklärung zu bieten. Warum sie stumm blieb, war ihr ein Rätsel. So albern es war, scheute sie sich, den Namen der Stadt auszusprechen, aus der die Tafel stammte.
Merten kritzelte ein paar Zeilen auf seinen Block, riss das Blatt ab und reichte es ihr. »Tu, was du nicht lassen kannst. Versuch nur gelegentlich daran zu denken, dass dein Vater es nicht überleben würde, wenn dir etwas passiert.«
»Mir passiert nichts.«
»Das ist die ewige Überzeugung der Jugend.«
»Du bist ein Schatz, Merten.« Sie blies ihm eine Kusshand zu und war im nächsten Moment aus der Tür.

2

Die Museumsinsel, ein Streifen Land in der Spree, auf dem sich ein Museum ans andere schmiegte, war für Amarna der schönste Ort in ganz Berlin. Das neueste Gebäude war gerade fertiggestellt worden, das Pergamonmuseum, ein Prunkbau, der würdig genug war, die Kunstschätze, die deutsche Archäologen aus dem Vorderen Orient nach Berlin geschafft hatten, zur Schau zu stellen.
Bereits in den letzten Jahren des Kaiserreichs hatte der Architekt Alfred Messel, der auch das Kaufhaus Wertheim in der Leipziger Straße entworfen hatte, mit der Planung des ehrgeizigen Baus begonnen. Es war jedoch eine Zeit, in der die Weltgeschichte sich zu überschlagen schien, und ihre Ereignisse hatten die Arbeiten immer wieder aufgehalten. Krieg und Regierungswechsel sorgten ebenso für Unterbrechungen wie die Wirtschaftskrise und der ständige Geldmangel. Nur drei der vier geplanten Flügel waren schließlich verwirklicht worden, aber das Museum bot dennoch Raum genug, um sowohl das Ischtar-Tor aus Babylon als auch den Altar von Pergamon in ihrer ganzen imposanten Größe zu beherbergen.
So monumental, wie sie einst in ihrer Heimat die Landschaft überragt hatten, türmten sie sich jetzt unter der Glaskuppel des Pergamonmuseums. Seine Eröffnungsfeier im Oktober war das Kulturereignis des Jahres gewesen, zu dem führende Köpfe aus Politik und Wirtschaft zusammengeströmt waren. Paul und Amarna, die in den Genuss von Mertens Einladungskarte gekommen waren, hatten sich auf den Stufen des Riesenaltars wie Ameisen gefühlt.
Würden Menschen jemals wieder so gigantisch, so einschüchternd bauen wie vor Jahrtausenden im Vorderen Orient? Paul

hatte Amarna in den Gloria-Palast am Ku'damm geschleppt, um ihr den Film *Metropolis* zu zeigen – Hochhäuser wie moderne Türme von Babel, die an den Toren des Himmels kratzten und das Gewölbe zum Einsturz bringen mochten. Amarna hatte das Kino verlassen, hatte Unwohlsein vorgetäuscht, um die Wahrheit vor Paul zu verbergen. Die Wolkenkratzer machten ihr Angst, sie riefen die Bilder der Alpträume wach, die sie in etlichen Nächten quälten.

Die Monumentalbauten der Vergangenheit flößten Amarna ebenfalls Furcht ein, aber zugleich war sie nach ihnen süchtig. Auf seltsame, beinahe gespenstische Weise fühlte sie sich zwischen ihnen zu Hause, während die vor Menschen wimmelnden, grell beleuchteten Straßen ihrer Heimatstadt ihr fremd blieben.

Der Novemberhimmel war wolkenverhangen, und weder Mond noch Sterne zeigten sich. Dennoch wurde es in Berlin nie dunkel, schon gar nicht im vor Leben sprudelnden Bezirk Dorotheenstadt, der das Herz der Metropole bildete. Die ersten Nachtschwärmer traten in lärmenden Trauben ihren Zug durch Lokale und Amüsierstätten an, während die letzten Arbeiter von ihrer Schicht in den Fabriken nach Hause trotteten. Amarna, die leidenschaftlich gern Rad fuhr, trat kräftig in die Pedale und überquerte die Brücke über die ölschwarz glänzende Spree. Noch in der Fahrt sprang sie vom Rad und lehnte es an die Mauer neben dem Eingangsportal des Museums.

Sie hatte das altersschwache Gefährt ihrem Postboten abgeschwatzt, da ihr Vater ihr in seiner ewigen Sorge keines hatte kaufen wollen. Das Postbotenrad war zu klapprig, um gestohlen zu werden, was ihr die Mühe mit einem Schloss ersparte.

Der Pförtner döste mit halbgeschlossenen Augen in seiner Loge. Von dem Zigarettenstummel, der ihm von den Lippen hing, flockte Asche. Amarna kannte ihn von früheren Besu-

chen und hätte ihn gern mit Namen angesprochen, doch ihr Namensgedächtnis war die reinste Katastrophe. So grüßte sie ihn lediglich knapp, hielt das Papier, das Merten ihr gegeben hatte, vor das Sichtfenster und wollte die Stufen hinaufhasten. In dem Moment aber schreckte der Mann aus seinem Dämmerzustand. »He, Männekin, habense mal jekiekt, wie spät es ist? Kommense morgen wieder. Das alte Gelump wird Ihnen schon nich' wegflitzen.«
Amarna drehte sich um.
»Ach du liebe Zeit«, sprudelte der Pförtner heraus. »Det is ja 'n Mädchen.«
»Und eines mit Sondergenehmigung«, versetzte Amarna und zeigte ihm noch einmal ihr Papier.
Schwerfällig stemmte der Mann sich vom Schemel und trat aus dem verglasten Kasten. Er zupfte Amarna das Papier aus der Hand, stellte sich unter die Laterne am Logendach und begann mit übertriebener Beflissenheit die paar Zeilen zu lesen. »Runter in die Unterwelt wollense«, brummte er endlich. »Und dit kurz vor zehne. Na wat soll's, muss ja schließlich ooch Verrückte geben. Aber das Haupttor mach' ick dafür nich' noch mal auf.« Er bedeutete Amarna, ihm zu folgen, und schlurfte schlüsselklappernd um den Gebäudeflügel herum. Der Hof war menschenleer, und die Gaslaternen von der Straße spendeten kaum Licht. Umständlich entsperrte er eine niedrige Tür. »Bitte sehr. Da hamse unsere Katakomben janz für sich alleene. Aber nachher wieder abschließen, verstanden? Nich' dat uns einer über Nacht den alten Krempel klaut.« Er löste den Schlüssel vom Bund und drückte ihn Amarna in die Hand. Dann drehte er sich um und schlurfte den Weg zurück. Amarna atmete tief durch, setzte einen Schritt in das stockfinstere Gebäude und tastete an der Wand nach dem Kippschalter. Ihre Angst vor der Dunkelheit war ihr genauso

zuwider wie ihre übrigen sinnlosen Ängste. Sie passten nicht zu dem Bild, das sie von sich hatte, zu der forschen Studentin, die sich in einer Männerwelt nicht die Butter vom Brot nehmen ließ.

Den Kippschalter fand sie nicht, wohl aber das Geländer über den Stufen, die hinunter in die Kellerräume führten. Dort unten waren jene Gegenstände archiviert, die im Museum nicht gezeigt wurden, weil es an Platz fehlte, weil sie der Restauration bedurften oder weil ihre Erforschung nicht abgeschlossen war. Von vielen kannte man nicht mehr als den Fundort, und ob es je gelingen würde, ihnen ihre Geheimnisse abzutrotzen, stand in den Sternen.

Der Name Katakomben, den die Berliner dem Kellergewölbe verpasst hatten, traf wie die Faust aufs Auge. Gänge und Säle mit niedrigen Decken, unter denen Heizungsrohre verliefen, bildeten ein Labyrinth, in dem ein Besucher sich im Handumdrehen verirren konnte. Für Archäologen war dieser Irrgarten jedoch eine Schatztruhe, ein Hort, in dem unschätzbare Fundstücke, die aus den entlegenen Grabungsorten nach Berlin gelangt waren, aufbewahrt wurden. Sich vor diesem Ort zu fürchten war lachhaft! War sie nicht hier wie nirgendwo sonst in ihrem Element?

Amarna ignorierte das Hämmern ihres Herzens und zwang sich, die Stufen hinabzusteigen. Auf der letzten stolperte sie, fing sich an der Wand ab und ertastete den ersehnten Schalter. Trübes Licht verbreitete sich im Raum. Konturen von Schubschränken und Regalen schälten sich aus verblassendem Dunkel. Dazwischen ragten Fragmente von Reliefs, Säulen und Skulpturen auf. Ein mannshoher Falke aus schwarzglänzendem Marmor hob die Stümpfe zerbrochener Flügel. Jahrtausendealte Augen aus grellrotem Karneol starrten Amarna entgegen.

Seit der Eröffnungsfeier vor sechs Wochen war sie mehrmals hier gewesen, aber noch nie nach Toresschluss, wenn Wärter und Schaulustige das Museum sich selbst überließen. Der Gedanke, mit dem Objekt ihrer Begierde allein zu sein, jagte ihr einen Schauder über den Rücken. Die Tafel barg eine Bedrohung, war ein Schlüssel in eine Kammer, von der sie nicht wusste, ob sie sie betreten wollte. Dennoch musste sie sich ihr stellen. Wie in ihren Alpträumen hatte sie keine Wahl.

Wenn sie Pech hatte, war der Gegenstand nicht einmal katalogisiert, obwohl er vor dem Weltkrieg gefunden worden war. Durch Krieg und Revolution war das Gefüge durcheinandergeraten. Die Museumsinsel, die ein Lieblingskind des Kaisers gewesen war, hatte neu organisiert werden müssen. Dabei waren die berühmtesten Stücke, allen voran die ägyptische Sammlung, als Erstes erfasst und geordnet worden, während die Zeugnisse weniger bekannter Kulturen sich in Geduld fassen mussten.

Die Kultur, nach der Amarna suchte, schien vollständig auf der Strecke geblieben. War es nicht unglaublich, dass ihr dieses Volk in all den Jahren, die sie sich mit der Geschichte des Vorderen Orients beschäftigte, nie über den Weg gelaufen war? Warum sprach ihr Vater nicht darüber, warum hatte Merten sie nie auch nur mit einem Wort erwähnt? Es kam ihr vor, als wäre das Weltreich, das es an Macht und Größe mit dem ägyptischen aufnehmen konnte, sang- und klanglos in der Vergessenheit versunken, aus der es gerade erst für eine Handvoll Sekunden aufgetaucht war.

Die Archäologin in Amarna erwachte, und Neugier errang den Sieg über die Furcht. Sie hastete durch den schlecht ausgeleuchteten Saal, schob sich an Regalen vorbei, die ihr die Sicht versperrten, und gelangte an eine Tür, die nach links in einen Nebenraum führte. Hier waren an deckenhohen Schienen die

Katalogbögen der einzelnen Objekte eingehängt. Wenn die gesuchte Tafel erfasst war, musste sie in diesem Verzeichnis aufzufinden sein. In dem Augenblick, in dem Amarna das Licht einschaltete, spürte sie hinter sich eine Bewegung. Sie erschrak bis ins Mark.

Das Huschen war so leise, dass es auch von einer Maus hätte stammen können. Aber es stammte von keiner Maus. Amarna fuhr herum, und der Schrei blieb ihr in der Kehle stecken. Auf der anderen Seite des Saales machte sie eine Gestalt aus, die hinter einem Metallschrank verschwand. Stockstarr blieb sie stehen und vernahm nichts als ihren rasenden Herzschlag. Auch der Mensch, der ihr gegenüber im Zwielicht lauerte, musste in Reglosigkeit erstarrt sein. Von seinem Körper war nichts mehr zu sehen, doch sein langer, schmaler Schatten fiel in den Gang zwischen den Regalen.

Amarna saß in der Falle, wie es ihr so oft in ihren Alpträumen geschah. Sie wollte sich zur Kugel zusammenrollen und wusste doch, sie konnte dem Grauen nicht entgehen. Nur würde sie diesmal nicht schweißnass und keuchend vor Erleichterung aufwachen, sondern gefangen bleiben. Sie konnte den Mann nicht sehen, war aber sicher, dass er sie sah. Ob sie nach vorn oder hinten zu fliehen versuchte, er würde in jedem Fall schneller sein.

Zwei Gänge weiter überragte eine assyrische Götterskulptur mit Kinnbart und drohend geweiteten Augen alle übrigen Objekte. In ihrem von Angst gepeinigten Hirn nahm der Fremde dieselbe Gestalt an – überlebensgroß und von einer Kraft, die nicht menschlich war. Sie musste etwas tun. Ihr Herz hämmerte wie ein kleines lebendiges Tier in ihrer Brust und würde andernfalls zerspringen.

»Was machen Sie hier?«, hörte sie sich rufen. Ihre Stimme klang vor Angst verzerrt, doch die Worte waren immerhin

verständlich. Auf den Regalbrettern erzitterten die Scherben von Tongefäßen. »Ich bin nicht allein«, rief Amarna. »Meine Kollegen kommen gleich nach. Wenn Sie nicht auf der Stelle verschwinden, holen wir die Polizei.«
Amarna hielt den Atem an und wartete. Einen Herzschlag lang geschah nichts, dann bewegte sich der Schatten, und die Gestalt löste sich von dem Schrank, hinter dem sie versteckt gewesen war. Der Mann hob die Hände. »Ich habe nur etwas gesucht. Von mir droht Ihnen keine Gefahr.«
Lautlos durchquerte er den Gang in Richtung Treppe. Dabei hielt er die Hände erhoben, wie um seine Wehrlosigkeit zu unterstreichen, und sah Amarna unverwandt an. Von der Schwere des Götterbildes hatte er nichts an sich, eher von der sehnigen Schlankheit einer Jünglingsdarstellung aus dem klassischen Griechenland. Fremdartige Schönheit, die weh tat, weil sie in all ihrer Stärke zerbrechlich war.
Ihre Feststellung ließ sie stutzen. Es gab durchaus Männer, die sie attraktiv fand, aber dass er schön war, hatte sie nie zuvor von einem Mann gedacht. Schön waren Bauwerke, Texte und Kunstgegenstände vergangener Epochen, Tutanchamuns Totenmaske und der bronzene Jüngling von Antikythera, aber kein Mann aus Fleisch und Blut.
Der Fremde trug keinen Mantel, nur einen dunklen Anzug, der den klaren Linien des Körpers, den geraden Schultern und den langen Beinen stand. Von seinen Zügen konnte Amarna sich nicht lösen. Schräggestellte Brauen und Lider über weit geöffneten Augen, hohe, geschwungene Jochbeine, der Mund groß, die Lippen wie mit der Feder gezeichnet. Sein Haar war sehr schwarz, sein Deutsch von einem leicht singenden Akzent gebrochen, aber fehlerfrei.
»Warten Sie!«
Vor der Tür zur Treppe blieb er stehen.

»Was haben Sie hier gesucht?«
Er ließ die Hände sinken, fuhr aber fort, Amarna geradewegs ins Gesicht zu sehen. Solche Direktheit hatte etwas Unverschämtes, und dennoch wich sie nicht aus. Sein Blick aus weiten Augen flackerte, berührte sie und brannte sich ein. »Etwas, das mir gehört«, sagte er.
»Sie reden Unfug. Die Gegenstände, die hier aufbewahrt werden, gehören den Berliner Museen. Wenn Sie etwas gestohlen haben, muss ich Sie der Polizei melden.«
»Natürlich!« Wie zum Lachen warf er den schönen Kopf auf. Aber er lachte nicht. »Meinesgleichen ist Diebsgesindel, ohne Ansehen der Person, nicht wahr?«
»Was glauben Sie denn?«, herrschte Amarna ihn an. »Sie dringen unbefugt bei Nacht in ein öffentliches Gebäude ein und wollen behandelt werden wie ein Ehrenmann?«
»Aber nicht doch«, erwiderte er seidenweich und bedrohlich zugleich. »Ich weiß nicht einmal, was ein Ehrenmann ist. Trotzdem ist mir mein Hals lieb. Wenn ich mich strafbar mache, dann nicht ohne Grund.«
»Und wer sagt Ihnen, dass Ihr Grund gut genug für mich ist?« Amarna verstand sich nicht. Weshalb debattierte sie mit diesem Eindringling herum, statt ihm ins Gesicht zu werfen, er solle sich zum Teufel scheren?
»Mein Grund ist gut genug«, erwiderte er. »Und wie steht es um Ihren?«
»Ich habe eine Genehmigung«, versetzte Amarna und hielt Mertens Schreiben in die Höhe.
Der Fremde zupfte sich am Ohrläppchen. Etwas an der Geste erschien Amarna vertraut. »Ich verstehe. Wer in Deutschland ein Papier vorzeigen kann, braucht keine Gründe mehr.«
»Ich suche eine Tontafel!«, fauchte sie und verstand sich noch weniger. Vor Merten blieb sie stumm wie ein Fisch, vor Paul

hatte sie die Tafel mit keinem Wort erwähnt, und vor einem dubiosen Fremden verspürte sie den Drang, sich zu erklären?

»Sie enthält eine Version des *Gilgamesch-Epos*«, fuhr sie fort. »Keilschrift in einer Sprache, die erst vor fünfzehn Jahren entschlüsselt worden ist. Ein paar Jahre zuvor wurde diese Tafel gefunden. Sie stammt aus einer nahezu unbekannten Riesenstadt in Zentralanatolien ...«

»Hattuša«, sagte der Fremde mit seiner Stimme, die etwas Einlullendes, Gefährliches hatte und die Amarna schön fand. Sie hätte sich im Klang dieser Stimme zusammenrollen wollen wie in einer Kuhle im sonnenwarmen Sand.

»Woher wissen Sie das?«

»Wir suchen dasselbe«, sagte er und sandte ihr einen weiteren Blick unter halbgesenkten Lidern, an dem sie sich festhalten wollte, aus welchen Gründen auch immer. In der Dunkelheit wirkten seine Augen beinahe schwarz.

»Weshalb interessiert Sie die Tafel?«

Er zuckte eine Schulter. »Sie finden sie im nächsten Saal. Hinter dem steinernen Flügel der Sphinx steht ein Schubschrank, und im dritten Schub von unten liegt die Tafel. Gehen Sie sorgsam damit um. Ich weiß, es klingt ziemlich pathetisch, aber sie ist mit Blut bezahlt.«

»Bleiben Sie stehen!«, rief Amarna, als sie sah, wie er einen Fuß auf die Treppe setzte, so dass die Hälfte seines geschmeidigen Körpers hinter der Wand verschwand. Hatte sie nicht alles getan, um ihn zu vertreiben? Warum versuchte sie jetzt, ihn aufzuhalten? Sie hätte laufen und ihn am Jackett packen wollen, so dringlich wünschte sie sich, dass er blieb. Ein verrückter Drang erfasste sie. Sie wünschte sich, diesem Fremden zu erzählen, was sie denen, die zu ihr gehörten, verschwieg, ihre Alpträume, ihre Ängste, sie war auf einmal sicher, das alles habe mit der Stadt namens Hattuša zu tun.

»Kommen Sie zurück!«, rief sie. »Erzählen Sie mir, was Sie von Hattuša wissen!«
»Dasselbe wie Sie«, sagte er und tauchte im Treppenhaus unter. »Gute Nacht.«

3

Amarna ist wo?«
»Sie sind nicht taub, Paul«, erwiderte Merten Schobert, ohne von seinem Skript aufzublicken. »Sie haben perfekt verstanden, was ich gesagt habe: Amarna ist ins Pergamonmuseum gefahren, um einen Verweis zu prüfen.«
Paul ballte die Fäuste, um dem Zittern, das seinen Körper befallen hatte, Einhalt zu gebieten. Merten Schobert war sein Doktorvater, sein Vorgesetzter und sein Idol. Auf keinen Fall wollte er ausgerechnet vor diesem Mann die Kontrolle über seinen Jähzorn verlieren. »In Ordnung«, entgegnete er so beherrscht wie möglich. »Ich verstehe nur nicht, weshalb Sie ihr nicht gesagt haben, sie solle auf mich warten.«
»Ich habe es ihr gesagt«, erwiderte Schobert. »Und was hätte ich Ihrer Ansicht nach tun sollen, als sie sich weigerte? Sie in Ketten legen?«
Von neuem durchlief Pauls Körper das Zittern, gegen das er sich machtlos fühlte. Warum war er mit diesem Übel geschlagen? Er war Doktorand der Altorientalistik und vorderasiatischen Archäologie, zivilisierter Westeuropäer des 20. Jahrhunderts, Pazifist und Gegner der Todesstrafe. Sooft ihn jedoch dieser Jähzorn überfiel, fühlte er sich seinen Vorfahren, die Konflikte mit Fäusten und Äxten gelöst hatten, beängstigend nahe. Er hasste den Dämon in sich, das Erbe seines verhassten

Vaters, die Furcht, nicht einschätzen zu können, zu welchem Wahnsinn er fähig war. Davon abgesehen war Merten Schobert der letzte Mann, der solchen Zorn von ihm verdiente.

Der Professor machte keinen Hehl daraus, dass er ihn anderen Studenten vorzog, obwohl Paul keiner Familie von Akademikern entstammte und sich sein Studium mühsam verdienen musste. Nach dem Magister hatte Schobert ihn als Assistenten eingestellt und es ihm dadurch ermöglicht, sich zur Promotion zu melden. Paul hatte sich auf assyrischen Städtebau spezialisiert, und auf diesem Gebiet war Schobert eine anerkannte Größe, obwohl er als Archäologe lediglich in Ägypten unterwegs gewesen war. Mit seiner Förderung verschaffte er Paul Einblick in Forschungsergebnisse, die ihm andernfalls versperrt geblieben wären.

Trotz alledem stand Paul jetzt in Schoberts Büro und zitterte vor Zorn. Der Grund dafür hatte mit Archäologie nichts zu tun. Es ging nicht um wissenschaftliche Erkenntnisse, sondern um das älteste Gefühl der Menschheit. Paul Vollmer liebte Amarna Brandstätter.

Unter seinen Kameraden galt er als schwerblütig und nüchtern. Während er über die Schönheit der Nofretete-Büste ins Schwärmen geriet, ließen lebende Schönheiten ihn unberührt. Mit Amarna aber stand die Sache anders. Amarna war seine Gefährtin, die Hälfte seiner Seele, die er verloren und wiedergefunden hatte. Er wollte keinen Flirt, sondern ein Leben mit ihr, eine Zukunft, in der er seine trübselige Kindheit vergessen konnte. Merten Schobert war klarsichtig genug, um das zu spüren, und Paul wurde die Furcht nicht los, dass Merten ihn zwar als Archäologen schätzte, dass er ihm als Bewerber um seine Patentochter jedoch nicht gut genug war.

Amarna war Tilman Brandstätters Tochter. In Fachkreisen hieß es, Schobert habe nie verwunden, dass sein gefeierter Freund sich aus der Orient-Gesellschaft zurückgezogen hatte.

Zum Ausgleich stellte er sich als selbsternannter Hüter vor dessen Tochter wie die Sphinx vor die Chephren-Pyramide. Was versprach er sich davon? Hoffte er, irgendein morgenländischer Märchenprinz werde in den Hof der Universität einreiten und Amarna zur Braut begehren? Nun, dann würde er begreifen müssen, dass Amarna eine moderne Frau von 1930 war, die sich ihren Ehemann selbst wählen würde, wie sie ihr Studienfach gewählt hatte.

»Ich fahre Amarna nach«, sagte Paul. »Sie können mich nicht daran hindern.«

Schobert machte sich eine Notiz auf seinem Skript. »Und wie kommen Sie darauf, dass ich Sie hindern möchte?«

»Nun …« Mehr als die kümmerliche Silbe fiel ihm nicht ein.

»Sie irren sich«, erklärte Schobert. »Mir wäre es ganz recht, wenn Sie sich ansehen würden, was sie da eigentlich treibt. Um es geradeheraus zu sagen: Ich mache mir Sorgen um sie.«

»Weil sie drüben auf der Insel einen Verweis prüft?«, fragte Paul. »Das Pergamonmuseum ist wohl kaum ein Sündentempel, in dem ihr unaussprechliche Gefahren drohen.«

Endlich blickte Schobert von seinen Notizen auf. »Meine Sorge ist fachlicher Natur«, erwiderte er. »Ich habe die Befürchtung, sie könnte das Wesentliche aus dem Fokus verlieren. Meiner Ansicht nach geht sie nicht systematisch genug vor, sondern lässt sich von spontanen Einfällen leiten. Was will sie zum Beispiel jetzt im Museum? Wenn sie Originale der Gilgamesch-Tafeln einsehen möchte, müsste sie ja wohl nach London fahren, denn bei uns wird sie dazu schwerlich etwas finden.«

»Amarna ist jung«, sagte Paul, der siebenundzwanzig und damit vier Jahre älter war. »Sie braucht mit ihrer Arbeit doch nicht morgen fertig zu werden, sondern kann sich Zeit nehmen und ein bisschen herumstöbern, ehe sie sich entscheidet, was sie will.«

»Professor Geest ist anderer Meinung«, erwiderte Schobert. »Vergessen Sie nicht, dass Amarna eine Frau ist.«

Paul hatte Mühe, nicht aufzulachen. »Sie können mir glauben, das vergesse ich nicht.«

»Die Freiheiten, die wir Männer uns als Studenten nehmen durften, bleiben den Frauen versagt«, fuhr Schobert fort, als hätte Paul nichts gesagt. »Wenn Amarna keine Ergebnisse vorweist, wird ihr der Ast in Windeseile abgesägt.«

»Ich verstehe«, murmelte Paul. »Wenn ich ihr bei ihrer Arbeit helfen kann, tue ich das natürlich gern. Gilgamesch ist ja keine allzu komplizierte Materie.«

»Zumindest solange man keine daraus macht«, brummte Schobert. »Ich stelle Ihnen für das Museum eine Genehmigung aus, auch wenn Pförtner Gruber mich demnächst in seiner Pfeife rauchen wird.« In seiner großen, lässigen Schrift warf er ein paar Zeilen aufs Papier. »Halten Sie Ihr Herz im Zaum«, sagte er, als er Paul den Bogen übergab.

»Ich glaube, ich verstehe Sie nicht.«

»Und ich glaube, das tun Sie sehr wohl«, erwiderte Schobert. »Sie sind der begabteste Student, der mir in zwanzig Jahren untergekommen ist, und Sie haben das Zeug, ein ausgezeichneter Archäologe zu werden.«

»Vielen Dank.« Das Kompliment rutschte die Kehle hinunter wie Öl, aber der Stachel blieb. »Darf ich fragen, was das mit meinem Herzen zu tun hat?«

»Die Frage können Sie sich selbst beantworten«, sagte Schobert. »Amarna ist eine gutaussehende Frau, und niemand verübelt Ihnen, dass Sie ein Auge auf sie werfen. Ich rate Ihnen lediglich, auf dem anderen nicht zu erblinden.«

4

Auf dem Weg zum Museum wurde Paul Zeuge eines Zwischenfalls, wie er sich neuerdings in Berlins Straßen immer häufiger zutrug. Eine Horde angetrunkener Männer in braunen Hemden torkelte grölend aus einem Lokal am Spreeufer. Mitten auf der Straße blieben sie stehen und ließen ihre Blicke schweifen, sichtlich darauf aus, Krawall zu stiften. Die drei Männer, die ihnen von der Museumsinsel her entgegenkamen, gaben die perfekten Opfer ab. Sie hatten schwarzes Haar und waren bereits durch ihre Kleidung als fremd zu erkennen. Zwei von ihnen trugen Kaftane mit kurzen Jacken, einer dazu eine hohe, auffällige Pelzmütze. Lediglich der Jüngste war in einen schäbigen Straßenanzug gekleidet. Ostjuden, war Pauls erster Gedanke, den er jedoch wieder verwarf. Die Aufmachung der Männer rief eine vage Erinnerung wach, die er nicht zuordnen konnte.

Im Nu hatten die Braunhemden sich über die Breite der Straße verteilt und verstellten den Fremden den Weg. Die waren in der Unterzahl und unbewaffnet, während in den Händen der Angreifer Metall blitzte. Schlagringe. Ketten. Die Klinge eines Messers, das mit einem Schnapplaut aufsprang. »Verreck doch, Judenpack«, grölte einer. Wie auf einen Befehl stürmten die Übrigen auf die Fremden los.

Das Licht der Straßenlaterne fiel dem Jüngsten direkt ins Gesicht. Paul sah dunkle, vor Angst geweitete Augen und Züge, die sich ihm innerhalb eines Herzschlags ins Gedächtnis brannten. Rührte die bestürzende Schönheit dieses Gesichts in den Schlägern nichts an, lähmte sie ihnen nicht die Fäuste?

Der Mann mit der Pelzmütze schrie etwas in einer Sprache, die er noch nie gehört hatte. Flüchtig glaubte Paul, es sei Griechisch, doch dann hätte er zumindest Brocken verstehen müssen. Die drei wirbelten herum und versuchten in eine schlecht ausgeleuchtete Seitenstraße zu entfliehen. Johlend nahmen die Angreifer ihre Verfolgung auf.

Paul schüttelte sich, um sich aus seiner Benommenheit zu reißen. So schnell er konnte, trat er in die Pedale und fuhr den Männern hinterher, auch wenn ihm klar war, dass er nichts würde ausrichten können. Von allen Seiten wurde geraten, sich mit den Anhängern der Nazi-Partei auf keinen Streit einzulassen. Die meisten von ihnen gehörten zu den drei Millionen Arbeitslosen, die die Wirtschaftskrise hervorgebracht hatte. Ihre Zukunft war düster, Hoffnung hatte ihnen niemand zu bieten, und was ihnen blieb, war die Suche nach dem Sündenbock. Paul hatte einen Studienkameraden, den rechte Randalierer krankenhausreif geschlagen hatten, weil er versucht hatte, im Scheunenviertel einem jüdischen Buchhändler zur Seite zu stehen.

»Das nächste Mal würde ich die Beine in die Hand nehmen«, hatte er gesagt, und derselbe Wunsch erfasste Paul.

Aber durfte man das? Hilflose Menschen ihrem Schicksal überlassen, weil man Angst hatte, selbst Prügel zu beziehen? Nichts tun und den Blick zur Seite wenden, statt zu versuchen, ein Leben zu retten? Der junge Mann mit dem schönen Gesicht konnte nicht älter sein als er selbst. In der Fahrt blickte Paul sich nach jemandem um, den er zu Hilfe hätte rufen können, doch in den Schatten der Hauseingänge regte sich kein Leben.

Sein Denken setzte aus. »Heda!«, brüllte er, so laut er konnte. Der Anführer der Nazis, der eben die Hand ausstreckte, um den Mann mit der Pelzmütze am Kragen zu packen, blieb stehen und schwang herum. Seine Kumpane taten es ihm nach. Der Augenblick der Verwirrung genügte ihren Opfern. Sie

rannten aus Leibeskräften weiter und schlugen einen Vorsprung heraus, der sie in Sicherheit brachte. Vorn an der Hauptstraße herrschte zu viel Betrieb, dort würden die Nazis keinen Angriff wagen. Vor der Biegung wandte der junge Mann den Kopf, und Paul sah noch einmal sein erschütternd schönes Gesicht. Für den Bruchteil einer Sekunde traf ihn sein Blick aus dunklen, weiten Augen. Dann warf Paul sein Rad herum und fuhr los, als hätte er Hermann Buse, den Sieger der Deutschlandrundfahrt, in den Schatten stellen wollen.
Erst auf der Brücke, wo ihm Trauben von Menschen entgegenkamen, wagte er es, die Fahrt zu verlangsamen und Atem zu schöpfen. Herz und Puls rasten. Gehörten solche Überfälle jetzt zur Tagesordnung? Bei den Wahlen im September waren die Nazis zur zweitstärksten Partei geworden, und seither betrugen sie sich, als gehörte ihnen die Stadt. Hemmschwellen, die zivilisierte Menschen vor Gewalt zurückschrecken ließen, schienen ihnen fremd. Paul mühte sich, die Gedanken abzuschütteln. Erleichtert entdeckte er Amarnas unverkennbares Klappergestell, das am Portal des Museums lehnte.
Willi Gruber, der Pförtner, überließ ihm grummelnd einen Schlüssel, und wenig später stieg er hinunter in die Katakomben. Aus dem zweiten Saal drangen gedämpfte Geräusche. Paul rannte den Gang entlang und sah Amarnas rötlich schimmerndes Haar, halb von einem steinernen Flügel verborgen. Sie kniete vor einem der Schubschränke, die der Aufbewahrung von Tontafeln dienten. Kaum hörte sie seine Schritte, schreckte sie zusammen und schrie gellend auf. Als sie herumfuhr, sah Paul in furchtgeweitete Augen, die ihn an die des schwarzhaarigen Fremden denken ließen. Amarna starrte ihn an, als würde sie ihn nicht erkennen.
Paul ging zu ihr und kniete sich neben sie. »Amarna«, sprach er sie an. »Ich bin es. Paul.«

Sehr langsam, wie man eine Maske vom Gesicht zieht, wich der Schrecken. Amarnas Lächeln wirkte bemüht, doch ein wenig tat es das immer. Paul fand ihr Lächeln bezaubernd, aber es war nie ganz frei. Ein Lächeln auf dem Sprung, bereit zur Flucht.

»Was ist denn passiert?«, fragte er und lächelte zurück. »Aussehen tust du, als wäre dir der Geist von Ramses II. begegnet.«

»Passiert ist gar nichts«, murmelte sie, noch immer weit weg. »Und wie kommst du auf Ramses II.?«

Noch immer lächelnd, zuckte Paul mit den Schultern. »Es war der erste Pharaonengeist, der mir einfiel. Lässt du mich sehen, was du dir da herausgezogen hast?« Er beugte sich über den Schub und sah unter dem schützenden Glas die Scherben einer Tontafel. »Ist es das, was du überprüfen wolltest?«

Amarna nickte. »Merten hat mit dir gesprochen, ja?«

Unwillkürlich streckte er die Hand aus, um ihr Haar zu berühren. »Er hat mir nur gesagt, dass du ins Museum wolltest, um einen Verweis zu prüfen. Bitte erzähl es mir, Amarna. Du weißt, wie gern ich dir bei deiner Arbeit helfe.«

Sie wandte ihm das Gesicht zu. »Ist das nicht unglaublich? Wir haben eine Version des *Gilgamesch-Epos* hier liegen, ein Original, gut erhalten und lesbar, und ich Tränentier hocke seit sechs Monaten über dem Thema und habe keine Ahnung davon.«

Paul lachte und wies auf die Scherben. »Findest du gut erhalten und lesbar nicht ein bisschen geprahlt?«

»Warum? Nun schön, die Tafel ist nicht vollständig, aber von dem Text ist so viel erkennbar, dass sich der Rest ergänzen lässt.«

»Und dessen bist du dir sicher? Kannst du den Text denn lesen?«

»Ich hasse es, wenn du diese gönnerhafte Miene auflegst.« Von dem Schrecken, der eben noch ihr Gesicht gezeichnet hatte, war nichts mehr übrig. »Fühlst du dich stark, wenn du mit mir sprichst, als hättest du irgendein blauäugiges Dummchen vor dir?«

»Du bist doch blauäugig.« Die idiotische Bemerkung war ihm entfahren, ehe er sie bereuen konnte. Er fand Amarnas blaue Augen unglaublich schön. Als sie den Arm hob, um sich mit wütender Geste das Haar fortzustreichen, fiel der Ärmel ihrer Bluse zurück und gab das Armband frei, das sie immer trug – ein Band schillernder Perlen in verschiedenen Tönen von Blau. Vermutlich waren die Perlen aus Glas, aber hübsch war das Schmuckstück trotzdem. Die Blauschattierungen glichen denen in Amarnas Augen. Zu ihren dunklen Brauen und dem Schnitt ihres Gesichts bildete diese leuchtende Farbe einen eigentümlichen Kontrast.

»Entschuldige«, sagte er, »ich wollte nicht gönnerhaft sein, höchstens ein bisschen flapsig, um dich zu beruhigen.«

»Du brauchst mich nicht zu beruhigen. Ich habe dir gesagt, mir ist nichts passiert«, versetzte sie. »Dass ich die Tafel nicht lesen kann, weißt du selbst, denn sie ist weder auf Sumerisch noch auf Akkadisch abgefasst.«

»Ja, das weiß ich«, erwiderte Paul, der sich seine dürftigen Kenntnisse von Keilschrift nicht gern anmerken ließ. »Wirklich, Amarna, ich habe nur einen Witz machen wollen, sonst nichts.«

»Vergiss es.« Sie wandte sich wieder dem Schub zu. »Wie merkwürdig es ist, vor Keilschrift zu stehen, die Zeichen entziffern zu können und dennoch kein Wort zu verstehen. Es fühlt sich falsch an. Alles in mir ist überzeugt, ich müsste es lesen können.«

Gleichzeitig beugten sie die Köpfe über die Scherben der Tafel. Trotz des spärlichen Lichtes waren die mit dem Griffel in Ton gekerbten und anschließend gebrannten Zeichen klar erkennbar.

Die Schrift war schön und regelmäßig, was auf einen Schreiber schließen ließ, der diese Tätigkeit als Beruf ausübte. Die Faszination, die Amarna hergetrieben hatte, griff auf Paul über. Wie von selbst landeten seine Finger auf der Scheibe und strichen ehrfürchtig über die fast viertausend Jahre alten Schriftzüge.

Spuren einer versunkenen Welt.

Er war Archäologe geworden, weil ihm nichts so viel Halt und Zuversicht gab wie das Wissen, dass vor Jahrtausenden Menschen auf diesem Planeten gelebt hatten, dass sie geliebt und gelacht, gekämpft, geweint und sich vor dem Tod gefürchtet hatten wie er selbst. Vielleicht fand die Archäologie aus ebendiesem Grund in ihrer Zeit der Ungewissheit so viel Zulauf. Wenn man Angst hatte, die Welt könne untergehen, half es, sich anzusehen, was sie samt ihrem zähen Menschenvolk schon alles überlebt hatte.

Er war kein Abenteurer, gehörte nicht zu den Pionieren seiner Zunft, die wie Gilgamesch, der legendäre König von Uruk, und sein Freund, der wilde Enkidu, durch gottverlassene Wüsten, Wälder und Gebirge streiften, um der verschwiegenen Erde ihre Geheimnisse abzutrotzen. Merten Schobert, der in Ägypten selbst zu diesen Eroberern gehört hatte, nannte ihn mit leisem Spott einen Schreibstubenhengst. Dennoch kannte er die Erregung, die von einem Altertumsforscher Besitz ergriff, sobald er ein Teilchen des Welt-Puzzles in den Händen hielt.

»Du weißt, was es ist, nicht wahr?«

Amarna nickte. »Hethitisch.« Ihre Augen leuchteten, und er hätte ihr Gesicht in die Hände nehmen und küssen wollen. »Paul, als du ein Kind warst, hast du da je davon geträumt, Atlantis zu entdecken?«

»Natürlich«, antwortete er. »Tut das nicht jeder Junge, der Archäologe werden will?«

»Jedes Mädchen auch.«

»Entschuldige.« Er deckte seine Hand über ihre. »Wolltest du gern Atlantis entdecken, als du ein kleines Mädchen mit einer weißen Kittelschürze warst?«
»Ich hatte keine weiße Kittelschürze, aber eine Spitzhacke, mit der ich an der Krummen Lanke sämtliche Ufer nach Atlantis umgegraben habe.«
»Der Schrebergarten meiner Großeltern erlitt dasselbe Schicksal.«
Ihre Blicke trafen sich in stummem Verstehen.
»Weißt du, was so umwerfend ist?«, fragte Amarna. »Ich habe das Gefühl, ich habe es gefunden.«
»Atlantis?«
»Hattuša.« Amarna nickte und berührte das Glas über der Tontafel. »Das Großreich, das von der Welt vergessen worden ist. Wenn wir von den herrschenden Mächten jener Epoche sprechen, nennen wir nur Ägypten, Assyrien und Babylon. Dabei gab es eine vierte, die die Geschichte totschweigt, als hätte sie nie existiert. Sag, Paul, kennst du jemanden, der hethitische Keilschrifttexte entziffern kann?«
»Allzu viele wirst du da nicht finden«, erwiderte er. »Die Sprache ist ja überhaupt erst vor ein paar Jahren von diesem tschechischen Sprachwissenschaftler entschlüsselt worden.«
»Bedřich Hrozný. Ich habe davon gelesen. Du glaubst also nicht, dass es hier in Berlin jemanden gibt, mit dem ich deswegen sprechen könnte?«
»Das brauchst du doch nicht«, antwortete Paul. »Ich bin sicher, gehört zu haben, dass die hethitische Fassung von Gilgamesch verknappt und nicht weiter von Bedeutung ist. Wenn dir aber etwas daran liegt, kann ich dir eine Übersetzung besorgen.«
»Die habe ich selbst«, sagte Amarna. »Und du hast richtig gehört, die hethitische ist keine der bedeutenden Gilgamesch-Versionen.«

»Wozu brauchst du dann jemanden, der Hethitisch lesen kann?«
»Weil ich es lernen will«, antwortete Amarna und stand auf.
»Du willst Hethitisch lernen? Eine Sprache, die auf der Welt nur eine Handvoll Menschen verstehen und in der es kaum bedeutende Texte gibt?« Perplex blickte Paul zu ihr auf. »Aber warum denn, wenn du es für deine Arbeit nicht brauchst? Solltest du nicht lieber nach London fahren und dir die Elf-Tafel-Version von deinem Gilgamesch im British Museum ansehen? Das ist sowieso ein Erlebnis, das du niemals vergessen wirst ...«
»Nun schön«, Amarna warf den Kopf zurück, dass das kurze Haar ihr über die Wange strich, »jetzt sind wir also wieder bei deinen Schwärmereien vom British Museum, von der perfekten Zivilisation der Engländer und von ihren Heldentaten überhaupt. Spar dir deinen Atem. Wie du weißt, würde mein Vater mir nie im Leben erlauben, nach London zu reisen.«
»Ich könnte mit deinem Paten sprechen«, schlug Paul vor. Auf einmal konnte er sich nichts Schöneres vorstellen, als mit ihr durch London zu streifen und ihr das British Museum zu zeigen, das ein Mekka für Archäologen war. Merten Schobert hatte ihm seinerzeit die Reise ermöglicht, und gewiss würde er sich auch für Amarna einsetzen, wenn Paul die richtigen Argumente fand. »Weißt du, was Schobert vorhin zu mir gesagt hat? Er macht sich ein bisschen Sorgen, du könntest den Fokus verlieren. Wenn ich ihm nun erklären würde, dass du einfach eine Anregung brauchst, die Begegnung mit dem Original aus Ninive ...«
»Dann würde mein Vater trotzdem sein Veto einlegen«, fiel Amarna ihm ins Wort. »Er hat Angst, ich würde in einen Abgrund des Verderbens stürzen, sobald ich seinen Dunstkreis auch nur drei Schritte weit verlasse.«

»Vertraut dein Vater, was dein Studium betrifft, nicht seinem Freund Merten?«, fragte Paul. »Ich bin sicher, er lässt sich überzeugen, wenn Schobert ihm klarmacht, dass die London-Reise für deine Arbeit unentbehrlich ist. Lass es mich wenigstens versuchen, ja?«

»Willst du das wirklich für mich tun?«

»Und ob.« Behutsam schloss Paul den Schub und stand ebenfalls auf. »Ich fange gleich morgen an, ihn zu bearbeiten. Und jetzt gehen wir bei Mutter Wiechert auf eine deftige Kartoffelsuppe, einverstanden?«

»Bei Mutter Wiechert bekommen wir doch um die Zeit keine Kartoffelsuppe mehr.«

»Ich schon.« Er reichte ihr seinen Arm. »Mutter Wiechert mag mich.«

Amarna hakte sich bei ihm unter und lachte. »Gibt es eigentlich auch Frauen, die dich nicht mögen?«

Er suchte ihren Blick und fasste sich ein Herz. »Jedenfalls gibt es nur eine Frau, die ich mag«, sagte er. »Sie heißt Amarna Brandstätter, und ausgerechnet bei der habe ich nicht die geringste Ahnung, was sie von mir hält.«

In der Weite des Saales hallte ihr Lachen silbrig. »Von dem Mann, der versucht, es mit meinem Starrkopf von Vater aufzunehmen? Was soll ich von dem denn halten? Der ist ein Held wie Gilgamesch.«

»Dafür bringe ich deinen Vater dazu, dir einen Flug zum Mars zu gestatten«, sagte Paul. »In einer dreibeinigen Kampfmaschine wie bei H. G. Wells.«

Vor der Treppe blieb Amarna stehen. Paul blieb auch stehen und schaltete das Licht aus. Sacht legte er die Arme um sie und suchte im Dunkeln ihren Mund.

Ihre Lippen waren fest und trocken. Sein Kuss war eine Frage, und sie gab ihm darauf eine hauchzarte Antwort, die ein Versprechen barg. Wie eine heiße Woge schoss ihm das Glück durch den Leib.

»Paul?«

»Ja, Blauauge?«

»Auf den Mars will ich nicht. Aber wenn du dir die Mühe schon machst, dann sag Merten, mein Vater soll mich nach Hattuša fahren lassen.«

5

Amarna hätte glücklich sein sollen. Von dem, was sie besaß, konnten die meisten Frauen nicht einmal träumen. Mit ihrem Vater teilte sie sich die behaglich verschlampte, viel zu große Wohnung in Charlottenburgs Westen, die bis an die hohen Stuckdecken mit Büchern gefüllt war. Amarna und ihr Vater schleppten Bücher selbst auf die Toilette mit. Anders als von den meisten Töchtern wurde von ihr nicht erwartet, dass sie ihren verwitweten Vater umsorgte. Den gesamten Haushalt erledigte Frau Ziethen, die schon seit ihrer Kindheit bei ihnen war, so dass Amarna sich auf ihr Studium konzentrieren konnte. Mehr verlangte ihr Vater nicht von ihr. Sie war sein Augapfel. Für ihr Wohlergehen hätte er alles gegeben, was er hatte.

In einer Zeit, in der Millionen von Menschen um das Nötigste bangten, kannte Amarna keinerlei Geldsorgen, sondern lebte in einem behüteten Kokon. Ihr Vater war der einzige Erbe des Strumpffabrikanten Brandstätter. Kaum war sein Vater gestorben, hatte er das Unternehmen verkauft, um sich mit Haut und Haar der Archäologie zu widmen. Zwar hatte seine Passion den Löwenanteil des Erbes verschlungen, doch der Rest

genügte, um ihnen auf absehbare Zeit ein komfortables Auskommen zu sichern.
Obendrein hatte Amarna in Paul einen Mann an ihrer Seite, der ihre Interessen teilte. Der hochgewachsene Doktorand, dem sein Blondhaar in einer Tolle in die Stirn wuchs, gehörte zu den Männern, nach denen Frauen die Köpfe drehten. Amarnas weibliche Bekannte machten aus ihrem Neid keinen Hehl. »Du weißt gar nicht, was für ein Glück du hast«, hatte Helene, eine Studienkameradin, erst kürzlich zu ihr gesagt. »Dein Paul sieht nicht nur umwerfend aus, er hat auch Stil, und von dem Kleinbürgermief, aus dem er stammt, hängt ihm nichts an.«
Vielleicht weiß ich wirklich nicht, was für ein Glück ich habe, dachte Amarna. Vielleicht musste man, um sein Glück zu fassen, in der Nacht ruhig schlafen, so dass einem am Morgen nicht der Kopf wie zum Zerspringen schmerzte. Konnte man Glück zu schätzen wissen, solange man fürchten musste, dass man langsam, aber sicher den Verstand verlor?
Amarna litt an Alpträumen. Der erste hatte sie in der Nacht vor ihrer Einschulung heimgesucht, in der ersten Nacht, an die sie sich bewusst erinnern konnte. Sie hatte sich auf den Tag gefreut, denn Frau Ziethen hatte versprochen, ihr für die Feier das Haar zur Krone zu flechten, und zum Frühstück hatte sie bei Thomke Zitronenpfannkuchen bestellt, eine Geschenkschachtel, in der das köstliche Gebäck auf Spitzendeckchen lag.
»Ich wünschte nur, du würdest Gertrud heißen«, hatte die Haushälterin, die zugleich als Concierge fungierte, mit einem Seufzen bekundet.
»Ist Gertrud schöner als Amarna?«, hatte Amarna gefragt.
»Gertrud, Erna, Käthe, das ist alles schöner als Amarna. Ein Kind, das Gertrud heißt, wird wenigstens nicht verspottet, und außerdem ist Gertrud ein Name und Amarna nicht.«

»Was ist Amarna denn dann?«, fragte Amarna, die diesen Namen, der keiner war, schließlich trug.
»Das habe ich deinen Vater auch gefragt«, schimpfte Frau Ziethen. »Er hat gesagt, es ist eine Stadt, die in der Wüste versunken liegt, und ich soll ihn nie wieder danach fragen. Dabei hätte ich ihn nur allzu gerne gefragt, ob er selbst vielleicht Lust hätte, Versunkene-Stadt-in-der-Wüste zu heißen.«
In dieser Nacht träumte Amarna von einer Stadt, die in einer Art Wüste versunken lag. Schwarzgrau und riesenhaft erhob sie sich aus Sand und Staub und drohte ihre Umgebung zu verschlingen. Ihre Mauern waren von schwarzen, schweigenden Bergen umringt und wuchsen über deren Gipfel hinaus, ragten ohne Einhalt und Grenze dem Himmel entgegen. In ihr Gestein waren weit über lebensgroße Figuren eingemeißelt, die ihr entsetzliche Angst einjagten. Über ihrem Kopf schlossen die Mauern sich zu einem Dach und raubten ihr die Sicht. Unter ihren Füßen begann die Erde zu beben, dann brach mit einem gewaltigen Donnern die Stille, und die Mauern und Türme stürzten nieder. Gesteinsbrocken prasselten zu Boden und begruben Amarna unter sich.
Sie rollte sich zusammen, umklammerte ihre Knie und presste das Gesicht in das zerliebte Kinderkissen mit dem Bild eines Löwen, von dem sie sich in keiner Nacht trennte. Winzig klein machte sie sich, doch das half nichts. Die Trümmer trafen sie auf Stirn und Wangen. Ihr Schrei, der in der Felsenstadt ungehört verhallte, riss sie aus dem Schlaf.
Seither träumte sie denselben Traum wieder und wieder, zuweilen mit monatelangen Pausen, dann hingegen zweimal in derselben Nacht. Etwas hatte sie davor zurückscheuen lassen, ihrem Vater davon zu erzählen, und dabei war es geblieben. Sie war mit den Träumen allein und hatte nie mit einem Menschen darüber gesprochen.

Völlig unvermittelt sah sie das Gesicht des Fremden aus dem Museum vor sich. In jener Nacht hatte sie eine Sekunde lang das Gefühl gehabt, sie müsse bersten und einem Unbekannten erzählen, was sie ihr Leben lang allein mit sich herumgetragen hatte. Glücklicherweise war sie im letzten Augenblick daran gehindert worden. Ihr Vertrauen hatte kein zwielichtiger Fremder verdient, sondern der Mann, der ihr zur Seite stand. Wenn sie tun wollte, was Paul sich so sehr wünschte, ihre Beziehung vertiefen, ein Datum für die Verlobung festsetzen, dann musste er von ihren Alpträumen erfahren. Sie war es ihm schuldig. Die Träume mochten ebenso wie ihre seltsamen Ängste Symptome einer Gemütskrankheit sein, die eine Heirat unmöglich machte. Keinem jungen Mann konnte eine Ehe mit einer Frau zugemutet werden, die an einer Art von Wahnsinn litt und ihn an ihre Kinder weitergeben würde.

Schon gar nicht einem jungen Mann wie Paul. Amarna wusste, wie sehr er unter seiner Herkunft litt. Er hatte erbittert darum gekämpft, der geistigen Enge seines Elternhauses zu entfliehen und eigenen Kindern einmal eine andere Zukunft zu bieten. Von einer Wohnung wie der ihren in der Marburger Straße träumte er, von einem Familienleben, das von Kultur, Bildung und Weltoffenheit geprägt war. Geisteskrankheit hatte darin keinen Platz, und Amarna hatte kein Recht, ihm seinen Traum zu zerstören. Wenn sie ernsthaft daran dachte, seine Frau zu werden, musste sie ihm die Wahrheit sagen: Ich spiele die nüchterne Akademikerin, die sich an Fakten hält, doch in der Nacht bin ich ein Spielball meiner dunklen Träume. Ich spiele die Unerschrockene, die sich in der Männerwelt durchboxt, aber ich zittere vor jedem Schatten an der Wand. Ich heimse Lob für mein Gedächtnis ein, doch ich habe alles vergessen, was mir vor dem Jahr meiner Einschulung geschah.

Dieses Letzte war vielleicht das Beklemmendste. Wann immer sie versuchte, ein Bild aus jenen Jahren in sich wachzurufen, wurde ihr Gedächtnis zur leeren Fläche, zur Tontafel, aus der sämtliche Schriftzeichen mit dem Meißel getilgt worden waren. Es war, als wäre sie ein Jahr vor Kriegsausbruch als Schulmädchen zur Welt gekommen. Ihren Vater brauchte sie nicht danach zu fragen. So wenig wie nach ihrer Mutter, von der es in der ganzen Wohnung kein Foto, sondern nur einen altmodisch-eleganten Lederkoffer mit dem Namensschild Nora Brandstätter gab.

»Wir waren jahrelang auf Reisen« war alles, was ihr Vater ihr dazu gesagt hatte, als sie zehn Jahre alt gewesen war. »Deine Mutter zog sich eine dieser Krankheiten zu, die in jenen Ländern ganze Dörfer innerhalb von Tagen entvölkern. Damals gab es ja noch Cholera-Epidemien, die über ein Land hinwegfegten wie die Plagen des Exodus. Sie ist gestorben, und ich habe sie vor Ort begraben lassen.«

»In Ägypten?«

»Du bist kein kleines Kind mehr, Amarna«, erwiderte ihr Vater. »Begreifst du nicht, dass ich darüber nicht sprechen will?« In seine wasserhellen Augen, deren Blick sie nur klug und sachlich kannte, trat eine Qual, die sie erschreckte. »Aber was war mit mir?«, entschlüpfte ihr dennoch die Frage, die in ihr brannte.

»Mit dir?« Der Blick ihres Vaters flackerte, als hätte er Mühe, ihn stetig zu halten. »Du warst hier, in Berlin. Solche Reisen eignen sich ja nicht, um kleine Kinder mitzunehmen. In diesen Gebieten gibt es weder Krankenhäuser noch sanitäre Anlagen, und außerdem schleppt man Kinder nicht auf Ausgrabungsstätten herum. Sie verwildern dabei. Kinder brauchen Aufsicht, Fürsorge und ein Zuhause.« Er roch nach Pfeifentabak und dem Ahornsirup, den er zu jeder Mahlzeit aß. Wenn es

überhaupt etwas gab, das Amarna ein Gefühl von Zuhause verlieh, dann war es dieser Geruch. Ihr Vater machte eine Pause, rieb sich die Augen und sah sie noch einmal an. »Ich mag dir in jenen Jahren kein guter Vater gewesen sein, Löwenkind. Ich war erfüllt von meiner Laufbahn, von Abenteuern und Entdeckungen, bei denen ich mich beweisen wollte, und ich habe wohl geglaubt, die Aufzucht von Kindern sei Frauensache. Aber ich habe danach versucht, es gutzumachen. Ich liebe dich, Amarna. Außer dir zählt für mich gar nichts mehr.«
Damit war das Thema abgetan, und die Qual in seinen Augen verbot ihr, noch einmal daran zu rühren. Immerhin hatte er ihr erzählt, dass die Wüstenstadt, nach der sie benannt worden war, in Ägypten lag, Tell el-Amarna hieß und einst Achet-Aton, die Hauptstadt des Pharaos Echnaton, gewesen war. Seine Liebe hatte der damals noch kaum etablierten Vorderorientalistik gegolten, doch als sich die Gelegenheit ergab, an einer Expedition nach Ägypten teilzunehmen, hatten weder er noch Merten gezögert. In Tell el-Amarna war Tilman Brandstätter zum Leiter der Expedition aufgestiegen, was seinen Ruf als Archäologe begründet hatte.
Auf ihre Bitte hin hatte ihr Vater ihr ein Foto gezeigt, auf dem er strahlend im Wüstensand kniete und mit einer Spitzkelle einen Kanopenkrug freilegte. Amarna war stolz darauf gewesen. Seit sie das Foto aus Tell el-Amarna kannte, hatte sie sich nie mehr gewünscht, Gertrud, Erna oder Käthe zu heißen.
Sie hieß nicht wie andere Mädchen, und ihre Familie war nicht wie andere Familien. Sie besaß an die Zeit vor ihrer Einschulung keine Erinnerung, aber war das wirklich ein so schwerwiegendes Problem? Vielleicht hätte sie sich damit abgefunden und sich auf ihre Beziehung mit Paul konzentriert, wäre die Sache mit den Träumen nicht schlimmer geworden. Seit sie in den Katakomben des Pergamonmuseums die Tontafel aus

der Stadt namens Hattuša entdeckt hatte, verging kaum mehr eine Nacht, ohne dass der Traum sie im Innersten durchrüttelte. Am Morgen fühlte sie sich zerschlagen und verbrachte die Tage wie in Trance.

Sie hätte glücklich sein müssen, aber wer Angst um seinen Verstand hatte, fand selten Raum für Glück.

An einem feuchtkalten Nachmittag Mitte Januar ging sie von der Universität zum Hackeschen Markt, um zu ihrem Sprachunterricht zu fahren. Überfrorener Schneematsch bedeckte die Straßen, und für ihr altersschwaches Rad war es zu glatt. Mit der S-Bahn aber waren es nur zwei Stationen bis zum Bahnhof Jannowitzbrücke, wo die Lektionen stattfanden.

Amarna hatte die Hoffnung schon aufgegeben, als sie doch noch jemanden gefunden hatte, der bereit war, sie im Hethitischen zu unterweisen. Trotz Pauls Warnung hatte sie sich die Suche so schwer nicht vorgestellt. Die Orient-Gesellschaft war die größte archäologische Grabungsgesellschaft der Welt, und sie war sicher gewesen, dass es dort Mitglieder gab, die sich Grundzüge der noch weitgehend unerforschten Sprache angeeignet hatten. Auf einen Aufruf, den sie ins Mitteilungsblatt setzen ließ, meldete sich jedoch niemand. Beim Institut für Archäologie und am Schwarzen Brett ihrer Fakultät blieb sie ebenfalls erfolglos. Eines Abends hatte Merten sie im Lesesaal aufgesucht und zu einem Gespräch auf den Gang gebeten.

»Ich höre, du durchsuchst die halbe Stadt nach jemandem, der dich lehrt, Hethitisch zu lesen«, hatte er gesagt.

»Allerdings«, erwiderte Amarna. »Sag jetzt nicht, du kannst es mir beibringen, und ich habe mir die ganze Mühe umsonst gemacht.«

»Nein«, verwies Merten sie knapp. »Ich bringe es dir nicht bei, und es gibt auch keinen Grund, es lernen zu wollen.«

»Keinen Grund?«, fuhr Amarna auf. »Ich kann nicht glauben, dass ausgerechnet du so etwas sagst. Da draußen in Anatolien liegt die Hauptstadt eines vergessenen Weltreichs, und wir haben schon jetzt etliche Tontafeln hier, die auf Entzifferung warten. Mir ist unbegreiflich, weshalb nicht die halbe Fakultät darauf brennt, diese Sprache zu erlernen.«

»Nach Hattuša hat seit 1912 kein Archäologe mehr seinen Fuß gesetzt«, sagte Merten, und das Wort Hattuša klang dumpf aus seinem Mund. »Der Krieg kam dazwischen, die Kämpfe auf dem Balkan, der Zusammenbruch des Osmanischen Reiches. Darüber geriet das bisschen, was dort unten gefunden worden ist, in Vergessenheit, und der ewige Wind bläst Erde darüber.«

»Dann wird es höchste Zeit, sich zu erinnern«, rief Amarna. »Warum stattet die Orient-Gesellschaft keine Expedition aus, um die Grabungen wieder aufzunehmen?«

Merten zuckte mit den Schultern. »So leicht, wie du dir das vorstellst, bekommt man da unten keine Grabungslizenz. Vor dem Krieg hatten wir gute Karten, weil der Kaiser an Beziehungen zum Osmanischen Reich ein Eigeninteresse hatte. Aber für solche Beziehungen zahlt man letztlich immer einen Preis.«

»Ich verstehe nur Bahnhof«, bekannte Amarna. »Wer hat wofür einen Preis bezahlt?«

»Vergiss es«, erwiderte Merten. »Es war nur so dahingeredet und hat mit dieser Sache nichts zu tun. Inzwischen sieht die Lage in Anatolien völlig anders aus, und außerdem wäre es die Mühe nicht wert. Wenn wir als Archäologen nicht auf ewig den Engländern hinterherhinken wollen, dürfen wir uns nicht auf Nebenschauplätzen verlieren. Babylon, Ninive, Uruk – in Mesopotamien reiht sich eine Schatztruhe an die andere, weshalb sollten wir uns also mit ein paar kruden Resten in Anatolien herumschlagen?«

Amarna hatte noch einmal versucht aufzubegehren, doch Merten verwies sie mit einer Schärfe, die sie erschreckte.
»Stiehl uns mit dieser fixen Idee nicht die Zeit, Amarna. Paul hat mich bereits deswegen angesprochen. Der Junge ist treu wie ein Hütehund und würde um deinetwillen um die Welt hecheln. Meiner Ansicht nach hast du kein Recht, solche Treue auszunutzen.«
»Und meiner Ansicht nach hast du kein Recht, so mit mir zu sprechen«, schoss sie zurück. »Wenn Paul sich ausgenutzt fühlt, wird er ja wohl Manns genug sein, mir die Stirn zu bieten, statt sich an deinem Hemdzipfel auszuweinen.«
»Ach, Fräulein Brandstätter.« Merten lächelte mit eingekniffener Wange. »Wie viele Männer sind schon Manns genug, der Frau, die sie lieben, die Stirn zu bieten?«
»Sprichst du aus Erfahrung?«, fragte Amarna erstaunt. Soweit sie wusste, hatte es in Mertens Leben nie eine Frau gegeben, und für gewöhnlich war dies kein Thema, das er anschnitt.
»Das ist die Krux des Alters«, antwortete Merten. »Man spricht grundsätzlich aus Erfahrung, ob es einem schmeckt oder nicht. Hör zu, Amarna, ich habe im Grunde gegen dieses Anliegen, mit dem Paul mich bedrängt, nichts einzuwenden. Ihr habt ja nicht unrecht, in eine Materie taucht man erst wirklich ein, wenn man die Hände daraufgelegt hat. Ich bin also bereit, mich bei meinem Freund Tilman für euren Plan zu verwenden. Aber unter einer Bedingung.«
»Und die wäre?«
»Ich werde Tilman dazu bewegen, dass er dich mit Paul nach London reisen und die Gilgamesch-Tafeln aus Ninive besichtigen lässt«, sprach Merten in den leeren Gang. »Dafür verlange ich, dass du diesen Unsinn mit Hattuša aufgibst. Schlag es dir aus dem Kopf und sprich nicht mehr davon. Mit Paul nicht, aber vor allem nicht mit deinem Vater.«

»Warum vor allem nicht mit meinem Vater?«
»Es ist schon mal jemand beim Warum-Fragen verhungert«, erwiderte Merten und ließ Amarna stehen.
Während sie jetzt durch den Schneematsch zum Hackeschen Markt stolperte und sich daran erinnerte, kam es ihr erneut vor, als wäre er zusammengezuckt, sobald er das Wort Hattuša ausgesprochen hatte. So wie sie selbst zusammenzuckte, sooft die drei Silben ihr durch den Schädel hallten. Hattuša. Hattuša. Ein Echo in jedem Schritt.
Mit einem Strom von hastenden, geschäftigen Menschen trieb sie in den Schlund des S-Bahnhofs an der Börse. Sie war etliche Male hier in einen Zug gestiegen, und seit sie unverhofft doch noch einen Lehrer für Hethitisch gefunden hatte, fuhr sie jede Woche an zwei Nachmittagen. Nie hatte es ihr Probleme bereitet, obwohl der Bahnhof an diesem Verkehrsknotenpunkt grundsätzlich überfüllt war. Jetzt aber wurde ihr die Kehle so eng, dass ihr der Atem stockte. Schwindel erfasste sie, und sie hatte das Gefühl, von einer Seite zur anderen zu schwanken. Die Konturen des Bahnhofs um sie verschwammen. Fahrkartenschalter, wartende Reisende, Säulen mit grellbunten Werbeplakaten lösten sich vor ihren Augen auf. Aus dem Gewirr ineinanderlaufender Farben erhob sich schwarzgrau, schweigsam und riesenhaft die Stadt.
Sie verschlang ihre Umgebung, löschte die Reisenden mit ihren Aktentaschen, Paketen und kleinen Kindern aus. Ihre Mauern sprengten das Dach der Bahnhofshalle und wuchsen darüber hinaus, ragten ohne Einhalt und Grenze dem Himmel entgegen. Dort schlossen sie sich zu einem Dach und raubten Amarna die Sicht. Unter ihren Füßen begann die Erde zu beben, dann brach mit einem gewaltigen Donnern die Stille, und Mauern und Türme stürzten nieder. Gesteinsbrocken prasselten zu Boden und begruben Amarna unter sich. Sie rollte sich zusammen,

umklammerte ihre Knie und machte sich winzig klein, doch das half ihr nichts. Trümmer trafen ihr Gesicht. In der Felsenstadt verhallte ungehört ihr Schrei.

Jemand packte sie bei den Handgelenken und riss sie zum Sitzen hoch. Flüchtig glaubte sie ein Gesicht zu sehen, und Erleichterung durchströmte ihre Glieder. Es war das Gesicht des Mannes aus dem Museum, dunkel leuchtende Augen unter angstvoll gefurchten schwarzen Brauen. Es ist gut jetzt, kleiner Gilgamesch, vernahm sie von weit her seine Stimme. Das Böse kann dir nicht mehr weh tun. Dann hörte sie ihn leise singen, eine sachte Melodie und Worte vom streichelnden Westwind, die ihr wohltaten. Im Takt wiegte er sie, und einen Herzschlag lang herrschte Frieden. Gleich darauf löste das Gesicht sich auf, die Stimme verklang, und eine andere wurde laut: »Mach mir keenen Ärger, Mädchen. Ick will heut' noch nach Hause.«

Amarna schlug die Augen auf. In ihre Schläfen bohrte sich ein Schmerz, und ihr Gaumen schmeckte pelzig, doch sie war wieder bei Bewusstsein. Ihr Herz hörte sie erst schlagen, als ihr klarwurde, dass die Riesenstadt verschwunden war. Um sie drängelte und rannte das betriebsame Berlin eines Januarnachmittags. Ihr gegenüber kauerte ein junger Mann in Uniform und hielt ihre Handgelenke umklammert, damit sie nicht hintenüberstürzte. Kein Polizist, stellte sie erleichtert fest, ein Postbote nach Dienstschluss.

»Wat machste denn für Sachen, Mädchen? Kriegste wat Kleines? Dabei is meine Gertrud ooch immer aus'n Latschen jekippt.«

Aber ich heiße nicht Gertrud, wäre es Amarna um ein Haar herausgerutscht, und am liebsten hätte sie wie irre aufgelacht. »Ja«, zwang sie sich stattdessen ab, damit der junge Postbote sich keine Gedanken machte. »Mein Arzt sagt, das ist normal.«

»Janz richtich. Keen Grund zur Sorje.« Der Postbote ließ ihre Gelenke los, klopfte ihr wie einem Brauereigaul die Schulter und stand auf. »Unsere Mütter ham's schließlich ooch überlebt, wa?«
»Meine nicht.«
Vor Schreck schlug Amarna sich die Hand vor den Mund. Wie kam sie dazu, solchen Unsinn zu erzählen? Ihre Mutter war nicht bei ihrer Geburt, sondern an einer Seuche gestorben, und den armen Postboten ging das alles nichts an.
Er zog sich die Mütze vom Kopf und knetete sie in den Händen. »Tut mir in der Seele leid«, murmelte er. »Aber so was ist heutzutage selten. Wirst sehen, bei dir läuft alles knorke, und bald haste deinen strammen Jungen im Arm und denkst nich' mehr dran.«
»Bestimmt.« Amarna lächelte dünn und stand auf.
»Allet Jute.« Der Mann tippte sich dorthin, wo die Mütze gesessen hatte, drehte sich um und verschwand im Gedränge.

6

Die Träume ereilten sie also nicht länger nur in der Nacht, sondern inzwischen am helllichten Tag. Wildfremde Menschen mussten ihr helfen, weil sie wie ein Käfer hilflos im Staub der Straße lag. Sie konnte Paul nicht heiraten, sie konnte nicht einmal mit ihm nach London fahren. Wenn sie sich heute Abend bei Mutter Wiechert mit ihm traf, musste sie ihm erklären, dass er um eine Frau warb, die im Begriff stand, verrückt zu werden.
Oder es vielleicht längst war.
Da sie sich der Fahrt mit der S-Bahn nicht gewachsen fühlte, hielt sie eine Kraftdroschke an, die sich die kurze Strecke

durch den Schneematsch quälte. Der Schwindel hatte sich gelegt, aber ihr Kopf schmerzte, und Gesicht und Hände kribbelten. Dort, wo die hölzerne Jannowitzbrücke sich über die Spree erstreckt hatte, ragte ein Gestänge aus schwarzen Streben in die Dämmerung. Amarna wusste, dass die alte Brücke demontiert worden war, um sie durch eine moderne Konstruktion, die das Gewicht der S-Bahnzüge tragen konnte, zu ersetzen. Einen Augenblick lang aber war es ihr vorgekommen, als erhöbe sich auch hier die Felsenstadt und verschlänge die vertrauten Konturen.

Sie verlor tatsächlich den Verstand. An der Straßenecke ließ sie den Fahrer halten und rannte das letzte Stück, dass der Schneematsch spritzte. Das Mietshaus stammte aus den Anfangsjahren des letzten Jahrhunderts, seine Fassade wirkte ergraut und heruntergekommen, doch es hatte sich in seiner schmalbrüstigen Höhe ein wenig Grandeur bewahrt. Die Wände des Treppenhauses schmückte eine Waldszene mit verschlungenen Pflanzen und Vögeln, deren Farben verblichen. Amarna rannte die Treppe hinauf bis in den fünften Stock, in dem sich nur eine einzige Wohnung befand. Sie drückte auf den Klingelknopf unter dem Messingschild mit dem Namen I. Schewe.

Gleich darauf vernahm sie Schritte, und die Tür wurde aufgezogen. Der Flur, den sie freigab, war lang und schmal, und der Mensch, der sie erwartete, trug das graue Haar am Hinterkopf zu einem Knoten gesteckt. Als Amarna zum ersten Mal hergekommen war, hatte sie geglaubt, sie hätte sich in der Tür geirrt. Der einzige Bewerber auf ihre Anzeige hatte postlagernd ein Treffen in seiner Wohnung vorgeschlagen. Mit I. Schewe war der Brief unterschrieben. Alles hatte Amarna erwartet, aber keine Frau.

Irene Schewe.

Sie musste etwa im Alter von Amarnas Vater sein und war somit zu einer Zeit jung gewesen, in der einer Frau ein reguläres Studium in den Altertumswissenschaften verwehrt geblieben war. Irene Schewe hatte sich beim Lette-Verein zur Französischlehrerin ausbilden lassen, um auf eigenen Füßen zu stehen. Neben der Arbeit hatte sie über Altorientalistik gelernt, was möglich war. Als Deutschböhmin sprach sie fließend Tschechisch, und als ein tschechischer Sprachwissenschaftler die Sprache der Hethiter entschlüsselte, reiste sie mitten im Weltkrieg nach Prag, um sie zu lernen. Gegen ein geringes Entgelt erklärte sie sich bereit, Amarna Kenntnisse in der Sprache, die die Hethiter Nesili genannt hatten, zu vermitteln.

»Darf ich neugierig sein? Warum wollen Sie ausgerechnet lernen, hethitische Texte zu entziffern?«, hatte sie sie gefragt.

Amarna hatte sich auf die Frage vorbereitet. »Ich arbeite über das *Gilgamesch-Epos*«, hatte sie erwidert. »Wie Sie sicher wissen, muss man sich als Frau besonders hervortun, wenn man zwischen den Männern nicht untergehen will, und leider gilt mein Thema als nicht sonderlich originell. Deshalb will ich die in Hattuša aufgefundenen Versionen einbeziehen, die bisher noch nicht genauer untersucht worden sind.«

Das klang derart plausibel, dass Amarna es gern selbst geglaubt hätte. Irene Schewe aber war eine Fachfrau. »In Hattuša ist auch eine Abschrift auf Akkadisch gefunden worden. Genügt Ihnen die nicht?«

Amarna schüttelte den Kopf und hoffte, Irene Schewe würde nicht weiterfragen. Sie fragte nicht weiter. Sie sagte auch nicht, die Version der Hethiter sei verknappt und keiner näheren Untersuchung wert. Amarna vermochte ihr Glück kaum zu fassen. Ihr Inserat in der *Vossischen Zeitung* hatte ihr einen Treffer ins Schwarze beschert.

Die Idee mit der *Vossischen* war ihr gekommen, nachdem alles andere fehlgeschlagen war. Eine Schnapsidee, hatte Paul gesagt. »Die Keilschriftexperten, die in Deutschland hethitische Texte entziffern können, kannst du an zehn Fingern abzählen, und sie alle sind Mitglieder der Orient-Gesellschaft. Warum sollten sie deinen Aufruf in ihrem Fachorgan ignorieren, aber sich auf eine Kleinanzeige im täglichen Käseblatt melden?«
Amarna wusste es auch nicht, aber genau das war geschehen. Irene hatte sich gemeldet, und in der Woche darauf hatten sie mit dem Unterricht begonnen. »Wie kannst du einer Fremden einfach trauen?«, hatte Paul gefragt. »Das ist kein wissenschaftliches Vorgehen, Liebes. Kein Mensch kennt ihren Namen, sie hat keine Veröffentlichung vorzuweisen. Woher weißt du, dass sie dir nicht völligen Unsinn beibringt?«
»Das weiß ich auch bei jemandem mit klingendem Namen nicht«, gab Amarna wütend zurück. »Irene mag zur falschen Zeit und mit dem falschen Geschlecht geboren worden sein, aber weder sie noch ich brauchen uns von dir über wissenschaftliches Vorgehen belehren zu lassen.«
Er zog sie in die Arme, doch als sie sich wehrte, gab er sie frei. »Eigentlich wollte ich dich nicht kränken, sondern dir helfen«, sagte er. »Du bist mit so viel Herz und Feuer dabei, es täte mir weh, wenn du enttäuscht würdest.«
»Das weiß ich«, hatte sie gemurmelt. Dass sie ihn wegen einer ungeschickten Formulierung derart harsch zurückwies, hatte er nicht verdient. Sie musste ihm sagen, dass es nicht an ihm lag, dass sie nicht wusste, warum sie so reagierte, dass Amarna Brandstätter ein Mensch war, den sie im Grunde gar nicht kannte.
Irene Schewe stand ihr noch immer in dem engen Flur gegenüber. »Wollen Sie heute nicht hereinkommen, Amarna? Ich möchte nicht sagen, Sie sähen aus, als wäre Ihnen ein Gespenst

begegnet, weil ich abgedroschene Phrasen hasse. Aber begegnet ist Ihnen etwas, nicht wahr?«
Amarna nickte.
Irene zog sie in die Wohnung und schloss die Tür. Erst jetzt bemerkte Amarna, dass ihr eine Kälte in den Knochen saß, die über Winterkälte hinausging. Sie folgte Irene in ihre Wohnküche, in der der Kachelofen bollernd brannte. Die Ältere rückte ihr einen Stuhl an die Ofenklappe. Für gewöhnlich bot sie ihr Tee an. Heute sagte sie: »Ich glaube, Sie könnten etwas Stärkeres gebrauchen.«
Wieder konnte Amarna nur nicken.
Irene ging zu einem Wandschrank und nahm eine Flasche heraus, die noch versiegelt war. Aus ihrem Geschirrschrank holte sie zwei Wassergläser, öffnete die Flasche und goss zwei Finger breit von einer goldbraunen Flüssigkeit in jedes Glas.
»Ich muss mich entschuldigen«, sagte sie. »Dieser Göttertrank hat so schäbige Gefäße nicht verdient. Aber wenn einem nur noch alle Jubeljahre der Sinn danach steht, scheint es kaum lohnend, zerschlagene Schwenker zu ersetzen.«
Sie gab Amarna eins der Gläser. Die Flüssigkeit roch nach Wärme. »Was ist das?«
»Calvados. Apfelbranntwein aus der Normandie. Trinken Sie ihn ruhig. Er ist tröstlich und frei von Tücke.«
Das war eine merkwürdige Aussage über Alkohol, doch nachdem sie den Calvados probiert hatte, glaubte Amarna zu wissen, was Irene meinte. Die Wärme des Getränks brannte ihr den Klumpen aus der Kehle, und das Kribbeln in den Händen ließ nach. Vor dem Fenster war Schwärze aufgezogen, und über dem Küchentisch verbreitete eine funzelige Lampe gelbes Licht.
»Wollen Sie mir davon erzählen?« Irene setzte sich an den Tisch und ließ den Calvados in ihrem Glas kreisen.

»Wovon?«
»Wovon immer Sie wollen. Von dem Gespenst, das sie so erschreckt hat, oder von dem Grund, der Sie in Wahrheit antreibt, Hethitisch zu lernen. Vielleicht auch von beidem. Es hängt zusammen, nicht wahr?«
»Würden Sie mir glauben, wenn ich Ihnen sagte, dass ich das nicht weiß?«, fragte Amarna zurück. »Ja, ich nehme an, dass beides zusammenhängt, aber ich habe keine Ahnung, auf welche Weise. Vor allem weiß ich nicht, was das alles mit mir zu tun hat.«
»Warum sollte ich Ihnen das nicht glauben?«, fragte Irene mit einer Ruhe, die Amarna wohltat.
»Ich habe kein Recht, Ihnen davon zu erzählen«, sagte sie. »Ich müsste mit dem Mann sprechen, der sich mit mir verloben will, statt Sie damit zu belästigen, aber wenn es Ihnen wirklich nichts ausmacht …«
»Wenn es mir etwas ausmachen würde, hätte ich Sie nicht dazu aufgefordert«, erwiderte Irene. »Ich gebe Ihnen auch noch einen Calvados, wenn Sie wollen. Der wird Ihnen weniger schwer im Magen liegen als der Mühlstein, den Sie mit sich herumschleppen.«
Dankbar ließ Amarna sich das Glas auffüllen. Ob sie von dem scharfen Getränk mehr trinken wollte, wusste sie nicht, aber es half, es in den Händen zu halten. »Sie haben recht, ich habe das Gefühl, mir liegt ein Mühlstein im Magen«, sagte sie. »Und einer in der Brust und obendrein noch einer im Hirn. Nur wie ich mir die Steine dorthin geschafft habe, weiß ich nicht.«
»Vielleicht, weil Sie es gar nicht getan haben. Kann es nicht sein, dass andere sie Ihnen aufgeladen haben?«
»Aber wer denn?«
Irene zuckte die Brauen, dass die dünn gerahmte Brille wippte. »In aller Regel erbt man solche Steine von seinen Eltern.«

Amarna schüttelte den Kopf. »Meine Mutter kenne ich gar nicht, und mein Vater hat nichts damit zu tun. Das heißt, unsere Haushälterin behauptet, von dem ganzen Zeug, das er mich hat lesen lassen, müsse jedes Kind Alpträume bekommen. Glauben Sie, dass es daran liegt? Habe ich Alpträume, weil ich als Kind zu viele Geschichten von untergegangenen Städten, einstürzenden Tempeln und verlorenen Welten gelesen habe?«

»Sie haben also Alpträume? Hatten Sie vorhin einen, bevor Sie zu mir kamen?«

»Nein«, antwortete Amarna, »ich meine, ja. Ich war am Hackeschen Markt auf dem Bahnhof und habe plötzlich dieselben Bilder gesehen wie in meinem Traum – eine Riesenstadt, die aus schwarzgrauen Felsen herauswächst, Mauern, als hätte man etliche Männer übereinandergestellt, und Türme, die in den Himmel ragen. Im Traum geschieht immer dasselbe, und heute auf dem Bahnhof ist es auch geschehen. Diese Riesenbauten oder die Felsen, in die sie hineingebaut sind, schließen sich über mir, dann bebt die Erde, und alles bricht zusammen. Ich liege unter den Felsen begraben und weiß, meinen Schrei wird niemand hören, und niemand wird mich jemals wiederfinden.«

Ihre Lippen zitterten, ihre Hände, die das Glas mit dem Calvados umklammert hielten, waren so starr, dass sie es unmöglich zum Mund heben konnte.

»Und dann?«, fragte Irene.

Amarna schüttelte den Kopf. »Dann ist es so, wie wenn im Lichtspielhaus der Film reißt. Manchmal gibt es da ein Gefühl, der Traum müsse nur weitergehen, dann werde alles gut werden, aber er geht nie weiter. Und es wird nie gut.«

»Kommt Ihnen irgendein Bild aus diesen Träumen bekannt vor?«, stellte Irene eine weitere Frage. »Ich meine, halten Sie es für möglich, dass Sie diese Bilder in Büchern oder Papieren gesehen haben, die Ihr Vater Sie anschauen ließ, als Sie ein Kind waren?«

Wieder schüttelte Amarna den Kopf. »Ich glaube, ich kenne jedes Bild, das mein Vater aus Mesopotamien hat, und auch aus Ägypten, weil er dort seine aktive Zeit als Archäologe verbracht hat. Kein einziges davon macht mir Angst.«

Irene nickte. Dann wandte sie ihren Blick der Schwärze vor dem Fenster zu. Leiser Regen malte Schlieren an die Scheibe. »Acht bis zehn Meter«, sagte sie.

»Wie bitte?«

»Berechnungen, die Hugo Winckler während seiner Expeditionen anstellte, haben ergeben, dass Hattuša von acht bis zehn Meter hohen Mauern umringt war«, sagte sie. »Türme und Tempel dürften weit höher gewesen sein, ganz zu schweigen von der Königsburg, die auf einer Anhöhe lag. Unterhalb der Mauern sollen Tunnel verlaufen sein, in denen sich für den Fall eines Angriffs bewaffnete Krieger verborgen hielten.« Ehe sie weitersprach, starrte sie in ihr Glas, trank aber nicht. »Die Stadt war ins anatolische Hochland gebaut«, fuhr sie dann fort. »Eine Wahl, die die Forscher überraschte. Man hätte eine Hauptstadt im Zentrum des Reiches erwartet, doch stattdessen lag sie im menschenleeren Norden, in unwirtlichem Klima, eingebettet in Gebirgszüge. Das magmatische Gestein, das für seine monumentalen Bauten benutzt wurde, heißt Gabbro, ist schwarzgrau und passt auf Ihre Beschreibung. Ich glaube nicht, dass Sie Bilder einer ägyptischen oder mesopotamischen Stadt sehen, Amarna, und auch nicht, dass Ihr Geist sich diese Bilder zusammenfantasiert. Ich glaube, Sie sehen Bilder von Hattuša.«

Amarna wollte widersprechen. Wie konnte sie Bilder einer Stadt sehen, in der sie nie gewesen war und von der ihr nichts bekannt war als vage Theorien? Hugo Winckler war der Archäologe der Orient-Gesellschaft, der in den Jahren 1906 und 1912 Expeditionen ins damals noch osmanische Anatolien geleitet hatte, um die merkwürdigen in die Felsen gehauenen Ruinen zu untersuchen. Amarna hatte versucht, Fotografien von jenen Expeditionen aufzutreiben, doch es ließ sich kaum etwas finden, und das wenige vermittelte keinen Eindruck von der wiederentdeckten Stadt.

Dennoch wusste sie, dass Irene recht hatte. Der Trommelwirbel ihres Herzens sagte es ihr, der Schwindel, der sie von neuem erfasste, und die Enge in der Kehle, die ihr den Atem nahm. In ihrer Angst, zu ersticken, schnappte sie in keuchenden Stößen nach Luft.

»Trinken Sie.« Irene nahm ihr das Glas aus den Händen und presste es ihr wie einer Kranken an die Lippen.

Amarna musste husten und prustete eine Salve der hochprozentigen Flüssigkeit über Irenes Blusenärmel, ehe sie endlich trinken konnte. Das Schlucken schmerzte, aber es half. Ihr Herzschlag beruhigte sich.

Irene trat zurück und stellte das Glas ins Spülbecken. »In Notfällen hilft es«, sagte sie. »Aber gewöhnen Sie es sich nicht an, sonst macht Ihre Angst Sie trunksüchtig.«

»Warum sagen Sie mir das?«

»Weil es mir um ein Haar so ergangen wäre«, erwiderte Irene.

»Sie … Sie haben dasselbe wie ich?«, stammelte Amarna. »Ist es eine Krankheit? Gibt es etwas, das man dagegen tun kann?«

Der Blick der anderen traf sie. Blassgraue Augen musterten sie durch die Gläser der Brille. »Nein, ich habe nicht dasselbe«, entgegnete sie. »Das, was Sie haben, ist Angst, und wenn Sie mich fragen, ist das keine Krankheit. Ob man etwas dagegen tun kann, müssen Ihnen andere sagen, nicht ich.«

»Ich habe das Gefühl, ich werde an der Angst verrückt!«

»Das verstehe ich«, erwiderte Irene. »Hilft es Ihnen, wenn ich Ihnen sage, dass ich Sie für eine vernünftige, geistig völlig gesunde junge Frau halte und sicher bin, dass es für Ihre Angst einen vernünftigen, völlig gesunden Grund gibt?«
»Aber wie kann ich denn Angst vor Hattuša haben, wenn ich in meinem Leben noch nie in diesem Hattuša war? Ich habe ja nicht nur Angst davor, sondern bin gleichzeitig besessen davon, ich lasse meine Arbeit liegen, weil ich an nichts anderes denken kann. Und dabei ist es eine Schimäre wie Atlantis – ich kann nicht einmal sicher sein, dass es dieses Hattuša überhaupt gibt!«
»Sie haben keine Angst vor einer Schimäre«, erwiderte Irene ruhig. »Und Sie sind auch von keiner Schimäre besessen. Hattuša gibt es. Hugo Winckler und sein türkischer Partner Theodor Makridi Bey haben im Jahr 1906 eindeutig bewiesen, dass es sich bei den von ihnen freigelegten Ruinen um die Hauptstadt des hethitischen Großreiches handelt. Die eigentümliche Sprache, die Sie bei mir zu entziffern lernen und die mit den übrigen Sprachen des Vorderen Orients nichts zu tun hat, sondern der indogermanischen Familie entstammt, ist die Sprache, in der ihre Bewohner sich verständigt haben. Sie wissen all das, Amarna. Reden Sie sich nicht ein, dass Sie vor einem Gespenst flüchten, denn das tun Sie nicht.«
»Aber was habe denn ich mit dieser Stadt zu tun? Wie kann ein Ort mir Angst machen, der seit dreitausend Jahren in der Erde Anatoliens versunken ist und den ich nie gesehen habe?«
»Sind Sie schon einmal auf die Idee gekommen, diese Fragen Ihrem Vater zu stellen?«, fragte Irene.
»Mein Vater«, begann Amarna, brach jedoch ab, weil sie nicht wusste, wie sie den Satz zu Ende führen sollte.
»Ihr Vater dürfte zu den bekanntesten Altorientalisten dieses Landes gehören«, sagte Irene. »Liegt es nicht nahe, bei ihm

nachzufragen, ob er für Ihre Besessenheit von Hattuša eine Erklärung hat?«
»Wie gesagt, er hat seine bedeutendsten Entdeckungen auf dem Gebiet der Ägyptologie gemacht. Er hat Grabungen in Tell el-Amarna geleitet«, entgegnete Amarna.
Irene verzog den Mund zu einem Lächeln, das weder amüsiert noch freundlich wirkte. »Das ist Ihrem Namen ja unschwer anzumerken. Hätte er Sie Hattuša taufen lassen, wären Sie jetzt schlauer. Wann sind Sie geboren worden, Amarna?«
»1907«, antwortete sie. »Im September.«
»In Tell el-Amarna?«
Amarna stockte. »In Berlin, dachte ich«, platzte sie heraus.
»Aber sicher sind Sie sich nicht? Haben Sie Ihre Geburtsurkunde überhaupt schon einmal in der Hand gehalten?«
»Nein«, gab sie zu. »Ich hatte noch nie Grund dazu.«
»Sagen Sie Ihrem Vater, er soll sie Ihnen zeigen. Und dann fragen Sie ihn, ob er sich die Alpträume und Ängste, die Sie quälen, nicht vielleicht erklären kann.«
»Und wenn er mir keine Antwort gibt?«
Auf Irenes Lippen saß noch immer das unfrohe Lächeln. »Neigt er dazu, Ihnen keine Antwort zu geben?«
Amarna nickte.
»Das habe ich befürchtet. Dann wird Ihnen nichts übrig bleiben als das, was Wissenschaftler immer tun: Gibt eine Quelle nichts her, muss eine andere ausgeschöpft werden. Warten Sie.« Sie zog einen Schub in dem weißlackierten Geschirrschrank auf, ließ ihre Finger zwischen Stecknadeln, Schießgummis und Bleistiftstummel gleiten und förderte eine angegilbte Visitenkarte zutage. »Bodo Hähnlein. Sitzt im Vorstand der Orient-Gesellschaft. Es könnte einen Versuch wert sein, sich an ihn zu wenden.«
Sie ging zu Amarna und legte ihr das Fundstück auf die Knie. Der Name kam Amarna vage bekannt vor.

»Ich habe nie sonderlich viel von Bodo gehalten«, sagte Irene. »Er ist einer jener kleinen Männer, die einfach nicht darüber hinwegkommen, dass andere größer sind. Wohl deshalb wütet er gegen Frauen in seinem Feld – weil er Angst hat, dass selbst die ihm noch über den Kopf wachsen. Nichtsdestoweniger leistet Bodo solide archäologische Arbeit. Und was die Fragen betrifft, die Sie bedrängen, könnte er Ihr Mann sein.«

»Warum?«, fragte Amarna. »Ist Hattuša sein Feld?«

»Hattuša ist vor allem ein Feld, das urplötzlich niemand mehr beackerte«, antwortete Irene. »Hugo Winckler starb, und die anderen, die sich die Stadt in den Bergen zu eigen gemacht hatten, ließen sie fallen wie eine über Nacht verblühte Frau. Von den jungen Leuten wollte sich niemand die Finger daran verbrennen. Das zerfallende Osmanische Reich war ein allzu heißes Pflaster, und zudem sind die Hethiter kein Volk, mit dem sich Ruhm und Stiftungsgelder scheffeln lassen. Ein gefundenes Fressen für einen Mann wie Bodo, der es satthatte, der ewige Zweite zu sein. In der Hattuša-Forschung hatte er freie Bahn und konnte sich endlich den ersehnten Lorbeer verdienen.«

»Hat er in Hattuša weitergegraben?«, fragte Amarna. Hatte nicht Merten behauptet, nach Hattuša habe nach dem Krieg kein Archäologe mehr seinen Fuß gesetzt?

»Bodo?« Irene schnaubte. »Gott bewahre. Das dicke Doktorchen schickt so schnell keiner auf Expedition. Was gehortetes Material zum Thema angeht, dürfte er jedoch unschlagbar sein. Und jetzt müssen Sie gehen, so leid es mir tut. Ich erwarte noch einen Schüler, der allerdings nur biederes Französisch bei mir lernt.«

Erschrocken sah Amarna auf die Wanduhr, die in diesem Moment zu schlagen begann. Seit einer halben Stunde wartete Paul bei Mutter Wiechert. »Ich weiß nicht, wie ich Ihnen danken

soll«, sagte sie und sprang auf. »Ohne Sie hätte ich mich heute freiwillig in Buch in die Städtische Irrenanstalt eingeliefert.«
Abwehrend hob Irene die Hände. »Ich habe ja nichts für Sie getan, außer Ihnen ein bisschen normannischen Branntwein einzuflößen. Den Dank hätte ich nicht einmal verdient, wenn ich Ihnen wirklich geholfen hätte, aber dazu fehlt mir wie den meisten Menschen die Courage. Kommen Sie trotzdem wieder. Sie wollen mit ihren Studien zum Nesili der Hethiter doch fortfahren, oder nicht?«
»Nu ninda-an ezzateni watarma etukeni«, murmelte Amarna. Nun sollt ihr Brot essen und Wasser trinken. Die schlichten Worte bildeten den ersten Satz, den Irene ihr beigebracht hatte, und zugleich den ersten, den Bedřich Hrozný übersetzt hatte. Mit dieser Handvoll Wörter war ihm bei der Entschlüsselung der geheimnisvollen Sprache der Durchbruch gelungen. Sie hatten eine Tür aufgestoßen, doch von dem, was dahinterlag, war bisher höchstens ein Bruchteil bekannt.
Amarna liebte diese Zeile, weil sie sie an Verse aus dem *Gilgamesch-Epos* erinnerten, an den wilden Enkidu, dem die Geliebte, die ihn zähmen will, Brot und Bier vorsetzt und der nichts damit anzufangen weiß.
»Mir fällt im Moment nichts ein, das ich mehr will, als mir diese Sprache zu eigen zu machen«, sagte sie zu Irene. »Ich habe gelesen, dass Wissenschaftler Tontafeln aus der Bibliothek von Hattuša durchforstet haben, weil sie hofften, darin die Erklärung für den Untergang der Stadt zu finden. So ähnlich ergeht es mir, auch wenn Sie darüber lachen werden. Irgendetwas in mir ist überzeugt, in den Tafeln aus Hattuša müsste sich die Erklärung für dieses Wirrwarr in meinem Kopf finden.«
»Das Lachen über dergleichen habe ich mir abgewöhnt«, erwiderte Irene. »Außerdem glaube ich nicht, dass Sie unrecht

haben. Weshalb vergraben wir uns schließlich so vehement in die Probleme der Vergangenheit, wenn nicht, weil wir hoffen, dort auf Lösungen für unsere eigenen zu stoßen? Eine Erklärung für den Untergang von Hattuša ist nie gefunden worden. Wer weiß, wenn Ihre Suche nach sich selbst Sie auf den richtigen Weg führt, finden Sie womöglich beides.«

7

Einmal im Monat musste Paul seine Familie besuchen. In den Tagen, in denen dieser Besuch näher rückte, sank seine Laune in Untiefen. Er war gereizt, unkonzentriert und machte bei seiner Arbeit Fehler wie ein Erstsemester. Hatte er die verhasste Pflicht schließlich hinter sich, fühlte er sich, als würde er aus der trüben Behausung seiner Verwandten eine zentnerschwere Last mit sich schleppen, die ihm die Schultern niederbeugte. Für gewöhnlich verkroch er sich am Abend danach in seiner Studentenbude. Erst wenn er eine Nacht darüber geschlafen hatte, machte die Bürde der Erleichterung Platz, weil er einen ganzen Monat lang nicht an seine Familie zu denken brauchte.

An diesem Abend allerdings würde aus dem Verkriechen nichts werden. Er war bei Mutter Wiechert, ihrer Stammkneipe in einer Seitenstraße des Hackeschen Markts, mit Amarna verabredet. Eigentlich hatten sie sich bereits am Abend zuvor treffen wollen, doch Amarna hatte den Termin verschoben, weil sie mit ihrer Arbeit zu beschäftigt war. In letzter Zeit sagte sie dauernd Verabredungen mit dieser vagen Begründung ab, und außerdem hatte sie aufgehört, die Ergebnisse ihrer Arbeit mit ihm zu besprechen.

Während er jede freie Minute mit ihr hätte verbringen wollen, schien sie ständig anderes zu tun zu haben. Ihre Gespräche fehlten ihm, ihr verhaltenes Lachen, ihre blauen Augen. Als sie ihn darum bat, ihr Treffen auf diesen Abend zu verschieben, hatte er nicht nein sagen können, so wenig es ihm passte. Alles war besser, als sie überhaupt nicht zu sehen.
Zu seinem Pech war der Besuch noch unerträglicher gewesen als sonst. Seit sein Vater nach einer seiner Schlägereien seine Arbeit als Schweißer verloren hatte, waren seine Eltern samt seinem Bruder Werner nach Marienfelde, in die Laubenkolonie, gezogen, in der seine Großeltern ihre Parzelle hatten. Dort hausten sie zu fünft in dem Häuschen, das aus Wohnstube, Schlafkammer, Küche und Plumpsklo bestand und nach einem Gemisch aus Grünkohl und Katzenurin stank. Überall lag zerdrücktes Bettzeug, und zwischen ausgesucht scheußlichem Nippes drängten sich Untertassen voller selbstgedrehter Kippen.
Die Vorstellung, in dem abgestandenen Mief drei Stunden verbringen zu müssen, verursachte Paul Platzangst. Seine Verwandten aber hockten tagein, tagaus in den engen Zimmern und kamen nicht einmal auf die Idee, eins der winzigen Fenster zu öffnen.
Noch schlimmer als die räumliche Enge war die geistige. Keiner der fünf Menschen nahm je ein Buch zur Hand, besuchte ein Theater oder auch nur ein anderes Lokal als die Destille an der Ecke. Ein Museum hatte keiner von ihnen je von innen gesehen. Seine Großmutter buk unappetitliche Blechkuchen und fütterte die Katzen der Umgebung, und seine Mutter verhäkelte Wollreste zu Kleidungsstücken, für die Paul sich in der Schule geschämt hatte. Sein Vater hatte sich damit abgefunden, fortan von der Arbeitslosenstütze zu leben, und Werner, sein Bruder, war, soweit Paul wusste, nie einer regulären Arbeit nachgegangen.

»Aber jetzt wird das ja alles anders«, verkündete seine Mutter stolz und erhob das schmuddelige Häkelzeug, wie um Flagge zu zeigen. »Werner ist nämlich jetzt wo eingetreten.«
»Was heißt, er ist wo eingetreten?«, fuhr Paul auf.
»Na, in die Partei vom Herrn Hitler«, antwortete seine Mutter. »Die wo mal aufräumen tut mit den Juden und all dem Pack, das unsern Männern die Arbeit wegnimmt.«
»Habt ihr jetzt euren letzten Rest Verstand versoffen?«, rief Paul und sprang von dem durchgesessenen Sessel auf. Er schwang zu seinem Bruder herum, der auf der Stuhlkante saß, Rauchwolken über den Streuselkuchen blies und vor sich hin stierte. »Sag mir nicht, du gehst jetzt zu diesen hirnlosen Krawallbrüdern, die auf der Straße willkürlich Menschen zusammenschlagen, weil sie ihre eigene Dumpfheit nicht ertragen?« Dass sein Bruder, mit dem er Kirschkerne gespuckt und Räuber und Gendarm gespielt hatte, zu diesem Mob gehörte, war unvorstellbar. Erst vor Wochen hatten Nazi-Horden dem Kaufhaus Wertheim in der Leipziger Straße die Schaufenster eingeworfen, Pflastersteine nach Flüchtenden geschleudert und dabei »Juda verrecke« gegrölt. »Weißt du überhaupt, was dieses Pack will?«, fuhr er von neuem seinen Bruder an. »Menschen töten, Werner, ganz egal, ob es sich um Frauen, Kinder oder Greise handelt, solange sie nur jüdischer Abstammung sind.«
Werner glotzte ihn an, als spräche Paul eine Sprache, die er nicht verstand. »Irgendwat muss unsereiner doch machen«, brummte er, ehe er an dem zerdrückten Rest seiner Zigarette zog.
»Ihr Studierten, ihr habt gut reden.« Als Paul sich wieder zu seiner Mutter umdrehte, wies sie mit der Häkelnadel auf ihn, wie um ihn zu durchbohren. »Du glaubst doch sowieso, du bist zu fein für die Leute, die dich aufgezogen haben.«
»So ist es nicht!«, rief Paul, auch wenn es so war. Weshalb zum

Teufel gab man sich zu einer solchen Farce her, weshalb konnte man nicht aufhören, die Frau, die einen auf die Welt gebracht hatte, zu lieben? Weshalb vergaß man weder die aufgeschlagenen Knie, die sie verarztet hatte, noch die tröstliche Körperwärme, wenn man nachts nach bösen Träumen in ihr Bett gekrochen war?

»Du lässt dich doch hier nur blicken, wenn dein Gewissen dich zwickt«, schimpfte seine Mutter weiter. »Glaubst du, wir sind so dämlich und merken nicht, dass du dich für uns schämst?«

»Mutter«, warf er hilflos ein, dann wusste er nicht weiter. Seltsamerweise befiel ihn bei seiner Familie kaum je sein Jähzorn, sondern nur eine müde Resignation.

»Ach, das Wort kennst du also noch«, bemerkte seine Mutter spitz. »Tust du auch gut dran, davon hast du nämlich nur eine.«

»Und wat sich einer kaufen kann von so'm Studium, dat muss der mir erst mal erklären.« Sein Vater drosch die Faust auf den Tisch, dass Tassen und Aschenbecher hüpften. »Da rennste nu' ewig und drei Tage zu deine Professoren, aber arm wie 'ne Kirchenmaus biste immer noch.«

Paul gab sich alle Mühe, sich auf keinen Streit einzulassen. Er fragte seinen Großvater nach dessen Erfolgen im Skatverein und machte seiner Großmutter Komplimente für den Kuchen. Wegen seines Bruders und der Nazi-Partei würde er etwas unternehmen müssen, aber er schob es auf und brachte den Nachmittag irgendwie hinter sich. Als er sich endlich mit einer Ausrede verabschieden durfte und hinaus in den Schneeregen trat, um zur Straßenbahn zu laufen, kam seine Mutter ihm hinterher und drückte ihm ein Glas mit irgendetwas Eingewecktem in die Hand. »Hier. Hab extra Sirup drangetan. Du fällst mir ja vom Fleisch.«

Dafür, dass er das Glas nahm, obwohl er den Inhalt nicht anrühren würde, schämte er sich. Seine Familie konnte Essbares schwer entbehren, aber er brachte es nicht über sich, die Gabe abzulehnen. Mühsam überwand er den Ekel vor der bekleckerten Kittelschürze und zog seine Mutter an sich. »Mach's gut, Mutter. Ich komme vorbei, sobald ich es einrichten kann.«

»Ja, ja«, murmelte seine Mutter. »Erzähl das mal einem, der keine Krempe am Hut hat.«

Paul ging die dunkle Straße hinunter und drehte sich nicht um. Auf der Anrichte in ihrer alten Wohnung hatte ein Foto gestanden, auf dem die Mutter ihn als Säugling im Arm gehalten hatte. Sie hatte eine weiße Bluse getragen und scheu und steif in die Kamera gelächelt. Wo das Foto hingekommen war, wusste er nicht. Vielleicht würde irgendwann ein Archäologe es ausgraben und sich fragen, was für eine Geschichte es erzählte.

Er musste zweimal umsteigen, ehe er endlich in der Dorotheenstadt aus der S-Bahn stieg und sich wieder zu Hause fühlte. Den Rest des Weges rannte er, weil er es nicht erwarten konnte, Amarna zu sehen. Mit zehn Minuten Verspätung stürmte er in die urige Kneipe, in der vorwiegend Angehörige der Universität verkehrten, und kam sich vor wie aus der Wüste heimgekehrt in die Zivilisation. Mutter Wiechert, die Witwe eines Professors, die ihr Lokal mit Leidenschaft führte, stampfte ihm entgegen. Über ein Tablett mit dampfenden Schüsseln hinweg sah sie ihn an. »Doch wohl keinen Ärger gehabt, Herr Dr. Vollmer?«

Er hatte es aufgegeben, ihr beizubringen, dass er noch kein Doktor war.

»Sie sehen aus, als könnten Sie dringend ein Glas Moselwein gebrauchen. Ein großes.«

Paul schenkte ihr ein Lächeln. »Frau Wiechert, Sie lesen meine Gedanken.«

»Ach was, ich kenne nur meine Pappenheimer.« Sie tätschelte ihm die Schulter. »Na, nun setzen Sie sich erst mal hin. Ihr schöner Ecktisch ist ja für Sie frei.« Sie wies in die Nische, die er sich am liebsten mit Amarna teilte. In der Tischmitte brannte eine Kerze, und auf das helle Holz tropfte Wachs. Von Amarna allerdings war nicht einmal ihre mit Papieren vollgestopfte Tasche zu sehen.

»Ist Fräulein Brandstätter wieder gegangen?«

»Das kleine Fräulein?« Mutter Wiechert schüttelte den Kopf. »Die hab ich heute den ganzen Tag noch nicht gesehen.« Amarna hasste es, wenn sie sie das kleine Fräulein nannte, doch es war ihr so wenig abzugewöhnen wie sein Doktortitel. »Ziehen Sie bloß kein so besorgtes Gesicht. Ihr kleines Fräulein wird schon noch kommen – nach einem Mann wie Ihnen lecken sich die Mädchen doch alle zehn Finger.« Sie stellte das Tablett ab und bugsierte ihn in seine Nische. »Sie trinken jetzt Ihren Wein, der geht aufs Haus, und wenn die Kleine dann immer noch nicht da ist, pfeifen Sie drauf. Andere Mütter haben schließlich auch schöne Töchter.«

Damit zog sie von dannen und servierte ihm kurz darauf ein bis zum Rand gefülltes Glas. Paul seufzte. In den Augen von Mutter Wiechert war er mindestens der Nachfolger von Rudolph Valentino, und er war wütend auf sich, weil er sich einen Moment lang wünschte, Amarna möge das genauso sehen. Stattdessen ließ sie ihn warten, bis er sicher war, dass sie ihn versetzt hatte. Paul ließ mit Alkohol sonst Vorsicht walten, seine Familie war ihm ein abschreckendes Beispiel, doch die Gedanken, die ihm durch den Kopf schossen, verlangten nach einem zweiten Glas Wein. Ein anderer Mann. Aber war das nicht platt und gehörte in Dienstmädchenromane? Wie konnte er ihre Beziehung durch eine solche abgeschmackte Unterstellung entwürdigen? Weder er noch Amarna gehörten zu

den Menschen, die Zeit mit Flirts und Tändeleien vergeudeten. Was sie verband, war ernst und beständig. Niemanden als Amarna hätte er heute in seiner Nähe ertragen, und sie hatte ihm nie Grund gegeben, ihr zu misstrauen.
Warum aber hatte sie immer weniger Zeit für ihn? Nach jener Nacht im Museum, als aus zwei Freunden ein Liebespaar geworden war, hatte er gehofft, sie täglich zu sehen und endlich ihrem Vater vorgestellt zu werden. Stattdessen kam es ihm vor, als zöge sie sich vor ihm zurück. War es wirklich nur ihre Arbeit, und hätte sie mit dieser Arbeit dann nicht längst fertig sein müssen? Weshalb hörte sie nicht auf seinen Rat, den er ihr wegen dieser obskuren Sprachlehrerin gegeben hatte? Er war in Versuchung gewesen, Merten Schobert einzuweihen, weil die Sache ihm unheimlich vorkam, doch letzten Endes war er vor dem Vertrauensbruch zurückgeschreckt.
Als die Tür aufflog und eine Woge pfeifenden Windes hereintrieb, sprang er auf. Amarna? Aber es war nur ein fremdes Mädchen ohne Kopfbedeckung, im langen Rock und mit schwarzem, triefnassem Haar. Sie hielt eine Sammeldose in den Händen, ging von Tisch zu Tisch und ließ die Dose klappern. Die Winterhilfe der Gewerkschaft vermutlich oder die Caritas.
Paul sah die Gäste an den Tischen die Köpfe schütteln. Die meisten waren Studenten, die jeden Pfennig umdrehen mussten, und die Zeiten waren schlecht. Der eine oder andere hätte sicher dennoch eine Münze lockergemacht, hätte das Mädchen gefälliger ausgesehen. Sie war jung, aber ihr ausgezehrtes Gesicht wirkte, als wäre es nie jung gewesen. Als sie zu ihm kam, sah er, dass ihre Hände von der Kälte gesprungen waren.
»Wofür sammeln Sie?«, fragte er, denn so ruckartig, wie sie die Dose schüttelte, konnte er den Schriftzug nicht lesen.

»Deutsch-armenische Gesellschaft.« Sie zerhackte die Worte. »Armenienhilfe. Decken für Waisenhaus.«
Vielleicht log sie. Viele dieser Bettler trugen herzzerreißende Anliegen vor, um Mitleid zu wecken und die eigenen Taschen zu füllen. Es war Paul egal. Am liebsten hätte er dem vogelknochigen Geschöpf einen Teller von Mutter Wiecherts Kartoffelsuppe gekauft, mit einer ganzen Bockwurst darin.
Durften Armenier Bockwürste essen? Er hasste es, sich Bildungslücken einzugestehen, musste jedoch feststellen, dass er nichts über Armenier wusste. Er kramte in seiner Tasche nach ein paar Münzen und steckte sie in die Dose. Das Mädchen bedankte sich nicht, drehte sich um und floh aus der Kneipe. Kaum war sie verschwunden, schwang die Tür erneut auf, und Amarna trat ein.

8

Sie hatte es ihm erzählen wollen, gleich als sie sich ihm gegenüber an den Tisch gesetzt hatte. Er aber hatte dermaßen niedergeschlagen gewirkt, dass sie unmöglich davon anfangen konnte. »Es tut mir leid, dass ich zu spät komme«, murmelte sie stattdessen. »Mein Sprachunterricht hat länger gedauert.«
»War das wirklich so wichtig?«, fragte er. »Ich war bei meinen Eltern. Ich hätte dich heute gebraucht.«
»Es tut mir leid«, wiederholte sie. »War es schlimm?« Sie wusste, wie er unter den Besuchen bei seinen Eltern litt. Dennoch wünschte sie, sie hätte aufstehen und gehen dürfen, statt ihm zuzuhören.

»Es war schlimmer denn je«, sagte er. »Mein Bruder ist der Nazi-Partei beigetreten. Und meine Mutter glaubt, dieser Hitler bringt Leuten wie ihr das Heil, auch wenn sie nicht weiß, was sie darunter versteht. Hier, das hat sie mir mitgegeben. Weil ich ja sonst nichts zu essen bekomme.« Über den Tisch schob er ihr ein schmieriges Weckglas zu, das mit einer gelben Gallertmasse gefüllt war.

»Was ist das?«

Er zuckte mit den Schultern. »Quittengelee, nehme ich an.«

»Und das hat sie für dich gekocht, weil du sonst nichts zu essen bekommst?« Ehe sie sich hindern konnte, lachte sie auf.

»Was ist daran komisch?«

»Nichts. Ich habe nur daran denken müssen, dass mir noch nie ein Mensch, der nicht dafür bezahlt worden ist, etwas gekocht hat.« Er fuhr zusammen.

»Nun schön«, sagte Amarna. »Bitte sei mir nicht böse, dass ich deinen Kummer über deine Quitten kochende Mutter nicht teilen kann.« Vor der Schärfe ihrer Worte erschrak sie, konnte aber trotzdem nicht aufhören. »Ich habe meine Mutter nicht gekannt, ich weiß nicht, wie es sich anfühlt, eine zu haben, nur, dass ich mir auf einmal wünsche, meine würde mir ekliges Kompott einkochen, auch wenn sie dabei dummes Zeug erzählt.«

Wieder fuhr er zusammen. Dann spürte sie seine Hand auf ihrer. »Bitte vergiss, was ich gesagt habe, Liebes. Ich habe hier herumgesessen und bin mit jeder Minute nervöser geworden. Ich hatte plötzlich Angst, du hättest mich verlassen.«

Sie musste es ihm sagen. Ich verlasse dich, Paul. Ich habe so viel mit mir selbst zu tun, dass für einen anderen kein Platz ist.

Paul streichelte sie. »Sprechen wir von etwas Schönem, ja? Weißt du, was Merten Schobert gesagt hat? Er glaubt, er kann die Sache mit unserer London-Reise durchfechten. Weißt du, was für ein Traum das für mich wäre – mit dir im British Museum? Ich werde noch eine Weile sparen müssen, aber Schobert meint, er kann mir auch mit zusätzlicher Arbeit unter die Arme greifen.«

»Paul«, sagte Amarna.

»Ja, mein Liebes.«

»Ich kann nicht mit dir nach London fahren.«

Sein Griff um ihre Hand wurde fest. »Und ob du kannst, Liebes! Dein Pate ist sicher, dass er die Sache mit deinem Vater geschaukelt bekommt. Ich würde übrigens auch selbst gern mein Wort einlegen. Findest du nicht, du solltest mich deinem alten Herrn allmählich einmal vorstellen?«

Mutter Wiecherts Schankraum war wie üblich überheizt, aber Amarna wurde nicht warm. Ihr war, als hätte sie eine Eissäule in sich, die sie zwang, den Rücken steif zu halten. »Hast du mir zugehört?«, fragte sie mit einer Stimme, die nach dem Eis klang, nicht nach ihr. »Ich kann nicht mit dir nach London fahren. Ich kann nirgendwohin fahren. Nur nach Hattuša.«

Paul stellte sein Weinglas ab und drückte ihre Hand so fest, dass es weh tat. »Weißt du was? Allmählich bekomme ich Angst, dass diese Sache mit Hattuša sich bei dir zum Wahn auswächst.«

»Ich auch«, sagte Amarna. »Deshalb muss ich hin.«

»Aber das geht doch nicht – nicht einmal, wenn ich es wollte, nicht einmal, wenn dein Vater es erlauben würde, könnte ich dich nach Hattuša bringen. Dort war seit dem Krieg kein Mensch mehr. Es gibt keine Expedition, keine Fördergelder, keine Grabungslizenz. Worum geht es dir eigentlich dabei? Um Gilgamesch?«

»Ja«, hörte sie die fremde, zur Eissäule erstarrte Amarna in sich sagen. »Um Gilgamesch. Der war ein übler König, als er auf den Thron gelangte, weißt du das? Er herrschte wie ein

Sensenmann, der ohne Sinn und Verstand durch ein Feld drischt. Junge Männer zwang er, sich mit ihm im Kampf zu messen, und junge Mädchen, sich in sein Bett zu legen. Von sich selbst wusste er nicht mehr, als dass er der König war. Seine Untertanen ächzten unter der Last seiner Regierung und flehten die Götter um Hilfe an.«

Paul setzte sein Lächeln auf, von dem Mädchen wie Helene schwärmten. Amarna war es verhasst. Sie fand es gönnerhaft.

»Ja, das weiß ich«, sagte er lächelnd. »Dein Gilgamesch ist mir schließlich nicht neu.«

»So komme ich mir vor«, sagte die Amarna aus Eis. »Wie Gilgamesch, der weiß, dass er König ist, sich selbst aber überhaupt nicht kennt. Als die Menschen sich in ihrer Not an die Götter wenden, beschließt Aruru, die Muttergöttin, ihm einen Gefährten zu schaffen, Enkidu, den Wilden, mit dem er seine Kräfte messen soll. Enkidu begleitet ihn, als er zu seiner Reise aufbricht, um sich selbst zu finden. Manchmal wünsche ich mir, die Götter würden mir auch einen schaffen. Meinen eigenen Enkidu, der mich besser kennt als ich mich selbst.«

Wie sehr sie sich das wünschte, hätte sie nicht in Worte fassen können. Enkidu, der Wilde, war stark und tollkühn, scheu und zärtlich gewesen, Gilgameschs Bruder, der sich durch nichts von ihm trennen ließ und die Einsamkeit aus seinem Leben verbannte, bis er starb. Nach seinem Tod war Gilgamesch in einen Abgrund der Verzweiflung gestürzt, und so kam Amarna sich vor – als hätte sie Enkidu, den Gefährten, der in ihre Tiefe sehen konnte, einst bei sich gehabt und als wäre er ihr geraubt worden.

Pauls Lächeln wich nicht. »Ich hoffe, ich habe keine Ähnlichkeit mit einem Wilden«, sagte er. »Aber wenn es auch ein zivilisierter Akademiker sein darf, wäre ich gern dein Enkidu.

Und wer weiß, vielleicht brauchst du wirklich eine Reise, um dich selbst zu erkunden. Ich verspreche dir, ich tue mein Möglichstes, um das Geld zusammenzubringen, damit wir uns noch vor dem Sommer auf den Weg nach London machen können.«

»Hörst du mir eigentlich zu?«, fragte Amarna. »Ich habe gesagt, ich muss nicht nach London, sondern nach Hattuša!«

»Aber nach Hattuša kannst du nicht! Außerdem weigerst du dich stur, mir zu erklären, was du dort eigentlich willst, warum du um jeden Preis Hethitisch lernen musst und weshalb dich außer dieser fixen Idee auf einmal nichts mehr interessiert!« Er hatte geschrien und war aufgesprungen. Als ihm bewusst wurde, was er tat, sackte er regelrecht in sich zusammen und fiel zurück auf seinen Stuhl. »Es tut mir leid«, murmelte er. »Ich weiß nicht, was mit mir los ist.«

»Doch, das weißt du«, sagte Amarna. »Ich benehme mich wie eine Wahnsinnige und stecke dich damit an. Ich wollte dir heute Abend sagen, dass ich mich nicht mit dir verloben kann, Paul. Ich kann gar nichts tun. Nur wie Gilgamesch mit meiner Sense alles kurz und klein schlagen, ehe ich nicht geklärt habe, warum ich seit meinem sechsten Lebensjahr Alpträume von einer Stadt habe, in der ich nie gewesen bin.«

Er brauchte einige Augenblicke, um das Gehörte zu verdauen. »Von Hattuša?«, fragte er dann. »Du hast Alpträume von Hattuša?«

Amarna nickte.

»Aber daran muss doch kein großes Geheimnis sein, Liebes. Könnten diese Träume nicht einfach von Bildern stammen, die du als Kind bei deinem Vater gesehen hast?«

»Ich bin sicher, sämtliche Bücher und Bilder gesehen zu haben, die mein Vater hortet«, erwiderte Amarna. »Von Hattuša hat er keines. Er und ich reden über Archäologie des Vorderen

Orients wie gewöhnliche Leute über Fahrten ins Grüne. Von Hattuša hat er nie ein Wort von sich gegeben.«

»Und wer sagt dir, dass es in deinen Träumen um Hattuša geht, nicht um eine ähnliche Stadt?«

»Es gibt keine Stadt, die Hattuša ähnlich ist«, erwiderte Amarna. »Sie steht ganz für sich allein. Warum die Hethiter ihre Hauptstadt so nah an die nördliche Grenze ihres Reiches stellten, meilenweit entfernt vom Meer, von befahrbaren Flüssen und Handelsstraßen, warum sie sie derart riesenhaft bauten und erdrückend befestigten, wissen wir nicht. Vor allem wissen wir nicht, warum diese gewaltige Festung von einer Stadt unterging, ohne in der Geschichte eine Spur zu hinterlassen. Ich habe in diesem Winter jeden Fetzen gelesen, den ich zu Hattuša auftreiben konnte. Hast du gewusst, was ein türkischer Archäologe zu Beginn des Jahrhunderts entdeckt hat? Die Hethiter haben nicht nur frühzeitig Eisen benutzt, sondern waren in der Lage, Stahl herzustellen.«

»Das ist allgemein bekannt«, erwiderte Paul.

»Nun schön«, sagte Amarna, die bezweifelte, dass es ihm bekannt war. »Ich wusste es jedenfalls nicht, und ich weiß noch immer fast nichts, denn ich finde kaum Material. Ganz sicher existiert noch welches, doch wo immer ich danach suche, habe ich das Gefühl, gegen Wände zu laufen. Trotzdem genügt das wenige, um zu begreifen, dass in Hattuša etwas liegt, das ich finden muss – wenn ich mich selbst finden will.«

»Was meinst du damit, du hast das Gefühl, gegen Wände zu laufen?«, fragte Paul.

»Einerlei, wohin ich mich wende«, antwortete Amarna, »an die Fakultätsleitung, ans Museum, an die Orient-Gesellschaft – sobald ich den Namen Hattuša erwähne, hält man mir vor, dazu gebe es nichts und ich solle mir gefälligst eine vernünftige Beschäftigung suchen. Zu den Expeditionen von

Hugo Winckler habe ich eine dünne Broschüre mit Ergebnissen gefunden, das war alles. Keine Grabungsprotokolle, keine Teilnehmerlisten, keinen Schriftverkehr.«
Von neuem schwieg Paul, ehe er seine Hand wieder über die ihre schob. »Amarna«, sagte er leise, »ich liebe dich. Als du eben gesagt hast, du könntest dich nicht mit mir verloben, habe ich geglaubt, mir bliebe das Herz stehen. Ich will, dass du meine Frau wirst. Und wenn du vorher herausfinden willst, was dich mit diesem Hattuša verbindet, müssen wir das eben gemeinsam schaffen.«
Die Eissäule in Amarna schmolz nicht, aber sie schien unter seinen Worten aufzuweichen. Als Paul sich neben sie setzte und ihren Kopf an seine Schulter zog, wehrte sie sich nicht. Ihr war entsetzlich kalt.
»Soll ich noch einmal in den Archiven nach Material zu Hattuša suchen?«, fragte er. »Würde dir das etwas nützen?«
»Du hältst es also für möglich, dass man dir etwas aushändigt, was man mir verweigert?«, fragte sie.
»Das wäre doch immerhin möglich.«
Sie fand ihn noch immer gönnerhaft, aber sie wollte sich die Chance, etwas herauszufinden, nicht entgehen lassen. »Wenn es dir nichts ausmacht, versuch es bitte«, sagte sie. »Ich bin sicher, dass Material vorhanden ist. Die Orient-Gesellschaft erstellt doch sonst zu jedem ihrer Atemzüge einen Aktenordner voll Berichte.«
»Vergiss die Kriege nicht«, wandte Paul ein. »Das Osmanische Reich hatte nicht nur den Weltkrieg und die Balkankrise zu bestehen, sondern ist in blutigen Kämpfen auseinandergebrochen. Möglich, dass dabei manches verlorenging. Erst vorhin, als diese Bettlerin hier war, ist mir klargeworden, dass ich über die jüngste Geschichte der Region einige Wissenslücken schließen muss.«

»Was für eine Bettlerin?« Amarna blickte auf.
»Ein junges Mädchen, das für die Armenienhilfe sammelte. Armenier gab es im Osmanischen Reich jede Menge. Wenn ich mich recht erinnere, haben die Jungtürken versucht, sie in andere Länder umzusiedeln.«
»Ich weiß nicht einmal, was Jungtürken sind«, erwiderte Amarna. »Es kommt mir vor, als hätte ich in einer Art Schneekugel gelebt und sanfte Flöckchen auf mich herabregnen lassen, ohne von der Welt, in der ich lebe, eine Ahnung zu haben.«
Paul lächelte. »Jungtürken nannte sich die Bewegung, die 1908 im Osmanischen Reich eine Revolution auf den Weg brachte«, erklärte er. »Sie führten die Türkei an der Seite des Deutschen Reiches in den Weltkrieg und blieben bis Kriegsende an der Macht. Ich glaube mich dunkel an eine bizarre Geschichte über einen Mord zu erinnern.«
»Einen Mord?«
Paul nickte. »Wenn ich mich recht besinne, ist ein Anführer dieser Bewegung Anfang der zwanziger Jahre hier in Berlin ermordet worden. Ich verspreche dir, ich mach mich kundig – über Hattuša, über die Jungtürken und über alles, was du sonst noch wissen willst.«
Trotz aller Verwirrung verspürte Amarna Dankbarkeit. Sie hob den Kopf und küsste ihn auf die Wange. »Ich habe einen so netten Mann wie dich überhaupt nicht verdient«, sagte sie. »Und ich wünschte, ich könnte dir deine Liebe vergelten, dir zumindest sagen, dass ich dich auch liebe. Verstehst du, dass ich dazu jetzt nicht die Kraft habe? Dass ich erst wissen muss, wer ich eigentlich bin?«
»Ja, mein Liebes.« Er strich ihr das Haar aus der Stirn und küsste sie auf den Mund. »Es ist hart, aber dein Enkidu wird sich in Geduld üben. Nur eines musst du mir versprechen,

Amarna. Dein Enkidu bleibe ich. Du darfst die Rolle keinem anderen geben.«
Amarna bemühte sich, sein Lächeln zu erwidern. Sie sah ihn sich an, die vertrauten, angenehmen Züge, das wohlfrisierte sandhelle Haar, die gepunktete Krawatte aus Kunstseide. »Das verspreche ich dir«, sagte sie. »Zwar habe ich mir den aus dem Lehm der Steppe geschaffenen Enkidu nicht gerade wie den kultivierten, attraktiven Doktoranden Paul Vollmer vorgestellt, und der Beiname Sprössling der Stille steht dir auch nicht so richtig, aber trotzdem: Wenn es überhaupt einen Mann in meinem Leben geben kann, dann dich. Das könnte ich dir sogar schwören wie die Herrscher von Hattuša, die einander den Bruderschwur leisteten.«
Pauls Lächeln wurde breiter. »Deine Komplimente lasse ich mir gerne gefallen, aber als dein Bruder möchte ich lieber nicht bezeichnet werden.«
Energisch schüttelte Amarna den Kopf. »Der Bruderschwur von Hattuša wurde auch zwischen Freunden geleistet. Er entstammt der Überzeugung, dass Hattuša mächtig und unzerstörbar bleiben würde, solange dieser Schwur gehalten wurde.«
»Das gefällt mir schon besser.« Paul drückte ihre Hand. »Und wir zwei sind von jetzt an auch mächtig und unzerstörbar, einverstanden? Jetzt leisten wir uns noch ein Glas Wein, und ab morgen stürme ich für dich die Festungen, die dir Informationen über Hattuša vorenthalten. Angefangen bei der Orient-Gesellschaft.«
Amarna nickte. Sie wusste, mit den Träumen der Nacht würde sie wie immer allein sein, aber für den Augenblick war die Einsamkeit weniger bitter. Es gab so vieles, das sie Paul verschwieg. Die Begegnung mit dem Fremden im Museum fiel ihr ein. Warum hatte sie ihm davon nichts gesagt, weshalb war

dieser Vorfall überhaupt wichtig genug, ihn vor ihm zu verbergen? Fast kam es ihr vor, als wäre es ihr inzwischen in Fleisch und Blut übergegangen, alles, was sie beunruhigte, für sich zu behalten. Einen winzigen Teil aber hatte sie ihm heute anvertraut. Noch etwas kam ihr in den Sinn.

»Paul, sagt dir der Name Bodo Hörnlein etwas?«

»Bodo Hörnlein?«

»Ja oder vielleicht auch Händlein oder so ähnlich …«

»Dr. Hähnlein?« Paul hob die hübschen blonden Brauen in die Stirn.

»Genau!«

Er lächelte. »Mit diesem Namensgedächtnis wirst du Probleme bekommen, Amarna. Der Name Hähnlein sagt mir natürlich etwas, und dir würde er auch etwas sagen, wenn du endlich lernen könntest, dir Namen zu merken. Der Mann soll zwar nicht gerade eine Koryphäe sein, aber zurzeit ist er stellvertretender Vorsitzender der Orient-Gesellschaft.«

»Dann lass uns bei ihm anfangen«, sagte Amarna und gab endgültig seiner Umarmung nach.

9

Es war einer jener Tage, an denen er das Gefühl hatte, auf Glas zu gehen. Ein falscher Schritt, und das fragile Gebilde unter seinen Sohlen würde in Scherben zerfallen. Wie viele solcher Tage hatte es in den letzten bald zwanzig Jahren gegeben?

Er steckte den Brief ein, ohne hinzusehen. Ein bisschen war es, als würde er sich ein glühendes Brikett in die Tasche seines geliebten Tweedjacketts stopfen. Wie zum Schutz stellte er den Kragen bis an die Ohren hoch. Schottischer Tweed. Es gab nichts, das Behaglichkeit und Stil so vollendet vereinte. Der Regen, durch den er ging, machte ihm nichts aus. Er besaß einen ordentlichen Stockschirm, doch den benutzte er lieber, um im Schritt damit auszuschwingen. Zwei Braunhemden, die ihm entgegenkamen, wichen erschrocken zur Seite, als er wie zur Drohung damit wedelte. Warum war intolerantes Gesocks nur grundsätzlich feige? Merten musste an sich halten, um nicht auszuspucken.

Im Vorderhaus des Hauses Marburger Straße Nr. 5 saß die Concierge Nanette Ziethen, die Mertens Freund Tilman den Haushalt führte, in ihrer Loge, als hätte sich seit dreißig Jahren die Welt nicht verändert. Die glänzende Schwärze ihres zum Knoten aufgetürmten Haars war schon damals nicht echt gewesen.

»Der Herr Schobert. Lange nicht gesehen. Ich dachte schon, Sie hätten sich bei Ihren Klettertouren den Hals gebrochen.« Seine akademischen Titel sparte sie aus, obwohl sie sonst Wert auf dergleichen legte. Das Recht dazu nahm sie sich. Immerhin hatte sie ihn gekannt, als er von jeglichem Titel meilenweit entfernt gewesen war und nichts besaß als einen Namen, an dem die Anrüchigkeit eines nie ganz vergessenen Skandals klebte.

»Die Freude mache ich Ihnen nicht, Fräulein Ziethen. Ich habe das Bergsteigen letzthin aufgegeben, und jetzt würde ich gerne zu Brandstätter.«

»Wohin auch sonst?« Sie schob ihm den Schlüssel zur Wohnung durch die Luke. »Zwar hat er wieder einmal vermelden lassen, er sei nicht zu Hause, aber was schert das mich? Gehen Sie ruhig nach oben, auch wenn er demnächst keine Zähne mehr haben dürfte, um darauf zu knirschen.«

»Dann knirscht er auf dem Zahnfleisch«, versetzte Merten und begann die Treppe zu erklimmen.

Tilmans Großvater, der Strumpfkönig, hatte sich im Rausch der Gründerzeit dieses Haus bauen lassen, weil es ihm wirtschaftlicher erschien, statt einer Villa ein Mietshaus zu besitzen. Die Mieteinnahmen und das ererbte Kapital stellten sicher, dass Tilman sich seinen Rückzug aus der Welt spielend leisten konnte. Er bewohnte die Wohnung unter dem Dach, die schon Teil seines Zuhauses gewesen war, als seine komplette Familie noch hier gelebt hatte. Nach dem Tod seiner Eltern hatte er das oberste Stockwerk übernommen und Axel den Teil darunter. Axel und Tilman waren ohnehin unzertrennlich gewesen, und ohne den Älteren hätte der Jüngere sich im Alltag kaum zurechtgefunden.
Merten drehte den Schlüssel im Schloss und betrat die Wohnung. Früher hatte er sich, ehe er an der Tür geklingelt hatte, mit dem Taschenmesser die Fingernägel gesäubert. Zweifellos würde Tilman über seiner Arbeit sitzen oder besser über dem, was er seit dem Rückzug seine Arbeit nannte – endloses Blättern in endlosen Büchern, endloses Anfertigen von Notizen zu Projekten, die nie auch nur angegangen werden würden. Das Arbeitszimmer mit dem Schreibtisch im Abbotsford-Stil lag am Ende des langen Schlauchs von einer Wohnung, den Merten immer gemocht hatte.
Den Blick aus den großzügigen Fenstern mochte er besonders. Entweder man sah in die Weite, über das Dächerwirrwarr der Hauptstadt, oder in die Tiefe, in die Marburger Straße, in der ein sprühender, betuchter Teil der Berliner Bohème zu Hause war. Langbeinige Mädchen in Fracks, die sich kesse Väter nannten, hinreißend schöne Stummfilm-Schauspieler, denen die Banausen mit Stimme den Rang abliefen, Romanciers, Varieté-Stars und Kunstfotografen. Flammendes Leben, aus dem der Vulkanschlund Berlin seine Glut speiste, hier brodelte es, als hätte es keine Ahnung, dass die braune Pest entschlossen war, es bis aufs letzte Zünglein zu ersticken.

»Tilman?« Die Tür zum Arbeitszimmer war nur angelehnt.
»Ja, ja«, antwortete der Freund, als wäre er zu Tode erschöpft.
Merten trat ein. Das Zimmer roch nach einer Mischung aus Pfeifentabak und Ahornsirup, wie es immer gerochen hatte – nach Tilman.
»Ich hatte dir zwei Karten und ein Telegramm geschickt«, sagte er statt einer Begrüßung. »Vielleicht solltest du dir gelegentlich ein Telefon anschaffen. Es käme mich billiger zu stehen. Vielleicht solltest du gelegentlich deine Post beantworten. Es würde mir Nerven und dir Belästigung ersparen.«
Tilman blickte von der Landkarte auf. Merten erkannte die Karte ohne Lesebrille. Bei ihm zu Hause lag die gleiche, und sie besaßen sie seit bald dreißig Jahren. Die Reiche des alten Orient, von neuerer Forschung längst überholt. In einer Ecke des Schreibtischs, halb verborgen von Pfeifenständern, lag Mertens Buch, noch in dem braunen Packpapier, in dem es aus dem Verlag gekommen war, und bedeckt mit der Staubschicht eines knappen Jahrzehnts.
»So ein Telefon könnte ich in meiner Nähe nicht ertragen«, erwiderte Tilman. »Ich würde unentwegt fürchten, dass es in sein grässliches Geläute ausbricht, und bekäme keinen geraden Satz mehr gedacht.«
»Bekommst du ohne grässliches Geläute noch gerade Sätze gedacht?«, fragte Merten. »Und spielt es eine Rolle, ob du es tust? Nein, Tilman, eine Antwort ist nicht nötig. Ist zumindest bei dir angekommen, dass ich dich dringend sprechen muss?«
Schwer ließ Tilman den Kopf hängen. »Wegen des Schecks, den ich vergessen habe, kommst du wohl kaum.«
»Nein«, sagte Merten, »obwohl du mir den gleich mitgeben kannst. Es gibt Menschen, die es sich nicht leisten können, auf Geld auch nur Tage zu warten.«

»Natürlich.« Über den Tisch langte Tilman nach seinem Scheckbuch und der Füllfeder.

»Aber deshalb bin ich nicht gekommen, wie du weißt. Und du weißt auch, dass es um Amarna geht.«

Tilman ließ die Füllfeder fallen, dass Tinte über den Scheck spritzte. Seine Augen waren hell wie Wasser. Früher hatte er mit diesen Wasseraugen jedem ohne Scheu ins Gesicht gesehen, doch jetzt traf Merten sein Blick überraschend. »Bei mir ist alles angekommen«, sagte Tilman. »Und dass meine Antwort nein lautet, weißt du auch ohne Telegramme und den ganzen Aufwand. Du hast mir geschworen, dass du auf Amarna achtest, wenn ich den Mut aufbringe und ihr den Weg zum Studium nicht versperre. Auf sie achten heißt für mich nicht, sie nach London zu verschleppen, wo kein Mensch absehen kann, was ihr geschieht.«

Merten zwang sich, bis zehn zu zählen und aus dem Fenster zu sehen, wo die Lichter der Stadt die Schwärze des Himmels durchlöcherten. »Liest du eigentlich meine Karten, ehe du sie in den Papierkorb stopfst?«, fragte er dann. »Ich habe nicht vorgeschlagen, Amarna nach London zu verschleppen, weil ich es für eine brillante Idee halte, sondern weil es das kleinere Übel ist. Möchtest du wissen, was der Kollege Geest mir mitgeteilt hat? Amarna hat ihren Abgabetermin überschritten. Als er sie deswegen zur Rede stellte, beschied sie ihn mit der lapidaren Antwort, sie spiele mit dem Gedanken, ihre Magisterarbeit zu Gilgamesch aufzugeben.«

Erneut traf ihn Tilmans wasserheller Blick und rührte Erinnerungen auf, die schmerzten. »Wenn sie das Studium abbrechen will, bleibt uns nichts zu tun«, sagte er. »Wir hätten schließlich kein Recht zu behaupten, nur als Archäologe könne ein Mensch zu seinem Glück finden. Schon gar nicht, wo es um eine Frau geht. Du und ich, Merten, was verstehen wir vom Glück einer Frau?«

»Lass das Geschwätz«, fuhr Merten ihn an. »Wer was von wessen Glück versteht, spielt in dieser Sache überhaupt keine Rolle. Deine Tochter Amarna will ihr Studium nicht aufgeben. Deine Tochter Amarna will nach Hattuša.«

Tilman, der seine Wohnung nie verließ, war zu blass, um zu erbleichen. Stattdessen kerbte sich der Schrecken in seine Züge, die auf einmal uralt wirkten. »Nach Hattuša geht doch niemand mehr.« Seine Stimme war zum Flüstern geschrumpft.

Es war Merten nie leichtgefallen, diesem Burschen Furcht oder Schmerz zuzumuten. »Sei dir da nicht zu sicher«, sagte er. »Mustafa Kemals Türkische Republik gilt allmählich als gefestigter Staat, und eine Grabungslizenz liegt nicht länger außer Reichweite. Die Bagdadbahn ist nie fertig geworden, aber seit Februar verkehrt auf der bereits verlegten Strecke die anatolische Eisenbahn. Ich denke, man müsste bis nach Aflanos gelangen, das sie heute Osmancik nennen. Von dort dürften es, selbst wenn man langsam vorankommt, bis Boğazköy keine drei Tagereisen sein. Sogar der Schmerbauch Hähnlein sollte theoretisch damit fertig werden.«

Es fiel ihm verblüffend schwer, das Wort über die Lippen zu zwingen. Boğazköy. Ort der Schlucht. Er schüttelte sich. Es war der Name der winzigen im Tal verstreuten Siedlung, über der sich die Ruinen von Hattuša erhoben. Es war der Ort, in dem *sie* geboren worden war. Die schöne Sultanstochter. Das Prinzesschen.

Tilmans Kehlkopf zuckte, dass die dünne Halshaut wie bei einem Truthahn flatterte. »Wir hätten das verfluchte Hattuša austilgen sollen«, zischte er so leise, dass ihn nur verstand, wer die Worte erraten konnte. »Zuschütten. Aus der Welt löschen.«

»So weit es möglich war, haben wir das getan«, entgegnete Merten. »Aber Hattuša hat sich schon einmal aus der Versenkung erhoben, oder nicht? Außerdem ist die Vergangenheit kein Ding, das sich in Hattuša vergraben lässt. Sie hat Arme und Beine, und neuerdings verfolgt sie uns bis nach Berlin.«

»Jetzt redest du wie einer dieser Geisterbeschwörer, die an die Rache der alten Götter glauben und über die wir uns früher vor Lachen ausgeschüttet haben«, sagte Tilman.

»Und du benimmst dich wie einer«, erwiderte Merten. »Ich rede nicht von Geistern. Ich rede von Artsrunis Balg, der höchst lebendig ist, auch wenn der Teufel mir sagen muss, wie der Kerl das gemacht hat.«

Tilmans Hände krampften sich umeinander. »Was ist mit ihm?«, flüsterte er. »Bitte nenn ihn nicht Balg, Merten. Bitte nicht.«

»Ja, das sollte ich mir wohl abgewöhnen, denn inzwischen ist aus einem Satansbraten von Kind ein Satansbraten von Mann geworden«, sagte Merten. »In Panik brauchst du trotzdem nicht zu geraten. Mit dem kleinen Artsruni werde ich fertig, obwohl du auf den Scheck durchaus etwas aufschlagen könntest.«

»Das ist kein Problem«, versicherte Tilman eilig.

»Ich weiß. Aber Amarna ist es, selbst wenn es mir gelingt, uns den kleinen Artsruni vom Leib zu halten.«

»Wie ist er geworden?«, flüsterte Tilman.

»Wer?«

»Gaspars Sohn. Sein kleiner Vagabund, wie er ihn immer genannt hat, weil er so unbehütet aufwuchs wie Davit von Sasun.«

»Wie soll er geworden sein? Verwildert. Verkommen. Ein gänzlich missratenes Stück Mensch, das stiehlt, lügt und im Bedarfsfall über Leichen geht. Und wenn du jetzt dich dafür schuldig sprechen willst, dann tu es ohne mich. Über verkorkste Kindheiten kann ich, wie du weißt, ein Wörtchen mitreden. Es ist durchaus möglich, danach zu einem brauchbaren Mitglied der Gesellschaft heranzuwachsen, es erfordert Selbstdisziplin, aber der kleine Artsruni ist schon innerlich verwahrlost auf die Welt gekommen.«

»Er ist nicht verwahrlost auf die Welt gekommen. Er ist auf die grausamste Weise zerbrochen worden, auf die man ein Kind zerbrechen kann.«

»Auf diese Weise sind Tausende von Kindern zerbrochen worden«, erwiderte Merten. »Die meisten sind tot, zerfallen wie die Schattenfiguren des Karagöztheaters, und sie haben nicht einmal ein Grab. Der Satansbraten dagegen hat überlebt und ist gesund wie die Made im Speck. Das für sich genommen ist ein mittleres Weltwunder, und mehr ist niemand ihm schuldig. Hast du eigentlich vergessen, dass er versucht hat, deine Tochter zu töten?«

Tilman schloss die Augen und stöhnte. »Nein, das werde ich im Leben nicht vergessen. Ich habe wie ein Rasender auf ihn eingeprügelt, bis du mir den Gürtel weggerissen hast.«

»Was blieb mir übrig? Du hast ihm nicht den Hintern versohlt, du hast ihn regelrecht ausgepeitscht.«

»Ich weiß.« Tilmans Kehle entrang sich ein würgender Laut. »Du hast mich angeschrien: ›Komm endlich zu dir, oder willst du die kleine Kakerlake totschlagen?‹«

»Heute wünschte ich manchmal, das hätte ich bleiben lassen.«

»Wie kannst du so reden? Der arme Kerl hatte den Verstand verloren wie wir alle. Und er war noch ein Kind, Merten.«

»Dass Kinder ein Stück kleiner sind, heißt nicht, dass sie zwei Flügel auf dem Rücken und Heiligenscheine um die Köpfe haben«, schoss Merten zurück.

»Nein, wohl nicht«, murmelte Tilman. Dann blickte er auf. »Sieht er Gaspar noch immer so unfassbar ähnlich? Diese Züge, als hätte ein attischer Bildhauer sie mit einem Lächeln in

Marmor gemeißelt, diese schönen, sprechenden Augen, denen man immerfort über die Lider streichen wollte?«
»Verdammt, wie krank bist du denn?«, ging Merten auf ihn los. »Dein lächelndes Bildwerk ist ein Verbrecher, der vor nichts zurückschreckt, und aus den Augen spricht ihm blanker Hass. Wenn du glaubst, er könnte verzeihen, hast du dich geschnitten. Er will Rache, sonst nichts. Jetzt vergiss die Kanaille. Du hast eine Tochter, um die du dich kümmern musst.«
Tilman nickte.
»Was hast du eigentlich angenommen?«, setzte Merten nach. »Dass dieses kluge Mädchen nie Fragen stellt? Dass du so tun kannst, als wärt ihr beide im Jahr 1913 von Himmel gefallen, ohne Wurzeln, ohne Verwandte?« Er sah sich um, ließ den Blick über das Kaminsims schweifen, auf dem ein einzelnes Bild von Amarna bei ihrer Abschlussfeier vom Gymnasium stand. »Du hast ihr bis heute nichts erzählt, habe ich recht? Nicht einmal von Axel.«
»Weshalb hätte ich ihr von Axel erzählen sollen? Er ist gestorben, bevor an Amarna auch nur zu denken war. Er spielt in ihrem Leben keine Rolle.«
Nein, dachte Merten, aber er war einer der Dominosteine, die am Ende unsere gesamte Kette zum Einstürzen brachten. »Es hätte Amarna womöglich beruhigt zu erfahren, dass sie Familie hat wie ganz gewöhnliche Leute.«
»Die hat sie aber nicht«, erwiderte Tilman.
Merten schwieg eine Weile und starrte in den erloschenen Kamin. In seiner Jacketttasche tastete er nach dem Brief der Frau, ließ ihn jedoch stecken. Wenn es eine Möglichkeit gab, Tilman auf andere Weise zu überzeugen, wollte er nicht noch mehr Geister der Vergangenheit beschwören. »Lass Amarna nach London fahren«, setzte er an. »Lass sie die Tontafel-Fragmente aus Ninive sehen, ein paar Gespräche mit Experten führen

und Hattuša darüber vergessen. Mein Assistent Paul Vollmer wird sie begleiten. Er ist ein durch und durch famoser Kerl, dem du vertrauen kannst.«

»Ich verstehe«, murmelte Tilman vor sich hin. »Der famose Kerl ist in Amarna verliebt, habe ich recht?«

Merten nickte. »Dieser Teil der Angelegenheit macht mir mehr Angst um ihn als um sie«, gab er zu. »Aber wenn sie sich für ihn entscheidet, könnte ihr kaum etwas Besseres passieren als dieser feine, begabte junge Mann. Bei ihm wäre sie in Sicherheit.«

Durch Tilmans Schulterpartie ging ein Ruck. »Aber ihm könnte etwas Besseres passieren als meine Tochter? Wie kannst du so denken? Ich dachte, du liebst Amarna, ich dachte, sie läge dir genauso am Herzen wie mir.«

»Das tut sie«, entgegnete Merten. »Neben ihrem Vater dürfte sie der einzige Mensch sein, der mir mehr bedeutet als in Ton geritzte Keile. Aber ich weiß leider auch, wessen Tochter sie ist.«

Sie schwiegen beide. Merten wünschte, er hätte die Worte in seine Kehle zurückstopfen können, doch sie blieben im Zimmer hängen und machten die Luft schwer wie Blei.

»Das, was du vorhin gesagt hast, geht nicht«, erklärte Tilman nach einer Weile. »Hattuša vergessen. Wir haben alles versucht, aber mit deinen letzten Worten hast du bestätigt, dass es nicht möglich ist.«

»Für uns ist es nicht möglich«, widersprach Merten. »Unser Leben ist untrennbar an diese Stadt und ihre verdammten Berge gekettet. Aber Amarnas Leben nicht. Sie hat unglücklicherweise etwas aufgeschnappt, das ihr jetzt wie ein Floh im Ohr sitzt, doch wenn du ihr ein paar Details erzählst, wird sie sich begnügen. Zeig ihr das Bild von uns vor dem Löwentor. Das von 1905, wo wir beide wie selige Honigkuchenpferde grinsen, ohne …«

Tilman hob eine Hand. »Nicht«, stieß er stimmlos heraus, als hätte Merten die beiden Namen in den Mund genommen. »Ich habe das Bild nicht mehr. Ich habe nichts mehr von damals, nicht einmal die Mappe mit seinem Tagebuch. Wie sie verlorengehen konnte, weiß ich nicht.«

»Schon gut.« Seit jenem Tag vor bald zwanzig Jahren, ihrem Abschied an den Gleisen des Bahnhofs Sirkeci, hatten sie einander nicht mehr berührt. Jetzt war Merten in Versuchung, den anderen an der Schulter zu packen und wie damals zu rütteln, damit er aus der Trance erwachte. »Du brauchst ihr ja keine Bilder zu zeigen«, sagte er. »Erzähl ihr einfach, du bist als junger Archäologe dort gewesen, es war eine große Grabung, die du genau wie Tell el-Amarna eben mitgenommen hast. Und dann lass sie mit Paul nach London fahren. Ich bin sicher, sie wird im Handumdrehen vergessen, dass eine Stadt, die Hattuša hieß, jemals existiert hat.«

»Nein.«

Tilman zuckte so heftig zusammen, dass sein Handrücken gegen die Flasche mit der Nachfülltinte stieß. Schwarzblau ergoss sich die Flüssigkeit über das Scheckbuch und die Karte des alten Orients. Merten fuhr herum. Die Tür war aufgeworfen worden. Im Rahmen stand das Mädchen mit dem leicht rötlichen Bubikopf und den blauen, verständnislosen Augen. Sie trug einen Glockenrock, der ein wenig unförmig wirkte, eine Bluse mit schmucklosem Kragen und darüber eine Strickjacke aus tannengrüner Wolle. Tilmans Tochter. Das kleine süße Geschöpf, das sie damals in ihrer verblendeten Euphorie mit dem Namen Amarna belastet hatten. »Wenn das nächste wieder ein Mädchen wird, heißt es Hattuša«, hatte Tilman verkündet. Ein nächstes aber hatte es nie gegeben.

»Nein«, sagte Amarna noch einmal. In ihren kühlen Augen glänzten Tränen. »Ich werde nicht vergessen, dass eine Stadt, die Hattuša hieß, existiert hat. So wie ich nicht vergessen werde, was ich eben gehört habe.«

»Wie lange bist du schon hier?«, rief Merten.
Amarna schüttelte den Kopf. »Tut nichts zur Sache. Gib dir nicht länger Mühe wegen London, Merten. Ich fahre in die Türkei.«
»Amarna, jetzt lass dir doch erklären ...«, begann Merten, aber sein kläglicher Versuch verhallte, während seine Hand den Brief in seiner Tasche zerknüllte.
Hinter seinem Schreibtisch hatte Tilman sich erhoben. Bis eben hatte er schwach und ermattet gewirkt, als wäre er kaum fähig, sich auf seine Füße zu stellen. Jetzt hatte er etwas von Tarhunna, dem Wettergott, der seine Blitze auf die Menschen niederschleuderte. Sein Gesicht lief tiefrot an, und die Ader an seinem Hals schwoll wie ein Knotenstrick. Merten erlebte eine solche Verwandlung nicht zum ersten Mal.
»Das wirst du nicht tun«, herrschte Tilman seine Tochter an. »Du magst mich für einen Hanswurst halten, der zu allem ja und amen sagt, aber ich bin dein Vater, und ich verbiete es dir. Solange du deine Füße unter meinen Tisch stellst, wirst du das nicht tun!«
»Dann stelle ich meine Füße eben nicht mehr unter deinen Tisch«, erwiderte Amarna. Ihre Stimme zitterte, doch das änderte nichts an ihrer Entschlossenheit. »Ich bin volljährig. Du kannst mir nichts verbieten.«
»Du hast kein Geld!«, schrie Tilman außer sich.
»Nein, Geld habe ich nicht. Aber ich finde einen Weg.«
Tilman rang nach Atem. »Tu das nicht, Amarna«, sagte er. Aus dem Schreien war ein Flehen geworden. »Wenn du in dieses Land fährst, habe ich keine Tochter mehr.«
Amarna hielt kurz, wie unschlüssig inne. »Das ist deine Entscheidung«, sagte sie dann. »Die meine habe ich getroffen.« Ihr Rock und das rötliche Haar schwangen, als sie sich umdrehte. Mit schnellen Schritten, die auf dem Parkett hallten, ging sie davon.

Auf dem Weg nach Hattuša
Im Nebel der Zeit

Puduhepa drehte den Kopf vor dem bronzenen Spiegel nach der einen und dann nach der anderen Seite, doch was sie sah, befriedigte sie nicht. »An dieser Bronze habe ich mir die Finger wund poliert«, rief sie, »aber mehr als Schatten lässt sie mich nicht sehen. Bin ich schön, Henti? Sag mir, ob ich schön bin.«

Henti, ihre verwachsene Halbschwester, lachte. »Brauchst du mich dazu? Sei nicht töricht, Puduhepa. Wir Hethiter sind kein Volk von schönen Menschen, aber du hast etwas von einer Ägypterin. Wenn du deinen Weinkrug in den Tempel trägst, legt sich ein Schweigen über die Menschen, so anmutig ist dein Gang.«

Puduhepa hob den Saum ihres Kleides und betrachtete ihre Fessel. Sie hatte Zweifel, ob ein geschmeidiger Gang für eine Ehefrau ausreichte. Wenn sie ihr Gesicht betastete, fühlte sie eine fliehende Stirn und breite Jochbeine, wie sie ihrem Volk zu eigen waren. »Wird das genügen, Henti? In der Nacht, wenn er zu mir kommt, ist da mein Gang genug?«

»Was fragst du mich? Mein Leib ist verwachsen, und meine Mutter war die niedrigste Sklavin des Tempels. Woher soll ich wissen, was einem Mann in der Nacht genügt? Jetzt leg diese Übergewänder, die die Mägde dir gewebt haben, in den Korb. Der Vater wird aufbrechen wollen, sobald die Sonne sich zeigt.«

»Ach, Henti!« Puduhepa ließ den Spiegel fallen, lief durch den Raum und zog die Schwester an sich. »Ich wünschte, ich könnte dich mitnehmen.« Um ihre anderen Schwestern, die sie von klein auf schikaniert hatten, tat es ihr

nicht leid. Henti aber hatte ihr manchmal Wärme gegeben.

»Hab nicht solche Angst, du törichtes Krötchen.« Die Verwachsene streichelte ihre Wange. »Was kann denn schlechter sein als unser Leben hier?«

»Ich weiß nicht. Dass ich mir nichts Schlechteres vorstellen kann, heißt ja nicht, dass es nichts gibt.«

»Du gehst, um einen Helden zu heiraten«, sagte Henti. »Alle Mädchen in Lawazantiza beneiden dich. Er ist ein Prinz und wird dich zur Prinzessin machen, auf dass du das Elend deines Lebens vergisst. Jetzt lass mich Zöpfe über deinen Schläfen flechten und dir Lebewohl wünschen.«

Puduhepa wusste, dass das letzte Wort zwischen ihnen gesprochen war, denn kein Mitglied ihrer Familie verriet durch Worte, was es fühlte. Auch sie, die letztgeborene Tochter, war dazu erzogen worden, von ihren Gefühlen zu schweigen, nur hatte sie die Lektion schlecht gelernt. Sie war immer die Seltsame gewesen, die sich nicht fügte und mit der keiner etwas anzufangen wusste.

Sie legte die Gewänder in den Korb und ließ sich frisieren. Strähne für Strähne des erdroten Haars rieb die Schwester mit duftendem Öl ein, um es vor dem Staub der Reise zu schützen. Dann flocht sie die Strähnen zu Zöpfen. Als sie fertig war, begann der nächtliche Himmel zu verbleichen und die Farbe von Zinn anzunehmen, dem Metall, das zum Mischen von Bronze nötig war und das dem Reich der tausend Götter fehlte.

»Möge Istanu, die Sonnengöttin von Arinna, dich stärken und gesund erhalten. Möge die dunkle Šawuška, Herrin von Liebe und Krieg, deiner Ehe ihre Gnade geben.«

»Vergiss mich nicht, Henti«, hörte Puduhepa sich sagen.

»Wer vergessen kann, lebt ohne Schmerz«, erwiderte Henti.

Puduhepa legte sich ihr Tuch aus der Wolle junger Langhaarziegen um, das Henti für sie umstickt hatte, und trat hinaus in die sterbende Nacht. An der Straße wartete ihr Vater mit ihrem Gefolge – Kriegern, die sie auf der Reise schützen, Dienern, die sie umsorgen, und Sklaven, die ihrem Bräutigam als Geschenke überbracht werden sollten, darunter sechs makellos gewachsene Mädchen, denen jedes Haar vom Körper entfernt worden war. Puduhepas Vater war Bentip-sar, der Hohepriester der Šawuška. Er konnte es sich leisten, seinen Schwiegersohn mit kostbaren Geschenken zu beeindrucken.

Auf einem Karren führten sie einen Altar aus schwarzem Obsidian mit, den Puduhepa in ihrem neuen Heim aufstellen sollte, um die Herrin von Liebe und Krieg gnädig zu stimmen.

Die Krieger trugen Schwerter aus dem gehärteten Stahl, dessen Geheimnis die Götter allein den Waffenschmieden des Landes Hatti verrieten. Sie ritten kleine, zottige Pferde, während die Übrigen auf Maultieren saßen. Allein der Vater hatte seinen hohen Rappen bestiegen, dessen Mähne im letzten Nachtwind flatterte. Mit einem Kopfnicken grüßte er Puduhepa, dann wies er den Knecht an, ihr Reittier heranzuführen.

Die Eselstute war weiß und makellos wie die Sklavinnen. Puduhepa schwang sich in den Sattel und setzte sich zurecht. Mit seinem Stab gab der Vater den Befehl zum Aufbruch. So verließen sie Lawazantiza, wo Puduhepa geboren worden war, um in die Hauptstadt Hattuša zu reiten, wo sie vermählt werden sollte.

Der Himmel hing tief, und die fahle Wintersonne brachte wenig Wärme. Stunde um Stunde ritten sie in Schweigen. Schmale Pässe folgten engen Tälern, und zu beiden Seiten des Weges türmten sich himmelhohe Felsen. Puduhepa duckte den Kopf zwischen die Schultern. Wenn nun diese Felsen, die an die Pforten des Himmels schlugen, ins Wanken gerieten und auf die winzigen Reisenden niederstürzten? Sie würden sie unter sich begraben, und kein Mensch würde je eine Spur von ihnen finden.

Puduhepa hätte gern mit jemandem gesprochen, aber ihr Vater sprach nicht vor gemeinem Volk zu seinen Kindern. Das Schweigen machte ihr Angst, weil es ihren Gedanken zu viel Raum ließ. Wie würde ihr Leben sein, wenn sie Hattuša erreichten? Würde Hattušili noch ihr Gefährte sein wie vor Jahren im Tempel?

Hattušili war als Prinz geboren, aber er war der jüngste unter den Söhnen des Labarna, des Großkönigs, und hatte keine Aussicht, König zu werden. Anders als seine Brüder war er schwach und kränkelte. Im Alter von vierzehn suchte ihn ein Übel heim, das seinen Leib schwarz färbte und ihn statt Wasser Blut schwitzen ließ. Der Großkönig rief die Šawuška an und bat sie, ihm die Schande eines solchen Sohnes zu ersparen. Sie solle sein Leben nehmen und seinen Leichnam weiß wie Schnee und frei von schmachvollen Zeichen machen. Zum Dank dafür würde er den Leichnam seines Sohnes der Šawuška schenken.

Hattušili starb nicht, sondern wurde gesund. Weil der König der Šawuška Dank schuldete, schickte er den lebenden Sohn in ihren Tempel, wo er der gnadenlosen Göttin dienen sollte. So war Hattušili nach Lawazantiza gekommen, ein Bürschlein, so mickrig wie ein Zweig vom Weißdorn, mit Haut, die ihm wie ein schadhaftes Gewand um die Glieder schlotterte. Puduhepa, ein Kind von acht, das im Tempel bei Waschungen half, hatte viel Hässliches gesehen, aber nie einen Jungen, der so hässlich war wie Hattušili.

»Wie alt bist du?«

»Fast fünfzehn.«

»Das kann ich nicht glauben. Ich bin erst acht, doch selbst meine Arme sind dicker als deine.«

»Aber ich bin ein Prinz«, hatte Hattušili erwidert, ehe ein Hustenanfall seinen bejammernswerten Körper schüttelte.

»Armer Prinz«, hatte Puduhepa gemurmelt. Durch ihn lernte sie, wie Mitleid sich anfühlte. Sie hatte ihren Schwestern, die im Tempel dienten und den Prinzen knapp hielten, Bissen gestohlen und ihm zugesteckt. Sie hatte seine Haut mit Öl aus Traubenkernen gepflegt, bis der Grind sich löste. Hattušili zahlte ihr das Mitleid hundertfach zurück. Als ihre Schwestern ihr zusetzten, stellte er sich vor sie. Für die Schwestern war er kein Gegner. Sie schlugen ihm über die Wangen und zupften ihm das dürre Barthaar. »Ist das dein Held, Puduhepa? Das Gänsebrüstchen? Der nächste Windstoß bläst dir den fort bis ins Land der zwei Ströme.«

Aber Hattušili war ein Held. Er steckte Spott und Schläge ein, um sie Puduhepa zu ersparen. »Mich hat nie jemand verteidigt«, sagte sie zu ihm. »Und du brauchst es auch nicht zu tun.«

»Ich will es aber«, hatte er erwidert. »Ohne dich hätte ich kein Leben mehr, also will ich es einsetzen, um dich zu schützen.«

Puduhepa hätte um ein Haar gelacht, weil der Schutz dieses Bürschleins so wirkungslos war, aber das hatte er nicht verdient. Kein Mädchen sollte lachen, wenn ein Mann ihr sein Taranza, sein Heiratsversprechen, gab. Also sagte sie: »Ja, Hattušili, wenn es das ist, was du willst, will ich es auch.«

Er war sanft mit ihr. Und er brauchte sie. Manchmal klammerte er sich an ihr fest wie ein Kind und flehte sie an, ihn nicht allein zu lassen. Eines Mannes Weib würde sie ohnehin werden müssen, und Hattušili war besser als jeder Mann, den sie kannte.
Sein Vater starb, und sein Bruder wurde Großkönig über das Reich Hatti. Als der auch starb, gab es keinen Erben als den jungen Urhi-Tešub, der wie Hattušili von einer Sklavin geboren war. »Urhi-Tešub und ich haben einander den Bruderschwur geleistet«, erzählte Hattušili. »Es ist sein Recht, Großkönig zu werden, und ich muss gehen und ihm zu diesem Recht verhelfen, ehe die, die nach seinem Thron gieren, ihm das Leben rauben.«
So verließ er den Tempel, ein Hänfling mit schmalen Schultern, der seinem Ziehbruder den Thron erkämpfen wollte. Puduhepa hatte nicht erwartet, ihn wiederzusehen. Sie hatte erwartet, dass er starb.
Hattušili aber war zurückgekommen. Nicht als Hänfling, sondern als Feldherr, dessen Name der Wind von einem Ende des Reiches ans andere trug. Er hatte getan, wofür er ausgezogen war, und Urhi-Tešub den Thron erkämpft. Zum Dank ernannte dieser ihn zum Befehlshaber des Heeres. Als der Ägypterkönig, der zweite Reamasesa, die Grenze überschritt und sich Stadt um Stadt einverleibte, zog Hattušili nach Kadesch und tat, was niemand für möglich hielt: Er schlug die Übermacht der Ägypter zurück.
»Er ist ein Held«, murmelten die Mädchen auf dem Markt von Lawazantiza.
»Wie stolz muss die sein, die ein solcher Held zum Weib nimmt.«
Der hässliche Prinz hatte Puduhepa liebgehabt, doch dass der Held sich ihrer erinnerte, glaubte niemand. Bis

Hattušili kam, um sie sich als Weib zu erbitten. In einer versiegelten Tonplombe sandte er ihr den ersten Brief, den sie je bekommen hatte.
»Puduhepa, Geliebte, die mein Leben in den Händen hält. Mich hat nie ein Mensch geliebt als du. In den Jahren ohne dich war ich wertlos wie ein zersprungener Tonkrug, ein Pithos, aus dem der Wein herauslief, doch an dem Tag, an dem du deinen Fuß in mein Haus setzt, wird der Krug wie neu sein und wieder Wein fassen.«
Ihr Vater hatte die Kušata, den Ehevertrag, aufsetzen lassen, und nun ritt sie auf der weißen Eselstute nach Hattuša, um Hattušili anzugehören.
Drei Tage waren sie bereits unterwegs. Je weiter sie nach Norden kamen, desto höher wurden die Berge, desto karger die Steppen, und der Wasserreichtum ihrer Heimat, der Fluss Puratti, schien versiegt. Puduhepas Glieder schmerzten, ihre Flechten lösten sich, und die Stickerei am Saum ihres Gewandes war grau vom Staub. Hatte sie sich am Ende nur erträumt, dass Hattušili sie zur Frau wollte? Und Hattuša, die Hauptstadt – war auch sie nur ein Phantom, dazu erdacht, die Feinde vor ihrer Größe erzittern zu machen? Statt einer Menschenstadt umringten sie Berge aus Kalkstein wie Riesen aus Alpträumen. Zum dritten Mal seit ihrem Aufbruch senkte sich die Dämmerung, und Wind kam auf.
Und dann wuchs sie vor Puduhepa aus dem Boden, formte sich aus dem Felsgestein und zeigte ihr furchterregendes Gesicht – Hattuša. Aus dem Berg gehauene Stadt, die ein Weltreich beherrschte. Stadt der Legenden, Stadt der Geheimnisse, durch Mauern von fünf Mannslängen vor der Welt verborgen. Alle zwölf Schritte erhob sich aus der Mauer ein bewehrter Wachturm. Puduhepa hielt den

Atem an. Als sie ihn wieder ausstieß, flog er als weiße Schwade den Löwenköpfen des Tores entgegen.
Die Stadt war eine Festung, war Stein gewordene Allgewalt, die wie die Berge ein unendliches Schweigen bewahrte. Lebten Menschen darin, oder hauste hier ein grausamer Gott, der die Macht besaß, alles Erdengewürm unter seinem Fuß zu zertreten? Wie konnten Menschen hinter solchen Mauern wohnen, wie konnten sie eine solche Stadt errichtet haben? Sie musste schon hier gestanden und geschwiegen haben, als die Götter die Erde auffalteten, um Berge zu formen, und sie würde noch hier stehen, wenn die Erde sich glättete und die Berge zu Staub zerfielen.
Puduhepas Vater hob den Stab und befahl dem Zug, anzuhalten. Zwei Krieger wurden ausgeschickt, um in der Stadt ihre Ankunft zu melden. Die Übrigen lenkten ihre Tiere zueinander, um in Kälte und Furcht nicht allein zu sein.
In der Abendstille pfiff nur der Wind. Die Reisenden verharrten und hingen ihren Gedanken nach. Als Puduhepa aufblickte, sah sie die Staubwolke, die von Hattušas Löwentor auf sie zupflügte. Der sandige Grund dämpfte den Donner der Hufschläge. In vollem Galopp zügelten die Reiter ihre Pferde zum Stand.
Ganz vorn saß ein Mann auf einem Schimmel. Während seine Begleiter spitze Hüte trugen, war er barhäuptig und ließ den Wind sein Haar raufen. Dunkles Haar besaßen die meisten Menschen des Hatti-Landes, doch das seine fiel blauschwarz wie Obsidian auf seine Schultern. Als er Puduhepa entdeckte, lenkte er sein Pferd auf sie zu und lächelte sie an.
Kein Mann ihres Volkes begrüßte eine Frau mit einem Lächeln. Schon gar nicht blickten Fremde einander frei von

Scham in die Augen. Puduhepa verspürte das Bedürfnis, den Mann zu tadeln, wie jeder Mann ihres Volkes getadelt worden wäre, wenn er eine Priestertochter ohne Schicklichkeit behandelte.

»Puduhepa, Tochter des Bentip-sar? Seid willkommen in Hattuša, der Königsstadt.« Mit einer fließenden Bewegung schwang der Fremde sich vom Pferd und hielt Puduhepa die Hand entgegen.

»Schickt Euch mein Bräutigam? Gehört Ihr zu seinem Haushalt?« Sie wollte sich abwenden, doch das dreiste Lächeln ließ sie nicht los. Die dunklen Augen funkelten.

Sein Lachen hallte über die Ebene, und die schweigenden Felsen warfen es zurück. »Euer Bräutigam brauchte mich nicht zu schicken«, sagte er. »Er ist mein Bruder, und es ist mir Freude und Liebespflicht, seine Braut in meiner Stadt zu empfangen.«

»In Eurer Stadt?« Puduhepa legte Hohn in ihre Stimme.

»Sie sei heute die Eure.« Er verbeugte sich wie ein Diener. »Wenn Ihr gestattet – ich bin Urhi-Tešub.«

Puduhepa erschrak. »Urhi-Tešub ist der Name des Königs.«

Wieder verbeugte er sich. »Der König ist Euer Diener, Puduhepa mit den Lapislazuli-Augen, die alles Unheil abwehren.«

Abrupt wandte sie sich ab. Er war der König. Aber vor allem war er ein Mann mit Schultern wie das Joch, das der schwarze Stier der Götter trug. Puduhepa sprang vom Esel, ohne seine Hand zu ergreifen, und sah ihn nicht mehr an.

ZWEITER TEIL

»Dem Sturm seines Herzens soll jener der Widerpart
sein.
Aneinander mögen sie sich messen,
Dass Uruk zur Ruhe kommen kann.
[…]
Dann wusch Aruru sich ihre Hände,
Kniff Ton ab und warf ihn in die Steppe.
In der Steppe erschuf sie Enkidu, den Helden,
Den Sprössling der Stille.«

»GILGAMESCH-EPOS«,
ERSTE TAFEL, VERSE 97–99 UND 101–104

10

PARIS–ISTANBUL
FEBRUAR 1931

Das Pfeifsignal gellte Amarna in den Ohren, und im selben Moment setzte der Zug sich mit einem Schnauben in Bewegung. Durch den Ruck wurde sie in ihren Sitz zurückgeschleudert, doch der Aufprall war sanft, vom Samtpolster des Sessels abgefedert. Erst sehr langsam, dann immer schneller flogen vor dem Fenster die Lichter des Bahnhofs Gare de l'Est vorbei, ehe der Zug aus der Halle hinausschoss und in die Nacht eintauchte. Hier und da warfen Straßenlaternen und Leuchtreklamen ihre gleißenden Kegel ins Abteil, doch sobald die Innenstadt hinter ihnen lag, gab es nur noch Schwärze, in der sich keine Kontur mehr erkennen ließ.

Ungläubig strich Amarna über das glänzende Mahagoniholz der Sessellehne. Dann blickte sie ihrem Gegenüber ins Gesicht. »Ist das wirklich wahr, Paul? Sitzen wir in einem Zug und sind auf dem Weg nach Konstantinopel?«

»Nicht nach Konstantinopel, Liebes.« Paul lächelte. »Seit 1930 heißt die einstige Hauptstadt des Osmanischen Reiches Istanbul. Und einfach nur in einem Zug sitzen wir auch nicht. Der

Orient-Express wird König der Züge und Zug der Könige genannt. Wenn man die Preise betrachtet, trägt er beide Namen zu Recht. Man sollte unbedingt König werden, ehe man sich das Vergnügen leistet.«
Amarna packte die Polsterrolle, die ihren Nacken stützen sollte, und warf sie Paul, der sich zu spät duckte, an den Kopf. »Na schön, der Zug ist also zu teuer, und ich bin ein Dummchen, das nicht einmal weiß, in welche Stadt es fährt. Kannst du mir sagen, weshalb du überhaupt mit mir in diesem Abteil sitzt, Monsieur Alleswisser?« Mehr noch als seine gönnerhafte Überlegenheit hasste sie es, wenn er die Kosten der Reise erwähnte. Amarna hatte keinen Pfennig dazu beigetragen. Hätte Paul sich das Geld nicht von jemandem geliehen, hätte sie nicht fahren können.
»Ach, da gibt es eine ganze Reihe von Gründen.« Paul warf ihr die Rolle in den Schoß und grinste. »Zuallererst wäre es sträflicher Leichtsinn, ein so liebenswertes Mädchen allein in einem Zug voller Männer reisen zu lassen.«
Das war nett gesagt. Auch wenn Amarna fand, der Ausdruck liebenswertes Mädchen passe auf jede besser als auf sie.
»Zum Zweiten bin ich Altorientalist«, sprach Paul weiter. »Und der Gelegenheit, das Archäologische Museum von Istanbul zu sehen, kann nicht einmal ein Schreibstubenhengst wie ich widerstehen.«
»Dein geliebtes British Museum dürfte inzwischen bereits mehr Keilschrifttafeln besitzen.«
»Trotzdem gilt die altorientalische Abteilung in Istanbul als einzigartig«, entgegnete Paul. »Und zum Dritten habe ich Sherlock Holmes gelesen. Ein kleiner Detektiv steckt wohl in jedem von uns, und diese ganze Geheimniskrämerei hat meine Neugier geweckt.«
Die Geheimniskrämerei ist mein Leben, dachte Amarna, sagte aber nichts.

»Und zum Vierten ...«, fuhr Paul fort und brach ab.
»Was ist zum Vierten?«
Er suchte ihren Blick. Amarna fiel auf, wie hübsch die Farbe seiner Augen war. »Zum Vierten begleitet Enkidu seinen Gilgamesch doch überallhin«, sagte er. »Mir ist egal, wie lange ich an den Schulden abzuzahlen habe. Da du von dieser Reise nicht abzubringen warst, habe ich eben beschlossen, sie mit dir anzutreten.«
Eine innigere Liebeserklärung war schwerlich zu bekommen. Amarna beugte sich vor und strich ihm flüchtig über ein Knie. »Danke.«
»Wenn es Gilgamesch freut, ist es Enkidu Dank genug.«
Gezwungen lachte Amarna auf. Der Vergleich hatte noch immer etwas gänzlich Falsches. Paul trug einen Glencheck-Anzug und eine Krawatte mit modischem Windsorknoten, hatte sich das Haar mit Pomade in elegante Wellen gelegt und sah so wenig wie das wilde Steppengeschöpf Enkidu aus wie nur möglich.
Enkidu war nackt und behaart in die Welt gekommen. Allein das Verlangen nach einer Frau, der Tempeldirne Schamchat, hatte ihn gezähmt und ihm die Gesetze der Zivilisation nahegebracht. Auch war Enkidu nicht von Beginn an Gilgameschs Freund gewesen. Der König hatte ihn zum Kampf gefordert, und Enkidu war der Erste, der es mit ihm aufnehmen konnte. Erst als ihr Kampf auch nach Tagen keinen Sieger hervorbrachte, reichten sich die Gegner die Hände. Der Wilde wurde zu Gilgameschs Gefährten und war bereit, für ihn sein Leben zu opfern. Die beiden hatten gelernt, einander zu lieben, weil sie einander gewachsen waren.
Das alles passte nicht auf sie und Paul, doch eines musste sie ihm lassen, wie Enkidu stand er ihr in der Not zur Seite. Innerhalb von Tagen war aus ihrem Alptraum Wirklichkeit ge-

worden. Ihr Vater, der ihre ganze Familie gewesen war, hatte sie betrogen, und das, was sie für die Mauern ihrer Welt gehalten hatte, war über ihr zusammengestürzt. Weil es sonst keinen Ort gab, war sie kopflos in die Universität gelaufen, und dort hatte Paul sie gefunden. Er hatte sie seinen Wirtsleuten als Verlobte vorgestellt und sie gebeten, sie in ihrer Kammer übernachten zu lassen. Anderntags, nachdem sie ihr geringes Sparguthaben von der Bank geholt hatte, hatte er das biedere Ehepaar überredet, ihr den winzigen Raum fürs Erste zu vermieten. »Nur damit du es weißt«, hatte er ihr liebevoll ins Ohr geraunt, »von heute an betrachte ich uns beide als verlobt. Deinen Ring bekommst du bei nächster Gelegenheit.«

Amarna hatte nicht widersprochen. Zwei Tage später hatte sie Professor Geest geschrieben und ihm mitgeteilt, dass sie ihre Magisterarbeit nicht fortsetzen werde. Sie liebte Gilgamesch. Das Epos um den König von Uruk war ein Teil von ihr, und eines Tages wollte sie mit einem neuen Konzept versuchen, über diese Wurzel menschlicher Erzählkunst zu schreiben. Zuvor aber musste sie tun, was Gilgamesch selbst getan hatte – auf Reisen gehen und herausfinden, wer sie war.

Sie war nie ohne ihren Vater gewesen. Sein Geruch fehlte ihr, die weiche Mischung aus würzigem Tabak und der Süße von Ahornsirup, in der sie eine Spur Geborgenheit verspürt hatte. Sein Betrug bedeutete einen Fall ins Bodenlose, aber er bedeutete auch, dass sie keinem Menschen mehr etwas schuldete. Über Nacht war sie ins offene Meer gestoßen worden, und bei ihr lag die Entscheidung, ob sie sich ins Ertrinken fügte oder versuchte zu schwimmen.

Inmitten all der Verwirrung waren sie und Paul erst nach Tagen dazu gekommen, über die Nachforschungen zu sprechen, die er für sie angestellt hatte. »Du hast recht, es kommt einem vor, als wären sämtliche Dokumente, die es zum Thema

Hattuša geben müsste, vom Erdboden verschluckt«, berichtete er. »Dr. Hähnlein habe ich auch nicht sprechen können. Nicht weil er sich geweigert hätte, sondern weil er gar nicht in Berlin ist.«
»Wo ist er denn?«, hatte Amarna gefragt.
»In Istanbul.«
Die Antwort war wie das Rollsiegel gewesen, mit dem die Menschen im Vorderen Orient ihre Tonplomben versiegelt hatten, wenn der Inhalt endgültig war: Istanbul. Konstantinopel. Die Stadt, in deren Museum die Funde aus Hattuša gelangt waren, die nicht in den Katakomben des Pergamonmuseums vor sich hin schliefen. Wenn es tatsächlich keinen Weg gab, nach Hattuša zu gelangen, war die Stadt am Bosporus das nächstbeste Ziel.
Es schien fantastisch. Eher ein Märchen aus *Tausendundeiner Nacht* als die Wirklichkeit. Sie, Amarna Brandstätter, die nie auch nur zur Sommerfrische an die Ostsee gefahren war, wollte eine Reise in die unermessliche Fremde des Orients antreten. »Du bist verrückt«, war es Paul denn auch entfahren.
»Wenn du das erst jetzt merkst, spricht das nicht gerade für deine Auffassungsgabe«, hatte Amarna versetzt und im Geiste beschlossen, mit Irene zu sprechen. Die Sprachlehrerin hatte ihr versichert, dass sie ihr helfen würde. Natürlich konnte sie sich von einer beinahe fremden Frau keine Reise in die Türkei finanzieren lassen, doch Irene mochte wissen, wie man an Bodo Hähnlein herankam und wo sie sich um ein Stipendium bewerben konnte.
Irene fackelte nicht lange. »Überlassen Sie die Sache mir«, hatte sie erklärt. Eine Woche und eine Anzahl Telegramme später hatte sie Amarna wiederum in ihre Wohnung gebeten. »Wie ich vermutet habe, weigert sich Bodo, über Frauen in seinen heiligen Gefilden auch nur nachzudenken«, sagte sie. »Davon

abgesehen hat er sich aber gerade zum Förderer des Nachwuchses ernannt. Er ist ja kein Schlechter, der Bodo, er verteidigt nur ein bisschen übereifrig sein Revier wie die meisten minderbegabten Menschen. In der Türkei ist er mit einem jungen Mann, dem er helfen will, sich einen Namen zu machen. Und falls Sie zufällig ebenfalls einen vielversprechenden jungen Mann kennen, den man ihm aufs Auge drücken könnte, würde er den sicher mit offenen Armen empfangen.«

»Mit einem jungen Mann kann ich dienen«, hatte Amarna erwidert.

»Ausgezeichnet. Dann sind wir schon mal einen Schritt weiter.« Irene hatte sich Pauls Namen aufgeschrieben. »Außerdem ist ja wohl Merten Schobert Ihr Pate, habe ich recht? Haben Sie schon einmal erwogen, ihn um Hilfe zu bitten?«

Amarna hatte den Kopf geschüttelt. Sie hatte immer geglaubt, der pragmatische Merten sei eine Art Fels in ihrem Leben, auf den sie sich verlassen konnte. Dass er in das Lügengewebe ihres Vaters verstrickt war, erschütterte sie tief.

»Ich verstehe«, hatte Irene lediglich bemerkt. »Bleiben wir also bei der Strategie mit Ihrem jungen Mann.«

Erst später hatte Amarna sich gefragt, woher Irene Merten kannte, aber sie hatte die Frage nicht weiter verfolgt. Rund um die Orient-Gesellschaft kannte vermutlich jeder jeden, und sie hatte andere Sorgen.

Nachdem Paul begriffen hatte, wie ernst es ihr war, war er bereit gewesen, ihr zu helfen. Er war bei der Orient-Gesellschaft vorstellig geworden, hatte erklärt, er wolle seinen Schwerpunkt auf Anatolien verlegen, und hatte durch seine fachlichen Leistungen und seinen Charme überzeugt. Zwei Tage später hatte die Gesellschaft ihm ein Stipendium für eine Studienreise in die Türkei bewilligt, wo Bodo Hähnlein ihm Einblick in seine Forschungen ermöglichen sollte.

Mit dem Stipendium waren nicht mehr als die nötigsten Ausgaben für Paul und noch keine für Amarna abgedeckt. An der Geldfrage drohte das Unternehmen zu scheitern, gerade als Istanbul zum Greifen nahe schien. Dann aber war Paul mit einem Gesicht wie ein Pokerspieler bei Mutter Wiechert aufgetaucht und hatte Amarna in die Arme geschlossen. »Die Sache ist geritzt«, hatte er gesagt. »Wir fahren in die Perle am Bosporus, auf den Brückenkopf, der Orient und Okzident verbindet. Bis nach Paris sind wir recht umständlich in billigen Zügen unterwegs, doch von dort reisen Gilgamesch und Enkidu in großem Stil. Wir nehmen den Orient-Express.«

Amarna sah sich in ihrem Abteil um. Neben den Sesseln und dem Tischchen, auf dem eine Lampe mit Messingfuß warmes Licht verbreitete, warteten Stockbetten für die Nacht. Sie waren schmal, doch mit ihren dick gepolsterten Kissen und den Samtüberwürfen wirkten sie bequem und einladend. Der ganze Raum war eine Komposition aus poliertem Holz, Messing und rotem Samt und strahlte ein Flair von Stil und Komfort aus. Die Wasserkaraffe, die ein Kellner ihnen bereitgestellt hatte, war aus geschliffenem Kristall.

Im Grunde hatte es etwas Verruchtes, in solchem Luxus zu schwelgen, während bald fünf Millionen Arbeitslose nicht wussten, wovon sie die nächste Mahlzeit bestreiten sollten. Amarnas Entschluss, sich mehr für die Welt, in der sie lebte, zu interessieren, hatte bisher nur Meldungen von Elend gezeitigt. Die Wirtschaft litt wie ein angeschlagenes Tier unter dem Zusammenbruch der Börse. Kleinanleger verloren ihr Erspartes, Renten und Versicherungen konnten nicht ausgezahlt werden, und Notverordnungen kürzten das bisschen Lohn, von dem ein Arbeiter seine Familie ernähren musste.

Es war gut möglich, dass ihr selbst ein ähnliches Schicksal drohte, wenn sie von der Reise zurückkam. Ihren Vater, der die Hände über sie gehalten hatte, gab es in ihrem Leben nicht mehr, und ihr Studium hatte sie in den Sand gesetzt. Sosehr sie sich jedoch bemühte, es gelang ihr nicht, über das Ende der Reise hinauszudenken. Wie Amarna Brandstätters Leben weitergehen sollte, konnte sie nicht entscheiden, solange sie nicht wusste, wer Amarna Brandstätter war. Weshalb sollte sie also nicht versuchen, in diesem Märchen zu versinken und ein paar Tage lang zu vergessen, wie schwer sie betrogen worden war?

Paul schien ein ähnlicher Gedanke zu erfassen. Er beugte sich vor und berührte ihre Wange. »Was meinst du, Liebes, gehen wir in den Speisewagen? Wo wir einmal hier sind, warum die noble Welt von Bliny und Kaviar nicht auskosten?«

Amarna bemerkte, wie ihr der Magen knurrte. »Ob Kaviar oder Kartoffelsuppe, meinem Hunger ist alles recht.« Außerdem wollte sie gern Wein trinken, damit er ihr beim Vergessen half.

Paul zog Amarna zu sich und küsste sie auf die Wange. »Dann lass deinen Enkidu für dich ein köstliches Beutetier erlegen.«

»Solange du weder Humbaba, dem Wächter des Waldes, noch dem Himmelsstier den Garaus machst, gerne«, versuchte Amarna zu witzeln.

Paul lachte, doch Amarna blieb das Lachen in der Kehle stecken. Sie hatte sich mit dem falschen Vergleich zwischen Gilgamesch, Enkidu und ihnen beiden abgefunden, weil er Paul so viel bedeutete, doch mit Schaudern fiel ihr ein, was sie vergessen hatten. Enkidu war die Hälfte von Gilgameschs Herzen, und ohne ihn hätte der König das Geheimnis des Lebens nie erfahren. Aber Enkidu hatte Gilgamesch auch zur Rebellion gegen den göttlichen Ratschluss und zum Mord angestiftet. Die zwei waren heilsam füreinander, doch sie brachten einander zugleich in höchste Gefahr.

Paul schob die Abteiltür auf, und Amarna musste doch noch lachen. Im Strudel der Ereignisse war sie offenbar dabei, den Blick für die Wirklichkeit zu verlieren. Der Vergleich mit Enkidu war nur ein Spiel zwischen ihnen, und wenn ein Mensch auf der Welt für sie Gefahr darstellte, so gewiss nicht Paul.

11

Paul war stolz auf sich gewesen. Er, der bisher nicht weiter als bis nach London gekommen war, hatte eine Reise in den Orient auf die Beine gestellt. Noch dazu in dem Zug, in dem vermutlich jeder Mann gern mit der Prinzessin seines Herzens drei Nächte verbracht hätte – im Orient-Express. Zwei Schlafwagen-Abteile wären trotz des großzügigen Kredits nicht bezahlbar gewesen, und das eine, gemeinsame, hatten sie nur bekommen, indem er Amarna als Frau Vollmer anmeldete. »Auf der Hochzeitsreise?«, hatte die Dame im Büro der CIWL, der Schlafwagengesellschaft, gefragt, und ohne nachzudenken, hatte Paul genickt.

Genauso fühlte er sich – mit seiner Frau Vollmer auf der Hochzeitsreise. Sooft er Amarna betrachtete, ihre Art, sich zu bewegen, den Schwung, mit dem ihr Haar fiel, überkam ihn ein Verlangen, dessen er kaum noch Herr wurde. Er war sich jedoch bewusst, dass er Amarna das jetzt nicht zumuten durfte. Sie hatte genug Aufregung in ihrem Leben, und ihre Nerven waren bis zum Bersten gespannt. Ihr erstes Liebeserlebnis würde warten müssen, und stattdessen würden sie den ungewohnten Luxus genießen.

Als er jedoch mit seiner Liebsten den Speisewagen betrat und sich an einen Tisch begeben wollte, musste er lernen, dass es so einfach nicht war, sich in der Welt der Reichen und Schönen zu bewegen. Resolut vertrat ihm ein Kellner den Weg und fragte erst auf Französisch, dann auf Englisch nach seiner Reservierung. Als Paul perplex gestand, keine zu haben, erklärte ihm der Kellner bündig, in diesem Fall könne er ihm leider nicht helfen, denn sämtliche Tische seien ausgebucht.

Vermutlich hätte er das durchaus gekonnt, wären Paul und Amarna in Vatermörder und Tüllkleid aufmarschiert wie das ältliche Ehepaar, das an einem Fenstertisch Champagner trank. Zwei Studenten in Straßenkleidung hingegen hatten nach dem Weltbild dieses Kellners in der Luxuswelt des Orient-Express nichts zu suchen. Paul spürte, wie sein Jähzorn ihn packte. Er fischte seine Geldbörse aus der Jacketttasche, zerrte den erstbesten Geldschein heraus und ließ ihn vor dem Kellner zu Boden segeln. »Ihr Trinkgeld. Mit bestem Dank für Ihre Liebenswürdigkeit.«

Das Gesicht des Mannes war jede Summe wert. Es verzerrte sich so heftig, dass ihm der Puder von den Wangen stäubte. Fassungslos, als wüsste er nicht, worum es sich handelte, glotzte er dem Geldschein nach. Paul frohlockte innerlich. Dann fiel sein Blick auf Amarna. Sie war einen Schritt zurückgewichen und hielt sich die Hand vor den Mund. »Paul«, murmelte sie, und ihre Stimme klang flach. Jetzt glaubte er auch die Blicke der anderen Gäste auf sich zu spüren, die gleichermaßen entsetzt waren.

Allmählich dämmerte es Paul, dass er getan hatte, was er wie den Teufel fürchtete. Er hatte durchscheinen lassen, dass er aus keinem guten Stall stammte. Hitze stieg ihm in die Wangen. Wie sollte er aus diesem verfluchten fahrenden Glitzerpalast wieder herauskommen, ohne sein Gesicht völlig zu verlieren? Paul glaubte an keinen Gott, aber irgendeine himmlische Macht musste sein Stoßgebet gehört haben. Von dem Fenster-

tisch hinter den Champagnertrinkern erhob sich ein kleiner Herr mit fein gelegten grauen Locken. »Dürfte ich mir wohl erlauben, die Herrschaften an meinen Tisch zu bitten?«, fragte er in einem Englisch mit leichtem Akzent, der den Deutschen verriet. »Mit etwas gutem Willen sollten wir zu dritt daran Platz finden, und ich habe, um ganz offen zu sein, beim Essen gern ein wenig Unterhaltung.«
Es fehlte nicht viel, und Paul hätte seinen Retter umarmt. »Die Einladung nehmen wir gerne an«, rief er, ohne Amarna nach ihrer Ansicht zu befragen. Übrig blieb einzig die Frage des Geldscheins, den er unmöglich aufheben konnte, ohne sich vollends zum Narren zu machen. Doch während er bereits dem graugelockten Herrn durch den Gang folgte, bückte sich Amarna und stopfte den Schein in seine Jacketttasche.
»Ich trinke einen Château Citran des vorzüglichen Jahrgangs 1923«, erklärte ihr Wohltäter und wies auf die Flasche, die in einem Silberkübel auf dem schneeweiß eingedeckten Tisch stand. »Möchten Sie sich vielleicht beteiligen? Einmal entkorkt, will ein Bordeaux ja nicht gern die Nacht überleben.«
Jäh kamen Paul Zweifel an den edlen Absichten des Mannes. Hatte er ihnen wirklich gefällig sein wollen, oder suchte er lediglich einen Dummen, der ihm seinen Wein bezahlte? Vermutlich kostete die Flasche mehr, als Paul in einem Monat zur Verfügung hatte.
»Sie sind selbstverständlich meine Gäste«, ließ der Mann ihn wissen, als hätte er seine Gedanken gelesen. Dann bat er den Kellner, noch zwei Gläser zu bringen.
Vor Scham wusste Paul nichts zu sagen. Zum Glück machte Amarna das wett, indem sie sich mit einem Lächeln bedankte, für das Paul einen Drachen getötet hätte.
»Es war so nett von Ihnen, uns zu helfen«, sagte sie in dem geschliffenen Englisch, das höhere Töchter auf Mädchengym-

nasien lernten. »Wir sind zum ersten Mal in einem Schlafwagenzug. Gewiss benehmen wir uns wie zwei Tölpel aus der tiefsten Provinz, obwohl wir aus Berlin kommen.«

»Ich habe eine Schwäche für Tölpel aus der Provinz«, erwiderte ihr Gastgeber auf Deutsch. »Ein wenig Unbeholfenheit ist mir angenehmer als die Attitüde von Herrschaften, die auftreten, als wäre ihnen die Welt einen Kniefall schuldig. Ist es Ihnen übrigens recht, dass wir Deutsch sprechen? Ihr Englisch ist ausgezeichnet, aber zuweilen vermisst man die Muttersprache doch.«

»Sie leben nicht in Deutschland?«, fragte Amarna.

Ihr Gegenüber schüttelte den Kopf, entnahm der Innentasche seines Dinner-Jacketts eine Visitenkarte und schob sie Amarna zu. »Gestatten? Nathan Rosen, textile Innenausstattung, Paris.«

»Ich habe Ihren Namen schon gehört!«, rief Amarna. »Haben Sie nicht ein Geschäft in der Lietzenburger Straße, mit diesen herrlich gemusterten Stoffen im Schaufenster?«

»Nicht mehr, meine Liebe.« Nathan Rosens Stimme klang bedauernd. »Ich habe mein Berliner Geschäft zum Jahresende aufgegeben und der Heimat den Rücken gekehrt. Seither konzentriere ich mich auf unseren Pariser Zweig. Es ist aber erfreulich zu hören, dass man daheim noch nicht vergessen ist.«

Der Kellner brachte Gläser und Speisekarten, und eine Zeitlang waren sie mit der Auswahl des Essens beschäftigt. Die Preise überstiegen Pauls kühnste Befürchtungen. Er wollte gerade erklären, er verspüre keinen Hunger, als Rosen darauf bestand, für sie beide das komplette Menü zu bestellen.

»Machen Sie sich bitte wegen der Rechnung keine Sorgen. Hätte ich alles derart im Überfluss wie Geld, wäre ich ein glücklicher Mann. Es ist mir eine Freude, mit Menschen aus der Heimat beisammenzusitzen. Wenn Sie sich revanchieren wollen, erzählen Sie mir von Berlin.«

Paul fühlte sich ein weiteres Mal zu beschämt, um zu sprechen, aber Amarna begann ohne Hemmungen von der Eröffnung des Pergamonmuseums zu berichten. Mit leuchtenden Augen beschrieb sie die hohe Halle, die das Ischtar-Tor beherbergte, und das Gespür des Architekten für die Wirkung der Kunstschätze.

»Das ist Alfred Messel, nicht wahr?«, erkundigte sich Rosen. »Der, der auch das Wertheim-Haus entworfen hat?«

Amarna nickte.

»Wer weiß, wie lange das noch steht«, murmelte Rosen, und dann wurde in winzigen Tassen ihre Suppe, eine Consommé à la Célestine mit zwei einsamen Pfannenkuchenstreifen, gebracht. Auch die Portionen der übrigen Gänge waren, gemessen an den Preisen, geradezu verschwindend, aber wenigstens der Wein hielt, was der klangvolle Name versprach. Er war schwer und schwarzrot und beruhigte Pauls aufgepflügte Nerven. Nathan Rosen bestellte eine zweite Flasche, während er sich weiter mit Amarna über Berlin unterhielt. Außerdem berichtete er, dass er seit fast vierzig Jahren ins einstige Konstantinopel fuhr, um Webstoffe und Knüpfware einzukaufen, und sich recht gut in der Stadt auskannte.

»Wenn ich behilflich sein kann, melden Sie sich bitte«, sagte er und reichte Amarna die Karte seines Hotels. »Junge Menschen mit einem so regen Interesse an der Vergangenheit trifft man selten. Dabei ließe sich der Einsturz eines Hauses womöglich verhindern, wenn man sich erinnern würde, dass durch denselben Fehler schon einmal eines eingestürzt ist.«

Paul sah Amarna zusammenzucken. »Wie kommen Sie auf einstürzende Häuser?«

»Ohne Grund«, erwiderte Rosen aufgeräumt. »Ich habe nur versucht, ein Beispiel zu geben, das zwar Dramatik aufweist, aber dennoch einigermaßen harmlos ist.«

»Einstürzende Häuser sind nicht harmlos, Herr Rosen.«
»Nein, natürlich nicht«, gab er zu. »Also gut, ich bin auf das Haus ausgewichen, weil ich nicht gern zu einer charmanten jungen Dame, die beim Essen sitzt, sagen wollte: Würden wir uns erinnern, wie es zum Mord an einem Volk gekommen ist, brauchte vielleicht kein Volk mehr zu fürchten, das nächste Opfer zu sein.«
Amarna wurde bleich. Eine Zeitlang schwiegen sie alle.
»Jetzt sind Sie mir böse«, sagte Rosen dann.
»Nein«, erwiderte Amarna. »Jetzt will ich, dass Sie mir sagen, von welchem Volk Sie sprechen.«
»Von meinem«, sagte Rosen und winkte dem Kellner, damit er ihre Gläser nachfüllte. »Meine Familie lebt seit sieben Generationen in Berlin, und wir haben gern und gut dort gelebt. So etwas gibt man ja nicht grundlos auf.«
»Und warum haben Sie es aufgegeben?«, fragte Amarna.
»Weil mir das Pflaster zu heiß wurde«, antwortete Rosen. »Wenn ein Völkermord so schnell unter den Tisch gekehrt wird, weshalb sollte jemand sich scheuen, einen neuen anzuzetteln?«
»Ich glaube, ich bin jetzt wirklich nicht mehr sicher, wovon Sie sprechen«, mischte Paul sich ein, weil er sich um Amarna sorgte. Sie hatte ihr blutiges Chateaubriand nicht angerührt und ihr Besteck beiseitegelegt. »Dass Sie als Jude über die Ereignisse in Deutschland bestürzt sind, kann ich nachvollziehen. Ich bin es selbst. Das Wort Völkermord ist doch aber wohl übertrieben, und außerdem werden die Nazis verschwinden, sobald die Wirtschaft sich erholt hat.«
»So etwas Ähnliches haben die Armenier im Osmanischen Reich auch gedacht«, entgegnete Nathan Rosen. »Es gab Angriffe, es gab Beleidigungen, schließlich gab es Morde, Massaker und Pogrome, aber dass es von dort bis zum Völkermord

nur noch einen Schritt braucht, war niemandem klar. Deshalb eben meine ich, wir sollten die Vergangenheit nicht allzu schnell vergessen. Hätte ich vom Schicksal der Armenier nichts gewusst, wäre ich vermutlich in Berlin geblieben, hätte mich mit einem eingeworfenen Schaufenster abgefunden und darauf gewartet, dass sich der Aufruhr wieder beruhigt. Da mein Unternehmen aber seit Jahr und Tag bei einem armenischen Tuchhändler in Konstantinopel Stoff zu kaufen pflegte, war ich gewarnt und habe meine Zelte lieber gestern als heute abgebrochen.«

»O Gott, dieser Mord.« In einem plötzlichen Einfall schlug sich Paul vor die Stirn. »Den hatte ich ja auch noch für dich recherchieren sollen. In dem ganzen Durcheinander habe ich völlig vergessen, dir davon zu erzählen.«

»Recherchen über einen Mord?« Nathan Rosen hob interessiert die Brauen über runde Brillengläser, während Amarna weiter auf den Tisch starrte.

»Es geht um Talât Pascha«, erklärte Paul, »den Führer der Jungtürken und einstigen Innenminister des Osmanischen Reiches.«

Rosen nickte. »Talât Pascha ist mir ein Begriff. Von ihm stammt der Ausspruch: Die armenische Frage existiert nicht mehr. Nach der Kriegsniederlage musste er sein Amt niederlegen, und die im Land verbliebene englische Militäraufsicht bestand darauf, dass er als Kriegsverbrecher zum Tode verurteilt wurde. Nachdem die Engländer abgezogen waren, ist das Urteil jedoch nie vollstreckt worden, und Talât Pascha durfte unbehelligt ins Exil nach Berlin gehen.«

»Wo er im März 1921 auf der Straße vor seiner Wohnung ermordet wurde«, ergänzte Paul. »Der Täter trug einen Namen, den nicht einmal ich mir merken konnte, und gehörte einer Geheimorganisation an, die sich Operation Nemesis nannte.

Amarna bat mich, etwas darüber herauszufinden, aber ich habe vergessen, warum.«

»Ich weiß es auch nicht mehr«, sagte Amarna tonlos. »Wir sind irgendwie darauf gekommen, weil du jemandem von der Armenienhilfe Geld gegeben hast und wir festgestellt haben, dass wir kaum etwas über Armenier wissen.«

»Die meisten Menschen wissen kaum etwas über sie«, bemerkte Nathan Rosen traurig. »Nichts über ihren Hang, das, was ihnen das Heiligste ist, in Stein zu schlagen, nichts über ihre Flöten aus dem Holz der Aprikose und nichts über ihre Geschichten, niedergeschrieben in ihrem Alphabet zu sechsunddreißig Buchstaben, das ihr verstreutes Volk seit anderthalb Jahrtausenden zusammenhält. Wären sie völlig ausgerottet worden, wie Talât Pascha und seinesgleichen es wünschten, wüsste bald niemand mehr etwas über sie. Können wir auch nur erahnen, wie viele Völker im Laufe der Geschichte ausgelöscht und vergessen worden sind?«

Stumm schüttelte Amarna den Kopf.

»Ich glaube wirklich, dies ist kein geeignetes Thema für ein Gespräch am Esstisch«, sagte Paul.

»Sie haben recht«, stimmte Rosen ihm zu. »Ich muss Fräulein Brandstätter um Verzeihung bitten.«

»Nein, das müssen Sie nicht«, fiel ihm Amarna ins Wort. »Ich habe Ihnen Fragen gestellt und sollte zumindest die Kraft aufbringen, die Antworten auszuhalten, aber ich fühle mich zu verwirrt und zu müde dazu. Wenn Sie von Völkern sprechen, die von der Geschichte vergessen worden sind, denke ich an die Hethiter von Hattuša, die einfach im Nichts verschwunden sind, ohne dass jemand den Grund kennt. Ich habe in letzter Zeit kaum geschlafen, aber ich möchte nicht, dass Sie denken, das Schicksal der Armenier sei mir gleichgültig. Können wir das Gespräch darüber vielleicht verschieben?«

Über Rosens Gesicht zog sich ein Lächeln, das es in unzählige Falten legte. »Ich glaube gewiss nicht, dass einer so liebenswerten Person das Schicksal von Menschen gleichgültig ist, Fräulein Brandstätter«, sagte er. »Wir alle haben ja unser eigenes Leben und unsere eigenen Sorgen, und niemand kann uns verdenken, dass wir zu müde sind, um uns um fremde Völker zu scheren. Für den Mord an den Armeniern war nach vier Jahren Krieg die ganze Welt zu müde. Niemand hatte die Kraft, sich um ein paar abgehalfterte Minister zu kümmern, die die Ausrottung eines Volkes angeordnet hatten. Deshalb nahm der junge Mann, dessen Namen Ihr Bekannter sich nicht merken kann, das Recht selbst in die Hand. Er hieß übrigens Soghomon Tehlirian, und wissen Sie, was mir Genugtuung verschafft? Er ist von einem deutschen Gericht freigesprochen worden.«
Nathan Rosen erhob sich und reichte Amarna die Hand. »Es hat mich gefreut, Sie kennenzulernen. Ich wünsche Ihnen das Beste für Ihr Vorhaben in Istanbul, und wie gesagt, wenn ich behilflich sein kann, scheuen Sie sich bitte nicht, sich zu melden.«

12

Zwei Tage und drei Nächte war das luxuriös ausgestattete Zugabteil ihr Heim. Vor dem Fenster glitten Städte und Länder vorüber, zuerst im Regen, dann tief verschneit und schließlich, ehe am letzten Tag die Dämmerung einsetzte, in milchig verhangenem Sonnenschein. Auf jedem Bahnhof wurden Wagen, die aus allen erdenklichen Teilen Europas eintrafen, angekoppelt, und andere, die ihr Ziel erreicht hatten, abgehängt. Amarna, die die meiste Zeit am Fenster saß und vorbeifliegenden Landschaften zusah, hatte das Gefühl, zum ersten Mal zu erfassen, wie groß die Welt war, und zu begreifen, warum die Menschen des alten Orients ihre Götter als Riesen geschaffen hatten.

Für jene Menschen hatte eine Reise, wie sie sie in drei Tagen hinter sich brachte, Jahre gedauert, und viele von ihnen hatten ihre Heimat nie wiedergesehen. Dennoch waren sie nicht in ihren Städten hocken geblieben, sondern hatten sich aufgemacht und ihre Grenzen überschritten. Was sie in ihren eigenen Gefilden nicht fanden, holten sie sich anderswo, durch Handel, Raub und Eroberung. Die Hethiter hatten kein Zinn besessen, das sie zur Herstellung von Bronze benötigten. Um dem Mangel abzuhelfen, hatten sie ein weitreichendes Handelsnetz entwickelt. Sogar Bernstein von der Ostsee hatte Winckler in Hattuša gefunden. Hätten diese tollkühnen Reisenden nicht entdeckt, dass dort, wo ihr Land zu Ende ging, ein anderes begann, hätten sie vermutlich nie gelernt, was das ihre ausmachte.

Amarna schlief schlecht, auch wenn das Rattern des Zuges und der Regen an der Fensterscheibe sie einlullten. Der Alptraum fiel über sie her, sobald sie die Augen schloss. In der letzten Nacht glaubte sie im Traum ihren Vater zu sehen, der hoch oben auf der schwarzen Mauer mit den eingemeißelten Figuren thronte und mit den Gesteinsbrocken auf sie herunterstürzte. Sie rollte sich zur Kugel und erwachte mit einem Schrei. Verschlafen hangelte sich Paul vom oberen Bett herunter und zog sie in die Arme. »Es ist doch nur ein Traum, Liebes. Nur ein dummer Traum, der morgen früh, wenn wir in Istanbul sind, vergessen ist.«

Sie wusste, der Traum würde nicht vergessen sein, aber sein Trostversuch und der seifige Geruch seines Schlafanzugs wirkten lindernd.

»Leg dich wieder schlafen, Paul«, sagte sie, als sie bemerkte, mit wie viel Mühe er ein Gähnen unterdrückte. »Du willst ja nicht völlig erledigt in Istanbul ankommen.«

Zärtlich strich er an ihrem Haar hinunter, fuhr die Linie ihres Kiefers entlang und ließ die Hand über ihren Hals gleiten. »Das wäre nicht meine größte Sorge«, erwiderte er, während seine Finger über ihr Schlüsselbein spielten. »Aber wenn ich hier noch länger mit dir sitzen bleibe, vergesse ich mich – und das möchte ich erst, wenn du dir sicher bist, dass du es auch willst.«

Du hättest mich fragen können, ob ich es auch will, fiel ihr ein, aber da sie die Frage nicht beantworten konnte, war sie froh, dass er sie nicht gestellt hatte. »Ab ins Bett mit dir«, sagte sie und klopfte ihm die Wange.

»Kannst du denn auch wieder schlafen, Liebes?«

»Bestimmt.«

Sie hatte nicht vor, es noch einmal zu versuchen, aber das brauchte er nicht zu wissen. Als sie an leisem Schnorcheln über ihr erkannte, dass er wieder eingeschlafen war, setzte sie sich auf und umklammerte unter der Bettdecke ihre Knie. So saß sie und starrte in die Dunkelheit des Abteils, das im Takt der Räderbewegung auf und ab wippte.

Nathan Rosen hatten sie nicht noch einmal wiedergesehen. Amarnas Gewissen plagte sie, wenn sie an den Mann dachte, der ihnen so freundlich aus der Klemme geholfen hatte. Er hatte den Drang verspürt, mit jemandem zu sprechen, so wie sie den Drang verspürt hatte, das Entsetzen des Traumes mit Paul zu teilen. Aber Amarna war mit ihrem eigenen Leid zu beschäftigt gewesen, um dem Leid von Fremden Gehör zu schenken, und Paul war zu müde gewesen, um sich mit irgendwelchen Traumgeschichten zu beschäftigen. Wenn jeder Mensch immer, sooft ein anderer ihn brauchte, zu sehr mit

eigenen Dingen beschäftigt war, stand dann nicht jeder Mensch allein in einer riesenhaften Welt?
Du bist ungerecht und melodramatisch, schalt sie sich. Schließlich hatte Paul sich in Schulden gestürzt, um mit ihr nach Istanbul zu fahren. Es war ihr Vater, der sie betrogen hatte. Sie durfte nicht anfangen, die Enttäuschung, die in ihr wütete, auf Paul zu übertragen.
Steif und mit umschlungenen Knien saß sie auf dem Bett, als Pauls Reisewecker auf dem Tischchen halb sechs anzeigte. Um acht sollten sie den Istanbuler Bahnhof Sirkeci, der eigens für den Orient-Express gebaut worden war, erreichen. Amarna war sich nicht sicher, ob der schwache Schimmer, der sich in die nächtliche Schwärze stahl, von den Lichtern einer Stadt stammte oder ob bereits zaghaft der Tag erwachte.
Gestern Abend waren noch einmal bewaffnete Kontrollbeamte von Abteil zu Abteil gepoltert, um ihre Pässe zu stempeln, und jetzt befanden sie sich auf türkischem Boden, in Thrakien, dem europäischen Teil der Türkei. Um nach Kleinasien zu gelangen, hätten sie die Meerenge des Bosporus überqueren müssen, doch selbst hier fühlte Amarna sich auf einmal den Hethitern so nahe, dass ihr Herz zu jagen begann. Sie wollte sie sehen, die Straßen, die das vergessene Volk auf Maultieren, in Streitwagen oder auf bloßen Füßen entlanggezogen war, wollte das Zugfenster aufreißen und den Kopf hinausstrecken, um zu erleben, wie die Luft roch, die die fremd-vertrauten Wanderer geatmet hatten.
Aber sie durfte Paul nicht wecken, der friedlich vor sich hin schnorchelte. Wenn sie ein Fenster öffnen wollte, musste sie hinaus auf den Gang. Amarna schwang sich aus dem Bett, hangelte nach ihrem Kulturbeutel und schlich sich nach nebenan, in das winzige messingglänzende Bad.

Der Kulturbeutel war aus ägyptischer Baumwolle und mit Hieroglyphen bestickt. Ihr Vater hatte ihn ihr geschenkt, für eine Reise, die sie nie angetreten hatten. Nach München hatte es gehen sollen, zu einer Konferenz, auf die er als Gastredner eingeladen worden war. »Königtum im alten Orient« hatte der Titel der Konferenz gelautet, ein Thema, das Amarna in ihrer Arbeit über Gilgamesch hatte behandeln wollen. Im letzten Augenblick hatte ihr Vater die Veranstaltung abgesagt. »Ich habe keine Lust, einem Haufen von verbohrten Kleingeistern zu erklären, was für einen Assyrer oder einen Babylonier ein König war«, hatte er sich herausgeredet.
Oder für einen Hethiter.
Ihr Vater war, nach dem, was sie bis jetzt wusste, weder in Assyrien noch in Babylonien je gewesen.
Aber in Anatolien.
In Wahrheit hatte er die Konferenz abgesagt, weil er nicht den Mut besaß, über Hattuša zu sprechen.
Sie hätte den Beutel gern in die nächste Ecke gefeuert, aber erstens gab es in diesem Miniaturbad keinen Platz zum Ausholen, und zweitens hätte sie nichts davon gehabt, wenn ihr die Zahnbürste zerbrochen wäre. Stattdessen wusch sie sich flüchtig, fuhr sich mit den Händen durch die Haare und stieg in die am Abend zurechtgelegten Kleider, um hinaus auf den Gang zu treten.
Als sie allein vor der Abteiltür stand und das Fenster herunterzog, ging draußen mit erstaunlicher Kraft die Sonne auf. Der Himmel war in ein verschwimmendes Gemisch aus Blau, Grau und Gelb getaucht, zu dem die eisige Kälte des Fahrtwinds nicht passte. Der Zug fuhr zu schnell, als dass sie einen Geruch genau hätte wahrnehmen können, aber etwas lag in der Luft, eine Ahnung von bitteren Kräutern und dem Harz von Nadelbäumen.
Sie fuhren durch eine Siedlung, von der Amarna nur eines

wahrnahm: Sie war fremd, vollkommen anders als alles, was sie aus ihrer Heimat kannte, nicht nur die Häuser, die vorüberzogen, die Straßen und Plätze, sondern jeder Baum und Strauch, der zwischen Mauern wuchs, jeder Mensch, der in der Morgenfrühe seinen Karren belud, jedes Stück Vieh – dürre Rinder und Ziegen –, das aus dem Ort getrieben wurde, und jedes Stück Obst, das alte Männer in Kisten zum Verkauf schleppten. Hoch über die Dächer der Häuser erhob sich die schimmernde Kuppel einer Moschee, und daneben stand das schlanke Minarett mit seinen zwei Balkonen. Vertraut waren nur die Hunde in jeder Farbe, Form und Größe, die hechelnd durch die staubigen Gassen flitzten wie durch die gepflasterten Straßen Berlins.

Und dann geschah etwas, das so schön, so einladend und fremd zugleich war, dass Amarna der Atem stockte. Auf dem Minarett der Moschee, an dem der Zug vorübergerauscht war, begann ein Mann über die gesamte Siedlung hinweg zu singen. Seine Stimme war gebieterischer als jedes Instrument und jagte Schauder über ihren Rücken. Amarna wusste, dass es sich um den Muezzin handelte, der fünfmal am Tag auf das Minarett stieg, um die Gläubigen durch den Adhan zum Gebet zu rufen, doch sie hatte sich diesen Ruf nicht so allumfassend und gewaltig vorgestellt.

Das arabische Wort Moschee bedeutete Ort der Niederwerfung, und vielleicht bekam es Menschen nicht schlecht, sich fünfmal am Tag niederzuwerfen und, vereint mit Glaubensgenossen, ein Gebet zu sprechen. Vielleicht, durchfuhr es Amarna, sind die, die es tun, weniger allein als wir, die wir ohne den Halt von Tradition in eine verwirrende Welt hineinwachsen. Völlig unsinnig wünschte sie sich, der Muezzin riefe auch sie.

Der Adhan verklang, und der Zug ließ die Siedlung hinter sich. Amarna schloss das Fenster, weil der Wind ihr schmerzhaft in den Ohren pfiff. Sie blickte den Gang hinunter und wäre um ein Haar hintenübergestolpert. Drei Abteile weiter stand ein Mann, der sein Fenster einen Spaltbreit geöffnet hatte, um eine Zigarette zu rauchen. Sie musste ein Geräusch gemacht haben, denn er drehte sich nach ihr um. Er erschrak nur milde, aber immerhin fiel ihm die Zigarette aus der Hand, so dass er sich danach bücken musste.

Merten Schobert.

»Was machst du hier?«, platzte sie mit der sinnlosesten aller Fragen heraus. Was er machte, war leicht zu erraten. Er spionierte ihr nach. Zwar hatten er und ihr Vater sich das Recht genommen, sie nach Strich und Faden zu belügen, ihr aber gestanden sie nicht das Recht zu, sich von ihnen zu befreien.

»Was immer du hier vorhast, gib dir keine Mühe«, warf sie ihm hin, ohne auf eine Antwort zu warten. »Wenn du meinst, du müsstest mich verfolgen, ist das deine Sache. Ich jedenfalls werde diese Reise weiterführen, als wärst du nicht da.«

»Benimm dich nicht kindisch, Amarna.« Merten betrachtete die vom Boden geklaubte Zigarette, verzog angewidert das Gesicht und warf sie aus dem Fenster. »Du hast doch überhaupt nichts geplant. Im Moment weißt du nicht einmal, wie du an Bodo herankommen sollst oder was du überhaupt von ihm willst. Du kannst dir natürlich die Hagia Sophia anschauen, dich am Goldenen Horn fotografieren lassen und türkischen Mokka trinken wie alle Touristen. Und zum Abschluss könntest du dir als Souvenir einen Teppich kaufen. Wenn dir das genug ist, wünsche ich dir viel Vergnügen. Willst du mehr, bist du auf meine Hilfe angewiesen.«

»Auf deine Hilfe verzichte ich«, fuhr sie ihn an. »In all den Jahren, während mein Vater mir Lügen erzählt hat, hätte ich sie gebraucht. Aber du hast es ja für besser gehalten, vornehm zu schweigen und seine Lügerei zu decken. Jetzt komme ich

ohne dich zurecht. Ich habe jemanden gefunden, der mir wirklich hilft und ehrlich zu mir ist.«
»Irene Schewe.« Seine Stimme klang höhnisch. »Und ausgerechnet die ist ehrlich zu dir. Ich schlage vor, wir lassen die Behauptungen der wahrheitsliebenden Irene vorerst auf sich beruhen und widmen uns anderen Dingen. In deinem heiligen Zorn darfst du dich gerne rühmen, du hättest dich in eine Bredouille wie die unsere niemals treiben lassen. Das ist das Vorrecht der Jugend. Ob du es glaubst oder nicht, genauso haben wir auch einmal gedacht.«
»Ich will nicht wissen, was ihr gedacht habt«, sagte Amarna.
»Ich hatte auch nicht vor, mich zu rechtfertigen«, erwiderte Merten. »Vielmehr wollte ich dich über ein Detail informieren. Tu mir einen Gefallen und warte auf mich, ich bin in einer Minute wieder hier.«
Warum sie nickte, wusste sie nicht. Vielleicht, weil es albern gewesen wäre, es nicht zu tun.
Merten verschwand in seinem Abteil und tauchte kurz darauf mit einer verschnürten Pappschachtel wieder auf. Er löste das Geschenkband und klappte den Deckel hoch. Auf einer mit Spitze verzierten Papierserviette lagen vier Pfannkuchen, von denen der Guss vor Trockenheit bröckelte. In solche Schachteln verpackte August Thomke, der Bäcker in ihrer Straße, sein Feingebäck. Von klein auf hatte Amarna sich zu jedem Geburtstag eine solche Schachtel mit Zitronenpfannkuchen gewünscht. Diese hier waren ungenießbar. Sie schmeckten nur, wenn sie frisch aus dem Backofen kamen, und die vier traurigen, altbackenen Gesellen mussten mindestens fünf Tage alt sein.
»Dein Vater hat mir die mitgegeben«, sagte Merten. »Er hat gemeint, ohne die Dinger kommst du nicht lange aus. Dein Vater liebt dich, Amarna. Und er hat verdammt noch mal Angst um dich.«

»Mir hat er gesagt, wenn ich in die Türkei fahre, will er nichts mehr mit mir zu tun haben.«
»Eines hast du garantiert gelernt, wenn du in mein Alter kommst«, erwiderte Merten. »Man sagt viel, wenn der Tag lang ist. Dein Vater war außer sich, als er dieses Zeug von sich gegeben hat. Sobald er wieder bei sich war, hat er mich gebeten, dich zu begleiten und ein Auge auf dich zu haben. Dein Vater ist mein Freund. Ich hätte ihm diesen Wunsch nicht abschlagen können.«
»Und warum ist er nicht selbst gefahren?« Auf einmal schrie sie. »Was hat er denn so Wichtiges zu tun hinter seinem Schreibtisch, wo er jahrzehntealte Papierstapel von einer Seite auf die andere schichtet?«
»Er würde es nicht ertragen, dieses Land wiederzusehen«, antwortete Merten ruhig. »Wenn ich nicht wüsste, dass er dafür gute Gründe hat, hätte ich wohl kaum meine Arbeit liegen- und stehenlassen, um mich in einen Zug nach Istanbul zu werfen.«
»Wie lange wolltest du uns eigentlich noch wie ein Spion hinterherschleichen?«, fragte Amarna.
»Ich wollte euch überhaupt nicht wie ein Spion hinterherschleichen«, erwiderte Merten. »Ob du es glaubst oder nicht, ich hatte vor, euch heute Nachmittag im Hotel zu besuchen. Wollen wir es dabei nicht belassen? Wir schließen Frieden, und ich hole euch nachher zu einem Rundgang durch Istanbul ab. In meiner verblichenen Jugend war die Welt meine Auster, und ich hatte als Fremdenführer einen ziemlich spektakulären Ruf.«
»Spar dir den Atem«, sagte Amarna. »Ich möchte, dass du mich in Ruhe lässt.«
»Sei nicht albern, du brauchst mich. Ich kann zwar nicht gerade behaupten, Bodo und ich wären Busenfreunde, aber wir

wahren immerhin gewisse Umgangsformen zwischen Fachkollegen. Wenn ich ihn bitte, sich mit dir zu treffen, wird er es mir kaum abschlagen. Andernfalls kommst du an Bodo nicht heran.«

»Das lass bitte meine Sorge sein«, verwies ihn Amarna.

»Deine Sorge?«, fuhr Merten auf. »Bist du dir sicher, dass es deine Sorge ist? Benutzt du nicht vielmehr Paul, der dir dermaßen verfallen ist, dass er nicht mehr nach links oder rechts sehen kann? Der arme Trottel würde doch mit fliegenden Fahnen seine eigene Zukunft gefährden, nur um dir zu verschaffen, was du willst. Liebst du ihn dafür überhaupt, Amarna? Oder vertreibst du dir mit ihm nur die Zeit, bis dir ein spannenderes Spielzeug in den Schoß fällt?«

»Das geht dich nichts an«, versetzte Amarna wütend. »Wer behandelt denn Menschen wie Spielzeug und erzählt ihnen Märchen – ich oder mein Vater und du?«

Als ihr auffiel, wie laut sie geworden war, war es schon zu spät. Die erste Abteiltür wurde aufgeschoben, und eine Frau steckte ihr vor Nachtcreme glänzendes Gesicht in den Gang. Gleich darauf öffnete sich die Tür von Amarnas eigenem Abteil, und Paul erschien. Er trug einen Morgenmantel, der in seiner grüngestreiften Gemütlichkeit nicht zum Ambiente passte.

»Oh«, nuschelte er lahm, »Professor Schobert.«

Verwirrt sah Amarna von einem zum anderen, ehe sie begriff.

»Du hast das gewusst?«, schrie sie Paul an. »Du hast gewusst, dass er im Zug ist, und hast mir kein Wort davon gesagt?«

Paul senkte den Kopf und murmelte etwas, das »er will dir doch nur helfen« heißen mochte, aber Amarna gab sich keine Mühe, ihn zu verstehen.

»Ihr seid Lügner und Betrüger, alle beide!«, schrie sie. »Ich wünschte, ich müsste keinen von euch je wieder sehen.« Dann

wandte sie sich ab. Kaum hatte sie das Gesicht zum Fenster gedreht, erhob sich vor ihren Augen die riesenhafteste Kuppel, die sich vorstellen ließ. Sechs Minarette ragten kerzengerade in den wie verschleierten Himmel.
Die Blaue Moschee.
Sie waren in Istanbul.

13

Das Hotel lag im Bezirk Sultanahmet, an einer engen Straße, die in einer Art Senke verlief. Kraftwagen schienen hier nicht zu verkehren, doch stattdessen sah Amarna vor ihrem Fenster den ganzen Tag Männer, die ihre Waren auf Karren von einem Ende der Straße zum anderen verfrachteten, Maultiergespanne, Esel und Pferde, Lieferjungen auf Rädern und Trauben von Frauen, von denen nur wenige am ganzen Leib schwarz verschleiert waren. Auch trugen die meisten Männer nicht den erwarteten Fes, sondern Hüte nach westlichem Vorbild. Seit dem frühen Morgen, als der Ruf des Muezzins Amarna aus unruhigem Halbschlaf gerissen hatte, platzte die kleine Gasse vor Gewimmel aus allen Nähten.
Amarna hatte nie zuvor in einem Hotel übernachtet und hatte sich ein wenig davor gefürchtet, aber in das Keshi Inci hatte sie sich auf den ersten Blick verliebt. Es war ein hohes, schmales Gebäude, dessen vier Stockwerke durch eine gewundene Treppe mit rotem Teppich und glänzendem Messinggeländer verbunden waren. In der Halle, in der zwischen Marmortischen Kübel mit Palmen standen, gab es kaum Gäste, nur zwei alte Männer, die aus winzigen Tassen tranken und ein Brettspiel spielten. Das Ganze besaß einen betörenden, blätternden

Glanz wie der Palast eines Märchenkönigs, der sein Reich verlassen hatte.
Ähnlich hatte sie bei der Ankunft auf dem Sirkeci-Bahnhof mit seinen majestätischen Portalen und den in schillerndem Blau gehaltenen Fensterbögen und auf der Fahrt ins Hotel empfunden. Istanbul, die einstige Hauptstadt des Osmanischen Reiches, war in solch üppigem Prunk, solchem zur Schau gestellten Reichtum erbaut, dass man ihr die Jahrhunderte des machtvollen Weltreiches auf jedem Platz, an jedem öffentlichen Gebäude anmerkte. Über Kontinente hatte sich die Herrschaft der Osmanen erstreckt, und hier, in der Metropole am Bosporus, waren die Ströme ihrer Macht zusammengeflossen. Aber Glanz und Pracht hatten etwas von einem opulenten Rosenbukett, dessen Weinrot noch samtig und verführerisch schimmerte, während sich auf die verwelkenden Blütenblätter schon Staub legte.
Das großmächtige Weltreich war zerfallen, der Palast des Sultans verlassen, und der neu gegründete Staat musste kämpfen, um den Kopf über Wasser zu halten. Die neue Hauptstadt hieß nicht Istanbul, sondern Ankara, aber Istanbuls Zauber war noch nicht verflogen. Berlin wirkte nüchtern dagegen, selbst dort, wo es versuchte, etwas zur Schau zu stellen. Als sie schließlich das Hotel erreichen, hatte Amarna das Gefühl, die Augen würden ihr vor Farben und Bildern überquellen.
Istanbul war fremd. Aber die Fremdheit war voller Lockung, als hielte die unbekannte Stadt seit langem eine Tür offen, durch die sie Amarna hineinbitten wollte. Heimkehr in die Fremde, dachte sie und wunderte sich.
Im Hotel waren sie wie im Zug als Ehepaar Vollmer angemeldet, und dem Angestellten am Empfang genügte es, dass nur Paul seinen Pass hinterlegte. Pauls Englisch, das stockend und selbst gebastelt klang, genügte allerdings nicht. Amarna muss-

te nachfragen, um zu erfahren, wann und wo Mahlzeiten serviert würden, welchen Service es für Post und Telegraphendienst gab und zu welchen Zeiten das Portal geschlossen wurde.

Der Angestellte, der zuvor die Höflichkeit in Person gewesen war, gab auf einmal nur noch widerwillig Auskunft. Offenbar missbilligte er es, dass eine Frau ihrem Gatten ein Gespräch aus der Hand nahm. In Berlin hörte man allgemein die Ansicht, die Befreiung der Frau habe die Länder des Orients noch nicht erreicht und Männer muslimischen Glaubens seien im Herzen Paschas, die in Frauen keine ebenbürtigen Geschöpfe sahen. Wenn Amarna jedoch Paul betrachtete, zweifelte sie daran, dass die Männer des aufgeklärten Westens sich darin wesentlich unterschieden. Ihrem angeblichen Ehemann war es sichtlich unangenehm, auf die Sprachkenntnisse einer Frau angewiesen zu sein. In der Rolle des allwissenden Gönners gefällst du dir wohl besser, konnte Amarna sich einen bissigen Gedanken nicht verkneifen.

Natürlich hatten sie sich nach der Szene im Zug wieder versöhnt. Paul hatte es gut gemeint, und nach seiner Erklärung musste Amarna einsehen, dass ihm kaum eine Wahl geblieben war. Der mysteriöse Geldgeber, der ihnen die Reise ermöglicht hatte, war niemand anders als Merten. Hätte Paul sich geweigert, ihn als unsichtbaren Dritten mitreisen zu lassen, hätte Merten ihm den Kredit gestrichen, und sie säßen jetzt nicht in Istanbul, sondern noch immer in den muffigen Pensionszimmern seiner Wirtsleute.

Amarna hätte eins und eins zusammenzählen und erraten können, dass Merten hinter der üppigen Leihgabe steckte. Dass sie auf ihn nicht gekommen war, hatte einen simplen Grund. Sie hatte nicht erwartet, dass Merten über so viel Geld verfügte. Anders als ihr Vater war er nicht als Erbe einer

Fabrikantendynastie zur Welt gekommen, sondern hatte sich das, was er besaß, erarbeiten müssen. Natürlich verdiente er in seiner Stellung nicht schlecht, lebte in Wohlstand und genoss gutes Essen ebenso wie stilvolle Kleidung, aber Amarna war es immer so vorgekommen, als hätte er nie viel flüssiges Kapital zur Verfügung.

»Bitte verzeih mir, Liebes«, hatte Paul in den rosa Polstersitzen der Kraftdroschke an ihrem Ohr gemurmelt. »Ich weiß, ich habe mich unmöglich benommen, aber ich wollte dich so gern beeindrucken. Du solltest hin und weg davon sein, wie ich unsere Reise aus dem Hut gezaubert hatte.«

Ich wünschte, ich wäre nicht von Männern umgeben, die darauf brennen, mir etwas vorzumachen, dachte Amarna.

»Ich weiß nicht, wie ich damit leben soll, wenn du mir nicht verzeihst«, war Paul fortgefahren. »Ich wünschte, ich könnte die Zeit zurückdrehen.«

»Dann wüsstest du immer noch nicht, was du tun sollst«, hatte Amarna entgegnet. »Da wir beide die Zeit nicht zurückdrehen können, finden wir uns am besten mit der Lage ab.«

»Ich liebe dich, Amarna. Ich liebe dich mehr, als irgendein Mensch mit Worten sagen kann.«

Ein Echo von Mertens Stimme hallte Amarna in den Ohren: »Paul ist dir dermaßen verfallen, dass er nicht mehr nach links oder rechts sehen kann.« Sie hätte Paul gern gesagt, er solle sie weniger lieben und stattdessen auf sich selbst achten, aber da sie gebannt von Istanbul war und keine Kraft für komplizierte Erklärungen hatte, sagte sie nichts.

In der Tür ihres Hotelzimmers war sie mit offenem Mund stehen geblieben. Obwohl Paul versichert hatte, er habe das billigste Angebot gebucht, erwartete sie kein Zimmer, sondern eine Suite. Es bestand aus Vorraum, Schlafzimmer und Bad. Das Schlafzimmer war weitläufig und bot sowohl einen

Schreibtisch als auch eine Sitzgarnitur, doch Amarnas Blick blieb an dem Bett hängen. Es war groß genug für mindestens drei Menschen, mit blutrotem Samt bezogen und kreisrund.

»Mach dir keine Sorgen«, sagte Paul, der ihren Blick bemerkte. Er wies auf eine Art Tagesbett an der hinteren Wand. »Ich schlafe dort. Ich falle dir nicht lästig.«

Das runde Bett hätte spielend Platz für sie beide geboten, aber wiederum sagte Amarna nichts. Sie hatte nie ein Bett mit einem anderen Menschen geteilt und war froh, dass es nicht ausgerechnet jetzt von ihr verlangt wurde. Den Nachmittag verbrachten sie damit, ihre Koffer auszupacken, und dehnten jede Tätigkeit aus, während die Zeit sich wie Hefeteig zog.

»Es tut mir leid.«

»Ist schon gut.«

Viel mehr sprachen sie nicht miteinander.

Auf dem Schreibtisch aus poliertem Kirschholz breitete Paul das Material aus, das er mitgebracht hatte. »Die Zeichnungen kennst du, oder? Dieser Franzose, Texier, hat sie von Hattušas Ruinen angefertigt, siebzig Jahre bevor überhaupt ein Mensch auf die Idee kam, dort zu graben.«

»Ja«, sagte Amarna. Sie kannte die Zeichnungen wie die Karten, die von den Winckler-Expeditionen stammten. Der Archäologe hatte mit Sorgfalt gearbeitet. Dass Grabungsberichte und Teilnehmerlisten in seinen Unterlagen fehlten, passte nicht ins Bild.

»Ich denke, ich versuche morgen Vormittag erst einmal, Dr. Hähnlein in der Universität zu erreichen und einen Termin für uns zu vereinbaren. Meiner Information nach bewohnt er Räume auf dem Campus.«

»Dar-ül Fünun«, sagte Amarna.

»Wie bitte?«

»Die Universität von Istanbul heißt Dar-ül Fünun«, antwortete sie. »Es bedeutet Haus der Wissenschaften.«
Paul stöhnte. »Bitte erzähl mir nicht, du sprichst auch noch Türkisch.«
»Nein«, sagte Amarna, »ich habe es zufällig in einem Artikel über Grabungslizenzen gelesen. Du wirst demnächst promoviert, und der gesamte Lehrkörper ist voll des Lobes über deine Fähigkeiten. Ist es wirklich so unerträglich für dich, dass ich ein paar Worte Englisch kann, die du nicht verstehst?«
Paul setzte sich auf den Schreibtischstuhl und sah sie aus seinen schönen graugrünen Augen an. »Das nicht«, antwortete er gepresst, »nur der Gedanke, du könntest mich verachten, weil ich aus keiner Akademikerfamilie stamme. Ich kann mir nicht helfen, Amarna. Ich will um jeden Preis der Mann sein, der dir imponiert.«
»Dann sei in Zukunft der Mann, der mir die Wahrheit sagt«, versetzte sie kühler als gewollt.
Glücklicherweise war es kurz darauf Zeit zum Abendessen, das in der Halle zwischen den Palmen serviert wurde. Zu Amarnas Enttäuschung entstammten die Speisen der europäischen Küche, und zwischen den Gängen spielte ein Grammophon Tafelmusik des 17. Jahrhunderts. Wein gab es nicht. »Wir sind zu nahe an der Moschee«, entschuldigte sich der Kellner, der kein Englisch, aber holpriges Deutsch sprach, und wies in die Richtung, aus der Amarna zuvor den Muezzin gehört hatte. Drei Straßenzüge weiter könne er jedoch ein Lokal empfehlen, das Alkohol an Touristen ausschenken dürfe.
»Dann lass uns dorthin umziehen«, sagte Paul verstimmt. »Ich bin kein Schuljunge, der sich vorschreiben lassen muss, was er zu dem Essen, das er bezahlt hat, trinkt.«
»Du bist aber auch nicht trunksüchtig«, erwiderte Amarna. »Also wirst du wohl einen Abend ohne Alkohol auskom-

men.« Sie hätte selbst gern etwas getrunken, aber vielleicht war es gut, das, was in ihr tobte, einmal in aller Klarheit und Schärfe zu erleben. Sie genoss den herben Minzgeschmack des Tees, der in hohen Gläsern serviert wurde und ihre Sinne nicht betäubte, sondern aufzupeitschen schien.

Sie waren viel zu früh mit dem Essen fertig und gingen viel zu früh zum Schlafen hinauf, erschöpft von der Reise und zugleich überwach. Amarna nahm ein Bad in der mit Marmor verkleideten Wanne und trank die Schokolade, die Paul aufs Zimmer bestellt hatte, doch keins von beidem machte sie schläfrig. Als sie ins Zimmer zurückkehrte, hatte Paul sich die Tagesliege neben den Schreibtisch gerückt, so dass die Lampe ihren Kegel auf das Kopfteil warf. Das Deckenlicht war ausgeschaltet, und der größte Teil des Zimmers lag im Dunkeln. Die Liege war zu schmal für Pauls ausladenden Leib. Er hatte das Jackett ausgezogen, lagerte im Halbsitz und las in einer Mappe mit Zeitungsartikeln.

Er legte die Mappe beiseite und sah zu, wie sie sich aus dem Morgenmantel schälte und im Nachthemd in das runde Bett stieg. Obgleich sie Platz gehabt hätte, um alle Glieder von sich zu strecken, rollte sie sich zusammen und zog die Decken über sich. Es war kalt, kaum wärmer als in Berlin. Sie hatte sich Istanbul unter sengender Sonne und vor Hitze flimmernd vorgestellt, doch wie es aussah, herrschte auch hier im Februar noch tiefer Winter.

»Gute Nacht, Paul.«

»Willst du nicht noch eine Weile lesen?«

»Ich glaube nicht. Ich bin sehr müde.«

»Und stört es dich, wenn ich lese?«

»Bestimmt nicht. Lies, solange du willst.«

»Gute Nacht, Amarna.«

»Gute Nacht.«

Sie umklammerte ihre Beine noch fester und presste das Gesicht gegen ihre Knie. Obwohl sie sich die Decke bis über die Ohren zerrte, hörte sie Paul mit der Zeitungsmappe knistern. Irgendwann hörte das Knistern auf, und der Lichtschein verlosch. Minuten später flammte er wieder auf, und das Knistern begann von neuem, wurde lauter und verstummte zum zweiten Mal. Auch das Licht wurde wiederum ausgeknipst.
Eine Weile herrschte Stille, und Amarna nahm schon an, Paul wäre eingeschlafen, doch statt des Schnorchelns, das ihr aus dem Zug vertraut war, vernahm sie schwere Atemzüge.
»Amarna?«
»Ja.«
»Kannst du auch nicht schlafen?«
»Ich weiß nicht. Ich habe es noch nicht lange genug versucht.«
»Würde es dir … würde es dir etwas ausmachen, wenn ich eine Weile zu dir herüberkäme? Ich tue nichts, das du nicht willst, ich würde nur gern ein bisschen bei dir liegen und deine Hände halten.«
»Warum sollte es mir etwas ausmachen?«, fragte Amarna zurück.
Im Dunkeln tappte er durch das Zimmer, ließ sich auf das Bett nieder und kroch zu ihr unter die Decke. Es machte ihr etwas aus. Sie sehnte sich nach Schlaf, und die ungewohnte Nähe war ihr unbehaglich, aber sie verstand seinen Wunsch. Er fühlte sich einsam wie sie. Die Reste ihres Zorns verrauchten. Paul hatte sich in der Angelegenheit mit Merten nicht rühmlich verhalten, aber er hatte es getan, um ihr zu helfen.
Seine Arme umfingen sie. Seine Hände strichen ihr über den gekrümmten Rücken. Nah bei ihrem Ohr hörte sie ihn aufstöhnen.
»Amarna?«
Sie konnte nur nicken.

»Du weißt nicht, was es mir bedeutet, neben dir hier zu liegen. Zu wissen, dass kein Mensch dies teilt. Nur du und ich.«
Seine Hand fuhr über ihre Schulter und glitt unter ihr Nachthemd. Im nächsten Augenblick schlossen sich seine Finger um ihre Brust. Es war nicht schmerzhaft, nur ein wenig unangenehm.
»Hab keine Angst, mein Liebes.«
Amarna hatte keine.
»Du bist wunderbar. Du bist alles, was ein Mann sich wünschen kann.« Er neigte den Kopf und drückte mit einer Hand ihre Beine von ihrem Körper weg, um mit den Lippen ihre Brust zu erreichen. Als er sie fand, hörte sie ihn noch einmal tief stöhnen, dann übersäte er den Ansatz ihrer Brust mit kurzen, schnellen Küssen. »Amarna, du musst mir jetzt sagen, dass ich gehen soll, oder ich weiß nicht mehr, was ich tue.«
Amarna sagte nichts.
Paul stöhnte ein paarmal, ehe er sich losriss und schwerfällig aus dem Bett erhob. Amarna blickte unter ihrer Decke hervor und sah, wie er sich wieder auf die Pritsche legte und seinen Atem in schweren Zügen zur Decke stieß.
»Ich will, dass wir heiraten, Amarna«, sagte er unvermittelt. »Wir brauchen unsere Familien nicht, wir können einander Halt geben. Ich bin sicher, diese Sache mit deinen Träumen wird aufhören, wenn wir nicht mehr allein in der Welt stehen. Und meine Angst, dich zu verlieren, auch.«
Eine Zeitlang schwiegen sie.
»Bitte gib mir Antwort, Amarna«, sagte er dann.
Amarna umklammerte mit aller Kraft ihre Knie. »Ich kann nicht«, entgegnete sie. »Ich muss meine Vergangenheit finden. Vorher habe ich keine Zukunft, über die ich irgendetwas entscheiden kann.« Wenn er jetzt die Geduld verlor und sie verlassen wollte, stünde sie allein da. Bei der Vorstellung wurde ihr übel, und dennoch war sie nicht in der Lage, ihm das er-

sehnte Versprechen zu geben. »Ich will dich nicht ausnutzen, Paul. Wenn du gehen willst, musst du gehen.«
»Das ist das Letzte, was ich will«, erwiderte er schleppend. »Wenn du entschlossen bist, erst diese Rätsel um deinen Vater zu lösen, werde ich alles tun, um dir zu helfen. Ich liebe dich. Kannst du mir nur eines sagen, Liebes, um mich ein wenig zu beruhigen?«
»Ich kann es versuchen.«
»Das, was du mir in Berlin gesagt hast, trifft noch zu, nicht wahr? Ich bin der Mann, den du in deinem Leben haben willst, und es gibt keinen anderen?«
»Nein«, entgegnete Amarna erleichtert, weil das die einzige Frage war, die sie beantworten konnte. »Einen anderen gibt es nicht.«

14

Am Morgen tranken sie in der Halle Mokka, der zu Amarnas Enttäuschung kaum anders als der Kaffee schmeckte, den Frau Ziethen zubereitete. Paul verzehrte dazu ein üppiges Frühstück, an dem nur das ringförmig gebackene, mit Sesam bestreute Brot, der dunkle Honig und ein mit rötlichen Wurststücken angereichertes Rührei, das Sucuklu hieß, ein wenig fremd wirkte. Amarna bekam nichts hinunter.
»Willst du wirklich gar nichts essen?«, erkundigte er sich besorgt.
Amarna versuchte zu lachen. »Du tust es ja für uns beide.«
»Du hast wieder schlecht geschlafen, nicht wahr?«
»Nicht sonderlich gut.« Sie hatte ein weiteres Mal ihren Vater oben auf den schwarzen Gesteinsblöcken stehen sehen und neben ihm Merten, der voll Hohn in den Himmel lachte.

»Kann ich dich denn überhaupt allein lassen?«, fragte Paul. »Du weißt, ich hatte vor, mich zur Universität durchzuschlagen und mit Hähnlein zu sprechen.«
»Natürlich kannst du mich allein lassen.«
»Am besten, du legst dich noch einmal hin und versuchst zu schlafen, bis ich zurückkomme. Ich gebe dem Zimmermädchen Bescheid, es soll sich mit dem Aufwarten bis zum Nachmittag Zeit lassen.«
»Paul, hör auf, mit mir zu sprechen, als wäre ich ein Kind, das an einer unaussprechlichen Krankheit leidet und wie ein rohes Ei behandelt werden muss. Ich bin bisher halbwegs zurechtgekommen und habe vor, das auch weiter zu tun. Ich werde mich in *Baedekers* Reiseführer vertiefen und mir die Zeit schon vertreiben.«
Genau das tat sie, nachdem er endlich losgezogen war: Sie setzte sich mit dem Buch an den Schreibtisch und blätterte gedankenverloren in den Seiten. Der in Leinen gebundene Reiseführer *Konstantinopel und Kleinasien* stammte aus der Bibliothek ihres Vaters. Bei ihrem Auszug, der innerhalb einer Stunde erfolgt war, hatte sie ihn in ihren Koffer geworfen. Viel mitgenommen hatte sie nicht, nur ihre Kleider, Studienunterlagen und ein paar persönliche Dinge, mit denen ihr Vater nichts hätte anfangen können. Das Kinderkissen mit dem Löwen hatte sie in der Wohnung gelassen, weil es ihr wie ein Teil der Lüge vorkam. Seither befiel sie Nacht für Nacht die Angst, ohne das alte Ding den Alptraum nicht zu ertragen.
Dass sie zum Schluss das Buch aus dem Regal gezogen hatte, kam ihr jetzt wie ein Akt des Trotzes vor. Der Band stammte aus dem Jahr 1905, also aus einer Zeit, in der die Türkei noch zum Osmanischen Weltreich gehört hatte und von Sultan Abdülhamid II. regiert worden war. Schon die Revolution der Jungtürken, von der sie inzwischen wusste, dass sie 1908 statt-

gefunden hatte, war nicht mehr enthalten, so dass das Buch ihr kaum nützliche Informationen liefern würde.
Dennoch schlug sie hier und da eine Seite auf und fand immerhin eine Kartenskizze, die das Viertel Sultanahmet und seine Umgebung erfasste. Von ihrem Fenster aus konnte sie die Minarette der Blauen Moschee und der gegenüberliegenden Hagia Sophia sehen, und anhand der Karte stellte sie fest, dass es tatsächlich ganz einfach war, dorthin zu laufen. Das Archäologische Museum befand sich unweit des Topkapi-Palastes, den sich der Sultan Mehmet II. im 15. Jahrhundert als Residenz hatte bauen lassen. Auch das Museum schien leicht zu Fuß erreichbar, obgleich das Gewirr der Straßen ein wenig einschüchternd wirkte.
Auf einmal konnte sie es nicht erwarten, bis Paul zurückkam. Sie fühlte sich in dem Zimmer wie eingesperrt: Warum saß sie hier fest, während Paul bei Dr. Hähnlein um Audienz bat? Woher wusste sie eigentlich, dass dieser Hähnlein wirklich so verschnupft auf Frauen reagierte? Hätte sie nicht zumindest versuchen sollen, ihn für sich zu gewinnen? Schließlich hatte es auch zu früheren Zeiten schon Frauen gegeben, die sich um die Archäologie verdient gemacht hatten. Ohne die Engländerin Amelia Edwards beispielsweise, die eine Stiftung für die Erforschung Ägyptens gegründet hatte, hätten Entdecker wie der große Flinders Petrie ihre kostspieligen Expeditionen nicht durchführen können.
War es wirklich denkbar, dass Dr. Hähnlein sich solchen Argumenten verschloss, oder ging es in Wahrheit um einen weiteren Versuch von Paul, sich unentbehrlich zu machen?
Ziellos ließen ihre Finger die Seiten des Buches von einem Ende zum anderen fliegen, ehe ihr Blick am Deckblatt hängenblieb, auf dem Titel und Verlagsangaben gedruckt waren. In den leeren Platz dazwischen war mit verblichener blauer Tinte eine Widmung geschrieben:

Für den Berliner Flinders P.
Damit Du den Absender Deiner Amarna-Briefe suchen kannst.
In Liebe und Bewunderung, A.
Berlin, Januar 1905

Flinders P. – damit konnte nur der britische Archäologe Flinders Petrie, einer der Entdecker der Schätze von Tell el-Amarna, gemeint sein, den ihr Vater verehrte. Und der Berliner Flinders P. sollte dann womöglich ihr Vater selbst sein? Immerhin hatte sie das Buch aus seinem Besitz entwendet, und 1905, als es ihm geschenkt worden war, war er bereits zweimal in Tell el-Amarna gewesen.
Worum es sich bei den Amarna-Briefen handelte, wusste sie ebenfalls. Der Begriff bezeichnete eine Anzahl Tontafeln, abgefasst in akkadischer Keilschrift, die der Pharao Echnaton in seinem Archiv aufbewahrt hatte. Die Briefe stammten aus Babylonien, Assyrien und weiteren Nachbarstaaten. Soweit Amarna sich erinnerte, waren die Absender bekannt, aber sicher war sie sich nicht. Sie stieß einen Fluch aus, weil sie kaum Studienunterlagen zur Hand hatte und nichts Genaues nachschlagen konnte. Dabei brannte sie darauf, den Sinn der Botschaft zu entschlüsseln. Wenn sie herausfand, was mit dieser Anspielung auf die Amarna-Briefe gemeint war, erhielt sie vielleicht auch einen Hinweis auf die Identität des Verfassers, von dem sie außer dem Anfangsbuchstaben A nichts wusste.
Aber das war ja nicht richtig – sie wusste noch etwas! Der Verfasser hatte für ihren Vater »Liebe und Bewunderung« empfunden und war damit wohl eher eine Verfasserin. War jene A. seine verflossene Geliebte? Um ihre Mutter konnte es sich nicht handeln, denn die hatte Nora geheißen. Amarna bemerkte, dass sie nicht einmal wusste, wann ihre Eltern gehei-

ratet hatten. Als Eckdatum stand lediglich fest, dass sie im September 1907 zur Welt gekommen war. Ihr Vater musste also nicht lange nach der Überreichung des Buches mit A. gebrochen haben, weil ihm Nora begegnet war.

Amarna sprang auf. Davon, dass sie hier herumsaß und die Widmung anstarrte, kam sie der Entwirrung des Knotens nicht näher. Wenn sie schon keinen Anhaltspunkt für die Identität von A. besaß, konnte sie wenigstens versuchen, etwas über die Amarna-Briefe ausfindig zu machen. Wer hatte überhaupt bestimmt, dass sie tatenlos hocken blieb und auf Paul wartete? Sie war in Istanbul! Was hinderte sie, sich die fremde Welt zu erobern? Sie konnte die Karte aus dem *Baedeker* benutzen und sich auf den Weg zum Archäologischen Museum machen. Museen waren jedermann zugänglich, nicht nur den Auserwählten, denen Paul und Bodo Hähnlein ihre Gnade erwiesen.

Wenn sie allerdings ein Archiv aufsuchen oder einen der Kuratoren sprechen wollte, brauchte sie Empfehlungsschreiben. Ihr Blick glitt über den Schreibtisch und blieb an den Papieren hängen, die Paul gestern dort aufgestapelt hatte. Sie wischte eine Handvoll Dokumente beiseite und entdeckte, was sie gesucht hatte – die Briefe, die die Orient-Gesellschaft Paul ausgestellt hatte, um ihm Zugang zu den entscheidenden Stellen zu verschaffen. Einige waren auf Englisch, andere auf Türkisch abgefasst, das Amarna nicht lesen konnte. Wohl aber erkannte sie überall den Namen Paul Vollmer. Kurzerhand schnappte sie sich ihre Füllfeder und fügte jedem der Namenszüge kunstvoll ein a hinzu – Paula Vollmer. Unter diesem Namen würde sie sich Einlass in das Allerheiligste verschaffen. Ohne nachzudenken, stopfte sie den Papierstapel in ihre Tasche, fuhr sich mit den Fingern durchs Haar und machte sich auf, um das Hotel zu verlassen.

Der Mann hinter dem Rezeptionstisch war derselbe, der sie tags zuvor empfangen hatte. Er warf Amarna einen scharfen Blick zu, den sie noch im Rücken zu spüren glaubte, als der Page ihr die Vordertür geöffnet hatte. Anscheinend missfiel ihm die junge Frau, die ohne männliche Begleitung auf die Straße ging, genauso wie die, die ihrem Mann das Gespräch aus der Hand genommen hatte. Der Tag war kühl und verhangen. Amarna zog ihren Mantel fester um sich und schlängelte sich durch das Gewimmel auf der Gasse.

Wieder staunte sie darüber, dass inmitten dieser fremden Welt so viele Menschen in westlich vertrauter Kleidung herumliefen. Sie sah weder Fes noch Kaftan und nur wenige Frauen, die mehr als ihr Haar bedeckt trugen. Dafür unterschieden sich Geräusche und Gerüche umso stärker. Amarna hatte das Gefühl, sich an der vibrierenden Luft zu betrinken. Sie saugte das Gemurmel der fremden Sprache auf und überließ sich dem Gewirr der Düfte, von denen die meisten ihr unbekannt waren. Kümmel glaubte sie wahrzunehmen, Kardamom und noch ein Gewürz, das Frau Ziethen an Lebkuchen gab. In das schwere, süße Aroma mischte sich der Gestank nach verrottendem Gemüse und Dung von Lasttieren.

Amarna ging eine ansteigende Straße hinauf und wunderte sich über halbverfallene, unbewohnt wirkende Holzhäuser neben schmucken, aus Ziegeln gemauerten Gebäuden, die von Wohlstand kündeten. In dunklen Cafés, deren Türen trotz der Kälte offen standen, saßen ausschließlich Männer, die sich über Brettspiele beugten, Tee tranken und stark qualmende Zigaretten rauchten. Ihren Weg fand sie einfacher als erwartet. Sie strebte einfach den gewaltigen Kuppeln entgegen, die nicht zu verfehlen waren.

Als sie schließlich auf dem von Bänken und Blumenrabatten durchbrochenen Platz zwischen der Blauen Moschee und der

Hagia Sophia, die dem Himmelsgewölbe nachgebaut schien, stand, fühlte sie sich winzig und verloren wie zwischen Pergamonaltar und Ischtar-Tor. Auch hier hatten Menschen durch gigantische Bauten ihr Zeichen in der Welt lassen wollen, ihre Macht vorführen und sich ihr Stück Unsterblichkeit stehlen. Während sie an der Hagia Sophia, dem letzten Monumentalbau der Spätantike, vorbeiging, um aus Sultanahmet ins Viertel Eminönü hinüberzuwechseln, wagte Amarna nicht, an der Mauer hochzublicken.

Sie durchquerte einen Park, der nach den belebten Straßen verlassen wirkte, als der Ruf des Muezzins ertönte und ihr durch Mark und Bein drang. Die wenigen Männer, die auf den Wegen zwischen den Grünanlagen unterwegs waren, strömten auf einem viereckigen Platz zusammen, breiteten ihre Teppiche aus und knieten nieder, die Gesichter der Blauen Moschee zugewandt. Amarna ging rasch weiter. Sosehr die tief ins Gebet vertieften Männer sie faszinierten, so ungehörig kam es ihr vor, sie zu beobachten. Ihre Begegnung mit ihrem Gott schien intim und innig und schloss die Fremde aus.

Als sie die Außenmauer des Topkapi-Palastes erreichte, konnte sie kaum glauben, wie leicht sie sich zurechtgefunden hatte. Sie passierte das Tor und fand sich im Hof des Museums, vor dem von Säulen gestützten Portal. Der etwas protzige neoklassizistische Bau weckte Erinnerungen an das Pergamonmuseum. Nur gab es hier keinen Pförtner, der ihr helfen konnte, auch wenn sie ständig seinen Namen vergaß. Wie sollte sie vorgehen? Einfach dem Strom von Besuchern folgen und eine Eintrittskarte lösen? Sich durch das Museum treiben lassen, wie sie es zu Hause gern tat, und darauf hoffen, dass ihr Instinkt ihr den richtigen Weg wies?

Amarna stellte sich in die Schlange vor dem Schalter. Als die Reihe an ihr war, fiel ihr ein, dass sie vergessen hatte, sich Geld einzustecken – sie besaß weder türkische Lira noch deutsche Währung. Der Mann, der gedrungen und grimmig hinter dem Glasfenster thronte, sagte etwas auf Türkisch. Als sie hilflos den Kopf schüttelte, wiederholte er es lauter. Wieder fiel ihr nichts ein, als den Kopf zu schütteln.

Hinter ihr begann eine Reisegruppe in einer Sprache, die Italienisch sein mochte, wild miteinander zu palavern.

Der Pförtner hatte offenbar begriffen, dass sie kein Türkisch verstand, und versuchte sie mit einer Handbewegung von seinem Schalter zu verscheuchen. In ihrer Not öffnete sie ihre Tasche und schob die Papiere so zerknickt, wie sie waren, dem Mann unter der Scheibe durch. »Ich komme von der Deutschen Orient-Gesellschaft«, verkündete sie auf Englisch. »Paula Vollmer. Hier haben Sie meine Empfehlungsschreiben.«

Der Mann blätterte die Papiere durch und starrte ratlos auf die Schriftzeichen. »Bo-to Hen-le-in«, buchstabierte er. »Bo-to Hen-le-in not here. Today not here.«

Hinter Amarna begannen die Italiener zu schimpfen.

Da sie auf seine Beteuerung, Dr. Hähnlein sei nicht hier, nicht reagierte, erhob er sich, schlurfte aus der Loge und riegelte den Kasten umständlich ab. »You here. Wait«, beschied er Amarna, ehe er sich zu einer Seitentür neben dem Eingang begab und mit der Faust dagegenhämmerte. Nicht nur die Italiener, sondern sämtliche Besucher, die hinter ihr warteten, schimpften jetzt in mindestens vier Sprachen auf Amarna ein.

Die Seitentür öffnete sich einen Spalt, ein Mann steckte den Kopf in die Öffnung und wurde augenblicklich mit einer Kaskade von Worten bombardiert. Eine Zeitlang ließ er den Schwall über sich ergehen, dann schoss er seinerseits eine Salve zurück und trat aus der Tür. Er war klein, beleibt und trug sein graues Haar mit zu viel Pomade nach hinten frisiert. In einigem Abstand folgte ihm ein weiterer Mann, der größer und schlanker war und einen Blecheimer trug. Alle drei gingen zur Loge, und die zwei Dicken zwängten sich hinein. Für den schlanken wäre beim besten Willen kein Platz mehr gewesen, aber er hatte wohl auch nicht vor, sich zu den anderen zu quetschen, sondern beobachtete die Szene von draußen.

Einer, der zum Putzen kommt, dachte Amarna, die sah, dass eine Art Wischmopp aus dem Eimer ragte. Der Mann trug kein Jackett, nur Hose und Weste eines abgeschabten Anzugs über einem Hemd ohne Kragen. Er hielt den Kopf gesenkt, so dass sie sein Gesicht nicht sehen konnte. Dass hier junge, gesunde Männer Putzarbeiten übernahmen, überraschte sie. Wie nannte man einen wie ihn? Putzmann? Ein solches Wort existierte nicht!

Die beiden Dicken beugten sich über Amarnas Papiere. Eine Zeitlang debattierten sie, begleitet von heftigen Gesten, dann schob der Graupomadierte die Klappe auf und wandte sich an Amarna.

»Lady, that is no good«, erklärte er mit einem tiefen, gutturalen Akzent. »You come with Mr. Hen-le-in, you can go in. You come alone, you must buy ticket.«

Amarna fiel nichts ein, das sie hätte sagen können. Sie hatte sich gerade entschieden, aufzugeben, als der Mann mit den Putzutensilien eine Hand in die Loge streckte und eins der Papiere zu sich zog. Er überflog den Bogen, ehe er auf Türkisch etwas zu den beiden Dicken sagte. Die schienen heilfroh, dass ihnen jemand das Problem abnahm. Der Graupomadierte quetschte sich aus dem Kasten und versetzte dem Putzmann eine Folge neckischer Klapse auf die Wange. Der ließ das Gepatsche reglos über sich ergehen, dann nickte er dem anderen zu und wandte sich ab.

Der Pförtner schob Amarnas zerknickte Papiere unter der Scheibe hindurch. Der Putzmann sammelte sie ein und schichtete sie mit zwei Griffen zu einem Stoß. Er war nicht mehr als einen knappen Kopf größer als sie, doch er hielt sich ungewöhnlich aufrecht. »Sie kommen mit mir«, sagte er in makellosem Deutsch. »Hattuša, richtig?« Er entblößte weiße Zähne, aber die Grimasse, zu der er sein Gesicht verzog, hatte mit einem Lächeln nichts gemein. »Gründe brauchen Sie nicht. Sie haben ja ein Papier.«

Amarna war so erschrocken, dass sie kein Glied regen konnte. Es war der Mann aus dem Pergamonmuseum. Der Mann von jener Nacht.

15

Folgen Sie mir«, sagte er.

»Warum sollte ich das tun?« Amarna fand, sie klang wie ein Gör, das vor Trotz mit dem Fuß aufstampfte.

»Wenn Sie nicht wollen, lassen Sie es bleiben«, erwiderte er und ging.

Amarna folgte ihm durch das Portal, dann durch den Vorraum und schließlich durch die Räume der Antikengalerie. Sie waren kleiner als im Pergamonmuseum, die Ausstellungstücke gedrängter zu Gruppen geordnet, die Durchgänge hingegen breit, während in Berlin enge Türen die Riesenhaftigkeit der Bauten betonten. Wo im Pergamonmuseum andächtiges Schweigen herrschte, wurde hier laut und lebhaft über die Stücke debattiert. Ihr Führer schenkte niemandem Beachtung, sondern ging unbeirrt von einer Halle in die nächste. Ohne es zu wollen, starrte Amarna seinen Rücken an. Die Kleider, die er trug, schienen nicht für ihn gemacht. Das geflickte Hemd und die Weste waren seinen Schultern zu eng, so dass die Schulterblätter den

Stoff wie ein Paar Flügel blähten. Pomade für sein Haar konnte er sich offenbar nicht leisten. Dicht und schwer, wie man Männerhaar dieser Tage kaum sah, fiel es in seinen Nacken. Unter dem Ansatz blieb ein Stück Haut unbedeckt. Amarna zuckte zusammen, als ihr bewusst wurde, dass sie diesen Streifen schutzloser Haut anstarrte. Dicht über dem Wirbel prangte ein sternförmiges Muttermal. Wie das Zeichen, dass Enkidus Adoptivmutter Ninsun an ihn gemacht hatte, um ihn zu schützen, durchfuhr es Amarna.
Der Durchgang zur letzten Halle war durch eine Kette abgesperrt, die der Fremde unbekümmert entfernte. Hier gab es keine Besucher mehr, und der Raum war leer bis auf einen abgedeckten Kasten an der Wand. Der Mann blieb davor stehen. »Sie lesen Akkadisch?«, fragte er.
Amarna nickte.
»Dann wollen Sie dies vermutlich sehen.« Seine Stimme, deren schneidender Ton sie erschreckt hatte, bekam etwas Weiches. So wie Menschen sprachen, wenn sie lächelten. Er lächelte nicht, als er das Tuch behutsam vom Kasten zog, aber als er den Kopf wandte, traf sie sein Blick. Braune Augen, schimmernd vor Leben. Sie hätte sie anstarren wollen, doch stattdessen sah sie auf den Kasten, auf den seine Hand wies. Unter dem Glas lagen die Bruchstücke einer Tafel in rötlich gebranntem Ton. Sie waren zusammengefügt wie ein Puzzlespiel, bei dem etliche Teile fehlten. Die Keilschriftzeichen waren deutlich erkennbar und bildeten fortlaufende Zeilen. Trotz der Lücken ließen sich mehrere Sätze problemlos entziffern.
»Fortan versprechen wir einander Freundschaft, Bruderschaft und Hilfe«, las Amarna. Unter der nächsten Bruchstelle stand: *»Flüchtlinge werden ausgetauscht, aber nicht streng bestraft. An ihren Frauen und Kindern wird keine Rache genommen, und es sollen keine Tränen fließen.«*

Amarnas Herz begann zu klopfen. »Aber das kenne ich!«
Der Mann warf ihr einen Seitenblick zu. »Ach, tatsächlich?« Seine Miene war hässlich und falsch, fand sie. Die schönen Augen waren an diesen hochnäsigen Zyniker verschwendet.
Jeder, der sich für Altorientalistik interessierte, kannte diesen Text, nicht anders als jeder Ägyptologe. Studenten lernten bereits im ersten Semester, ihn voll Ehrfurcht herzusagen. Es handelte sich um das Abkommen, das die Kriegsgegner von Kadesch Jahre nach der Schlacht geschlossen hatten, und damit um den ältesten erhaltenen Friedensvertrag der Welt. Der ägyptische Pharao Ramses II. hatte ihn in die Mauern des Tempels von Karnak einmeißeln lassen, und in dieser Version hatte Amarna ihn kennengelernt. In ägyptischer Hieroglyphenschrift, die sie halbwegs entziffern konnte.
Dies hier aber war akkadische Keilschrift, und soweit sie es in der Eile feststellen konnte, gab es auch textliche Abweichungen, wenngleich die Formulierungen, die sie am meisten berührten, übereinstimmten. *»Es sollen keine Tränen fließen.«* Der mehr als dreitausend Jahre alte Text kündete von einem Ringen um Großmut und Menschlichkeit, wie die Völker sie in ihrem Verhältnis zueinander bis heute nicht erreicht hatten.
»Das ist nicht die ägyptische Version«, stammelte sie.
»Nein, es ist akkadisch. Ich dachte, das hätten wir schon festgestellt.«
»Es ist auch keine ins Akkadische übersetzte Version des ägyptischen Vertrags«, versetzte Amarna, die sich fragte, wo dieser Putzhelfer gelernt hatte, akkadische Keilschrift zu erkennen.
»Ist es nicht?«, erwiderte er und zuckte eine der schwarzen, schräggestellten Brauen. »Und das stellen Sie auf den ersten Blick fest? Ich denke, ich weiß jetzt, warum Archäologen nicht gern mit Frauen arbeiten.«

»So? Warum denn?«, schoss Amarna zurück. »Weil männliche Archäologen alles peinlich sorgsam prüfen, ehe sie ein Urteil fällen, während Frauen einem obskuren Gefühl im Unterleib folgen?«
»Das haben Sie gesagt.«
»Aber Sie haben es gedacht.«
»Ist das ein Urteil aus dem obskuren Gefühl in ihrem Unterleib?«
Amarna wandte den Blick von ihm fort auf die zerbrochene Tontafel. Sie wollte sich nicht streiten, nicht hier, wo ihr die Stimmen der beiden lange verstummten Herrscher in den Ohren hallten. »Kennen Sie den Text?«, fragte sie ihn.
Er zuckte eine Schulter.
»Können Sie ihn lesen?«
»Wie denn?« Er kniff die Augen zusammen. »Ich bin wohl kaum als sprachwissenschaftlicher Berater hier.«
»Lesen Sie«, fuhr sie ihn an, ohne zu wissen, welcher Teufel sie ritt. Vermutlich wusste er genauso wenig, warum er ihrem Befehl Folge leistete. Er las die akkadischen Worte fließend und mühelos, und Amarna übersetzte sie im Geist.
»Jetzt aber hat Reamasesa, der Großkönig Ägyptens, mit Hattušili, dem Labarna, Großkönig und oberstem Priester des Landes Hatti, auf einer silbernen Tafel einen Vertrag geschlossen, der von diesem Tag an gelten und festen Frieden und Bruderschaft begründen soll.
Er ist ein Bruder für mich, und ich bin ein Bruder für ihn, und zwischen uns herrscht auf ewig Frieden.«
»Das war ausgezeichnet!«, rief sie.
Spöttisch verbeugte er sich. »Der Affe dankt. Schade, dass ich keinen Hut zum Sammeln habe.«
»Jetzt hören Sie schon auf«, wies sie ihn zurecht. »Wenn diese zwei mächtigen Reiche in der Lage waren, Frieden zu halten,

sollten wir es auch fertigbringen. Ich bin nicht hergekommen, um mich mit Ihnen zu zanken.«
Er hob die Hände wie in jener Nacht im Pergamonmuseum. »Habe ich mit Ihnen gezankt? Dann bitte ich um Vergebung.«
Warum klang alles, was er sagte, als würde er sie verhöhnen?
»Ich wollte Sie bitten, mir zu sagen, woher diese Version stammt«, begann sie. »Der Verfasser nennt Ramses Reamasesa. Wenn es nicht unmöglich wäre, würde ich daraus schließen, dass dies die fehlende hethitische Version ist.«
»Und warum ist das unmöglich?«
»Weil die Fachwelt davon wüsste, wenn sie gefunden worden wäre.«
»Aha.« Wie in Berlin warf er den Kopf auf, als wollte er lachen. Aber er lachte nicht. »Ich nehme an, die Fachwelt wird davon erfahren, wenn die Beauftragten so weit sind. Derzeit wird mit dem Fundstück gearbeitet. Er ist noch nicht für Besucher freigegeben.«
Damit breitete er das Tuch über den Kasten. Amarna musste sich beherrschen, um es nicht wieder herunterzuzupfen, so gern wollte sie das Dokument noch einmal anschauen. Auf sie hatte es fertig rekonstruiert und bereit zur Präsentation gewirkt. Hatte der Fremde mit seinen höhnischen Andeutungen wirklich sagen wollen, dass es sich um die hethitische Version handelte, die im Auftrag von Großkönig Hattušili aufgesetzt worden war?
Ohne ein Wort ging er weiter, auf die verschlossene Stahltür in der hinteren Wand zu. Aus seiner Hosentasche fischte er einen Schlüssel und steckte ihn ins Schloss. Ehe er ihn herumdrehte, blickte er sich nach ihr um. »Wenn Sie nicht mitkommen wollen, muss ich Sie auffordern, das Museum zu verlassen. Ich habe versprochen, Sie, solange Sie hier sind, im Auge zu behalten.«
»Warum das?«

Höhnisch verzog er einen Winkel seines großen, schön geformten Mundes. »Hier setzt man nicht sonderlich viel Vertrauen in … den fühlenden Unterleib von Frauen.«
Amarna überfiel eine unwiderstehliche Lust, nachzuholen, was seine Eltern offenbar versäumt hatten, und ihm eine schallende Ohrfeige zu verabreichen. Was bildete er sich ein? Er war in diesem Museum als Putzhilfe tätig, verfügte über eine rasche Auffassungsgabe, sah blendend aus und sprach geschliffen Deutsch. Nichts davon machte ihn zu dem Elitemenschen, für den er sich allem Anschein nach hielt. Warum er trotz des schäbigen Anzugs und des schlecht frisierten Haars so überlegen wirkte, ließ sich schwer erklären. Seine Haltung hatte etwas seltsam Hoheitsvolles, und sein Mienenspiel tat ein Übriges.
Hatte sie in Berlin nicht sagen hören, türkische Männer würden sich noch immer als die Erben eines Weltreiches betrachten und sich wie kleine verhätschelte Paschas aufführen? Bei seinen unleugbaren äußeren Vorzügen hielt dieser Kerl Verhätschelung durch Frauen vermutlich für ein Gewohnheitsrecht. Durften muslimische Männer sich nicht ohnehin so viele Ehefrauen anschaffen, wie es ihnen passte?
Amarnas Gewissen regte sich, weil sie Vorurteile wiederkäute wie die Massen, die blindlings den Nazis nachrannten. Schließlich hatte sie nie einen Mann muslimischen Glaubens persönlich kennengelernt. Die Gewissensbisse aber heizten ihren Zorn auf den Fremden noch an. Der Drang, ihm in sein schönes, arrogantes Gesicht zu klatschen, wurde übermächtig. »Machen Sie sich über andere lustig, damit Sie sich nicht mehr so mickrig fühlen?«, fragte sie. »Dann tun Sie sich keinen Zwang an. Was kratzt es schließlich die Eiche, wenn sich das Wildschwein an ihr reibt?«
In den dunklen Augen blitzte etwas auf. Kein Ärger, eher Belustigung, als hätte er gerne gelacht. »Was kratzt es die

Eiche …«, wiederholte er, wie um sich die Worte einzuprägen.
»Vielleicht wären Sie jetzt so freundlich, mir zu erklären, wo die Tontafel mit dem Vertragstext gefunden worden ist«, sagte Amarna.
Das amüsierte Funkeln in seinen Augen erlosch. »Das wissen Sie selbst.«
»Dann würde ich nicht fragen.«
Der Fremde schloss halb die Lider. »Hattuša«, sagte er in demselben einlullenden, bedrohlichen Ton, mit dem er das Wort in Berlin ausgesprochen hatte. Es klang nach Seligkeit, Rausch und Tod, und unter alledem schwang eine vage Erinnerung an eine Kuhle im sonnenwarmen Sand.
Amarna nickte. »Danke.«
Er zuckte eine Schulter, wandte sich der Tür zu und schloss sie auf. »Ich muss jetzt meine Arbeit machen. Gehen Sie in Ihr Hotel zurück.«
Woher wusste er, dass sie in Istanbul in einem Hotel wohnte? Woher wusste er irgendetwas über sie? Immer klarer wurde ihr, wie verrückt das alles war – ihre Begegnung in den Katakomben des Pergamonmuseums und drei Monate später hier, am äußersten Ende von Europa. Ehe sie sich's versah, hatte sie ihn am Unterarm gepackt. Die Berührung sandte einen Stromstoß bis hinauf in ihre Schulter. Sein Arm unter dem dünnen Stoff wurde steif wie ein Stück Holz. »Verflucht, was machen Sie hier?«, brach es aus ihr heraus.
»Das sehen Sie doch«, erwiderte er ätzend und hielt den Putzeimer in die Höhe. »Ich mache hier sauber. Dazu habe ich ja wohl dieses Zeug, auf das Sie die ganze Zeit starren.«
»Das habe ich nicht gemeint.«
»Lassen Sie mich los«, sagte er leise und schneidend, »was immer Sie gemeint haben.«

Amarna erschrak und gab seinen Arm frei. Der Fremde ballte zweimal kurz die Faust, dann wandte er sich zum Gehen.
»Warten Sie«, entfuhr es Amarna, als er sich schon zur Hälfte durch die Tür geschoben hatte. »Sie müssen mir helfen.«
Er trat noch einmal zurück. »Muss ich?«
»Ich verstehe nicht, warum Sie hier Funde aus Hattuša haben, die in Deutschland unbekannt sind.«
»Ist das eine Sünde wider die Natur?« Erneut zuckte er die schräge Braue. »Dürfen wir mickrigen Wildschweine keinen Krumen, der in unserem Land gefunden wurde, behalten, sondern müssen alles dem allmächtigen Deutschland abliefern? Soll ich Ihnen Hattušilis Vertrag jetzt gleich in eine Hutschachtel packen, und stellen Sie mir dafür eine Quittung aus?«
Er ließ ihr keine Wahl. Sie holte aus und verpasste ihm die Ohrfeige, zu der er sie provoziert hatte. Drei Geräusche folgten aufeinander, das Klatschen, mit dem ihre Hand seine Wange traf, ein dumpfer Knall und ein erstickter Schmerzlaut. Entsetzt sah sie, wie er taumelte und wie seine Hand an sein Gesicht fuhr. Nicht an die Wange, die sie getroffen hatte, sondern an die andere. Sie hatte so fest zugeschlagen, dass ihm der Kopf gegen die Kante der Stahltür geprallt war.
»O mein Gott!«, rief sie. »Das wollte ich nicht.«
»Doch«, sagte er, kniff das unverletzte Auge zusammen und verbiss sich hörbar den Schmerz.
»So ein Unfug. Lassen Sie mich das ansehen.« Sie packte seine Hand beim Gelenk und zog sie ihm vom Gesicht. Er schien von dem Aufprall so benommen, dass er sich nicht wehrte, und sein Gelenk war so schmal, dass ihm der Riemen seiner Armbanduhr auf den Arm zurückrutschte. Amarna zwang sich, die Verwüstung in seinem Gesicht anzusehen. Die scharfe Kante der Tür hatte eine blutrote Kerbe in Wange und Braue

gegraben, und das Lid zuckte, als versuchte er vergeblich, das Auge zu öffnen. Es würde zuschwellen und sich blaugrün verfärben. Die andere Wange war vom Schlag ihrer Hand gerötet. Dem Schrecken zum Trotz fiel ihr auf, wie lächerlich lang seine Wimpern waren. »Sie müssen das kühlen«, sagte sie, »und zwar schnell.«

»Ich muss meine Arbeit machen und sonst nichts.«

»Herrgott, jetzt betragen Sie sich doch nicht wie ein ungezogenes Kind. Wenn Sie Ihr Gesicht nicht kühlen, ist Ihr Auge morgen so verschwollen, dass Sie überhaupt nicht mehr arbeiten können.«

»Warum soll ich mich nicht wie ein ungezogenes Kind betragen?«, fragte er. »Sie behandeln mich wie eines, also entspreche ich der Rolle. Die passt mir ohnehin.«

Es sollte überheblich klingen und ihm den Stolz retten, aber Amarna hörte nur, wie verletzt er war. »Es tut mir leid«, sagte sie. Ein flaues Gefühl breitete sich in ihrem Magen aus und erinnerte sie daran, dass sie seit dem vergangenen Abend nichts gegessen hatte. Behutsam, um ihm nicht noch mehr weh zu tun, berührte sie seine Wange. Ihre Finger zitterten, durchbrachen die Unberührbarkeit und ertasteten zarte, wie im Fieber erhitzte Haut. »Ich hätte Sie nicht schlagen dürfen, egal, wie sehr Sie mich gereizt haben. Bitte glauben Sie mir, dass ich mich schäme. Ich wollte Ihnen einen Dämpfer verpassen, aber Ihnen doch nicht wirklich weh tun. Jetzt komme ich mir vor, als hätte ich den wundervollen Vertrag, den Sie mir gezeigt haben, in Trümmer gehauen.«

Entsetzt bemerkte sie, dass Tränen ihr den Blick verschleierten. Sie wollte ihn weiterstreicheln, wollte ihm den Schmerz nehmen. Es kam ihr vor, als wäre der Wunsch uralt. Ihr wurde schwindlig. Der leere Magen und die Erschöpfung forderten ihren Tribut.

»Nicht doch«, sagte er, nahm ihre Hand von seinem Gesicht und umschloss sie mit der seinen. Seine Stimme bebte, und der Blick seines unverletzten Auges suchte ihren. Es war keine Spur von Spott mehr darin, nur Verstörung, die Amarna verstand. »Bitte hören Sie auf, sich zu schämen. Sie haben recht, ich habe Sie gereizt und mir Ihren Dämpfer verdient.«
»Nicht so doll.« Sie klang wie ein Kind.
»Ach was, das kommt schon hin.« Unsicher drückte er ihre Hand. »Und an dem alten Gerümpel können Sie unmöglich noch mehr zertrümmern. Außerdem haben die zwei Haudegen sich sicher weiter verprügelt, nachdem sie ihren Vertrag geschlossen hatten. Das ist, was Menschen tun, oder nicht?«
Schwach und schief musste Amarna lächeln. Der Zauber war vorüber, aber ein Echo davon blieb und wärmte sie. »Es ist sehr nobel von Ihnen, das zu sagen.«
»Zu nobel für ein türkisches Wildschwein, das sein Geld mit Putzen verdient?«
»Jetzt fangen Sie nicht schon wieder an.« Eine Woge von Schwäche übermannte sie. Sie wollte nicht, dass er ihr Feind war, sie wollte die Wärme behalten und brauchte in dem erdrückenden Wirrwarr einen Verbündeten. »Ich habe nichts gegen Türken, ich habe nichts gegen Menschen, die ihr Geld mit Putzen verdienen, und wenn ich Sie gekränkt habe, tut es mir leid.«
Sein Auge schwoll zu. Vielleicht lächelte er nicht, weil ihm das zerschundene Gesicht zu sehr weh tat, aber das Lächeln war in seiner Stimme. »Und haben Sie etwas gegen Wildschweine?«
»Nein.« Amarna betrachtete das dichte, ungelegte Haar, das ihm über die Stirn fiel, die pechschwarzen Brauen und musste lachen. »Ich habe ein bisschen Angst vor ihnen wie die meisten Leute. Damit das Wildschwein meine Angst nicht wittert,

gehe ich unverzüglich zum Angriff über. Und jetzt lassen Sie uns jemanden finden, der uns kaltes Wasser gibt, damit ich dem armen Wildschwein das Gesicht kühlen kann.«
Er schüttelte den Kopf, wobei er sich einen Zischlaut verbiss.
»Das ist nicht nötig. Wildschweine sind ja nicht aus Glas, sondern ziemlich robust.«
Unwillkürlich sah sie an ihm hinunter. Wenn er überhaupt an ein Tier erinnerte, dann an ein graziles, langbeiniges, einen jungen Hirsch oder ein Hengstfohlen. »Mag schon sein«, sagte sie, »aber Sie sind für ein Wildschwein ein bisschen spack.«
»Spack?«, wiederholte er verstört. »Ist das etwas besonders Scheußliches?«
»Unfug«, erwiderte sie spontan, weil die Frage so lächerlich falsch klang. Er war alles andere als scheußlich, sah nur aus wie ein Mann, für den niemand sorgte, weder für seine Kleidung noch dafür, dass er ordentlich zu essen bekam. Zwei Verse aus dem *Gilgamesch-Epos* schossen ihr durch den Sinn: *»In der Steppe ist er geboren, und niemand hat sich je um ihn gesorgt.«* Aber von alledem konnte sie ihm unmöglich etwas sagen. »Spack nennen wir jemanden, der ein bisschen Fleisch auf den Rippen vertragen könnte«, erklärte sie schließlich.
»Jemanden, der mickrig ist, meinen Sie?« Der Versuch, die verletzte Braue zu zucken, scheiterte, und er verzog schmerzlich das Gesicht.
»Was wollen Sie? Dass ich Ihnen Honig um den Bart streiche?« Wieder konnte sie sich nicht hindern, an ihm hinunterzusehen. Kräftige, wohlgeformte Schultern, der Brustkorb breit, aber nicht ausladend, Taille und Hüften sehr schmal, die Beine lang und ein bisschen so, als stünden sie ungern still. Er wirkte sehnig, rank und schlecht ernährt, doch er hatte nichts Mickriges an sich. Nur etwas Zerzaustes, Vernachlässigtes wie ein Straßenköter. Selbst in seinem Blick flackerte Hunger.

»Honig um den Bart streichen«, murmelte er und umfasste sein glattrasiertes Kinn.
»Das sagt man, wenn man jemandem Komplimente macht, um ihn gnädig zu stimmen«, erklärte Amarna. »Was ist, wollen Sie eines?«
»Nein«, sagte er und senkte den Kopf.
»Was, nein?«
»Ich will kein Kompliment. Ich habe Angst, es könnte mich härter erwischen als Ihre Ohrfeige.«
Wieder musste Amarna lachen. »Damit könnten Sie recht haben. Und jetzt gehe ich und treibe kaltes Wasser auf.«
Sie wollte loslaufen, doch er umfasste ihre Arme und hielt sie fest. »Es ist wirklich nicht nötig. Um ehrlich zu sein, ich habe schon üblere Prügel bekommen und bin nicht daran gestorben. Gehen Sie in Ihr Hotel. Sie sehen aus, als brauchten Sie dringend Ruhe. Sie finden doch allein zurück?«
Amarna biss sich auf die Lippe und nickte. Sie wollte nicht zurück. Sie wollte seine Verletzung nicht unversorgt lassen und wollte von dem hethitischen Friedensvertrag und all dem Unausgesprochenen, das wie Blei in der Luft hing, nicht weg.
Er ließ sie los. »Yertak parov.« Dann wandte er sich der Tür zu, die zugefallen war, und zog sie wieder auf.
»Was heißt das?«, rief Amarna. »Ich verstehe kein Türkisch.«
»Auf Wiedersehen«, sagte er, ohne sich nach ihr umzudrehen.
»Bitte lassen Sie mich nicht hier stehen.« Sie packte zu und erwischte ihn an der Weste. »Dort, wo Sie hingehen, sind noch mehr Funde aus Hattuša, nicht wahr? Ich bin Hattušas wegen hier, und Sie wissen das, egal, aus welchem Grund. Bitte nehmen Sie mich mit, es ist meine einzige Chance, etwas herauszufinden. Vielleicht glauben Sie, ich will mich damit hervortun, die Männer in meinem Fach übertrumpfen, doch so ist es nicht. Ich kann es Ihnen nicht erklären, und ich weiß, wie me-

lodramatisch es klingt, aber für mich geht es um Leben und Tod.«

Er wandte ihr das Gesicht zu, dessen rechte Hälfte anfing, in Blautönen zu schillern. Dennoch erschrak Amarna, weil es so schön war. Sie wünschte sich, es mit den Händen zu umschließen, und der Gedanke sandte ihr einen wohligen Schauder durch den Leib. »Es klingt nicht melodramatisch«, sagte er. »Es klingt nach Hattuša. Ich könnte Ihnen erklären, in welcher Halle Sie einen Kasten mit hethitischen Rollsiegeln finden. Aber das nützt Ihnen wenig, oder?«

»Was ist dahinter?« Amarna wies auf die Tür, deren Klinke er in der Hand hielt.

»Keine Fundstücke«, antwortete er, »nur etwas, das an Hattuša erinnern soll. Sind Sie sicher, dass Sie sich lange genug auf den Beinen halten können?«

Amarna nickte.

»Dann kommen Sie.«

Er zog die schwere Tür auf und ließ Amarna in den Raum treten. Graues Dunkel füllte ihn. Statt auf Steinfliesen wie im Rest des Museums setzte sie ihren Fuß auf knarrende Bodendielen. Das einzige Fenster war eine Luke im Dach, durch die ein Rest fahles Tageslicht fiel. In der erleuchteten Halle hatte Amarna nicht bemerkt, wie schnell die Sonne sank. Sie setzte einen Schritt, dann schrie sie gellend auf. Der Schwindel packte zu und wirbelte die Bilder vor ihren Augen umeinander. Der Raum war kein Raum, sondern ein Gewölbe. Statt weißgestrichener Museumswände ragten schwarz glänzende Felsen um sie auf, die in den Himmel wachsen und sich über ihr schließen würden. Sie wollte fliehen, aber sie stand wie gelähmt.

Atemlos starrte sie auf die Figuren, die sich direkt vor ihr aus der schwarzen Oberfläche des Felsens schälten und ihr den

Weg abschnitten. Zwei dreimal lebensgroße Riesengestalten hielten eine viel kleinere, die einem gewöhnlichen Menschen glich, umklammert. Alle drei trugen hohe Hüte und hatten scharf geschnittene Gesichter mit fliehenden Stirnen. Amarna brauchte keinen Herzschlag, um sie zu erkennen: Es waren die Figuren aus ihrem Traum.

Ehe die Mauern sich über ihr schlossen, um in Trümmern auf sie niederzuprasseln, umfing sie dieses Mal gnädige Schwärze. Sie spürte noch, wie sie das Gleichgewicht verlor und hintenüberstürzte, dann wurde sie aufgefangen und spürte überhaupt nichts mehr.

16

Das Erste, was sie bemerkte, als sie zu sich kam, war der weiche Stoff an ihrer Wange. Zunächst glaubte sie, daheim auf ihrem Kinderkissen mit dem Löwen zu ruhen, doch das, was unter dem Stoff lag, war zu hart. Mühsam drehte sie sich auf den Rücken und schlug die Augen auf. Sie befand sich noch immer in dem Raum mit den Felsreliefs, doch jetzt war sie geborgen und in Sicherheit. Hände hielten sie, streichelten ihr beruhigend die Schultern, und den Raum erfüllte gedämpftes, gelbliches Licht. Zudem war ihr, als würde sie die Takte eines Liedes hören, das unendlich tröstlich war.

Amarna blickte auf, sah in das Gesicht des Fremden und erschrak. Auge und Jochbein waren völlig verschwollen und schillerten in allen Schattierungen von Blau. Seine Lippe war im Winkel aufgeplatzt, und der Bluterguss, der sich bis in die Stirn zog, sah aus, als müsste er bei der zartesten Berührung höllisch schmerzen. Es hatte ihn böse erwischt, und wenn er

wirklich schon üblere Prügel bezogen hatte, wollte sie lieber nicht wissen, von wem.
Das Lied war verstummt.
Im gesunden Auge des Fremden stand ein Leuchten, das seine höhnische Bitterkeit Lügen strafte. Er kniete auf dem Boden, und ihr Kopf lagerte auf seinen Schenkeln. Neben ihm stand die kleine Lampe, die das wohltuende Licht verbreitete. Wenn sie schon lange in dieser Stellung verharrten, musste ihm der Blutfluss in den Beinen inzwischen nahezu abgestorben sein.
»Sind Sie wach? Geht es Ihnen ein bisschen besser?«
Amarna gab sich Mühe zu nicken.
»Sie sind ein sehr törichtes Mädchen«, schalt er sie. »Sie essen nicht, vermutlich schlafen Sie nicht, und Sie sagen mir nicht, wie sehr Sie sich vor Hattuša fürchten. Ich hätte allen Grund, Ihnen böse zu sein.«
»Das sind Sie doch«, erwiderte Amarna und lächelte. »Sie schimpfen auf mich ein wie ein Rohrspatz.«
»Rohrspatz.« Sie mochte seine Art, Ausdrücke, die er nicht kannte, zu wiederholen, gern. »Das sind die sehr kleinen Vögel, die Sie in Berlin überall auf den Straßen haben, nicht wahr?«
»Das sind eher Hausspatzen«, antwortete Amarna. »Ich bin ein Stadtkind und habe vom Leben der Natur nicht viel Ahnung, aber ich glaube, die beiden Arten sind verwandt.«
Er knetete sein Ohrläppchen und wirkte auf einmal schüchtern. »Darf ich Sie etwas fragen?«
»Dürfen Sie«, sagte Amarna. »Aber nur, wenn ich Sie danach auch etwas fragen darf und Sie versprechen, mir ehrlich Antwort zu geben.«
»Das kann ich Ihnen nicht versprechen. Es gibt Fragen, die ich Ihnen nicht beantworten darf.«
»Und wer verbietet es Ihnen?«

»Das ist eine der Fragen«, erwiderte er.
Amarna seufzte. Sie hatte ihn fragen wollen, was er in Berlin gemacht hatte, er aber würde sich auf sein Verbot herausreden.
»Nun schön, also stellen Sie schon Ihre Frage.«
»Diese kleinen Vögel, die nicht halb so groß sind wie Stare«, begann er und zupfte weiter vehement an seinem Ohrläppchen, »fliegen sie nicht weg, bleiben sie den ganzen Winter über in der Kälte?«
»Ich denke schon. Sie sind jedenfalls immer da und veranstalten ihren Radau.«
Fasziniert wiegte er den Kopf, wobei er das Ohrläppchen malträtierte, als wollte er es abreißen. »Ich habe mir in Berlin meine Nase abgefroren«, beteuerte er. »Und ich habe gedacht: Wenn ich einer von diesen winzig kleinen Vögeln wäre, würde ich mir jedes meiner winzig kleinen Glieder abfrieren.«
Amarna musste lachen. Seine Nase war schmal und gerade, und bei jedem Atemzug erbebten ihre Flügel. Was er gesagt hatte, amüsierte und bezauberte sie. Ohne nachzudenken, griff sie nach seiner Hand und zog sie von dem bedauernswerten Ohrläppchen weg. »Schluss damit. Das Ohr brauchen Sie ja wohl noch.« Seine Hand hatte etwas von einem frierenden Vogel. Sie war langknochig, grazil und so wie alles an ihm – auffällig schön geformt, aber vernachlässigt, die Haut rauh, die Nägel bis aufs Nagelbett kurz geschnitten. Es fiel ihr schwer, sie loszulassen. Ich brenne fortwährend darauf, ihn zu berühren, stellte sie verwundert fest. Dabei war er ihr anfangs unantastbar erschienen, und außerdem berührte sie Menschen für gewöhnlich nicht gern. Sie schüttelte nicht einmal gern Hände.
Bei ihm aber lag sie wie eine träge Geliebte, ihr Kopf auf seine Schenkel gebettet. Obendrein war sie umringt von den Felsen aus ihren Alpträumen, die furchteinflößenden Figuren starrten auf sie nieder, und sie hatte überhaupt keine Angst. Im

Gegenteil. Als sie den Kopf hob, war sie in der Lage zu erkennen, wie schön die Arbeit des Bildhauers war, wie kühn die Linienführung in den hoch aufgerichteten Körpern, wie ausdrucksvoll die Züge der unnahbaren Gesichter. Das Relief war ein Meisterwerk, das sich hinter vergleichbaren Werken aus Ägypten und Babylon nicht zu verstecken brauchte.

Er sah, wohin ihr Blick schweifte. »Dass Sie die zwei Großen zum Fürchten finden, kann ich verstehen«, sagte er. »Aber ich denke, die wollen Ihnen keine Furcht einjagen.«

»Weshalb denken Sie das?«, fragte Amarna verblüfft.

Er schwieg und begann wieder, sich am Ohrläppchen zu rupfen.

»Warum geben Sie mir keine Antwort?«

»Warum wohl? Weil es mir peinlich ist.« Das Ohr erhielt einen Rupfer, als wollte er es sich abreißen. »Sie sind Wissenschaftlerin. Soll ich mir einbilden, ich könnte Sie belehren?«

»Ich fühle mich von Ihnen nicht belehrt«, entgegnete Amarna. »Bitte erklären Sie mir, warum die zwei mir keine Furcht einjagen wollen.«

»Sie sind Schutzgötter, oder? Der Wettergott Tarhunna, der nur Blitze schleudert, wenn Menschen ihn reizen, und Istanu, die Sonnengöttin von Arinna. Sie sehen aus, als würden sie den Labarna, den Großkönig, verschleppen. Aber das tun sie nicht. Sie umarmen ihn.«

»Woher wissen Sie das?«, fragte Amarna fasziniert.

Augenblicklich verschloss sich sein Gesicht. »Leute, die sich mit diesem Relief befasst haben, vermuten, dass es sich um die Darstellung eines Versöhnungsrituals zwischen Göttern und Menschen handelt. Umarmung als Zeichen, dass der Mensch wieder angenommen ist. So etwas wird in Museen eben geredet, da kommt nicht einmal ein Wildschwein umhin, etwas aufzuschnappen.«

»Zumindest wenn es sich nicht die Ohren abreißt«, versetzte Amarna und sandte ihm einen strafenden Blick. »Sie lernen doch so gern deutsche Ausdrücke. Wissen Sie, wie man jemanden nennt, der ein Gesicht zieht wie Sie? Beleidigte Leberwurst.« Dann fiel ihr ein, dass Leberwurst Schweinefleisch enthielt, das Muslime nicht essen durften. Vermutlich wusste er mit dem Begriff nichts anzufangen.

»Beleidigte Leberwurst«, wiederholte er.

Amarna nickte. »Steht Ihnen nicht, ist albern, und Sie haben keinen Grund, so empfindlich zu sein. Nun schön, Sie verdienen Ihr Geld mit Putzen, und vermutlich trägt Ihnen das unter Ihren Kumpanen wenig Ehre ein. Aber es ist ehrliche Arbeit, und Sie sind offenbar ein heller Kopf und eignen sich erstaunliche Dinge an.«

»Au«, sagte er und verzog das Gesicht.

»Was ist denn?«

»Ich habe Ihnen gesagt, ich will kein Kompliment. Ihre Ohrfeige war dagegen fast gestreichelt.«

Fast gestreichelt.

Sein Blick ging ihr durch und durch. Sie musste sich abwenden, um nicht die Hand nach ihm auszustrecken.

»Kommen Sie«, sagte er. »Ich werde Sie zwingen, etwas zu essen, bevor Sie wieder zusammensacken.«

»Ich sacke nicht wieder …«

»Doch, das tun Sie, wenn Sie nicht essen.« Er schob die Hände unter ihre Achseln, richtete sie vorsichtig zum Halbsitz auf und erhob sich mit ihr. Dabei war sein Körper ihr so nah, dass sie seinen Duft wahrnahm. Bitter und dunkel. Der Geruch sandte ihr ein Kribbeln bis tief in den Bauch. Sie wollte den Mann, den dieser Duft umgab, nicht loslassen. Am liebsten hätte sie ihn an den Schultern festgehalten. »Gut gemacht«, lobte er. »Jetzt lassen Sie uns gehen.«

Amarna aber machte keine Anstalten zu gehen. Sie sah sich im Raum um. Überall auf dem Boden waren Zeichnungen verstreut, und an der linken Längsseite stand eine Leiter. Erst jetzt entdeckte sie, dass das Relief derselben Längsseite eine weitere Figur aufwies, die nur wenig kleiner war als die beiden Hauptgötter. Ihr auf dem Fuß folgte eine, die der Künstler zwar in markanten Zügen entworfen, aber nicht mehr im Detail ausgeführt hatte. Ein Blick genügte, um zu erkennen, dass diese die faszinierendste von allen war. Der starre Blick des gewölbten Auges schien Amarna zu bannen. »Wie schade«, entfuhr es ihr.
»Was?«
»Das Relief. Der hethitische Steinbildhauer, der es gemacht hat, hatte keine Zeit mehr, es fertigzustellen.«
»Dieses hier?«, fragte er überrumpelt. »Sie glauben, das sei das Original aus Yazilikaya?«
»Aus Hattuša.«
Er nickte. »Yazilikaya ist das Heiligtum außerhalb der Stadtmauern. Aber die Reliefs, die dort in die Felsen gehauen sind, würde niemand abschlagen und wegschleppen. Wenigstens hoffe ich das. Oder ich hoffe, den, der es versucht, trifft die Rache der Šawuška.«
»Welche ist die?«
Er wies auf die unfertige Figur, deren starrer Blick Amarna bannte. »Die dunkle Herrin von Liebe und Krieg.«
»Aber dieses Relief ist doch kein Abguss!« Ohne Zweifel bezog das Bildnis einen Teil seiner Wucht und Kraft daraus, dass es nicht gegossen, sondern geradewegs in den Stein gehauen und seiner Härte abgerungen worden war.
»Nein«, sagte er, »ein Abguss ist nie gemacht worden. Das hier soll eine Nachbildung nach Skizzen werden.« Mit einer Kopfbewegung wies er auf die Zeichnungen.

Amarnas Herz setzte vor Aufregung aus, und ihr wurde wieder schwindlig. Der Fremde fing sie am Ellbogen. »Sie kommen jetzt mit mir und essen«, befahl er.
Amarna schüttelte den Kopf. »Hören Sie, wenn es hier einen Bildhauer gibt, der ein Felsrelief aus Hattuša nachbildet – dann muss er ja in Hattuša gewesen sein!«
Der Fremde zögerte. »Ja«, sagte er schließlich. Mehr nicht.
Trotz des Schwindels bückte sie sich und hob eine der Zeichnungen auf. Drei Göttinnen mit spitzen Hüten, die hintereinandergingen, waren mit Kohle auf das Blatt geworfen. Es war nicht mehr als eine Skizze, ein flüchtiger Entwurf, aber der Strich war tollkühn, voller Kraft und Ausdruck. Er fing etwas ein, das über bloße Wiedergabe weit hinausging. Am liebsten hätte Amarna das Bild behalten.
Sie fuhr zu dem Fremden herum. »Der Bildhauer hat dies hier gezeichnet? Ich muss um jeden Preis mit ihm sprechen. Bitte helfen Sie mir, damit er sich mit mir trifft.«
»Und weshalb sollte der auf ein Wildschwein hören, das zum Putzen kommt?«
Erschöpft ließ Amarna die Arme sinken. »Warum müssen Sie nur so sein?«, fuhr sie auf, und die Enttäuschung trieb ihr Tränen in die Augen. »Hat Ihnen niemand beigebracht, wie man sich unter Menschen benimmt?«
»Selbst wenn es jemand getan hätte«, sagte er, »Wildschweine können mit solchen Lektionen ja nichts anfangen.«
»Herrgott, bei Ihnen ist ja alles Gerede für die Katz!«
»Für die Katz«, wiederholte er. Dann nahm er sie ohne ein weiteres Wort am Arm, zwang sie zurück in den Raum mit dem Friedensvertrag und schloss die Stahltür ab. Das berauschende Relief aus Hattušas Heiligtum war für sie verloren.

17

Das Museum hatte inzwischen seine Tore geschlossen, und in der Halle brannte nur noch das Nachtlicht. Der Fremde zog Amarna zu einer Seitentür, die sie vorhin nicht bemerkt hatte, schloss auf und drängte sie in die kühle, windstille Abendluft. Sie standen auf einer Grünfläche, die sich menschenleer vor ihnen erstreckte. Über ihnen wölbte sich der schwarze Himmel, an dem Sterne wie Splitter von Juwelen aufgesteckt waren. Amarna musste an die Kuppeln der Hagia Sophia denken, die sie in der Ferne, vom Drängen der Stadt umgeben, glänzen sah.

Es war ein wunderschöner Ort. Aber der Mann, der sie weitertrieb, als wäre sie seine Gefangene, war unverschämt. Auch wenn sie ihm für seine Hilfe im Museum dankbar war, nahm er sich entschieden zu viel heraus.

Sie riss sich los.

»Vielen Dank für Ihre Fürsorge, aber ich habe Sie nicht gebeten, mich nach Ihrem Gutdünken herumzustoßen. Gebeten hatte ich Sie, mir ein Gespräch mit dem Künstler zu vermitteln, der das Relief gemacht hat, woraufhin Sie wiederum den tödlich Beleidigten spielen mussten. Ich habe Ihnen jetzt oft genug gesagt, dass Ihre Arbeit als Putzhilfe Sie in meinen Augen nicht herabsetzt. Wenn Sie mir partout nicht glauben und mir nicht helfen wollen, ginge ich gern zurück in mein Hotel.«

Das wollte sie ganz und gar nicht, stellte sie kläglich fest. Sie war sich nicht sicher, ob sie den Weg finden würde, und die Stadt war dunkel und voller unbekannter Winkel.

»Versprechen Sie, dass Sie in Ihrem Hotel etwas essen?«

»Herrgott, ob ich esse oder nicht, geht Sie nichts an.«

Er nahm sie wieder beim Arm und zog sie weiter. In seinem schlanken Körper steckte erstaunlich viel Kraft. »Ich habe Ihnen gesagt, ich werde Sie zum Essen zwingen. Sie sind ohnmächtig geworden. Sie zittern und schwanken von einem Bein aufs andere. Zum Teufel, so klug und gebildet, wie Sie sind, werden Sie doch begreifen, dass Ihr armer Magen vor Leere schreit.« Mitten im Schritt hielt er erschrocken inne und senkte den Kopf. »Ich bitte um Verzeihung«, sagte er.

»Wofür?«

»Man hat sich bemüht, mir beizubringen, dass ein Mann so mit einer Frau nicht sprechen darf.« So tief, wie er den Kopf gesenkt hielt, ragte der Wirbel des Nackens kantig heraus.

»Sind Sie noch bei Trost? Sie benehmen sich mir gegenüber seit Stunden wie die Axt im Walde, und jetzt halten Sie es für nötig, sich zu entschuldigen?«

»Axt im Walde«, wiederholte er. »Ich weiß nicht, was das bedeutet, aber ich glaube, das geht in Ordnung. Nur Fluchen ist verboten.«

Er zog sie weiter, der Straße zu. Nach drei Schritten durchschnitt der Gesang des Muezzins die Dunkelheit. Amarna, der wirklich übel und schwindlig war und die zudem erbärmlich fror, war am Arm des Fremden vorwärtsgestolpert. Jetzt aber blieb sie instinktiv stehen. Er fügte sich ihr einen Augenblick lang, dann ging er weiter und nahm sie mit, führte sie von der Wiese herunter und die gewundene Straße entlang.

»Müssen Sie nicht niederknien?«, fragte Amarna. »Haben Sie solche Angst, ich könnte Ihnen davonlaufen, dass Sie Ihr Gebet vernachlässigen?«

»Nein, ich habe keine Angst«, sagte er. »So entkräftet, wie Sie sind, kommen Sie nicht weit.«

»Warum beten Sie dann nicht?«

»Warum tun Sie es nicht selbst?«
»Ich bin ja keine Muslimin!«
»Aha«, sagte er und ging weiter.
Sie schlugen sich durch ein verwirrendes Netz kleiner Straßen, in denen keine Laterne brannte und aus kaum einem Fenster Licht fiel. Vor einem verfallenen Holzhaus, wie Amarna sie vorhin bei Tag gesehen hatte, blieb er mit ihr stehen. Es besaß zwei Stockwerke und wirkte vollkommen unbewohnbar. Die Tür, die er aufstieß, bestand aus ein paar wurmstichigen Brettern, die lose in den Angeln hingen. Er schob Amarna in einen hallenartigen Raum ohne Licht. Durch die Risse in den Wänden drang ungehindert Kälte.
»Was ist das hier?«
»Mein Haus.«
Ehe sie protestieren konnte, zog er sie zu einer Leiter in der Mitte des Raums. Von oben, aus einer Luke, drang Licht. »Seien Sie vernünftig, steigen Sie hinauf.«
»Und wenn ich nicht will? Entspricht es in Ihrem Glauben etwa dem Anstand, eine Frau mit Gewalt in sein Haus zu verschleppen?«
»Was denken Sie?«, fragte er müde. »Dass ich Sie hierhergebracht habe, um mich an Ihnen zu vergehen? Warum habe ich es dann nicht längst getan, warum bringe ich Sie dazu in mein Haus, damit Sie mich morgen früh von der Polizei verhaften lassen können?«
»Würde sich die türkische Polizei überhaupt darum scheren? Gesteht sie Männern nicht das Recht zu, sich an Frauen schadlos zu halten?« Amarna bereute ihre Worte augenblicklich, aber sie konnte sie nicht zurückholen.
Er ließ sie los, als hätte er sich verbrannt, und wandte ihr den Rücken zu. »Ja, natürlich. Wir sind schließlich keine Männer, sondern Schweine, wir fallen über Frauen her wie über den

Fraß in unserem Trog.« Seinen Rücken hinunter lief ein Beben, das nicht mehr aufhörte. »Warum rottet man solches Ungeziefer wie uns eigentlich nicht gründlicher aus?«

»He«, sagte Amarna, »das geht ein bisschen weit.« Sie legte ihm die Hand auf den Rücken und spürte den steinern verhärteten Muskel, der wie unter Schmerzen zuckte. »Ich entschuldige mich. In Ordnung?«

Sichtlich erlöst fuhr er herum. »Ich auch.« Sein Gesicht wirkte auf einmal jung, und Amarna wünschte sich sehnlich zu wissen, wie ihm ein Lächeln gestanden hätte. »Bitte glauben Sie mir, ich habe nicht vor, Sie anzurühren. Ich will nur, dass Sie etwas Warmes in den Bauch bekommen und sich ausruhen, bis Sie stehen können, ohne zu zittern. Dann besorge ich Ihnen einen Wagen, der Sie in Ihr Hotel bringt. Versprochen.«

»Schon gut«, sagte Amarna. »Ich habe aus Wut dummes Zeug geredet, aber ich wollte Ihnen nichts unterstellen.«

Zögerlich betrat sie die Leiter. Als unter ihrem Fuß eine Sprosse knackte, wurden oben auf den Dielen eilige Schritte laut, und dann erschien das Gesicht einer Frau in der Luke. »Arman!«, rief sie. Das eine Wort barst vor Sehnsucht.

Der Fremde stieg hinter ihr die Treppe hinauf, und die junge Frau ließ an Amarna vorbei eine Flut zärtlicher fremder Worte auf ihn niederprasseln. Er gab nur ein paar Silben zurück, doch sein Ton wurde weich. Die Frau biss sich auf die Lippe und rückte zur Seite, um für Amarna den Weg durch die Luke frei zu machen.

Sie trat in eine Art Wohnküche, deren Wärme und Licht sie einhüllten. Es roch nach Kräutern und scharfen Gewürzen, nach in Öl gebratenem Knoblauch und schwach nach gutem Kaffee. Der Raum war weitläufig, auffallend sauber, und die Möbel wirkten abgenutzt, aber gediegen. An der hinteren

Wand, nah beim Herdfeuer, stand ein blaugemustertes Sofa. Der Wunsch, sich dort zusammenzurollen, überkam sie mit unwiderstehlicher Kraft.
Inzwischen war der Fremde durch die Luke gestiegen, und die Frau hatte sein verletztes Gesicht entdeckt. Sie heulte auf, stürzte sich auf ihn und bedeckte die misshandelte Stelle mit Liebkosungen, die ihm sichtlich weh taten. Er drehte den Kopf zur Seite. Sie überschüttete ihn mit säuselnden Worten in der fremden Sprache und versuchte ihm das Haar zu streicheln. Er warf zwei, drei rasche Worte zurück und schüttelte sie behutsam ab. Hilflos stand sie vor ihm. Sie war sehr hübsch, geradezu entzückend. Das schwarze Haar, das ihr herzförmiges Gesicht umrahmte, war im Nacken zusammengesteckt, und auf dem Scheitel trug sie eine samtene Kappe. Auch das Kleid, das ihre rundlichen Formen umschloss, war aus Samt. Sie hatte kreisrunde Augen und einen Mund wie eine kleine pralle Kirsche.
Seine Frau oder seine Geliebte, die er mit sichtlich mehr Liebe ausstattete als sich selbst.
Als sie ihn umschlingen wollte, schob er sie von sich und schickte sie mit einem sanften Befehl aus dem Zimmer. Sie ging ohne Widerrede. Legten alle muslimischen Frauen solchen blinden Gehorsam an den Tag? Zumindest verlangte er nicht von ihr, dass sie in ihrem Haus einen Schleier trug.
Er trat zu Amarna und führte sie zu dem Sofa, dessen blauer Musterreichtum sie an die Mosaiken römischer Villen erinnerte. Widerspruchslos ließ sie sich fallen. Von einem Tisch nahm er ein Schaffell und breitete es über ihr aus. Die Wärme tat unendlich wohl. Dann trat er zum Herd, auf dem in einem Kupferkessel ein Gericht köchelte. Er füllte eine irdene Schale und schenkte aus einem Krug einen Becher voll. Mit beidem in den Händen kam er zu ihr zurück. Da es keinen Tisch gab, auf

dem er die Gefäße hätte abstellen können, ließ er sich vor ihr auf die Knie nieder und hielt sie ihr entgegen.
In der Schale befand sich eine Art körniger Brei aus Getreide, in dem weißer Käse schmolz und der köstlich roch. Ihr leerer Magen begehrte schmerzlich auf. Es fiel ihr unendlich schwer, nicht nach dem Löffel zu greifen und sich den Mund vollzustopfen.
»Bitte essen Sie. Es wird Sie nicht vergiften.«
»Weiß Ihre Frau das zu schätzen«, fragte sie schnippisch, »dass Sie das Essen, das sie für Sie gekocht hat, einer fremden Frau servieren und dazu auch noch niederknien?«
»Rehan ist nicht meine Frau«, sagte er.
»Ach nein? Und wer ist sie dann?«
»Ein Mädchen, das kein Haus hat«, erwiderte er und schob ihr die Schale in die Hände.
Amarna konnte nicht länger widerstehen und senkte den Löffel in den Getreidebrei. Er schmeckte noch besser, als er duftete, nach Kümmel und Knoblauch, er war sämig, wärmte und füllte ihr den Magen, der sich augenblicklich besser fühlte.
»Was ist das?«
»Bulgur«, antwortete er. »Grütze aus Weizen, dem die Kleie herausgeschlagen wurde. Das ist ein gutes Gericht, oder? Wenn wir alle nur Weizen essen würden, könnten wir essen, so viel wir wollten, und nähmen niemandem etwas weg.«
Amarna fand diese Bemerkung mehr als sonderbar und hätte ihn gern gefragt, was ihn beim Essen auf solche Gedanken brachte. »Ist es ein türkisches Gericht?«, fragte sie stattdessen, weil sie den Mut nicht fand.
»Das liegt im Auge des Betrachters«, antwortete er. »Zweifellos behaupten die Türken, sie hätten es erfunden, aber ich bin sicher, dass schon die Hethiter auf diese Weise ihr Getreide haltbar gemacht haben.«

»Die Hethiter interessieren Sie sehr, nicht wahr?«
Er zuckte eine Schulter. Statt einer Antwort gab er ihr den Becher, der eine rubinrote Flüssigkeit enthielt.
»Und was ist das?«
»Gewürzter Wein aus Granatäpfeln. Er ist stark. Aber wenn Sie ihn langsam trinken, beruhigt er Ihnen den Magen und das Herz.«
»Dürfen Muslime das«, fragte Amarna erstaunt, »ihren Gästen Alkohol anbieten? Sind wir nicht zu nah bei der Moschee?«
Er wartete ab, bis sie von dem Wein getrunken hatte, der herb und ein wenig nach Minze schmeckte.
»Protestanten haben Priester, die heiraten dürfen«, sagte er dann. »Katholiken nicht. Warum sollten also alle Muslime gleich sein? Alevitische Muslime dürfen Alkohol sogar trinken.«
»Ist es das, was Sie sind?«, fragte Amarna. »Ein alevitischer Muslim? Braucht Ihre Frau keinen Schleier zu tragen, und müssen Sie nicht beten, wenn der Muezzin dazu aufruft?«
»Nein«, sagte er, nahm ihr den Becher ab und hielt ihr wieder die Schale hin, damit sie die Hände zum Essen frei hatte. »Meine Frau, wenn ich eine hätte, brauchte keinen Schleier zu tragen. Mustafa Kemal hat übrigens die Verschleierung der Frau verboten, auch wenn es vielen Menschen schwerfällt, sich daran zu halten. Er gründet Schulen für Mädchen, und derzeit plant er, das Wahlrecht für Frauen einzuführen.«
Amarna schwieg, weil sie offenbar schon wieder einem Vorurteil aufgesessen war. Umso gieriger aß sie alles auf und trank den Becher leer. Danach fühlte sie sich wohlig schwer und hätte an diesem behaglichen Ort einschlafen wollen, gehütet von den wachen Augen des Fremden und ohne Furcht vor Träumen.

»Wollen Sie noch etwas trinken?«

Sie nickte, und er erhob sich von den Knien, um den Becher zu füllen. Als er zurückkam, sah sie, wie fürchterlich sein Gesicht zugerichtet war. Auch das Lid des gesunden Auges hatte zu flattern begonnen, die Stirn war vor Schmerz gefurcht, und unter den Verfärbungen war die Haut totenbleich. Der Anblick gab ihr einen Stich. »Bitte setzen Sie sich hin«, sagte sie. »Sie haben Schmerzen, Sie müssen sich ausruhen.« Fragend sah er auf sie hinunter. Sie zog die Beine an den Körper, um ihm Platz zu machen, und er zwängte sich in die Ecke des Sofas. »Sie hätten Ihr Gesicht wirklich kühlen sollen. So wie es aussieht, wird es morgen noch mehr weh tun als heute.«

»Sprechen Sie aus Erfahrung?«

Eifrig nickte Amarna. »Auf meiner ersten Fahrt mit dem Fahrrad bin ich prompt an einem Laternenpfosten gelandet und habe mir ein Auge dunkelblau geschlagen.«

Er zuckte zusammen. Unversehens hob er seine schöne Hand und strich mit zwei Fingern über ihre Braue, dann über ihr Lid und zuletzt unendlich zart unter ihrem Auge entlang. »Warum erlauben deutsche Väter ihren Töchtern nur, auf derart wackligen Geräten ihr Leben zu riskieren?«, fragte er.

Amarna lachte. »Mein Vater hat es mir nicht erlaubt. Ich habe unserem Postboten ein altes Rad abgeschwatzt und es einfach gemacht.«

Er streichelte sie weiter. »Nicht zu glauben. Und was hat Ihr Vater getan?«

»Sich aufgeführt, als hätte der Schlund der Hölle mich ihm auf wundersame Weise zurückgeschenkt«, erwiderte Amarna noch immer lachend. »Und als er sich erholt hatte, ist er gerannt und hat mir Zitronenpfannkuchen gekauft. Ich tat ihm so leid mit meinem blauen Veilchen.«

Obwohl er nicht lachte, wirkte er so amüsiert wie sie. »Dann hat er es sich selbst zuzuschreiben, wenn Sie ihm auf der Nase herumgetanzt sind.«

»Was hätte denn Ihr Vater getan? Ihnen zum blauen Auge noch tüchtig die Hosen stramm gezogen?«

»Hosen stramm gezogen?« Verwirrt rieb er sich die Stirn und sah an sich hinunter.

Amarna lachte. »Das sagt man so, wenn man sich einen kleinen Rüpel am Hosenbund schnappt, um ihm ein paar hintendrauf zu zählen.«

Er hörte auf, sie zu streicheln, schien auf einen Schlag ernst und weit fort. »Wenn mein Vater das getan hätte, wäre ich wohl kaum so missraten, oder?«, fragte er. »Ich fürchte, er hat sich nie die Mühe gemacht, mich zu schlagen, auch wenn alle Welt ihm in den Ohren lag, dass ich es bitter nötig hätte.«

Seine Traurigkeit tat ihr weh, und sie hätte sie gern vertrieben. »Missraten ist ein hartes Wort«, erwiderte sie. »Außerdem glauben Sie das selbst nicht, oder? Dass wir vom Schlagen feinere Menschen werden?«

Verstört sah er sie an, zuckte eine Schulter und schüttelte dann den Kopf. »Davon verstehe ich nichts.«

»Nun schön«, sagte Amarna, »Ihren Manieren würde ein bisschen Schliff nicht schaden, aber ich bin sicher, Sie können ein netter Mann sein, wenn Sie sich am Riemen reißen. Außerdem glaube ich, unsere Väter sind sich ziemlich ähnlich.« Ihr Vater war der letzte Mensch, an den sie denken wollte, doch gegen die Woge der Erinnerung war sie machtlos.

Er sah sie noch immer an, wirkte aber, als würde er durch sie hindurchblicken. »Nein«, entgegnete er, »das glaube ich nicht.« Dann fing er sich. »Außerdem waren Sie kein Satansbraten und hatten Schläge gar nicht nötig – außer, wenn Sie auf rollenden Drahtgestellen auf Laternenpfosten losgegangen sind.«

Amarna lachte noch einmal auf und kämpfte gegen den übermächtigen Drang, ihn zu berühren. »Ach was, ich liebe Radfahren. Irgendwie muss man es schließlich lernen, und es ist ja auch kinderleicht, sobald man die Feuerprobe bestanden hat.«

Er hob die Hände. »Das können Sie einem anderen erzählen! Ich setze mich auf einen bockenden Esel, aber nicht auf so ein Ding aus Draht.«

Dass ihn ein Fahrrad in solchen Schrecken versetzte, belustigte sie. Zugleich wünschte sie, er möge noch einmal ihr Gesicht berühren. »Bitte teilen Sie den Wein mit mir«, sagte sie. »Er ist der reinste Balsam, und Ihnen täte er auch gut.«

Ihre Blicke trafen sich. Der seine war skeptisch, und Amarna musste wiederum an das *Gilgamesch-Epos* denken, an ihre Lieblingsverse über Enkidu, der mit der Wohltat von Speise und Trank nichts anzufangen wusste:

Brot legten sie ihm vor.
Bier stellten sie ihm hin.
Enkidu aß nicht das Brot, ratlos schaute er in die
Runde.
Brot zu essen hatte er nie gelernt,
Und Bier zu trinken war ihm unbekannt.

»Sie dürfen es doch«, lockte sie ihn, wie die Dirne Schamchat Enkidu gelockt hatte. »Sie sind ein alevitischer Muslim.«

»Nein«, sagte er.

»Was, nein?«

»Ich bin kein alevitischer Muslim.«

Sanft nahm er ihr den Becher aus den Händen, trank und gab ihr das Gefäß zurück. Als ihre Hände sich trafen, strich sie ihm über den Handrücken. Erstaunt sah er sie an. Sie sah ihn auch an. Ohne Worte rückten sie zueinander. Amarna stellte den Becher auf die Lehne. Sie legte die Arme um den Fremden, spürte unter den Fingerspitzen das Zucken gespannter Muskeln und suchte behutsam, um ihm nicht weh zu tun, seine Lippen. Er legte die Arme um sie und fand die ihren sofort. Hätte sie den Mund nicht gleich darauf voll gehabt, hätte sie aufjauchzen wollen. Sie hatte nicht gewusst, dass man einen Menschen so küssen konnte, ohne etwas zu denken, das ablenkte, ohne etwas zu fühlen als Lippen, Mundhöhle, Hunger und Entzücken.

Als er sich löste, war sein Gesicht verändert, auch wenn er noch immer nicht lächelte. Sie sah seinen frischgeküssten Mund an und glaubte ihr Inneres wie Espenlaub rascheln und flüstern zu hören. Flüchtig betastete er sich die Schultern, als fiele es ihm schwer zu fassen, dass ein Mensch ihn bis eben an diesem Teil seines Körpers in den Armen gehalten hatte. Dann begannen seine schlanken Finger ihr das Haar hinter die Ohren zu streichen, immer wieder, sooft es nach vorn fiel, wie in einem Spiel, von dem er nicht genug bekommen konnte. »Amarna«, sprach er vor sich hin, jede Silbe wie eine der Perlen an ihrem Armband. »Amarna.«

Dass er ihren Namen kannte, hätte sie wundern sollen, aber es kam ihr vollkommen richtig vor. Sie wollte ihn auch bei seinem Namen rufen, und etwas fiel ihr ein. »So wie die Frau dich vorhin genannt hat – so heißt du nicht, oder?«

»Ganz sicher bin ich mir nicht«, entgegnete er. »Ist es sehr schlimm, wenn doch?«

Sie lachte. »Nein, gar nicht. Es ist nur ein verrückter Zufall, dass wir beide fast die gleichen Namen haben.« Sie fand seinen Namen hübsch. Er passte zu ihm, obwohl er nicht türkisch klang.

»Wir haben ja nicht fast die gleichen Namen«, sagte er. »Sie sehen nur ein bisschen ähnlich aus. Deiner ist doch der Name, den europäische Archäologen Echnatons Stadt Achet-Aton gegeben haben, oder nicht? Meiner dagegen …« Er brach ab.

»Was ist mit deinem?«

»Nichts. Es ist nur ein Name, der bei Menschen meines Volkes naheliegt, obwohl er etwas anderes bedeutet.«

»Was bedeutet er?«

Er zuckte eine Schulter und stand auf. Im Schein der Lampe fand sie seinen Körper wunderschön modelliert, wie die Statuette eines jungen griechischen Gottes, nicht monumental, sondern voller Anmut und Wohlgestalt. »Ich gehe jetzt nach einem Wagen suchen, der dich in dein Hotel bringt.«

Jäh fiel ihr wieder ein, warum sie in diese Stadt gekommen war. Sie umfasste sein Handgelenk. »Bitte warte. Ich muss mit diesem Bildhauer sprechen. Bitte glaub mir, dass es wichtig ist.«

Er machte sich los und trat zurück. »Küsst du deshalb türkische Putzhelfer? Damit sie dir die Kontakte verschaffen, die du brauchst?«

»Bist du eigentlich noch richtig im Kopf?« Vor Empörung stotterte sie. »Wie kannst du etwas so Abscheuliches zu mir sagen, wie kannst du von einem anderen Menschen so denken?«

»Vielleicht, weil es leichtsinnig wäre, es nicht zu tun.«

Amarna sprang auf und packte ihn, grub die Finger in seine Schultern und küsste ihn hart auf den Mund. Was in sie gefahren war, kümmerte sie nicht, und ob sie ihm weh tat, erst recht nicht. »Du brauchst mir keinen Wagen zu suchen«, sagte sie. »Setz dich an deinen Ofen und beklage dein grausames Schicksal als Putzhelfer. Ich finde meinen Weg allein.«

Drei Schritte weit kam sie, dann erwischte er sie am Arm. »Es gibt keinen Bildhauer«, gestand er zerknirscht und hielt den Kopf gesenkt, »nur einen Steineklopfer, der nicht viel zu sagen hat. Er ist linkisch, ungebildet und an Stille gewöhnt. So viel wie heute hat er vielleicht in seinem Leben nicht seinen Mund auf und zu geklappt.«

Amarna fuhr herum. »Nein. Du bist nicht …«

Er sah noch immer den Boden an. »Doch, Amarna.« Er hob die Hände, und jetzt schien ihr die Geste, als wollte er damit sein Gesicht schützen. »Es ist nichts Besonderes dabei.«

»Was soll das heißen, es ist nichts Besonderes dabei?«

»Es hat sich so ergeben«, erwiderte er. »Die Leute vom Kuratorium wollten etwas Grandioses, Monumentales, das Besucher anlockt. Also haben sie schwarzen Granit vor der Stadt abtragen lassen, um ein babylonisches Felsenstandbild nachzubilden. Aber der Künstler, den sie beauftragt hatten, hat unzählige Modelle gemacht, und das ist ihnen zu teuer geworden. Ich habe angeboten, ihnen stattdessen eine Kammer aus Yazilikaya hinzustellen, einfach aus dem Stein herausgehauen, und sie haben mich machen lassen. Immerhin koste ich sie nichts.«

»Warum kostest du sie nichts?«, herrschte sie ihn an. »Du bist Bildhauer, aber mich lässt du im Glauben, du kämest zum Putzen ins Museum, damit ich törichte Dinge zu dir sage und du den Beleidigten spielen kannst. Wie klein und schäbig bist du eigentlich, dass du solche erbärmlichen Spielchen nötig hast?«

Der Hieb traf eine ungedeckte Flanke. Er fuhr zusammen und wich einen Schritt zurück.

»Ich will jetzt gehen«, schrie sie weiter und verfluchte die Tränen, die ihr schon wieder in die Augen quollen. »Ohne dich. Zieh deine Varietévorstellung mit dem armen Mädchen ab, das sich da drinnen nach dir verzehrt, aber nicht mit mir.«

Er stand still, ballte die Fäuste, um sich zu beherrschen, und schluckte hart. Allmählich dämmerte ihr, was sie getan hatte. Sie war mit einem fremden, völlig unzivilisierten Mann in sein Haus gegangen, hatte ihn hemmungslos in die Arme genommen und geküsst. Sie, Amarna Brandstätter, die ihren eigenen Verlobten nur berührte, wenn es sich nicht umgehen ließ. Viel schlimmer war, dass der Gedanke, ihn nicht wiederzusehen, ihr das gesamte Innere umdrehte, das Herz, den Magen und die Eingeweide.

Es ist Hattušas wegen, sagte sie sich. Er machte ein Relief von Yazilikaya, also musste er in Hattuša gewesen sein, und sie brauchte unbedingt Auskünfte von ihm. Aber es war nicht Hattušas wegen. Oder doch. Es war, weil sie auf einmal das Gefühl hatte, sie wäre seit bald zwanzig Jahren allein gewesen. Bis auf den einen Augenblick in seinen Armen.

Als sie wieder nach ihm sah, hatte er die Fäuste noch immer geballt und spannte seinen Körper mit solchem Kraftaufwand an, dass die Sehnen am Hals heraustraten. Er schluckte noch einmal. »Vorsicht«, sagte er dann. Seine Stimme war rauh. »Ich will nur, dass du weißt: Vorhin hatte ich einen Schlag von dir verdient, und ich habe mir Mühe gegeben, ihn ohne allzu großes Gezeter einzustecken. Diesen verdiene ich nicht, und dir das zu sagen kostet mich so viel, dass ich dich nicht länger ansehen kann.«

Er wandte ihr den Rücken zu und ging zwei Schritte in Richtung Wand. Amarna rannte und schloss von hinten die Arme um ihn. Sie lehnte den Kopf an seine Schulter, küsste sie und wünschte sich den Hemdstoff fort. »Ich habe gesehen, was es dich gekostet hat«, flüsterte sie. »Danke, dass du es trotzdem getan hast, denn ich hätte es nicht fertiggebracht.«

Langsam drehte er sich um, stöhnte auf und nahm sie in die Arme. Er bettete seine unverletzte Wange auf ihren Schopf, und so standen sie eine Zeitlang eng umschlungen und erholten sich. Dann hoben sie gleichzeitig die Köpfe. Amarna begann sein wildes Haar zu ordnen und zu streicheln.

»Bitte erklär es mir, Arman«, sagte sie und küsste ihn weich auf den verletzten Mundwinkel. »Du bist mir keine Rechenschaft schuldig, aber es würde mir helfen zu verstehen.«

»Es gibt ja nichts zu erklären«, entgegnete er hilflos. »Was ich dir gesagt habe und was du selbst bemerkt hast, trifft alles zu. Ich bin kaum je in eine Schule gegangen, ich komme ins Museum, um zu putzen, weil ich von etwas leben muss und scharf auf das bin, was Leute in Museen reden. Stein habe ich länger behauen, als ich denken kann, weil es dort, wo ich gelebt habe, viel Stein gab. Die Leute, die mich am Hals hatten, haben mich machen lassen, weil es heißt, mein Volk habe einen Hang dazu, und weil sie meinten, wenn ich auf Stein einprügle, richte ich wenigstens kein Unheil an. Ab und an mache ich einen Grabstein oder eine Brunnenfigur und bekomme etwas Geld dafür, aber vom Museum bekomme ich keines. Dafür darf ich überallhin, wo sie mir sonst die Tür vor der Nase zuschlagen würden.«

Die lange Rede war ihm schwergefallen. Er hatte wieder begonnen, mit gnadenloser Heftigkeit an seinem Ohrläppchen zu rupfen. Amarna fing seine Hand und hielt sie fest. »Weißt du was?« Ihre Stimme kam ihr so rauh und entkräftet vor wie seine. »Du bekommst jetzt ein Kompliment, ob du eines willst oder nicht. Du bist nicht ungebildet. Ich verkehre tagaus, tagein mit Akademikern, und du darfst mir glauben. Einerlei, wie du dir dein Wissen verschafft hast, du brauchst dich hinter niemandem zu verstecken. Das Relief, an dem du arbeitest, ist großartig. Jemand sollte dich am Schlafittchen packen und in eine Kunsthochschule stecken.«

»Nicht«, sagte er kläglich. »Ich kann das nicht, Amarna.«
»Was? Komplimente aushalten?« Er verbarg sein Gesicht in ihrer Halsbeuge, und sie streichelte ihm den spitzen Wirbel und das Muttermal im Nacken, ertastete die Glieder einer Kette und glatte, straffe Haut. »Dann werde ich dich abhärten müssen. *Du bist gut, Enkidu*«, hörte sie sich murmeln. *»Du trittst wie ein Gott ins Sein. Warum nur läufst du mit den wilden Tieren in der Steppe umher?«*
Ungläubig hob er den Kopf und sprach ihr in die Augen: *Komm, Schamchat, lade mich ein zum reinen Hause, zum hochheiligen Wohnsitz von Anum und Ischtar.*
»Das Haus gehört ja dir«, entgegnete Amarna, die sich über nichts mehr wunderte, und begann seinen Hals zu küssen. »Können wir es umgekehrt machen, kannst du bitte mich einladen? Ich weiß, ich habe den Verstand verloren. Ich verspreche, ich werde nichts tun, das dich kränkt oder das dein Glaube dir verbietet, aber ich will heute Nacht nicht ohne dich sein.«
»Ich auch nicht, Amarna.« Er stöhnte und zog sie an sich, bis sie jede seiner Rippen spürte. »Ob du mich kränkst, ist mir egal, und auf meinen Glauben darfst du pfeifen, aber …«
»Bitte sag nicht aber. Ich bin so erschöpft, ich kann kein Aber mehr ertragen. Nur heute Nacht, Arman, morgen gehen wir beide in unser Leben zurück …«
»Aber ich habe Angst, dir weh zu tun«, schnauzte er sie zärtlich an. »Enkidu ist gefährlich, Geghetsik. Er geht mit Gilgamesch in den Zedernwald, obwohl die Götter es verboten haben.«
»O ja!«, rief Amarna übermütig. »Und er erschlägt mit Gilgamesch den Humbaba, den die Götter als Wächter eingesetzt haben.«
»Da hast du's. Enkidu ist ein Mörder, und du bist ein leichtsinniges Mädchen, das mit dem Kopf an Laternenpfosten fährt.« Dann ging er leicht in die Knie, schob ihr ohne Vorwarnung

einen Arm unter die Schenkel und den anderen um die Schultern und hob sie vom Boden bis vor seine Brust.
»Nicht!«, rief Amarna. »Das darfst du nicht, du brichst dir den Rücken!«
Kurz verzog er den Mund zu jener Grimasse, die einmal ein Lächeln gewesen sein mochte. *Derjenige, der in der Steppe geboren ist, der ist stark und hat Kräfte.*
Aus der hellen Küche trug er sie auf einen kühlen, dunklen Gang. Eine Tür öffnete sich, und das Mädchen Rehan steckte den Kopf heraus, um sogleich in einen Wortschwall auszubrechen. Wieder beschied er sie sacht, aber knapp, und sie zog sich zurück. Auf der anderen Seite des Gangs stieß er mit der Schulter eine Tür auf und trug Amarna in einen Raum, der von seinem Duft erfüllt war. Nachtwind rüttelte an der Fensterscheibe. In der Finsternis sah sie nicht, wo er sie niedergleiten ließ, doch sie landete weich auf einem Lager, das auf einer Matratze am Boden bereitet worden war. Als seine Arme sich öffneten, als sie die pulsierende Wärme nicht mehr spürte, fühlte sie sich beraubt. Er richtete sich auf und knipste neben dem Lager eine Stehlampe an, die schwaches Licht verbreitete.
Mehr Möbel gab es nicht, die Matratze, die Lampe, einen Waschtisch, ein Kohlebecken und eine Holzlatte an der Wand, an der er seine Kleider aufhängte. Auf dem Boden ein Stapel Bücher, obenauf ein deutscher Gedichtband, den sie sich schnappen konnte, falls sie zum Toilettengang am Morgen ein Buch brauchte. Alles war alt, aber nichts war hässlich, und auch dieser Raum war blitzsauber. Der ganzen Wohnung haftete etwas seltsam Heimeliges an, Fürsorge und ein Rest vom Glück der Menschen, die einst hier gelebt hatten.
Hoch aufgerichtet stand Arman vor ihr und stemmte die Hände in die Hüften. »Dass wir wahnsinnig sind, weißt du, ja? Wir werden beide daran kaputtgehen, Lajvard.«

Es war ihr egal. Sie stand auf und tat, was sie die ganze Zeit über hatte tun wollen, knöpfte seine Weste auf und streifte sie ihm von den Schultern, die sie unerhört hübsch fand und kaum loslassen konnte. Eine Zeitlang sah sie zu, wie sein Brustkorb bei jedem Atemzug den weißen Stoff blähte. Ehe sie sich daranmachte, ihm das Hemd auszuziehen, küsste sie ihn in die Grube am Hals. Er war Enkidu. Der Wilde. Paul wirkte auch abends noch gut rasiert, doch auf Armans Wange sprossen blauschwarze Stoppeln, und als sie den Stoff zur Seite schob und von seinem Schlüsselbein hinunter zur Brust streichelte, ertastete sie festes Haar. Ein wenig erschrak sie, aber es war ein wohliges Erschrecken.

Dunkel stöhnte er auf, neigte den Kopf und begann sie den Hals entlang zu küssen, während er die Schleife am Kragen ihrer Bluse löste. »Ich halte das nicht aus, Geghetsik. Warum bist du denn so schön?« Er strich den Stoff von ihren Gliedern, als würde er ihren Körper darunter mit seinen gewandten Händen formen und sie neu erschaffen. »Du brauchst einen anderen Mann, schöne Amarna. Einen, der nicht mickrig ist, nicht schäbig, klein und mit schlechten Manieren …«

»Was willst du?« Sie lachte, weil das, was er tat und sagte, sie berührte und in Bewegung brachte, wo sie sich nicht kannte. »Ein Kompliment?«

»Bitte«, sagte er kleinlaut. »Auch wenn es gelogen ist.«

»Ist nicht gelogen«, murmelte Amarna. »Du bist ein schöner Mann.« Sie strich ihm die Linie von Hals und Schulter entlang und spürte, wie ihr Körper sich vor Wohlbehagen bog. Er war ein schöner Mann. Ihr schöner Mann. Eine Lust in ihren Händen. »Die einzigen schönen Männer, die ich vor dir kannte, waren der Jüngling von Antikythera und Tutanchamun. Vorhin hat es mich wütend gemacht, dass du so ekelhaft zu mir warst und ich dich trotzdem immerzu anschauen und schön

finden musste. Ich glaube, ich hatte gar keine Wahl. Die blöde Ohrfeige hast du bekommen, weil ich dich sonst hätte küssen müssen.«
In seinem Blick funkelte etwas wie Übermut. »Der Begründung beuge ich mich. Wenn es dir aber nicht allzu viel ausmacht, Lajvard, hätte ich das nächste Mal lieber einen Kuss.«
Sie gab ihm einen hinter die Ohrmuschel, grub ihre Nase in sein Haar und genoss seinen Duft.
»Amarna«, murmelte er scheu.
»Was ist?«
»Ich wollte gar nicht ekelhaft zu dir sein.«
»Wolltest du nicht? Aber was denn dann?«
Unter den Fingern spürte sie, wie seine Schulter zuckte. »Ich weiß nicht«, sagte er leise, beugte den Rücken und vergrub seinen Kopf an ihrem Hals. »Flirten, glaube ich.«
Hell lachte Amarna auf, und ihr Herz polterte, als hätte es plötzlich Platz in ihrer Brust. »Ich denke, das üben wir zwei noch ein bisschen, was?« Sie musste sein Haar packen und sein Gesicht in die Höhe zerren, damit sie es überall küssen konnte. Ich bin verliebt, sang es in ihr. Gab es ein Weltwunder, das diesem das Wasser reichen konnte?
»Ich fürchte, Museen putzen kann ich besser.« Zerknirscht verzog er das Gesicht, doch seine Augen, selbst das verschwollene, konnten gar nichts besser. Sie waren zwei ungenierte Verführer, die Amarna umgarnten, bezirzten und kirre machten. Seine Hände konnten erst recht nichts besser, und seine Stimme, tief in der Kehle, war zum Säuseln geboren. Ehe er sie küsste, brachte er seinen Mund verschwörerisch an ihr Ohr, und sein Liebesgeflüster glich dem Knistern heruntergerissener Kleider.
Unter seinem Kuss wand sich Amarnas Körper, und die kleinen Laute des Entzückens schienen nicht ihrer Kehle zu entstam-

men. Es war eine köstliche Qual, dass er noch einmal innehielt und sie ein Stück von sich wegschob, um sie anzusehen.

»Amarna«, murmelte er, als würde er über den Altar von Pergamon staunen und sich zugleich ein wenig lustig über sich machen. »Amarna geghetsik. Lajvard.«

»Weißt du, wie schön das ist?«, entfuhr es ihr. »Dass du so sprechen kannst, als würdest du lachen. Ich würde dich gern lachen hören, Arman.«

»Ich kann nicht lachen, Lajvard.«

»Ich glaube, das weiß ich«, sagte sie und legte ihm den Kopf auf die Brust, das Gesicht auf bloße Haut, um seinem Herzschlag zuzuhören, derweil ihre Hände den Formen seines Körpers nachglitten, den hohen Rippen, der straffen, wie gespannten Taille und den von Sehnen durchzogenen Hüften. »Es macht mich traurig. Diese türkischen Worte, die du zu mir sagst, klingen auch traurig. Und schön. Sie passen zu dir.«

»Aha«, machte er und küsste ihren Scheitel. »Ich sage keine türkischen Worte zu dir, Lajvard.«

In diesem Moment spürte sie etwas, das sich in ihre Schläfe drückte, und hob den Kopf, um es sich anzusehen. Es war der Anhänger an der Kette, die sie vorhin unter seinem Hemd ertastet hatte. Sie nahm ihn in die Hand und ließ ihn vor Schreck wieder fallen. Auf seiner bloßen Haut lag ein goldenes Kreuz.

Arman trat zurück und hob die Hände. »Bitte geh nicht wieder auf mich los. Ich glaube, das halte ich jetzt nicht gut aus. Ich habe nicht behauptet, ein muslimischer Türke zu sein, Amarna. Du warst es, die keine Frage gestellt, sondern sich alle Antworten selbst gegeben hat.«

»Aber was bist du denn dann?«, rief Amarna.

»Armenier. Christlich-apostolisch getauft«, sagte er und wandte sein Gesicht von ihr fort.

Hattuša
Im Nebel der Zeit

»Hattušili, Sieger von Kadesch, König von Hakmis und Nerik, und Puduhepa, seine Königin.«

Der Jubel, der losbrach, sobald der Ausrufer ihre Namen verkündet hatte, füllte das Adyton, das Innerste des Tempels, und ließ die steinernen Wände erzittern. Hattušili drehte sich nicht nach den Jubelnden um, sondern nahm Puduhepas Arm und führte sie durch die Tür. Die Menschen verehrten ihn als Helden, der die Ägypter zurückgeschlagen und das verhasste Nomadenvolk der Kaskäer aus der heiligen Stadt Nerik vertrieben hatte.

Mehr, als sie dich verehren, hätte Puduhepa gern dem Mann entgegengeschleudert, der beim Altar auf sie wartete. »Hattušili, mein Bruder.« Nicht einmal das Heiligtum hemmte sein schamloses Lächeln. Ungezwungen trat er auf Puduhepas Gemahl zu und schlang die Arme um ihn. »Gefährte. Hälfte meines Herzens. Du hast mir gefehlt, wie dem winterlichen Boden die Sonne fehlt. Ich bin nur ein Mann, aber ich habe einen Freund, dem ich mein Leben verdanke. Unsere Untrennbarkeit ist Hattušas Stärke.« Urhi-Tešub küsste Hattušili auf beide Wangen, wie es alle Männer taten, die einander den Bruderschwur geleistet hatten. Hinterher küsste er ihn auf beide Lider, wie allein er es tat. Dann gab er Hattušili frei und trat zu ihr. »Puduhepa. Schöne mit den Lapislazuli-Augen.«

Er trug einen Rock in Weiß und Gold, der seine Schenkel nur zur Hälfte bedeckte. Das Ritual schrieb ein solches Gewand vor, doch über den sehnigen Muskeln seiner Beine wirkte es anstößig. Unter dem spitzen Hut fiel ihm die Fülle seines Haars auf die Schultern.

Puduhepa wollte zurückweichen, doch er war der Labarna, der erwählte Herrscher der Götter. Was immer ihm zu tun beliebte, hatte sie zu erdulden. Er zog ihren Kopf an seine Schulter. Puduhepas Körper wurde steif. Jäh erwachte in ihr der Wunsch, den Mann, der sie mit solch ungebührlicher Kraft hielt, zu schlagen. Sie hatte in ihrem Leben keinen Menschen geschlagen und nie den Wunsch dazu verspürt. Musste einer ihrer Sklaven zur Bestrafung dem Zuchtmeister übergeben werden, so bat sie für ihn um Milde.

Diesem Mann aber, dessen kostbare Haut gewiss nie auch nur geritzt worden war, wünschte sie, dass er Schläge erhielt. Ins Gesicht, in ungemilderter Härte und von ihrer eigenen Hand.

Vor ihren Gedanken erschrak Puduhepa. Er war ihr Großkönig, und sie stand mit ihm und allen Mächtigen des Reiches im Allerheiligsten des Tempels. Was sie dachte, war sündig und schmutzig, auch wenn sich nicht erklären ließ, warum. Mit argloser Miene wandte er sich Hattušili zu. Der lachte, wie er es selten tat, und klopfte ihm auf die Wange. »Du darfst meine Gemahlin Schwester nennen. Und einen Kuss geben dürftest du ihr auch.«

Das sagte Hattušili, der sie bewachte, wie die himmelhohen Mauern Hattuša bewachten! Der ihr unter Tränen gestanden hatte, er könne alles ertragen, nur nicht den Blick eines Mannes auf ihr. »Du weißt nicht, wie sehr ich dich brauche«, hatte er gesagt. »Du bist die Einzige, der ich vertraue und mein wahres Gesicht zeige.«

Und jetzt zeigte er vor diesem selbstgefälligen Prahler ein Gesicht, von dem Puduhepa nichts geahnt hatte. Sie warf einen Seitenblick auf die Männer und verspürte einen Stich. Ihre Nähe schloss jeden anderen aus. Puduhepa wusste nicht, wie solche Nähe sich anfühlte. Sie hatte sie weder bei ihrer verwachsenen Schwester noch bei ihrem Gemahl je gespürt.

Sie streckte die Hand aus, um Hattušili fortzuziehen, obwohl solches Verhalten das Gesetz brach. Wie um sie vor sich selbst zu bewahren, erhob der Ausrufer die Stimme und kündigte den Hohepriester des Tarhunna, des höchsten Gottes von Hatti, an.

Die Versammelten wichen zurück. Allein Urhi-Tešub blieb vor dem Altar. Der Priester trat zu ihm, hob ein Bündel mit den ersten noch unreifen Weizengarben vom Altar und hielt es ihm entgegen. Urhi-Tešub berührte die wippenden Ähren des Getreides. »Der König legt Hand daran« hieß dieser Teil des Rituals, mit dem die Opfergaben vorbereitet wurden. Der Priester legte die Ähren zurück und nahm erst einen Granatapfel, dann eine Schale mit Schwarzkümmel und schließlich eine mit den Samen von Pinie und Zeder, die er ebenso von Urhi-Tešub segnen ließ.

Es war das Neujahrsfest, das heiligste Fest des Jahres. Zu diesem Anlass kamen die Könige aus dem gesamten Reich in der Hauptstadt zusammen, um göttlichen Segen für das neue Jahr zu erflehen und ihren Großkönig in seiner Würde zu bestätigen. Seit ihrer Hochzeit hatte Puduhepa das allgewaltige Hattuša nicht mehr gesehen. Urhi-Tešub hatte ihren Gemahl zum König von Hakmis und Nerik erhoben, und Hattušili hatte ihr in Hakmis einen Palast bauen lassen, in dem sie nach ihrem Gutdünken herrschen sollte.

Puduhepa hatte nie etwas nach ihrem Gutdünken getan. Es fiel ihr schwer, sich an ihr neues Leben zu gewöhnen, doch mit der Zeit fand sie Gefallen daran, dass niemand sie herumstieß und verspottete. Ihre Stadt, die nahe der Grenze lag, war glanzlos, doch in ihrem Palast ließ sich behaglich wohnen. Es fehlte ihr an nichts, denn ihr Gemahl war ein Held, dem das Reich zu Füßen lag.

»Unserem König Hattušili, der ein Weltreich in die Schranken wies, jubeln sie lauter zu als Urhi-Tešub, der nicht mehr ist als ein hübscher Knabe und vom Leid nichts weiß«, hatte sie den Oberst ihrer Palastwache munkeln hören. Hattušili hatte sich seinen Ruhm in Blut und Schweiß erworben. Er war mit schmalen Schultern und einer Hühnerbrust zur Welt gekommen, doch er wütete unter Gegnern wie kein Zweiter. Seine Stirn war zerfurcht, als wäre er zehn Winter älter als Urhi-Tešub, auf seinen Rippen lag kein Fleisch, und sein Haar hing ihm in Strähnen aus dem Stirnband. Er war ein Held, der keine Rücksicht auf sich selbst kannte.

Und er war ihr ein guter Gemahl. Er verlangte nichts. Jeden Tag erklärte er ihr, wie glücklich er sich schätzte, sie zur Königin zu haben. Dass ihr Leib noch nicht schwoll, bedrückte ihn, doch anders als andere Männer nahm er sich keine Nebenfrau, um seinen königlichen Samen zu mehren. »Für mich gibt es keine andere«, flüsterte er Puduhepa ins Ohr. »Wenn Šawuška, die dunkle Herrin von Liebe und Krieg, uns noch kein Kind gewährt, so will ich sie geduldig darum bitten.«

Puduhepas Leben hätte weiter dahintreiben können, hätten sie nicht nach Hattuša reisen müssen. Sie wäre froh gewesen, die Stadt in den schweigenden Bergen nicht wiederzusehen, aber die Götter riefen die Herrscher des Landes zum Neujahrsfest Purullija. In der dunklen Hauptstadt mussten sie zusammenkommen, wo über die Geschicke jedes Menschen im Reich entschieden wurde.

Der Ausrufer setzte das Bronzehorn an die Lippen, und der dumpfe Ton durchdrang das Schweigen. Urhi-Tešub hatte die Opfergaben gesegnet, und die Diener des Tempels luden sich Körbe, Schalen und Pitha auf die Schultern. Wie es das uralte Gesetz gebot, schritt der Großkönig an seinen Vasallen vorüber, um die Prozession aus dem Tempel ins Felsenheiligtum zu führen.

Neben ihm gingen die zwei Hohepriester – der des Wettergottes Tarhunna und der seiner Gattin Istanu, der Sonnengöttin von Arinna. Als höchste der tausend Götter herrschten die beiden über das Reich Hatti, doch die Šawuška war keine, die sich vergessen ließ. Der Ausrufer übernahm die Führung, und die Priester und der Großkönig folgten. Als sein erwählter Bruder hatte Hattušili hinter ihm zu gehen, und an Hattušilis Seite ging Puduhepa.

Der frühe Morgen war klar, aber kühl. Puduhepa fror in ihrer gegürteten Bluse und dem Rock aus Ziegenhaar. Der Mann vor ihr aber trug nichts am Leib als das golddurchwirkte Stück Stoff, das auf die Mitte der Schenkel fiel. Unter den Fasern spielten die Schulterblätter, zuckten die Muskeln. Puduhepa, die am Arm ihres Mannes ging, wusste nicht, wohin sie ihren Blick lenken sollte.

Von der Oberstadt, vor deren Riesenbauten sie noch immer schauderte, zogen sie hinunter in die Unterstadt, wo sich die Häuser gewöhnlicher Bürger drängten. Auch hier ragten zwischen Straßen Felskanten auf, und von der Mauer warfen Türme lange Schatten. Durch das schmalste Tor, das den Rest des Jahres verschlossen blieb, verließ die Prozession die Stadt. Erst beim Durchschreiten begriff Puduhepa, wie dick und uneinnehmbar Hattušas Mauern waren. Dick und uneinnehmbar wie die Mauer um eines

Menschen Herz, und unter ihnen verliefen geheime Tunnel, in denen Männer wachten, die vor Waffen strotzten.
Vor der Mauer siedelten Tagelöhner und Ziegenbauern in Hütten. Ein paar Männer, die ihre Kinder auf den Schultern trugen, säumten ihren Weg und winkten. Puduhepa sah, wie Urhi-Tešub den Kopf wandte und den Winkenden sein Lächeln schenkte. Wind fing sich in seinem schweren Haar. Aber nicht deinen Namen rufen sie, wollte sie höhnen, sondern den meines Gemahls.
Sie ließen die Hütten hinter sich. Vor der Furt des Baches zogen sich Männer wie Frauen die eigens für das Purullija-Fest gefertigten Schnabelschuhe aus und wateten durch seichtes Wasser. Puduhepa wollte den Blick senken, doch er verfing sich an Urhi-Tešubs Waden. Der Fuß des Großkönigs schien zu schlank für das Gewicht des Körpers. Sooft er ihn aufsetzte, traten sämtliche Muskelstränge über der Fessel heraus.
Im Schatten der Stadtmauer zogen sie nach Norden. Dort, wo die Mauer endete, ragte eine Felsgruppe auf, als stünden schweigende Riesen auf Wache. In den Felsspalten ruhten die teuersten Toten der Stadt. Das schwarzgraue, in der Sonne schimmernde Gestein war Hattušas Gräberfeld der Ehre.
Wer hier bestattet wurde, war mit dem Segen der Götter gestorben. Seine Mutter würde ihn voll Stolz empfangen, um ihn in die Unterwelt zu führen, wo ein ehrenvoller Platz ihn erwartete. In meinem Leben fehlen Segen und Ehre, durchfuhr es Puduhepa. Die Götter fanden an ihr keinen Gefallen, sonst hätten sie ihr nicht verwehrt, ihrem Gemahl ein Kind zu schenken.
Sie gab sich ihm, wann immer er sich zu ihr legte. Sie ölte sich das Haar und badete in Eselsmilch, um seine Man-

neskraft zu locken. »Ich will nie, dass es dir zur Qual wird«, sagte er, sobald er sich in ihr verströmt hatte und sich wie ein Kind in ihre Arme schmiegte. »Wenn du erschöpft bist, lasse ich von dir ab.«

Puduhepa war oft erschöpft, aber sie sagte es ihm nie, weil sie wusste, dass Istanu, die Sonnengöttin von Arinna, ihre Vereinigung wollte, um königlichen Samen weiterzugeben. Wenn sie dennoch sein Kind nicht empfing – was war es, wofür die Götter sie straften? Es ist die Šawuška, die mich straft, durchfuhr es sie. Die Herrin von Liebe und Krieg vergibt nicht, dass eine ihrer Töchter sie verlässt.

Würde das Neujahrsritual, in dem die Götter den Menschen Gnade erwiesen, ihr bescheren, was sie sich wünschte? Um die Versöhnung zu erlangen, mussten die Menschen den Dämon besiegen, der sie zum Bösen verführte, die Schlange Illuyanka, die in den Untiefen des Meeres hauste. Ein Einzelner würde sich dem Kampf für sie alle stellen – Urhi-Tešub. Der hübsche Knabe im zu knappen Gewand, der unbekümmert vor Puduhepa herging.

Nach den letzten Felsnasen stieg der Weg steil an. Der Ausrufer begann in sein Horn zu blasen, dass die Ebene widerhallte. In festen Schritten stiegen sie bergan, auf das schwarze Bergmassiv zu, das auf dem Kamm aus dem Boden wuchs und jede Sicht versperrte. Etwas in Puduhepa wollte fliehen. Damit sie es nicht tat, klammerte sie sich an Hattušilis Arm. Der Ausrufer blies einen letzten Ton. Dann ließ er den Großkönig vorbeitreten und die Felswand berühren. Die in den Stein gehauene Öffnung tat sich auf und gab den Gang ins Haus des Wettergottes Tarhunna frei.

So, wie die Könige des Reiches Hatti nur einmal im Jahr zusammentrafen, vereinten sich auch die tausend Götter nur an einem Tag, um der Geburt des neuen Jahres beizuwohnen. Für Puduhepa war es das erste Mal, dass sie an dem Ritual teilnahm. Hattušili aber, der hier geboren worden war, hatte die Feiern von klein auf erlebt. Er hatte sich bemüht, Puduhepa ihren Sinn zu erklären, doch zugleich hatte er beteuert, dass sich die Gewalt und der Zauber des Aktes nicht erklären ließen.

»Kein neues Jahr kann geboren werden, wenn nicht der Dämon Illuyanka besiegt ist. Jahr um Jahr tritt der Großkönig gegen die unbesiegbare Kraft der Finsternis an, um zu beweisen, dass er mit seinem Leib zu unserem Schutz vor dunklen Mächten einsteht.«

»Aber wenn der Dämon doch unbesiegbar ist?«, hatte Puduhepa gefragt. »Was soll der Großkönig gegen ihn ausrichten?«

»Wenn er es erträgt, im ersten Kampf besiegt zu werden, und den Mut findet, sich dem Dämon ein zweites Mal zu stellen, schenken die Götter ihm den Sieg. Der Weg zum Altar muss mit seinem Blut erkämpft sein, damit wir den Göttern unsere Opfer darbringen und um ein neues Jahr der Fülle bitten können.«

Beklommenheit ballte sich in Puduhepas Brust zu einem harten Knoten. Sie wollte diesem Kampf nicht beiwohnen, aber sie war Hattušilis Königin, und ihre Pflicht war es, ihrem Gatten zu folgen. Einer nach dem anderen durchschritten sie den Gang, der ins Innere des Felsens führte.

Wo der Felsen sie ins Freie entließ, tat sich ein Stück Weg auf, das in eine in Gestein gemauerte Treppe mündete. Die Stufen führten zu einem Tor, das den Eingang eines Tempels bildete. Zu beiden Seiten standen Tempeldienerinnen mit Schnabelkrügen, die geeistes Wasser auf die

Teilnehmer der Prozession schütteten. Schmerzhaft wie ein Peitschenhieb grub sich der eiskalte Strahl in Puduhepas Haut. »Der, der mit Wasser gereinigt ist, findet Einlass in Tarhunnas Haus«, verkündete der Ausrufer. »Nur der aber, der mit Blut gereinigt ist, ist vom Verderben frei und findet Gnade.«

In dem runden, dem Heiligtum vorgebauten Tempel formten die Teilnehmer einen Halbkreis und blieben schweigend stehen. Die steinerne Decke bildete mit dem Felsen, der sich dahinter erhob, eine Einheit, durch die nie ein wärmender Strahl der Sonne drang. Das einzige Licht spendeten zwei Fackeln an den Wänden, deren Feuer Duft nach Pinienharz verbreitete.

In der Felsenkammer dahinter, in die ein Spalt Einblick gewährte, brannten zwei weitere Fackeln. Ihr Licht tanzte über Gestein und ließ Teile des in den Fels gehauenen Reliefs erkennen. Strenge, verschlossene Gesichter. Hohe Mützen. Überlebensgroße Leiber. An den Wänden entlang zog sich die Prozession der Götter, männliche auf der linken, weibliche auf der rechten Seite. Sie hielten ihre Waffen erhoben, wie um den sündigen Menschen zu drohen, Schwerter und Lanzen, Keulen und Peitschen. Der Anblick der grimmigen Herrscher flößte Puduhepa eine solche Furcht ein, dass sie den Blick zu Boden schlug.

»Urhi-Tešub, Großkönig des Landes Hatti.« Die steinernen Wände warfen die Stimme des Ausrufers als Echo zurück. »Bist du bereit, den Kampf mit dem Illuyanka, dem Dämon der Finsternis, aufzunehmen, um deinem Volk die Gnade der Götter zu erringen?«

Urhi-Tešub trat in den Kreis. Mit einer raschen Bewegung löste er das Band an seinem Hals, warf sich das Gewand vom Leib und stand nackt vor der Versammlung. Pudu-

hepa entfuhr ein Laut. Wenn die Götter einen Labarna von Hatti machten, so machten sie ihn schön, wie sie das Licht des Tages gemacht hatten. Diesen aber hatten sie schöner gemacht als jeden anderen.

Die Schönheit rührte etwas in ihr an. Nicht ihre Vollkommenheit, sondern ihre Zerbrechlichkeit. So ausladend und muskelbepackt der obere Rücken war, so zart war die Leibesmitte. Er war im selben Alter wie Hattušili, doch ihr erschien er blutjung. An der Art, wie er den Kopf hielt, erkannte sie, dass er sich gern geduckt hätte, statt wie eine Schwertklinge stehen zu bleiben. Aus der Felsenkammer wurde ein klirrendes Geräusch laut, und dann klang es, als würde die Luft in Stücke gehauen. Ein Schatten schoss durch die Öffnung. Eine der Frauen schrie.

Der Dämon stand im Raum.

Er war ein Schlangenwesen aus zehn schwarzen Gliedern, das sich beständig drehte und krümmte. Aus dem Maul quoll Rauch, und aus jedem der Glieder ragten Arme, die Waffen schwangen. Bei jedem Hieb pfiff die Luft wie vor Schmerzen.

Puduhepa erkannte die Waffen. Es waren daumendicke, vom Baum der Pistazie geschnittene Ruten, wie sie im Tempel der Šawuška verwendet wurden, um Prügelstrafen zu vollstrecken. Schläge mit der Pistazienrute erhielten nur Schwerverbrecher, bei deren Bestrafung Tränen fließen sollten, und keiner, auch kein Frevler gegen das Heiligste, durfte mehr als fünfundzwanzig Streiche empfangen. Jeder weitere hätte den Gezüchtigten töten können, und das Reich Hatti bestrafte einzig Verräter, die den Bruderschwur brachen, mit dem Tod.

Der Hohepriester trat zu Urhi-Tešub und gab ihm ein Messer, dessen Klinge nicht länger war als seine Hand.

Dann zog er sich zurück und ließ seinen König allein. Urhi-Tešubs Schultern zitterten. Er hat Angst, durchfuhr es Puduhepa. Er ist nur ein Mensch, und wir dürfen ihn zur Probe nicht antreten lassen. Von den Schultern lief das Zittern den Rücken hinunter. Am ganzen Körper bebend, setzte er einen Schritt auf den Dämon zu.
Der Dämon zischte, und sein hinterer Teil zirkelte Urhi-Tešub ein. Sechs Arme schwangen sich in die Höhe, und drei Peitschen sausten nieder. Dreimal zugleich schnitt das biegsame Holz in die bronzebraune Haut der Schulterblätter. Unter dem Ansturm der Schläge krümmte Urhi-Tešubs Körper sich nach vorn. Das erste Glied des Dämons erwartete ihn und versetzte ihm einen Streich auf die Brust. Fauchend biss sich das Peitschenholz ins Fleisch. Dies waren die letzten Hiebe, die Puduhepa zählen konnte. Danach prasselten sie in einer solchen Geschwindigkeit auf Rücken, Brust und Schultern ein, dass sie vor ihren Augen verwischten.
Urhi-Tešub brach in die Knie. Er setzte sich nicht länger zur Wehr, sondern hielt mit gesenktem Kopf still, während von sämtlichen Seiten Schläge auf seinen Körper niedergingen. Blut strömte ihm den Rücken hinunter. Das schwarze Haar fiel vornüber und bedeckte sein Gesicht. So helft ihm doch, wollte Puduhepa schreien. Der Dämon würde das Leben aus ihm herauspeitschen! Hatte nicht sie sich gewünscht, der überhebliche Mann möge geschlagen und gedemütigt werden? Wie es aussah, hatte die dunkle Šawuška ihre Bitte erhört.
Die Versammelten standen stumm, als würde es sie nicht kümmern, dass der Dämon ihren König zu Tode prügelte. Puduhepa ertrug es nicht länger und wollte losrennen. Nach dem ersten Schritt riss ihr Mann sie am Arm zurück.

»Nicht«, raunte er ihr zu. »Er muss es bis zum Ende ertragen, oder die Götter verweigern uns die Gnade.«
Entsetzt starrte sie ihm ins Gesicht. »Und ich dachte, du liebst ihn!«, schrie sie. »Ich dachte, du hast ihm den Schwur geleistet, um ihn zu schützen!«
Hart verschloss er ihr den Mund. »Schweig doch still.« Gleich darauf verstummte das Fauchen der Peitschen. Sie drehte sich um und sah, wie der Dämon durch den Spalt in die Felsenkammer entwich. Am Boden kniete Urhi-Tešub, vornübergekrümmt und blutüberströmt. Hattušili gab ihren Arm frei. Ohne sich noch um etwas zu scheren, lief Puduhepa los, riss einer der Dienerinnen den Wasserkrug aus den Händen und trug ihn zu dem Verletzten.
Sie hatte im Tempel der Šawuška Verwundete versorgt. Warum ihr bei diesem die Hand stockte, wusste sie nicht. Viel schroffer als gewollt packte sie sein Kinn, hob sein Gesicht und strich sein Haar zurück.
Sein Gesicht war nass von Tränen, Schweiß und Blut. Die Hethiter waren ein Volk mit groben, wie aus Lehm gehauenen Zügen, aber die seinen waren wie das Schimmern des Flusses im ersten Licht. Er hatte sich die Lippen in Fetzen gebissen, die Wimpern glänzten vor Nässe, und die Augen standen weit offen. Puduhepa hielt sein Kinn umklammert und hob den Krug.
In die dunklen Augen trat Leben. »Nicht«, sagte er leise und lächelte. »Ich darf nichts zu trinken bekommen.«
»Puduhepa!«, hörte sie ihren Gatten rufen. »Komm zurück, oder ich werde dich für deinen Frevel strafen.«
»Geh und gehorche ihm.« Urhi-Tešub lächelte noch immer, und die Zeit stand still.
»Was verlangen denn die Götter?«, fuhr Puduhepa auf. »Dass Ihr keine Angst und keine Schmerzen kennt? Warum

haben sie Euch dann aus Fleisch gemacht, nicht aus dem gehärteten Stahl, den sie uns für unsere Waffen geben?« Leise, nur für sie beide hörbar, lachte er auf. »Damit ich vor Angst schlottere, glaube ich. Damit ich vor Schmerz zum Himmel heule und ein König werde, der das Leid seines Volkes begreift.« Weitäugig blickte er auf. »Danke, dass du gekommen bist, süße Taube mit den Lapislazuli-Augen. Jetzt geh und sag Hattušili, ich verbiete ihm, dir ein Haar zu krümmen.«

Puduhepa nahm den Krug und ging. Hattušili empfing sie mit eisigem Schweigen. Gleich darauf kehrte der Dämon zurück, und Puduhepa wollte die Augen schließen, um nicht noch einmal zuzusehen, wie er Urhi-Tešub die Seele aus dem Leib peitschte.

Urhi-Tešub aber stand ruhig auf und trat ihm entgegen. Ein Peitschenhieb traf seine Schulter, doch im selben Augenblick hob er das Messer und senkte es dem Dämon in den Hals. Ein roter Schwall ergoss sich aus der Wunde, und die schauderhafte Kreatur stürzte auf den Stein. Der Ausrufer blies in sein Horn, das Ritual war vollzogen, und das Tor zur Felsenkammer tat sich auf. Die Gnade der Götter schenkte dem Volk der Hethiter ein neues Jahr. Der Mut ihres Königs hatte den Dämon bezwungen.

Die schönste der Tempeldienerinnen brachte eine Schale Rosenwasser und wusch Urhi-Tešub den blutenden Rücken. Eine zweite legte ihm sein Gewand an, und eine dritte ordnete sein Haar in einen Reif aus Gold. Er war jetzt wieder der strahlende König, schön und unnahbar. Nur in den Augenwinkeln stand ein Rest des Schmerzes, und eine Strähne im Nacken blieb blutverklebt.

Durch die Felsenkammer führte er die Versammelten in den letzten Raum. Hier trafen die höchsten der Götter in einem riesigen Relief aufeinander, Tarhunna mit dem Blitzebündel und sein Weib, die Sonnengöttin von Arinna. Das Relief zeigte die Unsterblichen, die einen Menschen in die Arme schlossen. Der Mensch war von gewöhnlicher Größe und trug die Ehrenzeichen des Labarna.

Diener der Priester stellten die Opfergaben auf dem Altar nieder. Der Hohepriester schmückte Urhi-Tešubs Schultern mit einem Kranz aus Thymian, Minze und Koriander, ehe er ihn hieß, vor das Relief zu treten. Jetzt durften die Versammelten ihrem Helden zujubeln und ihm ihren Treueschwur erneuern. »Lang lebe Urhi-Tešub, unser Herr und Bruder. So lange wird Hattuša bestehen und uneinnehmbar sein, wie sich nicht Bruder gegen Bruder kehrt.«

Der Großkönig legte seine Hände auf den Altar, um die heiligen Worte zu sprechen, mit denen er das neue Jahr seiner Herrschaft begann: »Mir, dem König, haben Tarhunna, der Herr von Hatti, und die Sonnengöttin von Arinna das Land übergeben«, sagte er. »Mir übertrugen sie die Pflicht, die Hungernden zu speisen, die Durstigen zu tränken und den Frierenden Kleider zu geben.« Urhi-Tešub verstummte, wandte den Kopf und sah Puduhepa in die Augen. Aus seinen Wimpern löste sich eine Träne, die ihm die Wange hinunterlief.

DRITTER TEIL

»Ich bin erstarkt zu solcher Kraft, dass ich den weiten Weg
Zu gehen vermag, dorthin, wo Humbaba wohnt.
Einem Kampf, den ich nicht kenne, werde ich mich stellen,
Eine Straße, die ich nicht kenne, werde ich befahren.«

»GILGAMESCH-EPOS«,
ZWEITE TAFEL, VERSE 263–266

18

ISTANBUL
FEBRUAR 1931

Das Hotel, in das Merten Schobert sich eingemietet hatte, war wesentlich größer und luxuriöser als das Keshi Inci, in dem Paul und Amarna logierten. Es hieß Istanbul Boğazi und lag direkt am Bosporus, am Goldenen Horn, so dass Schobert von seinem Fenster aus auf die glitzernde schwarzblaue Wasserfläche, die tanzenden Boote und das andere Ufer sehen konnte, das nicht mehr in Europa, sondern in Asien lag. Paul hatte sich eine halbe Stunde, die ihm wie eine Ewigkeit vorkam, durch dunkle Gassen und über hell erleuchtete Plätze geschlagen, um die Adresse auf der Karte zu finden. Dann hatte er aufgegeben und einen Wagen angehalten. Er war an Sparsamkeit gewöhnt, gab nie unnütz Geld für Kraftdroschken aus, und sein Orientierungssinn war für gewöhnlich gut ausgeprägt, aber nach den furchtbaren Stunden, die er in ihrem Hotelzimmer mit Warten verbracht hatte, war er mit den Nerven am Ende. Er wollte nur noch Schobert finden und endlich Hilfe rufen.

Die ganze Stadt mit ihrer aufdringlichen, fremden, bunten Sinnlichkeit war ihm in diesem Augenblick zuwider. Vielleicht taugte er wirklich nur zum Schreibstubenhengst. London hatte ihn begeistert, aber London war dort, wo er es kannte, kühl und zivilisiert, es hielt Abstand und drängte sich nicht auf. Istanbul hingegen schien ihn in das Gewirr seiner Geheimnisse zu ziehen wie eine Spinne in ihr Netz. Es war verwoben und unergründlich wie die Gedanken einer Frau, stellte er fest und dachte an Amarna.

Von seinem Treffen mit Bodo Hähnlein hatte er auf dem schnellsten Weg ins Hotel eilen wollen, um Amarna von den Neuigkeiten zu erzählen. Unterwegs aber waren ihm Zweifel gekommen. Er wollte Amarna helfen, mit ihrer Familie zurechtzukommen, doch mehr als alles wollte er mit ihr nach Berlin zurückkehren, um ein eigenes Leben zu beginnen. Wer Archäologe wurde und sich der Erforschung der Vergangenheit verschrieb, musste lernen, dass sich an der Vergangenheit nichts ändern ließ. Mit dem, was hinter ihnen lag, würden sie sich abfinden müssen, doch das, was vor ihnen lag, hielten sie in den Händen.

Sie würden beide mit ihren Familien erst Frieden machen können, wenn sie ihre eigene Familie gründeten. Paul wünschte sich Kinder, weil er die Chance haben wollte, einem Sohn zu geben, was ihm selbst versagt geblieben war. Er wünschte sich eine Zukunft mit Amarna, in der es keine geistige Enge, keine Einsamkeit und keine düsteren Gedanken gab.

Wie aber würde Amarna reagieren, wenn sie hörte, was er von diesem Dr. Hähnlein erfahren hatte? Würde sie sich nicht mit neuer Besessenheit in ihre fixe Idee verbeißen? Dabei hatte Hähnlein unmissverständlich klargemacht, dass für ihn die Beteiligung von Frauen an archäologischen Expeditionen außer Frage stand. Amarna käme in ihrem Vorhaben keinen Schritt weiter, wenn sie Hähnleins Pläne kannte. War es dann überhaupt ratsam, ihr davon zu erzählen?

Das leere Zimmer im Keshi Inci nahm ihm die Entscheidung ab. Anfangs vermochte er sich noch einzureden, Amarna sei nur gegangen, um sich die Beine zu vertreten, doch mit jeder verstreichenden Minute wuchs sich die Angst zur Panik aus.

Eine Untersuchung des Schreibtischs und die Befragung des Angestellten am Empfang bestätigten seine Befürchtungen. Sie musste in der Absicht losgezogen sein, sich zum Museum durchzuschlagen. Sie war allein in der fremden Stadt unterwegs. Gegen seinen Instinkt zwang er sich, abzuwarten und darauf zu hoffen, dass sie zurückkam. Dann ertrug er es nicht länger und machte sich auf den Weg, um sie im Museum zu suchen.

Die Dunkelheit senkte sich im Handumdrehen, und durch das Gewirr der fremdländischen Stimmen gellte der Gesang des Muezzins. Paul kam sich ausgeschlossen vor und wünschte sich, mit Amarna wieder im Hotelzimmer zu sein und die Tür verriegeln zu können. Verriegelt waren stattdessen die Türen des Museums. Er war zu spät gekommen, die Öffnungszeit war bereits vorüber. Amarna musste sich also auf dem Rückweg befinden und würde ihrerseits in Angst geraten, wenn sie ihn im Keshi Inci nicht antraf. Ohne Atempause eilte Paul den ganzen Weg zurück.

Im Hotelzimmer herrschte dieselbe Leere wie zuvor, und der Mann an der Rezeption behauptete gelangweilt, er habe Herrn Vollmers Gemahlin nicht gesehen. Seine letzte Hoffnung hieß Merten Schobert. Dass Amarna zu ihm gefahren war, schien nach dem Streit im Zug nicht wahrscheinlich, aber Schobert war der Einzige, den Paul in Istanbul kannte. Er sprach Türkisch und würde wissen, wohin man sich um Hilfe wenden konnte. Leider war jedoch auch Schobert nicht in seinem Hotelzimmer. An der Rezeption des vornehmen Istanbul Boğazi riet man Paul, in der Lobby zu warten. Auskünfte, ob eine junge deutsche Frau Herrn Schobert besucht habe, dürfe man ihm leider nicht geben.

Vielleicht hatten Amarna und Schobert sich zufällig im Museum getroffen, fantasierte Paul sich zusammen, während er in der glasüberdachten Halle wartete, deren überladene Einrichtung ihn an Bilder des Luxusdampfers Titanic erinnerte. Vielleicht waren sie zusammen essen gegangen, um sich auszusprechen. Aber wäre Amarna denn nicht klar gewesen, dass ihr Verlobter sich zu Tode ängstigen würde, hätte sie nicht versucht, ihn zu benachrichtigen?

Kaltes Entsetzen packte ihn, als er Merten Schobert allein durch die gläsernen Türen treten sah. Mittlerweile ging es auf elf Uhr zu, und Amarna war noch immer allein im Moloch dieser unbekannten Stadt. Paul sprang auf und rannte seinem Doktorvater entgegen. »Amarna ist verschwunden! Schon seit heute Mittag.«

Wenn er etwas an Schobert hasste, dann seinen ewigen Gleichmut, das überlegene Lächeln, bei dem er eine Wange einkniff. »Jetzt beruhigen Sie sich erst mal und erzählen mir, was vorgefallen ist«, bestimmte er und bat einen der Männer an der Rezeption, ihnen einen Mokka und ein alkoholisches Getränk namens Raki servieren zu lassen. Anders als im Keshi Inci gab es hier mit der Bestellung von Alkohol keine Schwierigkeiten. Der scharfe Anisschnaps verschaffte Pauls Nerven zumindest so viel Erleichterung, dass er in der Lage war, Merten Schobert die Ereignisse zu schildern.

»Und Dr. Hähnlein bereitet eine Expedition nach Hattuša vor!«, fügte er an, was er in seiner Erregung vergessen hatte. »Wenn Amarna davon erfährt, wird sie sich ihm anschließen wollen, aber Hähnlein ist nicht einmal bereit, sich mit ihr zu unterhalten.«

»Hattuša«, murmelte Schobert und blickte durch die Glasscheibe hinaus auf die Wasserfläche, die zwei Kontinente trennte. »Der Sargdeckel hebt sich also – in Hattuša wird wieder gegraben.«
Paul nickte. »Dr. Hähnlein hat einen jungen Mann bei sich, Kurt Bittel, der ein veritables Genie sein muss. Ihm will er die Grabung in Hattuša ermöglichen. Zu mir war er recht freundlich und sofort bereit, mir Einblick in die Planung der Expedition zu verschaffen.«
»Kein Wunder«, unterbrach ihn Schobert. »Wer in unserem Fach ein Genie genannt wird, entpuppt sich häufig als Windei, aber über reichlich Begabung verfügen Sie allemal.«
»Vielen Dank.« Paul konnte nicht verhehlen, dass das Kompliment ihn freute. »Ich mache mir nur Sorgen darüber, was Amarna zu der Sache mit dieser Expedition sagen wird.«
Schobert riss sich von der nächtlichen Meerenge los und sah ihn an. »Amarna darf nicht nach Hattuša«, sagte er. »Unter keinen Umständen. Halten Sie sie auf. Lenken Sie sie von den paar alten Steinen im Nirgendwo ab.«
»Und wie soll ich das anfangen?«
»Das brauche ich Ihnen doch wohl nicht zu erklären. Sind Sie Amarnas Geliebter oder nicht?«
Paul zuckte zusammen, weil ihm der Gedanke bereits selbst gekommen war. Wenn er die Beherrschung, die er sich auferlegt hatte, nun fahren ließ und sich erlaubte zu tun, wonach er sich sehnte? Wenn er mit Amarna die Tür zum Reich der Liebe aufstieß, würde ihr das die innere Kraft verleihen, um Hattuša loszulassen?
»Erst einmal zählt nur, dass wir sie finden«, sagte er zu Schobert. »Und wer weiß, vielleicht könnte ich sie ja wirklich dazu bewegen, das Thema Hattuša aufzugeben, wenn sie nicht so völlig im Dunkeln tappen würde. Können Sie Ihr denn nicht

sagen, was ihr Vater damals in den anatolischen Bergen getan hat und warum er es ihr verschweigen musste? Ist nicht das, was Amarna sich inzwischen ausmalt, schlimmer als jede Wirklichkeit?«

»An solchen Fragen merkt man, dass Sie der Wirklichkeit noch nicht oft begegnet sind«, erwiderte Schobert. »Die Wirklichkeit ist immer schlimmer als alles Ausgemalte, weil sie nämlich blutet, stinkt und stirbt. Ich bringe Sie jetzt zurück in Ihr Hotel. Vermutlich ist Amarna dort längst eingetroffen.«

»Und wenn nicht?«

»Dann marschieren wir morgen in aller Herrgottsfrühe zu diesem Museum und finden heraus, was vorgefallen ist.«

»Aber wir können sie doch nicht die ganze Nacht in der Stadt umherirren lassen!«, rief Paul. »Ich habe Angst um sie, Professor Schobert!«

»Die habe ich auch«, sagte Schobert und stand auf. »Allerdings weniger davor, dass ihr etwas zugestoßen sein könnte.«

Die Nacht war die Hölle. Zumindest blieb Schobert mit ihm wach. Sie legten sich nicht einmal nieder, sondern saßen bei endlosen Mokkas in der Halle des Keshi Inci. Irgendwann forderte der Professor Paul auf, ihn für die Dauer dieser Reise Merten zu nennen. An seiner Miene, die sich verhärtete, und an den großen Händen, die ständig Kaffee verschütteten, erkannte er, dass Schobert nicht weniger Angst um Amarna hatte als er. Kaum war die Sonne aufgegangen, machten sie sich auf in die eisige Luft des Morgens, um einen Wagen aufzutreiben. Zu sagen wussten sie schon seit Stunden nichts mehr.

Paul hatte keinen Blick für das erwachende Istanbul und keinen für den imposanten Gebäudekomplex des Museums. Er wollte nur eins, Amarna finden, sie in die Arme schließen und feststellen, dass sie gesund und unversehrt war. Das Museum war noch geschlossen, der Kartenschalter unbesetzt. Merten aber steuerte schnurstracks auf eine Gruppe türkischer Männer in Anzügen zu, die vor dem Portal in ein Gespräch vertieft waren. Offenbar wussten sie Antworten auf seine Fragen, denn sie redeten mit lebhaften Gesten auf ihn ein. Merten hörte ihnen eine Weile zu, dann brachte er den fünffachen Redefluss abrupt zum Stillstand.

Nach einem knappen Gruß begann er in langen Schritten an der Museumsmauer entlangzueilen und winkte Paul, ihm zu folgen.

»Was ist mit Amarna?«, rief dieser, noch ehe er ihn eingeholt hatte.

Merten hatte sich auf die Lippe gebissen. »Keine Sorge«, stieß er heraus, »Amarna geht es blendend. Sie hielt es lediglich nicht für nötig, Sie davon in Kenntnis zu setzen, dass sie sich in der Nacht lieber außer Haus vergnügen wollte.«

»Aber wo ist sie denn?«

Ohne stehen zu bleiben, wies Merten auf ein rechteckiges, fensterloses Gebäude am Ende des Komplexes. »Sie hat sich von irgendeinem Bildhauer aufgabeln lassen, der ein Relief aus dem gottverdammten Hattuša in Stein haut. Was überhaupt für ein gottverdammtes Relief? Die gottverdammten Reliefs in dem gottverdammten Hattuša kennen doch nur wir, die gottverdammt dort gewesen sind!«

Er war ins Rennen gefallen. Der kühle, spöttische Akademiker schien nicht mehr vorhanden zu sein. Mit beiden Fäusten hämmerte er an die Tür des Gebäudes. Paul rannte ebenfalls und holte ihn in dem Moment ein, in dem die Tür geöffnet wurde. Im Spalt erschien ein junger dunkelhaariger Mann in einem weißen Hemd ohne Kragen. Im ersten Augenblick war Paul sicher, dass er einer Täuschung aufsaß und nach der schlaflosen Nacht an Halluzinationen litt. Im zweiten wusste er, dass er sich nicht täuschte. Es war der Mann, den er in Berlin gesehen hatte, als die Horde Nazis ihn verfolgte, der Mann, dessen Gesicht sich ihm eingeprägt hatte, weil es so erschütternd schön war.

Man hätte es fotografieren und an Litfaßsäulen aufhängen sollen, hatte er damals gedacht. Das Gesicht eines schönen, zu Tode erschrockenen Ausländers auf einem Plakat gegen Gewalt und Fremdenhass. Jetzt hätte sein Gesicht für kein Plakat mehr getaugt. Es war auf der rechten Seite verschwollen und tiefblau verfärbt, als hätte der Mann einen Hagel von Fausthieben einstecken müssen.

»Du kleiner Bastard«, zischte Merten. »Du verlogener, dreckiger armenischer Bastard!«

Ehe sein Opfer erfassen konnte, was vor sich ging, war Merten über die Schwelle gestürmt und versetzte ihm einen Stoß vor die Brust. Der junge Mann war völlig unvorbereitet, und der viel schwerere Merten legte sein gesamtes Gewicht in den Angriff. Er hatte keine Chance, sondern flog geradezu durch den Raum, landete mit dem Kopf an der Ecke eines abgedeckten Kastens und prallte wie leblos zu Boden. Das Tuch, das den Kasten abgedeckt hatte, glitt herunter und enthüllte die Bruchstücke einer Tontafel. Paul hörte einen Schrei und erkannte Amarnas Stimme.

Merten musste den Verstand verloren haben. In dem Impuls, zu helfen, drängte sich Paul an ihm vorbei und fiel neben dem Verletzten auf die Knie. Erleichtert sah er, dass seine Lider flatterten und die Brust sich mit seinem Atem hob. In dem zarten bläulichen Geäst an der Schläfe klopfte der Puls. »Sind Sie in Ordnung?« Sicher verstand er kein Deutsch. Zaghaft gab Paul ihm einen Klaps auf die gesunde Wange. Dann einen zweiten. Gewiss hätte er beherzter zuschlagen müssen, um

den Mann wach zu bekommen, aber er brachte es nicht über sich. »Can you hear me, Sir? Are you okay?«
Aus dem angrenzenden Raum stürzte Amarna und ließ sich neben dem Kopf des Mannes niederfallen. »Hör damit auf!«, schrie sie. Dann schloss sie die Hände um die Wangen des Fremden, wie um ihn vor Paul zu schützen. »Arman, bitte komm zu dir. Bitte sag, dass du mich hörst.«
Der Mann stieß einen Zischlaut aus, weil sie ihm offensichtlich weh tat. Das unverletzte Lid flatterte stärker, und dann schlug er das Auge auf. Als er den Mund öffnete, lief ein Rinnsal Blut sein Kinn hinunter. Ein weiteres Rinnsal troff ihm aus dem Ohr. »Mit mir ist nichts«, brachte er mühsam, aber in makellosem Deutsch heraus. »Lauf weg, Lajvard. Bring dich in Sicherheit.«
»Aber ich bin doch in Sicherheit! Und du bist es auch.« Sie zog seinen Kopf auf ihre Knie, wobei er vor Schmerzen aufstöhnte, und schlang die Arme um ihn. »Wenn sie dir noch mal weh tun wollen, müssen sie erst an mir vorbei!«
»Nicht, Lajvard!«, schrie der Mann auf. »Bitte bleib nicht bei mir, bitte lauf!«
In den Schreien lag eine solche Qual, dass Paul sich vornüberbeugte, um den Mann, der offenbar fantasierte, zu sich zu bringen. Der sah ihn, krümmte seinen Körper innerhalb einer Sekunde zur Kugel und schützte den verletzten Kopf hinter Armen und Knien.
»Ich tue Ihnen nichts«, rief Paul. »Ich will Ihnen helfen. Sie haben sich vermutlich den Schädel verletzt, und wir müssen Sie in ein Krankenhaus bringen.«
»Der braucht kein Krankenhaus.« Paul und Amarna blickten auf und sahen Merten über sich stehen. »Der ist hart im Nehmen. Katzen haben sieben Leben, aber der da hat zwölf, und eher bekommt ihr eine schwarze Ratte tot.«

»Hören Sie sofort auf!«, schrie Paul außer sich. »Wie können Sie so über einen Menschen sprechen, der Ihnen nichts getan hat?«
»Muss ich abwarten, bis er mir etwas tut?«, fragte Merten. »Warte ich ab, bis mir eine Viper etwas tut?«
Paul konnte nicht fassen, dass der Mann vor ihm noch Merten war, sein Idol Merten Schobert, der für Toleranz und Menschenrechte eintrat und die Nazi-Pest aufs tiefste verachtete. Sogar ein Buch gegen den Hass zwischen Völkern hatte er geschrieben, wenn Paul auch noch nicht dazu gekommen war, es zu lesen.
Amarna zog den Körper des Mannes an ihren. Aus den bis zum Beben angespannten Gliedern wich die Kraft, und er sackte in ihren Armen zusammen. Über ihr Gesicht rannen Tränen, während sie ihm das Haar streichelte, immer wieder mit allen fünf Fingern durch das dichte Schwarz fuhr. »Auf wessen Seite stehst du?«, fuhr sie Paul an. »Auf seiner oder auf meiner?«
»Auf deiner«, sagte Paul. Das, was Merten getan hatte, war unentschuldbar, es ließ sich durch keinen Grund der Welt rechtfertigen. »Ich will dir helfen. Sag mir, was ich tun soll.«
»Gib jemandem vom Museum Bescheid, sie sollen einen Arzt holen. Schnell!«
In dem Moment kniete Merten sich zwischen sie auf den Boden, zog ihr den Kopf des verletzten Mannes weg und schlug ihm hart über die verschwollene Wange. »Bist du jetzt wach, Artsruni?« Ehe der Mann Zeit gehabt hätte zu antworten, ohrfeigte er ihn ein zweites Mal. »Steh auf, bevor ich dir Beine mache, und wage es nie wieder, diesem Mädchen nahezukommen. Andernfalls lernst du mich kennen, dessen kannst du sicher sein.«
Die Lider des Mannes flatterten. Mühsam schlug er das gesunde Auge auf, rollte von Merten weg und rappelte sich, so benommen, wie er war, auf die Knie.

»Arman!«, rief Amarna und wollte ihn zu sich ziehen, aber der Mann hob die Hände.

»Geh«, sagte er weich, obwohl das Sprechen ihm schwerfiel. »Er hat recht, Amarna geghetsik. Ich hätte dir nicht nahekommen dürfen. Bitte geh mit ihm, pass auf dich auf und komm nicht wieder zu mir.«

19

Um die Adresse, die auf der Karte stand, zu erreichen, musste Amarna sich durch die verstopften Gänge zwischen den Standreihen des überdachten Basars kämpfen. Zwei Menschenströme, einer, der kam, und einer, der ging, strebten gegeneinander, streiften Schultern und quetschten ein, was zwischen ihnen zauderte. Lebende Tiere schrien sich ihre verkauften Seelen aus dem Leib, und Händler sangen dazu im Falsett das Preislied ihrer Waren. Es roch nach schwitzenden Körpern, in Sesamöl gebratenem Lammfleisch, überreifen Früchten und tausendundeinem Gewürz. Datteln glänzten in Körben, erlegte Vögel baumelten von Dachstreben. Farben und Formen, Lärm und Ausdünstungen prallten auf Amarnas Sinne ein. Hätte sie eine Wahl gehabt, hätte sie aufgegeben. Aber sie hatte keine.

Sie war Akademikerin. Sie glaubte an keine Liebe auf den ersten Blick, und sie brauchte nicht daran zu glauben. Das, was sie mit Arman verband, hatte keine ersten Blicke nötig, weil es von viel zu weit her kam. Hätte einer der verdrehten Spiritisten, die in Berlin den Leichtgläubigen das Geld aus der Tasche zogen, ihr erklärt, dass sie einander aus der Blütezeit Hattušas kannten, hätte sie vermutlich nicht einmal gelacht.

Sie hatte ihn geliebt, und er hatte sie geliebt, und etwas, das ihr wohler getan hatte, hatte sie nie erlebt. Keinen Zitronenpfannkuchen und kein Pergamonmuseum, kein Löwenkissen und kein freundliches Gespräch mit Paul. Sie hatte seinen schönen Körper an ihren gezogen, und er hatte in der Kälte über sie beide Decken gebreitet. Er hatte sich über sie gebeugt und sie auf jedes Stück Haut geküsst, er hatte sie gestreichelt und ihrem Körper eine Flut bewundernder Worte zugeflüstert, ehe er sich über ihr aufrichtete, sich leichthin in sie schob und sie innig liebte.

Sie konnte nicht glauben, wie schön es war. Seine Hüften, die über ihr tanzten, seine Bauchdecke, die ihre kaum berührte, ehe sie sich wieder hob, seine starken Schultern und sein Gesicht, das vor Glück wie entrückt war, das schwarze Haar in der Stirn, die Augen unter schrägen Lidern halb geschlossen. Sein Leben, das in ihr zuckte, küsste schlafende Reiche wach und versetzte die Stille unter ihrer Haut in Taumel. Mit jedem Schwung, der ihre Körper tiefer ineinandertrieb, flehte sie, dass der Rausch nie aufhörte, als würde ein Kind mit bangen Fingern eine Seifenblase umfassen.

Auf dem Höhepunkt hielt Arman einen Herzschlag lang in ihr inne, dann gab er sich ihr ganz und lieferte sich aus. Der helle Schmerz, der sie durchfuhr, war der Aufschrei, mit dem ihr Körper gegen den Abschied wütete. Sie erkannte sich wieder, ihren Willen, ihre Kraft, mit der sie ihm die Hände in die Hinterbacken krallte, um ihn nicht herzugeben, sondern in sich zu halten.

Kurz sah sie sich auf der Schiffschaukel, umgeben von den strahlenden Lichtern des Rummelplatzes, sah ihren Vater, der sie aus der Gondel heben wollte, und hörte ihre Kinderstimme zornig protestieren: »Noch mal, noch mal, noch mal!« Dann ließ Arman seine schweißnasse Mitte auf sie niedersinken, umarmte sie, küsste ihren Hals und rollte sich Haut an Haut mit ihr auf die Seite. Seine Beine umschlangen ihre. Seine Füße waren eiskalt. In ihr Ohr, in ihr Haar, an ihre Wange flüsterte er sein Liebessäuseln, überwältigt von Dankbarkeit, und Amarna fühlte sich heil und ganz, wie sie es in ihrer Erinnerung nie gewesen war.

Er behauptete, er sei ein Putzhelfer, und Amarna schimpfte, er sei ein Bildhauer, er verfügte über das Fachwissen eines Hethitologen, doch mehr als alles war er ein Liebeszauberer. Sie war eine Frau des Jahres 1931, sie wusste, was Männer und Frauen mit ihren Körpern taten, aber das, was Arman mit ihrem Körper tat, wusste keine Frau von 1931, keine von 1907 und keine aus dem Jahr 1300 vor Christi Geburt. Seine Zärtlichkeit, seine Fantasie, seine Anmut, das alles gehörte ihr allein. Er konnte nicht lächeln, obwohl seine Augen und sein großer Mund dazu gemacht waren. Stattdessen lächelte sein Körper Amarnas Körper zu, lächelte ihr ins Herz, wie unendlich schön er sie fand und wie betrunken vor Glück ihn ihre Geschenke machten.

Hinterher hatte sie in seinen Armen gelegen, hatte sein Herz klopfen hören und gewusst, dass sie zu Hause war. Ihrem eigenen Vater, dem Mann, mit dem sie verlobt war, und den Mädchen, die sich ihre Freundinnen nannten, hatte sie nie erzählen können, was sie quälte. Arman aber erzählte sie alles in einer einzigen Stunde, wie sie es schon in jener Nacht im Museum hatte tun wollen: von ihrer Mutter, die sie nicht kannte, von den Träumen, die sie zum Wahnsinn trieben, von ihrem Vater, der sie mit einem Berg von Lügen zurückgelassen hatte. Von ihrer Arbeit zu Gilgamesch, die sie nicht wie geplant, sondern völlig anders zu Ende bringen musste. Von Hattuša. Von der Angst, die sich zum ersten Mal in ihrem Leben klein machte, und von Zitronenpfannkuchen, ohne die sie manchmal glaubte verrückt zu werden.

Er streichelte sie, drückte sie an sich und murmelte eine neue Flut seiner armenischen Liebesworte in ihr Ohr. »Mein schönes, tapferes Vogelmädchen«, sagte er auf Deutsch und küsste sie vom Halsansatz bis hinunter auf ihr Schambein. »Wie können wir Männer denn ein Kleinod, das wir beschützen sollten, dazu zwingen, so entsetzlich tapfer zu sein, Lajvard?«

Sie verliebte sich in das Wort, weil sie hören konnte, wie sehr er es genoss, es auszusprechen, wie verliebt er in die beiden Silben war. Sie wollte ihm ein ebenso schönes Wort schenken und grub die Hände in sein dichtes Haar. »Mein Liebling«, sagte sie, weil sie sonst keines wusste.

Er blickte auf. Geschmeidig wie eine Eidechse, ohne mehr als ein Rascheln zu verursachen, kam er wieder zu ihr und küsste ihr Wangen, Lippen und Augen. »Das darfst du nicht zu mir sagen«, entgegnete er rauh. »Das ist zu viel.«

»Überhaupt nicht.« Sie packte wieder seinen wilden Schopf und hielt ihn bei sich fest. »Du gewöhnst dich besser daran, denn ich sage es dir Tag und Nacht.«

Er bettete seinen Kopf an ihre Schulter, schloss einen Moment lang die Augen und lag still. »Vielleicht hat meine Mutter das zu mir gesagt.«

»Danach niemand mehr?«, fragte Amarna. »Dein Vater auch nicht?« Ihr Vater hatte es zu ihr gesagt, wann immer es sich in einen Satz einflechten ließ. Mein Liebling. Meine Sonne Amarna. Mein Löwenkind.

Er schüttelte den Kopf.

Sie drückte ihn an sich, küsste das Lid des unverletzten Auges. »Hast du deine Mutter auch nicht gekannt, Arman? So wie ich?«

Er zögerte. »Doch, Lajvard. Ich glaube, ich habe sie ein bisschen gekannt. Du deine gar nicht?«

Hilflos zuckte sie mit den Schultern. »Ich kann mich nicht erinnern.«

»Mein armes Mädchen. Deine arme Mutter.« Er küsste ihr die Finger und spielte mit den Perlen des Armbands an ihrem Handgelenk. »Sie hat dir dies hier geschenkt. Sie hat es um dein süßes Handgelenk gewunden und sevgilim in dein kleines rundes Muschelohr geflüstert. Sevgilim, sen en güzelsin.«
»Das ist nicht Armenisch, oder?«
»Nein.« Er küsste sie, und eine Zeitlang wollte sie nur ihre Glieder in der Wärme strecken und sich von diesem wundervollen, verliebten Mann mit Zärtlichkeiten überschütten lassen. Es war, als hätte er ihnen unter den Decken eine Kuhle gegraben, in der sie sich zusammenrollen konnten und vor der Welt in Sicherheit waren.
Irgendwann umarmte sie ihn so fest, dass er Kraft hätte aufwenden müssen, um sich zu befreien. Die Kontur seines Körpers zu spüren riss sie von neuem in einen Rausch. An ihm war nichts Weiches, keine Unze Fett, alles straffe, birkenschlanke Sehnigkeit. Flüchtig stellte sie sich vor, sie könnte ihn daheim in Berlin an ihren Tisch setzen, damit Frau Ziethen ihn auffütterte, wie sie es getan hatte, sooft Amarna krank gewesen war. Zitronenpfannkuchen und Markknochenbrühe, Grießpudding und Huhn in dicker Sahne. Ob etwas davon ihm schmecken würde? Sie fand sich albern, aber sie hätte ihm gern etwas Gutes getan.
»Woran hast du gedacht?«
»Das kann ich dir nicht sagen.«
»Wirklich nicht?«
»Nur wenn du mir nicht böse bist.«
»Das ist lächerlich, Lajvard. Ein Mann, der dich nackt in den Armen hält, kann alles Mögliche, aber nicht dir böse sein.«
Sie musste lachen, weil jedes Wort, das er sagte, sie im Innersten streichelte. »Ich habe gedacht, dass jemand für dich sorgen müsste«, sagte sie und fuhr mit zwei Fingern über den Mus-

kelstrang an der Innenseite seines Schenkels. »Dafür, dass du zu essen bekommst. Diese Rehan, die für dich kocht …« Der Gedanke an das hübsche Mädchen versetzte ihr einen Stich.
»Sie kocht nicht für mich«, sagte er. »Kochen kann sie nicht. Nur sich Essen aufwärmen.«
»Und wer kocht dann für dich?«
»Ich.«
»Aber du bist doch ein Mann!«, platzte Amarna heraus.
Ein heiserer Laut entfuhr ihm. »Nicht so ganz, Lajvard. Ich bin ein Wilder. Ein Vagabund, der für sich selbst sorgen muss.« Er sagte es mit einem belustigten Unterton, aber ihr tat es weh. Nicht weil er kochen, waschen, flicken und ein Haus in Ordnung halten musste, was sie im Leben nie gekonnt hätte, sondern weil sie in den Worten hörte, wie einsam er war. Sie küsste seine Schulter, und ihre Lippen ertasteten eine tiefe, ins Fleisch gekerbte Narbe.
»Erschreckt dich das? Mein verlottertes Leben?«
Amarna schüttelte den Kopf. »Es ist nicht verlottert, Arman. Ich weiß nicht, wie du zu dem Leben, das du führst, gekommen bist, aber ich weiß, dass ich das, was du daraus machst, bewundere.«
»Nein, Lajvard. Wenn du es nicht verachtest, ist es genug.«
»Du bist ein Dummkopf«, sagte sie zärtlich, strich ihm mit den Lippen das Haar von der Schläfe und küsste die feine, klopfende Ader. »Erzähl mir etwas von dir, Arman.«
»Nein.«
»Warum nicht?«
»Weil ich nicht will«, erwiderte er und küsste sie. »Amarna?«
Fragend traf sie seinen Blick.
»Mit mir ist nicht viel anzufangen, aber wenn ich kann, dann helfe ich dir. Ich kann dich mit ins Museum nehmen und dir ein bisschen Gekritzel aus Hattuša zeigen. Ein Wilder hat kei-

ne Skrupel und kann die Dokumente stehlen, die du suchst. Ich habe dir gesagt, ich darf dir auf die meisten Fragen keine Antwort geben, aber wenn du sicher bist, dass du nach Hattuša willst, fahre ich mit dir hin. Ich habe kein Geld, aber ich weiß, wie man sich in einem Zug versteckt. Ich kenne den Weg, und in Boğazköy bekomme ich Ayran und Bulgur und auch einen kleinen Krug Wein für dich.«

Amarna hatte ihn in die Arme geschlossen und minutenlang nicht sprechen können. Nur seinen Kopf und seinen Nacken streicheln. »Ich weiß nicht einmal genau, wo ich bin«, sagte sie irgendwann. »Aber ich habe mich noch nie so sicher gefühlt wie eben, als du das gesagt hast. Darf ich in deinen Armen einschlafen? Mit dem Wissen, dass du mir hilfst?«

Sie hatte ihren Kopf an seine Brust gebettet, und er hatte sie gehalten und gewiegt. Ehe sie eingeschlafen war, hatte er in ihr Ohr geflüstert: »Bari gischer u anusch jerazner, Lajvard.«

»Heißt das gute Nacht?«

»Gute Nacht und schöne Träume.«

Sie hatte keinen Traum gehabt in jener Nacht, keinen schönen und keinen bösen. Sie hatte endlich eine Nacht lang tief und wohlig geschlafen. Es war ihr gewesen, als hätte er ein Lied für sie gesungen, ein sachtes Lied vom Westwind, der ihr die Angst still streichelte.

Als sie erwachte, hielt er sie noch immer in den Armen und sah sie mit jenem Blick an, der einmal ein Lächeln gewesen sein musste. Es war noch dunkel, und im Zimmer tanzten Schatten von der Straße. »Nicht erschrecken«, sagte er weich. »Morgens früh sind Wildschweine zu schlaff, um anzugreifen.«

Erschrocken war sie höchstens vom Zustand seines Gesichts, nicht aber von dem gierigen Wunsch, auf der Stelle wieder mit ihm zu schlafen. In der Unberührtheit der Frühe, im schlaf-

warmen Taumel war die Liebe ein Traumgespinst und frei von Gedanken. Hinterher schlief er für ein paar Augenblicke in ihren Armen ein, und sie hatte Zeit, ihn sich anzusehen, von der kräftigen Schulterpartie bis zu den geradezu zierlichen Fesseln. Es tat ihr weh, weil sein Körper so schön gemacht und so lieblos und ohne Respekt behandelt worden war. Die Narbe auf der Schulter war die tiefste, doch Spuren verheilter Verletzungen bedeckten seinen Rücken bis hinunter auf Gesäß und Hüften. Er hatte wirklich üble Prügel bezogen.
Wer richtete heutzutage, im besonnenen 20. Jahrhundert, einen Menschen derart zu? Was trieb jemanden dazu, einen anderen so schwer zu misshandeln, dass Spuren an seinem Körper blieben wie gekerbte Zeichen in Ton?
Eine Erkenntnis durchfuhr sie und machte ihr Angst. Sie hatte sich gestern Abend in ihn verliebt, und vielleicht war nicht viel Besonderes daran. Warum sollte sie sich nicht in einen jungen Mann, der ihr gefiel, verlieben? An den Blicken, die Frauen ihm auf der Straße nachwarfen, war leicht zu erkennen, dass sie mit ihrer Wahl nicht allein stand. Dies hier aber ging tiefer und berührte sie an einer Stelle, die schutzlos und empfindlich war.
Er war nicht irgendein Mann, sondern einer, der etwas im Schilde führte, und er machte keinen Hehl daraus, dass er ihr etwas verschwieg. Sie wusste nicht, wer er war und was ihn nach Berlin getrieben hatte, sie hatte keinen Grund, ihm zu trauen, aber das änderte nichts. Sie war viel mehr als verliebt in ihn. Wenn sie ihn ansah, spürte sie ihn dort, wo sie in dieser Nacht erst gelernt hatte, sich selbst zu spüren – in ihrem Herzen.
Von dem kleinsten Geräusch wachte er auf. Mit einem Satz schwang er sich aus dem Bett, machte Feuer im Kohlebecken und wusch sich splitternackt am Waschtisch. Amüsiert und ganz und gar hingerissen sah Amarna zu, wie ihm die festen

Muskeln von Hintern und Schenkeln in der Morgenkälte zitterten. Sie musste lachen, weil sie solche Freude an ihm hatte. Zwar mochte ihm ein bisschen Fleisch auf den Knochen nicht schaden, doch seine Schlankheit betonte den schönen Wuchs und die harmonischen Linien des Körpers. So, wie er war, gefiel er ihr ausnehmend gut. Mit wilder Hingabe schlug er Schaum im Becken und schor sich unsanft und ohne Spiegel die Stoppeln von den Wangen.

»Tu dir nicht weh.«

Er drehte sich um und zog eine Grimasse. »Was bleibt mir denn übrig? Soll ich als Wildschwein mit dir durch die Stadt laufen?«

»Macht mir nichts aus. Ich will nicht, dass du Schmerzen hast, Arman.«

Er kam zu ihr, das Gesicht mit Rasierschaum bedeckt, und gab ihr einen Kuss. Wie schön das ist, Mann und Frau zu sein, dachte sie. Wie aufregend, neu und schön. Sie sah ihm zu, wie er die scharf gebügelten Hosen über seine Hüften zerrte und sich ein Hemd um die Schultern legte, das wie das andere kragenlos und geflickt, aber sehr weiß und ohne eine Falte war. Dass er sich solche Mühe gab, für sie respektabel auszusehen, berührte sie. Ich könnte dir einen Tiegel Sweet Georgia Brown's Pomade schenken, dachte sie und musste wieder lachen. Es wäre allzu schade gewesen um dieses wilde, prachtvolle Haar.

Verunsichert warf er ihr einen Blick zu. »Habe ich mich mit irgendetwas beschmiert?«

»Eben nicht.« Amarna lachte noch mehr, lief auf flinken Beinen durchs Zimmer und umarmte ihn. »Du bist mein Zitronenpfannkuchen, Arman. Das Süße versteckt unterm Sauren, und sobald man hineingebissen hat, muss man es gleich noch einmal tun.«

»Ich bin mir nicht sicher, ob ich als Wildschwein nicht besser dran war.« Sein gesundes Auge funkelte, und sein Gesicht überzog sich mit einer Spur von Rot. »Jetzt zieh dich an und mach keine Pfannkuchen verrückt, die verzweifelt versuchen, standhaft zu bleiben. Ich mache dir Kaffee, und dann bringe ich dich in dein Hotel.«

»Kaffee ja, Hotel nein«, entgegnete Amarna. »Du hast versprochen, du nimmst mich mit ins Museum.«

Sein Kaffee, den er in einem kleinen Topf aus Kupfer bereitete, duftete nach Kardamom, war von einer Schaumschicht bedeckt und so stark, dass sie ihn fast wieder ausgespuckt hätte.

»Mokka muss sein wie ein Schlag aufs Herz«, sagte er. »Sonst ist er für die Katz.«

Amarna horchte auf. »Das hast du dir gemerkt?«

Er zuckte eine Schulter. »Wenn ich es mir aufschreibe, denken die, die drum herumstehen, ich bin ein Spion.«

Fasziniert betrachtete sie seinen Kopf, den schmalen Schädel, in den er hineinstopfte, was er zu fassen bekam. Mit gespitzten Lippen probierte sie das bittere Gebräu ein zweites Mal, spürte den sachten, ermunternden Schlag auf ihr Herz und mochte es. »Wie bekommst du ihn so schaumig?«

»Indem ich ihn dreimal aufschäumen, aber nicht kochen lasse.«

»Ist das armenisch oder türkisch?«

Er küsste sie. »Ich glaube, das kommt darauf an, wen du fragst.«

»Es ist schön, mit dir hier zu sitzen«, sagte Amarna. »Es ist schön, deinen Kaffee zu trinken. Es wäre schön, dich noch einmal zu lieben. Aber wir müssen aufbrechen, oder?«

»Das fragst du mich besser kein zweites Mal«, erwiderte er mit einem Blick, der die Versuchung, ein zweites Mal zu fragen, schier unwiderstehlich machte. »Wenn du wirklich mit ins

Museum kommen willst, meinst du nicht, du müsstest deine Leute wissen lassen, dass dir zumindest vordergründig nichts zugestoßen ist?«

»Sie sind nicht meine Leute«, begehrte Amarna auf, obwohl ihr flüchtig dämmerte, dass das Paul gegenüber ungerecht war. Sie bestand darauf, Arman müsse sie jetzt sofort mitnehmen, weil sie Angst hatte, er könne ihr wie ein Sandbild entgleiten, wenn sie ihn losließ. Damit hatte sie sich schuldig gemacht. Durch ihre Gedankenlosigkeit hatte Merten Arman blutig geschlagen und ihn mit Wörtern beschimpft, die zu abscheulich waren, um sie zu wiederholen.

Hätte sie sich vernünftig betragen und Paul Bescheid gegeben, wäre Arman eine weitere Verletzung erspart geblieben. Wäre sie nicht so selbstsüchtig gewesen, sondern hätte einen Augenblick lang an die Folgen ihres Handelns gedacht, hätte sie ihn nicht verloren.

Er hatte darauf bestanden, dass sie mit Paul und Merten ging. Als sie sich nicht rührte, hatte er sich mühsam auf die Füße gekämpft, um selbst zu gehen. Merten hatte sie am Arm gepackt, damit sie ihm nicht folgte, aber Arman, der beim Gehen schwankte und sich an der Wand abstützen musste, war wie ein Raubtier herumgeschossen. »Lassen Sie sie los. Sie tun ihr weh.«

Merten ballte die Fäuste, und Amarna hatte begriffen, dass hier Kräfte am Werk waren, von denen sie nichts verstand. Arman lief Blut aus dem Ohr. Wenn sie die Lage, die sie verschuldet hatte, nicht entschärfte, würde Merten ihn noch einmal schlagen. »Ich gehe«, sagte sie zu ihm und wünschte, sie hätte Armenisch sprechen können. Sie wollte ihm sagen, dass sie zurückkommen würde, sobald es möglich war, sie wollte ihm das Blut abwischen und seine Wange streicheln, doch jeder derartige Versuch hätte ihm einen Fausthieb von Merten eingetragen. Sein Blick, der nicht stetig war und dennoch an ihr festhielt, war das Letzte, was sie von ihm sah.

Draußen hatte sie auf Merten eingeschrien. Sie konnte sich an ihre Worte nicht erinnern und war froh darüber. »Bist du jetzt fertig?«, hatte er sie gefragt, als sie außer Atem stehen geblieben und in Tränen ausgebrochen war. »Bist du dann vielleicht auch bereit, dir anzuhören, was das für eine Kanaille ist, die du dir da aufgegabelt hast?«

»Bitte hören Sie auf«, kam ihr unverhofft Paul zu Hilfe, der mehr als jeder andere Grund hatte, verletzt und zornig zu sein. »Ich habe Sie immer bewundert, für Ihre Weltoffenheit und Ihren Kampf für Toleranz noch mehr als für Ihre wissenschaftlichen Leistungen. Ich möchte nicht noch einmal hören müssen, wie Sie einen Menschen eine Kanaille, eine schwarze Ratte oder einen armenischen Bastard schimpfen. Es zerstört meinen Respekt für Sie.«

Amarna hätte ihm gern applaudiert.

Merten überlegte eine Weile. »Also gut«, sagte er dann. »Ich entschuldige mich. Für das Wort armenisch. Daran, dass der kleine Artsruni ein skrupelloser, missratener Bastard ist, trägt das armenische Volk keine Schuld.«

»Was auch immer er ist«, sagte Paul, »Sie haben ihn angegriffen, und wir sollten zumindest dafür sorgen, dass ein Arzt ihn behandelt. Wenn er sich den Schädel verletzt hat, kann das böse enden.«

»Das endet nicht böser, als es ist«, knurrte Merten. »Sie können mir glauben, ich habe das mit der Ratte nicht einmal beleidigend gemeint, sondern eher neidisch. Der Bursche ist so zäh, der hätte schon etliche Male tot sein müssen. Die läppische Beule spürt der nicht mal. Als ich das letzte Mal von ihm hörte, bevor er plötzlich in Berlin auftauchte, saß er übrigens in einer Besserungsanstalt für jugendliche Verbrecher. Was

denkst du dir eigentlich, du dumme Gans?« Er packte Amarna an der Schulter. »Dass ein Kerl mit derart romantischem Äußeren es ja wohl gut mit dir meinen muss? Du bist nicht die Erste, die in diese Grube fällt, aber um ehrlich zu sein, hätte ich gedacht, du hättest dafür zu viel Grips.«
Es war Paul, der sah, dass Amarna entweder auf Merten losgehen oder zu Boden stürzen würde. Er reichte ihr seinen Arm, und als sie ihn nicht nahm, ergriff er ihren, um sie zu stützen.
»Ich glaube, Amarna und ich hätten mehr davon, wenn Sie uns Fakten nennen könnten, statt mit wilden Anschuldigungen um sich zu werfen. Um ehrlich zu sein, stelle ich es mir ziemlich grausam vor, in eine Besserungsanstalt für jugendliche Verbrecher gesperrt zu werden. Solange ich nicht weiß, was der Mann getan hat, um eine so harte Strafe zu verdienen, gilt ihm mein Mitgefühl, sonst nichts.«
Amarna sagte nichts. Sie hätte mit Worten nicht ausdrücken können, wie dankbar sie ihm war.
»Tun Sie, was Sie nicht lassen können«, blaffte Merten. »Dass Sie für die Welt zu gutmütig sind, wissen Sie hoffentlich selbst, und dass Artsruni sich nicht scheuen wird, das auszunutzen, werden Sie lernen.« Er fuhr herum und fasste Amarna ins Auge. »Und was machst du? Schaust einem wertlosen Lumpen in die Sternenaugen und schaltest deinen Verstand aus. Wozu lassen wir die Frauen eigentlich studieren, wenn sie den Kopf weiterhin zum Tragen hübscher Hütchen benutzen? Wird es nie eine geben, die dieser exotischen, dunkelschönen Laszivität die kalte Schulter zeigt, weil sie weiß, was der feine Kerl an ihrer Seite wert ist?«
Unwillkürlich flog Amarnas Blick zu Paul. Ich weiß, was du wert bist, durchfuhr es sie, aber es nützt nichts. Mertens Worte, die beleidigen sollten, taten ganz etwas anderes. Sternenaugen. Dunkelschön.

»Ich sage dir nur eines, Amarna.« Mertens Stimme war nicht länger erregt, sondern von eisiger Ruhe. »Der kleine Artsruni steckt bis zum Hals voll Hass, und es mag Menschen geben, die behaupten, er habe dazu eine Art von Berechtigung. Ich gehöre nicht zu ihnen, weil ich nicht der Ansicht bin, eine unappetitliche Kindheit ermächtige uns, die Gesetze der Zivilisation außer Kraft zu setzen, aber das steht hier nicht zur Debatte. In jedem Fall ist er beseelt von einem einzigen Wunsch. Er will den Mann zerstören, den er auf der Welt am meisten hasst, und wenn er dabei noch ein paar andere erwischt, die diesem Mann teuer sind, ist es ihm umso lieber.«

»Und wer soll der Mann sein?«, stammelte Amarna, die Armans Gesicht vor sich sah, während er sie geliebt hatte, und den Sinn der abscheulichen Worte nicht erfassen konnte.

»Mein Freund Tilman«, erwiderte Merten. »Dein Vater.«

20

Der Basar spuckte Amarna aus, als sie geglaubt hatte, sie müsse in der nächsten Minute ersticken. Die mit Gerüchen überladene, schweißtreibende Hitze wich wieder der feuchten Kälte, die ihr unter die Kleider kroch. Frei erstreckte sich die Straße vor ihr. Sie sah auf die Skizze, die der Hotelangestellte ihr widerstrebend angefertigt hatte, und schlug dann den Weg nach links ein. Das vielstöckige Gebäude, das an ein Berliner Wohnhaus der Gründerzeit erinnerte, war vermutlich ihr Ziel. Sie wusste nicht, ob das, was sie vorhatte, richtig oder völlig verrückt war, aber sie brauchte Hilfe, und es gab sonst keinen Menschen, den sie darum bitten konnte.

Zwei Tage lang hatte sie nach Arman gesucht. Im Museum hatte man ihr jegliche Auskunft verweigert. Sie solle gehen. Der Mann, nach dem sie suche, sei nicht da. Sie hatte Angst gehabt, sein Haus nicht wiederzufinden, doch nach einer kurzen Hast durch die Gassen stand sie vor dem verfallenen Gebäude. Wiederum erschien ihr von außen kaum glaublich, dass sich im oberen Stockwerk dieser Ruine eine gepflegte, einladende Wohnung befand.

Die Steinblöcke, die in dem unteren Raum herumstanden, hatte sie neulich in der Dunkelheit nicht bemerkt. Sie ließ den Blick über die halbfertigen oder gerade begonnenen Arbeiten schweifen und erkannte in jeder Figur, in jeder scharf umrissenen Linie Arman und Hattuša. Das, was hier achtlos herumstand, gehörte in eine Galerie. Es war aufregend, kraftvoll und offenbar ohne jedes Modell direkt aus dem Stein herausgeschält. Über das, was eine Kunsthochschule ihm hätte beibringen können, war er längst weit hinaus.

Als sie die Leiter betreten wollte, kam das Mädchen Rehan ihr wie ein kleines Tier entgegengeschossen. Ihr Gesicht war verweint. Sie packte Amarna an der Jacke und ließ ihren armenischen Wortschwall auf sie niederprasseln. Einen Moment lang hielt Amarna still und sah ihr zu. Wer war sie, welche Rolle spielte sie in Armans Leben? Kochen konnte sie nicht. Womit bezahlte sie dann für den Schlafplatz unter seinem Dach? Mit nächtlichen Umarmungen, die sie dem ansehnlichen Hausherrn auch ohne Gegenleistung freudig gewährt hätte?

Amarna erschrak. Hatten Mertens Verleumdungen sie bereits vergiftet? Hatte sie sich nicht geschworen, keinem der Vorwürfe Glauben zu schenken, ehe sie mit Arman gesprochen und ihm Gelegenheit gegeben hatte, sich zu verteidigen? Aber an den Fakten, die sich zu häufen begannen, kam sie nicht vorbei. Er legte offenbar überhaupt keinen Wert darauf, sich zu verteidigen. Er hatte ihr versprochen, ihr zu helfen, doch stattdessen war er von der Bildfläche verschwunden, ließ sich verleugnen und gönnte ihr nicht einmal ein erklärendes Wort. Er hatte ihr verschwiegen, dass er Merten und ihren Vater kannte, und zu allem stand hier dieses Mädchen, das wie eine Ehefrau unter seinem Dach lebte, in Samt ging wie eine Prinzessin und sich die Augen um ihn ausweinte.

Aus Rehan war nichts herauszubekommen. Sie verstand weder Deutsch noch Englisch und ließ sich nicht aus dem Weg drängen. Amarna ging, obwohl sie sicher war, dass Arman sich in seiner Wohnung verbarg, und verbrachte eine höllische Nacht. Pauls gutgemeinte Versuche, ihr zu helfen, machten alles noch schlimmer. Als der Morgen graute, hielt sie es nicht länger aus. Statt des einen Rätsels hatte sie jetzt zwei, die ihr im Hirn brannten – Arman und Hattuša. In der Nacht hatte sie nicht nur von einstürzenden Mauern, sondern von einer Anstalt mit vergitterten Fenstern und von den Narben auf Armans Rücken geträumt.

Sie brauchte endlich Antworten. Und der Mann, zu dem sie unterwegs war, hatte versprochen, ihr behilflich zu sein, wenn es etwas gab, mit dem sie sich in der fremden Stadt nicht zurechtfand.

Das Gebäude mit der vorgebauten Terrasse und den Steinbalkonen hieß Pera Palas. Es lag an einer ruhigen Straße, in der sich vornehme Wohnhäuser aneinanderreihten. In der Lobby verließ Amarna der Mut. Der breite Empfangstisch, das Hin und Her von Pagen und Hotelgästen und die geschäftigen Angestellten, das hatte mit dem beschaulichen Keshi Inci nichts gemein. An wen sollte sie sich mit ihrer Frage wenden? Würde man sie überhaupt anhören? Wäre sie nicht so verzweifelt gewesen, wäre sie auf der Stelle umgekehrt.

»Fräulein Brandstätter?«

Amarna drehte sich um. Hinter ihr stand ein kleiner Mann in Wollcape und Melone – Nathan Rosen.
»Wollen Sie zu mir?«
»Herr Rosen!«, rief Amarna. »Bitte helfen Sie mir.«
»Aber gern. Gleich hier?« Er zwinkerte ihr zu, ehe ihm klarwurde, in welchem Zustand sie war. Sachte nahm er ihren Arm. »Dieses Hotel verfügt über ein recht angenehmes Restaurant mit verschwiegenen Winkeln«, sagte er. »Man wird mich für einen alten jüdischen Geldsack halten, der versucht, sich ein hübsches Christenmädchen zu kaufen, aber solange Ihnen das nichts ausmacht, sitzen wir dort ungestört.«
»Macht es Ihnen nichts aus?«
Nathan Rosen lachte. »Ich lebe leichter, seit ich mir manches Ausmachen abgewöhnt habe«, erwiderte er.
Das Restaurant war tatsächlich angenehm, und Nathan Rosen bestellte eine Flasche von seinem Lieblingswein. Amarna konnte ihr Anliegen nicht länger bei sich behalten. »Ich bin gekommen, um mich bei Ihnen zu entschuldigen, Herr Rosen.«
»Wofür denn das? Sie haben mir doch nichts getan.«
»Doch, im Zug. Erinnern Sie sich? Sie wollten uns vom Schicksal des armenischen Volkes erzählen, und ich habe es mir verbeten, weil ich müde war. Ich kann Ihnen nicht sagen, wie sehr ich das bereue. Bitte, Herr Rosen, erzählen Sie mir vom Schicksal des armenischen Volkes.«
Er legte den Kopf schräg und musterte sie mit unverhohlener Neugier. »Ist Ihnen einer begegnet?«
»Warum fragen Sie mich das? Wer soll mir begegnet sein?«
»Ein Armenier. Wenn ein Mädchen derart verzweifelt um Hilfe fleht, geht es ja meist nicht um ein ganzes Volk, sondern um ein einzelnes Exemplar. Männlichen Geschlechts, nehme ich an.«

Amarna schoss das Blut ins Gesicht, und sie senkte den Kopf. Nathan Rosens Schmunzeln war ausgesprochen freundlich. »Wussten Sie, dass in der armenischen Literatur bereits im Altertum nicht die Frauen, sondern die Männer als ungewöhnlich schön besungen wurden?«

»Nein«, erwiderte Amarna und musste selbst schmunzeln, »aber es wundert mich nicht.«

»Es gibt da die Legende von Ara, dem schönen Armenierkönig, dem die assyrische Königin Semiramis verfiel«, begann Nathan Rosen.

»Bitte erzählen Sie sie mir!«

»Gern«, sagte er. »Wenn man die Geschichten eines Volkes nicht mehr erzählt, löscht man es ein zweites Mal aus, nicht wahr? Die Schönheit des Ara, des jungen Königs von Armenien, soll so herzzerreißend gewesen sein, dass sich sein Ruf in aller Welt verbreitete. Die verführerischsten Frauen warfen sich ihm zu Füßen, doch der König liebte keine als die zarte Nouvart, das Mädchen, das ihm von klein auf versprochen war. Semiramis, die Königin von Assyrien, verzehrte sich vor Verlangen nach ihm. Kaum war Ninos, ihr verhasster Gemahl, zu Tode gekommen, sandte sie König Ara die kostbarsten Geschenke und lud ihn ein, an ihrer Seite über ihr Großreich zu herrschen.«

»Sagen Sie nicht, er hat es getan!«

»Dann hätte ich vermutlich nicht gewagt, die Geschichte einer Dame zu erzählen«, erwiderte Rosen. »Aber Ara von Armenien war so schön, wie er treu war, und um der Liebe zu seiner Nouvart willen wies er die mächtige Assyrerin zurück. Rasend vor Zorn, rüstete Semiramis ihr Heer und überzog das Land der Armenier mit Krieg. Es sollte aber kein Krieger dem Mann, nach dem ihr Herz und ihr Leib sich verzehrten, ein Haar krümmen, vielmehr sollten sie ihn in Fesseln schlagen und vor sie bringen, damit sie ihr brennendes Verlangen an ihm stillen konnte. Keine gnädige Alternative, oder?«

Stumm schüttelte Amarna den Kopf.

»Die Entwürdigung blieb dem schönen König erspart«, fuhr er fort. »Ob aus Missgunst oder aus Unvorsichtigkeit, die assyrischen Krieger umzingelten ihn und schlugen ihn tot. Als Semiramis davon erfuhr, verlor sie vor Schmerz den Verstand, irrte über das Schlachtfeld und raubte seinen Leichnam. Mit dem toten Geliebten in den Armen lagerte sie tagelang am Fuß des Berges Ararat, dem sie Aras Namen gab, und flehte zu ihren Göttern, sie mögen seine Wunden lecken und ihn zu neuem Leben erwecken. Ara aber blieb tot, und seine Schönheit zerfiel zu Staub.«

»Nein!«, rief Amarna. Dann kam sie sich kindisch vor. Sie musste an Enkidu denken, der für Gilgamesch starb, und trank hastig einen Schluck Wein. Warum ließ sie sich Legenden des alten Orients erzählen, wenn sie den unauslöschlichen Tod darin nicht ertrug? Warum saß sie hier? Das, was sie gleich zu ertragen hatte, würde schlimmer sein.

»Sind Sie sicher, dass Sie das andere hören wollen?«, fragte auch Rosen besorgt. »Das, was keine Legende ist?«

»Ich muss«, sagte Amarna.

»Ich denke, da haben Sie recht«, erwiderte er. »Es ist im Übrigen erstaunlich, dass Ihnen hier ausgerechnet ein Armenier über den Weg läuft. Ob erstaunliches Glück oder erstaunliches Pech, weiß ich natürlich nicht.«

»Glück«, sagte Amarna, ohne zu zögern. »Warum ist es erstaunlich?«

»Weil es nur noch so wenige von ihnen in Istanbul gibt«, antwortete Rosen. »Und die paar, die übrig sind, verleugnen ihre Herkunft. Wären Sie vor dreißig Jahren gekommen, hätten sie hier eine quirlige Gemeinde mit sprudelndem kulturellem

Leben vorgefunden, eine Stadt in der Stadt. Die Armenier stellten die zweitgrößte christliche Minderheit im Osmanischen Reich. In den Dörfern Anatoliens lebten etwa zwei Millionen. Sie sind das älteste christliche Volk der Welt, Noahs Kinder vom Berg Ararat. Und ihre Bibelübersetzung, die der heilige Mesrop im 5. Jahrhundert in einem eigenen Alphabet anfertigte, um das zerrissene Volk zusammenzuhalten, gehört ebenfalls zu den ältesten. Haben Sie das gewusst? Vielleicht ist es besser, wenn niemand so etwas weiß. Vielleicht sollten Völker künftig Vorsicht walten lassen und nie den Verdacht erwecken, sie hielten sich für auserwählt.« Er verstummte, als der Kellner an den Tisch trat, um Wein nachzuschenken. Sobald er gegangen war, hob Rosen sein Glas. »Auf jeden Armenier, der überlebt hat. Der Ihre muss reichlich Mut und Zähigkeit besitzen, wenn er nach allem noch hier leben will.«

»Ja«, sagte Amarna traurig, und dann sprach sie es aus, weil sie nicht daran ersticken wollte. »Mein Taufpate hat gesagt, er ist zäh wie eine schwarze Ratte, er hätte schon mehrmals tot sein müssen, und eine Beule am Kopf spürt er nicht mehr.«

»Das möchten wir wohl gern glauben«, erwiderte Rosen. »Dass Menschen sich irgendwann daran gewöhnen, misshandelt zu werden, dass der Körper vergisst, wie sehr jeder ihm zugefügte Schmerz an der Selbstachtung rüttelt. Vielleicht glauben das die Betroffenen selbst, und deshalb bleiben sie, anstatt zu fliehen, selbst wenn aus den Knüppeln, mit denen man sie schlägt, längst Beile geworden sind.«

»War es hier so? Für die Armenier?«

Rosen nickte. »Die meisten von ihnen waren Bauern, Handwerker und Kleinhändler. Sie lebten unter der erdrückenden Steuerlast, die Nicht-Muslimen auferlegt wurde, und waren rechtlich Menschen zweiter Klasse, doch sie betrachteten das

Osmanische Reich als ihre Heimat und dachten nicht daran, es zu verlassen. In Istanbul aber gab es eine armenische Oberschicht aus Kaufleuten, Künstlern und brillanten Intellektuellen. Die Familie meines Tuchhändlers gehörte dazu. Seine Söhne hatten alle studiert und europäische Sprachen erlernt. Er war sicher, sie hätten eine glänzende Zukunft vor sich, und wenn das überalterte Osmanische Reich zerfiele, würde eine neue Regierung ihnen dieselben Rechte einräumen wie allen anderen Bürgern.«

»Aber so kam es nicht?«

Rosen schüttelte den Kopf. »Solange ein Weltreich auf dem Gipfel seiner Macht steht, kann es sich wohl damit begnügen, seine Minderheiten ab und an zu drangsalieren. Wenn es aber auf das Ende zugeht, wird ein solches Weltreich zu einem riesenhaften Körper, der vergiftet dahinsiecht und dem Tod entgegenröchelt. Kranker Mann am Bosporus nannte man damals das Osmanische Reich. Und dieser kranke Mann brauchte einen Sündenbock, an dem er sich schadlos halten konnte, solange er noch Gift und Biss dazu hatte.«

»Die Armenier?«, fragte Amarna beklommen.

»Sie boten sich geradezu an«, erwiderte Rosen. »Sie waren anders. Sie waren etwas Besonderes, das Volk der persischen Legenden, das nach der Sintflut die Erde neu bevölkerte. Die Intellektuellen unter ihnen zogen Neid auf sich, weil sie erfolgreich waren. Und sie begannen die Köpfe aus der Deckung zu strecken und Forderungen zu stellen, für die man sie bestrafen musste. In einer ersten Welle von Massakern sind in den Jahren 1894 bis '96 vielleicht dreihunderttausend von ihnen getötet, geschändet, verschleppt und verstümmelt worden.« Er hielt inne, nippte an seinem Weinglas und sah, dass Amarna mit ihren Fingern rechnete. »Wie alt ist er denn?«, fragte er behutsam.

»Ich weiß nicht«, gab sie zu. »Ich glaube, nicht viel älter als ich.«

»Wissen Sie, ob er noch Familie hat?«

Amarna schüttelte den Kopf. »Soweit ich weiß, sind seine Eltern tot. Er hat seine Mutter nur kurz gekannt.«

»Dann ist sie womöglich bei einem der Pogrome rund um die Machtübernahme der Jungtürken umgekommen«, sagte Rosen. »Mein Tuchhändler gehörte zu denen, die anfangs viel Hoffnung auf diese revolutionäre Bewegung setzten. Aber innerhalb der Jungtürken gewannen die nationalistischen Kräfte die Oberhand, die einen türkischen Staat ohne Minderheiten wollten. Es kam zu immer rabiateren Übergriffen, bei denen mein Tuchhändler seinen jüngsten Sohn verlor. Doch noch immer wollte er sich nicht jenen anschließen, die ihre Habe zusammenrafften und fluchtartig ihre Heimat verließen.«

»Aber wie konnte er denn in einem solchen Staat noch bleiben wollen?«, rief Amarna.

»Das kann ich Ihnen nicht sagen«, antwortete Rosen. »Die Heimat gehört wohl zu den Dingen, von denen Menschen bis zum bitteren Ende nicht das Schlimmste glauben wollen. Wie von den eigenen Eltern – wer würde wohl seinem Vater zutrauen, ein Mörder zu sein? Mein Tuchhändler war überzeugt, die Lage werde sich beruhigen. Er vertraute auf den Einfluss der Deutschen, die die Bagdadbahn bauten, wirtschaftliche Beziehungen unterhielten und Scharen von Journalisten entsandten. Ehe es gar zu arg kam, würde das christliche Deutsche Reich schon Protest einlegen, um ein Volk von Glaubensgenossen zu schützen, hoffte er.«

»Die Hoffnung war vergeblich, nicht wahr?«

Rosen nickte. »Bevor der Krieg ausbrach, war die armenische Bevölkerung bereits um ein Drittel dezimiert. Es gab internationale, vor allem kirchliche Hilfskräfte, die Waisenheime errichteten. Aber die Stimmen, die gegen das Verbrechen protestierten, erhoben sich zu keiner Zeit laut genug.« Er sog Luft ein und fügte bitter hinzu: »Dafür haben sie sich hinterher überschlagen, Spenden für die Armenienhilfe aufzubringen, die Staaten der zivilisierten Welt. Ein Gewissen, das den Mund hält, ist so rasch erkauft.«

Amarna schluckte. »Bitte erzählen Sie mir, wie es weitergegangen ist«, sagte sie. »Auch das Schlimmste.«

»Ich will Sie nicht mit Schilderungen von Greueltaten quälen, die ich selbst nicht leicht ertrage«, erwiderte Rosen. »Das Osmanische Reich trat an der Seite Deutschlands in den Weltkrieg ein und zerstörte sich selbst. Für die Schmach jeder Niederlage machte die Regierung die Armenier verantwortlich. Angeblich hatten sie ihr Land in den Kämpfen um den Kaukasus an den russischen Kriegsgegner verraten. Man nahm ihnen die Inland-Pässe ab, mit denen sie sich im Reich bewegen konnten, und befahl ihre Deportation aus ihren Heimatorten. Die Spezialeinheiten, die die Vertriebenen gen Süden peitschten und zumeist aus Kriminellen bestanden, erhielten ein Telegramm mit dem Wortlaut: ›Das Ziel der Deportation ist das Nichts.‹«

»Was bedeutet das?«, rief Amarna dazwischen.

»Dass es sich nicht um Austreibungen, sondern um gezielte Todesmärsche handelte«, erwiderte Rosen. »Todesmärsche, die der völligen Ausrottung eines Volkes dienten. Diese Methode hat man bereits im Altertum verwendet, um Menschen in Massen und auf billige Weise zu töten.«

»Das wusste ich nicht«, sagte Amarna.

»Nein, es ist wohl kaum der Stoff, den man an Universitäten lehrt«, bemerkte Rosen. »In jedem Fall waren diese Märsche eine wirkungsvolle Tötungsmethode. In den Jahren 1915 bis ’17 sind mehr als eine Million Armenier ermordet worden, an

Schwäche gestorben oder erfroren, auf dem Weg ertränkt, ausgehungert, in den Rücken geschossen, zu Tode geprügelt, kopfüber an Galgen gehängt und verbrannt. Genau werden wir es nie wissen, weil die, die es uns sagen könnten, schweigen. Ihr Besitz wurde enteignet, ihre Schulen und Kirchen zerstört, ihre Kultur ausgelöscht. Genügt Ihnen das? Wollen wir beide uns erlauben, feige zu sein und uns die grausamen Einzelheiten, zu denen Menschen fähig sind, zu ersparen?«

Amarna nickte und starrte ins glitzernde Schwarzrot des Weines. »Nur eines noch, bitte.«

»Natürlich.«

»Wie war es möglich, dass Einzelne überlebt haben? Und was geschah mit ihnen nach dem Krieg?«

»Das fragen wir uns überhaupt, oder? Wie ist es möglich, dass die Menschheit überlebt hat, bei dem Wahnwitz, den sie sich selbst zufügt? Wie viel Lebenswillen oder Todesmut braucht ein Mensch, der sich in reißendes Eiswasser wirft, um ein Rettungsboot zu erreichen, mit welcher Kraft hält einer still, der unter Leichenbergen wartet, bis die Mörder weiterziehen?«

Amarna wusste keine Antwort, und Rosen erwartete keine. »Manche haben Glück«, sprach er weiter. »Ein Sohn meines Tuchhändlers überlebte, weil sein Nachbar ihn versteckte. Einem Armenier zu helfen war bei Todesstrafe verboten, aber jener Nachbar ließ sich nicht schrecken. Karnik war sein Freund. Er versteckte ihn jahrelang in seinem Haus, bis das Wüten verebbte. Nur eine Handvoll Armenier blieb übrig, und die meisten von ihnen kehrten in eine Welt zurück, in der sie keinen Menschen kannten, ihre Kultur nicht mehr existierte und ihnen nur völlige Einsamkeit blieb. Nicht so Karnik. Er hatte die Familie seines Freundes Hakan, in deren Mitte er blieb, als er nach dem Sturz der Regierung halbwegs unbehelligt in Istanbul leben durfte. Die beiden bauten das Geschäft wieder auf, und ich komme bis heute und kaufe bei Hakan und Karnik meine prächtig gemusterten Stoffe, über die meine Kundinnen in London, Paris und Berlin in Entzücken geraten.«

Tief atmete Amarna auf. Nach all dem Entsetzlichen war die Geschichte wie Balsam. »Und was war mit den Kindern, die ihre Familien verloren hatten? Wurden sie in Heime gesteckt?«, fragte sie.

»Die, die in einem Heim westlicher Hilfsorganisationen landeten, konnten von Glück sagen«, erwiderte Rosen. »Aber die meisten dieser Heime wurden von Behörden aufgelöst. Scharen armenischer Kinder, die Letzten ihres Volkes, sind in Straßen und Steppen verhungert, andere, die elternlos von den Todesmärschen übrig blieben, wurden in Bordelle verschleppt, oft ohne zu wissen, wer sie waren. Ein paar mögen in staatlichen Einrichtungen untergekommen sein, wo sie mehr Schläge als Brot bekamen, aber zumindest eine Chance hatten, am Leben zu bleiben.«

Amarna nahm Wein in den Mund, doch sie bekam ihn nicht hinunter. Rosen schob ihr ein Wasserglas hin, damit sie ihn von sich geben konnte.

»Wie lebt man damit?«, fragte sie.

»Mit dem Gedanken, dem Tod durchs Sieb geschlüpft zu sein? Überlebt zu haben, obwohl man gar nicht größer, edler oder bedeutender ist als all die, die sterben mussten, sondern ein kleiner Mensch voller Schwäche und Angst? Ich weiß es nicht, Fräulein Brandstätter. Es gibt ein paar Untersuchungen darüber, in denen beispielsweise festgestellt wird, dass manche dieser Kinder sich ihr Leben lang mit dem Essen schwertun, weil ihnen jeder Bissen wie ein Stein aus Schuldigkeit im Magen liegt. Die meisten schlafen schlecht, weil ihnen nachts der Tod seinen Atem in den Nacken bläst, und bei Tag verlangen sie sich Dinge ab, die niemand leisten kann. Aber was wissen wir wirklich darüber? Der starke Griff, mit dem ein Mensch gegen jeden Widerstand am Leben festhält, gehört für mich zu den erstaunlichsten Leistungen der Weltgeschichte.«

»Für mich auch«, erwiderte Amarna spontan.

»Fräulein Brandstätter, tun Sie mir einen Gefallen?«

Sie nickte. »Wenn ich kann.«

»Es war sehr couragiert von Ihnen, sich das anzuhören. Sie haben Ihrem jungen Mann einen Liebesdienst erwiesen, den er hoffentlich zu schätzen weiß. Er braucht diesen Teil seines Lebens nicht vor Ihnen zu verbergen.«

»Ich glaube, er will ihn vor mir verbergen«, rief Amarna.

»Das ist gut möglich«, sagte Rosen. »Und das ist der Gefallen, um den ich Sie bitten möchte. In Ihrem eigenen Interesse, vergessen Sie nicht, dass ein Mann von einem bezaubernden Mädchen wie Ihnen als Mann geliebt werden will, der mit geradem Rückgrat dasteht und Ihnen imponiert, nicht als misshandelter, dem Tod entrissener kleiner Junge, den Sie bedauern.«

»Geht nicht beides?«, fragte Amarna. »Ich finde ihn wundervoll. An seinem Rückgrat ist nichts auszusetzen, und mir ist nie ein Mann begegnet, der mich so beeindruckt hat. Aber er kann nicht lachen und ist unendlich allein, und darum tut es mir weh. Warum darf es das nicht? Er ist der erste Mensch, dem es weh tut, dass ich allein bin. Er hat gesagt, er versteckt sich mit mir in einem Zug, wenn ich nach Hattuša fahren und dieses Wirrwarr um meine Familie aufklären will. Er hat kein Geld, aber er stiehlt mir Dokumente, damit ich mich wiederfinden kann.«

Sie hatte die Worte in aller Eile herausstoßen müssen, um nicht zu weinen, weil er ihr so sehr fehlte. Als sie aufblickte, sah sie Rosen lächeln. »Natürlich geht beides«, sagte er. »Ich wollte

Sie nur warnen, weil der Stolz eines Mannes ein überempfindliches Organ ist – auch bei einem, der sich zäh wie eine Ratte gibt, und umso mehr, wenn er gegen ein goldblondes Prachtexemplar wie Ihren Bekannten aus dem Zug antreten muss.«
»O Gott!« Amarna stöhnte. »Ich würde ihm so gern guttun. Aber ich glaube, ich bin gerade dabei, ihm das Leben, das er sich mühsam aufgebaut hat, zur Hölle zu machen.«
»Das glaube ich ganz und gar nicht«, erwiderte Rosen. »Ich bin überzeugt, er findet sein Leben gerade so kompliziert wie Sie das Ihre – und mindestens genauso verzaubert und lebenswert. Erlauben Sie ihm aber bitte trotzdem nicht, Dokumente zu stehlen oder schwarz in einem Zug zu fahren. Ich fürchte nämlich, in türkischen Gefängnissen fasst man Armenier bis heute eher mit Stiefelabsätzen als mit Samthandschuhen an.«
Amarna schauderte zusammen.
Rosen streichelte kurz ihre Hand. »Hattuša – das ist die sagenhafte Hauptstadt der Hethiter?«
Sie konnte nur nicken.
»Leider verstehe ich nicht viel von Archäologie. Weiß man denn überhaupt, wo das gelegen haben soll?«
»Im Hochland von Anatolien«, antwortete Amarna. »Bei einem Dorf namens Boğazköy, mehr oder minder im Nirgendwo.«
»Und da müssen Sie hin, um sich wiederzufinden?«
Amarna überlegte. »Ich glaube schon«, sagte sie dann. »Aber ich lasse Arman trotzdem nichts stehlen und keine Züge überfallen. Das verspreche ich Ihnen.«
»Wenn es am Geld scheitert, vergessen Sie nicht, ich habe davon weit mehr, als ich brauchen kann, und es macht mich nicht zu einem glücklichen Mann.«
»Das könnte ich nicht annehmen, Herr Rosen. Sie haben mir schon viel zu viel geholfen.«

»Wenn Menschen in Not sind, beklagen wir uns oft bitter darüber, dass niemand ihnen hilft. Wenn sie aber Hilfe nicht annehmen wollen, was nützt dann die ganze Klagerei?«

Es war bereits dunkel, als sie das Pera Palas verließ, zu spät, um noch einmal loszuziehen und nach Arman zu suchen. Bisher war sie wütend gewesen, weil er sich vor ihr verleugnen ließ. Jetzt hatte sie Angst, es könnte ihm zu elend ergangen sein, um sich zu melden. Wenn Merten unrecht hatte, wenn er ärztliche Hilfe gebraucht hatte, würde ein Arzt ihn ohne Geld überhaupt versorgen?
Rosen bestand darauf, ihr einen Wagen rufen zu lassen, der sie zurück ins Hotel fuhr. »Sprechen Sie Armenisch?«, fragte Amarna, ehe sie einstieg.
»Zu mehr als den nötigsten Brocken hat es bei mir leider nie gereicht.«
»Was Lajvard heißt, wissen Sie nicht zufällig?«
Er lachte. »Sagt er das zu Ihnen? Wie treffend.« Aus dem Armband an ihrem Gelenk zupfte er eine der leuchtend blauen Perlen. »Das ist ein Lajvard, ein Lapislazuli. Er hat die Farbe Ihrer Augen, die mehr als nur schön ist. Die Völker des mittleren Ostens versprechen sich Schutz vor allem Unheil davon.«

Als Amarna zurück ins Hotel kam, saß Paul auf dem Tagesbett und trank eine weißliche Flüssigkeit aus einer Flasche, die er vermutlich unterwegs gekauft hatte. »Amarna«, sagte er und stöhnte auf. »Bitte geh heute Abend nicht noch einmal weg. Wir müssen reden.«
»Ja, das müssen wir, aber heute Abend habe ich keine Kraft mehr dazu.« Vollkommen erschöpft ließ sie sich auf einen Stuhl fallen.

Ein paar Augenblicke lang herrschte lastendes Schweigen. Dann wies Paul auf den Schreibtisch. »Das da ist vorhin für dich abgegeben worden. Ich habe den Mann, der es gebracht hat, nicht gesehen. Er hat es an der Rezeption gelassen.«

Arman.

Amarna wusste nicht, was sie erwartet hatte. Rote Rosen mit endlosen Stengeln, einen Ring, irgendetwas, das Männer in den neuen Tonfilmen ihren Angebeteten schenkten. Sofort kam sie sich albern vor. Arman hatte kein Geld, und auf dem Schreibtisch stand nur eine Schachtel aus dünnem schwarzem Holz.

Sie öffnete den Verschluss und schlug den Deckel hoch. Obenauf lagen ein Schlüsselbund und ein weißes Leintuch, in das zwei längliche, krapfenartige, mit Zucker bestreute Gebäckstücke eingeschlagen waren. Sie dufteten so intensiv nach Zitrone, dass Amarna, ohne zu überlegen, in eines hineinbiss. Es schmeckte nach Zuhause und Trost, nach der herben Säure von Zitrone und der verborgenen Süße von Zucker. Auch wenn das schwerlich möglich war, schien der Geschmack ihr noch vertrauter als bei den Pfannkuchen, die sie daheim in der Bäckerei Thomke kaufte.

Der Rest des Kastens war bis an den Rand gefüllt mit Papieren. »Hattuša«, las Amarna auf dem Deckblatt in einer Handschrift, die dünn wie ein Spinnwebfaden war. »21. März 1906. Erste Grabung am Löwentor.«

Das hier war besser als Rosen und Ringe. Frauen in Tonfilmen hatten Männer, die ihnen für ein Vermögen unnützen Krimskrams kauften. Sie hatte einen, der kein Geld hatte und ihr stahl, was sie am dringendsten brauchte.

21

Liebste Amarna!
(Streich Dir das aus. Ich wollte das nicht schreiben. Aber ich habe eine Stunde lang versucht, anders anzufangen, und ehe ich noch drei Stunden ohne eine Zeile hier sitze, lasse ich es lieber stehen.)
Ich schicke Dir an Papieren zu Hattuša, was im Archiv des Museums auf Deutsch zu finden war. Außerdem schicke ich Dir den Schlüssel für die Hintertür und einen dieser Pässe, wie sie für Mitarbeiter ausgestellt werden. Komm abends, nach Toresschluss, dann wird Dich niemand belästigen. Vor allem ich nicht. Nur sorge dafür, dass jemand Dich abholt und nach Hause bringt.
Ich lasse die Zwischentür für Dich offen. Im Reliefraum müssen an die hundert Zeichnungen herumliegen, die ich in Hattuša gemacht habe. Es sind nur Kritzeleien, aber wenn Du etwas davon brauchen kannst, nimm es bitte mit.
Weißt Du, dass zwei deutsche Archäologen derzeit in Istanbul auf eine Grabungslizenz für Hattuša warten? Was ich sage, kratzt natürlich keinen, aber ich kenne ein paar Leute. Wenn Du mit den beiden Deutschen fahren willst, könnte ich jemanden bitten, sich für Dich zu verwenden – oder Du sprichst selbst mit ihnen. Ich lege eine Karte mit der Adresse bei.
Inzwischen wird man Dir ein paar Dinge über mich erzählt haben, die noch hässlicher sind als die, die Du schon kanntest. Bestreiten kann ich keines davon, und Professor Schobert hat recht, ich hätte Dir nicht nahekommen dürfen. Kannst Du mir bitte glauben, dass ich

das auch nicht vorhatte? Dass ich bei allem Planen, das ich nicht leugne, dieses nicht geplant habe, sondern blind hineingelaufen bin?
Das nützt nichts, ich weiß. Bitte pass auf Dich auf. Dein Verlobter ist ein sehr nobler Mann. Kannst Du ihm ausrichten, ich ließe ihm danken, weil er mir jetzt schon das zweite Mal die Haut gerettet hat, und ich bäte ihn um Verzeihung?
Ich wünschte, ich könnte Dich um Verzeihung bitten.
Ich wünschte, Deine Nächte wären traumlos und still.
Das Wildschwein. A.

Monatelang war sie auf der Jagd nach diesen Aufzeichnungen gewesen, hatte Himmel und Menschen in Bewegung gesetzt und nichts als Vertröstungen erhalten. Jetzt lagen sie vor ihr. Ein Fremder, den sie seit drei Tagen kannte, hatte verstanden, wie dringend sie sie brauchte, und sie ihr beschafft, ohne sich um das Risiko zu scheren.
Er war kein Fremder.
Amarna legte den Brief an ihre Wange, streichelte ihn und wünschte, sie könnte die Hand streicheln, die ihn geschrieben hatte. Wie konnte ein Mann sich ungebildet schimpfen, der solche Briefe schrieb? Liebster Arman, antwortete sie ihm in Gedanken. Untersteh Dich, mich je anders zu nennen als Deine Liebste, Deinen Lapislazuli, und von Deinen Worten streiche ich bestimmt keines aus.
Statt mich um Verzeihung zu bitten, könntest Du zu mir kommen und Dir abholen, was Dir für dieses Husarenstück gebührt. Hundert Küsse für den Anfang, überallhin, und wenn ich mit Dir fertig bin, beginne ich wieder von vorn. Ich hätte Dich so gern bei mir. Ich würde Dir so gern versprechen, dass ich nichts über Dich glauben werde, was nicht Du selbst mir

erzählt hast, und dass ich Dich für nichts verurteilen werde, ohne Deine Erklärung anzuhören. Es macht mich so glücklich, dass Du für mich gestohlen hast, aber bitte stiehl nichts mehr für mich. Pass auf Dich auf, mein Liebling. Ich wünschte, ich könnte meine Arme um Dich legen und sie würden die schützenden Mauern von Hattuša werden.
Während sie ihm in Gedanken ihren Liebesbrief schrieb, aß sie die beiden Zitronenkrapfen auf und begann die Papiere aus der Schachtel zu nehmen. Sie brauchte nicht lange zu blättern, um eine mit der Schreibmaschine getippte Liste der Teilnehmer zu finden, die jene erste Expedition von 1906 bestritten hatten. Den Namen, den sie suchte, entdeckte sie sofort: Tilman Brandstätter, Deutsche Orient-Gesellschaft, Berlin.
Es schwarz auf weiß zu sehen, versetzte ihr noch einmal einen Stich, den sie verdauen musste. Dann kehrte ihr Blick zu der Liste zurück, wo der nächste Schrecken auf sie wartete. Hugo Winckler hatte sich zu den einzelnen Namen handschriftliche Notizen gemacht, die nicht leicht zu entziffern waren. Ihr Vater hatte offenbar eine eigene Untergruppe geleitet, die zum Heiligtum von Yazilikaya entsandt worden war. »Brandstätter kennt das Terrain«, las Amarna. »War im letzten Jahr zur Sondierung hier.«
Ihr Vater war also keineswegs zufällig zu dieser Expedition gestoßen, weil er als Altorientalist einer Grabung in seinem Feld nicht widerstehen konnte, sondern hatte sich bereits im Vorjahr gezielt für Hattuša interessiert und die Stadt, von der kaum ein Mensch wusste, sogar bereist.
Die Zeile unter seinem Namen war mit schwarzblauer Tinte unleserlich gemacht worden, und darunter war Merten Schobert aufgeführt. Die beiden anderen in der Liste genannten Männer kannte sie nicht. Wild begann Amarna durch den Papierstapel zu blättern, um den gelöschten Namen ausfindig zu

machen. Ihre Befürchtung bestätigte sich. Der Name war auf allen Bögen ausgestrichen, in Listen wie in Berichten. Warum? Und wer hatte es getan? Sie würde das Material mit aller Sorgfalt studieren müssen, um einen Hinweis auf die Person zu finden, deren Existenz aus der Geschichte dieser Grabung getilgt worden war.

»Was ist das?«, fuhr Pauls Stimme in ihre Gedanken.

»Hattuša«, erwiderte Amarna.

»Die fehlenden Dokumentationen?«

Amarna nickte.

»Ich habe mir schon so etwas gedacht«, sagte Paul. »Da sie in Berlin nicht zu finden waren, konnte nur Wincklers türkischer Partner Makridi die deutschen Aufzeichnungen nach Istanbul geschafft haben.«

»Du hast es dir gedacht«, murmelte Amarna, »aber gesagt hast du mir nichts davon.«

»Ich dachte, ich bekomme erst einmal heraus, wo die Papiere zu finden sein könnten, und wenn ich es weiß, überrasche ich dich.«

Der große Gönner, der dem kleinen Mädchen sein Kaninchen aus dem Hut zaubert, dachte Amarna bitter. »Hast du gewusst, dass zwei deutsche Archäologen auf eine Grabungslizenz für Hattuša warten?«, fragte sie ihn. »Einer davon ist ja wohl Bodo Hähnlein. Als du ihn aufgesucht hast, hat er dir von seinen Plänen erzählt?«

Die Antwort war Schweigen.

»Also ja«, stellte Amarna fest. »Vermutlich wolltest du mich damit auch überraschen, wenn du Gott weiß was herausgefunden hättest.«

»Amarna, diese Grabung, die Hähnlein und Bittel planen, spielt für dich doch überhaupt keine Rolle!«, rief er. »Dieser Hähnlein ist kein großes Licht, sondern ein überfressener

Wichtigtuer und außerdem von vorgestern. Für den haben Frauen in der Archäologie nichts zu suchen. Er ist nicht einmal bereit, dich zu empfangen.«

»Und die Chance, ihn selbst zu fragen, wolltest du mir nicht geben, sehe ich das richtig? Deiner Ansicht nach haben Frauen in solchen Gesprächen vermutlich nichts zu suchen.«

»Amarna …«

»Lass gut sein, Paul«, sagte sie. »Du hast recht, wir müssen reden. Es steht mir nicht zu, dir Vorwürfe zu machen, denn das, was ich dir angetan habe, ist weit schlimmer als deine ganze gönnerhafte Bevormundung.«

»Was hast du mir angetan?« Sein Gesicht wurde starr. Auf seiner Oberlippe sammelten sich Schweißperlen.

»Ich habe mich in einen anderen Mann verliebt«, sagte sie. Es war ihr zuwider, ihn zu verletzen, und dennoch tat es gut, es auszusprechen.

»Verliebt, Amarna?« Seine Stimme klang spitz, und Amarna sah, wie er die Fäuste ballte. »Musst du ein derart hochtrabendes Wort dafür benutzen? Du sprichst von diesem Armenier, nicht wahr? Er gefällt dir. Es ist so, wie Merten gesagt hat. Das Unzivilisierte, dieses schwüle Dunkelschöne, tut auf Frauen seine Wirkung, aber deshalb bist du doch noch lange nicht verliebt. Du kennst den Mann überhaupt nicht. Er mag einer Geheimorganisation angehören wie dieser Tellerian oder wie er heißt, er könnte nach Berlin gekommen sein, um zu töten.«

»Und wenn?«, schrie Amarna los, während ihr schon wieder Tränen in die Augen schossen. »Wenn er gekommen ist, um wie Tehlirian einen der Männer zu töten, die sein ganzes Volk abgeschlachtet haben? Macht dich das besser als ihn? Weißt du, was du an seiner Stelle tätest?«

»Du hast dir den komischen Namen ja gemerkt«, brachte Paul erstaunt heraus.

»Ich habe ihn mir aufgeschrieben, und er ist nicht komisch, sondern fremd.«

»Natürlich«, murmelte Paul lahm. »Und nein, ich weiß nicht, was ich an seiner Stelle täte.«

»Außerdem hat Arman niemanden getötet.« Wie konnte sie dessen sicher sein? Enkidu ist gefährlich, hatte er zu ihr gesagt. Er ist ein Mörder. Sie streifte den Gedanken ab. »Du oder Merten, ihr greift ihn nie wieder an«, sagte sie zu Paul. »Andernfalls rufe ich die Polizei, auch wenn fraglich ist, ob die sich darum schert, wenn zwei gesittete deutsche Akademiker einen unzivilisierten Armenier zusammenschlagen, der von Putzarbeiten lebt.«

»Jetzt ist es aber genug.« Paul sprang vom Bett, die Fäuste noch immer geballt und die Schultern bebend vor Zorn. »Ich habe den Armenier nicht geschlagen, und ich erlaube dir nicht, einen dumpfen Rassisten aus mir zu machen. Ich bin zu ihm gelaufen, weil ich ihm helfen und ihn vor Merten schützen wollte. Das wäre im Übrigen schon das zweite Mal gewesen, dass ich ihn vor einer Tracht Prügel bewahrt hätte, und die erste wäre ziemlich böse ausgefallen, wenn ich ihm nicht beigesprungen wäre.«

»Er hat mir davon geschrieben«, murmelte Amarna, die einsah, dass sie ihren Zorn am falschen Mann ausließ. »Es tut mir leid, Paul. Arman lässt dir danken und bittet dich um Verzeihung.«

»Dafür, dass er sich an meiner Verlobten vergreift?«, blaffte Paul. »Das ist unverzeihlich. Ich bin ein zivilisierter Mensch, ich löse meine Konflikte nicht mit Gewalt wie mein Vater, aber dass dieser saubere Herr von dir seine Finger lassen soll, werde ich ihm in einer Sprache stecken, die er versteht, und daran wird nichts und niemand mich hindern.«

Amarna sprang ebenfalls auf und vertrat ihm den Weg. »Und was, meinst du, ist das, eine Sprache, die er versteht? Beleidigungen? Schläge? Nur damit du es weißt, er spricht mindestens drei Sprachen fließend, liest Akkadisch und kann das halbe *Gilgamesch-Epos* auf Deutsch hersagen. Warum er sich einen Wilden nennt, während ihr euch für zivilisiert haltet, weiß der Himmel.«

»Ich habe es so nicht gemeint«, rief Paul, aber Amarna kannte kein Halten mehr.

»Weshalb regst du dich eigentlich über Dr. Hähnlein auf?«, schrie sie. »Mit welchem Recht ereifert ihr euch über muslimische Väter, die ihre Töchter in ungewollte Ehen zwingen? Was unterscheidet euch denn? Mein Vater enthält mir jegliche Information über meine Familie vor, mein Pate verprügelt den Mann, in den ich verliebt bin, und mein ehemaliger Verlobter stößt wüste Drohungen aus. Kämpft ihr wirklich für die Rechte der Frau, oder blast ihr nur Parolen vor euch her, die für euch selbst nicht gelten?«

»Dein ehemaliger Verlobter?« Pauls Schultern sackten hinunter. Bis eben hatte er bedrohlich gewirkt, jetzt erschien er nur noch hilflos und verloren. »Tu mir das nicht an, Amarna. Nicht nachdem du diesen Kerl keine fünf Tage kennst. Gib mir wenigstens die Chance, um dich zu kämpfen.«

»Er heißt Arman«, sagte Amarna. »Er hat dasselbe Recht auf seinen Namen wie du.«

»Ich spreche ihm sein Recht nicht ab. Ich wünschte nur, du würdest auch mir Rechte zugestehen und mich nicht abservieren wie ein ausgelatschtes Paar Schuhe, das du durch ein exotischeres Modell ersetzt.«

Amarna wollte auffahren, besann sich aber und kehrte zu ihrem Stuhl zurück. »Du hast recht, ich behandle dich abscheulich, und obendrein nutze ich dich auch noch aus und lasse dich für das Hotel bezahlen. Mit Merten wollte ich kein Wort mehr sprechen, aber ich werde ihm sagen, dass ich ihm meine Hälfte des Reisegelds selbst zurückzahle …«

»Stemple nicht Merten und mich zu Verbrechern ab, die dir übelwollen«, sagte Paul. »Was Merten getan hat, war erschreckend, und ich behaupte nicht, dass ich alles richtig mache. Aber wir sind deine Freunde. Wir lieben dich, und im Gegensatz zu deinem Armenier haben wir das bereits jahrelang bewiesen. Wenn wir uns unmöglich benehmen, dann, weil wir Angst um dich haben. Was ist, wenn Merten recht hat, wenn der Armenier wirklich deinem Vater schaden will und dich dazu benutzt?«

Amarna überlegte. »Ich werde ihn fragen«, sagte sie dann. »Du wirst nicht von mir verlangen, dass ich ihn aburteile, ohne ihn anzuhören, oder?«

»Natürlich nicht«, sagte Paul und kehrte mit hängenden Schultern auf das Bett zurück. »Wann triffst du ihn?«

»Ich versuche morgen, ihn im Museum zu erwischen.«

»Ich begleite dich.«

»Nein«, entgegnete Amarna. »Du brauchst mich nicht vor ihm zu schützen. Hätte er mir etwas Böses gewollt, hätte er reichlich Gelegenheit gehabt, es zu tun.«

»Und wer sagt dir, dass er es nicht getan hat?«, fragte Paul.

Amarna wurde übel. »Ich weiß nicht, was du damit sagen willst.«

»Das weiß ich wohl selbst nicht«, erwiderte Paul. »Tust du mir trotzdem einen Gefallen? Bitte geh nirgendwohin, ohne dass einer von uns weiß, wo du bist.«

22

In dem düsteren, riesigen Raum hing der Geruch des Todes zwischen steinernen Gespenstern. Die Gesichter mit den Riesenaugen und den fliehenden Stirnen schienen Merten anzustarren. Artsrunis Balg musste Tag und Nacht wie ein Be-

sessener auf diese Steine einhämmern. Besessen von Hattuša. Und so verflucht begabt, als würde der Teufel mithämmern.
Das Mädchen, das sich ihm in den Weg stellte, war weder auf Armenisch noch auf Türkisch ansprechbar. Stattdessen fiepte sie wie ein kleines Tier, dass es ihm in den Ohren gellte. Letzten Endes blieb Merten nichts übrig, als sie beiseitezuschieben, um in die Wohnung zu gelangen.
In dem altmodischen Herd in der Küche brannte ein Feuer. Es roch nach Kümmel, Knoblauch und Salbei, und der Raum war erfüllt von gedämpftem Licht. Ein wenig war es wie damals, als er zum ersten Mal in dieses Haus gekommen war. Nur war an jenem Tag das untere Stockwerk noch keine steinerne Gespensterhöhle, sondern das Herz des Haushalts gewesen. Danach war das Haus gestorben. Ermordet worden, die Tür eingetreten und das Herz zerschlagen. Dass die verweste Leiche noch einmal zu einer Art Leben erwacht war, verwunderte ihn.
Wie war Artsrunis Balg an das Haus gekommen? Hieß es nicht, die türkische Regierung gebe keinen enteigneten Besitz an Armenier zurück? Vermutlich hatte es leer gestanden, und er hatte sich einfach eingenistet, weil sonst niemand die verfallene Bruchbude, der der Tod in den Ritzen saß, wollte. Merten ging hinaus auf den Gang und schob willkürlich zur Linken eine angelehnte Tür auf. Artsrunis Balg lag rücklings im Halbdunkel auf dem Bett und hatte ein Bein angewinkelt. Er war der Sohn seines Vaters. Wie dieser konnte er nicht einmal in einer so schlichten Körperhaltung verharren, ohne dass es aufreizend wirkte. Als er Merten kommen hörte, schwang er herum und setzte sich auf die Bettkante.
»Bleib liegen«, sagte Merten.
Artsrunis Balg blieb sitzen. »Guten Abend, Herr Professor.«
»Spar dir deinen Sarkasmus.«

»Ich bin nicht sarkastisch. Ich versuche meine Umgangsformen zivilisierter Höflichkeit anzupassen.«
»Ich war schon vor zwanzig Jahren der Meinung, dir hätte man ununterbrochen ein paar auf dein großes Maul geben sollen«, knurrte Merten.
»Ich weiß«, erwiderte Artsrunis Balg. »Leider war nicht ständig jemand zur Stelle, der Ihnen dabei zur Hand gehen konnte, aber die meisten haben sich immerhin bemüht.«
Merten stöhnte, zog sich unter dem Waschtisch einen Stuhl weg und setzte sich. »Können wir das nicht lassen?«
»Doch«, antwortete Artsrunis Balg.
»Ich bin gekommen, um mich bei dir zu entschuldigen.«
Der Armenier blickte auf. »Ich dachte, wir wollten das lassen?«
»Ich meine es ernst«, sagte Merten. »Ob du es glaubst oder nicht und auch wenn du ein unsäglicher Flegel warst, ich war immer der Ansicht, in dieser ganzen Geschichte sei dir am übelsten mitgespielt worden. Andernfalls hätten wir euren Organisationen nicht über all die Jahre ein Vermögen zugeschustert, und vor allem hätte ich dich nicht aus dieser Anstalt geholt.«
Unter schrägen, schwarzbewimperten Lidern sah Artsrunis Balg ihn an. Schlafzimmerblick hatte Merten das bei seinem Vater genannt, und bei dem Sohn war es schlimmer. Dass das rechte Auge noch immer abenteuerlich verschwollen war, tat der Wirkung keinen Abbruch. »Mit Verlaub«, sagte er. »Sie haben mich nicht aus der Anstalt geholt.«
»Ach nein? Und wie bist du dann da herausgekommen?«
»Ausgebrochen«, antwortete Artsrunis Balg. »In dem Kriegsdurcheinander so nahe bei der russischen Grenze war das keine Kunst.«
»Das ist Unsinn. Du warst wie alt? Zwölf? Wie hättest du ohne das Geld, das ich für dich geschickt habe, einen kaukasischen Winter überleben wollen?«

»Geld, das zu jener Zeit Armeniern geschickt wurde, ist vermutlich formlos enteignet worden«, entgegnete Artsrunis Balg ruhig. »Ich habe einem besoffenen Offizier eine Pistole geklaut und damit herumgeballert, bis das Magazin leer und der Weg frei war. Vom Kaukasus ist Tatvan noch ein gutes Stück weg, aber vom Winter dort hatte ich die Nase trotzdem voll. Also habe ich mich im nächstbesten Zug versteckt und mich den Rest des Weges zu Fuß durchgeschlagen.«

»Wohin?«

Statt einer Antwort verzog er den Mund zu einer Grimasse, die alles andere als ein Lächeln war.

»Das ist nicht dein Ernst. Du verfluchter Hund bist zurück nach Boğazköy gegangen? Warum nicht zu euren Verwandten nach Konstantinopel?«

Die Mundwinkel des Armeniers zuckten, der Rest des Gesichts blieb unbewegt. »1915? Da hatte ich keine Verwandten mehr in Konstantinopel. Und anderswo auch nicht.«

Getroffen schwieg Merten. Dann schluckte er hart und zwang sich, weiterzufragen: »Und warum ausgerechnet nach Boğazköy? Hattest du keine Angst, dass sie dich dort steinigen?«

»Doch«, erwiderte Artsrunis Balg. »Ich habe den ganzen Weg vor Angst geschlottert, aber als ich ankam, hatte ich zum Schlottern keine Kraft mehr. Vielleicht hätte ich sonst ja den Schwanz eingekniffen und kehrtgemacht.«

»Aber was wolltest du denn überhaupt da?«

»Mit Bülent Yilmaz sprechen«, antwortete Artsrunis Balg. »Ihn fragen, ob das, was die Leute mir drei Jahre lang in die Ohren gebrüllt hatten, die Wahrheit war.«

»Du bist noch viel kränker im Kopf, als ich es mir hätte träumen lassen. Hast du dir nicht gedacht, dass Yilmaz dich gern wie eine Ratte an der Wand zerschmettert hätte?«

»Ich fürchte, ich habe überhaupt nicht mehr viel gedacht«, sagte Artsrunis Balg.
»Und wie bist du davongekommen?«
Er zuckte eine Schulter. »Ich hatte eben Glück. Bülent Yilmaz hatte vielleicht an diesem Tag schon genug Ratten zerschmettert, und sein Arm war müde.«
»Was hat er mit dir gemacht?«
Artsrunis Balg verrenkte gelenkig ein Bein, legte sich einen schmalen, bloßen Fuß in den Schoß und begann ihn zwischen seinen Händen zu reiben. »Er hat mir Ayran eingeflößt. Ich hatte ein paar ziemlich ekelerregende Wunden, von denen hat er die Fliegen verscheucht, und dann hat er die Tür zugemacht. Als die Nachtkälte kam, hat er sie noch einmal geöffnet und mich von seiner Schwelle in sein Haus geschleift.« Ohne den Fuß loszulassen, blickte er auf. »Es ist genug jetzt. Ich möchte keine Fragen mehr beantworten. Wenn Sie mich mit Gewalt dazu bringen wollen, schlage ich zurück.«
»Ich will dich verdammt noch mal nicht mit Gewalt dazu bringen«, presste Merten heraus. »Ich habe dir gesagt, ich bin gekommen, um mich zu entschuldigen. Ich habe nie etwas gegen dein Volk gehabt, Artsruni. Und dass Kinder in Strafanstalten geschunden werden, ist für mich ein Unding, auch bei einem Satansbraten wie dir. Es tut mir leid, dass das Geld dir nicht geholfen hat. Und es tut mir auch leid, dass ich dich neulich so übel erwischt habe. Bist du in Ordnung? Kein Arzt vonnöten?«
»Das kommt schon hin«, antwortete Artsrunis Balg. »Ich bin zäh wie eine schwarze Ratte, und dafür, dass Sie mich übel erwischt haben, brauchen Sie sich nicht zu entschuldigen. Im Eifer des Gefechts passiert das eben.«
Sein Blick traf den dunklen des anderen. Worauf spielte er an? Damals hatte der verdammte Bengel sie alle bis aufs Blut ge-

reizt. Merten war nicht der Einzige, dem gelegentlich die Hand ausgerutscht war. Ein paar Maulschellen, hier und da eine Kopfnuss, nicht der Rede wert, hätte er nicht einmal zu fest zugelangt. Der Kerl hatte kaum Fleisch auf den Knochen gehabt, er hatte das Gleichgewicht verloren und war mit der Stirn auf eine Felsenkante gestürzt. Merten schüttelte sich. Er hatte sich damals gehasst, und er hasste sich auch jetzt, weil er aus eigener bitterer Erfahrung wusste, dass kein Kind, nicht einmal das widerwärtigste, Schuld an dem trug, was Erwachsene taten.

Ein Kind mit der flachen Hand zu schlagen, weil man nicht den Schneid hatte, wie bei einem Erwachsenen die Faust zu nehmen, war verächtlich. Damals hatte er Blut und Wasser geschwitzt vor Angst, der Bengel könnte zu Tilman laufen und ihn verpetzen. Er hatte ihm Naschwerk angeboten, dieses klebrige Zitronenzeug, nach dem die Kinder dort unten verrückt waren. Dafür schämte er sich bis heute.

Der Bengel hatte abgelehnt.

Abends hatte Tilman das widerstrebende Balg bei den Schultern genommen und die blutverschmierte Stirn mit seinem Taschentuch sauber getupft. »Wo hast du dich verletzt, kleiner Vagabund?«

»Ich bin am Hang gestolpert«, hatte der Kerl zur Antwort gegeben, hatte sich losgerissen und war davongerannt.

»Ich bin kein rassistisches Schwein, Artsruni«, sagte Merten. »Das, was zwischen uns geschehen ist, hat nichts mit dem Hass zwischen Völkern zu tun, der mir unerklärlich bleiben wird, selbst wenn ich bis an mein Lebensende darüber forsche.«

Warum sagte er so etwas zu diesem Kerl, der ihm verhasst war? Weil er niemanden zum Sprechen hatte, seit mit Tilman kein Gespräch mehr möglich war, stellte er bitter fest.

»Ich weiß«, sagte Artsrunis Balg. »Ich habe Ihr Buch gelesen.«
»Das hast du nicht!«
»Wie Sie wollen. Ich halte Sie auch ohne Buch für kein rassistisches Schwein.«
»Für was dann?«
»Ist das wichtig?«
»Sag es, verdammt noch mal!«, schrie Merten ihn an.
»Für Professor Brandstätters Freund«, antwortete Artsrunis Balg. »Zu schreien brauchen Sie nicht. Eines meiner Ohren hört nichts, deshalb tut Ihr Geschrei mir nicht sonderlich weh. Jetzt muss ich Sie bitten zu gehen. Ich habe mich um Rehan zu kümmern.«
»Um die kleine Furie, die deine Leiter bewacht?«, fragte Merten, während ihm in den Ohren hallte, was der andere gesagt hatte. Für Professor Brandstätters Freund. »Wer ist die denn?«
»Meine Schwester.«
»Quatsch, deine Schwester, das kleine Genie, ist tot.«
»Dann eben ein Mädchen, das ich als meine Schwester angenommen habe.«
Merten hatte schon einmal etwas gehört, das fast genauso klang. »Ich weiß, dass mein Bruder tot ist. Ich habe Gaspar als meinen Bruder angenommen.« Er schüttelte die Erinnerung ab. »Hör zu, Artsruni, wenn du Geld brauchst …«
»Ich brauche keines.«
»Warum nicht? Mit Geld könntest du etwas aus dir machen. Im Kuratorium scheinen sie dich für ziemlich begabt zu halten. Du hättest eine Zukunft, könntest einen Schlussstrich ziehen und die Vergangenheit hinter dir lassen …«
»Und was ist der Preis dafür? Dass ich Amarna Brandstätter nicht mehr sehe?«
Merten sandte ihm ein böses Lächeln. »Du bist ja ein kleiner Schlaukopf, mein Süßer.«

»Und ein kleiner Querkopf.« Artsrunis Balg zog seine Grimasse. »Ich bedaure, Herr Professor. Ihr Angebot interessiert mich nicht.«

»Zum Teufel, was hat dir denn Amarna getan?« Merten sprang auf und musste sich mit aller Kraft beherrschen, um ihm nicht wiederum eins zu verpassen. »Bist du so krank, so zerfressen von Rachsucht, dass du dich nicht scheust, ein Mädchen hineinzuziehen, das an alledem nicht die geringste Schuld trägt?«

Artsrunis Balg zuckte eine Schulter. »Sicher.«

»Verdammt, warum metzeln ein paar Verbrecher ein ganzes großartiges Volk und lassen eine verkommene Kakerlake wie dich am Leben?«

Eine Zeitlang schwieg Artsrunis Balg, ehe er die verletzte Braue zucken ließ und fragte: »Möchten Sie sich dafür vielleicht wieder entschuldigen?«

»Nicht bei dir, du Dreck. Du hast doch nicht einmal genug Größe, eine Entschuldigung anzunehmen.«

»Aber Dreck ist käuflich. Warum bieten Sie mir nicht an, meinen Preis zu zahlen?«

Merten stockte. Es war ihm zuwider, sich von diesem Subjekt erpressen zu lassen, aber Amarna war wichtiger. Nicht zum ersten Mal musste er erkennen, dass sie sich in dieser Geschichte keinen Stolz mehr leisten konnten. »Also gut. Was verlangst du dafür, dass du von Amarna künftig deine dreckigen Pfoten lässt?«

Artsrunis Balg stand auf und betrachtete seine Hände. »Fahren Sie mit ihr nach Hattuša«, sagte er.

»Du bist vollkommen wahnsinnig!«, schrie Merten.

»Das bestreite ich nicht«, erwiderte Artsrunis Balg. »Aber wenn Sie es nicht tun, fahre ich.«

23

Amarna zwang sich, den Tag über zu warten. Sie brauchte Zeit, um jeden einzelnen Bericht von den Hattuša-Expeditionen mit Sorgfalt durchzulesen. Das Material war nicht vollständig. In Berichten fehlten einzelne Bogen, bei anderen waren Stellen unleserlich gemacht, und sämtliche Texte stammten aus den Jahren 1906 und 1907. Später verfasste Dokumente fehlten völlig. Dennoch erschloss sich ihr aus den Zeilen eine Welt – das Leben auf einer Grabungsstätte, eine Gemeinschaft von Archäologen, die dabei war, eine versunkene Kultur zu neuem Leben zu erwecken.

Aus den Protokollen strömten Begeisterung und Entdeckerstolz. »Nach Boğazköy!«, las sie in der ersten Zeile des sonst um Nüchternheit bemühten Berichts. »So hatte zwei Jahre lang unsere Parole gelautet, und jetzt sind wir wahrhaftig hier. Über uns die Mauern der Hethiterstadt. Noch immer ist keiner von uns in der Lage zu fassen, dass tatsächlich wir es sind, die den Wettlauf um die Grabungslizenz gewonnen haben. Dank sei dem Kaiser und seiner Liebe zur Archäologie.«

»Überraschend wenig Schutt ist abzutragen, oft kann es von Hand getan werden, und darunter schläft eine Welt«, las sie an anderer Stelle.

Die Lektüre der Aufzeichnungen erfüllte Amarna mit einer erregenden Wärme, als wäre sie ein Teil davon. Und ein wenig war sie das auch. In den handschriftlichen Notizen aus dem September 1907 entdeckte sie die Zeile: »Brandstätter erhält ersehnte Nachricht aus Konstantinopel. Er ist Vater einer Tochter geworden. Wir ziehen auf den Palasthügel und feiern im Schutz von Hattušas Mauern bis in die Nacht.«

Konstantinopel. Istanbul. In dieser Stadt zwischen Europa und Asien, die sie fremd und heimelig zugleich empfangen hatte, war sie zur Welt gekommen.
Hinweise auf den Mann, dessen Name in der Liste ausgestrichen worden war, fand sie so gut wie überhaupt nicht. Ohne Zweifel bezogen sich die Abschnitte, die in den Berichten geschwärzt worden waren, auf ihn. Lediglich an zwei Stellen im Text wurden Namen genannt, die nicht in den Listen verzeichnet waren. Hatte hier der Schwärzer ein paar Zeilen übersehen? Amarna notierte sie sich auf einem Zettel.
»Nurdan kehrt endgültig nach Konstantinopel zurück, was für mehr Ruhe unter den Leuten sorgen wird«, lautete der erste Hinweis. In einem späteren Bericht fanden sich die Zeilen: »Gaspars Gespür und Fachwissen stehen völlig außerhalb des Gewöhnlichen und sind in jeder Hinsicht unschätzbar. Wer B sagt, muss auch A sagen, der Ausspruch wird im Lager zum geflügelten Wort. Leider haben wir dafür den Jungen in Kauf zu nehmen, der ohne jede Zucht aufwächst und sich wie ein Wilder beträgt.«
Welcher der beiden Namen – Nurdan oder Gaspar – gehörte zu dem ausgestrichenen Mann?
Als die Sonne sank, sagte sie zu Paul, der am Schreibtisch zu arbeiten vorgab, sie gehe ins Museum. Noch einmal bettelte er, sie begleiten zu dürfen, doch als sie hart blieb, ließ er sie ziehen. Es war ein kühler, verhangener Abend und Amarna zu dünn angezogen. Während sie um das langgestreckte Museumsgebäude herumlief, musste sie an Armans Sorge um die Berliner Spatzen denken. Sie öffnete die Hintertür und betrat den Raum, in dem der Vertrag von Kadesch lag, gerade in dem Moment, als in den übrigen Sälen das Licht ausgeschaltet wurde und das Museum seine Tore schloss.
Arman stand auf der Leiter an der Längsseite des Reliefs, das, wie sie jetzt erkannte, aus einzelnen aufgetürmten Blöcken be-

stand. Mit einem kleinen Hammer und einem Meißel setzte er dem Gesicht der unfertigen Göttin mit dem bedrohlichen Blick zu. Vor Erleichterung verspürte Amarna eine Schwäche in den Knien. Sie hatte ihn wieder, und seinen gewandten Bewegungen nach hatte er Mertens Angriff unbeschadet überstanden.
Er war so sehr in seine Arbeit vertieft, dass er sie nicht bemerkte, und Amarna genoss es, ihm eine Weile zuzusehen. Kein Wunder, dass sein Körper ein solches Bündel aus Sehnen und Muskelsträngen war, bei der Kraft und Wucht, mit der er sich in jeden Hammerschlag legte. Tatsächlich zwang er mit seinen kleinen Werkzeugen dem Stein die Linien der Figur regelrecht ab wie die Künstler des Direct Carving, die Modelle ablehnten und erleben wollten, was der Stein ohne Umwege unter ihren Händen hergab. Bei jeder Bewegung spielten die Schulterblätter, und die Muskeln der Schenkel spannten sich, dass es Amarna im Bauch kribbelte.
Wann wäre sie je zuvor auf die Idee gekommen, einem Mann auf die Schenkel zu starren? Sie fand ihn schön und erregend, die Lust vibrierte ihr im ganzen Körper, aber sie dachte noch etwas anderes, das sie zuvor von keinem Menschen gedacht hatte: Er besitzt Würde. In ihm ist eine stille Kraft, die ihn schützt und die er an die Figuren, die er schafft, weitergibt.
»Arman!«
Er hielt inne, rieb mit der bloßen Hand Splitter von der Nase der Göttin und drehte sich um. Amarna hätte jubeln wollen, als sie entdeckte, wie gut seine Verletzung heilte. Noch immer war die Haut auf dem rechten Wangenknochen bläulich verfärbt, und das Lid sah ein bisschen aus, als hätte er sich geschminkt, aber die Schwellung war zurückgegangen, so dass das Auge offen stand. Sternenaugen. Dunkelschön. Lider wie halbe Monde aus Perlmutt. Ein Stirnband hielt ihm das Haar aus dem Gesicht. Er riss es sich auf den Hals herunter, legte

das Werkzeug nieder und setzte sich auf die oberste Stufe der Leiter. Wie aus Trotz verhängten ihm dichte schwarze Strähnen die Stirn.
»Wo bist du gewesen?«
»In meiner Höhle.«
»In der bist du immer noch«, sagte Amarna. »Komm da runter.«
»Warum?«
»Frag nicht, tu's einfach.«
»Gib mir eine Viertelstunde. Sieh dich im Museum um, derweil packe ich meine Sachen zusammen, und du hast diesen Raum für dich allein.«
»Ich will nicht diesen Raum für mich allein, sondern dich«, sagte Amarna. »Und du kommst jetzt zu mir, oder ich komme zu dir, und dann kippen wir beide mit dieser lächerlichen Leiter um. Und vermutlich fallen uns obendrein die Brocken von deinem Relief auf den Kopf.« Kurz schauderte sie. Es war das Bild aus ihrem Traum, aber der Schrecken war gleich darauf vorbei.
»Die Brocken sind verschraubt«, erwiderte er.
»Und womit habe ich verdient, dass du mich schneidest? Hat dir Merten oder Paul verboten, mich zu sehen? Haben sie dir gedroht?«
Er baumelte mit den Beinen. »Sehe ich aus wie einer, der sich drohen und etwas verbieten lässt?«
»Tust du nicht, Enkidu«, sagte Amarna. »Was soll ich dann also glauben? Dass du mit mir geschlafen und mich weggeworfen hast wie ein beliebiges Flittchen?«
»Ja«, antwortete er. »Ich denke, das solltest du glauben.«
»Dann hättest du nicht so blöd sein und für dein beliebiges Flittchen deinen Hals beim Diebstahl riskieren sollen. Komm jetzt zu mir, Arman. Du hast gesagt, du hättest das nächste

Mal lieber einen Kuss, und ich habe die beiden Zitronenpfannkuchen, die du mir geschickt hast, aufgegessen. Ich brauche einen neuen.«
»Hast du die gemocht? Sie heißen Tulumba Tatlisi.«
Amarna musste lachen. »Ich habe die ganz furchtbar gemocht, und dieser Name hört sich ganz furchtbar nach dir an. Komm her zu mir, Tulumba Tatlisi, sei kein Feigling, ich will dir in deine erfrorene Nase beißen.«
»Ich bin kein Feigling.« Er stöhnte und verdrehte die Augen. »Ich versuche ein einziges Mal in meinem Leben ein vernünftiger Mann zu sein.«
»Steht dir nicht«, beschied ihn Amarna. »Und warum musst du diesen Unfug ausgerechnet an mir ausprobieren?«
»Willst du darauf wirklich eine Antwort?«
»Ja«, erwiderte Amarna. »Ich will auf alles eine Antwort, und zwar eine ehrliche. Mich interessiert nicht, was die anderen über dich reden. Nur das, was du mir sagst.«
»Ich sage dir gar nichts.« Mit dem Handrücken fuhr er sich über die Stirn. »Ich habe dir geschrieben, die anderen haben recht, und von mir bekommst du keine Antworten, schon gar keine ehrlichen. Nur eine einzige, wenn du willst – und die wirst du mir nicht glauben.«
»Gehen Sie vor wie ein Wissenschaftler und machen Sie die Probe aufs Exempel, mein Herr.«
Er verschränkte die Hände zwischen seinen Beinen und blickte darauf hinunter, so dass noch mehr schweres schwarzes Haar über sein Gesicht fiel. »Ich muss den Unfug mit der Vernunft an dir ausprobieren, weil ich dir nicht weh tun will«, sagte er. »Ich bin eine Hassmaschine, Lajvard. Ich bin zerfressen von Bosheit und dem Wunsch, alles in Trümmer zu schlagen. Aber dieser kleinen, wehrhaften Wissenschaftlerin, die das Zeug zum Gilgamesch hat, will ich nicht weh tun.«

Wellen wie Stromstöße bahnten sich durch ihren Körper. In harten, spitzen Stößen schlug ihr das Herz bis in den Hals. Schritt um Schritt ging sie bis zum Fuß der Leiter. »Na komm schon«, raunte sie lockend zu ihm nach oben, suchte seinen Blick und ließ ihn nicht mehr los. »Ich will dir auch nicht weh tun, ich will alles andere als das, mein liebster Enkidu.«

Zögernd löste er sich von der Sprosse und ließ sich von einer zur nächsten gleiten. Amarna öffnete die Arme, umfing ihn und küsste ihm so zart, wie sie konnte, die Augen. »Was glaubst du denn, du Dummkopf? Dass ich mich von dir in die Flucht jagen lasse?«

»Wenn du klug wärst, brauchte ich dich nicht zu jagen, Lajvard. Haben dir die anderen nicht erzählt …«

»Ich habe dir gesagt, mir ist egal, was die anderen erzählen. Erzähl du es mir. Du hast also meinen Vater gekannt?«

»Bitte frag nicht.«

»Ich habe schon gefragt. Du bist mit der Antwort an der Reihe.«

»Ja«, sagte er, »ich habe ihn gekannt.«

»Schon lange?«

Arman nickte.

Sie streichelte seine Wange. »Und du hasst ihn? Er hat dir oder deiner Familie etwas angetan, für das du ihn bestrafen willst?«

Tief stöhnte er auf, so dass sein Rücken sich spannte. In seinen Augen stand die Qual, die es ihn kostete, seiner Kehle noch eine weitere Silbe abzuringen. »Ich spreche darüber nicht, Amarna. Mit niemandem.«

»Sprich mit mir«, forderte sie ihn auf, obwohl ihr selbst angst und bange wurde.

Noch einmal spannte und versteifte sich sein Rücken. »Dein Vater hat mir das Leben gerettet«, sagte er. »Und meinem Vater auch.«

»O Gott, mein Liebling.« Von irgendwoher fielen die schütteren Teile dieses Puzzles an ihre Plätze und ergaben ein Bild. Sie zog ihn an sich und drückte seinen Kopf auf ihre Schulter nieder, damit er sein Gesicht verbergen konnte. »Das war während der frühen Pogrome, nicht wahr? Und deine Mutter? Kam mein Vater zu spät, um auch deine Mutter zu retten? Hast du mit ansehen müssen, wie sie getötet worden ist?«
Auf ihrer Schulter spürte sie sein Nicken.
»Warst du nah bei ihr?«
Er nickte wieder.
»Hat sie dich im Arm gehalten?«
Statt zu nicken, wurde er starr. »Meine Schwester auch«, murmelte er vollkommen tonlos. »Meine Schwester Tuma. Sie war fünf Jahre alt, sie konnte lesen, singen und in drei Sprachen Gedichte hersagen.«
»Und wie alt warst du?«
»Ich weiß nicht, zwei oder drei.«
Eine unappetitliche Kindheit, hatte Merten gesagt, und seiner Ansicht nach ermächtigte eine solche keinen Menschen, die Gesetze der Zivilisation außer Kraft zu setzen. Aber das, was diesem Mann zugefügt worden war, machte das Wort Zivilisation zu einem Hohn. Amarna schloss die Hand um seinen Hinterkopf und ertastete schräg hinter seinem Ohr die Beule, von der Merten behauptet hatte, er würde sie nicht spüren. Als er zusammenzuckte, ließ sie die Stelle los und streichelte ihm stattdessen das Muttermal im Nacken.
»Hast du das alles noch einmal durchlebt, als Merten dich niedergeschlagen hat? Hast du deshalb zu mir gesagt, ich soll weglaufen, weil du geglaubt hast, du bist wieder in einem Haus, in das rasende Horden eindringen, um deine Familie niederzumetzeln?«
»Das weiß ich auch nicht. Ich weiß nichts, Amarna.«

»Das glaube ich dir nicht«, sagte sie und spürte den zitternden Nackenmuskel unter ihren Fingern. »Aber das macht nichts. Ich bin so froh, dass mein Vater dich gerettet hat. Ich habe gedacht, ich könnte nach dieser ganzen Lügerei nie wieder ein Wort mit ihm wechseln, aber jetzt möchte ich mich am liebsten bei ihm bedanken, weil er dich für mich beschützt hat.«
Sie ließ ihm Zeit. Dann hob sie behutsam sein Gesicht, rieb ihm den Schweiß von der Stirn und küsste noch einmal seine Augen. »Du hast in diesen paar Tagen unglaubliche Dinge für mich getan, aber das hier ist das unglaublichste. Danke, dass du den Mut hattest, es mir zu erzählen, Arman.«
Heftig schüttelte er den Kopf. »Ich habe es dir doch überhaupt nicht erzählt. Vor allem das Ende nicht. Bitte bedank dich nicht bei mir, denn das alles macht es noch übler. Dein Vater hat mein Leben gerettet, aber ich will ihm trotzdem Böses. Ich bin hier, und ich war in Berlin, weil ich ihm Böses will.«
»Erzähl mir, was er dir getan hat.«
»Nichts. Ich habe seine Leute zur Weißglut getrieben, und wenn ich mir Prügel einfing, hat er für mich um Milde gebeten.«
Amarna küsste ihn auf die Schläfe. »Dafür möchte ich mich gleich noch einmal bei ihm bedanken.«
»Sag das nicht.«
»Sage ich doch. Du warst doch kein Sandsack, an dem irgendwelche Leute ihre Wut auslassen durften.«
»Allerdings nicht.« Böse verzog er den Mund. »Ich war das reizende Früchtchen, das dir eine Äskulapnatter unter die Bettdecke gelegt hat.«
»Eine Äskulapnatter«, stammelte Amarna.
»Du hattest solche Angst vor Schlangen«, sagte er. »Das Böse hast du sie genannt, und trotzdem warst du mutig wie ein Streitwagenfahrer und hast sie aus dem Bett geworfen. Ge-

weint hast du erst hinterher. Wenigstens hat damals sogar dein Vater die Geduld verloren.«

Amarna glaubte zu spüren, wie das Blut ihr stockte. »Damals?«, presste sie heraus, und dann stürzten die Bilder von allen Seiten und in blendender Farbigkeit auf sie ein. Etwas in ihr hatte es gewusst. Arman war fremd und aufregend, er war das männlichste Geschöpf, das sie sich vorstellen konnte, aber er war zugleich ihr Zuhause. Der Junge, der auf langen braungebrannten Beinen vor ihr hergelaufen war, um eine Kuhle in den sonnenwarmen Sand zu graben. Durch Nebel sah sie zwei Kinder, die sich dicht beieinander zu Kugeln rollten, weil die Welt der Erwachsenen sie verstörte und ihnen Angst einjagte.

»Ach, Arman.« Sie krallte die Hände in seine Schultern und hielt sich an ihm fest. »Warum habe ich wegen der harmlosen Schlange nur ein solches Theater aufgeführt? Ich wollte nicht, dass du so hart dafür bestraft wirst. Mein Vater war wie von Sinnen, er hat dich mit seinem Gürtel geschlagen …«

»Ich an seiner Stelle hätte mich mit dem Ochsenziemer geschlagen«, brummte er. »Und zwar noch dreimal so hart.«

»Und ich an deiner Stelle hätte mir ein ganzes Nest von Schlangen ins Bett gelegt«, fauchte sie ihn an. »Und zwar giftige. Was blieb dir denn anderes übrig, als mich zu verabscheuen? Du konntest keinen Schritt tun, ohne dass ich hinter dir hergedackelt bin, und du warst schließlich ein Junge. Wie durftest du da zugeben, dass du ein lästiges kleines Mädchen mit Zöpfen gern mochtest? Außerdem hat ständig jemand mich in die Arme gerissen oder aufgekreischt, was für ein süßer Sonnenschein ich sei, und auf dir haben sie alle nur herumgehackt.«

Er blickte auf. »Du warst ein süßer Sonnenschein. Und ich fand, ich war besser dran als du. Dir haben sie dauernd klebriges Zeug in den Mund gestopft und hinterher ihre verschmierten Finger an deinen Haaren abgewischt.«

Einen Herzschlag lang wanderten ihre Blicke gleichzeitig das Felsrelief hinauf, als wären sie noch an dem Ort, von dem sie sprachen. Dann küssten sie sich. Der Kuss war ihre Auster, in der nichts Platz fand als Innigkeit, Verlangen und Zärtlichkeit. Die Gewissheit, zu zweit zu sein. Seine Lippen waren glatt und fest, er küsste wundervoll, und das Gefühl, sich immer närrischer in ihn zu verlieben, war ein Rausch. Aber das andere, das Gefühl, an der Wurzel mit ihm verschlungen zu sein, war nicht weniger stark. Niemand durfte sie mehr eine dumme Gans schimpfen, die sich einem zwielichtigen Kerl hingab, den sie erst einen Tag kannte. In irgendeinem alttestamentarischen Text, den sie mit mesopotamischen Texten verglichen hatte, stand: »Ich habe dich je und je geliebt.«

Ihr Kopf war voll mit Bildern von ihnen beiden, Kindern, die durch sommerlichen Regen jagten und sich, zur Kugel vereint, einen Hang hinunterrollten. Ab und an tauchte ein Gesicht auf, ihr Vater, Merten und ein paar andere Männer, die lachten, sangen und Amarna bei Kosenamen riefen. Kein einziges Bild aber zeigte ihre Mutter. Wo war sie gewesen? In Berlin, in Konstantinopel?

Als sie sich lösten, war sein Haar zerzaust, und seine Augen glänzten. Er war bleich und erschöpft, und sie fand ihn schöner als je. »Ich muss noch einmal dorthin zurück, Arman«, sagte sie.

»Ich weiß«, erwiderte er. »Wenn du keinen Besseren findest, bringe ich dich hin, obwohl ich mir dann wirklich vorkomme wie Enkidu, der Gilgamesch verführt, in den Zedernwald zu ziehen und den Wächter der Götter zu erschlagen. Bitte frag mich jetzt nichts mehr, Amarna.«

»Bestimmt nicht, Enkidu.« Sie zog seinen Kopf noch einmal zu sich. »Ich habe dich schon viel zu lange gequält. Für heute will ich nur noch wie eine gewöhnliche Geliebte wissen, wer das Mädchen in deinem Haus ist, und dann will ich in dein Bett und zwischen deine hübschen Schenkel. Alles andere entwirren wir später. Ich hatte noch nie in meinem Leben so wenig Angst.«

Er hob den Kopf und zuckte hilflos die Brauen. »Und wie kann ich dir Angst vor mir machen?«

»Musst du?«

Er rieb sich den Schweiß von der Stirn, dann sah er zu Boden. »Ich mag das lästige kleine Mädchen mit den Zöpfen gern«, sagte er. »Ich will sie dazu bringen, diesen halsbrecherischen Unsinn zu lassen und zu dem zivilisierten, wohlerzogenen Akademiker zurückzukehren, der ihr ein Leben bieten kann.«

»Willst du das wirklich?«, fragte Amarna. »Mich aufgeben und zu Paul zurückschicken?«

»Nein, Fräulein Brandstätter.« Höhnisch verzog er den Mund. »Ich will mich mit Ihrem grandiosen Dr. Paul um Sie schlagen.«

»Brauchst du nicht. Wir haben 1931, und Frauen wagen es, Entscheidungen zu treffen, ohne dass Männer Schlägereien anzetteln.«

»Aber Wilde tun das«, sagte er und kniff die Augen zusammen. »Sich um Mädchen prügeln, ohne Regeln und mit bloßen Fäusten. Dein Doktor ist beneidenswert gebaut, aber ich würde trotzdem gewinnen, weil er kein Wilder ist und weil ich keine Skrupel habe.«

Und wer hat die Beulen am Kopf?, wäre Amarna am liebsten aufgefahren. Wir wohlerzogenen Akademiker oder du? »Nun schön, mein Schatz«, sagte sie mit einem Seufzen. Er hatte begonnen, an seinem Ohrläppchen zu zerren, sie zog ihm die Hand weg und gab ihm einen Klaps. »Möchtest du mir gern noch weiter Scheußlichkeiten über dich um die Ohren schleudern und versuchen, mich von dir wegzutreiben?«

»Ja, Amarna.«
»Dann tu dir keinen Zwang an. Leg dich tüchtig ins Zeug, beweise mir, was für ein Unmensch du bist.«
»Das darf ich ja nicht. Ich kann dir nur das erzählen, was im Vergleich zu dem anderen harmlos ist, und hoffen, dass es genügt.« Er überlegte, zog die Stirn in Falten und versuchte sein Ohrläppchen zu erwischen, doch Amarna fing seine Hand. »Rehan«, rief er und klang wie ein trotziges Kind. »Du wolltest doch wissen, wo ich Rehan aufgegabelt habe. In einem Bordell.«
»Und was hast du in dem Bordell gemacht?«
»Was machen Männer in Bordellen? Gehen sie in Berlin in eines, wenn sie Ziegen melken wollen?«
»Nein«, sagte Amarna, »wenn sie mit Frauen schlafen wollen. Bist du oft in Bordelle gegangen?«
»Dazu hatte ich kein Geld. Ich bin aber oft in verdreckte Lokale gegangen, in denen Frauen für ein bisschen Haschisch oder ein Glas Raki zu haben sind, auch wenn das verboten ist.« Er löste sich von ihr und trat einen Schritt zurück.
»Hast du ihnen Raki oder Haschisch gegeben?«
»Wenn ich dafür Geld gehabt hätte, hätte ich das getan.«
»Die meisten Frauen haben es dir trotzdem gemacht, nicht wahr?«
Er zuckte eine Schulter und funkelte sie herausfordernd an.
»Rehan auch?«
Kurz zögerte er. »Rehan war dürr wie ein Streichholz«, sagte er dann. »Sie hatte die Krätze und hustete Blut.«
»Also hast du sie mit zu dir nach Hause genommen. Und seither sorgst du für sie, sichtlich besser als für dich.«
Er senkte den Kopf.
»Du bist eine Hassmaschine, Arman. Du bist skrupellos, rundum böse und der Teufel in Menschengestalt.« Sie legte die

Arme um ihn und zog den widerstrebenden Körper erneut an sich. »Natürlich muss Rehan bei dir bleiben, aber ihre glühende Verliebtheit schlägt sie sich besser aus dem Kopf. Von jetzt an bin ich die einzige Frau, die dich in ihre Arme bekommt, hast du verstanden, mein Hübscher? Deine schrecklichen Charakterfehler kann ich alle verkraften, aber ich habe gerade bemerkt, dass ich eifersüchtig wie eine Furie bin. Ich finde deine Augen hinreißend, jetzt, wo sich wieder zwei davon blicken lassen, doch ich kratze sie dir beide aus, wenn ich sie beim Schielen nach einer schönen Frau erwische.«
Er gab irgendein hilfloses kleines Geräusch von sich und vergrub die Hände in ihrem Haar. »Ach, Amarna, redest du dir wirklich ein, das wäre das einzige Problem, das wir haben?«
»Das einzige unlösbare. Schwör's mir, schöner Armenierkönig. Keine anderen Frauen. Nur deine Nouvart.«
Erstaunt blickte er auf. Dann nahm er ihre Hand und legte sie flach auf sein Herz. Vor dem Ansturm erschrak sie. Der ganze Brustkorb bebte.
»Ist gut, mein Liebster«, sagte sie leise. »Und jetzt ruhen wir zwei uns für eine kleine Weile von den Problemen aus, ja?«
»Geht das, Lajvard? Wohin sollen wir denn flüchten, ohne dass die Probleme uns nachschleichen?«
»Ich bin Archäologin. Ich grabe uns beide eine Nacht lang ein. Mich in deinen Armen und dich in meinen. Gibst du mir dafür Weizenbrei, Wein aus Granatäpfeln und deinen Liebeszauber?«
»Ich wünschte, ich hätte dir etwas Handfestes zu geben.« Er klaubte sein Jackett vom Boden und breitete es um ihre Schultern. Dann legte er den Arm um sie und führte sie aus der Halle mit dem Felsrelief hinaus.
»Das hast du ja.« Sie legte den Arm um seine Taille. »Hattuša. Die Hauptstadt eines Weltreiches. Aber das Weltreich muss

bis morgen warten, weil ich erst eine handfeste Schlacht von Kadesch unter deinen Decken brauche.«
Verblüfft blieb er stehen und sah beinahe aus, als müsste er grinsen. »Amarna, ich dachte, du wärst ein unverdorbenes Mädchen aus gutem Hause.«
»Tja, so täuscht man sich in uns Berlinerinnen.« Sie reckte sich und grub ihm zart ihre Zähne in den Hals. »Besonders in denen, die in Istanbul geboren sind. Na komm schon, nimm die Beine in die Hand, Ramses.«
Dass sie Paul hätte wissen lassen sollen, wo sie zu finden war, vergaß sie auch in dieser Nacht.

24

Amarna ließ sich lieben, bis sie völlig erschöpft war, und schlief hinterher tief und erlösend in Armans Umarmung. Zwar kehrten in dieser Nacht die Träume von Hattuša zurück, doch sie kamen hell und voller Bilder, die sie mit Glück erfüllten. Mit dem streichelnden Lied vom Westwind. Und mit Sehnsucht.
Als sie erwachte, war Arman verschwunden, und sie fühlte sich einmal mehr beraubt. Er sollte bei ihr sein, jedes Glied von ihm an einem Glied von ihr. Sie wollte seine Hüften mit ihren Schenkeln in die Zange nehmen und über ihn herfallen, mit ihrer Gier, ihrer Zärtlichkeit, ihren Erinnerungen und ihrer Flut von Fragen.
Es war warm im Raum. Er hatte in dem Kohlebecken ein Feuer entfacht und es vor ihr Bett gerückt. Daneben standen ein Krug Wasser und eine Schale mit getrockneten Früchten und süß duftenden Käsewürfeln. Amarna sprang auf, stieg,

ohne sich zu waschen, in die Kleider und lief aus dem Zimmer.

Draußen herrschte noch das schwere Schleiergrau der Dämmerung, doch die Küche lag in gelbem Licht, und im Herd verbrannten knisternd Scheite. Am Tisch saß Rehan und löffelte etwas Dampfendes in sich hinein. Kummervoll sah sie zu Amarna hoch und brach augenblicklich in ihren Schwall armenischer Worte aus.

»Es tut mir leid«, sagte Amarna. »Ich wünschte, ich würde Ihre Sprache verstehen.« Dass sie so fremd klang, viel fremder als das Türkische, dessen Klang ihr mit jedem Tag vertrauter wurde, kam ihr falsch vor. »Bitte sagen Sie mir, wo ich Arman finde.«

Rehan verstand kein Deutsch, aber gewiss hätte sie Armans Namen aus jeder Sprache der Welt herausgehört. Sie wies auf die Luke, wobei ihr Rehblick noch kummervoller wurde.

»Danke.« Amarna wäre fast gestolpert, so schnell stieg sie die Leiter hinunter.

Zwischen den zugigen Wänden der Halle war es kalt und düster, und an das Holz klopfte leiser Regen. Eine Lampe brannte lediglich über einer Art Staffelei. Davor stand Arman und setzte mit Hammer und Meißel einer Platte aus schwarzem Stein zu. Die Figur, die er mit scharfen Hieben aus dem Material herausschälte, erkannte Amarna sofort. Es war die unfertige Göttin aus dem Museum, die, deren Blick ihr Angst machte.

Sie liebte es, ihn bei der Arbeit zu sehen. Er war barfuß, wippte geschmeidig auf schmalen Sohlen und trug nichts als Hemd und Hosen am Leib. Dass er bei Nacht so leicht fror wie sie, hatte Amarna schon entdeckt, doch jetzt schien er von Kälte nichts zu spüren, sondern arbeitete sich in Schweiß. Seine Schläge saßen präzise, was überraschte, weil er mit so viel roher

Kraft zuschlug. Tatsächlich als wünschte er sich, alles in Trümmer zu schlagen, wie er gesagt hatte, doch statt etwas zu zerstören, schuf er ein Bild von herber, eindringlicher Schönheit.
Er trug keine Schutzmaske, und die schwarzen Gesteinssplitter hagelten ihm um Wangen und Ohren. Nur das Band, um sein Haar zu bändigen, hatte er sich wieder um die Stirn geknotet.
Er hörte sie nicht. Auch nicht, als sie ihn leise beim Namen rief. Sie beschloss, es nicht noch einmal zu versuchen, sondern schlich sich auf Zehenspitzen zu ihm. Um sich hatte er achtlos seine Zeichnungen verstreut. Auf einer Kiste lag ein aufgeschlagenes Buch. *Sons and Lovers* las sie verblüfft den Titel. Was machte er mit dem Roman eines englischen Skandalautors?
Sie hatte damit gerechnet, dass er sie hören würde, doch da er unbeirrt weiter auf den Stein einhieb, trat sie hinter ihn und schlang die Arme um ihn. Nie zuvor hatte sie einen Menschen derart erschrecken sehen. Er fuhr zusammen, stieß einen tierhaften Laut aus und schoss herum, Hammer und Meißel noch in den Händen. Sein Arm hielt über ihr inne, als die Kante des Meißels nur noch zwei Fingerbreit vor ihrem Auge schwebte. Gelähmt vor Entsetzen, starrte er sie an, während sein Körper unkontrolliert zu zittern begann. Amarna sah, wie sein Puls am Hals raste, und glaubte das trommelnde Herz zu spüren.
»Um Gottes willen, Arman – das wollte ich nicht!« Entschlossen umfasste sie sein Gelenk, nahm ihm den Meißel aus den Fingern und ließ ihn fallen. Sie legte sich seine Hand ans Gesicht und streichelte sie mit den Lippen, bis er anfing, sich zu beruhigen.
Langsam ließ er den Hammer sinken, entzog ihr seine Hand und wandte sich zur Seite. »Entschuldige.«
»Unfug. Ich hätte nicht so blöd sein dürfen. Du warst vollkommen konzentriert und hattest gefährliches Werkzeug in den Händen.«

»Ich hätte dich töten können.« Er klang noch immer außer Fassung. »So wie damals mit der Schlange.«
»Noch größerer Unfug. Komm her zu mir.«
»Jetzt nicht, Amarna.« Er zog sich noch einen Schritt zurück.
»Doch.« Amarna ging ihm nach und ergriff seinen Arm. »Du bist kein wildes Tier.«
»Aber ich betrage mich wie eines.«
»Tust du nicht.« Sie öffnete seine Manschette, ertastete den Puls, der noch immer raste, und rollte den Hemdsärmel bis auf den Ellbogen zurück. Das, was sie gesucht hatte, fand sie sofort. Ein Oval von punktgroßen roten Narben dicht unter dem Gelenk. »Ich habe von uns geträumt, Arman. Von Hattuša. Ich erinnere mich.«
Er sah sie an und schwieg. Sein Arm in ihren Händen zitterte.
»Du wolltest mich nicht töten«, sagte sie und streichelte die vernarbte Stelle. »Du hast das Bergland um Hattuša und seine Schlangen gekannt wie kein Zweiter. Als wir in dem Bachbett herumstiegen, lag eine auf dem Weg. Ich habe geschrien wie am Spieß, weil mir vor Schlangen graute. Du wolltest mir etwas erklären, aber ich habe dich nur angefleht, sie wegzunehmen. Sie war das Böse für mich, und du warst mein Beschützer, also konntest du nicht anders, als nach ihr zu greifen. Prompt hat sie dich gebissen. Ich hatte solche Angst, du stirbst mir, Arman.«
»Es war eine Zornnatter«, sagte er mit rauher, wie ungeübter Stimme. »Ungiftig.«
»Weißt du noch, dass du das damals auch gesagt hast?«
Er zuckte eine Schulter.
»Du hast dich mit mir in den Sand gesetzt und mir die Schlangen von Hattuša in meinen Zeichenblock gezeichnet. Zuerst die giftigen, dann die, die wie die Zornnatter nur aus Angst zubeißen, und zuletzt die, die wie die Äskulapnatter völlig

harmlos sind. Du hast ihr ein lächelndes Gesicht gezeichnet, damit ich begreife, dass Schlangen nicht das Böse sind.«
Sein Blick war dunkel und nicht zu deuten. »Amarna?«
Sie nickte.
»Ich war ein neun Jahre alter, verdreckter kleiner Angeber. Ich konnte das überhaupt nicht wissen, und jede Schlange, die sich angegriffen fühlt, beißt zu.«
Sie legte ihm die Arme um den Hals. »Nun schön, mein herzliebster Angeber. Einen kleinen Denkzettel auf den Hosenboden hattest du dann vielleicht wirklich verdient, aber nur so wie in Hattušilis Vertrag: nicht streng, ohne dass Tränen fließen. Viel lieber hätte ich dich gefragt, was dich eigentlich so in Zorn bringt. Und das, was mein Vater mit dir gemacht hat, hattest du nie und nimmer verdient. So schlägt man kein Kind für einen Dummejungenstreich, und das, was er auf dich niedergebrüllt hat, war noch schlimmer. Wenn ich daran denke, erkenne ich ihn nicht wieder. Er hat dich einen Verbrecher genannt.«
»Wohl, weil ich einer war.«
»Himmelschreiender Unfug! Du wolltest mir einen Schrecken einjagen, aber nicht mir Schaden zufügen, und mein Vater muss das gewusst haben. Er kannte dich doch.«
»Eben deshalb.« Er entzog sich. »Einen wie mich hätte kein Vater in die Nähe seiner goldigen kleinen Tochter gelassen.«
»Meiner schon.« Amarna versuchte sein Gesicht zu berühren, doch er wich ihr aus. »Er hat dich gebeten, auf mich aufzupassen, weil er wusste, er kann dir vertrauen. Ich habe die ganze Nacht geträumt, Arman, und am Morgen waren die Bilder in meinem Kopf so klar wie aus Glas. Selbst wenn du bei all diesen Leuten ein Flegel oder von mir aus auch ein Satansbraten warst, zu mir warst du wundervoll. Du hast mich über Felskanten getragen und mir Steine aus dem Weg gesammelt, und du hättest nie erlaubt, dass mir ein Leid geschieht. Abends hat

mein Vater sich mit uns vor das Fundzelt gesetzt und uns vorgelesen. Das *Gilgamesch-Epos.* Er hat damit angefangen, uns Gilgamesch und Enkidu zu nennen, Gilgamesch und Enkidu, die über Grenzen gehen.«

Er hob die Hände. »Nicht weiter.« Wie vor Schmerzen presste er die Lippen zusammen.

»Ich muss, Arman. Mir hat dieser Teil von mir seit zwanzig Jahren gefehlt. Ich war so stolz darauf, dass du mein Freund warst. Für die anderen war ich nicht mehr als ein Püppchen, das man abküsste und dann beiseiteschob, aber du hast mich überallhin mitgenommen und mit mir Gilgamesch und Enkidu gespielt. Du bist mit mir durch deine Welt gestreift, als wäre ich wichtig für dich. Ich bin vor Stolz fast geplatzt.«

Sein Kehlkopf zuckte. Er zerrte sich das Band von der Stirn, als wäre es ihm plötzlich zu eng. Dann begann er sich am Ohrläppchen zu reißen. »Ich war auch stolz, Lajvard. Ich konnte nicht glauben, dass ihr das wolltet, du und dein Vater – meine Freunde sein.«

»Aber das wollten wir so sehr!«, rief Amarna. »Weißt du noch? Hugo Winckler kam an dem Zelt vorbei und hat zu meinem Vater gesagt: ›Dieser Wildfang konnte nie auch nur eine Minute lang stillsitzen, und bei Ihnen hockt er wie ein Standbild. Sie sind das geborene Kindermädchen, Brandstätter.‹«

»Und Professor Schobert hat gesagt: ›Eher der geborene Raubtierdompteur.‹«

»Ich mochte Merten immer furchtbar gern«, sagte Amarna traurig, »aber ich weiß beim besten Willen nicht mehr, warum.«

»Weil er ein grandioser Mann ist«, erwiderte Arman.

»Und womit verdient er, dass du so von ihm sprichst?«, fuhr Amarna ihn an. »Damit, dass er dich behandelt, als wärst du irgendeine Art von Untermensch?«

»Für ihn gibt es keine Art von Untermenschen«, entgegnete Arman ohne Ausdruck. »Er forscht über Völkermord. Seiner Ansicht nach müssen Menschen lernen, sich zu erinnern und auf Warnzeichen zu achten, um Verbrechen gegen die Zivilisation in Zukunft zu verhindern.«
Dasselbe hatte Nathan Rosen auch gesagt. »Woher weißt du das?«, fragte sie.
»Er hat im Prozess gegen Tehlirian als Experte ausgesagt und ein Buch darüber geschrieben«, antwortete Arman. »Es ist brillant. Es heißt *Recht auf Unantastbarkeit.*«
»Und warum nimmt er dich davon aus?«, brach es aus Amarna heraus. »Was hast du ihm denn getan, was kann irgendein Neunjähriger tun, um solchen Hass in einem zivilisierten Erwachsenen auszulösen?«
Er verzog den Mund auf jene zynische Weise, die sie schaudern ließ. »Ich glaube, meine Visage genügt, um ihn anzuwidern.«
»Bitte halt still«, sagte Amarna. »Bitte nimm dich mir nicht weg.« Sie legte die Arme um ihn und spürte, wie er sich zwingen musste, nicht zurückzuweichen. »Damals hast du dich mir auch weggenommen. Von einem Tag auf den anderen hast du mich behandelt, als hätte meine Visage dich angewidert.«
»Amarna!«
Er war wieder bei ihr. Mit einem Ruck befreite er sich, schloss ihr die Hände um die Wangen und war nur noch ein zorniger, verliebter Mann. »Sag das nie wieder, nein? Wer an deinem Gesicht etwas Widerliches findet, ist blind, ein gewaltiger Hornochse und krank im Kopf.«
Vor Erleichterung lachte sie auf. »Das alles auf einmal? Und mit solchem Gefunkel in den Augen? Lass dir einen Kuss geben, Tarhunna, Blitzeschleuderer. Und dann sag mir, wann du

geboren bist, damit ich dir zum Geburtstag einen Spiegel schenken kann.«
Er ging zu einem Spind voller Werkzeug und fischte eine Decke heraus. Fest wickelte er ihr den gewebten Wollstoff um die Schultern, dann schloss er die Arme um sie und küsste sie.
Sie schmiegte sich an ihn. Sein Herzschlag war von jetzt an ihr Lieblingsgeräusch. »Bitte lass mich nicht los, bis ich fertig bin.«
»Können wir das mit dem Fertigwerden nicht lassen? Ich muss ins Museum, Lajvard.«
Amarna schüttelte den Kopf. »Du musst es mir sagen. Warum hast du mich von einem Tag zum anderen gehasst? Nachdem du mir das Bild gezeichnet hattest, hatte ich gar nicht mehr solche Angst vor Schlangen. Geweint habe ich, weil ich nicht fassen konnte, dass ausgerechnet du mir Böses willst. Hinterher wollte ich mich bei dir entschuldigen, weil ich dir diese furchtbaren Schläge eingebrockt hatte, aber du hast mich behandelt, als wäre ich aus deiner Welt verbannt. Was dann geschehen ist, weiß ich nicht. In meinem Kopf sieht es aus wie im Lichtspielhaus, wenn die Filmspule reißt. Mir kommt es vor, als hätten wir nie mehr ein Wort miteinander gesprochen. Doch, einmal noch hast du etwas zu mir gesagt, aber ich konnte dir nicht antworten. Ist es so gewesen, Arman?«
Wieder zuckte sein Kehlkopf. Als er sprach, kam nicht mehr als ein Krächzen. »Ja, so ist es gewesen.«
»Warst du furchtbar wütend auf mich? Es hat mir so leidgetan.«
Durch seinen Körper ging eine Bewegung. Er schlang die Arme um sie und presste sie an sich. »Nein, Lajvard, ich war nicht wütend auf dich. Und du hast nichts falsch gemacht.« Er hielt sie und wiegte sie. Sie fing an zu weinen und war sicher, sie weinte für ihn mit. Als sie den Kopf hob, küsste er ihr mit

federweichen Lippen Nässe von den Wangen, und sein Blick flackerte vor Zärtlichkeit. »Ich will mich bei dir auch entschuldigen, kleiner Gilgamesch. Was dann geschehen ist, hatte mit dir nichts zu tun. Und dass ich dich nicht mehr bei mir haben durfte, hat viel mehr weh getan als Schläge. Es tut immer noch weh.«

Amarna war, als hätte er die Hand um ihr Herz gelegt. Mit ihrem Atem blies sie ihm einen Kuss zu. »Hast du eine Ahnung, wie gut du mir tust? Du magst ja mit neun nicht gerade ein Musterknabe gewesen sein, aber aus Musterknaben werden bestimmt nie so wundervolle Männer.«

Abwehrend schüttelte er den Kopf, konnte aber das, was mit seinem Gesicht geschah, nicht verbergen. »Kaffee?«

»Darf ich dich vorher noch eines fragen, auch wenn ich kein Recht habe, dich ständig so zu quälen?«

Er straffte die Schultern und sah hinunter in ihr Gesicht. »Ich bin der Falsche«, erwiderte er. »Ich sage nur, was mir passt, und ich lüge wie gedruckt, aber wenn du keinen Besseren hast, dann frag mich.«

Sie hielt sich an ihm fest. »Ich sehe all diese Bilder von uns, sogar welche von Winckler und Makridi. Aber ich sehe kein einziges von meiner Mutter!« Ihre Hände krallten sich in die Muskeln seiner Arme. »Arman, hast du ein Bild von deiner Mutter? Ich habe keines! Nicht in den Händen und nicht in meinem Kopf.«

»Im Kopf habe ich eines«, sagte er. »Aber ich wollte, ich hätte es nicht.«

»Warum?«

Er winkte ab. »Du musst nur wissen: Wenn wir versuchen, dir ein Bild von deiner Mutter zu verschaffen, könnten wir eines finden, das du nicht willst.«

»Ist nicht alles besser als gar keines?«

»Ich weiß nicht.«
»Was für ein Bild von deiner Mutter hast du?«
Er schüttelte den Kopf.
»Sag es mir!«, schrie sie.
Er drehte sich weg. »Eins mit einem Beil«, sagte er. »In ihrem Kopf.«
»Großer Gott.« Sie wusste nicht, wie oft sie das sagte. Großer Gott. Weil es ihr nicht gelang, ihn zu sich zu drehen, umarmte sie ihn so, wie er stand. »Bitte verzeih mir, dass ich dich dazu gezwungen habe.«
»Das kommt schon hin«, entgegnete er. »Zwingen kannst du mich nicht.«
»Verstehst du, dass ich trotzdem versuchen muss, ein Bild von meiner Mutter zu finden? Dass ich wissen muss, wer sie war?«
Er nickte. »Darf ich mich hinsetzen?«, fragte er dann.
»Bitte frag nicht so blöd. Ich weiß nicht, wie ich dir das hier je zurückzahlen soll, Arman.«
»Indem du aufhörst, dummes Zeug zu reden«, erwiderte er, schob ihr eine der Kisten hin und drängte sie darauf nieder. Dann zog er eine zweite heran und setzte sich breitbeinig ihr gegenüber. »Ich wollte dir etwas erzählen. Sicher kennst du es schon …«
»Erzähl's mir trotzdem.«
»Weißt du, wie die Hethiter den Tag nannten, an dem sie starben?«
Amarna schüttelte den Kopf.
»Tag der Mutter«, sagte er. »Sie haben geglaubt, ihre Mütter kämen, um bei ihnen zu sein, wenn sie aus der Welt gehen mussten, so wie sie bei ihnen waren, als sie in die Welt gekommen sind.« Wie so oft drehte er den Kopf zur Seite. »Wenn es mir übel ergangen ist, wenn ich Angst hatte, totgeschlagen zu werden, habe ich mir vorgestellt, dass mir irgendwann das

Schlagen nicht mehr weh tut und dass dann meine Mutter bei mir ist. Wenn ich mir das vorgestellt habe, war der Kopf von meiner Mutter wieder heil. Ich habe gedacht, vielleicht möchtest du es dir manchmal auch vorstellen, und deshalb hast du recht damit, dass du ein Bild von deiner Mutter brauchst.«
Amarna ging zu ihm und barg seinen Kopf an ihrem Leib, ehe er auf die Idee kommen konnte, sich zu wehren. »Ach, Arman, du hast keine Ahnung, was für ein riesengroßes Kompliment ich dir dafür machen möchte. Aber du willst ja keines, also merk dir nur, dass du dir mächtigen Ärger einfängst, wenn du noch einmal behauptest, du wärst ungebildet. Und weil du so gern neue Wörter lernst, bringe ich dir wieder eines bei. Du bist nicht ungebildet. Du bist ein Autodidakt.«
Sie erlaubte ihm, in ihren Armen aufzuschauen. »Ich glaube, das geht nicht, Lajvard. Das klingt nicht nach Wildschwein. Und schon gar nicht nach mir.«
»Tut es doch.« Sie legte die Hand an seine Wange, die Fingerspitzen an die klopfende Schläfe. »Du bist meine wandelnde Hethiter-Enzyklopädie, und was du noch bist, kann ich kaum hinunterschlucken, so gern möchte ich es dir sagen.«
»Sag's nicht.« Er fing ihre Hand am Gelenk und küsste die Finger, die seine Schläfe liebkost hatten.
Nein, dachte Amarna traurig, ich sage dir nicht, wie unglaublich klug ich dich finde und wie sehr ich deinen Mut bewundere. Den Mut, verletzlich zu bleiben, vielleicht noch mehr als den, Verletzungen auszuhalten. Sie strich ihm über die Lippen. »Du hilfst mir, das Bild von meiner Mutter zu finden, nicht wahr?«
»Wenn ich kann.«
»Ich muss unbedingt etwas über diesen ausgestrichenen Namen in Hugo Wincklers Papieren herausfinden«, sagte Amarna. »Ich glaube, dass Merten oder mein Vater ihn ausgestri-

chen hat, und ich werde das Gefühl nicht los, dass er etwas mit meiner Mutter zu tun hat. Arman, meinst du, es gibt vielleicht noch weitere Berichte im Museumsarchiv, keine deutschen, sondern türkische, die Merten und mein Vater gar nicht in der Hand hatten?«

»Die gibt es mit Sicherheit«, antwortete er.

»Meinst du, du könntest sie mir besorgen? Und sie für mich übersetzen?«

»Setz dich wieder hin, Amarna«, sagte er und wartete, bis sie seine Anweisung befolgt hatte. »Das könnte ich schon«, fuhr er dann fort. »Es gibt dabei aber ein Problem.«

»Welches?«

»Woher weißt du, dass du mir trauen kannst? Ich könnte dir erzählen, was immer mir passt. Ich könnte auch der gewesen sein, der die Namen in Wincklers Papieren ausgestrichen hat.«

»Du könntest auch daran schuld sein, das es draußen regnet«, platzte sie ihm ins Wort. »Vergiss dieses sogenannte Problem, es ist nämlich keines, sondern nur Unfug, den mein Geliebter schwafelt, wenn ihm nichts Klügeres einfällt. Kannst du mir die Papiere beschaffen? Aber du darfst sie nicht stehlen, Arman, das musst du mir versprechen.«

»Warum denn nicht? Ich stehle, seit ich mit meinen langen Fingern greifen kann, da kommt es auf das bisschen Papier nicht mehr an. Ich warne dich, Amarna, versuch nicht, einen anständigen Menschen aus mir zu machen.«

»Da hätte ich ziemlich wenig zu tun«, fauchte sie und sandte ihm einen blitzenden Blick. »Aber mir geht es nicht um Moral. Ich habe nur Angst um dich.«

Er hob die Brauen. »Solange ich mich nicht erwischen lasse, darf ich also weiterstehlen, und dir macht es nichts aus?«

Amarna seufzte. »Nein, liebster Arman, dein ganzes Stehlen, Lügen, Fälschen und Morden macht mir nichts aus. Nur lass

dich bitte nicht erwischen und sorg gefälligst dafür, dass morgen besseres Wetter wird.«
Er beugte den Oberkörper vor und sah auf den Boden zwischen seinen Beinen. »Wollen wir etwas anderes machen als Papiere stehlen und Übersetzungen fälschen, Amarna? Wenn wir uns ohnehin weigern, Vernunft anzunehmen?«
»Falls du mit Vernunft meinst, dass ich mein bildhübsches Wildschwein, das ich mit so viel Mühe eingefangen habe, wieder entschlüpfen lasse, vergiss es. Was willst du, dass wir stattdessen machen?«
»Nach Anatolien fahren«, sagte Arman zum Boden. »In den Zedernwald, den die Götter uns verboten haben.«
Amarna sprang auf. Ohne aufzublicken, hob er die Hand, damit sie ihn sprechen ließ und ihm nicht nahekam. »Der Kurator der altorientalischen Abteilung hat mit mir gesprochen«, sagte er. »Er will nicht mehr, dass ich bei ihm putze. Ich soll den ganzen Tag an dem Relief arbeiten, hat er gesagt, und ich soll ihm noch ein paar kleinere Reliefs dazu machen. Die beiden Deutschen bekommen ihre Grabungslizenz, sie haben eine Fundteilung vereinbart, und wenn sie mit den Funden zurückkommen, will er einen kompletten Trakt für Hattuša einrichten. Deshalb braucht er die Reliefs. Er gibt mir Geld dafür. Ziemlich viel Geld.«
»Bestimmt nicht genug«, rief Amarna, die sich unbändig für ihn freute. »Sein Glück, dass du keine Ahnung hast, was du wert bist.«
»Mich will er ja nicht kaufen.« Arman errötete, und Amarna verliebte sich, als schlösse sich ihr Herz um ihn zur Faust. »Nur meine paar Götter.«
»Von wegen deine paar Götter.« Sie gab sich Mühe zu lachen. »Die Hethiter haben ihr Land *Reich der tausend Götter* genannt, und dein Kurator bezahlt dir besser jeden einzelnen.«

»Die meisten haben die ja geklaut«, brummte er, ohne aufzublicken. »So wie ich. Das ist ziemlich praktisch, findest du nicht? Wo immer sie ein Volk niedergemacht haben, haben sie sich dessen Götter einverleibt. Zumindest ging auf diese Weise nichts verloren. Sie waren dieselben Mörder wie wir heute, aber sie hatten keinen solchen Verschleiß an Heiligkeit, oder?«

Dass man eine derartige Augenweide von Kerl auf jeden Teil seines Körpers küssen wollte, erschien Amarna nicht weiter bemerkenswert. Viel erstaunlicher war der Drang, auch jeden seiner Gedanken zu küssen. »Bestimmt nicht, mein komischer Heiliger.« Da er sein unberührbares Gesicht aufsetzte, blies sie den Kuss zu ihm hinüber. »Ich hoffe, du hast deinem Kurator nicht gesagt, dass er dir für geklaute Götter nichts bezahlen muss.«

Arman blickte noch immer nicht auf. »Ich habe ihm gesagt, wenn er noch andere Reliefs will, muss ich vielleicht noch einmal nach Hattuša fahren. Ich muss vielleicht eine Expertin mitnehmen, und ich brauche vielleicht für uns beide Geld.«

»Hast du nicht.«

»Doch.«

»Und der Kurator?«

»Er hat gesagt, ich soll mir einen anständigen Anzug kaufen, damit meine Expertin sich nicht mit mir schämt.«

»O Arman!« Sie konnte unmöglich länger sitzen bleiben. »Du tust das in allem Ernst, nicht wahr? Du bringst mich nach Hattuša.«

»Ich will, dass du erst die beiden Deutschen fragst, ob du mit ihnen fahren kannst. Es ist eine große Sache, die erste Grabung seit bald zwanzig Jahren. Es wäre eine grandiose Gelegenheit für dich. Aber ja, wenn es mit den Deutschen nicht geht, bringe ich dich hin.«

Amarna hob sein Kinn und betrachtete sein Gesicht, strich mit der Fingerspitze über die Furche in der Stirn und über eine der wie mit Tinte gezeichneten Brauen. »Hab tausend Dank, mein Liebster. Dass du mir diese Gelegenheit verschaffen willst, fühlt sich an wie von innen streicheln. Trotzdem will ich dich bei mir haben, wenn ich nach Hattuša komme. Ich habe Angst vor dem, was ich dort finde. Ich würde mich gern an dir festhalten, aber nur, wenn es von dir nicht zu viel verlangt ist.«

»Das kommt schon hin«, sagte er und stand auf. »Tust du mir einen Gefallen?«

»Jeden.«

»Hör auf, dich bei mir zu bedanken. Ich werde dir etwas Entsetzliches antun. Ich würde dich liebend gern vor mir in Sicherheit bringen, aber wie es aussieht, bin ich dazu nicht Manns genug. Dass du dich dafür noch bedanken sollst, ist blanker Hohn.«

Seine Traurigkeit schnitt ihr ins Herz. »Nun schön«, erwiderte sie. »Wenn es das ist, was du willst, dann halten wir es so. Ich würde dir gern sagen, dass du mir mit all deinen Drohungen keine Angst machst, ich würde dir gern so viel mehr sagen, aber ich glaube, dies ist nicht der Augenblick, in dem du es hören kannst.«

»Nein«, sagte er. »Ich muss ins Museum. Ich habe nicht einmal mehr Zeit, dir Kaffee zu machen.«

»Nimmst du mich mit?«

Er schloss die Hände um ihre Wangen. Sein Kuss hatte etwas von einem Rollsiegel, an dem sich nicht rütteln ließ. »Ich muss arbeiten, Lajvard. Und du solltest deine Leute zumindest wissen lassen, dass ich dir bisher nicht die Kehle aufgeschlitzt habe.«

Sie erschrak. Was Paul und Merten sich inzwischen zusammenreimten, wollte sie lieber nicht wissen. »Wann sehe ich dich wieder? Heute Abend?«

»Morgen. Heute Abend brauche ich ein bisschen Zeit.«

Amarna, der es schwerfiel, sich eine einzige Stunde ohne ihn vorzustellen, schluckte tapfer. »Darf ich wenigstens kommen und mir dein Relief ansehen? Nach der Schließzeit, ohne dich zu belästigen?«

»Natürlich, immer. Und du belästigst mich nicht.«

Er ging nach oben, um seine Schuhe, sein fadenscheiniges Jackett und Amarnas Mantel zu holen. Ehe er mit ihr hinaus in den regnerischen Morgen trat, gab er ihr einen verbogenen Schirm. An der Kreuzung, an der sie sich trennten, sagte er: »Vielen Dank, Lajvard. Ich möchte nicht allzu lächerlich klingen, aber ich glaube, ich habe noch nie eine so schöne Nacht erlebt. Wie du so zauberhaft zu mir sein kannst, weiß ich nicht, und ich habe ein bisschen Angst, danach süchtig zu werden.«

»Schadet dir gar nichts«, entgegnete Amarna. »Und du kannst davon so viel bekommen, wie du willst. Aber bedanken darfst du dich nicht, denn ich darf es ja auch nicht bei dir.« Er streifte kaum merklich mit den Lippen ihre Wange, ein Streicheln wie ein Lächeln, und ging. Fünf Schritte weit starrte sie ihm auf Rücken und Schultern, dann rief sie ihn beim Namen, so dass er mitten im Gedränge stehen blieb. »Eines noch«, sagte sie. »In einem Gesellschaftsanzug wärst du ziemlich umwerfend. Aber mir wird nie ein Grund einfallen, mich mit dir zu schämen, Enkidu.«

25

Paul hatte erneut eine Nacht mit Merten Schobert verbracht und dabei so viel Raki getrunken, dass ihm mehrere Stunden fehlten. Als er erwachte, schlugen ihm zwei Hämmer in gnadenloser Härte an die Schläfen, in seiner Mundhöhle steckte ein Ballen Stroh, und er hatte keine Ahnung, wie er

in das Bett gekommen war, in dem er lag. Den Versuch, die Augen zu öffnen, gab er sofort wieder auf, weil das Licht eine Explosion aus Schmerz hinter seiner Stirn verursachte.
Gesehen hatte er immerhin, dass das Zimmer, in dem er sich befand, nicht seines im Keshi Inci war und dass er es mit jemandem teilte. Er lag im Bett seines Doktorvaters! Offenbar hatte Merten ihn während der Nachtstunden, die in seiner Erinnerung fehlten, hier nach oben geschafft und ins Bett verfrachtet. Scham trieb ihm Hitze ins Gesicht und verschärfte den wühlenden Schmerz in seinem Kopf. Ein angstvoller Griff unter die Decken verriet ihm, dass er nur noch seine Unterwäsche am Leib trug. Hatte Merten ihn auskleiden müssen, oder hatte er wenigstens das selbst zustande gebracht? In einem Impuls zog er sich die Decke bis über die Stirn.
»Sich zu verstecken macht nichts leichter«, vernahm er Mertens Stimme. »Da Sie irgendwann sowieso aufstehen und Ihr Gesicht im Spiegel betrachten müssen, können Sie es auch gleich tun.«
Ein Studienkamerad von Paul hatte sich während einer Abschlussfeier bis zur Besinnungslosigkeit betrunken und die Nacht bei Mutter Wiechert unter einem Tisch verbracht. Am Morgen hatte er vor Verlegenheit kaum gewusst, wo er hinsehen sollte, aber die Kneipenwirtin hatte ihm einen sauren Hering hingestellt und ihm die Schulter getätschelt. »Nu machen Sie sich mal keinen Kopf. Meinen Sie, uns Älteren ist so was noch nie passiert?«
Inständig wünschte sich Paul, auch er hätte es mit Mutter Wiecherts Mitgefühl statt mit Merten Schoberts gnadenlosem Urteil zu tun. »Es tut mir leid«, stammelte er. »Ich vertrage diesen Raki wohl nicht so gut, wie ich dachte.«
»Sich bei einem Saufgelage in der Menge zu vertun, ist keine Schande«, versetzte Merten. »Unerträglich ist es mir dagegen, mit anzusehen, wie ein Mann seinen Stolz verliert.«

»Finden Sie, ich habe meinen Stolz verloren, weil ich ein Glas über den Durst getrunken habe?« Pauls Trotz erwachte. Er schwang die Beine aus dem Bett und fuhr vor Schmerz zusammen. »Haben Sie sich so etwas nie zuschulden kommen lassen, als Sie in meinem Alter waren?«

»Nein«, antwortete Merten. »Nie. Ich kann mir manches vorstellen, und die Bestie in uns lebt dichter unter der Haut, als wir glauben. Aber zum Gotterbarmen jaulend durch eine Stadt zu stolpern, um eine Frau aus den Armen eines anderen zu reißen – nein, ich glaube, das kann ich mir von mir nicht vorstellen. Sie sind dem Kerl, um den es geht, in jeder Hinsicht überlegen. Sie haben Bildung, Zukunft, Begabung, Ihnen stehen sämtliche Möglichkeiten offen. Ich weiß beim besten Willen nicht, warum sie glauben, derlei nötig zu haben, statt Amarna in dem Sumpf, in den sie sich geritten hat, schmoren zu lassen.«

Weil ich sie liebe, dachte Paul. Weil sie zu mir gehört und weil ich ihr nicht erlauben kann, in ihr Unglück zu laufen. Vage Bilder der Nacht tauchten auf. Die hohe Front des Museumsgebäudes, die sich schwankend gegen die Nacht erhob. »Habe ich ... habe ich Amarna gefunden?«, fragte er mit bebender Stimme.

»Ich hoffe nicht«, erwiderte Merten.

»Was heißt das, Sie hoffen?«

»Was soll es schon heißen, bin ich Ihr Kindermädchen? Nachdem Sie sich nach dem Gott weiß wievielten Raki nicht länger hindern ließen, aus der Halle zu torkeln, um den kleinen Artsruni zu massakrieren, bin ich zunächst in der Hoffnung sitzen geblieben, Sie kämen nicht weit. Erst als Sie nach einer Stunde noch immer nicht zurück waren, blieb mir nichts übrig, als nach Ihnen zu suchen.«

»Und wo ...«, begann Paul heiser vor Entsetzen. Das Herz hämmerte ihm wie der pulsierende Schmerz an den Schläfen. »Ich meine, habe ich ...«

»Nein, Sie haben ihm nicht den Hals umgedreht, zumindest habe ich dort, wo Sie an der Mauer hingen und sich die Seele aus dem Leib kotzten, keinen Leichnam gefunden. Viele Chancen hätte ich Ihnen gegen Artsruni ohnehin nicht eingeräumt. Der ist nicht Ihresgleichen, wie oft soll ich Ihnen das noch erklären? Er hätte Ihnen einen Schlagring zwischen die Augen gedonnert, dass Sie Ihre Schädelfront in Splittern aus Ihrer Hirnmasse hätten pflücken können.«

Paul schüttelte sich. »War es ... war es beim Museum, wo Sie mich gefunden haben?«

Merten nickte. »An der verdammten Hintertür. Mit ein bisschen Glück hat niemand Sie gesehen, obwohl Schleichkatzen wie Artsruni in der Nacht auf Jagd gehen und Ohren haben, die das Gras wachsen hören. Nehmen Sie endlich meinen Rat an, halten Sie sich von der Kanaille fern.«

Ein Gefühl der Beklommenheit presste Paul den Brustkorb zusammen. »Wenn dieser Mann so gefährlich ist, wie Sie sagen, muss ich doch wohl Amarna vor ihm schützen!«, rief er.

Kalt sah Merten ihn an. »Überlassen Sie ihn mir.«

»Und weshalb glauben Sie, Sie würden eher mit ihm fertig als ich?«

»Weil ich ihn kenne«, antwortete Merten. »Seit er ein blutüberströmtes Bündel von drei Jahren war, dem das Blatt eines Beils in der Schulter steckte. Da sein Vater vor Schreck erstarrt war und mein Freund Tilman sich um ihn kümmern musste, blieb es mir überlassen, ihn in ein Krankenhaus zu schaffen und das Personal anzuflehen, das arme Wurm nicht qualvoll krepieren zu lassen. In der Zeit gab es immer wieder Armenier-Aufstände, die das sterbende Reich aufs bestialischste bestrafte. Keiner der Ärzte hatte Lust, sich Ärger mit einer außer Rand und Band geratenen Regierung einzuhandeln, indem er einem halbtoten Armenierkind die bittere Neige ersparte.«

Paul konnte kaum atmen. »Sie haben ihn nach einem dieser Pogrome gefunden? Die Truppen der Regierung haben versucht, ein kleines Kind zu töten?«
»Nicht nur versucht«, antwortete Merten. »Wie mein Freund Tilman überhaupt bemerkt hat, dass das Wurm noch lebte, ist mir ein Rätsel, denn die zwei, die über ihm lagen, seine Mutter und sein Wunderkind von Schwester, waren mausetot. Unter der Haustür, die Schwelle hinunter, ist uns das Blut entgegengelaufen. Als Tilman und ich mit dem Vater eintraten, wollten die Schlächter sich des Mannes augenblicklich bemächtigen. Er gehörte zu den führenden Intellektuellen seines Volkes, er hatte sich für dessen Forderungen starkgemacht, und dafür sollte sein Geschlecht ausgelöscht werden. Mit Stumpf und Stiel. Begreifen Sie, was das heißt?«
Paul schüttelte sich. »Sie haben mit ansehen müssen, wie der Vater auch noch getötet wurde?«, fragte er schwach.
»Nein«, erwiderte Merten. »Tilman hätte dabei niemals zugesehen. Er hat die Schlächter angeschrien, sein Kollege stehe unter seinem Schutz und sie sollten nicht wagen, Hand an ihn zu legen. Die Deutschen galten als mögliche Erlöser des siechkranken Reiches. Wenn ein Deutscher aus Gott weiß was für Gründen einen Armenier schützen wollte, ließ man ihm seinen Spaß, umso mehr, wenn er sich den etwas kosten ließ. Die Bestien sind abgezogen, und Tilman ist nach hinten gelaufen und hat den Kleinen, der kaum noch wimmerte, aus diesem verkeilten Haufen blutüberströmter Menschenteile gezerrt.«
Er wandte sich von Paul fort und sah aus dem Fenster, blickte durch die Schlieren des Regens auf den Bosporus. »Es liegt etwas Seltsames in einem solchen Moment, in dem man erleben muss, dass der Mensch widerwärtiger als jeder erdachte Dämon ist«, murmelte er. »So ein Bündel, in dem inmitten von Mordwahn und entmenschter Raserei noch ein Rest Leben

pocht, kommt einem vor wie das kostbarste Geschöpf der Welt. Als könnte man an der verfluchten Menschheit etwas retten, wenn man nur dieses eine Kind bewahrt.«

Paul nickte, obwohl Merten ihn nicht sehen konnte. »Sie haben die Ärzte dazu gebracht, den Jungen zu behandeln?«

»Der Oberarzt hat zu mir gesagt, er überlebt die Nacht nicht, und ich habe wie ein Weib geheult und gesagt: ›Verdammt, dann lassen Sie ihn wenigstens ohne Schmerzen sterben.‹ Gleich darauf aber kam Tilman, der sich bis dahin um den Vater gekümmert hatte. Tilman war nicht nur Deutscher, er hatte zudem noch Geld, und er hat zu dem Oberarzt gesagt: ›Was immer es kostet, retten Sie das Kind. Lassen Sie nicht zu, dass dieser arme Vater auch noch seinen Sohn verlieren muss.‹ Der Arzt behauptete, er wäre selbst Vater, und der kleine Artsruni war zäh wie eine Ratte. Er war nicht totzukriegen.«

»Ich bitte Sie, Merten«, sagte Paul, »sprechen Sie nicht so, machen Sie das, was Sie getan haben, nicht klein. Für all Ihre Errungenschaften in unserem Feld könnte ich Sie nicht so sehr bewundern wie für diese Tat. Ich begreife nicht, wie dieser Mann Ihnen oder Professor Brandstätter übelwollen kann. Er verdankt Ihnen sein Leben.«

Blitzschnell wandte sich Merten ihm wieder zu. »Artsruni kennt solche Gefühle nicht, Dankbarkeit, Treue, Freundschaft. Ich sage es Ihnen jetzt zum letzten Mal. Halten Sie sich von ihm fern. Muten Sie Ihrer Selbstachtung keine Nacht wie die gestrige mehr zu, und konzentrieren Sie sich auf das, was Sie können. Ich helfe Ihnen dabei, Paul. Ich bin bereit, mit der Nachtmütze Hähnlein zu sprechen und dafür zu sorgen, dass Sie die Expedition nach Hattuša mitmachen können.«

Einen Augenblick lang vergaß Paul sämtliche vernommenen Greuel. Die Möglichkeit, die Merten ihm auf dem Silbertablett darbot, war unglaublich. Trotz seiner Verachtung schlug er ihm die Teilnahme an einer Grabung vor, bei der er sich über Nacht einen Namen machen konnte. Er entsandte ihn nach Hattuša, der Stadt, von der Amarna besessen war. Damit würde er ihr imponieren, er würde etwas haben, was der Armenier ihr nicht bieten konnte.

Wieder schüttelte ihn eine Woge von Scham. Er war Archäologe, er wollte so nicht empfinden – als wäre an der Entdeckung einer versunkenen Weltstadt nichts anderes wertvoll als die Bewunderung eines Mädchens. Vor allem wollte er nicht von einem anderen Menschen als »der Armenier« denken.

»Ich weiß nicht, wie ich Ihnen danken soll«, sagte er zu Merten.

»Indem Sie sich wie der begabte, zivilisierte Mann benehmen, der Sie sind.«

»Ich gebe mir Mühe«, versprach Paul. »Aber wenn der ... wenn der Mann, den Sie gerettet haben, Amarnas Familie zerstören will, kann ich doch nicht unbekümmert nach Hattuša fahren und sie hier mit ihm zurücklassen.«

»Ich habe Ihnen gesagt, überlassen Sie ihn mir. Übrigens heißt er Artsruni. Daran, dass wir ihn gerettet haben, möchte ich nicht gern ständig erinnert werden.«

»Es tut mir leid«, erwiderte Paul. »Mir fällt es schwer, mir den Namen zu merken. Ich dachte bisher, alle armenischen Namen endeten in der Silbe ian.«

»Die meisten tun es«, sagte Merten. »Es bedeutet ›Sohn von‹. Artsruni ist der Name eines Königsgeschlechts, das sich angeblich bis auf König Ara den Schönen oder mindestens bis auf Davit von Sasun zurückverfolgen lässt.«

»Wer sind die?«, fragte Paul.

»Ara der Schöne? Ein legendärer Herrscher aus dem 7. oder 8. vorchristlichen Jahrhundert. Brachte den Quellen nach die wollüstige Semiramis zu Fall – also vermutlich so ein dunkelschönes, mit wenig Skrupeln gesegnetes Exemplar wie das, mit dem wir uns herumzuschlagen haben.«

»Und der andere?«

»Davit von Sasun? Den kennen Sie auch nicht?« Merten schaffte es, die Brauen auf eine Weise in die Stirn zu ziehen, dass Paul sich wie ein Idiot vorkam. Dann änderte sich sein Gesichtsausdruck, und er zitierte: »›*Mitleid gebührt dir, Kind, hast auf der Welt keinen Hüter. Sohn des großen Mher bist du, doch niemand kennt deinen Wert.*‹ Haben Sie nie gelesen?«

Paul schüttelte den Kopf.

»Sollten Sie nachholen«, sagte Merten. »Davit ist der Held des *Sasna tsřer,* des armenischen Nationalepos. Er ist der einzige Sohn des Königs, doch sein Vater stirbt, und er wächst wild und ungezügelt in den Bergen auf. Als Ziegenhirte streift er durch Wälder und Schluchten, fügt sich nirgends ein und macht den Leuten in den Dörfern Angst. Als er jedoch zum Mann herangewachsen ist, befreit er sein Land von den arabischen Besetzern, die es mit ihrer Schreckensherrschaft knechten.«

Merten Schobert war ein seltsamer Mann. In einem Augenblick troff seine Stimme vor Hohn und Verachtung, und im nächsten sprach er über ein Kulturgut mit einer Wärme, die Paul berührte, die jedoch ebenso schnell wieder verschwinden konnte.

»Die Artsrunis leiten ihr Geschlecht von denselben Stammvätern her wie der Held des Epos«, fuhr er fort. »Der kleine Bastard ist vermutlich der Letzte, der den Namen trägt, was beweist, dass edles Blut mit edlen Charakterzügen in keinem Zusammenhang steht. Jetzt kommen Sie. Bringen Sie sich in einen halbwegs vorzeigbaren Zustand, essen Sie etwas, das den Alkohol aufsaugt, und dann gehen wir ein Stück spazieren, damit die Watte in Ihrem Kopf sich lichtet. Und hinterher passen wir die beiden Kollegen im Dar-ül Fünun ab.«

»Bitte«, wandte Paul kleinlaut ein. »Ich bin Ihnen wirklich dankbar, aber ich kann keinen klaren Gedanken fassen, bevor ich nicht weiß, dass es Amarna gutgeht. Außerdem brauche ich Kleidung zum Wechseln aus meinem Hotelzimmer.«

»Also gut«, brummte Merten, »fahren wir in Ihr Hotel und sehen nach, ob Fräulein Brandstätter sich dort die Ehre gibt. Aber ich warne Sie, Paul, ich lasse Sie heute nicht mehr aus den Augen. Wenn einer von uns Artsruni den Garaus machen muss, dann bin ich es. Nicht Sie.«

Selbst in den heftigsten Anfällen seines Jähzorns hatte Paul sich nicht gewünscht, einem Menschen den Garaus zu machen, und er wollte nicht ausgerechnet bei diesem damit anfangen. Wie konnte man einem Menschen Böses wollen, der erlebt hatte, was dem Armenier zugefügt worden war? Durfte man einem solchen Menschen auch nur das Geringste übelnehmen, trug er Verantwortung für etwas, das er tat?

Verdammt, aber das Mädchen, das ich liebe, darf er sich trotzdem nicht unter den Nagel reißen, begehrte Paul auf. Und schon gar nicht darf er diesem Mädchen Leid zufügen, oder mich kratzt nicht mehr, was er durchgemacht hat. Merten Schobert hatte diesen Punkt offenbar erreicht. Paul stellte sich vor, dass einem ein Kind, dem man das Leben gerettet hatte, nahestand. Was der Armenier den beiden angetan hatte, musste über jedes Maß hinausgehen, um solchen Hass auszulösen.

Amarna war nicht in ihrem Zimmer im Keshi Inci. Jäh wünschte sich Paul, er hätte in der einen Nacht, in der sie dieses Zimmer geteilt hatten, seine Skrupel über Bord geworfen und mit ihr geschlafen. Hätte er sie damit an sich binden können? Der Armenier sah nicht aus, als würde er sich um Hemmschwellen, wie sie sich Männer aus Rücksicht auf junge Mädchen auferlegten, scheren. Der bloße Gedanke, er könne

Amarna verführt haben, traf Paul wie ein Faustschlag in die Eingeweide.

»Immerhin lässt sie sich herab, ihrem Hofstaat eine Nachricht zu hinterlegen«, vernahm er Merten, der mit einem Briefbogen wedelte.

Im Nu hatte Paul ihm das Papier aus der Hand geschnappt. »Bitte entschuldigen Sie, aber der Brief ist für mich bestimmt. Ich würde ihn gern allein lesen.« Das Schreiben bestand aus nicht mehr als einer Handvoll hingeworfener Zeilen.

Lieber Paul,
entschuldige, dass ich Dir gestern nicht Bescheid gegeben habe. Es gibt jedoch keinen Grund zur Sorge. Ich bin volljährig, und mir ist es nie besser gegangen als jetzt. Falls Du reden willst, habe ich heute Abend Zeit. Ich will mir nach der Schließung noch etwas im Museum ansehen, danach komme ich ins Hotel.
Alles Gute, Amarna

»Jedes Wort eine Maulschelle«, murmelte Merten, der hinter ihn trat und seinen Wunsch, allein zu lesen, ignorierte. »Offenbar hat Artsruni sie für heute Abend abserviert, also nimmt sie mit Ihnen vorlieb. Ist es nicht widerlich, was aus einem Menschen, von dem man viel gehalten hat, wird, wenn nicht mehr der Verstand, sondern die Geschlechtsorgane sprechen? Lassen Sie das nicht mit sich machen, Paul. Sie brauchen sie nicht.«

Aber Paul brauchte sie. In ihr war alles vereint, was er sich vom Leben erhoffte, und er brauchte sie mehr als jeden Menschen. Widerstrebend ließ er sich von Merten überreden, in die Universität zu fahren, um Hähnlein und Bittel zu treffen, doch seine Gedanken kreisten unaufhörlich um Amarna.

Die beiden deutschen Archäologen waren in der Universität nicht aufzufinden. Stattdessen traf Merten einen türkischen Bekannten, von dem er die Neuigkeit erfuhr: Die ersehnte Grabungslizenz war erteilt worden. Bittel und Hähnlein würden binnen kurzem nach Hattuša aufbrechen. Seit dem Morgen hielten sie sich im Museum auf, um mit Hilfe des Kuratoriums einen Trupp zur Sondierung zusammenzustellen.
»Hattuša«, murmelte Merten. »Wissen Sie, was ich zu meinem Freund Tilman gesagt habe, als wir damals unsere Lizenz erhielten? Der Mann, dem das nicht mehr wert ist als jede Frau, der ist kein Archäologe.«
Paul überlegte. Hattuša war aufregend, und selbst er als Schreibstubenhengst war gegen den Sog nicht gefeit. Wie aber konnte ihm irgendetwas mehr wert sein als Amarna? »Und was hat Ihr Freund darauf geantwortet?«, fragte er Merten.
»Ach.« Das kleine Wort klang seltsam verloren. »Er war Feuer und Flamme für Hattuša, und die Frau, mit der er verlobt war, existierte für ihn ohnehin nicht mehr. Die Aussicht, nach Hattuša zu gelangen, hat ihn zurück ins Leben gebracht – Hattuša und der gottverdammte Artsruni.«
»Wie bitte?«, fuhr Paul auf.
Über Mertens Gesicht glitt ein Zucken. »Vergessen Sie's. Wie es aussieht, macht mich diese Felsenstadt in Anatolien zu einem redseligen alten Narren. Vielleicht geht es Ihnen ja ähnlich, wenn Sie eines Tages an diesen Augenblick zurückdenken. Unsere Zeit in Tell el-Amarna war großartig, aber andere waren vor uns da gewesen und hatten den Stoff, aus dem die Träume sind, bereits gehoben. Hattuša war unser. Eine vor Unzeiten in Totenstarre versetzte Schöne, die darauf wartete, dass wir sie wach küssten.«
»Ich hoffe, Herrn Brandstätters Verlobte hat die Begeisterung geteilt«, rutschte es Paul heraus.

»Wenn nicht, hätte sie ihr Herz an keinen Archäologen hängen dürfen«, versetzte Merten schroff. »Da sie aber behauptete, sie habe selbst Archäologin werden wollen, durfte er wohl Verständnis erwarten. Außerdem hatte er die Verlobung bereits auf Eis gelegt, als wir nach Konstantinopel aufbrachen.«

»Die Verlobung mit Amarnas Mutter?«

»Genug geschwatzt«, schnitt Merten ihm das Wort ab. »Ich bringe Sie jetzt in Ihr Hotel, wo Sie sich am besten früh ins Bett legen und Ihren Kater ausschlafen. Oder wollen Sie lieber noch einmal bei mir übernachten, damit Sie Amarna nicht in die Arme laufen?«

Alles, was Paul wollte, war, Amarna in die Arme zu laufen. Geschrieben hatte sie jedoch, sie würde noch einmal ins Museum fahren, und wenn sie dort den Armenier traf, kam sie vermutlich gar nicht ins Hotel zurück. »Ich will ins Museum«, platzte er heraus.

Merten sah auf seine Uhr und schüttelte den Kopf. »Sie schließen gerade. Der gute Bodo geht vermutlich mit den Kuratoren in irgendein Lokal, wo das Essen fettig, fleischig und füllig ist. Den erwischen wir heute nicht mehr. Ich habe im Dar-ül Fünun eine Nachricht hinterlassen. Wir sprechen ihn morgen.«

»Ich will ins Museum«, wiederholte Paul. Sein Mangel an Durchsetzungsvermögen hatte ihm zeitlebens zugesetzt, doch jetzt fand er sich stur vor Entschlossenheit.

Merten bedachte ihn mit einem Seitenblick. »Amarna?«

Paul nickte.

»Männlicher Stolz ist eine prachtvolle Gabe«, presste Merten zwischen den Zähnen heraus. »Warum so viele ihn ohne Wimpernzucken aus dem Fenster werfen, werde ich nie begreifen. Aber von mir aus kommen Sie. Besser, wir gehen jetzt zusammen, als dass Sie mir heute Nacht wieder wie von Sinnen um die Häuser ziehen. Ich will nie wieder auf einem türkischen

Polizeirevier stehen und mit Händen, Füßen und meinem letzten Speichel beteuern, dass ein Mann kein Mörder ist. Nie wieder. Haben Sie das verstanden?«

Paul nickte. Die Fragen, die in ihm bohrten, wagte er nicht zu stellen. Nur um eines ging es jetzt, er musste Amarna in Sicherheit bringen. Merten fackelte nicht länger, sondern winkte einem Wagen, der sie durch das Gedränge des Abendverkehrs, in dem vom Eselskarren bis zur Luxuslimousine alles vertreten war, zur Mauer des Topkapi-Palastes brachte. Von dort gingen sie zu Fuß zum Gebäudekomplex des Museums weiter. Die Dämmerung schritt rasch voran, es hörte auf zu regnen, und der Himmel klärte sich. Das Museum hatte seine Tore bereits verschlossen, und weit und breit fand sich kein Mensch, den sie um Einlass bitten konnten.

»Kehren wir um?«

Paul schüttelte den Kopf.

»Na gut, wir schleichen uns also wieder ums Haus und hoffen demütig, dass Amarna uns die Hintertür aufmacht, auch wenn Artsruni seine Finger in ihrer Unterwäsche hat, habe ich recht?«

Paul entfuhr ein Laut, der wie ein Winseln klang. »Ich gehe alleine« war alles, was er herausbrachte.

»Den Teufel tun Sie.« Damit begann Merten das Gebäude so eilig zu umrunden, dass Paul kaum Schritt halten konnte. Sobald die Hintertür in Sicht kam, bäumte sich sein mit Raki malträtierter Magen auf. Was, wenn Merten recht hatte? Wenn der Armenier Amarna hinter jener Tür etwas antat, das sich nicht rückgängig machen ließ? Paul fiel ins Laufen und zog an Merten vorbei. In dem Moment, in dem er die Faust hob, um an die Tür zu schlagen, ließ ein donnerndes Geräusch ihn erstarren. Flüchtig glaubte er, die Erde würde beben, und warf sich gegen die Wand, um Halt zu finden. Dann brach das grässliche Poltern ab, und aus dem Innern des Museums gellte ein Schrei.

26

Mit ihrem Mitarbeiter-Pass erhielt Amarna problemlos Zugang zu sämtlichen Bereichen des Gebäudes. Sie nahm sich Zeit, studierte die Rollsiegel, von denen Arman ihr erzählt hatte, fand den hethitischen Amarna-Brief, den ihr Vater vermutlich gesucht hatte, und entdeckte das Gegenstück der Sphinx, deren steinerner Flügel in den Katakomben des Pergamonmuseums lagerte. Hier wie in Berlin wirkte die Skulptur verloren, als wüsste niemand recht, was er mit ihr anfangen sollte. Wir müssen Hattuša zurück auf die Landkarte setzen, dachte Amarna, wir müssen den Menschen erzählen, dass in den nackten Bergen von Anatolien eine Art Atlantis verborgen liegt. Der Gedanke, daran mitzuwirken, erfüllte sie mit unbändiger Freude. Sie würde nach Hattuša gehen, um die quälenden Rätsel um ihre Familie aufzulösen. Aber sie würde auch gehen, um den Ort wiederzusehen, an dem sie glücklich gewesen war und der die Wurzeln ihrer Leidenschaft für die alten Hochkulturen des Orients gelegt hatte. Wenn sie diesen Kampf um ihre Vergangenheit bestanden hatte, wollte sie helfen, Hattuša ihre Vergangenheit zurückzugeben. Aus dem Hotel hatte sie sich die Mappe mit ihren Nesili-Studien mitgebracht. Sie verglich ihre Aufzeichnungen mit den Schriftzeichen der Siegel und platzte vor Stolz, weil sie Teile der Inschriften entziffern konnte.

Sie musste Irene schreiben und sich bei ihr bedanken. Ihr Leben war ein Chaos, in dem sie nicht wusste, ob ihr eigener Vater Freund oder Feind war, aber das Glück, das in ihr hochsprudelte, ließ sich davon nicht stören. Sie würde nach Hattuša fahren. Sie lernte, Nesili zu lesen, und würde sich ihren Traum, eine Expertin für Keilschrift zu werden, erfüllen. Vor allem aber – sie war verliebt. Sie hätte Arman durchbeuteln wollen, weil er sich weigerte, sie heute Abend zu treffen, auch wenn er die Atempause verdient und bitter nötig hatte. Hätte sie ihr ganzes Sein, das in kindischen Hüpfern über die Gänge des Museums wirbelte, mit einem einzigen Wort beschreiben sollen, so hätte sie das Wort Sehnsucht gewählt.

Umso dringlicher wollte sie sein Relief sehen. Sie konnte kaum abwarten, bis die Museumshallen sich geleert hatten und die Beleuchtung bis auf das schwache Nachtlicht gedämpft wurde. Angst empfand sie keine, auch nicht, als sie weit und breit kein menschliches Geräusch mehr vernahm. Dies war ihr Museum, ihr geheimer Ort. Er gehörte ihr und Arman. Und Hattuša.

In der letzten Halle zog sie das Tuch vom Kasten, um einen Blick auf Hattušilis Vertrag zu werfen. Flüchtig überfiel sie Sorge, die Metalltür zum Reliefraum könnte verschlossen sein, aber Arman hatte sie für sie offen gelassen. Amarna zog sie auf und sah in den finsteren Raum, in dem sich die Konturen der steinernen Götter nur langsam abzeichneten. Jetzt hatte sie wirklich das Gefühl, im Heiligtum von Yazilikaya zu stehen, in der Felsenkammer, in der Hattušas Bewohner ihre Götter um Vergebung und Versöhnung baten.

Vergebung und Versöhnung.

Würde es beides für sie und ihren Vater geben? Und für Arman? Mit jäher Heftigkeit wünschte sie, sie könnten noch einmal zu dritt zusammensitzen wie damals vor dem Zelt in Hattuša, mit glühenden Wangen über dem *Gilgamesch-Epos*, ehe ihr Vater dem verstörten Arman seine Zuneigung entzogen und ihn wie einen Unmenschen misshandelt hatte. Ehe ihre Zauberwelt unter dem Schutz der alten Götter zerbrochen und in Trümmern auf sie niedergestürzt war.

Sie hatte den Gedanken nicht zu Ende gedacht, als sie den Geruch bemerkte, der wie eine Schwade im Raum hing. Pfeifentabak und Ahornsirup. Als stünde ihr Vater neben ihr. Konnte man sich einen Duft einbilden, weil man sich den Menschen dazu herbeiwünschte? »Vater, wenn du hier bist«, sprach sie in den Raum, weil es ihr guttat, ihre Stimme zu hören, »sag mir, was damals geschehen ist, damit Arman es nicht tun muss. Wir waren noch Kinder, wir brauchten deinen Schutz, und du musst mir sagen, wovor du uns nicht beschützt hast. Beschütze uns jetzt. Nimm uns wieder unter deine Fittiche wie in den Traumstunden vor dem Fundzelt.«

Wie von selbst wandte sie sich der unfertigen Göttin zu, der Šawuška, der Herrin von Liebe und Krieg. Heute würde sie sich von deren dunklem Blick nicht bannen lassen. Forsch ging sie der Gestalt aus Stein entgegen und streckte die Hand nach ihr aus. In dem Augenblick, in dem sie den letzten Schritt setzte, sprang ihr Traum über sie her. Der Boden unter ihrem Fuß gab nach, die Erde bebte, und die schwarzgrauen Mauern gerieten ins Wanken. Gewaltiger Donner durchbrach das Schweigen, und die Figur der dunklen Herrin stürzte nieder. Amarna rollte sich zusammen, umklammerte ihre Knie und machte sich winzig klein. Ihr Schrei gellte, und der Gesteinsbrocken prallte auf den Bodendielen auf. Erst mehrere Atemzüge später begriff sie, dass er sie nicht getroffen hatte, dass ihr nichts geschehen war.

Zur Kugel gerollt, hielt sie still und wartete auf einen neuen Steinschlag, aber nichts geschah. Dann ertönten Stimmen. »Amarna! Um alles in der Welt, bist du da drinnen? Bist du verletzt?«

Paul und Merten.

Mühsam rappelte sie sich auf die Füße. Im Aufstehen sah sie, was geschehen war – kein Traum, sondern die Wirklichkeit. Eines der Dielenbretter hatte sich gelöst und war in die Höhe geschnellt, als sie darauf getreten war. Aus unerfindlichen Gründen hatte die geringe Hebelwirkung ausgereicht, um einen der

verschraubten Gesteinsblöcke, den mit dem Kopf der Šawuška, in die Tiefe zu schleudern. »Amarna!«, brüllte Paul noch einmal und klang wie ein verzweifeltes Kind. Mit weichen Knien schleppte sie sich zur Tür und entriegelte das Schloss.
»Amarna, bist du in Ordnung?« Er riss sie an sich, bis sie mit den Armen ruderte, um Luft zu bekommen. »O Gott, mein Liebes, ich hatte solche entsetzliche Angst um dich.«
»Es ist ja gut.« Amarnas Gehirn arbeitete auf Hochtouren. Sie musste die beiden aus diesem Raum schaffen, ehe sie auf die Idee verfielen, die Museumsleitung zu verständigen. Wenn dem Kurator zu Ohren kam, dass Arman die Blöcke nicht ordentlich verschraubt hatte, würde er ihn dafür bestrafen. Keine Reliefs, kein Geld, keine Anerkennung. Kein Hattuša. »Mir ist nichts passiert«, beteuerte sie. »Ein dummer Zufall, alles gar nicht der Rede wert.«
»Das scheint mir Ansichtssache«, schnitt Mertens Stimme durch den Raum. Er kniete neben dem niedergestürzten Block und untersuchte die Metallstifte, die den Teil des Reliefs mit dem unteren verbunden hatten. »Diese Halterung hat sich nicht gelöst. Sie ist auch nicht zerbrochen. Sie ist durchgefeilt worden.«
Amarnas Schrecken war nichts gegen den von Paul. Er packte ihre Schultern und schrie, dass sich seine Stimme überschlug: »Jemand hat versucht, dich zu töten, Amarna! Ich habe dir doch gesagt, du sollst mich wissen lassen, wo du bist, du sollst diesem Fremden nicht vertrauen, du sollst …« Er brach ab, wohl, weil ihm nichts mehr einfiel, das sie sollte. Stattdessen schüttelte er sie, und Amarna war zu erschlagen, um ihn abzuwehren.
Jemand hatte die Verschraubung bewusst beschädigt. Jemand hatte versucht, sie zu töten.
In der Stille hallte ihr Herzschlag. Sie starrte auf den Block. Sei nicht hysterisch, gebot sie sich. Dass Paul sich so aufführt, ge-

nügt. Der Stein war schwer, aber nicht sonderlich breit. Man hätte blind und taub sein müssen, um sein Stürzen nicht rechtzeitig zu bemerken und auszuweichen. Hätte jemand sie umbringen wollen, hätte er nicht nur die eine Verschraubung, sondern alle beschädigt. Dies war so wenig ein Tötungsversuch wie Armans Streich mit der Äskulapnatter. Nur hatte sie damals keine Angst gehabt, während ihr heute das Herz bis in den Hals schlug.

»Ich nenne das einen Mordversuch«, sagte Merten. »Wir müssen das Kuratorium und die Polizei verständigen, solange sich der Täter vielleicht noch im Gebäude befindet.«

»Nein!«, rief Amarna. »Es ist ein Unglücksfall, irgendein Fehler im Material. Wir sollten deswegen keinen solchen Aufstand machen.«

»Amarna, jemand hat versucht, dich umzubringen«, rief Paul von neuem und schüttelte sie.

»Unfug.«

»Das sehe ich anders«, bemerkte Merten.

»Ich auch!«, schrie Paul. »Wo ist der verdammte Armenier?«

»Hier.«

Sie fuhren alle herum. Arman stand in der Tür, seine Miene unbewegt.

»Natürlich verständigen wir das Kuratorium«, sagte er ausdruckslos. »Und die Polizei.«

Er wollte sich zum Gehen wenden, doch Pauls Stimme schrillte hinter ihm her. »Stehen geblieben! Einer von uns geht – Sie bleiben hier.«

»Aber bitte doch.« Höhnisch verzog Arman den Mund, wie an dem Tag, als er Amarna gefragt hatte, ob er ihr Hattušilis Vertrag gleich mitgeben solle. Er kreuzte die Handgelenke und hielt sie Paul entgegen. »Möchten Sie mich gern binden? Ich könnte Ihnen meinen Gürtel borgen.«

Merten erhob sich vom Boden. »Das ist keine üble Idee. Aber ich benutze lieber meinen eigenen.« Lasche für Lasche begann er sich den metallbeschlagenen Gürtel aus dem Hosenbund zu lösen, und Amarna wurde übel. »Zumindest kann ich dich damit in Schach halten, während Paul jemanden vom Kuratorium holt. Stell dich da rüber. Gesicht zur Wand.«
Fassungslos sah Amarna, wie Arman die Anweisung befolgte, sein Gesicht an das Relief lehnte und Merten den Rücken darbot. »Ihr seid ja verrückt!«, schrie sie und wollte loslaufen, aber Paul war schneller. Er packte sie am Arm und riss sie so heftig zu sich, dass ihr ein stechender Schmerz in die Schulter fuhr. Wie ein Raubtier schnellte Arman aus seiner Stellung, und im nächsten Augenblick schloss sich seine Hand einer Zwinge gleich um Pauls Gelenk. Der fuhr zusammen und gab Amarna frei.
»Sie tun ihr nicht weh«, sagte Arman. Seine Oberlippe zitterte. »Sie hat sich zu Tode erschrocken. Wie können Sie ihr da noch weh tun? Ich dachte, sie wäre bei Ihnen in Sicherheit.« Er trat ein paar Schritte zurück, sandte aber Paul einen warnenden Blick.
Eine Zeitlang standen sie alle vier still, unfähig, ein Glied zu rühren.
»Ich verständige jetzt die Kuratoren«, sagte Arman dann. »Fliehen kann ich nicht. Vorne ist alles verrammelt, und hier stehen Sie auf Wache. Sie haben mich im Handumdrehen eingefangen.«
»Worauf du dich verlassen kannst«, zischte Merten ihm hinterher.
Paul trat zu Amarna. »Es tut mir leid, Liebes. Ich wollte dir nichts Böses, ich hatte nur solche Angst, er könnte dir noch mehr antun.«
Amarna hatte stumm dagestanden und ihre schmerzende Schulter umfasst, doch jetzt schoss sie zu ihm herum. »Hast du den Verstand verloren? Er hat mir nichts angetan!« Stückweise

begriff sie, was seine Worte bedeuteten, und Furcht packte sie. »Paul, du kannst nicht im Ernst glauben, Arman hätte mir weh tun wollen. Du kennst ihn nicht, du weißt nicht, wie er ist …«

»Du auch nicht«, fiel Merten ihr ins Wort. »Der Einzige, der ihn kennt, bin ich, und ich habe dir vom ersten Tag an gesagt: Er will deinen Vater zerstören, und wie könnte er das besser, als indem er dich zerstört? Er tut euch weichherzigen Wesen leid, wie euch ein verwahrloster Hund leidtut, aber wisst ihr überhaupt, was das, was er erlebt hat, bedeutet? Dieser Mann ist im Innern zerbrochen, jedes menschliche Gefühl ist ihm abgestorben, und er lebt nur noch für seine Rachgier. Solche Menschen sind gefährlicher als jedes Tier, Amarna. Sie sind Hassmaschinen, lebende Bomben, die so lange ticken, bis sie neben ihrem Opfer stehen und den Zünder ziehen.«

»Dasselbe sagt Arman auch«, antwortete Amarna und kämpfte gegen das Zittern an, das ihren Körper befiel. »Er warnt mich unaufhörlich vor sich und erzählt mir, dass er meinem Vater übelwill.«

»Tut er das?« Merten horchte auf. »Das rechne ich ihm allerdings an.«

»Er spricht von meinem Vater und von dir wie von den Menschen, die er am meisten auf der Welt bewundert«, fuhr Amarna fort. »Mir hat er erzählt, dass mein Vater ihm das Leben gerettet hat und dass du gegen Völkermord kämpfst. Wenn er sich wirklich für das Verbrechen an seinem Volk rächen will, dann bestimmt nicht an euch. Etwas passt hier vorn und hinten nicht zusammen, Merten, und da ihr beide euch ausschweigt, bleibt mir nichts übrig, als im Dunkeln zu tappen. Eines aber weiß ich. Arman ist keine Hassmaschine, und er tut nichts, um mir zu schaden.«

»Und warum nicht?« Mertens Stimme klang beinahe sanft. »Weil er so seelenvolle dunkle Augen hat? Das täuscht, Amar-

na. Glaub mir, es ist nicht mehr als die versteinerte Maske von der verdammten Šawuška da.«
»Wie du redest, ist widerlich!« Amarna hatte um ihre Beherrschung verzweifelt gekämpft, aber ihre Kraft war zu Ende. »Arman stellst du als Monster hin und mich als Dummchen, das hinter keine hübsche Maske blicken kann. Du behauptest, er ist im Innern zerbrochen, aber weißt du, mit wie viel Mut er darum ringt, sich ein Leben aufzubauen? Mit wie viel Würde?«
Eine Bewegung strich über Mertens Gesicht. »Das ist ein schönes Wort. Eines mit Gewicht.«
Amarna nickte, obwohl sie ihm unmöglich hätte erklären können, was sie mit diesem Wort meinte. »Du, der du mir Achtung vor Menschen gepredigt hast, stempelst einen hochbegabten Mann von noch nicht dreißig, der sich um frierende Spatzen sorgt, zum hasszerfressenen Wrack«, fuhr sie fort. »Du, der du Gewalt als barbarisch verabscheust, verletzt ihn am Kopf und hältst es nicht einmal für nötig, einen Arzt zu holen. Warum, Merten? Sag mir, was er dir getan hat, damit ich es verstehe!«
Merten sah sie an, doch sein Blick schien sich zu vernebeln. »Er hat schon einmal versucht, dich zu töten.«
»Hat er nicht«, fauchte sie. »Und das weißt du. Merten, du wirst diese alberne Geschichte mit der Schlange nicht der Polizei erzählen. Wenn du das tust, nehmen sie ihn mit und stecken ihn ins Gefängnis …«
»Aber dort gehört doch jemand hin, der zu töten versucht«, rief Paul. »Was ist das für eine Geschichte mit der Schlange? Erzähl es mir, Amarna! Ich hatte die ganze Zeit dieses furchtbare Gefühl, dass mit dem Mann etwas nicht stimmt, und jetzt weiß ich endlich, warum.«
»Gar nichts weißt du!« Amarna hatte das Gefühl, von Feinden umgeben zu sein und nach allen Seiten um sich zu schlagen,

doch sobald sie einen Kopf getroffen hatte, tauchte wie bei der Hydra ein neuer auf. »Ihr könnt doch Arman nicht alles zerstören, weil er mit neun Jahren eine Dummheit begangen hat, zu der er mit größter Wahrscheinlichkeit provoziert worden ist.« Sie ließ Paul stehen und schwang wieder zu Merten herum. »Was hat er dir getan? Bitte sag es mir, Merten, sei dieses eine Mal ehrlich, denn sonst verliere ich den Verstand.«

Merten zögerte und räusperte sich. »Nichts«, sagte er dann. »Ich habe Angst vor dem, was er uns tun will.«

»Aber du hast kein Recht, ihn für etwas zu bestrafen, das er überhaupt noch nicht getan hat!«

»Er hat gerade angefangen, es zu tun«, entgegnete Merten und wies auf den schwarzen Gesteinsblock. »Das hätte ich uns gern erspart. Und wer weiß, vielleicht ihm auch. Wenn er dich vor sich gewarnt hat, wünscht sich vielleicht ein Teil von ihm, wir würden ihn hindern, seinen furchtbaren Plan zu Ende zu führen.«

27

Die Schritte aus dem Nebenraum hallten, als wäre eine Elefantenherde unterwegs. In die Tür drängten drei Männer, deren beachtliche Leibesfülle in maßgeschneiderten Anzügen steckte. Armans schlanker Leib in abgetragenen Kleidern und sein unfügsamer Schopf wirkten dazwischen tatsächlich wild und fremd. Wenn die Polizeibeamten kamen, war es keine Frage, welchem der Anwesenden sie einen Mordversuch zutrauen würden.

Einen der Männer erkannte Amarna. Es war der Graupomadierte, der sie am ersten Abend aufgehalten hatte. Ein weiterer

Mann war dicker als die Übrigen zusammen und hatte anstelle eines Halses über dem Hemdkragen ein gewaltiges Doppelkinn. Der Dritte, der etwas schlanker, aber vor allem größer war als die anderen, blieb neben Arman stehen. Als der einen Schritt zur Seite machen wollte, schloss er ihm die Hand um den Nacken und hielt ihn fest wie einen Hund. Dann stellte er auf Türkisch eine Frage.

Merten gab etwas schleppend Antwort, danach sprach wieder der große Mann.

»Ich verstehe kein Wort«, platzte Paul ihm in die Rede. »Kann mir gefälligst jemand sagen, was hier gesprochen wird?«

Statt an ihn wandte der Große sich an Arman, den er offenbar fragte, was Paul gesagt hatte. Arman gab ihm Antwort und entwand sich seinem Griff. »May I suggest we speak English?«, fragte er. »So that we all have a chance to understand each other?«

Ihn Englisch sprechen zu hören war eine solche Überraschung, dass Amarna nach Luft schnappte. Es veränderte ihn. Das Haar fiel ihm noch immer in die Stirn, aber er wirkte nicht mehr wild, sondern souverän, der Lage gewachsen.

Erleichtert griff der große Mann den Vorschlag auf. »Mein Name ist Ogün Ebedi«, stellte er sich vor. »Ich bin als Kurator für den Aufbau der neuen anatolischen Abteilung verantwortlich. Kann mir bitte jemand klar und knapp darlegen, was hier geschehen ist?«

Ehe Merten den Mund aufbekam, übernahm Amarna das Wort. Sie spielte den Vorfall herunter. Sie habe sich das Relief ansehen wollen, ein Block habe sich gelöst und sei ihr vor die Füße gestürzt. Natürlich habe sie sich erschrocken, sei aber nicht verletzt worden.

»Wie sind Sie überhaupt hier hereingekommen?«, fragte Ogün Ebedi.

»Ich …« Amarna brach ab.

»Ich habe die Tür für Miss Brandstätter offen gelassen«, sagte Arman.
Der Kurator musterte ihn. »Soso«, bemerkte er. »Ihre Expertin, ja? Sie wussten also, dass sie heute Abend herkommen wollte.«
»Nein!«, rief Amarna, der klarwurde, was der Kurator denken musste.
»Ja«, sagte Arman ruhig. »Aber ich lasse die Tür jetzt immer offen, damit sie kommen kann, wann sie will.«
»Soso«, wiederholte der Kurator. »Und wer hat Ihnen dazu die Befugnis erteilt?«
»Niemand«, antwortete Arman.
Merten, der wieder bei dem Block am Boden kniete, lachte auf. »Nach Befugnissen fragt der doch nicht. Dazu müsste er die Regeln menschlichen Zusammenlebens achten. Ich bin der Ansicht, wir sollten nicht länger herumreden, sondern die Polizei verständigen.«
»Genau!«, rief Paul, den mangelnde Englischkenntnisse an wortreicheren Beiträgen vermutlich ebenso hinderten wie den Graupomadierten und den Dicken mit dem Doppelkinn.
»Einen Moment«, wandte der Kurator ein. »Vielleicht ist es doch möglich, diese Sache unter uns zu bereinigen. Wie ich sehe, ist ja niemand zu Schaden gekommen.«
»Na hören Sie mal!«, fuhr Paul auf und fiel ins Deutsche. »Meine Verlobte ist um ein Haar von einem Gesteinsbrocken erschlagen worden, dieser Mann, den Sie in Ihrer Abteilung beschäftigen, hat sie hierhergelockt und die Verschraubung vorsätzlich beschädigt, und Sie behaupten, das ist kein Fall für die Polizei?«
Der Kurator fragte Arman etwas auf Türkisch. Der gab ihm Antwort wie ein Dolmetscher in der *Wochenschau.*
»Halt!«, rief Paul auf Deutsch. »Woher weiß ich denn, dass der Kerl Ihnen wiedergibt, was ich gesagt habe? Vermutlich

hat er Ihnen lauter Unsinn erzählt, der ihn in ein günstigeres Licht rückt.«

Ohne eine Bemerkung des Kurators abzuwarten, übersetzte Arman Pauls gesamte Rede noch einmal ins Englische, einschließlich der Worte »meine Verlobte« und »vorsätzlich beschädigt«. Amarna wurde so übel, dass sie würgen musste.

»Haben Sie das getan?«, fragte ihn der Kurator. »Haben Sie die Verschraubung der Blöcke beschädigt, um der jungen Lady Schaden zuzufügen?«

Arman stand still. Sag nein, beschwor ihn Amarna mit aller Kraft ihrer Gedanken.

»Geben Sie mir Antwort, Mr. Yilmaz.« Amarna horchte auf. Der Kurator bemerkte ihren Blick und sandte ihr ein Grinsen. »Lassen Sie sich nicht verwirren, Miss Brandstätter. Mr. Artsruni fand es ratsam, sich seinerzeit bei uns unter falschem Namen zu bewerben, und von Zeit zu Zeit macht es mir Spaß, ihn ein bisschen damit aufzuziehen.«

»Das auch noch.« Merten stand auf. »Rufen Sie dann jetzt vielleicht endlich die Polizei?«

»Aber warum denn?«, erwiderte Ogün Ebedi. »Haben Sie kein Verständnis dafür, dass Mr. Artsruni glaubte, er dürfe seinen Namen nicht preisgeben? Ich schon. Auch wenn es sinnlos war. Ich habe kein übles Gedächtnis, schon gar nicht, wenn ein Mensch mir teuer war.« Er wandte sich wieder Arman zu. »Und Sie sagen mir jetzt bitte, ob Sie diese Verschraubung beschädigt haben.«

Arman begann an seinem Ohrläppchen zu rupfen. »Was soll ich denn sagen?«, fragte er. »Wenn ich es getan habe, werde ich ja wohl kaum ein Geständnis ablegen.«

»Ich finde, Sie sollten die Wahrheit sagen«, entgegnete der Kurator. »Ich bin dabei, Sie zu decken, Mr. Artsruni. Ich stehe hier vor zwei ausgesprochen wütenden Herren, die Ihren

Kopf von mir fordern, aber ich rücke ihn nicht heraus. Habe ich dafür nicht die Wahrheit verdient?«
Arman senkte den Kopf. »Bitte decken Sie mich nicht, Professor Ebedi«, sagte er. »Bitte rufen Sie die Polizei.«
Von neuem packte der Kurator ihn im Nacken. »Verflucht, Sie Rindvieh, wollen Sie unbedingt die nächsten Nächte in einer Gefängniszelle verbringen? Sind Sie in Ihrem Leben noch nicht oft genug angespuckt worden, haben Sie Sehnsucht nach ein paar gesalzenen Tritten in den Bauch?«
Arman zuckte zusammen. »Nicht«, flüsterte er und wies mit einer Kopfbewegung auf Amarna.
»Was ist denn?«, fragte Ogün Ebedi.
»Nicht fluchen«, flüsterte Arman.
Der Kurator grinste, ließ seinen Nacken los und gab ihm einen Klaps auf den Hinterkopf. »Ich bitte vielmals um Entschuldigung, Miss Brandstätter.«
Amarna konnte nur den Kopf schütteln.
»Jetzt erzählen Sie mir, was hier los war«, sagte der Kurator mit dem schwer zu merkenden Namen zu Arman. »Sie sind kein Kaskäer mehr, der wie ein hungriger Wolf um menschliche Behausungen streicht und mit Steinwürfen vertrieben wird. Sie sind jetzt mein Mann, und falls Sie einwilligen, sind Sie auch Dr. Hähnleins Mann. Wenn Sie unschuldig sind, stellen wir uns vor Sie. Die Zeiten haben sich geändert, ich verbürge mich dafür, dass Ihnen kein Haar gekrümmt wird. Und wenn Sie mit diesen Schrauben geschlampt haben, setzt es eine Standpauke, dass Ihnen die Ohren schlackern, Sie kaufen Miss Brandstätter eine Schachtel türkischen Honig, und damit ist die Sache erledigt. Verstanden?«
»Lieber Tulumba Tatlisi«, murmelte Amarna.
Fassungslos starrte Arman den Kurator an. Seine Lider flatterten. »Danke«, sagte er sehr leise.

Der Kurator klopfte ihm die Schulter. »Ist ja gut, mein Lieber. Das war es aber nicht, was ich hören wollte.«
»Es tut mir leid«, sagte Arman und presste die Lippen zusammen.
Auf einmal begriff Amarna, warum er nicht sprechen konnte. »Arman«, rief sie, ging quer durch den Raum und blieb vor ihm stehen, »sag Professor Ebudi, dass du nichts an dieser Verschraubung gemacht hast.«
»Ebedi«, verbesserte Arman.
»Nun schön. Also sag es ihm. Ich weiß es sowieso.«
»Das kannst du doch nicht wissen.« Hilflos sah er sie an. »Ich habe dich belogen, ich habe Professor Ebedi belogen …«
»Du hast den Professor gehört«, fiel sie ihm ins Wort. »Es ist dein Recht, dich zu verteidigen. Bist du zu stolz, es anzunehmen, meinst du, weil alles gegen dich spricht, würden wir dir nicht glauben? Damit kränkst du uns, Arman. Du bist nicht unter Feinden. Professor Ebidi und ich wissen, dass du mit dieser Sache nichts zu tun hast, aber wir brauchen deine Aussage, um Merten etwas entgegenzuhalten. Fass dir ein Herz. Der Professor und ich sind nicht hier, um deinen Stolz zu verletzen.«
Er sah sie an, als grübe er sich jeden Zug ihres Gesichts ins Gedächtnis. Dann nahm er ihre Hand und streifte sie kaum merklich mit den Lippen. »Ich darf das nicht annehmen«, sagte er leise auf Deutsch. »Die Polizei kann dich schützen, Amarna. Wenn wir sie nicht rufen, wie finden wir heraus, wer dir weh tun wollte?«
»Nimm's an«, sagte sie und kämpfte die Bewegung nieder, die ihr durch und durch ging. »Wie die Dinge liegen, schießt die Polizei sich auf dich ein und findet gar nichts heraus. Bring dich in Sicherheit, bitte.« Für die Hochachtung, die er ihr einflößte, gab es in der Eile kein Wort. So burschikos, wie sie

konnte, fuhr sie ihm durchs Haar, dann trat sie zurück und überließ ihn dem Kurator.

»Muss ich Sie jetzt noch einmal fragen?«, erkundigte der sich.

»Nein«, entgegnete Arman kleinlaut. »Ich habe nichts an der Verschraubung gemacht. Ich habe aber gestern Abend vergessen, die Hintertür abzuschließen. Es tut mir leid.«

»Soso«, sagte der Kurator. »Es hätte also jeder Beliebige hereinkommen und uns das gesamte Museum ausräumen können, einschließlich Ihres Lieblingspuzzles von Hattušilis Friedensvertrag. Und da sagen Sie mir, es tut Ihnen leid? Soll die Sache damit etwa abgetan sein?«

»Nein, natürlich nicht.«

Der Kurator grinste und boxte ihn liebevoll in die Seite. »Zwei Dutzend Hiebe auf die Fußsohlen? Ach nein, von der Bastonade sind wir ja abgekommen, damit unsere westlichen Freunde uns nicht länger für Barbaren halten. Ihr Pech, mein Lieber. Ich streiche Ihnen die nächsten vier Wochen die Mittagspause.«

»Einen Moment«, mischte sich der Dicke mit dem Doppelkinn ein, dessen kantiges Englisch den Deutschen verriet. »Wenn es nach mir geht, ist Mr. Artsruni überhaupt keine vier Wochen mehr hier, sondern mit meinem Sondierungstrupp unterwegs.«

»Dann streichen eben Sie ihm die Mittagspause«, erwiderte der Kurator friedfertig. »Aufwand haben Sie damit nicht. Er macht nie eine.«

Hörbar erleichtert schnaufte der Dicke aus. »Können wir diese unerfreuliche Angelegenheit dann jetzt als erledigt betrachten? Ich hätte Mr. Artsruni gern heute Abend noch vertraglich verpflichtet.«

»Das ist nicht dein Ernst, Bodo.« Amarna hatte erwartet, dass Merten wusste, wann er geschlagen war. Stattdessen baute er sich vor dem Dicken mit dem Doppelkinn auf. »Du willst diesen Scharlatan zur Sondierung nach Hattuša schicken? Warum? Weil er Artsrunis Sohn ist? Weil du bis heute glaubst, Tilman und ich hätten alles Artsrunis genialischer Begabung zu verdanken? Glaub, was dir passt, aber der da hat weder Artsrunis Geist noch sein Flair geerbt, sondern nur seine Visage. In Berlin ist er für Dummheit von der Schule geflogen, und als er neun war, konnte er kein Wort lesen oder schreiben. Es sollte mich wundern, wenn er es inzwischen gelernt hat. Gehst du mit Analphabeten auf Grabung, Bodo?«

Amarna wünschte, sie hätten nicht alle dabeigestanden und Arman ins Gesicht gestarrt. Sie wünschte, sie hätte überhaupt nie mit ansehen müssen, wie ein Mann einen anderen derart erbarmungslos demütigte. Arman blieb unbewegt stehen und verschränkte die Hände im Rücken.

»Ich denke, das geht jetzt zu weit«, murmelte Ogün Ebedi sichtlich bestürzt.

»Tut es das?«, fragte Merten. »Haben Sie ihn je schreiben sehen? Er hat ein phänomenales Gedächtnis wie die meisten Analphabeten, und wenn er einen Brief aufsetzen muss, diktiert er ihn vermutlich seiner Gespielin, die bei ihm haust.«

»Sie ist nicht meine Gespielin!«, schrie Arman los. Sein Gesicht verdunkelte sich, und an den Schläfen pochten Adern. »Wenn Sie sich mit mir prügeln wollen, kommen Sie zu mir, wann immer Sie wollen, aber das Mädchen, das Ihnen nichts getan hat, beleidigen Sie nicht!« Er wirkte größer, als er war, jeder Muskel in Armen und Schultern gespannt. Er sah nicht aus wie ein Mann, mit dem ein vernünftiger Mensch sich hätte prügeln wollen.

Der Kurator murmelte etwas auf Türkisch und klopfte ihm den Rücken, aber Arman beachtete ihn nicht.

Merten war einen Schritt zurückgewichen. Dann fasste er sich. »Was spielst du dich so auf, Artsruni? Warum lässt du dir nicht

stattdessen von Bodo einen Bogen Papier geben und beweist uns, dass du imstande bist, deinen Namen zu schreiben – von mir aus auch einen falschen?«
Amarna war sicher, er würde auf Merten losgehen, aber er blieb stehen. Bodo Hähnlein hielt ihm eilfertig ein Notizbuch und eine Füllfeder hin. Arman wandte ihm das Gesicht zu und schüttelte bedauernd den Kopf.
In das betretene Schweigen platzte ausgerechnet Paul. »Das ist nicht wahr!«, stieß er heraus, und über sein Gesicht rannen Tränen. »Amarna, wie kannst du mir das antun? Ich habe von klein auf gekämpft, um aus dem dumpfen Morast herauszukommen und mir Bildung anzueignen, Zivilisation, Kultur! Weißt du, was mich das gekostet hat? Ich habe meine Familie hinter mir gelassen, ich stand allein in der Welt, bis ich dich gefunden hatte. Ich war sicher, du bist die eine Frau, die mich versteht, die genauso empfindet, und du lässt mich stehen – für einen Analphabeten!«
»Zum Teufel, warum hält ein Mann, der nichts zu sagen hat, nicht den Mund?«, brummte Merten.
Dann herrschte von neuem Schweigen. Amarna sah, dass der Kurator fieberhaft nach etwas suchte, das er hätte sagen können, und sie selbst suchte ebenso fieberhaft, aber jedes Wort war falsch. Der Graupomadierte glotzte von einem zum anderen, als würde er eine seltene Tierart im Zoo beobachten.
»Ich würde jetzt gern gehen«, sagte Arman zu Ebedi. »Es tut mir leid.«
Der Kurator hob die Hand, um ihn aufzuhalten, doch nach dem erlösenden Wort suchte er noch immer vergeblich.
»Menschenverachtung«, wurde eine Stimme laut, als Amarna die Hoffnung aufgegeben hatte. Der Sprecher war Bodo Hähnlein, dem das Doppelkinn wabbelte. »Menschenverachtung beginnt nicht erst, wenn man anderen die Schädel einschlägt«,

sagte er. »Obwohl Professor Schobert, der große Menschenrechtsforscher, uns sicher das Gegenteil beweisen könnte. Bitte bleiben Sie, Mr. Artsruni. Dass ein kluger Mann wie Sie keine Möglichkeit hatte, schreiben zu lernen, tut mir aufrichtig leid. Aber die Archäologie gehört nicht nur Industriellenerben und Offizierssöhnchen, wie die Kollegen Schobert und Brandstätter befanden, als Sie mich 1912 als Teilnehmer ablehnten. Ich lehne Sie nicht ab. Ich brauche keinen Schreiber, sondern einen Mann, der die Gegend kennt und weiß, womit wir es in Hattuša zu tun haben. Dr. Bittel und ich sind uns einig. Wir hätten gern, dass Sie unsere Sondierung leiten.«

Ogün Ebedi strahlte Bodo Hähnlein an, als hätte er ihn mit Freuden an die Brust gedrückt, und Amarna hätte es ihm gleichtun wollen.

»Ich habe es so nicht gemeint«, rief Paul mit brechender Stimme. Merten sah zur Seite, als ekelte er sich. »Ich bin kein Menschenverächter, ich verachte auch niemanden, der nicht schreiben kann, aber Amarna …«

Niemand als Arman beachtete ihn. »Das kommt schon hin«, sagte er. »Ich hätte an Ihrer Stelle dasselbe gedacht.« Dann wandte er sich an den Dicken. »Vielen Dank, Professor Hähnlein.«

»Ich bin nur Doktor«, erwiderte Hähnlein verlegen.

»Das ist mir egal«, sagte Arman. »Ich bin dumm, ich bin von der Schule geflogen, aber wenn ich klug und mächtig wäre, würde ich Sie zum Professor machen. Ich finde, Sie sind grandios, und es tut mir weh, dass ich Ihnen nichts zurückgeben kann.«

Bodo Hähnleins Gesicht und sein Doppelkinn liefen dunkelrot an. »Ist gern geschehen«, quetschte er mit belegter Stimme heraus. »Sehr gern. Und um sich zu revanchieren, bekommen Sie in Hattuša noch Gelegenheit genug.«

»Ich kann ja nicht für Sie nach Hattuša fahren«, sagte Arman.

»Aber warum denn nicht?«

»Weil Sie mir nicht erlauben, Fräulein Brandstätter mitzunehmen.«
»Gott bewahre!«, rief Bodo Hähnlein. »Alles, aber keine Frau. Was genau 1912 dabei herausgekommen ist, werden wir wohl nie erfahren, doch wenn Sie mich fragen, genügt der heutige Abend zur Abschreckung allemal.«
»Fräulein Brandstätter ist Altorientalistin«, sagte Arman. »Sie ist gut, sie liest fließend Keilschrift und ist in der Lage, Texte auf Nesili zu entziffern. Sie auszuschließen wäre genauso menschenverachtend, wie wenn Sie Armenier oder Analphabeten ausschließen würden. Das haben Sie nicht nötig, Professor.«
Bodo Hähnleins Doppelkinn schwabbelte. »Donnerlittchen«, rutschte es ihm heraus.
»Ohne Fräulein Brandstätter kann ich nicht für Sie fahren«, sagte Arman. »Ich habe ihr versprochen, dafür zu sorgen, dass sie nach Hattuša kommt, und sofern sie mich noch will, bringe ich sie hin.«
»Den Teufel tust du«, bellte Merten. »Amarna ist die Tochter meines Freundes und steht unter meinem Schutz. Sollte sie von diesem Wahn nicht abzubringen sein, fährt sie mit keinem als mir.«
Sämtliche Schleimhäute in Amarnas Mund waren knochentrocken. »Ich fahre mit dir, Arman«, krächzte sie. Um ihm den Rest zu sagen, hätte sie mit ihm allein sein müssen, so allein, dass sich die splitternden, unzureichenden Worte ersetzen ließen.
»Wir fahren alle zusammen«, sagte Arman.
»Bist du von Sinnen?«, schrie sie ihn an. »Diese zwei haben dich behandelt, als hättest du kein Recht auf deine Würde, und du willst sie noch mit nach Hattuša nehmen? Wer bist du? Die Heilsarmee?«

»Heilsarmee …«, murmelte Arman vor sich hin. Dann riss er sich zusammen. »Um meine Würde geht es ihnen ja nicht, sondern um deine Sicherheit. Sie versuchen dich vor Schlangen zu schützen, und deshalb nehme ich sie mit. Ich möchte jetzt gehen.«
»Sie fahren für mich«, murmelte Bodo Hähnlein. »Nehmen Sie mit, wen Sie wollen.«
Arman trat zu ihm. »Ich komme mir vor wie der Teufel, dem ein unglaublich nobler Mann den kleinen Finger gibt«, sagte er. »Darf ich mir trotzdem das hier auch noch borgen?« Er nahm dem verdutzten Mann das Notizbuch aus der Hand und legte es auf eine Stufe der Leiter. Gewand förderte er einen Bleistiftstummel zutage und fuhr in schnellen Strichen über eine Seite des Buches. Dann schob er die Hände in die Hosentaschen und ging.
Sie betrugen sich alle wie Kinder, drängten und schubsten, um sich über das Buch zu beugen. Die Zeilen waren in Hast geschrieben, aber die Schrift war regelmäßig wie in Amarnas Brief:

Ach, um deine feuchten Schwingen,
West, wie sehr ich dich beneide,
Denn du kannst ihr Kunde bringen,
Was ich an der Trennung leide.
Geh denn hin zu meiner Liebsten,
Spreche sanft zu ihrem Herzen.
Doch vermeid', sie zu betrüben,
Und verschweig ihr meine Schmerzen.

»Was ist das?«, stammelte Paul.
»Goethe«, knurrte Merten. »*Das Lied an den Westwind* aus dem verdammten *West-östlichen Divan.* Der Satan hat nur die Geschlechter vertauscht.«

Wieder nach Hattuša
Im Nebel der Zeit

Sie erkannte ihn am Schritt und schob beiseite, womit sie sich beschäftigt hatte. Er trat in die Tür des Schlafgemachs, das sie bezogen hatte, nachdem sie von den Neujahrsfeierlichkeiten zurück in ihren Palast gekommen waren. So hatte sie es sich gewünscht – eine Höhle, in die sie sich zurückziehen konnte wie ein Tier, das verwundet worden war.

Den schwarzen Obsidian-Altar der Šawuška, den sie aus ihres Vaters Haus mit in ihren ehelichen Haushalt gebracht hatte, um der dunklen Herrin von Liebe und Krieg zu huldigen, hatte sie fortschaffen lassen. Stattdessen hatte sie der Sonnengöttin von Arinna einen hellen, mit Rauten aus Bergkristall besetzten Altar gestiftet, an den sie fortan zu täglichen Gebeten trat.

Von ihren Beratern wurde ihr zugetragen, dass ihre Entscheidung bei den Bewohnern des Palastes auf Gefallen stieß. Der Hang ihrer Königin zur dunkelsten unter den Göttern war den heitersinnigen Menschen von Hakmis nie geheuer gewesen. Es hieß, um ihretwillen habe die Šawuška ihrem König Hattušili den Sinn verdunkelt, so dass er mit bitterer Strenge über sie regierte. Die Sonnengöttin habe deshalb dem Hattušili ihren Segen verweigert, ohne den kein Mann im Land Hatti einen Sohn zeugen konnte. Jetzt aber, da Hattušilis Gattin aus ihrer Verblendung erwacht sei, würde das Blatt sich wenden.

»Der Schleier über dem Gemüt unserer Königin Puduhepa hat sich gehoben«, hörte man die Leute in den Höfen des Palastes tuscheln. »So wird sich auch der Schleier über

Hakmis heben, jetzt, da sie der Istanu die Ehre erweist, die ihr gebührt.«

Allein Puduhepa wusste, was wirklich hinter den Mauern um ihr Herz vorging. Ihr Gemüt war von keinem Schleier befreit, sondern von einem neuen bedeckt worden, in dessen Säumen Gewichte aus Stahl hingen. Sie hatte den Altar nicht ausgetauscht, weil sie den Leuten gefällig sein wollte, sondern weil sie von der Herrin über Liebe und Krieg nichts mehr zu erbitten hatte. Nichts mehr als: »Verschone mich. Nimm von mir, womit du mich geschlagen hast.«

Stattdessen bat sie die Sonnengöttin von Arinna um Frieden, Gleichmut und Vergessenheit.

Gehofft hatte sie, sie könne in ihrer Höhle bleiben, bis das Grauen des Neujahrsfestes wiederum herannahte. Bis die Wunden auf Urhi-Tešubs Rücken und die auf ihrem Herzen geheilt waren. Jetzt aber stand ihr Mann in der Tür des Gemachs, in dem er ihr ihren Frieden hatte lassen wollen.

»Ziehst du dich wieder zurück?«, fragte er, ohne ihr den üblichen Gruß zu entbieten. »Was ist es diesmal? Hast du dich verkühlt? Schmerzt dich der Kopf? Haben dir wieder einmal Träume den Schlaf geraubt?«

Puduhepa setzte sich auf und raffte die Decken vor ihren Brüsten. »Ich habe in der Tat nicht gut geschlafen«, antwortete sie.

»Und soll ich dir sagen, warum?« Hattušili setzte einen Schritt in den Raum und wies auf die Truhe neben Puduhepas Bett. Sein Körper war drahtig geworden, jeder Muskel wie ein geflochtenes Seil, und er ging neuerdings immer vornübergebeugt, als ob er auf etwas lauern würde. Das Haar trug er in einem kostbaren, mit einem Adler

geschmückten Stirnreif aus Bronze. Strähnig und fahl fiel es ihm bis in die Taille. »Dieses Zeug, nach dem du greifst, sobald ich dir den Rücken kehre, ist es, was dir den Schlaf raubt. Glaubst du, ich weiß nicht, dass du dir ständig Papyrus und Ockerfarben kommen lässt? Was immer du damit zu schaffen hast, geziemt Schreibern, nicht Königinnen. Aufgabe von Königinnen ist es, ihren Gatten Söhne zu gebären.«

Puduhepa straffte den Rücken. »Es gab auch vor mir Königinnen, auf deren Leib Istanus Segen nicht ruhte«, sagte sie so hoheitsvoll, wie sie es vermochte. »Würdest du eine Nebenfrau nehmen, so würde ich darum beten, dass die Sonnengöttin sie fruchtbar macht und ihren Leib mit Söhnen füllt. Ich würde deine Kinder aufziehen, wie es ihnen gebührt, und die Chronik, an der ich schreibe, würde ich ihnen nach unserem Tod übergeben.«

»Was für eine Frau bist du, die ihren Gemahl anbettelt, er solle sich eine Nebenfrau nehmen?«, herrschte er sie an. Zu Beginn ihrer Ehe hatte er nie anders als sanft mit ihr gesprochen. Jetzt aber überfiel ihn oft Jähzorn. Der Sinn stand ihm nach Krieg, in jedem Nachbarn witterte er einen Feind. Er ließ Streitwagen bauen und kaufte von Steuergeldern Pferde, die mit Salz- und Malzwasser getränkt wurden, was sie wild und gefährlich machte. Die Mauern seines Palastes ließ er verstärken, als wollte er der Hauptstadt nacheifern, und es hieß, unter einem Stamm von Kaskäern habe er ein Gemetzel angerichtet, das nicht einmal ein Kind überlebt habe. »Wäre ich als Frau geboren, ich wüsste meinen Gemahl lieber tot als in den Armen einer anderen«, sagte er. »So wie ich dich lieber tot wüsste als bei einem anderen Mann. Du aber redest von Nebenfrauen, als wäre das, was uns verband, in dir schon

verloschen. Solltest du nicht selbst deinen Gemahl empfangen und zu den Göttern flehen, dass sie dich sein Kind tragen lassen?«

»Das tue ich«, erwiderte Puduhepa. »Doch wenn es der Wunsch der Götter nicht ist …«

»Schweig still«, gebot er. »Ich bin nicht gekommen, um mir dein Gerede anzuhören, sondern um dir zu sagen, dass die Tage im Verborgenen ein Ende haben. Wir gehen morgen in der Frühe auf Reisen. Wir sind nach Hattuša bestellt.«

Nach Hattuša.

Sie hatte darum gebetet, die Worte nicht noch einmal hören zu müssen. Wenn aber Hattušili samt seiner Königin nach Hattuša bestellt war, gab es nur einen, von dem der Befehl stammen konnte, und gegen diesen einen war kein Widerspruch möglich.

Anderntags brachen sie auf.

Der Sommer war fast vorüber. Jetzt wiegten die schwarzen Kronen der Zedernwälder sich im scharfen Wind, und am Himmel flohen zinngraue Wolken ins Nichts. Vor dem Löwentor von Hattuša, in jener Ebene, in der Puduhepa vor ihrer Hochzeit von Urhi-Tešub empfangen worden war, wartete ein Trupp von Reitern.

»Hattušili, Sieger von Kadesch!«, grüßte ihr Anführer Puduhepas Gemahl, doch er vergaß dessen Königstitel. »Wir sind beauftragt, Euch in den Westturm zu geleiten, wo die Heerführer Euch zu einer Beratung über die Gefahr aus Assyrien erwarten.«

»Die Gefahr aus Assyrien ist ein Gespinst aus Weibergejammer«, schimpfte Hattušili. »Der Feind, der wahrhaftig den Bestand des Reiches bedroht, sitzt, wo er von jeher saß – in Ägypten. Ich brauche Wagen, Pferde, Männer,

um dieser Gefahr ihren Riegel vorzuschieben, und all das habe ich meinem Bruder, dem Labarna, geschrieben. Hält mein Bruder, der mir sein Leben dankt, es nicht mehr für nötig, mich selbst zu empfangen?«
»Der Labarna lässt sein Bedauern ausrichten«, erwiderte der Anführer, wendete jedoch im Sprechen schon sein Pferd und ließ es antraben. »Die Beratung duldet leider keinen Aufschub.«
»Und welche Vorkehrungen gelten meiner Königin?«, rief Hattušili dem Trupp wütend nach, ohne die Schenkel um den Leib seines Pferdes zu schließen.
Ein kleiner Mann aus der Gesandtschaft des Großkönigs blickte über seine Schulter. »Für Puduhepa, geliebte Schwester des Labarna, ist aufs beste gesorgt. Ich habe Anweisung, sie in den Palast zu geleiten, wo ein Quartier für sie bereitet ist.«
Bereits zu ihrer Hochzeit hatte der Großkönig ihnen ein Stadthaus am Fuß des Palasthügels übereignet, wie es vornehmer nicht zu denken war. Dass er sie diesmal in seinem eigenen Palast beherbergen wollte, war eine Ehre, die keinem anderen Vasallen zukam, sondern den Herrschern fremder Mächte vorbehalten war. Widerwillig trieb Hattušili sein Pferd in Galopp, und Puduhepa schloss sich ihm an.
Hinter dem Löwentor trennten sie sich. Puduhepa fiel auf, dass nicht einmal halb so viele schwer bewaffnete Wächter auf dem Posten standen wie sonst, wenn sie in die Hauptstadt gekommen war. Auf der Straße, die zum Palasthügel führte, tummelte sich Volk, das Einkäufe bei sich trug oder mit Nachbarn schwatzte. Einen sah sie gar, der ein Schwein die Gasse hinuntertrieb, obwohl die Benutzung von Hattušas Straßen sonst streng geregelt war.

Einst hatten Menschen auf den Gassen Hattušili zugejubelt, doch heute waren sie mit sich selbst beschäftigt.
»Puduhepa«, rief Hattušili ihr nach, als sie sich anschickte, dem kleinen Gesandten zu folgen. Sie drehte sich um, doch er spreizte nur hilflos die Arme, weil ihm kein Wort einfiel. Diesen Herzschlag lang erinnerte er sie an den hässlichen Jungen im Tempel, der sie so dringend gebraucht hatte, und ein Strom von Wärme durchflutete sie.
»Die Götter mögen Euren Weg bereiten, mein Gebieter.«
Er nickte ihr zu, jetzt wieder ganz der Sieger von Kadesch, und sie ritten getrennt ihrer Wege.
War ganz Hattuša eine in Felsen hineingezwungene Festung, die selbst die Stürme des Himmels nicht einnehmen konnten, so war der Palast auf dem Hügel ihr Herz, das einst, beim Weltende, der berstenden Erde trotzen würde. Bedienstete, die hinter den dreifachen Mauern für das Wohl des Großkönigs sorgten, entstammten seit Generationen denselben Familien und wurden peinlichsten Prüfungen unterzogen. Speisen wurden fünfmal verkostet, ehe sie in das Halentuwa, das Innerste, gelangten. Brachten hochgestellte Gäste eigene Diener mit, so wurden diese splitternackt ausgezogen, ehe sie durch das Labyrinth zwischen den Toren schreiten durften und neue Kleider erhielten.
Puduhepa hatte den Palast nie betreten. Von den Schutzmaßnahmen, die von besessener Furcht vor Mordanschlägen kündeten, hatte sie lediglich reden hören. Jetzt aber führte der Gesandte sie durch das Tor in der ersten Mauer. Es war winzig und die Mauer so hoch, dass Puduhepa schwindlig wurde. Dahinter ragte die zweite Mauer auf, und um das nächste Tor zu erreichen, mussten sie die halbe Festung umrunden. Ein Gedanke sprang Puduhepa an:

Wie konnte er hier wohnen, hinter all diese Mauern gezwängt wie ein Tier hinter Käfigstangen?
Am Portal standen zwei Wachen mit Speeren, doch sie traten zur Seite und machten Puduhepa Platz. Die Halle, in die sie trat, hatte etwas Düsteres, Klammes trotz der zahllosen Kienfackeln an den Wänden und der mannshohen Flammen, die die Feuerstelle füllten. Die Mauern waren zu dick. Sie ließen kein Leben ein, kein Gelächter, keinen Wind im Getreide, keinen Vogelsang. Am Ende des Raums führte eine Treppe hinauf zu einer Tür. Der Gesandte ging voran und zog sie auf. »Hier verlasse ich Euch, hohe Dame. Ins Halentuwa darf ich Euch nicht folgen.«
Puduhepa durchschritt die Tür und fand sich in einem Empfangsraum, der kleiner und damit besser mit Wärme und Licht zu versorgen war. Auf einem Tisch standen eine Schale mit Trauben und Granatäpfeln und daneben ein Krug. Ehe sie sich fragen konnte, warum sie hierherbestellt worden war, öffnete sich eine Tür am Ende des Raums, zu der wiederum eine Treppe führte, und der Mann stürmte die Stufen herunter. Sie hatte alles getan, um sich sein Bild aus dem Gedächtnis zu brennen, und doch hatte jede Nacht es ihr heraufbeschworen, so dicht und überklar, dass ihr jetzt der lebendige Mann kaum fassbar schien.
»Puduhepa. Meine Taube mit den Lapislazuli-Augen.«
Nie hatte sie einen Menschen gehört, der solche Freude in die Silben eines Namens legte. Als wäre ihr Name ein Glas, das sein Glück wie Sonnenlicht fing. Er kam zu ihr, riss sie in die Arme und wirbelte sie um seine Achse, dass ihr Rock um sie schwang. Sie hatte seit dem Neujahrsfest nicht ordentlich essen können und war ständig krank gewesen. Ihr Haar war glanzlos und ihr Gang müde wie der

einer alten Frau, doch er betrug sich, als könnte er sich nicht an ihr sattsehen.

»Meine Schönste. Meine Allersüßeste. Puduhepa, weißt du, wie sehr du mir gefehlt hast?« Sie wollte sich befreien, doch er ließ es nicht zu, und seine Arme strotzten vor Kraft. »Nein, meine Goldene, sei gnädig und schüttle diesen Mann, der vor Sehnsucht nach dir krank ist, nicht ab. Du musst erschöpft von der Reise sein, und es steht alles bereit, um dich zu erfrischen, aber erst lass mich dich noch eine kleine Weile halten. Ich bin ohne dich ein Mann geworden, Puduhepa. Ein Kind treibt mit allem, was ihm in die Hände fällt, Spiele und wendet sich hierhin und dorthin ohne Ziel. Ein Mann aber hat gelernt, dass es nur eine Richtung gibt, in die es sich zu blicken lohnt – in die Augen einer schönen Frau.«

Einen anderen hätte sie für solche Reden maßregeln können. Er aber war der Herr des Landes Hatti. Sie wollte nicht in sein Gesicht sehen, doch als sie es tat, las sie darin, dass er die Wahrheit sagte. Er war ein Mann geworden. Der hübsche Knabe war gestorben. »Warum habt Ihr mich hierherbestellt, mein Labarna?«, presste sie heraus. »Warum habt Ihr mich ohne meinen Gemahl in Euren Palast beordert?«

»O nein, Puduhepa, tu mir das nicht an!«, rief er. »Weißt du, dass es in dieser Stadt keinen Menschen gibt, der mich bei meinem Namen nennt? Weißt du, dass keiner mir begegnet wie einem Menschen, mit dem man ein paar Worte und ein Lachen tauschen will? Sie begegnen mir wie einem Tier, das acht Köpfe hat und sein Maul nur aufreißt, um den Schlund der Unterwelt zu entblößen.«

Wie verstörend muss das für dich sein, durchfuhr es Puduhepa. Ihr Gemahl liebte es und umgab sich in seinem

Palast mit Niedriggestellten, die in seiner Nähe nicht den Blick heben durften. Dieser hier aber hatte zu viel Lust auf Leben im Leib, zu viel klopfende Blutwärme, zu viel Menschenliebe ohne Arg.

»Ich bin nicht dein Labarna.« Seine Augen blitzten. »Ich bin Urhi-Tešub, der Mann, der dir mit allem, was ihn ausmacht, verfallen ist.« Dann zog er sie an seinen Leib und küsste sie. Ein paar Augenblicke lang wünschte sie, sie müsste aus der bitteren Seligkeit nicht erwachen, sondern könnte in seinen Armen sterben.

Warum trug sie die Last der Verzweiflung allein?

Als ihre Lippen sich trennten, sah er sie an wie verzaubert, und sein Gesicht war ein Bild des Glücks. »Puduhepa. Meine Königin aus Lapislazuli. Hast du mich wirklich gefragt, warum ich dich hier haben wollte, ehe ich Hattušili empfange? Er ist gekränkt, nicht wahr? Es tut mir leid, und ich mache es an ihm gut, das verspreche ich. Ich wollte mit dir allein sein, Liebste. Wolltest du denn nicht mit mir allein sein, war dir nicht zumute, als könntest du keinen Augenblick mehr warten?«

Doch, dachte Puduhepa. Er küsste sie, und als sie ihn wiederküsste, wusste sie, dass sie sich nicht länger dagegenstemmen konnte. Sie hatte in diesem halben Jahr geglaubt wie eine Pflanze zu verwelken. Aber das Leben war stark. Es würde seine Wurzeln ohne Rücksicht in die Erde bohren und sich das Wasser holen, das es brauchte, um zu überleben.

Sie hatte gelernt, was es hieß, einen Mann zu begehren. Jetzt würde sie lernen, was es hieß, einen Mann zu lieben.

Er trug ein Gewand aus Weiß und Gold wie damals, nur dass ihm dieses in königlichem Schwung um die Fußknöchel fiel. Es war majestätisch und kostbar, doch Urhi-

Tešub brauchte nur zwei Griffe, um vor ihr zu stehen, wie die Götter ihn geschaffen hatten. Schön wie die Stille über dem morgendlichen Strom. Schön wie die Stille vor dem Erdbeben.

»Kann mein Leib vor deinen Blicken bestehen, meine Schönste? Kann er dir genügen?« Er löste sich das Haar, das ihm glänzend schwarz auf die Schultern fiel. Dann kniete der mächtige Mann vor ihr nieder und küsste die Falten ihres Rocks. »Ich bin dein Sklave, Puduhepa. Dein Besitz.«

Sie berührte die Narbe auf seiner Schulter, die die Peitsche aus Pistazienholz ihm gegraben hatte. Solche Narben hatte er ihr ins Herz gegraben, und mit jedem Wort, jeder Berührung kam eine neue hinzu. »Steh auf.«

Er hob sie auf und stemmte sich mit ihr in die Höhe. Mit ihrem Leib auf den Armen drehte er sich um sich selbst, dann trug er sie in sein Schlafgemach, das von seinem Duft erfüllt war. Als er sie auf den Decken niederlegte, wusste sie, dass er an diesem Ort von ihr geträumt und um sie geweint hatte wie sie in ihrem Zimmer in Hakmis. Sie spürte seine Einsamkeit und legte ihre dazu. Er zog ihr die Kleider aus und nahm sie zu sich, als würde ihre Einsamkeit in diesem Zimmer sterben.

Aber sie starb nicht. Sie zog sich nur aus dem Zimmer zurück, und als sie aus dem Rausch erwachten, blickte sie ins Fenster, damit Puduhepa und Urhi-Tešub wussten, dass sie auf sie lauerte.

»Wie kannst du sagen, du machst an Hattušili etwas gut«, fragte sie halb benommen vor Glück und Scham, »und dabei nimmst du ihm seine Frau? Weißt du nicht, dass ich die Welt für ihn bin?«

»Doch«, sagte er und rollte sich ihr Haar um den Arm. »Das weiß ich, denn er hat es mir gesagt, an dem Tag, an

dem er kam, um mir den Thron zu erkämpfen. Du wirst das Reich Hatti bekommen und ich meine Puduhepa, hat er gesagt. Sie ist das einzige Reich, von dem ich König sein will.«

»Wie kannst du ihm dieses Reich dann nehmen?« Sie richtete sich auf und ekelte sich vor ihnen beiden.

»Meine Welt bist du auch«, entgegnete er und zog sie wieder zu sich. »Ist meine Liebe schlechter als seine? Ich bin hier eingesperrt wie ein Verbrecher, weil jemand eindringen und mich töten könnte. Wäre es aber nicht besser, mich zu töten, wenn ich ohnehin lebendig begraben sein muss? Mit dir habe ich gelernt, dass ich leben will. Mit dir habe ich gelernt, dass ich Hattušas Mauern aufreißen und den Menschen Luft zum Atmen geben will. Ich will Kaskäer siedeln lassen, wo sie wollen, und mit dem Großkönig der Ägypter einen Friedensvertrag schließen, damit ich Geld, das der Krieg verschlingt, aus meinen Fenstern unter die Menschen werfen kann. Stoß mich nicht von dir, Puduhepa. Nimm mir deine Liebe nicht fort, denn sie macht einen besseren König aus mir.«

Wie könnte ich?, dachte sie. Soll ich dem Leben in mir seine Wurzeln ausreißen? Laut sagte sie: »Ich bin nun einmal nach der Götter Willen Hattušilis Weib. Er ist dein Bruder, dem du nicht nur den Thron, sondern dein Leben verdankst. Kannst du sein Weib von ihm stehlen und dich selbst noch ertragen?«

»Niemals«, erwiderte Urhi-Tešub. »Ich liebe Hattušili, als schlüge sein Herz unter meinen Rippen. Der Bruderschwur von Hattuša ist unauflöslich, denn solange der Schwur besteht, besteht der Stern des Landes Hatti. Ich weiß, ich darf dich nicht ihm stehlen und zum Weib nehmen, wie ich es mir so sehr wünsche. Aber ich werde

Hattušili anweisen, fortan in Hattuša zu leben. Mit seiner Regierung über Hakmis und Nerik gibt es Schwierigkeiten, die sich auf diese Weise lösen lassen, und du und ich können beieinander sein.«

»Du willst Hattušili Hakmis und Nerik nehmen?« Als er ihr Gesicht streicheln wollte, schlug sie ihm auf die Hand. »Aber es sind seine Königreiche, sie sind das Werk seines Lebens und sein ganzer Stolz!«

Urhi-Tešub starrte auf seine Hand, dann sah er wieder in Puduhepas Gesicht. »Versteh doch«, sagte er hilflos, »die Leute sind unzufrieden. Anfangs war er ihr Kriegsheld, von dem sie sich jedwede Strenge gefallen ließen, aber jetzt ist sein Ruhm verblasst, und sie begehren gegen seine Steuern und die allzu harten Zügel auf. Die Leute im Panku, im Senat, beginnen zu murren. Soll ich warten, bis es zu einem Aufstand kommt und meinem Bruder ein Leid geschieht? Ich denke, es ist besser, wenn er in meiner Nähe bleibt, und ich werde alles tun, damit er sich davon erhöht, nicht herabgewürdigt fühlt.«

»Und damit beginnst du, indem du hinter seinem Rücken mit seiner Frau dein Lager teilst?«

»Aber doch nicht hinter seinem Rücken!« Er lachte und küsste ihre Lider. »Als sein Großkönig ist es mein Recht, mit seiner Frau mein Lager zu teilen. Jeder Vasall sieht es von jeher als Ehre an.«

»Ach!«, rief sie und verspürte den Drang, mit den Fäusten auf seine Brust einzutrommeln. »Erweist du diese Ehre den Frauen all deiner Vasallen, nimmst du sie, wie sie dir schmecken, und wenn sie dich nicht wollen, zwingst du sie?«

Er wich zurück, hob die Arme vor das Gesicht und sah flüchtig aus wie im Heiligtum, als er am Boden gekniet und unter den Peitschenhieben vor Schmerz geweint hatte. »Habe ich dich gezwungen, Puduhepa?«, fragte er leise. »Habe ich dich genommen wie einer, der wahllos Frauen zu sich nimmt?« Über die Linie seiner Schultern lief ein Zucken. Dann drehte er sich fort.

»Urhi-Tešub.« Ihre Hände streckten sich nach seinem Rücken, ertasteten die vernarbte Haut und spürten, wie er zitterte. Tränen quollen ihr in die Augen und raubten ihr die Sicht.

»Ich liebe dich«, sagte er. »Wirf es weg, wenn du willst. Aber du änderst es nicht.«

»Urhi-Tešub«, sagte sie noch einmal unter Aufbietung all ihrer Kräfte, »ich liebe dich auch, und ich habe begonnen über das, was die Götter mit uns tun, eine Chronik zu schreiben. Ich werde sie weiterführen, damit, was immer aus uns wird, nicht verloren ist. Die Chronik darf nicht in der Bibliothek mit den anderen Chroniken Hattušas aufbewahrt werden, und sie darf nicht in Keilschrift abgefasst sein, die jeder lesen kann. Deshalb bitte ich dich, gib mir einen jungen Bildhauer, der schön ist und von der Liebe weiß. Zudem soll er klug sein, einer aus der Handvoll, die sich auf Hieroglyphen verstehen, und so verlässlich, dass du seinen Händen dein Augenlicht anvertrauen würdest. Schick ihn zu der verborgensten Felsenkammer, die du beim Heiligtum finden kannst, und dort soll er die Worte der Chronik in die Felswände meißeln. So bleibt unsere Liebe in der Welt. Die Kammer aber soll mit unserem Tod verschlossen werden.«

Er wandte sich ihr wieder zu, und seine schimmernden Augen umfassten ihr Gesicht wie ein Wunder.

»Wirst du das für mich tun?«

»Ja, Puduhepa. Hab Dank, dass du es für mich tust.«

Sie küsste ihn. »Hinterher schick Hattušili und mich zurück nach Hakmis. Ich werde mich mühen, ihn zu mäßigen, so dass er seine Länder mit mehr Umsicht regiert, aber zwinge ihn nicht, mich zu teilen. Er ist anders. Er sagt, vor mir hat ihn nie ein Mensch geliebt und er sähe mich lieber tot als in den Armen eines andern. Solange er auf der Höhe seines Ruhms stand, ging es ihm gut, aber jetzt ist er ein Getriebener, der in jedem Winkel nach Schuldigen sucht. Ich darf ihn nicht tiefer in die Not treiben, ich habe Angst, dass euer Bruderschwur zerbricht.« In seinem Gesicht las sie, dass er verstand. Dieses wohlgestaltete Gesicht sah aus, als hätte sie ihm jeden Funken Licht genommen, der seinen finsteren Palast erhellte. »Ich verspreche dir noch etwas«, sagte Puduhepa unter Tränen und küsste seine Schulter. »Du bist mein Leben. Du wirst für immer alles Glück sein, an das ich denken kann.«

Das nächste Neujahrsfest mit seinem grausamen Ritual blieb Puduhepa erspart. Ihr Leib war schon zu schwer, um zu reisen, und keine drei Monate später gebar sie ihr erstes Kind.

VIERTER TEIL

»Mein Freund, du riefst nicht nach mir – warum nur bin ich wach?
Du rührtest mich nicht an – warum nur bin ich so verwirrt?
Ein Gott ging nicht vorbei – warum nur ist mein Fleisch gelähmt?
Mein Freund, ich habe einen Traum gesehen,
Und der Traum, den ich sah, ist ganz und gar verwirrend:
In der Niederung eines Berges hielten wir uns auf.
Der Berg stürzte herab in unsere Mitte,
Und wir stoben wie die Fliegen davon.«

»GILGAMESCH-EPOS«,
VIERTE TAFEL, VERSE 18–25

28

ISTANBUL
MÄRZ 1931

Die Tage bis zur Abreise waren die Hölle für Paul. Sie schnitten ihn, Amarna ebenso wie Merten Schobert. Es hätte ihn freuen sollen, dass der Armenier Amarna allem Anschein nach nicht länger unter seinem Dach duldete, so dass sie gezwungen war, das Hotelzimmer mit ihm zu teilen, aber es freute ihn nicht. Gleich in der ersten Nacht hatte sie ihr Bettzeug auf die schmale Liege beim Schreibtisch geräumt, und als er sie beschwor, das große Bett für sich zu behalten, hatte sie ihn nicht beachtet.

Er wusste, sie lag wach wie er, blätterte fieberhaft durch ihren unvermeidlichen *Gilgamesch,* strich Zeilen an, kritzelte auf ihren Notizblock, warf dann jäh alles von sich und rollte sich zur Kugel, den Kopf an die Knie gepresst. Auch wenn sie sich Mühe gab, die Laute zu ersticken, war nicht zu überhören, dass sie weinte.

Gab es etwas Härteres für einen Mann, eine brutalere Tortur? Das Mädchen, das er liebte, lag keine drei Schritte weit von ihm entfernt und weinte sich die Seele aus dem Leib, weil ein anderer Mann sie verstoßen hatte. Einmal war er aufgestanden, um sie tröstend in die Arme zu nehmen, und sie hatte aufgeschrien, als wollte er ihr Gewalt antun. Wenn er versuchte, sie mit Worten aufzumuntern, antwortete sie nicht. Und als wäre das alles nicht genug, musste er sich auch noch fühlen wie ein Schwein.

Es war seine Schuld, dass seine Liebste litt. Zumindest in ihren Augen war es so, in ihren herrlichen blauen Augen, die mit einem Hass auf ihn starrten, als hätte er den Armenier umgebracht. Paul schämte sich. Er schämte sich so sehr, dass er den Mann, wenn er ihm begegnet wäre, womöglich angeschrien hätte: Verdammt, warum bestrafen Sie Amarna für das, was Merten und ich getan haben?

Natürlich hätte er nichts davon gesagt. Er wollte ja nicht, dass der Armenier ihr noch einmal nahekam, nicht in Konstantinopel, nicht auf der Reise nach Hattuša und nirgendwo sonst auf der Welt. Nicht nur, weil er, Paul, Amarna liebte, weil sie zusammenpassten und eine Zukunft hatten, sondern auch, weil überhaupt nicht geklärt worden war, wer die Schraube zwischen den Gesteinsblöcken beschädigt hatte. Dass der Armenier ihn einen Augenblick lang tief beeindruckt hatte, konnte Paul nicht leugnen. Aber das bedeutete nicht, dass er kein Verbrecher war.

Er benutzte falsche Namen, stahl Dokumente und log wie gedruckt. Vermutlich hätte kein Mensch Paul geglaubt, dass ihn etwas anderes umtrieb als Eifersucht, aber die Eifersucht war nicht alles. Er hatte Angst um Amarna. Was Merten erzählt hatte, hallte ihm in den Ohren. Wenn er an den dunkel flackernden Blick des Mannes dachte, glaubte er es bestätigt. Er war von dem, was er erlebt hatte, im Innern zerstört, er lebte nur für seine Rache, und er hatte Amarna gewarnt. Gewiss war er von Geburt kein übler Mensch. Etwas in ihm wünschte

sich, dass man ihn aufhielt, ihn daran hinderte, zum Mörder zu werden.
Paul konnte mit niemandem darüber sprechen. Amarna hätte ihm nicht geglaubt, und Merten wechselte nicht mehr als die nötigsten Worte mit ihm. Dabei legte er eine Verachtung an den Tag, die Paul in einen hilflosen Stotterer verwandelte. »Ich hätte nicht gedacht, dass ich das mal zu jemandem sage«, warf er ihm hin, als er fünf Tage später zur Frühstückszeit in der Halle des Keshi Inci auftauchte. »Aber vor diesem verdammten Relief, bei Bodo Bauchspeck und dem ewigen Ogün, hat Artsruni mir besser gefallen als Sie. Amarna hat nicht unrecht, der kleine Satansbraten hat etwas, was man heutzutage verdammt selten zu sehen bekommt.«
»Was?«
»Würde.«
Paul fühlte sich wie ein dummer Junge, der eine Ohrfeige erhalten hatte. Man stand da mit knallroter, brennender Wange, wollte fragen, was den anderen dazu trieb, und durfte es nicht, um sich keine noch peinlichere Blöße zu geben.
»Amarna ist ausgegangen« war alles, was er herausbrachte.
»Ich weiß«, sagte Merten. »Sie geht jeden Tag aus. Sie verbringt ihre Tage im Museum, um sich auf die Reise vorzubereiten.«
»Sieht sie ihn dort?«, entfuhr es Paul, ehe er sich besinnen konnte.
Merten sah ihn an wie ein besonders ekliges Insekt, das man aus irgendwelchen Gründen nicht zerquetschen durfte. »Wen, ihn? Artsruni? Haben Sie wirklich kein Gramm Stolz im Leib, das Sie hindert, solche Frage zu stellen? Nein, sie sieht ihn nicht. Sie mag ihm so würdelos hinterherkrauchen, wie Sie ihr hinterherkrauchen, aber daneben hat sie zumindest nicht vergessen, dass sie Altorientalistin ist und eine Gelegenheit vor

sich hat, von der ihre Kollegen ihr Leben lang vergeblich träumen. Sie bereitet sich vor. Haben Sie überhaupt die geringste Ahnung, was Hattuša bedeutet? Was Sie zu sehen bekommen? Weshalb Artsruni sich in den Kopf gesetzt hat, Sie mitzunehmen, weiß der Teufel, aber es ist Ihr Glück. Ginge es nach mir, würde ich Sie hierlassen.«

»Warum?«, entschlüpfte es Paul. »Weil ich nicht nur meinen Beruf, sondern auch eine Frau liebe? Weil ich nicht aus Stahl bin, aus dem die Hethiter ihre Schwerter machten? Haben Sie in Ihrem Leben nie einen Menschen geliebt?«

Merten Schobert sah ihn lange schweigend an. »Doch«, sagte er dann. »Ich habe noch mehr getan, und wenn es ums Heulen nach Art von Schlosshunden geht, schlage ich Sie um Längen. Aber ich habe die Tür hinter mir zugemacht.«

Etwas, das Bodo Hähnlein gesagt hatte, schoss Paul durch den Kopf: »Archäologie gehört nicht nur Industriellenerben und Offizierssöhnchen.« Der Industriellenerbe war Tilman Brandstätter. War also Merten Schobert der Offizierssohn? Trotz seiner weltoffenen, antimilitärischen Haltung schien er ins Bild zu passen. Er gebärdete sich wie einer, der sich lieber kaltblütig erschoss, als zuzulassen, dass sein Stolz eine Schlappe erlitt.

»Männlicher Stolz ist eine prachtvolle Gabe«, hatte er gesagt. Krank vor Neid hatte Paul dasselbe gedacht, als er an jenem verfluchten Abend dem Armenier zugesehen hatte. Aber zugleich war er sicher: Ein Mann, der seinen Stolz über seine Liebe stellte, hatte nie wirklich geliebt. Er selbst hatte sich vor Amarna erniedrigt, weil er sie liebte. Der Armenier zeigte ihr die kalte Schulter, und vermutlich fanden Frauen das imposant. Er aber konnte nicht anders. Er liebte Amarna Brandstätter, und er würde um sie kämpfen, mochte sein Stolz dabei einen Knick erhalten oder nicht.

»Sind Sie eingeschlafen?«, bellte Merten.

»Nein, nein, natürlich nicht.«
»Hören Sie auf, zu stottern. Ich bin übrigens nicht gekommen, um mich über Ihre Befindlichkeiten auszulassen, sondern um die Schlussrechnung in diesem Hotel zu begleichen und Ihnen zu sagen, dass wir morgen früh um acht von Haydarpaşa aufbrechen. Packen Sie wie ein Feldarchäologe, nicht wie ein verliebter Geck. Ein ordentlicher Anzug für die Zugfahrt genügt, ansonsten brauchen Sie Kleidung, mit der Sie auf einem Gaul sitzen und zwischen Felsklippen herumsteigen können. Wir könnten Schnee und mehr als zwanzig Grad unter null in den Nächten bekommen und an den Tagen womöglich schon echte Sonne. Besorgen Sie sich einen Rucksack, und beschränken Sie sich auf das Nötigste. Saubere Unterwäsche, ja, Tiegel mit Duftpomaden, nein. Alles, was verbleibt, lasse ich morgen früh in mein Hotel schaffen.«
»Danke«, stammelte Paul.
»Bedanken können Sie sich bei Artsruni, nicht bei mir. Wie gesagt, ich hätte Sie hiergelassen.«
»Es tut mir leid, dass ich Sie enttäuscht habe«, presste er heraus. »Sie haben gesagt, Amarna bereite sich im Museum auf Hattuša vor. Ich würde das auch gern tun, zumindest in dieser letzten Nacht. Aber ich habe überhaupt kein Material.«
Merten verzog den Mund. »Wären Sie ein bisschen früher aus Ihrer Lethargie erwacht, hätte Artsruni Ihnen sicher auch etwas geklaut. Das liegt ihm im Blut, da fällt der Apfel nicht weit vom Stamm, und wenn sein Vater hundertmal Diamanten an der Krawattennadel trug. Hier, das habe ich vor seinem Elsterschnabel gerettet. Sie zeigen es niemandem anders, verstanden? Lesen können Sie es nicht, aber zumindest haben Sie einmal ein paar Bilder gesehen.«
Er warf Paul eine in Leder gebundene Mappe hin, dann begab er sich an den Empfang, um sich der Rechnung anzunehmen.

Sein Abgang hatte etwas von Artsruni, fand Paul. Und sein Vater war bestimmt Offizier gewesen.
Die Berichte in der Mappe waren handschriftlich in einer völlig unleserlichen Schrift abgefasst, die Armenisch sein musste. Daten über jedem Abschnitt verrieten Paul, dass es sich um eine Art Tagebuch handelte. Zwischen den Zeilen klebten Fotos, die ihm den Atem stocken ließen. Aus den Felsen herausgeschlagene Mauern. Ins Gestein gemauerte Treppen, Vorsprünge, himmelhohe Türme und Tore. Götterfiguren auf Reliefs wie jene im Museum. Dazwischen ab und an verschwindend kleine Menschen. Männer in Hemdsärmeln, mit Sonnenhüten. Lächelnde Gesichter, erfüllt von Stolz und Entdeckerfreude. Mehrmals erkannte er Merten und noch öfter Amarnas Vater, den er nur von Fotos kannte. Ein Gesicht, das ein wenig verwittert, ein wenig melancholisch und liebevoll wirkte. Ganz anders als Merten. Nicht zum ersten Mal wünschte sich Paul, er hätte Tilman Brandstätter kennengelernt.
Er blätterte die sorgsam von Hand gehefteten Bogen des dicken Büttenpapiers ganz durch und schlug dann noch einmal die erste Seite auf. Erst da entdeckte er die auf Deutsch verfasste Widmung:

Wer B sagt, muss auch A sagen. Anbei liegt mein
Bruderschwur für Dich. In Dankbarkeit und Liebe.
Dein Bruder Gaspar

Amarna kam mitten in der Nacht, glaubte ihn schlafend und stopfte im Dunkeln Dinge aus Koffer und Schrank in einen Rucksack. Sie fuhren nach Hattuša, daran war nicht mehr zu rütteln. Liebend gern hätte Paul sie angesprochen, aber er wusste, er hätte keine Antwort erhalten.

Der Zug der anatolischen Eisenbahn, auf den sie gebucht waren, benutzte Streckenteile der von Deutschen gebauten Bagdadbahn, die im Durcheinander von Krieg und Machtwechseln noch immer nicht fertiggestellt war. Schlaf- und Speisewagen würde es nicht geben, nur zwei Abteile mit Holzbänken, auf denen sie die Fahrt durchzustehen hatten, bis sie in Ankara umstiegen. Dokumente wiesen sie als Sondierungstrupp der Expedition von Hähnlein und Bittel aus, finanziert von der Deutschen Orient-Gesellschaft und dem Archäologischen Museum Istanbul und beauftragt, das Gelände zu sichten und Skizzen anzufertigen.
Ihre Gruppe bestand aus sechs Männern und zwei Frauen. Ogün Ebedi hatte drei türkische Archäologen freigestellt, und zudem hatten sie ein Mädchen an Bord, das Artsruni mitbrachte. Seine Geliebte? Dass Amarna die Qual der Eifersucht am eigenen Leib durchmachen würde, erfüllte Paul mit einer Genugtuung, für die er sich schämte. Hähnlein, Bittel und Ebedi hatten dem Armenier die Leitung der Gruppe übertragen, was zum Himmel schrie, wenn man die Qualifikationen der übrigen Teilnehmer bedachte. Paul war jedoch bewusst, dass Proteste sinnlos waren.
Sie trafen sich vor Sonnenaufgang an der Anlegestelle der Fähre. Die drei Türken wurden mit Namen vorgestellt, auf die Paul nicht achtete. Sie sprachen halbwegs verständliches Englisch und schwatzten vor Erregung wie Mühlenräder aufeinander ein. Merten presste die Lippen aufeinander und war wortkarg, wie Paul es nicht von ihm kannte. Amarna hatte rotgeweinte, verschwollene Augen. Ihr Haar war achtlos mit einer Spange zurückgesteckt, und sie trug ein Kleid, das ihr nicht stand. Paul liebte sie mehr als je. Es kostete ihn all seine Kraft, nicht zu ihr zu laufen und sie in die Arme zu ziehen. Das Mädchen hieß Rehan, was trefflich passte, weil sie aussah

wie ein Reh, schwarzhaarig, großäugig und scheu, in einen Mantel mit Pelzbesatz gekleidet und hinreißend hübsch. Wo sie konnte, presste sie sich an die Seite des Armeniers und hatte sichtlich Angst, ohne ihn einen Schritt zu tun.

Der Armenier trug einen dunklen, schmal geschnittenen Einreiher, ein Hemd mit steifem Vatermörder und einen schwarzen Binder. Er hatte sich das Haar schneiden lassen und war scharf rasiert. Der Teufel soll dich holen, dachte Paul. Er wusste, dass er selbst ein attraktiver Mann war, der über Geschmack und Stil verfügte und sich über Mangel an weiblicher Aufmerksamkeit nicht beklagen konnte. Der Armenier war weder geschmackvoll noch stilsicher, er wirkte schüchtern, fuchtelte mit dem Packen von Reisepapieren, mit denen er nicht zurechtkam, und verstand sichtlich nichts von Herrenfrisuren.

Er sah so unverschämt gut aus, dass selbst Männer ihn beglotzten.

»Wenn du willst, nehme ich dir das ab«, sagte Merten.

Ohne zu zögern, drückte der Armenier ihm den gesamten Packen in die Hände. »Sie retten mir den Hals, Herr Professor.«

Ihre Blicke trafen sich. Duell der Giganten, durchfuhr es Paul. Dann wandte der Armenier sich ab, kam auf ihn zu und blieb in einem Schritt Abstand stehen. »Guten Morgen, Herr Dr. Vollmer«, sagte er. »Ich habe keine Ahnung von Etikette. Wenn es ein Fauxpas ist, sich in unserer Lage guten Morgen zu wünschen, entschuldige ich mich.«

»Es ist keiner«, bemerkte Amarna leise hinter seinem Rücken. »Und mir dürfen Sie auch guten Morgen wünschen, Herr Artsruni.«

Der Armenier drehte sich um. »Guten Morgen, Fräulein Brandstätter«, sagte er wohlerzogen und seidenweich, verschränkte die Hände im Rücken und neigte kurz den Kopf. Sie standen sich gegenüber, durch gut fünf Schritte getrennt, und ein Mann hätte blind sein müssen, um nicht zu bemerken, dass zwischen ihnen Funken schlug. Diese zwei hätten unter hundert Menschen stehen können, als wären sie allein. Paul glaubte eine geschliffene Klinge zu spüren, die sich in seinem Unterleib drehte. Als der Armenier sich zum Gehen wandte, sah es aus, als risse er sich von Stricken los. Er sprach Türkisch mit den drei Archäologen, dann sah er Merten mit den Papieren winken und ging ihnen voran zur Fähre. Unterwegs packte er eine der beiden ledernen Zelttaschen und lud sie sich auf die Schulter. Paul rannte, um sich die zweite zu schnappen, doch zwei der Türken hatten sie schon zwischen sich genommen.

Während die Fähre den Bosporus überquerte und sie von einem vertrauten Kontinent in einen unbekannten zweiten brachte, begann es zu regnen und hörte nicht mehr auf. Auf der anderen Seite schien alles enger, bunter und lauter, und durch Pauls Schädel, der seit Tagen fortwährend schmerzte, drang der heulende Gesang des Muezzins. Zwei Wagen brachten sie zum Bahnhof Haydarpaşa, wo ihr Zug bereits wartete. Obwohl der Armenier kaum sprach und meilenweit fort schien, war er Herr der Lage, drückte Merten wiederum die Papiere in die Hände und verfrachtete Menschen und Gepäck in die Abteile. Das eine teilte er mit dem Reh-Mädchen und den Türken, das zweite blieb für Merten, Amarna und Paul. Das Pfeifsignal schrillte, und gleich darauf schob sich der Zug aus der Bahnhofshalle. Nur schleppend zockelte er voran, und doch verließen sie unaufhaltsam die Stadt.
Das Schweigen wurde zur Qual. Merten blätterte in einer türkischen Zeitung, und Amarna gab vor, ein Buch zu lesen. Nach einer Weile, als sie bereits durch leeres, fruchtloses Land fuhren, legte sie das Buch beiseite, nahm ihre Schreibmappe und begann ein paar Zeilen auf einen Bogen zu werfen.

Merten ließ die Zeitung sinken. »Schreibst du Artsruni einen Liebesbrief?«, fragte er. »Der hockt nebenan. Die Schreiberei kannst du dir sparen.«
Amarna blickte auf. »Was ich tue, geht dich nichts an«, erwiderte sie. »Ich kann ihm so viele Liebesbriefe schreiben, wie es mir gefällt.«
»Vielleicht hättest du stattdessen ein einziges Mal an deinen Vater schreiben sollen«, sagte Merten. »Hätte er kein Recht gehabt zu erfahren, dass seine Tochter nach Hattuša fährt?«
»Hätte ich kein Recht gehabt zu erfahren, dass er in Hattuša war?«, schoss Amarna zurück. »Ich schreibe lieber Leuten, die es für nötig hielten, mir gegenüber ehrlich zu sein.«
»Artsruni? Ehrlich?« Merten kniff eine Wange ein. »Soll das ein Witz sein, Amarna?«
»Der Brief ist für meine Hethitisch-Lehrerin«, platzte Amarna los.
»Irene Schewe«, bemerkte Merten. »Die hat übrigens auch mal versucht, Artsruni das Schreiben beizubringen, aber sie musste klein beigeben. Er hat sie gebissen, hat ihre Sammlung von Cognacschwenkern aus dem Fenster geschmissen und ist ihr ausgebüchst, so dass die Polizei ihn uns wieder einfangen musste.«
Amarna sprang auf. »Wenn du nicht aufhörst, gehe ich.« Dann hielt sie inne und begann zu erfassen, was er gesagt hatte. »Aber Irene …«, begann sie hilflos. Ehe sie das Gleichgewicht verlor, klammerte sie sich am Haltegriff fest.
»Setz dich hin, Amarna«, sagte Merten. »Du fährst doch nach Hattuša, um wie dein Gilgamesch die Wahrheit zu suchen, habe ich recht? Und wer weiß, vielleicht erscheint dir hinterher ja alles, was du jetzt für richtig hältst, wie das Karagöz, das Schattentheater, das die Türken im Ramadan aufführen. Du glaubst, du siehst eine komplette Welt vor dir, bevölkert von

fühlenden Geschöpfen, doch tatsächlich steht nur ein einziger Spieler dahinter, der Figuren aus Ochsenhaut bewegt.«
Amarna setzte sich nieder. »Ich habe keine Ahnung, was du damit sagen willst.«
»Sehr einfach«, erwiderte Merten. »Dass ein Spieler mit ein bisschen Geschick dir jedweden Schatten als Wahrheit vorgaukeln kann. Menschen sind so. Sie glauben lieber, was man ihnen einträufelt, als sich mit lästigen Zweifeln zu plagen. Steck einen Haufen Tempeldiener unter einen Vorhang, und ein ganzes Volk glaubt, es sieht den Dämon Illuyanka.«
»Warum spielen die Türken Theater mit Schatten?«, fragte Amarna.
»Weil sie als Muslime keine Bilder von Menschen schaffen dürfen«, erwiderte Merten. »Wer es tut, wähnt sich gottgleich, und damit niemand es merkt, werfen sie statt der Wahrheit eben Schatten an die Wand. Von der Wahrheit werde ich dir jetzt etwas erzählen, Amarna. Zwei Dinge. Es schmeckt mir nicht, weil ich damit dem Willen meines Freundes Tilman zuwiderhandle, aber ich werde es trotzdem tun, um Artsruni und seinen Schattenspielertricks das Feld nicht kampflos zu überlassen. Ich kann nur hoffen, dass du dadurch anfängst zu begreifen, was dein Vater durchgemacht hat. Wenn er noch einen Menschen verlieren muss, wenn dir etwas zustößt, kann ich gehen und ihm einen Sarg anmessen lassen.«
Amarna setzte sich hin. Paul wusste, er hätte das Abteil verlassen müssen, aber er saß wie angewurzelt auf der unbequemen Bank. »Lass uns allein, Paul«, forderte Amarna ihn auf.
Widerstrebend stemmte er sich hoch, da schüttelte Merten den Kopf. »Lass ihn bleiben, Amarna. Er ist dein Verlobter, und er hat kein Verbrechen begangen. Zugestanden, er hat sich neulich nicht gerade appetitlich benommen, aber vielleicht solltest du bei der Bestrafung ein wenig Milde walten lassen. Der

Mann liebt dich. Das ist kein leichtes Schicksal. Und deinen Artsruni angeschossen habe ich, nicht er.«

»Findest du, das, was er gesagt hat, etwa weniger abscheulich?«, begehrte Amarna auf und kämpfte, um Haltung zu bewahren. »Arman stand mitten im Raum, und er hat von ihm gesprochen wie von einem Halbidioten, auf den man keine Rücksicht nehmen muss, weil er menschliche Sprache sowieso nicht versteht.«

»Es tut mir leid«, rief Paul und meinte es aufrichtig.

»Bei mir brauchst du dich nicht zu entschuldigen«, blaffte Amarna und sandte ihm einen hasserfüllten Blick.

»Er braucht sich überhaupt nicht zu entschuldigen«, sagte Merten. »Die entwürdigende Bettelei nehme ich ihm übel, aber was er gesagt hat, war nur richtig. Es ist nun einmal eine Beleidigung für einen Mann, der sich mit allem Einsatz seinen Platz in der akademischen Welt erkämpft, wenn ihm ein schmutziger kleiner Strauchdieb vorgezogen wird.«

»Das höre ich mir nicht länger an!«

»Doch, Amarna, du hörst es dir an, weil du nämlich weißt, dass ich die Wahrheit sage, sosehr du dich dagegen sträubst. Der kleine Artsruni ist ein Strauchdieb. Die fehlenden Teile von diesem Friedensvertrag, die der ewige Ogün in seinem Kasten hat – was meinst du, wie lange wir danach gesucht haben? Ich habe gleich gesagt, ich weiß, bei wem wir die finden, aber dein Vater war ja genauso vertrauensselig wie du, und der arme Winckler war schon zu krank, um etwas auszurichten.«

Amarna sackte gegen die Holzbank. Das Entsetzen in ihrem Gesicht schnitt Paul ins Herz. Er wünschte, es hätte einen Weg gegeben, sie zu schonen, aber wenn sie von dieser Besessenheit loskommen sollte, musste sie die Wahrheit ertragen, einerlei, wie viel Scheußlichkeit noch zum Vorschein kommen würde.

»Wenn du mir das mit dem Biss nicht glaubst, kannst du deine Freundin Irene fragen«, fuhr Merten fort. »Wir hatten uns krummgelegt, um dem Bengel in Berlin einen Schulplatz zu besorgen, aber da war Hopfen und Malz verloren. Gutes Zureden war verlorene Liebesmüh, und eine Lektion mit dem Rohrstock brachte ihn höchstens zum Lachen.«

»Er kann überhaupt nicht lachen«, rief Amarna.

»Nein«, murmelte Merten in Gedanken, »das sind ja auch menschliche Reaktionen, Lachen und Weinen, habe ich recht? Ein Kind mit steinerner Miene, dem nicht einmal Stockschläge Tränen entlocken, lehrt gestandene Lehrer das Grausen. Nach vier Wochen haben sie ihn uns hochkant wieder vor die Tür geworfen. Also hat dein Vater Irene bekniet, ihn zu nehmen. Lass dir das Trauerspiel von ihr erzählen. Und bei der Gelegenheit kannst du die hochehrliche Irene gleich fragen, warum sie dir verschwiegen hat, dass sie uns kennt, seit wir Abiturienten waren, und dass sie mit deinem Vater verlobt war.«

»Irene Schewe?«

Merten nickte. »Das war eins der Dinge, die ich dir erzählen wollte. Irene hat mir übrigens einen Brief geschrieben, nachdem du ihr von deinen Träumen von Hattuša erzählt hattest. Angeblich hat sie sich Sorgen um dich gemacht – in Wirklichkeit würde sie für Tilman noch immer ihre eigene Großmutter verkaufen. Ich hatte sie beim Bergsteigen in der Normannischen Schweiz kennengelernt und die beiden einander vorgestellt. Sie haben sich verlobt, sobald Tilman seine Promotion in der Tasche hatte. Irene hätte gern gleich geheiratet, aber Tilman wollte erst in die Welt hinausziehen. Ein paar große Grabungen, Entdeckungen, die unsere Namen in den Fels der Geschichte meißeln würden.«

»Hat Irene ihn den Berliner Flinders Petrie genannt?«, fragte Amarna atemlos. »Aber ihr Name beginnt doch nicht mit A!«

»Nein«, sagte Merten ohne eine Spur seines üblichen Spotts. »Mit A beginnt nicht der Name Irene, sondern der Name Axel. Und das ist das Zweite, was ich dir erzählen will.«

»Wer ist Axel?«

»Dein Onkel«, antwortete Merten. »Der kleine Bruder, den dein Vater über alles geliebt hat. Er hatte ein bisschen was von einem Luftikus, der gute Axel, aber er hatte auch Charme und Stil und Schneid, so dass ihm niemand etwas krummnahm. Schon gar nicht sein viel gesetzterer, weniger schillernder Bruder Tilman. Seit er sitzen konnte, klebte Axel in einem Fahrradsattel, wollte Radrennen fahren, und Tilman hat ihn darin gegen den gestrengen Vater unterstützt. Nachdem die Eltern Brandstätter gestorben waren, hat er ihn praktisch adoptiert. Tilman ist so gemacht, er ist erst glücklich, wenn er einen Schwächeren umsorgen und behüten kann. In den Jahren mit Axel war er glücklich. Bis zu dem verdammten Februar 1905, als dieser Himmelsstürmer den Unfall hatte.«

»Mit dem Fahrrad?«, fragte Amarna tonlos.

Merten nickte. »Eher hätte man annehmen sollen, dass ich mir bei meinen Bergtouren den Tod holte, nicht Axel auf einer Berliner Straße. Aber so kam es. Ein Bierfuhrwerk erwischte ihn, er war ganze zwanzig Jahre alt und stürzte so unglücklich, dass er sich auf der Stelle das Genick brach. Ich habe geglaubt, dein Vater geht daran zugrunde. Von Irene trennte er sich. Er hat zu ihr gesagt, er wolle keine Familie, denn seine Familie sei Axel gewesen. Zu der Zeit hatte er schon begonnen, sich in seine Hethiter-Forschungen zu vergraben. Er war durch die Amarna-Briefe darauf gekommen und träumte von einer Expedition nach Hattuša. Ich habe ihn genommen und regelrecht nach Anatolien verschleppt, weil ich Angst hatte, er kommt mir sonst um. Er ist vom Stamme der Asra, dein Vater.«

»Was heißt das?«, fragte Amarna.

Merten kniff die Wange ein. »Vielleicht sollte ich unseren Freund Artsruni fragen, ob er uns das auch noch in Bodos Notizbuch kritzelt. Es ist aus einem Gedicht von Heine, ein sentimentaler Unsinn über einen liebeskranken Sklaven, der eine schöne Sultanstochter anschmachtet und dabei täglich bleicher wird. Eines Tages fragt sie ihn, wer er eigentlich ist, und er antwortet:

›Ich heiße Mohamet und bin aus Jemen,
Und mein Stamm sind jene Asra,
Welche sterben, wenn sie lieben.‹

Das könnte für meinen Freund Tilman geschrieben worden sein.«

Der Zug ratterte lautstark über die Schienen, und die Regentropfen zerplatzten an den Scheiben. »Ich weiß nicht, warum du mir das erzählt hast«, sagte Amarna, »aber ich bin dir dankbar.«

Es war inzwischen längst Mittag vorbei. Merten fischte einen der Rucksäcke von der Gepäckablage und entnahm ihm ein komplettes Picknickgeschirr, das er unter ihnen verteilte. Es folgten ringförmig gebackenes Brot, verschiedene stark duftende Stücke Käse, dünn geschnittenes, in Kümmel eingelegtes Fleisch, von dem er selbst sich nichts nahm, schwarze Oliven und eine Flasche Wein. »Ich habe es dir erzählt, damit der verdammte Artsruni nicht länger die Chance hat, deinen Vater als Schwein darzustellen. Und sich als den Einzigen, der weiß, wie Schmerz schmeckt.«

Paul erwartete, dass Amarna auffahren würde, aber sie nahm Merten ruhig das Weinglas ab, nippte daran und sah hinaus in den Regen, hinter dem die Landschaft vorbeiflog. »Er tut das nie«, sagte sie traurig. »Er spricht von meinem Vater nie anders als mit Achtung. So, als hätte er ihn geliebt und sich gewünscht, seine Liebe zu erringen. Er erzählt mir auch nie, dass

er weiß, wie Schmerz schmeckt, sondern bemüht sich, ihn wegzustecken, nur manchmal werden ihm die Augen glasig dabei. Er erzählt mir gar nichts, wenn ich ihn nicht dazu dränge. Erzählst bitte du mir noch etwas? Warum habt ihr Arman in Berlin eine Schule gesucht, warum war er nicht hier?«
»Kannst du dir das nicht denken?«, fragte Merten. »Hier war der Teufel los. Wir mussten Hattuša verlassen, und kurz darauf stürzten die Jungtürken die Regierung und propagierten ihren alltürkischen Staat. Die deutsche Presse schwieg sich aus, aber aus eingeweihten Kreisen hörte man von nie da gewesener Gewalt gegen die armenische Minderheit, von Massakern und Verschleppungen. Dein Vater hatte Angst. Er wollte die beiden in Sicherheit wissen.«
»Die beiden«, wiederholte Amarna. »Arman und seinen Vater?«
Merten biss sich auf die Lippe. Dann leerte er in einem Zug sein Weinglas, stopfte es zurück in den Rucksack und nickte.
»War das im Winter?«
Merten nickte noch einmal. »Im Frühling waren sie wieder weg. Zurück in Boğazköy, wo der Bengel auf Steine eindreschen und weniger Unheil anrichten konnte.«
Dann waren beide still.
Verzweifelt sann Paul auf etwas, das er hätte sagen können. »Es tut mir so leid«, stammelte er schließlich. »Was für ein Glück, dass Sie mit Ihrem Freund nach Hattuša gefahren sind und dass er seinen Lebensmut zurückgewonnen hat.«
»Glück?« Merten zog sich ein Augenlid herunter und sandte Paul einen abschätzigen Blick. »Nun, wie Sie meinen. Im Übrigen klingt Hattuša bei Ihnen wie eins dieser Urlaubsparadiese entlang der Côte d'Azur, in die man fährt, um sich von einer Grippe zu erholen. Hattuša ist eine Stadtruine, von der nicht mehr als ein Bruchteil freigelegt ist. Der Ort, in dem Sie vermutlich unterkommen, heißt Boğazköy.«

»Wir?«, fragte Amarna. »Du nicht?«
»Eher schlafe ich in der Hölle als in dem verdammten Boğazköy«, knurrte Merten. »Und du schläfst auch nicht dort.«
»Dann auch ich nicht«, entfuhr es Paul.
Merten warf ihm einen Blick zu. »Was Artsruni macht, weiß ich nicht«, sagte er. »Ich an seiner Stelle hätte nach Boğazköy nie wieder einen Fuß gesetzt.«
»Boğazköy«, murmelte Amarna und blickte hinaus in den sich verdichtenden Regen. »Boğazköy.«

29

In der Stadt Angora, die jetzt Ankara hieß und die Hauptstadt der Türkei war, hatte der Zug seine Endstation. War Istanbul Amarna orientalisch vorgekommen, so schien es ihr gegen diese Stadt nachgerade westlich. Es bestand kein Zweifel daran, dass sie sich nicht länger in Europa befanden. Ankara war eine fremde Welt, in der sich kein Englisch, Französisch oder gar Deutsch mehr ins Sprachgewirr über den wimmelnden Gassen mischte. Aus allen Teilen der Stadt rief der Muezzin zum Abendgebet. Mit den Scharen aus Häusern und Geschäften strömten auch die drei türkischen Archäologen durch den Regen in die nächstgelegene Moschee. Amarna fand Ankara schön und fühlte sich allein.
Sie übernachteten in Ulus, dem alten Herzen der Stadt, in einem Hotel, das in einer einstigen Poststation untergebracht war. Von einer Galerie rings um eine hohe Halle gingen Zimmer ab, die laut Paul die Größe eines Schuhkartons hatten. Kleine Räume verursachten ihm Atembeschwerden, weil sie

ihn an die düstere Enge seiner Kindheit erinnerten. Amarna aber war über das winzige Zimmer froh, denn so bestand nicht die Gefahr, dass sie es mit jemandem teilen musste.
Der Einzige, mit dem sie es hätte teilen wollen, war schlank wie eine Zeder, und sie hätte ihn sich so fest in ihre Arme gewünscht, dass das schmale Bett groß genug gewesen wäre. Aber er teilte gar nichts mit ihr, kein Wort, nicht die flüchtigste Berührung, nicht einmal einen Blick.
Zum Essen, das an einem langen Tisch in der Halle serviert wurde und aus Bulgur, scharf gewürzter, luftgetrockneter Rindswurst und etlichen Platten eingelegter Gemüse bestand, gesellten sich die drei Türken, deren Namen Amarna ständig aufs Neue erfragen musste, wieder zu ihnen. Sie waren noch jung, sämtlich in ihren Dreißigern, begeistert von der Aussicht, nach Hattuša zu kommen, und reizend zu Amarna.
»Arman hat uns erzählt, Sie können hethitische Keilschrift lesen«, sagte Fatih Kaya, ein hochgewachsener, schwarzgelockter Mann mit einem strahlenden Lächeln. »Ich nehme mir seit Jahren vor, es zu lernen, aber meine Grundlagen in Keilschrift sind zu dürftig. Das Schriftbild bleibt für mich fast so undurchdringlich, wie wenn Arman etwas auf Armenisch schreibt.«
Amarna horchte auf. »Wenn er Armenisch schreibt? Was meinen Sie damit?« Etwas, das Nathan Rosen über ein Alphabet zu sechsunddreißig Buchstaben erwähnt hatte, flammte in ihrem Gedächtnis auf und schürte die Furcht, ein nicht nur törichtes, sondern unverzeihliches Versäumnis begangen zu haben.
Fatih Kaya stöhnte. »Haben Sie sich das mal angesehen? Dieser heilige Mesrop, der das armenische Alphabet erfunden haben soll, muss eine spezielle Art von Genie gewesen sein. Wenn ich nicht wüsste, dass es Schrift ist, würde ich es für Reste ungekochter Teigwaren halten, und bei der Entzifferung

von Nesili stelle ich mich leider nicht klüger an. Meinen Sie, Sie könnten mir unterwegs vielleicht ein paar Dinge über die Sprache vermitteln, auch wenn ich alles andere als Ihr gelehrigster Schüler bin?«

Amarna, der das armenische Alphabet im Kopf hämmerte, versuchte abzuwehren. Sie hatte ja selbst gerade erst Grundzüge der Sprache begriffen und würde Jahre brauchen, um in deren Tiefe einzudringen. Da Fatih Kaya jedoch nicht lockerließ, versprach sie, es zu versuchen.

Mesut Terim, der einen Kopf kleiner war, kahl wurde, doch zum Ausgleich einen prächtigen Schnurrbart trug, schob sich dazwischen. »Und wenn Sie mit dem Sprachunterricht schon anfangen, Miss – ich lerne seit einer Ewigkeit Deutsch. Es ist mein Traum, mit Ihren großartigen Archäologen in Berlin zu arbeiten, aber mit Ihrer harschen Sprache kommt mein pflaumenweiches Gemüt nicht weiter. Ich habe schon Mr. Artsruni gebeten, mir auf die Sprünge zu helfen, aber er hat gesagt, ich müsse unbedingt Sie fragen.«

Amarna hatte befürchtet, ihre Anwesenheit werde die Männer befangen machen oder noch schlimmer, sie würden einer Frau in ihren Reihen mit Ablehnung begegnen. Stattdessen waren sie im Nu in ein lebhaftes Gespräch über Nesili und den Stand der Hethiter-Forschung in Deutschland vertieft. Sedat Veysel, der Älteste der drei, interessierte sich für ihre Arbeit zu Gilgamesch. »Ich habe von Mr. Artsruni gehört, dass Sie Ihre Abschlussarbeit zum Königtum in der altbabylonischen Dichtung schreiben wollten, jetzt aber beschlossen haben, Ihr Konzept zu ändern.«

Trotz allem musste Amarna lachen. »Spricht Mr. Artsruni auch über etwas anderes als mich?«

Veysel lachte. »Selten. Er versteht sich aufs Schweigen. Aber wenn er eine Gelegenheit wittert, die Rede auf Sie zu bringen, wird er regelrecht gesprächig. Er meint, wir beide könnten voneinander profitieren. Ich habe meine Promotion zu Gilgamesch geschrieben.«

»Um Gottes willen!«, rief Amarna. »Sie würden sich langweilen. Im Vergleich zu Ihnen bin ich eine blutige Anfängerin.«

»Mr. Artsruni ist anderer Meinung«, erwiderte Veysel. »Bitte erzählen Sie mir von der Idee, für die Sie bereit sind, Ihr gesamtes Konzept umzustoßen. Sie denken daran, die hethitischen Versionen des Epos mit einzubeziehen?«

Amarna nickte. Sie war diesem Mann so dankbar, dass er sie und ihre Arbeit ernst nahm, sie wollte ihm gern etwas Freundliches sagen, doch auf einen Schlag war ihre Kehle wie verstopft, und die verhassten Tränen raubten ihr die Sicht. Sie konnte über ihr neues Konzept nicht mehr sprechen, sie konnte nicht einmal daran denken. Seit Tagen brauchte nur jemand Gilgamesch zu erwähnen, um sie in ein lächerliches Häufchen Elend zu verwandeln.

»Habe ich etwas Falsches gesagt?«, fragte Veysel.

»Um Gottes willen, nein!«, zwang sie sich ab. »In der hethitischen Version, die mir vorliegt, ist das Thema Königtum knapp gehalten, und mehr Gewicht liegt auf der Freundschaft, auf dem Bruderschwur zwischen …« Ihre Stimme versagte.

»Gilgamesch und Enkidu«, beendete Veysel ihren Satz. »Ein interessanter Aspekt. Vielleicht der interessanteste. Wir haben im Zug darüber gesprochen, dass dieser Bruderschwur, die Einigkeit, den stärksten Pfeiler darstellte, auf dem Hattušas Macht stand.«

Amarna konnte nicht antworten. Sie hörte nur die zwei Namen, Gilgamesch und Enkidu, und ihre Kehle schnürte sich zu.

»Bitte entschuldigen Sie, ich fühle mich nicht recht wohl …«

»Erschöpfung«, sagte Veysel. »Die vielen Eindrücke. Wenn Sie eine Nacht gut geschlafen haben, geht es Ihnen sicher besser.«

»Sicher«, stimmte Amarna ihm zu und bemühte sich um ein Lächeln, während ihre verheulten Augen dem Mann folgten, der sich nicht zum Essen setzte, sondern da und dort mit jemandem ein Wort wechselte, Rehan den Teller füllte und dann an einen Einzeltisch zurückkehrte und sich über Papiere beugte.

Zu ihrer Linken saß Paul und neben ihm Merten, der schweigend einige Gabeln von einem Spinatgericht verzehrte. Irgendwann trat Arman mit einem Mann vom Hotelempfang zu ihm, und sie begannen sich auf Türkisch zu streiten. Nicht bösartig, sondern wie Männer, die unterschiedlicher Ansicht waren und zur besten Lösung finden wollten. Während sie versuchte zuzuhören, legte Paul ihr die Hand auf den Arm.

»Amarna, bitte behandle mich nicht wie einen Geächteten«, sagte er. »Ich fühle mich grauenhaft. Niemand spricht mehr ein Wort mit mir, weil ich es gewagt habe, den Armenier zu beleidigen. Dabei hatte ich das überhaupt nicht vor.«

»Der Armenier hat einen Namen«, entgegnete Amarna, die noch immer gegen Tränen kämpfte. »Und wenn niemand mit dir spricht, mag es daran liegen, dass du dich an keinem Gespräch beteiligst.«

»Mein Englisch lässt mich im Stich«, gab er zu. »Ich habe in den letzten Tagen kaum geschlafen und kann nicht klar denken. Weißt du, wie sehr ich mir wünsche, ich hätte vor dieser Reise Türkisch gelernt? In London konnte ich zumindest ausmachen, ob Leute am Nebentisch sich über das Wetter oder den König unterhielten. Hier höre ich den Mitgliedern meiner eigenen Reisegruppe zu und habe keine Ahnung, wovon sie reden. Aber dass es dir schlechtgeht, weiß ich. Du siehst so traurig aus. So hast du nicht einmal nach dem Streit mit deinem Vater ausgesehen, als ich dir geholfen habe, bei meinen Vermietern unterzuschlüpfen.«

Amarna hatte Mühe, dem, was er sagte, zu folgen, weil ihr Gehör auf das lauschte, was Arman zu Merten sagte, dann auf das, was Merten zu Arman sagte, und schließlich auf das, was der Hotelangestellte zu beiden sagte. Sie bemühte sich, die fremde Sprache auszuschalten, doch der Versuch misslang.

»Von Zügen«, brach es aus ihr heraus.

»Wie bitte?«

»Sie reden von Zügen«, sagte Amarna. »Merten will einen Zug in einen Ort namens Osmancik nehmen, Arman dagegen sagt, wir sollten überhaupt keinen Zug mehr nehmen. Mehr verstehe ich nicht. Aber ihr Gespräch dreht sich um diese Züge.«

»Wie willst du das denn gehört haben? Du kannst doch genauso wenig Türkisch wie ich.«

»Ich weiß auch nicht«, entgegnete Amarna. »Wahrscheinlich fange ich an zu fantasieren.«

Er beschwor sie, sich bei ihm auszusprechen, aber Amarna war nicht in der Lage, länger auf den schwarzen Anzugrücken des Mannes zu starren, den sie anschreien wollte, dass er essen und seinen Körper nicht derart schinden sollte. Wenn du mich bestrafen musst, warum bestrafst du dich mit?, wollte sie ihn fragen. Du hast mich zum Essen gezwungen, ich wünschte, ich könnte dasselbe mit dir tun.

Sie entschuldigte sich und ging zu Bett. In der Nacht träumte sie nicht von den einstürzenden Mauern von Hattuša, sondern von Gilgamesch und Enkidu. Als sie erwachte, war ihr Kissen nass geweint.

Beim Frühstück erfuhr sie, dass sie recht gehabt hatte. Arman, der sich auch jetzt nicht zu Tisch setzte, stellte sich hinter den Platz von Sedet Veysel und erklärte in seinem klaren Englisch, was beschlossen worden war: »Wir könnten einen Zug bis nach Osmancik nehmen und hätten von dort nur noch zwei bis drei Tagereisen zu Pferd vor uns. Wir haben entschieden, das nicht zu tun, sondern in fünf Tagereisen von hier aufzubrechen, weil wir in Osmancik nicht die Ausrüstung bekämen, die wir brauchen. Ich weiß, einige von Ihnen kommt das hart an, aber es ist dennoch bequemer als zwei Tage in orientalischen Sätteln und auf Pferden, die für ungeübte Reiter nicht geeignet sind. Zum Ausgleich bleiben wir einen weiteren Tag hier, damit Sie Kraft sammeln können.«

Damit verschwand er für den Rest des Tages, um die Ausrüstung zu besorgen. Amarna wich Paul aus, der um jeden Preis mit ihr reden wollte, und fühlte sich schlecht, weil sie wusste, sie quälte ihn, wie Arman sie quälte. »Verdammt, wenn du willst, dann entschuldige ich mich bei ihm«, sagte er. »Aber bitte hör auf, mich zu behandeln, als wäre das zwischen uns nicht mehr gewesen als ein Spiel. Ich war nicht irgendein Mann für dich, Amarna. Ich war dein Enkidu.«

Es war das gefährliche Wort. Das, was den Klumpen im Hals und die Tränen auslöste. »Es hat nie gepasst«, presste sie heraus. Sie sah seine Schultermuskeln zittern und die Sehnen am Hals wie Stricke schwellen. Er schüttelte sie, und die jähe Gewalt machte ihr Angst. »Ist er das jetzt, Amarna? Du hast mir versprochen, dass du die Rolle keinem anderen gibst, und jetzt ist er dein Enkidu?«

Sie wollte ihn wegstoßen, aber die Tränen, die in seinen Augen glänzten, hinderten sie. In ihre verstopfte Kehle drängten Sätze, die sie nicht aussprechen durfte, Sätze, die sie seit Tagen quälten: Warum bist du nicht froh, dass er mein Enkidu ist, hast du das Epos nicht zu Ende gelesen? Enkidu muss für Gilgamesch sterben.

»Er war es vor dir«, sagte sie endlich. »Es hat nichts mit dir zu tun.«

»Sag mir nicht diesen schrecklichen Satz!«, schrie er. »Den habe ich zu Helene gesagt, als sie mir im Lichthof der Uni ihre

Liebe erklärte, aber der Satz ist blanker Unsinn. Wenn du nicht mich, sondern einen anderen Mann willst, mit wem soll es sonst zu tun haben, wenn nicht mit mir und mit ihm?«

»Mit mir«, entfuhr es Amarna. Dann ging sie.

Zum Abendessen legte Arman zwei Kartenskizzen auf den Tisch, aus denen sie ersehen konnten, wie ihre Reise verlaufen würde. Er entschuldigte sich für die Strapaze, die ihnen bevorstand, versicherte aber, dass die Pferde friedfertig und mit europäischen Sätteln ausgestattet seien und dass sie die Nächte so komfortabel wie möglich verbringen würden. »Leider habe ich mit der Leitung von Reisegruppen so viel Erfahrung wie ein Ziegenbock, der versucht, Klavier zu spielen«, sagte er mit verblüffendem Charme, der nichts Weltmännisches, sondern etwas Offenes, Verletzliches hatte. »Bitte glauben Sie mir, dass ich zumindest den Weg kenne. Und dass wir unterwegs auf Dörfer voller gastfreundlicher Menschen treffen, die uns im Notfall weiterhelfen.«

Die drei Türken stellten ein paar Fragen zur Route, und Arman zog Striche auf der Karte. Die Erklärungen, die er abgab, waren türkisch, und doch glaubte Amarna zu verstehen, dass er die lange schraffierte Fläche in der Mitte als kleinasiatisches Hochplateau bezeichnete, etwas zum Höhenunterschied sagte und auf einen Umweg hinwies, den sie nehmen müssten, weil der Weg über den Berggrat für ungeübte Reiter zu gefährlich sei. »Ich gehe jetzt in mein Zimmer und versuche, den Papierkram zu bändigen«, sagte er auf Englisch. »Falls Sie noch Fragen haben, kommen Sie doch bitte nach oben, auch wenn ich fürchte, ich habe keine Antworten.« Er nahm Rehan mit, um sie wie gestern in ihr Zimmer zu bringen.

»Wie stellen Sie sich das vor!«, rief Paul, als er mit dem Mädchen auf der Treppe stand. »Ich kann überhaupt nicht reiten!«

»Ich stelle mir lieber gar nichts vor«, sagte Arman. »Aber ich glaube, ich verstehe Ihre Verzweiflung. Ich kann nämlich nicht Rad fahren.«
Paul sprang auf und ballte die Fäuste. »Das ist kein Witz!«
»Ich weiß«, erwiderte Arman und hob die Hände, dass die Manschetten zurückrutschten und die schmalen Gelenke entblößten. »Mir war nach einem Tag auf dem Fahrrad auch nicht zum Lachen, sondern als hätte mir ein Kerl mit Riesenpranken ziemlich herzlos die Hosen stramm gezogen.«
Mesut Terim, der Deutsch lernte, lachte. Paul lachte nicht. »Ersparen Sie Ihren vulgären Humor wenigstens den Damen. Ich setze mich auf kein Pferd, Sie können mich nicht dazu zwingen.«
»Ich hatte nicht vor, Sie zu zwingen«, entgegnete Arman bestürzt. »Aber ich kann Sie doch nicht allein hier zurücklassen.«
»Dann müssen Sie sich wohl etwas einfallen lassen. Weshalb übernehmen Sie denn die Leitung einer solchen Gruppe, wenn Sie nichts davon verstehen?«
»Weil ich ein Scharlatan bin«, sagte Arman, und seine Augen wurden schmal.
Mesut Terim stand auf und berührte Pauls Arm. »Ich denken, wir jetzt lassen Mr. Artsruni gehen. Ist noch viel zu tun, und Mann muss irgendwann schlafen.«
Arman sagte etwas auf Türkisch, dann ging er und brachte Rehan in ihr Zimmer. Als er aus ihrer Tür kam und in sein eigenes Zimmer trat, sprang Amarna auf und lief die Treppe hoch. Dass Paul ihr hinterherrief und dass Merten etwas zu Paul sagte, hörte sie, aber es interessierte sie nicht. Seine Tür stand angelehnt. Sein Zimmer war so klein wie ihres, aber er hatte einen Stuhl zwischen Bett und Fenster geklemmt, so dass er das mit Papier überhäufte Sims als Schreibtisch benutzen konnte. Bei ihrem Eintreten drehte er sich nicht um, obwohl

die Tür in den Angeln quietschte. Erst als sie seinen Namen rief, wandte er den Kopf.
»Willst du dich aushungern?«, fuhr sie ihn an. »Wofür? Weißt du nicht mehr, wie du zu mir gesagt hast, dass mein Magen schreit?«
Seine Rechte tastete nach den Papieren, die Linke rupfte das Ohrläppchen. »Bitte frag nicht, Amarna.« Er stöhnte. »Dein Paul hat recht, ich habe nicht die geringste Ahnung von dem, was ich tue, ich habe Angst, ich komme gar nicht erst von hier weg oder zettle eine Massenschlägerei an. Ich werde Professor Hähnleins Expedition verpatzen. Mir ist speiübel. Ich kann an Essen nicht einmal denken.«
»Du lieber Himmel.« Jedes Wort, das sie sich zurechtgelegt hatte, flog aus dem Fenster. »Arman, lass mich bitte zu dir kommen und dich in die Arme nehmen.«
»Das wäre ziemlich unverdient.«
»Herrgott, mir ist egal, was du verdienst, mich interessiert, was du brauchst.« Sie stieg über das Bett, hinterließ krümelige Schmutzspuren auf dem Weiß der Laken und hatte die Arme um ihn geschlungen, ehe er auf dem engen Raum hätte flüchten können. »Ist ja gut«, sagte sie und begann sich mit ihm zu wiegen. »Tu mir den Gefallen und ruh dich fünf Minuten lang aus. Davon stirbt niemand, und die Expedition von Professor Hähnlein, der gar kein Professor ist, platzt auch nicht.«
»Amarna …«
»Jetzt nicht«, beschied sie ihn und streichelte seinen Rücken, bis er nachgab und den Kopf an ihren Leib lehnte. Für kurze Zeit herrschte Frieden, und der Knoten in ihrer Kehle löste sich.
»Danke«, sagte er irgendwann.
»Besser?«
Er nickte. So hart es sie ankam, ließ sie ihn los, weil sie es ihm versprochen hatte. Ihm gegenüber setzte sie sich aufs Bett.

»Bitte hör auf, mich wie Luft zu behandeln«, sagte sie. »Es ist zu hart, ich kann es nicht aushalten. Ich habe dich gedemütigt, und dafür hast du das Recht, mich zu bestrafen, aber du musst es tun wie in Hattušilis Vertrag – ohne dass Tränen fließen. Schimpfen und schreien wäre in Ordnung, aber nicht tagelang kein Wort. Arman, ich kann nicht aufhören zu weinen. Ich weiß, ich hätte dir im Museum vor allen Leuten sagen müssen, dass ich zu dir stehe, dass es mir völlig egal ist, ob du lesen und schreiben kannst …«

»He!«, rief er, sprang auf, zog sie an sich und hielt sie, wie sie zuvor ihn gehalten hatte. »Bitte hör auf damit, ja? Warum hättest du solch dummes Zeug denn sagen sollen?«

»Weil es kein dummes Zeug ist!« Die Tränen ließen sich nicht länger aufhalten. »Aber das glaubst du mir jetzt nicht mehr, und dafür kann ich dir keinen Vorwurf machen.«

»Und ob es dummes Zeug ist.« Er fiel vor dem Bett auf die Knie und streichelte ihr die Nässe von den Wangen, doch unentwegt flossen Tränen nach. »Das weißt du selbst, deshalb hast du solchen Blödsinn nicht gesagt. Was soll dein süßer kluger Kopf mit einem Kerl, der dir meilenweit unterlegen ist, denn anfangen? Du bist eine Akademikerin, die selbst auf den verschwiegenen Ort ein Buch mitschleppt. Was machst du mit einem Wilden, der keines lesen kann? Was für ein Leben willst du mit dem führen, worüber willst du mit dem reden?«

»Über alles«, schnauzte sie ihn an, sosehr es sie rührte, dass er sie beim Bücherschleppen beobachtet hatte. »Über meine Arbeit, mit der du den türkischen Archäologen ein Ohr abkaust. Über Pfannkuchen, die Tulumba Tatlisi heißen und nach denen ich süchtig bin. Über hethitische Mütter, die wieder bei ihren Kindern sind, wenn diese aus der Welt hinausmüssen, und über meine Mutter, die mir fehlt. Über Mustafa Kemals Regierung und die Lebensgewohnheiten von Wildschweinen.

Über meine Angst und meine blöden Träume, über die sonst niemand mit mir spricht.« Er wollte etwas dazwischenwerfen, aber sie ließ ihn nicht, sondern weinte und schimpfte weiter. »Es tut mir so weh, dass ich dich verletzt habe, es war das Letzte, was ich wollte, und das hast du mir gefälligst zu glauben! Ich hätte dir vor allen Leuten um den Hals fallen und mich bei dir bedanken wollen, aber das hast du mir ja verboten, und warum werde jetzt ich dafür bestraft? Ich habe neue Träume, die schlimmer sind als die alten, ich kann meine eigenen Gedanken nicht ertragen, und du stolzierst kaltlächelnd herum wie Gottes Antwort auf die Gebete der Frauen und lässt mich am langen Arm verhungern!«

Er sah zu ihr auf, den Kopf zwischen die Schultern geduckt, sein Gesicht ein Inbild völliger Verstörung. »Kaltlächelnd«, murmelte er, »Gottes Antwort … Nein, Amarna, das ist zu viel auf einmal. Ich komme nicht mehr mit, schon gar nicht, wenn du so schreist.«

»Kaltlächelnd lass weg«, fauchte sie weinend. »Du lächelst ja nicht, und kalt allein tut es auch. Kannst du deine kostbare Deutschstunde vielleicht für zwei Minuten unterbrechen und zur Kenntnis nehmen, dass es mir dreckig geht?«

»Ja, Lajvard«, sagte er kleinlaut. »Nimmst du dafür bitte zur Kenntnis, dass ich dich nicht bestrafen wollte, dass ich im Leben nicht auf solche Ideen gekommen wäre?«

»Warum quälst du mich dann?«

Er stöhnte, als täte ihm der leere Magen weh. »Weil das hier nicht geht, Amarna. Weil du zu schade für einen ungebildeten Grobian bist, der vierzehn war, ehe er lesen und schreiben gelernt hat. Weil du nicht um meinetwillen kaputtgehen darfst. Weil ich will, dass du fliehst, bevor wir nach Hattuša kommen, weil ich ein Holzkopf bin, der nicht die geringste Ahnung hatte, wie sich das anfühlt.«

»Wie sich was anfühlt?«
»Ich sprech's nicht aus«, sagte er, »und wenn du mich totschlägst.«
»Solche Worte finde ich hundertmal schlimmer als Fluchen«, entgegnete Amarna, hörte zu weinen auf und spürte ihren Atem, ihr Herz und ihr Blut. »Ich schlag dich nicht tot. Ich krümme dir kein Haar. Und das, was du nicht auszusprechen wagst, habe ich trotzdem gehört.«
»Das war nicht der Sinn der Sache.«
Sie zog sein Gesicht zu sich und küsste ihm die klopfende Ader an der Schläfe. »Es kann ja nicht immer alles nach deinen Wünschen gehen. Wer weiß, vielleicht lernst du irgendwann sogar, dass es nicht weh tut, es auszusprechen. Nicht mehr, als deinen Kaffee zu trinken, nicht mehr als ein zarter Schlag aufs Herz. Ach, nebenbei, konntest du eigentlich überhaupt nicht lesen und schreiben oder nur kein lateinisches Alphabet?«
»Das osmanische auch nicht. Das ist wie überhaupt nicht lesen und schreiben können, oder?«
»Du bist ein Idiot, Herr Artsruni«, sagte Amarna und küsste ihn mit ungenierter Lust auf den Mund.
»Herzlichen Dank.«
»Das war ein Kompliment, aber dass du blöder Kerl das nicht merkst, habe ich mir schon gedacht.« Sie gab ihm noch einen Kuss, fuhr mit der Zunge über die heißen, vor Trockenheit gesprungenen Lippen. »Ich bin übrigens auch ein Analphabet. Ich kann weder Chinesisch noch Russisch schreiben, kaum Griechisch, und was das Armenische betrifft, wusste ich nicht einmal, dass es ein eigenes Alphabet besitzt.«
»Ach, Amarna.«
»Ist schon gut. Ich glaube, ich verstehe sogar, warum du das machst, und ich bestreite nicht, dass dein Stolz dir ziemlich gut steht, auch wenn er mir zum Herumschleppen ein biss-

chen unhandlich wäre. Beantwortest du mir jetzt bitte eine Frage?«

»Schon wieder?«

»Mund halten. Hat dir schon einmal ein Mensch gesagt, dass er dich liebt?«

Er stand auf, ging den einen Schritt zum Fenster und sah in die Nachtschwärze. Mit einer Hand in der Hosentasche zuckte er eine Schulter. »Meine Mutter wohl. Ich weiß es nicht.«

»Und danach?«

»Ich will dir das nicht sagen, Amarna.«

»Ist mir egal, was du willst. Ich muss es wissen.«

Er schoss zu ihr herum. »Und wenn ich es dir sage, wirst du mir dann glauben, dass ich zum freundlichen Schoßtier nicht tauge? Dass bei dieser Reise nur einer von uns mit heiler Haut davonkommen kann, du oder ich? Du denkst immer noch, du hättest Grund, dich bei mir zu bedanken, weil ich hehre Reden schwinge und dich selbstlos nach Hattuša bringe. Aber wenn ich etwas Selbstloses in mir hätte, würde ich dich auf Tausende von Meilen von Hattuša fernhalten. Ich bringe dich hin, weil ich dich dort haben muss. Du brauchst meine Erinnerung, und ich brauche deine, und sobald wir nach Hattuša kommen, gibt es nur noch einen Menschen, dem du trauen darfst, weil ihm nicht sein eigenes, sondern dein Wohl am Herzen liegt – Dr. Vollmer, den wir so schändlich behandeln, dass mir übel wird.«

»Der ist überhaupt kein Doktor«, sagte Amarna. »So wenig wie du ein Analphabet bist, auch wenn er das eine auf sich sitzenlässt wie du das andere auf dir. Jetzt beantworte meine Frage. Hat dir schon einmal ein Mensch gesagt, dass er dich liebt?«

»Du hast mir nicht zugehört, nicht wahr?«

»Nein. Ich höre nie zu, wenn Leute Unfug schwafeln. Meine Antwort will ich.«

Er drehte sich wieder zum Fenster. »Mir hat ein Mensch gesagt, er wünschte, er könnte mich lieben.«
»Und du? Liebst du ihn?«
Er stand lange still. Dann nickte er.
Amarna stand auf, lehnte sich an seinen Rücken und umarmte ihn. »Und deshalb tust du das alles, nicht wahr? Schweigst, lügst, ziehst deinen Plan durch, obwohl er dich höllisch quält. Weil du diesem Menschen, der dich erpresst, beweisen willst, dass du seine Liebe wert bist. Wer ist der, Arman? Dein Vater?«
»Mein Vater ist tot.«
»Das ist keine Antwort.«
»Mein Vater hätte mich nicht lieben wollen«, sagte er dumpf zum Fenster.
»Warum denn nicht?«, fuhr Amarna ungläubig auf. »Weil du keine lateinische oder osmanische Schrift lernen konntest, weil du zu sehr damit beschäftigt warst, dich danebenzubenehmen?«
Er schüttelte seine Schultern frei. »Meine Schwester konnte alle drei, als sie kaum fünf Jahre alt war.«
»Ich verstehe«, sagte Amarna, und die Erkenntnis drehte ihr den Magen um. »Das eine Kind war ein kleiner Engel und das andere ein Satansbraten. Und dann hat die halbe Welt deinen Vater bedauert, weil die Mörder ihm nicht die Wahl gelassen, sondern ihm das weniger wertvolle Kind verschont haben.«
Zögernd wandte er sich ihr zu, das Gesicht leer und traurig und verständnislos. »Tuma war sein Stolz und seine Freude, sie hatte seine Klugheit und seinen Charme geerbt und die Schönheit und Sanftmut von unserer Mutter. Sie war voller Liebreiz, sie war …«
Jede Silbe brannte sich Amarna ein. Hart umfasste sie seinen Nacken und presste ihm die freie Hand auf die Lippen. »Halt

bloß den Mund, du herzliebster Idiot, der sich jeden Irrsinn einreden lässt! Ich will verdammt noch mal überhaupt nicht wissen, wie sie war. Ich weiß, wie du bist, das genügt mir vollauf.« Sie zog die Hand weg, presste stattdessen ihren Mund auf seinen und küsste ihn. »Das muss entsetzlich weh tun, überlebt zu haben und sich zu fühlen, als hätte man kein Recht dazu. Als hätte man einem, der ihn mehr verdient hätte, den Platz im Rettungsboot gestohlen.«

Seine Augen standen weit offen und waren beinahe schwarz. Sein Blick suchte Halt und fand keinen.

»Weißt du was?«, fragte Amarna. »Ich hätte genau das Gleiche getan wie du. Mich danebenbenommen. Auf den Putz gehauen. Der blöden halben Welt gezeigt: Na und? Ich bin nicht sanft und liebreizend, aber ich bin noch da, und mich kriegt ihr aus diesem Rettungsboot nicht weg. Ich rüttle eure ganze irrsinnige Ordnung durcheinander, in der selbst die grausam sind, die es nicht böse meinen. Und wenn mir noch einmal jemand erzählt, er meine es gut, dann beiße ich zu und schmeiße alberne Gläser aus dem Fenster.«

»Der arme Professor Schobert«, sagte er heiser. »Er erzählt dir all meine Greueltaten, und du drehst sie ihm im Mund herum.«

»Wie soll man den Quatsch, den der erzählt, denn nicht herumdrehen? Wie alt warst du, als sie dich mitten im Winter nach Berlin verschleppt haben? Sechs? Und die soll ich ernst nehmen, die Leute, die einen Sechsjährigen verteufeln, weil er vor kalten Füßen und verfrorener Nase und Heimweh nicht weiß, wo ihm der Kopf steht? Lehrer, die Angst vor einem kleinen Jungen haben, weil er sich mit Rohrstockhieben kein fremdes Alphabet einbleuen lässt? Weil er mehr Mumm hat als sie und sich für solchen Unfug nicht noch bedankt?«

Den Blick, den er ihr schenkte, hätte sie sich gern aufgehoben, um ihn später in den Händen zu halten und zu streicheln. Scheu nahm er ihre Hand und berührte mit den Lippen ihren Handrücken.
»Nebenbei, dass du Irene Schewe gebissen hast, geschieht ihr ganz recht dafür, dass sie mich belogen hat.«
»Aha«, sagte er leise. »Und wer beißt mich dafür, dass ich dich belüge?«
»Ich.« Sie reckte sich und wollte ihn ins Ohr beißen, aber vor dem rot entzündeten Ohrläppchen schreckte sie zurück. Der nur mit Haut bespannte Wangenknochen bot keine Alternative. »An dir ist nichts mehr zum Beißen«, hielt sie fest. »Ab morgen bist du ein Held und zwingst dich zum Essen, versprochen? Wir stehen das hier zusammen durch, Arman, egal, was es ist. Glaubst du wirklich, ich lasse dich gehen, weil du mir irgendeine Schauergeschichte erzählst, die vorn und hinten nicht zusammenpasst und vor der du mehr Angst hast als ich? Oder weil ein Haufen Lehrer und Erzieher zu vernagelt war, um dich mit ein bisschen Wärme und Humor zu lehren, was du dir spielend selbst beigebracht hast?«
»All diese mysteriösen Dinge«, begann er verloren, »Zivilisation, Erziehung, Kultur, die kann man sich doch nicht selbst beibringen.«
»Kann man nicht?« Mit der Fingerspitze strich sie ihm über die Kieferpartie, die er offensichtlich nachrasiert hatte. »Ich denke, wer dir in diesen Tagen zugesehen hat, ist anderer Meinung. Du hast den kleinen Satansbraten sehr weit hinter dir gelassen, und diese Leute vom Museum, Ebudi oder Ebadi, Hähnlein und der Graupomadierte, haben nicht grundlos einen Narren an dir gefressen.«
»Der Graupomadierte? Wer ist der?«

»Na, der Dicke mit den klebrigen grauen Haaren, der mich am ersten Abend nicht ins Museum lassen wollte und der neulich mit Hähnlein und Ebedi kam.«

»Der Graupomadierte.« Er sah aus wie ein Mann, der sich mühsam das Lachen verkniff, neigte den Kopf und küsste Amarna auf den Mund. »Weißt du, was sehr schlimm ist, Lajvard?«

»Nein.«

»Ich liebe dich.«

»Du bist ein Held, Arman«, sagte Amarna und klopfte ihm sacht auf die Wange. »Hat's weh getan?«

Verlegen drehte er das Gesicht zur Seite. »Ein bisschen.«

»Nicht mehr als Kaffeetrinken, oder?« Sie grub die Hand in das Haar in seinem Nacken. »Und wer ist denn nun dieser Graupomadierte?«

»Erdal Özdemir, der leitende Direktor des Museums.«

»Oh.«

Er zog sie an sich, hielt sie so fest, dass sie spürte, mit welcher Heftigkeit er sie wollte, und sah ihr in die Augen. »Du bist ein ganz unglaubliches Geschenk, kleiner Gilgamesch. Dass ich dich nicht verdiene, kratzt mich nicht mehr, weil überhaupt kein blöder Mann einen Schmuckstein wie dich verdient. Und jetzt musst du gehen und versuchen zu schlafen.«

»Gehe aber nicht.«

»Doch. Vorher erzählst du mir noch von den Träumen, die schlimmer sind als die alten, und von den Gedanken, die du nicht ertragen kannst.«

»Ich kann den Gedanken nicht ertragen, dich zu verlieren.« Heftig drängte sie sich in seine Arme. Die heilsame Wirkung von Wärme und Zärtlichkeit war ausgelöscht. »Bitte hilf mir, gib mir etwas, das beim Einschlafen hilft – so wie das Gedicht von Goethe, das du für mich aufgeschrieben hast, das vom Westwind, für das ich mich nicht einmal bedanken durfte.«

»Hast du das gemocht?« Gedankenverloren sah er ihr in die Augen.
»Und ob!«, rief sie. »Du auch?«
»Ich verstehe nichts davon«, sagte er. Seine Lippen streichelten ihre Stirn, und seine Finger schrieben ein Liebesgedicht, von dem er nichts verstand, auf ihren Rücken. »Es hat mich an ein Lied erinnert, das ich irgendwann kannte.«
»Ein armenisches Lied?«
Er zuckte die Schulter.
»Sing es mir vor!«
»Ich kann nicht singen, Lajvard.«
»Dann sag mir den Text auf.«
Mit abgewandtem Kopf sagte er die Zeilen her, und es klang, als könnte er singen.
»Was heißt das?«
»Über die Erde und den Ozean«, übersetzte er. *»Überall suche ich vergeblich und mit müden Augen. / Ach, wenn mich der Wind dorthin tragen könnte, / Wo meine Liebste ihren Weinberg hat. / Ach, wenn ich der Zephyr, der Westwind, sein könnte, / Der ihr durch die Reben und die süßen Rosen streicht.«*
Amarna hielt sich an ihm fest und wünschte, sie hätte sich in seinen Armen zur Kugel rollen können. Er streichelte ihr Haar, sie streichelte seine Schulter, und sie standen lange still.
»Amarna«, sagte er dann.
Sie nickte.
»Jetzt erzähl mir von diesen Träumen, ja?«
»Ich kann nicht«, rief sie. »Ich will nicht allein damit sein, aber die Worte sind zu schrecklich, um sie auszusprechen.«
»Soll ich sie für dich aussprechen?«
Wieder nickte sie.
»Tod«, sagte er.

Sie presste sich an ihn und krallte die Nägel in seine Arme. »Ich habe solche Angst um dich«, stieß sie heraus. »Das, was du vorhin zu mir gesagt hast, darfst du nie wieder sagen.«
»Was habe ich vorhin zu dir gesagt?«
»Dass nur einer von uns mit heiler Haut davonkommen kann.« Mit aller Kraft klammerte sie sich an ihn. »Arman, ich kann mein *Gilgamesch-Epos* nicht mehr lesen, ich kann nicht einmal mehr daran denken, und ich kann nie wieder Enkidu zu dir sagen. Warum haben wir nur dieses wahnwitzige Spiel begonnen, ohne zu bedenken, wie die Geschichte weitergeht? Enkidu und Gilgamesch töten den Humbaba, und als sie den Himmelsstier auch noch töten, beschließen die Götter, dass sie bestraft werden müssen. Dass sie zu zweit zu stark sind und nur einer von ihnen überleben darf.«
»Stimmt«, sagte er verwundert, geradezu fasziniert. »Das passt auch. *›Er hält mich gepackt und führt mich zum Haus des Dunklen, auf die Reise, deren Weg ohne Wiederkehr ist.‹*«
»Hör auf!«, schrie Amarna. Dann aber fing sie selbst wie von fremder Macht gezwungen an, die Verse aus dem Epos zu zitieren, die sie durch ihre Nächte verfolgten: *»›Mein Freund sah einen Traum, der nie seinesgleichen finden wird. Am Tag, als er den Traum geschaut, war seine Kraft verbraucht.‹«*
Er umfasste sie, und sie krallte sich an ihn, während sie beide zusammen sprachen: *»›Gefällt war Enkidu. Einen ganzen Tag lang war er krank und einen zweiten Tag. Auf seinem Lager nahm das Fieber Enkidu die Kräfte.‹«*
Tränen schossen ihr in Strömen aus den Augen und verwischten ihre Worte. »Du darfst mich nicht allein lassen, du darfst nicht sterben, ich halte es nicht aus.«
»Aber Gilgamesch hält aus, dass Enkidu stirbt«, erwiderte er. »Er muss das aushalten, weil er das Leben erst begreifen kann, als er weiß, was der Tod mit einem Menschen tut.«

Sie schlug ihn ins Gesicht, was sie nie wieder hatte tun wollen, quer über seine schönen Lippen, und es tat ihr sofort darauf leid, obwohl sie nur versucht hatte, die Worte und das Grauen fortzuschlagen.

»Entschuldige«, sagte er, ehe sie es zu ihm sagen konnte. »Ich habe mir nichts dabei gedacht, ich habe nur nachgeredet, was dein Vater uns erklärt hat, als wir beide diesen Teil aus der Geschichte streichen wollten.«

Amarna lehnte sich gegen ihn und weinte. »Ich bin vollkommen hysterisch wegen dieser Träume und dieser Verse, die sich immerzu in Bilder fügen und zu uns zu passen scheinen. Ich wollte dir nicht weh tun, Arman.«

»Das kommt schon hin«, sagte er und setzte ihr kleine Küsse auf den Scheitel. »Du hast mir nicht weh getan, Amarna. Ich bin nicht aus Glas, und wenn du mir eins auf den Mund gibst, weil du nicht willst, dass ich sterbe, tut mir das alles andere als weh.«

»Bitte stirb nicht, Liebling. Du hast deinen Platz im Rettungsboot nicht gestohlen, er steht dir zu, bitte lass ihn nicht los. Verbrecher sind die, die die Welt überfluten und andere in Rettungsboote zwingen, aber du musst Noah sein, hörst du? Du musst am Berg Ararat landen!«

»Und du süße Legendensammlerin musst damit aufhören«, sagte er zärtlich. »Von deinem Honig um meinen Bart komme ich mir jetzt schon derart wichtig vor, als hätte ich das Recht, die Welt anzuhalten. Eben hätte ich um ein Haar zu dir gesagt: Pack dein Zeug und brenn mit mir durch. Lass die anderen mit ihrem Hattuša allein und geh mit mir irgendwohin.«

Sie weinte weiter und krallte sich noch immer an ihn. »Bitte sag das zu mir. Wohin gehen wir?«

»Ich würde gern nach England«, antwortete er leise, in der Stimme eine scheue Sehnsucht.

Sie löste ihren klammernden Griff, nahm seine Hände, die ihre Wangen streichelten, und bedeckte sie mit Küssen, während sie unentwegt weiterweinte. »Das hast du mit Paul gemeinsam. Für ihn ist England die Krone der Zivilisation.«

»Aber er ist da gewesen, oder? Ich schwatze nur dummes Zeug vor mich hin.«

»Erzähl's mir«, sagte sie. »Warum ist England, wo du nie gewesen bist, für dich die Krone der Zivilisation?«

»Ich weiß, es ist albern.« Er drehte den Kopf weg und schloss die Augen bis auf einen Spalt. »Weil die Engländer mitten im Krieg gegen das Vorgehen der osmanischen Regierung protestiert haben. Sie haben erklärt, die Täter hätten nicht nur ein Verbrechen gegen das armenische Volk begangen, sondern eines gegen die Menschheit.« Seine Stimme brach. Amarna schloss eine Hand um seinen Kehlkopf, spürte das unentwegte verkrampfte Schlucken und löste ihren Blick nicht aus seinem. Irgendwann sprach er heiser weiter: »Nach dem Waffenstillstand ließen sie ihre Geschütze auf Konstantinopel gerichtet, bis die Täter verurteilt waren. Dann sind sie abgezogen. Die Urteile wurden nie vollstreckt.«

Amarna streichelte ihm den Nacken, bis die Muskeln sich ein wenig lockerten, so dass sie sein Gesicht wieder zu sich drehen konnte. »Ist kein bisschen albern«, sagte sie. »Deshalb lernst du Englisch, nicht wahr?«

»Ich versuch's.«

»Dein Englisch ist prächtig, Arman, höchstens ein bisschen zu hübsch für den Alltag. Ich wette, du hast dafür aus den Bibliotheken von Istanbul jedes englische Buch gestohlen, das du finden konntest.«

»Die Hälfte war von Shakespeare«, brummte er.

Amarna lachte, weinte und verschluckte sich. »Ich glaube, mit dem Stehlen musst du aufhören, wenn wir nach England gehen.«

»Ich gebe mir Mühe, ja?« Wieder und wieder strich er ihr die Hände über die Wangen, aber seine Finger waren längst so nass wie ihr Gesicht. »Als Junge, in Tatvan, habe ich mir ausgedacht, in England wäre alles so zivilisiert, dass ich von selbst mit meinem Blödsinn aufhöre.«

»Tust du auch.« Amarna weinte, als müsste sie ersticken. »Wenn es nicht sofort klappt, passe ich auf dich auf. Sooft deine Finger etwas stehlen oder dein Ohr abrupfen wollen, halte ich sie fest und küsse sie, bis sie schwach werden.«

»Meine Finger sind jetzt schon schwach, Lajvard. Aber wenn ich nicht mehr stehle, wovon leben wir dann? Arbeitest du für das British Museum, fütterst mich durch und schämst dich nicht?«

Unterm Weinen rang Amarna nach Luft und musste noch mehr weinen. »Warum sollte ich mich schämen? Ich kann sowieso nicht kochen, aber du.«

»Ehrlich gesagt, ich auch nicht. Ich kann nur Bulgur machen und beim Bäcker Tulumba Tatlisi kaufen. Aber wenn ich nun doch noch ein bisschen weiterstehlen würde, könnten wir uns vielleicht ein Restaurant leisten.«

»Arman?«

Er hielt inne.

»Ich liebe dich.«

Sie legte ihm die Hände auf den Rücken, um die Bewegung zu spüren, die den ganzen Körper erschütterte. Dann legte sie eine Hand auf sein Herz. »Ich habe mich schon gefragt, wo unter diesem hübschen Kragen und dem geschorenen Fell eigentlich mein Wildschwein geblieben ist. Aber jetzt habe ich es entdeckt.«

Seine Augen waren glasig, während Amarna leise für sie beide weiterweinte. »In England versucht es sich jeden Tag als Mensch zu verkleiden. Versprochen.«

»Tut es nicht. Nur manchmal. Wenn die Frau, die es ernährt, nicht allzu wild auf ihr Wildschwein ist.« Sie zerrte ihm den steifen Kragen auf und küsste die Grube an seinem Hals. »Wir können nicht nach England, nicht wahr?«
»Frag mich das nicht noch einmal, Lajvard. Ich habe Bodo Hähnleins Geld in der Tasche, ich habe alle Papiere, ich könnte …«
Sie verschloss ihm den Mund. »Nein, du könntest nicht. Du hast lange Finger, aber du bist kein Verbrecher, und du magst diesen Hähnlein mit dem Doppelkinn so gern wie er dich. Und Gilgamesch und Enkidu müssen nach Hattuša, oder?«
»Ich fürchte«, sagte er tonlos und streichelte ihr Haar, »sonst nehmen Gilgamesch und Enkidu Hattuša überallhin mit.«
Amarna nickte. »Meinst du, wir könnten heute Nacht spielen, dass wir nach England gehen?«
»In Tatvan habe ich das auch gespielt. In der Nacht.«
»Wo ist das, Tatvan?«
Wegwerfend wies er mit der Hand in südliche Richtung. »Weit weg.«
Weinend strich Amarna ihm die Taille hinunter, schob die Hand in seinen Hosenbund und streichelte seine Hüfte. Er fing ihren Arm. Sie ließ sich nicht hindern, seine Hüfte zu liebkosen, und ihm entfuhr ein wohliger Laut. Amarna streichelte ihn weiter, spielte mit den Fingern über seiner Lende. Dem Himmel sei Dank, dass dir deine Hosen zu weit sind, dachte sie und konnte nicht aufhören zu weinen.
Er gab auf, ließ ihren Arm los und seufzte einen Herzschlag lang wie ein Mann, der glücklich war. Dann riss er sich zusammen, nahm ihr Gesicht in die Hände und sah ihr in die Augen. »Erinnerst du dich, dass ich vorhin zu dir gesagt habe, ich habe Angst, ich verursache eine Massenschlägerei? Ich wollte, dass du gehst, dass ich das dem Mann, der zwei Zimmer weiter

wach liegt und auf jedes Geräusch lauscht, nicht auch noch zumute. Was soll der anderes machen, als mir bei nächster Gelegenheit die Faust in die Zähne zu dreschen? Aber wie kann ich dich denn jetzt noch wegschicken?«

»Kannst du nicht«, sagte Amarna und schob die Hand auf seinen Schenkel. »Wir sind ja auf einem Schiff, und von einem Schiff kann man erst wieder weg, wenn es anlegt. Erzähl mir, wie der Hafen heißt, in dem wir anlegen, Liebling.«

»Harwich«, sagte Arman, stöhnte und schloss sie in seinen Armen ein.

30

Die Pferde waren zottig, kompakt und kleiner als befürchtet. Hinter den Sätteln war ihnen das Gepäck aufgeschnallt, und sie würden im Schritt reiten, so dass, wer wollte, zwischendurch zu Fuß gehen konnte. Als sie aufbrachen, hörte es auf zu regnen. Es war so kalt, dass ihr Atem Wolken bildete, ganz anders, als man es vom Orient erwartete, aber der Himmel war klar wie gestochen, und auf dem Straßenpflaster tanzten Sonnenflecken.

Amarna war wund von der Liebe, und der Sitz im Sattel war eine Tortur. Sie hatte sich vorgenommen, Arman nicht zur Last zu fallen, weil ihm schon Paul mit ständigen Beschwerden in den Ohren lag, aber sie konnte sich kaum hindern, bei jeder Bewegung, die das Tier unter ihr vollführte, einen Schmerzlaut von sich zu geben.

»Das kann ich nicht aushalten«, raunte Arman, während er am Kopfzeug ihres Pferdes einen Führzügel befestigte. »Ich habe dir das Pferd mit den weichsten Gangarten und den am besten gepolsterten Sattel gegeben, aber mir fällt nicht ein, wie ich es dir sonst noch leichter machen könnte.«

»Versprich mir, dass du in England mit mir Fahrrad fährst.«

Er verdrehte gequält die Augen. Amarna lachte und sandte ihm einen Blick, der keinen Anstand kannte. Die Aussicht, den ganzen Tag an dem kurzen Führzügel neben ihm herzureiten, versüßte den Schmerz, und sein Anblick tat ein Übriges. Er trug einen ledernen Hut, ein weites, am Hals offenes Hemd unter einer mit Schaffell gefütterten Weste und Reithosen mit Lederbesätzen, die sich eng um Beine und Gesäß schmiegten. Konnte einer Frau wirklich in irgendeiner Stadt in irgendwelchen Bergen tödliche Gefahr drohen, solange sie den Nerv hatte, grinsend darauf zu gieren, dass ein Mann sich in die Steigbügel stemmte und seine hübsche Kehrseite aus dem Sattel hob?

Das ist meine Liebe, dachte sie. In der Nacht am Weinen ersticken, weil das, was hinter dir liegt, mir Herz und Magen umdreht, und in der Frühe am Lachen, weil ein Hintern wie deiner verboten gehört.

In der Stunde vor dem Morgengrauen hatte sie minutenlang Angst verspürt. Etwas hatte sie aus dem Schlaf gerissen, und mit klopfendem Herzen war sie aufgeschreckt. Die Angst legte sich jedoch, sobald sie den geliebten Körper neben ihrem in dem schmalen Bett spürte. Sie bettete ihr Gesicht an seine Schulter, sog seinen Duft ein und genoss, wie friedvoll er in ihren Armen schlief. Im Schlaf wirkte er jung. Die langen Wimpern warfen filigrane Schatten auf die Wangen, und an der Schläfe, über dem bläulichen Geäst der Adern, kräuselte sich eine schweißnasse Strähne des jetzt viel zu kurzen Haars. Der hingestreckte Leib schien sich ihr auszuliefern. Sie streichelte ihn und flüsterte ihm zärtlichen Unfug ins Ohr, bis ihre Blase sich meldete und ihr nichts übrigblieb, als sich auf den Gang zu schleichen.

Fast wäre sie in das Zimmer zurückgeflohen. In der Luft, über Kümmel und Knoblauch vom Abendessen, lag von neuem jener Duft – Pfeifentabak und Ahornsirup. Unverkennbar. Sie hatte nicht mehr an den Tag denken wollen, an dem sie ihn zum ersten Mal wahrgenommen hatte, nicht mehr an durchgefeilte Schrauben, hochschnellende Dielenbretter und unverschlossene Hintertüren, durch die ein jeder eintreten konnte. Sie wollte auch jetzt nicht daran denken.
Wie gejagt rannte sie, um sich auf dem in den Boden eingelassenen Becken zu entleeren, und noch schneller wieder zurück. Als sie ins Zimmer kam, saß Arman aufrecht im Bett und streckte die Arme nach ihr aus. »Ich habe geträumt, du wärst nach England gefahren und hättest mich auf der Fähre vergessen, Lajvard.« Da warf sie die albernen Gedanken an den Duft in den Wind und machte noch einmal Liebe mit ihm, ehe der Tag sie rief.
Und jetzt war erst recht keine Zeit für Sorgen um eingebildete Gerüche. Lieber sah sie ihrem Liebsten zu, der in dem steilen orientalischen Sattel saß, als wäre er mit dem Tier zwischen seinen Beinen verwachsen. Amarna hatte nie gesehen, dass er sich in seiner Haut so wohl fühlte, so weltvergessen eins mit sich und seinem Körper war. Sie sagte es ihm. »Wo hast du so reiten gelernt?« In Berlin war Pferdesport ein teures Vergnügen, das sich Leute wie Pauls Eltern niemals hätten leisten können.
»Als Putzhelfer, Dieb und Wildschwein kennst du mich ja schon«, erwiderte Arman. »Im Moment versage ich gerade kläglich als Expeditionsleiter, aber in Wahrheit bin ich ein Ziegenhirt.«
»In Wahrheit bist du ein Spinner, der sein blaues Wunder erleben würde, wenn ich ihn hier vor allen Leuten küssen dürfte.«
»So ergeht es Lügnern. Sobald sie die Wahrheit sagen, glaubt ihnen kein Mensch.«

»Du hast nicht wirklich Ziegen gehütet!«
»Doch, zu Pferd und sechs Jahre lang. Ist das schlimmer als Dieb und Putzhelfer?«
»Nichts ist schlimmer als Dummkopf. Erzähl's mir heute Nacht, ja?«
»Nein.«
»Doch.«
»Wo hast du deinen Hut, Amarna?«
»Was für einen Hut? Merten hat gesagt, ich soll praktisch packen, ich ginge nicht zum Sonntagsrennen nach Hoppegarten.«
Er schlug den Blick gen Himmel. »Die Sonne fühlt sich hier unten nicht besonders warm an, aber sie brennt auf den Schädel, besonders bei Menschen ohne Wildschweinborsten.« Er zog sich den Hut herunter und setzte ihn ihr auf. Den Hut zu tragen, der eben noch auf seinem Kopf gesessen hatte, sandte ihr kleine Blitze bis zwischen die Schenkel. Sie fühlte sich albern, jung und blödsinnig verliebt, und verdammt, warum hatte sie kein Recht, jung und blödsinnig verliebt zu sein?
»Wie sehe ich aus?«
»Muss ich darauf schon wieder eine ehrliche Antwort geben?«
»Musst du immer.«
»Oben herum so, als müsste ich mich auf der Stelle in eine Ziegenhirtin verlieben.« Er verzog unglücklich das Gesicht. »Unten herum so, als hätte ich dir lieber meine Hosen borgen sollen.«
Amarna musste schallend lachen. Dass die anderen sie hörten, ließ sich nicht verhindern, aber warum durfte sie nicht die Süße dieser Augenblicke auskosten? Er flirtete mit ihr. Der Mann, der angeblich im Innern stumpf und tot war, bezirzte sie mit vor Übermut funkelnden Augen, und Amarna, die geglaubt hatte, sie sei viel zu trocken und zugeknöpft dazu, flirtete, was

das Zeug hielt, zurück. »Wenn ich bis heute Abend durchhalte, ohne zu wimmern, bekomme ich morgen deine Hosen«, bestimmte sie. »Wie mein wohlgestalteter Ziegenhirt dann allerdings diesem Trupp voranreitet, freut mich zu sehen.«
Er rieb sich die Stirn. »Weshalb habe ich eigentlich, seit ich Fräulein Brandstätter im Schlepp habe, ständig das Gefühl, mit weinrotem Kopf durch die Gegend zu laufen?«
»Vermutlich, weil du es tust, mein Schöner.«
»Können wir vielleicht irgendwann los, oder schlagen wir hier Wurzeln?«, rief Merten, der ebenfalls gut zu Pferd saß und Pauls Reittier am Führzügel hielt, während Sedat Veysel Rehans Stute übernommen hatte.
»Weshalb tauschen wir nicht?«, rief Paul mit einer Gehässigkeit, die Amarna ihm nicht zugetraut hätte. »Wenn wir die beiden trennen, können wir unseren Reiseführer vielleicht dazu bringen, auf den Weg zu achten.«
»Ich bin nicht Ihr Reiseführer«, versetzte Arman. Amarna hatte ihn bisher lammfromm gefunden und für seine Langmut bewundert. Jetzt aber klang seine Stimme schneidend. »Und sosehr es Sie empören mag, ich bin auch nicht Ihr Sklave. Nehmen Sie die Gerte runter. Die nützt Ihnen nichts, und Sie erschrecken das Pferd.«
Sprachlos vor Zorn erwiderte Paul Armans Blick. Amarna erwartete, dass Merten ihm beispringen würde, aber der tat, als würde er nichts bemerken. Mit den Schenkeln, ohne den Zügel aufzunehmen, wendete Arman seinen Braunen, der graziler und feinnerviger war als die übrigen Pferde, und ritt in forschem Schritt voran. Amarnas behäbiger Falbe folgte ohne jedes Zutun.
Der zärtliche Zauber war verflogen. Amarna hatte Pauls Blick gesehen und Armans Stimme gehört, und zum ersten Mal erfasste sie, was vor sich ging. Es kam ihr vor wie ihrem aufge-

klärten Jahrhundert entrückt, eine Szene aus einem der alten Epen. Sie saßen zu Pferd, ritten aus einer Stadt hinaus und in schier endloses, von menschlicher Zivilisation kaum berührtes Land. Die schwelenden Konflikte unter ihnen konnten jederzeit ausbrechen, doch einer lag bereits offen – der Hass zwischen zwei Männern, die um eine Frau kämpften, die Klugheit und Bildung über Bord warfen und allein auf die Kraft ihrer Körper setzten.

Und diese Frau war sie.

Es war nicht zu begreifen. Weshalb erhielt sie kein Mitspracherecht, weshalb glaubten diese beiden, sie könnten ihren Kampf unter sich ausmachen? Gern hätte sie den einen wie den andern beim Hemd gepackt, geschüttelt und ihnen klargemacht: Die Zeiten, in denen ihr euch wie Tiere um Weibchen prügeln durftet, sind vorbei, und die Entscheidung liegt bei mir! Sie sah Arman auf den Rücken, dessen regloser Stolz etwas erschreckend Archaisches hatte, dann warf sie einen Blick hinüber zu Paul, der gebaut war wie ein schöner Schwerathlet. Ihr wurde flau im Magen, und ihr Gewissen setzte ihr zu. Wie konnte sie Paul, ihren Freund, so quälen, wie konnte sie diesen kultivierten Mann derart reizen?

Sie wollte Paul nicht verletzen, keinen Brand entfachen, der ohnehin schon unter der Oberfläche schwelte. Zugleich aber war sie süchtig nach Arman. Sie wollte ihm tausend Dinge erzählen, wollte, dass er sie festhielt, wenn die Angst sie übermannte, wollte sich mit ihm in eine der Pferdedecken wickeln und ihn lieben, bis sie beide wund und o-beinig dahinhumpelten. Sie wünschte sich die Übrigen meilenweit weg. Sie wollte mit Arman allein sein.

Gut eine Stunde lang ritten sie durch Vorstadtsiedlungen und Dörfer, zwischen deren Häusern Ziegen und schwarze Rinder grasten. Hier bekam Amarna Frauen im Çarşaf und Männer mit dem Fez zu sehen, obgleich Mustafa Kemal in seinem Wunsch, die Türkei in einen nach Westen orientierten Staat zu verwandeln, beides verboten hatte. Dann begannen die Häuser auszudünnen. Immer seltener fand sich eine halbwegs befestigte Straße, dafür umso mehr Schlammlöcher zwischen graubraunen Grasbüscheln oder Wege, die gänzlich versumpft waren. Mensch und Haustier waren kaum noch zu sehen, und schließlich endete die Besiedlung ganz.

Zwischen zwei Ketten kahler Berge, an deren Hängen Schneereste glänzten, ritten sie in einen Talkessel, der sich vollkommen menschenleer dahinzog. Auf den ersten Kessel folgte ein zweiter, dann ein dritter und vierter. Das ganze Land schien aus felsigem Randgebirge und jenen flachen Tälern zu bestehen, in denen sich auf die Brust ein Gewicht legte und der Atem schwer ging. Nur hier und da ragten ein paar nackte Sträucher auf, und zuweilen klammerte sich über eine Felsnase eine Gruppe zerrupfter Bäume. Amarna hätte nicht für möglich gehalten, dass die Welt genug Platz bot, um ein Land so leer zu lassen. Wie ein Dämon aus einer Felsspalte sprang die Angst sie an und schnürte ihr die Kehle zu.

»Lajvard.« Sie blickte auf und sah, dass Arman sich im Sattel umgedreht hatte. »Es ist Winter«, sagte er weich. »Das Leben ist noch ein bisschen müde, aber wenn der Frühling kommt, stehen an den Wasserläufen wieder die schwarzen Störche, die du so gern mochtest, die Frösche quaken, bis der Himmel wackelt, und die Stare hörst du derart laut singen, dass du dir die Ohren zuhältst.«

»Und dich«, erwiderte Amarna. »Dich hör ich säuseln, und alles ist wieder gut. Fühl dich bitte liebgehabt, Arman. Sehr, sehr lieb.«

Sie hatte leise gesprochen, damit Paul nichts mitbekam, und an der Art, wie er Stirn und Brauen runzelte, erkannte sie, dass

Arman sie nicht gehört hatte. Sie schüttelte den Kopf, um ihm zu bedeuten, dass es nichts ausmachte, blies ihm stattdessen einen Kuss zu und sandte ihm ein Lächeln.
Kurz nach Mittag rasteten sie in einem der endlosen Kessel, weil Rehan, Paul und Amarna nicht mehr konnten. Merten und Arman verteilten Feldflaschen mit Wasser, ringförmige Brote, Würste und Käse, außerdem Decken, weil es, wenn man sich nicht mehr mit dem Pferd bewegte, rasch empfindlich kalt wurde. Wie sie die Nahrungsmittel aus den Satteltaschen holten, Gurte lockerten und sich in knappsten Worten verständigten, hatte etwas seltsam Einträchtiges. Rehan zitterte unter zwei Decken. Die türkischen Archäologen waren blendender Laune und studierten die Karte. Paul saß abseits, sprach mit niemandem und tat Amarna entsetzlich leid. Was aber hätte sie ihm sagen können, ohne ihn noch tiefer zu kränken?
Ehe Arman dazu kam, sich zu setzen, legte Mesut Terim ihm den Arm um die Schultern und zeigte ihm eine Art Ring, den er aus mehreren Gurten geflochten hatte. Beim Lachen entblößte er blitzende Zähne und sprach in hastigem Türkisch auf ihn ein. Wie ein Verführer, fand Amarna. Armans Miene war skeptisch, doch es dauerte nicht lange, bis die Erregung des anderen auf ihn übergriff. Amarna kam es vor, als könnte er kaum noch die Beine stillhalten.
Die beiden anderen Türken mischten sich ein. Merten gab sich unbeteiligt, beobachtete aber aus dem Augenwinkel, wie die vier Männer zu den Pferden gingen. Veysel bestieg das seine und ritt in versammeltem Galopp den Kessel hinunter. Er hielt Terims Ring in der Hand, ließ ihn am Ende fallen und ritt zurück. Arman zog aus einer der ledernen Zelttaschen zwei armlange Stäbe und gab einen davon Terim. Dann schwangen beide sich auf ihre Pferde und lenkten sie nebeneinander, wäh-

rend Veysel und Kaya die übrigen Tiere zurückhielten. Über die Ebene hinweg rief Kaya ein Startzeichen. Aus dem Stand sprangen die Pferde an und jagten in gestrecktem Galopp durch das Tal. Die Reiter standen in den Steigbügeln und duckten sich über die Hälse. Rehan sprang auf. Nicht einmal Merten heuchelte länger Gleichgültigkeit.

Wie Arman saß Terim zu Pferd, als wäre das Tier mit ihm verwachsen. Flanke an Flanke flogen sie dahin, die Hufschläge donnerten und die Erdbrocken flogen. Schon kamen sie, noch immer dicht beieinander, der Stelle nahe, an der Veysel den Ring abgeworfen hatte. Rehan schrie auf. Amarna hielt den Atem an. Im vollen Galopp ließ Arman sich am Pferdeleib hinuntergleiten. Eine Sekunde später tat Terim es ihm nach, dass Amarna fürchtete, sie würden mit den Köpfen zusammenstoßen. Noch eher würden sie zu Boden stürzen und sich die Hälse brechen oder von Pferdehufen zertrampelt werden. Arman war wendiger und schneller. Er schien an der Flanke des Tieres zu kleben, während sein Arm mit dem Zeltstab nach vorn schoss und den Ring vom Boden aufspießte. In einer einzigen Bewegung zog er sich wieder nach oben, setzte sich auf und hielt die Trophäe in die Höhe. Terim zog sich ebenfalls hoch, versetzte seinem Pferd einen Hieb mit dem Zügelende und stach mit seinem Zeltstab nach Arman, um ihm den Ring wieder abzujagen. Arman verlagerte sein Gewicht und wich aus, saß im Nu wieder gerade und sprengte davon.

Zum Gejohle von Rehan, Kaya und Veysel ritt er die letzten Galoppsprünge, zügelte den Braunen und brachte ihn zwei Schritte vor ihrer Gruppe zum Stand. Der Anblick war überwältigend. Mann und Pferd waren ganz Kraft und Körperbeherrschung, ihre Atemzüge flogen, und die Augen glänzten vor Lebensfreude. Terim ritt ins Ziel, versetzte Armans Schulterblatt einen leichten Schlag mit dem Zeltstab und rief ihm irgendein höchst anerkennendes Schimpfwort zu. Dazu lachte er. Armans Gesicht sah aus, als würde er jeden Augenblick einstimmen.

Als er vom Pferd sprang, erhob sich Merten, kam die paar Schritte herüber und ließ eine türkische Schimpfkanonade auf ihn niedergehen. Terim, sichtlich bemüht, seinen Teil der Schuld auf sich zu nehmen, bekam ebenfalls sein Fett weg, doch das Ganze wirkte eher wie ein Rüffel, den man zwei Lieblingsschülern für einen bewundernswerten Akt von Leichtsinn erteilt. Veysel und Kaya klopften Arman die Schultern, und Rehan ließ ihren Blick geradezu vergötternd auf ihm ruhen.

Unwillkürlich sah Amarna zu Paul. Der saß stockstarr und sah der Szene zu, die Fäuste vor Zorn geballt. Was für ein billiger Sieg, durchfuhr es Amarna, und ein bisschen schämte sie sich, weil sie dem Zauber erlegen war. Wenn Arman sechs Jahre lang in diesem leeren Land gelebt und täglich zu Pferd gesessen hatte, war es ihm ein Leichtes, mit solchen Kunststücken den Beifall der Gruppe einzuheimsen, während der arme Paul auf dem Pferderücken eine traurige Figur abgab. Dass er damit zur Beruhigung der Lage nichts beitrug, sondern ihr neuen Zündstoff verlieh, hätte ihm klar sein müssen.

Sie verstauten das Gepäck und kehrten zu den Pferden zurück. Als Arman zu ihr kam, um ihr beim Aufsitzen zu helfen, sandte sie ihm einen vernichtenden Blick, den er sofort verstand. Er senkte den Kopf und wirkte so betreten, dass ihre Strenge ihr leidtat. Letztlich hatte er nur versucht, sich aufzuplustern und ihr zu imponieren wie Paul mit seiner Kultiviertheit und seinem nicht vorhandenen Doktortitel. Sie wollte, dass er klüger war, aber er blieb ein Mann, und er war jünger als die drei hochgebildeten Türken, die genauso auf den Unfug angesprungen waren.

Als er sich abwenden wollte, umfasste sie sein Handgelenk, doch er schüttelte den Kopf und befreite sich. »Das kommt schon hin«, sagte er. »Ich bin ein Idiot.«
»Du benimmst dich wie einer«, sagte Amarna und liebte ihn sehr. »Verzeihlich wäre das nur, wenn du es nötig hättest.«
Zerknirscht zog er Leine, stieg auf sein Pferd und legte den Rest des Rittes bis auf die nötigsten Absprachen schweigend zurück. Für die ungeübten Reiter wurde diese zweite Etappe zur Tortur. Amarna konnte ihr Glück nicht fassen, als sie in der Dämmerung wund und durchgefroren eine menschliche Siedlung erreichten. Das Dorf, das sich an einen abfallenden Hang schmiegte, hieß Asli Jozgad und bestand aus einer Handvoll verstreuter Häuser, zwischen denen Hühner am kläglichen Wintergras pickten. Arman hieß alle absitzen und verschwand mit Merten in einem der größeren Häuser. Kurz darauf kamen sie zurück und erklärten, dass sie in der Musafir-oda des Dorfes unterkommen würden.
Bei dieser Musafir-oda handelte es sich um eine Einrichtung, die Amarna nach der Qual des Rittes fast wie ein Wunder vorkam. Die Mitglieder der Dorfgemeinschaft unterhielten einen weitläufigen Raum, in dem Reisende für ein Bakschisch ein Nachtlager fanden und eine Mahlzeit erhielten. Im Raum gab es zwei Kohlebecken, in denen ein junger Mann auf der Stelle Feuer entfachte. Frauen im Çarşaf verteilten Matten, Decken und Kissen, andere trugen Käse, Brot und Töpfe mit Bulgur herbei. Erleichtert drängten sich die Reisenden um die Glut und stürzten sich auf das Essen.
Arman war unterwegs, um sich um die Versorgung der Pferde zu kümmern, doch sobald er zurück war, wollte Amarna ihm in einem verborgenen Winkel einen Kuss geben. Sie hatte ihn nicht bestraft wie in Hattušilis Vertrag, sondern viel zu hart. Schimpfen und schreien war in Ordnung, aber nicht stunden-

lang kein Wort! Merten zog eine Flasche mit einer bräunlichen Flüssigkeit aus seinem Rucksack und bot sie der Runde an. Die drei Türken lehnten freundlich ab, aber Paul, der ansonsten vor sich hin schwieg, ließ sich einen Becher vollschenken. Merten wirkte entspannt, beinahe ausgelassen, wieder mehr wie der Mann, den Armana gekannt hatte. »Ich wusste nicht, dass du so gut reiten kannst«, sagte sie, während sie sich ebenfalls einen Becher geben ließ.

»Reiten lernt man als Kind, oder man lernt es nie«, versetzte er. »Außerdem gibt es kaum eine Sportart, an der ich mich in meiner Jugend nicht versucht habe.«

»Ich wusste nur vom Bergsteigen«, entgegnete Amarna.

Merten sandte ihr einen langen Blick. »Was immer dem Körper das Letzte abfordert, bekommt jungen Männern gut«, sagte er. »Es lehrt Selbstbeherrschung und Courage. Hast du etwa deinem Artsruni heute nicht zugesehen?«

»Ich kann nicht glauben, dass du tatsächlich etwas Nettes über ihn sagst.«

»Ich sage nichts Nettes über ihn«, erwiderte Merten, »aber ich werde immer anerkennen, was gut ist, egal, woher es kommt.«

Die Flüssigkeit erkannte Amarna am Geruch. Es war Calvados, der Apfelbrand, den Irene ihr gegeben hatte. Er machte warm, aber er stieg auch zu Kopf. Paul hielt Merten zum zweiten Mal den Becher hin, den dieser wortlos vollschenkte.

Arman kam, als sie mit dem Essen fertig waren. Er wirkte erschöpft, seine Lider flatterten, und seine Lippen waren blau vor Kälte. Rasch warf er einen Blick auf Rehan, die auf einem der Lager eingeschlafen war, und deckte sie zu. Amarna wollte zu ihm laufen, doch er blieb vor Paul stehen. »Ich möchte Sie um Entschuldigung bitten«, sagte er. »Ich habe eine Menge dummes Zeug geredet und mich heute Mittag unmöglich benommen.«

»Warum sprechen Sie nicht Englisch?«, fragte Paul und trank Calvados. »Möchten Sie sich vor Ihren türkischen Freunden nicht blamieren?«
»As you like it«, sagte Arman und wiederholte dasselbe auf Englisch.
Paul stand auf. Seine Fäuste waren geballt, sein Gesicht lief dunkel an, und sein Oberkörper bebte. »Halten Sie sich von mir fern«, stieß er auf Deutsch heraus. »Ich bin kein Mann wie mein Vater, ich löse keine Konflikte mit der Faust, aber wenn Sie mir nicht aus dem Weg gehen, schlage ich zu.«
Arman ballte ebenfalls die Fäuste und öffnete sie wieder. Dann trat er zwei Schritte zurück. »Ich bitte Sie, meine Entschuldigung anzunehmen«, sagte er. »Mein Verhalten ist mir unangenehm, aber ich hatte nicht die Absicht, Sie zu verletzen.«
»Es ist Ihnen unangenehm?«, schrie Paul. »Sie wollten mich nicht verletzen?« Er sprang vor, packte Arman bei den Schultern und schüttelte ihn. »Sie stehlen mir die Frau und haben die Frechheit, mir zu erzählen, Sie wollten mich nicht verletzen?«
»Lassen Sie mich los«, sagte Arman.
»Ich tue verflucht noch mal, was ich will.«
Arman zuckte zusammen wie immer, wenn jemand fluchte. Paul schüttelte ihn heftiger, ließ dann mit der Rechten los und hob die geballte Faust.
»Nicht!«, schrie Amarna.
Sedat Veysel hatte ihr die Hand auf den Arm gelegt und schüttelte den Kopf, doch seine Warnung kam zu spät. Sie begriff selbst, dass sie Paul mit ihrer Einmischung anstachelte, aber das Wort war ihr einfach entfahren.
Paul schlug zu. Ehe seine Faust Armans Schläfe traf, fing dieser sein Gelenk. Ob er die Kraft des Schlags allein abbremste oder ob Paul im letzten Moment innehielt, war nicht zu erse-

hen. Ihre Blicke trafen sich. Paul ließ Arman los und wiegte den Kopf von einer Seite zur anderen, als könnte er nicht fassen, was ihm geschehen war. Arman öffnete die Hand und gab Pauls Gelenk frei.

»Ich habe mich vergessen«, murmelte Paul und starrte in seine Hand.

»Ich auch«, sagte Arman.

»Aber ich …«

Arman wartete. Als Paul nichts weiter zustande brachte, erklärte er: »Zivilisation ist schön anzusehen, aber ich glaube, die Allmacht, die wir ihr zusprechen, gaukeln wir uns vor. Ich jedenfalls stelle es mir furchtbar hart vor, immer und überall ein zivilisierter Mann zu sein.«

»Es ist verdammt noch mal unmenschlich«, brach es aus Paul heraus. »Wie soll ein Mann das denn aushalten, ewig auf der Jagd nach diesem verfluchten Geheimnis, das sich nur denen aufschließt, die hineingeboren sind?«

»Ich bin hineingeboren«, sagte Arman, »aber mir schließt es sich ganz und gar nicht auf.«

»Sie?«

Arman hob die Hände. »Das tut ja jetzt nichts zur Sache. Wollen wir beide bitte noch einmal versuchen, keinen allzu großen Schaden anzurichten, ob wir zivilisiert sind oder nicht?«

»Wissen Sie, wie höhnisch das klingt?«, fuhr Paul auf. »Wenn plötzlich irgendein Kerl auftaucht und Ihnen das Mädchen wegnimmt, das Sie lieben, das Mädchen, für das Sie sich krummgelegt haben, um ihr die Zukunft zu geben, die sie verdient? Was für ein Leben könnten denn Sie Amarna bieten, was haben denn Sie je für sie getan?«

Ehe Arman etwas erwidern konnte, sprang Merten auf, riss Paul am Arm zurück und schrie ihn an: »Halten Sie endlich den Mund, Sie Trottel! Ich bin nicht hergekommen, um das alles ein zweites Mal zu hören, ich bin müde wie der Tod, ich tue mir das nicht noch einmal an.« Er stieß Paul wie einen Gegenstand zur Seite, hielt seinen Arm jedoch weiter umklammert und wandte sich an Arman: »Was ist mit dir, Davit von Sasun? Ist dir irgendetwas von dem, was du gesagt hast, ernst?«

Arman senkte den Kopf und verschränkte die Hände im Rücken. »Ja«, sagte er.

»Dann beweise es und bleib uns wenigstens heute Nacht vom Leib. Kannst du das über dich bringen?«

Arman griff in seine Hosentasche, förderte einen irdenen Tiegel zutage und legte ihn Merten, ohne ihn zu berühren, in die Hand. »Ja.«

»Was ist das?« Merten starrte auf den Tiegel.

»Öküzgözü«, sagte Arman. »Für Amarna. Und für alle, die es sonst noch brauchen.«

»Mit vergorener Ziegenscheiße?«

Arman zuckte eine Schulter. »Es hört sich schlimmer an, als es riecht.«

»Wer hat dir das beigebracht?«

»Bülent Yilmaz«, antwortete Arman und sah Merten eine Sekunde lang gerade ins Gesicht. Dann drehte er sich um und verließ den Raum.

»Arman«, rief Amarna, »warte!« Sie wollte hinter ihm herlaufen, aber Merten vertrat ihr den Weg.

»Lass ihn«, sagte er. »Die ganze Zeit habe ich gedacht: Die verdammte Geschichte hat nichts Besseres zu tun, als sich zu wiederholen, nur ist diesmal die Frau hundertmal mehr, der erste Mann hundertmal weniger und der zweite gar nichts wert. Gönn es deinem Artsruni, dass ich mich zumindest heute Abend frage, ob das eigentlich stimmt.«

31

Chamäleon, dachte Paul. Der Kerl rieb sich Zeichenkohle an die Hände und war ein Künstler, zog einen Anzug an und war ein Herr, setzte sich in einen Sattel und war ein Nomade der Steppe. Würde er zum Mörder werden, wenn er eine Waffe in die Hand bekam?

Bei jedem dieser Gedanken fragte sich Paul, ob ihm nicht seine Eifersucht ins Ohr wisperte, dass der Mann gefährlich war. Er verhielt sich weit anständiger, als er erwartet hätte. Während der täglichen Tortur des Reitens durch steppenhafte, totenstille Täler nahm er das Reh-Mädchen an den Zügel und überließ Amarna dem Türken namens Veysel. In den Nächten, die sie in entlegenen Dörfern in einer Unterkunft namens Musafiroda verbrachten, schlief er irgendwo anders. Er war still, tat seine Arbeit und hielt sich zurück.

Am dritten Abend versuchten die Türken, ihn in der Musafiroda zu halten, und schließlich sprach er regelrecht schüchtern Amarna an. »Wenn du nicht zu müde bist – Fatih, Mesut und Sedat haben mich gebeten, dich zu fragen, ob du mit ihnen ein Stück Nesili lesen könntest.«

In der Mitte des Raums, an einem der Kohlebecken, breitete Amarna ihre Papiere aus. Sie war hinreißend. Sie war die einzige Frau der Welt. Die drei Türken scharten sich um sie, und der Armenier blieb hinter ihnen stehen.

»Stört es dich, wenn ich zusehe?«

»Sei nicht albern«, stauchte Amarna ihn mit einer Zärtlichkeit zusammen, die Paul ihr nicht zugetraut hätte. Sie brach ein Stück von einem der ringförmigen Brote und schob es ihm in die Hände. Als er es ihr zurückgeben wollte, schlug sie ihm sacht auf die Finger und lächelte ihn an. »Setz dich hin. Wenn du versprichst, das aufzuessen, bis ich fertig bin, darfst du bleiben.«

»Das kann ich nicht versprechen«, sagte er und wandte sich um. »Es tut mir leid.«

»Wirst du wohl hierbleiben?«, rief sie ihm hinterher. »Quäl dich nicht, iss, was du kannst, versprich mir nur das.«

Er nickte und setzte sich mit gekreuzten Beinen hinter die Türken. Amarna zeigte ihnen die Abschrift eines hethitischen Textes in Keilschrift, die sie erstellt hatte, hielt ein akkadisches Schriftstück daneben und erklärte, wie Sprachwissenschaftler vergeblich versucht hatten, von der einen bekannten Sprache auf die geheimnisvolle andere zu schließen, da ja dieselben gut achthundert Schriftzeichen verwendet wurden.

Dann legte sie den akkadischen Text beiseite und erklärte am hethitischen, wie der Durchbruch gelungen war. »Nu ninda-an ezzateni watarma etukeni.« Sie sah den Armenier an, der das Brot in seinen langen Fingern zerpflückt hatte und erschrocken innehielt. »Nun sollt ihr Brot essen und Wasser trinken. Mit diesem Satz sind wir auf die Spur gekommen, und etwas Wichtigeres gibt es im Grunde ja nicht. Inzwischen wird übrigens angenommen, dass das Dokument aus der Regierungszeit von Muršili III. stammt.«

»Warum?«, fragte der kleine Terim, der Paul seit dem Tag mit dem Pferderennen ein Dorn im Auge war.

»Es gibt verschiedene Hinweise, die aus dem Dokument hervorgehen«, erklärte Amarna. »Außerdem wissen wir von Muršili III., der auch unter dem Namen Urhi-Tešub bekannt ist, dass ihm die Grundversorgung der Bevölkerung ein Anliegen war – noch vor Kriegsausgaben und Sicherheitsvorkehrungen, von denen die Hethiter sonst regelrecht besessen schienen.«

Paul hatte nicht gewusst, wie gut sie war. Sie bewegte sich sicher auf ihrem Terrain und riss die Zuhörer mit. Auf allgemeines

Drängen legte sie einen weiteren Text vor, in dem es um Pferdehaltung ging, und führte daran Besonderheiten der fremden Sprache vor. Die Türken stellten Fragen, und Amarna stand Rede und Antwort. Wo es ihnen an englischen Wörtern fehlte, halfen sie sich mit fuchtelnden Gesten, Humor und jeder Menge türkischer Brocken, die Amarna zu verstehen schien. Der Armenier blieb unbewegt sitzen und mischte sich nicht ein, ehe jemand das Wort an ihn richtete. Die Details, die er beisteuerte, machten es schwer zu glauben, dass er kein Hethitologe war.
»Was ist mit Hieroglyphen?«, fragte Veysel. »Dass auch die Hethiter welche benutzt haben, steht außer Frage, aber wir haben bisher so gut wie keine verwertbaren Funde.«
»Leider nicht«, stimmte Amarna zu. »Ich wünschte, wir hätten zumindest genug Material, um uns Zeichen zu erschließen. So wie es im Moment aussieht, könnten wir das wenige, was wir haben, nicht einmal lesen und damit viele der offenen Fragen nicht beantworten.«
»So wie die nach Hattušas Untergang?«
Amarna nickte. »Wir haben ja nicht die geringste Ahnung, warum eine so mächtige, massiv befestigte Stadt wie Hattuša nicht nur unterging, sondern vollständig aus der Geschichte verschwand. Jedes entzifferte Schriftstück könnte eine neue Spur darstellen. Jetzt allerdings beende ich die Spurensuche und verkrieche mich in mein Bett, ansonsten komme ich morgen früh nicht aufs Pferd.«
Der Armenier stand auf, ohne seine Hände zu benutzen. »Vielen Dank«, sagte er. »Kannst du uns bitte morgen Abend weiter davon erzählen? Ehe wir nach Hattuša kommen?« Selbst auf die Art, wie er sprach, war Paul neidisch, die dunkle, durch und durch männliche Stimme, gepaart mit der erregten Wissbegier eines Jungen. Wie brachte er das fertig, und was sollte Amarna dem entgegensetzen?

»Natürlich kann ich«, entgegnete sie geschmeichelt und sah so reizend aus, dass Paul sie hätte küssen wollen. »Aber es ist ja nur so wenig, was ich weiß.«
»Wenn es wenig ist, ist mein Kopf zu klein für viel«, sagte der Armenier.
Die Türken lachten, und dann fiel Paul auf, was so unheimlich an dem Mann war. Er versprühte seinen scheuen Charme und ging mit diesen Leuten um, wie Paul es selbst gern gekonnt hätte, aber er lachte nie mit, er schenkte niemandem auch nur ein Lächeln. Merten hatte recht, sein Gesicht wirkte ausdrucksvoll, das Ebenmaß der Züge zog Blicke auf sich, doch es war nur eine bewegliche Maske, der sich keine Träne und kein Laut der Wärme entlocken ließen. Er verschwand klammheimlich, und als auch die drei Türken sich zurückgezogen hatten, wagte Paul sich Amarna zuzugesellen. Du warst gut, wollte er sagen, aber Merten, der ausgestreckt auf seiner Matte lag und eine stark duftende Zigarette rauchte, kam ihm mit demselben Satz zuvor. »Du warst gut.«
»Danke«, erwiderte Amarna. »Wo schläft Arman?«
»Lass ihn«, sagte Merten.
»Ich lasse ihn überhaupt nicht«, schrie sie los. »Er schleppt uns durch dieses Land, er ist zu Tode erschöpft, ich sehe ihn nie essen, und ich habe keine Ahnung, ob er einen Platz zum Schlafen hat. Ich weiß, für dich hat er alles Übel der Welt verdient, weil er mit sechs Jahren irgendwen gebissen hat und mit neun nicht so putzig war wie seine tote Schwester, aber für mich ist das hanebüchener Quatsch. Ich kann dich nicht zwingen, dem Mann, der er geworden ist, auch nur einen Blick zu schenken, aber ich verlange, dass du wenigstens aufhörst, ihn durch die Mangel zu drehen.«
Merten zögerte und zerbiss sich die Lippe. »Und wenn ich dem Mann nun einen Blick geschenkt habe?«, fragte er. »Wenn

ich feststelle, dass ich mich getäuscht habe und er doch zu einer Art von Dankbarkeit fähig ist? Dein Vater hat ihm das Leben gerettet, und wir haben die Hilfsorganisationen seines Volkes seit Jahren unterstützt. Als er im November als Vertreter einer solchen Organisation vor meiner Tür stand, habe ich natürlich gerochen, woher der Wind weht, aber ich habe trotzdem einen Scheck in doppelter Höhe ausgestellt und deinen Vater gebeten, dasselbe zu tun. Ich habe auch versucht, ihn aus dieser Anstalt zu holen, ich fand es abartig, einen kleinen Rotzbengel irgendwo zu Tode zu schinden, weil es niemanden gab, der ihn haben wollte. Ich habe Geld geschickt, damit er in ein ordentliches Heim kommt. Dafür, dass irgendein Schwein den Batzen eingesackt hat, konnte ich nichts.«

»War das in Tatvan?«, fragte Amarna.

»Tatvan? Ja …«, murmelte Merten, der Paul verändert und nicht recht bei sich vorkam. »Weißt du, ob das stimmt, dass dort in Winternächten vierzig Grad minus herrschen?«

»Nein, das weiß ich nicht!«, rief Amarna und sprang auf. »Wo schläft Arman, Merten? Er ist erwachsen, er will von dir kein Mitleid, das ihm als Kind gebührt hätte. Du brauchst ihm keine Schecks auszustellen, du sollst ihn nur endlich behandeln wie einen Menschen.«

»Das versuche ich gerade«, erwiderte Merten. »Wenn er davor zurückscheut, einem Mann, der ihm das Leben gerettet hat, ein Leid zu tun, soll ich ihn dann nicht lassen? Er schläft im Pferdestall. Davit von Sasun hat bei Ziegen und Schafen geschlafen, und es hat ihm nicht geschadet.«

»Wer ist Davit von Sasun?«, fragte Amarna.

Statt ihr die Geschichte zu erzählen, zuckte Merten mit den Schultern. »Bin ich sein Abkömmling oder der kleine Artsruni? Frag ihn, nicht mich.«

Am nächsten Morgen überzog den Himmel eine sonderliche Färbung, ein schwefliges Gelb, hinter dem ein Schwarz zu lauern schien. Wolken, die sonst schnell vorbeigezogen waren, ballten sich schwer und niedrig über ihren Köpfen. Paul hatte Schmerzen in sämtlichen Gliedern und nässende Wunden an Stellen, die man nicht beim Namen nennen durfte, dazu juckende Pusteln an Armen und Beinen – Krätze, Flöhe oder Wanzen, was immer es war, es war abscheulich. Auch die Übrigen, selbst der unverwüstliche Merten, wirkten müde. Dies war der vierte Tag ihrer Reise, und der Armenier hatte versprochen, dass nur noch anderthalb Tage vor ihnen lagen.
Amarna hing ohne Eleganz im Sattel und wurde bei jedem Hüpfer, den das Pferd vollführte, in die Höhe geschleudert. Veysel, der ihre Führleine hielt, redete ihr kurz zu, ehe er sich anschickte, selbst aufzusteigen.
»Augenblick«, rief der Armenier auf Englisch. »Dieses Pferd gefällt mir nicht.« Er sprang ab, lief mit seinem eigenen Pferd im Schlepp zu Amarna und griff dem Falben ins Kopfzeug. »Ich möchte, dass wir tauschen«, erklärte er.
»Um Gottes willen!«, rief Amarna, und dasselbe hätte Paul auch gesagt. Der Braune, den der Armenier ritt, war ein Nervenbündel, das beim kleinsten Geräusch zu tänzeln begann. »Warum denn das?«
»Das halte ich auch für keine gute Idee«, sagte Veysel.
»Keine gute Idee?«, meldete sich Merten zu Wort. »Mir kommt es vor wie ein Mordversuch, aber mich hat ja keiner gefragt.«
»Ich möchte, dass wir tauschen«, sagte der Armenier unbeirrt. »Und Mesut, kannst du dich neben mir halten und im Notfall Rehans Pferd übernehmen? Es gibt ein Gewitter. Wir sind besser auf der Hut.«
Er hielt Amarna die Hand hin, um ihr beim Absteigen zu helfen. »Despot«, zischte sie ihm zu und gab ihm einen zärtlichen

Streich auf die Wange. Mit dem Braunen hatte sie alle Hände voll zu tun, aber mit Veysels Hilfe ließ sich das Tier kontrollieren.
Sie ritten schweigend in der drückenden Luft. Die Berge schienen höher und steiler zu werden, die Täler enger und die Stille lastender. Man musste aufpassen, von dem Geschaukel des Pferdeschritts nicht einzuschlafen, denn der Boden war übersät mit Gesteinsbrocken, über die die Tiere jederzeit stolpern konnten. Mehrmals sah Paul hinüber zu dem Armenier, der Amarnas Falben ritt. Das Pferd wirkte tatsächlich seltsam. Brust und Flanken waren mit flockigem Schaum bedeckt, es sträubte sich gegen den Zügel und tänzelte nervöser als sonst der schreckhafte Braune.
Das Donnergrollen begann von weit her, das Gewitter war noch Meilen entfernt. Dennoch legte Pauls Pferd die Ohren an und warf den Kopf auf, und die kleine Stute des Türken Terim scheute. Offenbar mochten Pferde kein Gewitter. »Anhalten, absteigen!«, rief der Armenier, aber für ihn war es zu spät. Der Falbe stieß ein gellendes Wiehern aus und stieg kerzengerade in die Höhe. Der Armenier krümmte sich über den Hals des Tieres und schaffte es, sich im Sattel zu halten. Als die Vorderhufe auf dem Boden aufsetzten, rief er Mesut auf Türkisch etwas zu und warf ihm die Führleine hin. Der Türke fing sie, ehe der Falbe buckelte, nach hinten ausschlug und dann von neuem stieg.
Das Pferd war außer sich, kein friedliches Haustier mehr, sondern eine Bestie, die sich nicht berechnen ließ. Mit den Schenkeln umschlang der Armenier den Leib des Tieres und trieb es drei, vier Sprünge voran, so dass die keilenden Hufe die anderen Pferde nicht länger in Panik versetzten. Dann stieg es erneut. Der Reh-Frau entwich ein spitzer Schrei, wie in Todesangst. Als Amarna ebenfalls schrie, sah Paul es auch. Der ge-

flochtene Sattelgurt löste sich in einzelne Fäden auf und hielt nur noch an einem dürren Strang zusammen. Dumpf landeten die Vorderhufe des Pferdes auf dem Boden, dann vollführte es mehrere Bocksprünge. Amarna schrie den Namen des Armeniers. Das Tier raste los, und der Sattel rutschte an der Flanke ab.

Im Fallen rollte der Armenier sich zur Kugel und barg den Kopf zwischen Armen und Knien. Tatsächlich wie ein Ball prallte sein Körper auf und rollte ein Stück über Geröll, ehe er zum Stillstand kam. Paul traute kaum seinen Augen, als er sah, dass der Mann die Zügel noch immer in der Hand hielt, das Pferd im Rollen mitzog und dann ebenfalls zum Stillstand brachte. Er fuhr auseinander wie ein Klappmesser, stand im nächsten Augenblick auf den Füßen und fasste das Pferd bei den Wangen. Während er beruhigend auf das Tier einsprach, hielt er ihm zugleich mit aller Kraft den Kopf fest.

Seine Kleider hingen ihm in blutigen Fetzen vom Rücken, was Paul Übelkeit verursachte, doch im Wesentlichen schien er unverletzt. »Alle zu Fuß«, rief er ihnen zu und wies nach vorn auf einen Felsvorsprung, der als eine Art Dach ins Tal ragte. »Wir müssen da rüber.«

Sie erreichten den Schutz, gerade als das Gewitter über ihren Köpfen losbrach. Amarna überließ ihr Pferd Sedat und lief zu dem Armenier, der bei dem erschöpften Falben stand. Sie warf sich in seine Arme, und niemand hinderte sie. Zögerlich legte er einen Arm um sie. Paul sah, wie ihm sämtliche Muskeln in Armen und Schultern zitterten.

»Was ist denn passiert, Arman, was ist denn nur passiert?«

»Der Sattelgurt hat sich völlig aufgelöst«, sagte Mesut. »Durchgewetzt – das hätte einen ungeübten Reiter ein paar Knochenbrüche kosten können. Wir müssen uns bei dem Mietstall in Ankara beschweren.«

»Und das Pferd? Es ist doch sonst immer friedlich unter mir hergetrottet.«
»Das erklär mir ein anderer«, erwiderte Mesut. »Mein Vater züchtet Pferde, aber so etwas habe ich noch nie gesehen.«
»Ich bin mir nicht sicher«, erklärte der Armenier. »Wenn mich niemand für verrückt erklärt, würde ich sagen, das Pferd ist über Nacht mit dieser Mischung aus Salz- und Malzwasser getränkt worden, wie die Hethiter sie ihren Pferden vor der Schlacht gaben, um sie rasend zu machen.«
»Woher weißt du denn, was Hethiter vor der Schlacht machten?«, drang Mertens Stimme durch das Rauschen des Regens.
»Amarna hat es gestern Abend vorgelesen«, antwortete der Armenier. »In dem Text aus der Regierungszeit von Muršili III.«
»Der Text stammt von Hattušili«, ergänzte Amarna dumpf und lehnte sich kraftlos an die Brust des Armeniers.
»Und das hast du kleiner Saugschwamm dir wieder einmal in allen Einzelheiten gemerkt, was?« Wer ihn nicht kannte, hätte Mertens Lächeln mit der eingekniffenen Wange für freundlich halten können. »Aber hilf mir doch bitte auf die Sprünge. Stammt das weltälteste Werk über Pferdeheilkunst nicht aus armenischer Feder?«
»Aus dem 13. Jahrhundert«, murmelte der Armenier und starrte auf den Felsboden. *»Kilikische Heilkunst für Pferde.«*
»Interessant«, erwiderte Merten. »Jetzt musst du mir nur noch eines verraten: Wer soll denn das gemacht haben, mit diesem armen Pferd?«
»Ich habe keine Ahnung.« Der Armenier hob eine Hand.
»Da geht es dir wie mir, mein Süßer«, sagte Merten. »Eigentlich hätten unsere Pferdchen doch so sicher wie in Abrahams Schoß sein müssen, wo du mit deinen Schleichkatzenohren die ganze Nacht vor ihren Boxen geschlafen hast.«

32

Amarna hatte mit Sedat Veysel gesprochen, dessen Name ihr mittlerweile vertraut war. Der hatte sie unvermittelt in die Arme genommen. »Natürlich kümmere ich mich darum, dass Sie ein solches Zimmer bekommen. Ich bin heilfroh, wenn ich Ihnen beiden helfen kann.«
»Darf ich Sie dann noch etwas fragen?«
»Natürlich.«
»Wer ist Davit von Sasun?«
Sedat lächelte. »Der Held des armenischen Nationalepos, das aus dem Ararat-Hochland stammt. Eine Waise, eine Art armenischer Parzival. Und einer, der siegen kann wie im Vertrag von Kadesch. Er schickt seine Feinde nach Hause. Statt fremde Länder zu verwüsten, sollen sie künftig versuchen, ihre Felder zu bestellen und ihren Frauen Kinder zu machen. Lassen Sie sich die Geschichte von Arman erzählen. Sie ist schön. Und Arman hat etwas von Davit, oder?«
»Scheint so«, erwiderte Amarna ebenfalls lächelnd. »Auch wenn er das zweifellos bestreiten wird.«
Die Musafir-oda in Songurlu, ihrer letzten Station vor Hattuša, war größer als die in den anderen Dörfern, und Veysel bat den Gemeindevorsteher um einen Raum, um einen Verletzten zu versorgen. Ohne Federlesens führte der Mann Amarna vor eine kleine Kammer mit einer Pritsche, die an den großen Schlafsaal angrenzte.
»Du gehst da rein«, sagte sie zu Arman. »Leg dich auf den Bauch, und rühr dich nicht vom Fleck.«
Argwöhnisch sah er auf sie herunter.
»Keine Widerrede«, sagte sie und versetzte ihm einen weichen Stoß.

Sie trug alles, was sie brauchte, in die Kammer, schloss hinter sich die Tür und verspürte in allem Irrsinn sekundenlang ein Gefühl von Frieden. Arman hatte das Gesicht in den Armen vergraben. Sie setzte sich zu ihm und streichelte ihm den Nacken.
»Ich werde dir weh tun«, sagte sie. »Willst du einen Becher von Mertens Calvados, damit es leichter geht?«
Er versuchte sich umzudrehen, aber sie drückte ihm den Kopf wieder nieder. »Was machst du denn Grauenhaftes mit mir, dass ich dafür Professor Schoberts Calvados brauche?«
»Ich sorge dafür, dass du von dieser Pritsche nicht aufstehst, bis ich all deine Wunden gewaschen und mit der Wundersalbe eingerieben habe, die du mir gegeben hast. Danach stopfe ich dir Brot in den Mund, Fladenbrot aus Weizen, das du niemandem wegisst, und wenn du es trotzdem nicht schlucken kannst, flöße ich dir dieses komische flüssige Joghurt ein. Wenn du nicht einmal das hinunterbekommst, flehe ich die unglaublich netten Leute, die uns hier umsorgen, an, mir einen Arzt zu rufen.«
Mit einem Ruck, dem sie nichts entgegenzusetzen hatte, richtete er sich auf und zog sie in die Arme. Sein Atem ging heftig. »Gott sei Dank.«
»Was hast du denn gedacht, Dummkopf? Hattest du Angst, ich zähle dir zwei Dutzend Hiebe auf die Fußsohlen, weil du schon wieder seit Tagen kaum ein Wort mit mir sprichst?«
»Das wäre ziemlich unfair, oder? Wie kann ich mit dir sprechen, wenn du böse auf mich bist?«
»Sag mal, wie stellt man es eigentlich an, sich in einem einzigen Kopf so viel kruden Unfug zurechtzubasteln?« Sie packte seinen Fuß bei der grazilen Fessel, zog den Socken hinunter und küsste ihm die eiskalte Sohle. Der Fuß war kitzlig, krümmte sich, und Amarna konnte kaum glauben, wie viel Lust es ihr machte, den zappelnden Zehen zuzusehen. »Wenn du dir das

nächste Mal erfolgreich einredest, ich wäre wegen einer Dummheit, die du sofort versucht hast, in Ordnung zu bringen, tagelang böse auf dich, machst du dir kurz die Mühe, mich zu fragen, ja?«

Scheu stieß er ihr die Stirne an die Schulter. »Jetzt mach dich nicht auch noch lustig über mich.«

Amarna legte die Arme um ihn. »Darf ich wirklich nicht?«

»Doch. Nur zu. Du hast mir gefehlt, Lajvard.«

Sie rieb ihr Gesicht in sein Haar. »Du und das krude Zeug in deinem Kopf haben mir ganz schrecklich gefehlt. Und jetzt sag mir, wovor du Angst hattest.«

»Ich dachte, du sonderst mich von den anderen ab, damit niemand mich lyncht.«

»Bist du jetzt endgültig verrückt?« Zum Spaß fasste sie ihm an die Stirn, doch das Lachen blieb ihr im Halse stecken. Seine Stirn war so heiß, wie seine Sohlen kalt waren. »Du hast Fieber, Arman. Du brauchst einen Arzt.«

»Ach was«, sagte er. »Ich habe nie Fieber, ich brauche nie Ärzte. Ich bin nur ein bisschen müde wie ihr alle.«

»Wirklich?« Die Verse über Enkidu, der im Fieber lag, begannen bereits, sich in ihrem Kopf breitzumachen, und ihre Kehle schnürte sich zu. *»Einen achten, einen neunten und einen zehnten Tag nahm das Fieber dem Enkidu die Kräfte. Als der elfte und auch der zwölfte Tag verstrichen war, da bettete der Tod Enkidu auf sein Sterbelager.«*

»Arman, versprich mir, dass du nicht krank bist!«

Er nickte.

Sie atmete auf. »Übrigens redest du heute nichts als Unfug. Die anderen haben sich schier überschlagen, weil sie dir helfen wollten. Weshalb glaubst du, sie wollten dich lynchen?«

»Weil Professor Schobert ja deutlich genug bewiesen hat, dass das mit dem Pferd nur ich gewesen sein kann. So wie das mit der Verschraubung. Ich habe in dem Stall geschlafen, und ich habe das Gehör von Leuten, die nachts auf Tiere achten. Wenn sich jemand hineingeschlichen und einen Haufen Pferde aufgestört hätte, hätte ich ihn gehört.«

»Herrgott, das ist doch himmelschreiender Quatsch!«, rief Amarna. »Wenn du den Gurt beschädigt und das Pferd wild gemacht hättest, weshalb hättest du denn dann mit mir tauschen sollen?«

»Vielleicht habe ich es mir in letzter Sekunde anders überlegt«, erwiderte er bitter. »Oder ich habe das Ganze inszeniert, um mich als unverdächtig darzustellen, weil ich den wirklichen Schlag erst für Hattuša plane.«

»Entweder du hast doch Fieber, oder du hast Mertens Calvados getrunken«, schimpfte Amarna. Dann sah sie, dass das, was in seinen Augen flackerte, Verzweiflung war. »Arman, du kannst doch nicht ernsthaft glauben, dass ich dich verdächtige.«

»Das musst du doch! Ihr anderen wart alle zusammen.«

»Du spinnst, mein Liebling.« Sie packte seine Ohren und bog sie, so weit es ging, nach außen. »Jetzt gebrauchst du dein nachts auf Tiere achtendes Gehör einmal, um mir zuzuhören, verstanden? In dieser ganzen Horde weiß ich von einem sicher, dass er es nicht war. Von dir. Und wenn du gleich sagst, das kann ich nicht wissen, dann reiße ich dir die Ohren ab.«

»Bitte nur das linke«, sagte er mit schmerzverzerrtem Gesicht.

»Weshalb?«

»Nur so. Das rechte kann ich noch brauchen.«

Sie ließ seine Ohren los und küsste ihn. »Geht es dir jetzt besser? Im Übrigen kann es, was mich betrifft, jeder gewesen sein. Ich habe kein Gehör, das nachts auf Tiere achtet, und ich war gestern so erschöpft, dass einer neben mir Tote hätte aufwecken können. Dasselbe wird dir auch passiert sein. Du warst einfach todmüde, hast wie ein Stein geschlafen und nichts gehört.«

Ohne Überzeugung sah er sie an. Amarna hörte ihr Herz Blut pumpen, ehe sie es aussprach. »Außerdem weiß ich, wer es war. Hier wie im Museum. Es war mein Vater.«

Aus Armans Gesicht wich alle Farbe. Die braunen Augen wirkten riesig und begannen wieder zu flackern. »Aber dein Vater ist doch …«

»Er ist hier«, fiel sie ein und war sich dessen auf einen Schlag sicher. »So wie du dich auf dein Gehör verlassen kannst, verlasse ich mich auf meine Nase. Ich würde deinen Duft unter Hunderten erkennen, selbst nachher noch, wenn ich dich mit deiner Ziegenscheiß-Salbe beschmiere. Und den Duft meines Vaters würde ich auch unter Hunderten erkennen. Er benutzt einen bestimmten, sehr seltenen Tabak und ernährt sich fast ausschließlich von einem Sirup, der ihm inzwischen aus sämtlichen Poren strömen muss. Ich habe den Geruch nach Tabak und Sirup im Museum wahrgenommen, bevor ich den Unfall mit dem Relief hatte. Und im Hotel in Ankara war er auch. Ich habe versucht, mir einzureden, dass ich mich täuschen muss, aber ich habe mich nicht getäuscht.«

»O mein Gott.« Arman stöhnte auf, bedeckte das Gesicht mit den Händen und drehte sich weg. »Amarna, das ist meine Schuld.«

»Erzähl es mir«, sagte sie und legte behutsam die Arme um seinen zerschundenen Rücken. »Hör endlich auf, dich und mich so zu quälen. Ich verspreche, ich verzeihe dir, egal, was es ist.«

Ungläubig drehte er ihr das Gesicht zu. »Wie kannst du denn so etwas sagen?«

»Kann ich eben. Und jetzt erst recht.« Von Gefühl überwältigt, starrte sie auf sein Gesicht. In den langen Wimpern und auf den Wangenknochen glänzte Nässe.

»Ich wollte, dass es so kommt«, sagte er. »Ich habe mich dieser Armenier-Organisation, mit der ich überhaupt nichts zu tun habe, als Dolmetscher angedient, um mich nach Berlin zu schleichen und deinen Vater zu belauern. Als mir klarwurde, dass er unter normalen Umständen nie nach Hattuša zurückkehren würde, wollte ich dich dorthin locken, weil das der einzige Weg war, ihn hinterherzuholen.«

»Und jetzt bist du völlig außer dir, weil das, was du geplant hast, tatsächlich eingetroffen ist?«

Er nickte.

»Du bist der perfekte Verschwörer, Arman. Wenn ich je einen gedungenen Verbrecher brauche, engagiere ich ganz bestimmt dich, der vor lauter Liebe zu seinem Opfer vergisst, was er eigentlich Verbrecherisches geplant hatte. Bestehst du darauf, dass ich dir dafür sehr böse bin und dich irgendwelchen grausamen Strafmaßnahmen unterziehe?«

»Ich habe dich benutzt, Amarna.«

»Hast du nicht. Du wolltest ein Fräulein Brandstätter benutzen, weil du annahmst, ihr Schicksal kratze dich nicht. So wie es Fräulein Brandstätter nicht gekratzt hat, dass ihr liebster Freund Enkidu ans andere Ende des Landes verschleppt wurde, wo niemand nett zu ihm war und vierzig Grad minus herrschen.«

»Vierzig Grad minus?«

»Sagt Merten. In Tatvan.«

Er stöhnte.

»Leg dich jetzt hin«, sagte Amarna, die sich die Bluse mit seinem Blut beschmiert hatte. »Ich will dir den Rücken verarzten, und wenn es scheußlich brennt, nimmst du das als deine Strafe hin, ja? Obendrein könnte ich dir noch zwei Dutzend Küsse auf deine kitzligen Fußsohlen geben oder dich dazu verdonnern, in den nächsten vier Wochen deine Mittagspause einzuhalten, aber mehr geht nicht. Du hast dich doch schon genug gequält, und es ist überhaupt kein Wunder, dass du einen Knoten im Magen hast. Bitte gesteh dir ein bisschen Milde zu. Ich weiß jetzt Bescheid, und dieser ganze Zirkus ist vorbei.«

»Er fängt jetzt erst an«, erwiderte Arman. »Weshalb fragst du mich eigentlich nicht, was ich mit deinem Vater in Hattuša will?«

»Weil du es mir vermutlich nicht sagen wirst«, antwortete Amarna und strich ihm über die nasse Wange. »Für den Augenblick kann ich damit leben. Ich weiß, was du nicht willst. Mir Schaden zufügen. Meine Hassmaschine, mein stahlharter Brocken weint, wenn er nur daran denkt.«

»Ich muss es trotzdem tun, Amarna. Entweder dir oder mir.«

»Hinlegen«, blaffte sie und drängte ihn nieder. Er wehrte sich nicht. Sie überwand sich und riss ihm mit einem groben Ruck den Streifen Stoff, der mit der Wunde auf seinem Schulterblatt verklebt war, herunter.

Ein verblüffend heller Schmerzlaut entfuhr ihm.

»Entweder dir oder mir«, sagte sie. »Die Entscheidung, die du heute getroffen hast, hast du gerade zu spüren bekommen.« Damit tauchte sie einen Schwamm in warmes Wasser und löste den Rest des Stoffs so behutsam, wie sie konnte.

»Das ist etwas anderes«, brummte er in den Schutz seiner Arme.

»Ist es nicht. Du hast mich lieb, so wie Enkidu Gilgamesch liebhatte. In Istanbul wärst du ins Gefängnis gegangen, um mir den Schutz der Polizei zu sichern. Du würdest niemals meine Haut opfern, um deine zu retten, ganz egal, was du mir erzählst und dir vermutlich selbst glaubst. Wenn du reden willst, höre ich dir zu, Arman. Aber ich zwinge dich nicht.

Ich habe dich von den anderen abgesondert, um dir etwas Gutes zu tun. Bitte entspann dich, schenk dir eine Atempause.«

Er verdrehte den Kopf, um aus einem Augenwinkel zu ihr aufzusehen. »Darf ich dazu Schoberts Calvados trinken?«

»Bravo«, sagte Amarna. »Es hat mir verdammt noch mal gestunken, dass du nie seinen dämlichen Titel vergisst, während er es nicht einmal für nötig hält, dich zu siezen.« Sie füllte zwei der Reisebecher mit der bräunlichen Flüssigkeit und gab ihm einen.

»Den hat er dir aber nicht gegeben, damit du ihn an mich verfütterst, oder?«

»Nein«, antwortete Amarna stolz und küsste ihn auf die Nase. »Den habe ich ihm geklaut.«

»Amarna!«

»Was du kannst, kann ich schon lange.«

»Daran habe ich noch nie gezweifelt. Aber nicht du sollst dir an mir ein Beispiel nehmen, sondern umgekehrt.«

»Das sehe ich anders«, erwiderte Amarna. »Ich wollte dir das ohnehin sagen. Du kannst es manchmal nicht lassen, das Wildschwein zu spielen, und dafür habe ich dich ganz furchtbar lieb. Aber du bist nicht missraten oder schlecht erzogen, und du solltest aufhören, dich so zu bezeichnen, denn damit beleidigst du nicht dich, sondern den, der dich erzogen hat.«

Mit weiten Augen starrte er sie an. »Ich sage das …«, begann er.

»Um denen zuvorzukommen, die darauf brennen, es zu sagen?«, half Amarna ihm weiter. »Denen, die nicht hinschauen, sondern auf ihrem zwanzig Jahre alten Urteil sitzenbleiben?«

Er sah zur Seite. »Irgendwer sagt es garantiert immer. Und mir tut es auch weh um den, der sich ziemlich viel Mühe damit gemacht hat.«

»Und der ziemlich viel Erfolg damit gehabt hat«, erklärte Amarna und strich ihm sein schwarzes Haar aus der Stirn, die ihr noch immer fieberheiß vorkam. »Neulich Abend, als du dich bei Paul entschuldigt hast, habe ich dir zugeschaut und gedacht: Was für ein liebenswürdiger, wohlerzogener Mann. Und das Kompliment musst du aushalten, denn es gilt ja nicht dir. Du hattest recht, diese Dinge, die Zivilisation ausmachen – Anstand, Menschlichkeit, Rücksicht –, kann man sich nicht ganz allein beibringen. Paul versucht es und wird daran verrückt. Wer hat sie dir beigebracht, Arman?«

Schweigend sah er sie an. »Der Mann, dessen Ziegen ich gehütet habe«, sagte er endlich.

»In Boğazköy?«

Er nickte.

»Wenn ich diesen Namen höre, Boğazköy, sehe ich ein weißes Haus mit zwei Giebeln und oben abgerundeten Fenstern«, murmelte Amarna vor sich hin. »Ringsum stehen Pistazienbäume, und an der Tür hängt eine riesige Glocke.«

»Stimmt«, sagte Arman.

»Was stimmt?«

»Das Haus. Irgendwann gehst du nach Boğazköy und siehst es dir an.«

»Es steht da wirklich?« Die Tatsache verwunderte sie kaum noch. »Zeigst du's mir?«

»Ich weiß nicht, Lajvard. Ich versuch's. Aber wenn ich nicht kann, musst du allein gehen.«

Inzwischen kannte sie die Art von Traurigkeit, die in seine Stimme trat, wenn es ihn quälte, länger über etwas zu sprechen. Sie fuhr ihm durchs Haar. »Wir werden sehen. Jetzt erzähl mir eine Geschichte, Arman.«

»Ach, Lajvard, kannst du nicht einen finden, der dazu taugt?«

»Mir taugst du«, sagte Amarna. »Erzähl mir von Davit von Sasun.«
In seiner Wange spannte sich ein Muskel, seine Schulter zuckte, und seine Augen sahen sie an wie an dem Abend in Ankara, als er ihr von seiner Schwester Tuma erzählt hatte – traurig, verstört und leer. »Willst du es lesen? Dann kann ich versuchen, es dir zu übersetzen, aber ich verstehe nichts davon. Wenn du mich fragst, war dieser Davit ein Idiot, der Hasen nicht von Ziegen unterscheiden konnte und beim Viehhüten halbe Gehöfte niedergetrampelt hat, weil er mehr Kraft als Hirn hatte.«
»Aber ein Held war er auch, oder nicht?«
Wieder zuckte er die Schulter. »Was bleibt einem, der mehr Kraft als Hirn hat, sonst übrig? Frag Professor Schobert, Amarna. Ich wette, der kennt sich bestens damit aus.«
Ruhig suchte sie seinen Blick. »Ist das eine von deinen Tiefstapeleien?«
»Nein«, sagte er, »das ist eins von den Löchern in meinem Kopf. Ich habe keine Ahnung davon, auch wenn jeder meint, ich müsste sie haben, weil es das Nationalepos meines Volkes ist und weil ich einen Platz in diesem Rettungsboot hatte. Ich weiß aber nicht, was das ist, mein Volk. Es hat einen schneebedeckten Berg im Wappen, den ich nie gesehen habe. In seinen Messen bin ich nie gewesen, was es sich zum Frühstück hinstellt, musst du mich nicht fragen, und seine Lieder habe ich bis auf eines nie gehört.«
»Hat dein Vater dich keines gelehrt?«
»Mein Vater?« Er ließ ein kleines Schnauben hören, das vielleicht wegwerfend klingen sollte. »Wenn er mich etwas gelehrt hätte, dann gewiss nichts von dem orientalischen Hokuspokus, der ihm zuwider war. Er mag dies und das mitgemacht haben, weil die Familientradition es verlangte, doch als wir keine Familie mehr waren, hat er damit aufgehört. Sicher hatte

ich irgendwann Atam Hatik auf dem Kopf, aber in meinem Gedächtnis ist davon nichts.«

»Was ist Atam Hatik?«

»Irgendein überzuckerter Getreidebrei, den man Babys auf den Kopf schüttet, wenn ihnen der erste Zahn durch den Gaumen bricht. Dabei legt man ihnen Gegenstände vor, und der, nach dem sie greifen, zeigt an, was aus ihnen wird. Tuma hat nach einem Buch gegriffen. Das bedeutet, sie wäre eine Gelehrte geworden.«

»Und du?«

»Das weiß ich nicht.«

»Schade«, sagte Amarna. »Der Brauch ist schön.«

Arman verzog das Gesicht. »Findest du? Die Kleberei in den Haaren? Es tut mir leid, Amarna, ich weiß nicht, was es heißt, Armenier zu sein, außer, einem Menschenschlag anzugehören, von dem andere meinten, die Welt wäre ohne ihn besser dran. Als Dinosaurier herumzulaufen, den die Leute beglotzen und den sie, wenn sie nicht so gesittet wären, fragen würden: Sind Sie nicht eigentlich ausgestorben?«

Hätte sie getan, wozu es sie drängte, und ihn an sich gezogen, hätte er Mitleid gewittert und sich noch schäbiger gefühlt, als er es ohnehin tat. Stattdessen hielt sie seinen Blick fest. »Das deutsche Nationalepos ist das *Nibelungenlied*«, sagte sie. »Ich habe auch keine Ahnung davon, ich habe es nicht mal gelesen. Bei uns zu Hause fand der alte Orient statt, sonst nichts. Als Armenier darf man das nicht, oder? Man selbst sein, bevor man Armenier ist?«

Er drehte den Kopf weg. »Jeder stiert einen an, als ob man, wenn schon nicht in ein Massengrab, dann wenigstens ins Naturkundemuseum gehören würde.«

Amarna umspannte seine Wangen, zwang sein Gesicht zu sich zurück und sah ihm von neuem in die Augen. »Ich liebe dich«,

sagte sie. »Du bist Arman, mein Wildschwein. Woher ich dich bekommen habe, von der Zugspitze, aus dem anatolischen Hochland oder vom Berg Ararat, soll mir egal sein. Und immerhin kennen wir zwei uns mit dem Nationalepos von Babylonien aus, oder etwa nicht, Enkidu?«
Blitzschnell setzte er sich auf und umarmte sie. »Masis«, flüsterte er in ihr Ohr.
»Wie bitte?«
»Der weiße Berg Ararat. Armenier nennen ihn Masis.« Seine Hände glitten über ihren Körper, und seine Lippen versiegelten ihre. Er küsste sie hitzig, hungrig und unbescheiden, als würde er mit seinem trotzigen Kuss seinen Platz im Rettungsboot behaupten. Sie schmeckte sein Leben, biss sich darin fest und wollte, dass es nicht aufhörte. Als es doch aufhörte, stand ihm ein Tropfen Blut auf der Lippe.
»Tut mir leid.« Sie lachte verlegen und küsste es ihm weg. »Ist deine eigene Schuld. Du schmeckst zu gottverdammt gut.«
Er zuckte zusammen, dann zog er sie wieder an sich. »Es tut dir überhaupt nicht leid, Gilgamesch. Und mir schon gar nicht.«
»Hat dir das auch der Mann mit den Ziegen beigebracht«, fragte sie und zupfte verliebt an der straffen Haut seiner Wange, »dass Fluchen das Böse schlechthin ist? Es tut dir regelrecht weh, wenn jemand es macht.«
»Das wollte er«, erwiderte Arman. »Er hat gesagt, jedes Mal, wenn ich fluche, verpasst er mir eine Ohrfeige, damit mir mein Gefluche genauso weh tut wie ihm.«
Amarna seufzte. »Hat vielleicht auch einmal jemand versucht, dir etwas beizubringen, ohne sofort auf dich loszuprügeln?«
»Nicht!«, rief er und hob die Hand. »Das darfst du von Bülent nicht denken. Er hat es mir manchmal angedroht, aber verprügelt hat er mich nie.«

»Schläge ins Gesicht sind noch respektloser«, sagte sie und lehnte ihre Wange an seine. »Sooft ich daran denke, dass ich dich so behandelt habe, werde ich derart wütend, dass ich mir wünschte, du würdest zurückschlagen.«

»He«, raunte er in ihr Ohr und küsste sie auf die Muschel. »Wenn ich dir alles Streicheln, das du mir geschenkt hast, zurückgeben sollte, wäre ich bis an mein Lebensende beschäftigt. Zum Schlagen hätte ich keine Zeit mehr, Lajvard.«

»Und umgekehrt machen willst du's nicht?«

Er trieb sein Spiel mit ihrem Haar, sah fasziniert dem Fall der Strähnen zu. »Ich mache immer das, was mir Spaß macht, zuerst.«

Sie rollte sich in seinen Arm und küsste ihn auf das pulsierende Leben am Hals. »Du bist das liebenswürdigste Wildschwein der Welt, und ich will nicht respektlos zu dir sein. Ich weiß nicht, woher mir diese Wut kommt, Arman, warum ich eine solche Gewitterhexe bin.«

Er hielt sie ein Stück von sich ab und sandte ihr einen dunklen, unverwandten Blick. »Und ich wusste nicht, dass Gewitterhexen schöner als Sommertage sind«, sagte er, blieb aber völlig ernst. »Findest du nicht, ein Mensch, der beständig betrogen wird, hat ein Recht auf seine Wut?«

»Aber ich kann sie doch nicht an dir auslassen!«, rief Amarna.

Er zuckte die Schulter. »Ich betrüge dich auch, Lajvard. Und irgendwo musst du mit der Wut ja hin. Wenn du mich fragst, ist es ziemlich fair, dafür einen herzunehmen, der stärker ist und sich wehren könnte.«

Amarna dachte nach und sah ihn lange an. »Wohin gehst du mit deiner Wut?«, fragte sie dann.

Ohne den Blick von ihr zu lösen, tastete er über den Boden, langte in das Holster an seinem Gürtel und hielt ihr seinen Meißel entgegen. »Steineklopfen«, sagte er. »Manchmal mache

ich eine Figur, nur um sie nachher in Stücke zu schlagen. Um meine Kraft zu spüren.« Er wandte sich ab. »Es fühlt sich gut an. Zu wissen, dass ich zuschlagen könnte, wann immer ich wollte. So gut, dass ich es gar nicht mehr immerzu will.«
Amarnas Blick glitt über die Muskeln, die sich an seinen Armen und Schultern wölbten. Schlafende Tiere, sprungbereit, aber nicht zügellos. »Alle Achtung«, sagte sie. »Mir kommt es vor, als hättest du mir gerade erklärt, was Zivilisation ist. Nein, versuch gar nicht erst, deinen großen Mund zum Protest aufzureißen, sonst bekommst du ihn gestopft. Ab und an musst du mir schon erlauben, dir zu sagen, dass du ein wundervoller Mann bist. Ich sage dir ja auch, wenn du dich wie die Axt im Wald benimmst.«
»Wundervolle Männer benehmen sich nicht wie die Axt im Wald, oder?«
Ein bisschen traurig lachte sie auf. »Ach, Arman, glaubst du wirklich, irgendein Mensch auf der Welt tut das nicht? Wer sollte denn einen solchen Heiligen ertragen? Deine Selbstdisziplin ist bemerkenswert, aber deine Strenge tut mir weh. Und deinen Ziegenmann mag ich nicht, weil er dich geschlagen hat.«
»Er heißt Bülent«, sagte Arman. »Er ist kein Ziegenmann, und er hat mich nicht geschlagen. Er ist ein kleiner alter Mann, der mir vielleicht bis zum Kinn reicht, er hat winzig kleine Hände, und wenn ich lachen könnte, hätte ich über seine Ohrfeigen gelacht.«
»Ist aber nicht lustig.«
»Doch.« Seine Augen funkelten beschwörend. »Mehr als ein halbes Dutzend hat er mir sowieso nicht gegeben, dann bekam er Angst, so viel, wie ich fluche, verletze er mir mit seinem zaghaften Gepatsche das Gehör. Also beschloss er, mich stattdessen jedes Mal, wenn ich fluche, vor die Tür zu stellen. Es

war aber Winter, und nach zwei Minuten hat er die Tür wieder aufgerissen und gesagt: ›Meinst du, ich kann mir an meinem Feuer die Hände wärmen, und du frierst dir da draußen die Füße blau?‹ Also bin ich wieder nach drinnen getrottet, und er hat seine grandiosen Augen verdreht und gesagt: ›Arman, bitte hör auf zu fluchen, denn ich habe keine Ahnung, wie ich dich bestrafen soll.‹«

Das zärtliche Lachen, das die Erinnerung ihm in die Stimme legte, lachte Amarna an seiner Stelle frei heraus. »Und was hast du gemacht?«

Er zuckte mit dem Mundwinkel. »Was hätte ich dem denn entgegensetzen sollen?«

»Bitte erzähl mir noch mehr!« Auf einmal wollte sie endlos Geschichten von diesem Bülent hören. Die eine kam ihr vor wie ein Stück heiler Welt inmitten von Gewalt und Angst. Sachte drängte sie ihn, sich wieder auf den Bauch zu legen, und begann die Salbe, an deren Ziegengeruch sie sich gewöhnt hatte, mit zarten Fingern auf den Schürfwunden und Blutergüssen, die seinen Rücken übersäten, zu verreiben.

»Er hat mir das auch gemacht«, sagte Arman leise.

»Wunden versorgt?«

Er nickte.

»Woher hattest du die?«

Unter ihrer streichelnden Hand zuckte seine Schulter. »Er hat mich so gefunden.«

»Als du aus Tatvan kamst? Aus dieser Anstalt? In der Anstalt sind Kinder misshandelt worden, nicht wahr?«

»In der Anstalt waren Kriminelle«, brummte er und vergrub das Gesicht wieder in der Festung seiner Arme, »keine Kinder.«

Nein, dachte Amarna traurig, denn du hast mir ja schon in Hattuša beteuert, dass du kein Kind mehr bist. Sie beließ es dabei und streichelte den Stern in seinem Nacken. »Erzähl mir von Bülent. Er hat dich gefunden und gesund gepflegt, ja?«

»Er hatte gar keine Wahl, als mich zu finden«, antwortete Arman. »Ich habe mich vor seiner Tür derart ausgebreitet, dass er über mich stolpern musste. Seine Nachbarn haben sich furchtbar ereifert. Die Frau des Bäckers hat gesagt, man nehme auch kein Leopardenjunges in sein Haus, sondern schieße es tot oder treibe es weg. Ich lag auf seinem Divan an der Wand, und sie dachten, ich höre sie nicht, oder es war ihnen egal. Er hat gesagt: ›Das ist ein komischer Diener Allahs, der mit einem Menschenwesen tut, was er mit einem wilden Tier täte. Der da hat auf meiner Schwelle gelegen, und wenn einer von euch ihn mir abnehmen will, kann er ihn haben, aber wenn nicht, bleibt er hier. Ich schicke ihn weg, wenn er gesund ist.‹«

»Aber er hat dich nicht weggeschickt?«

»Als ich gesund war, ist er krank geworden«, sagte Arman. »Und als wir beide gesund waren, haben wir es vergessen. Er hatte niemanden, der für ihn kocht, also habe ich versucht, Bulgur zu machen, und er hatte auch niemanden, der seine Ziegen hütet. Es war ja Krieg und kaum ein Mann im Dorf. Also hat er mir gezeigt, wie man sich ein Stück Leder unter den Hintern näht, so dass man den ganzen Tag im Sattel sitzen kann. Die Leute haben ihm gesagt, er soll sich einen harten Zweig von der Pistazie schneiden, damit er mir beikommen kann, ehe ich ihm sein Haus in Brand stecke, aber er hat gesagt: ›Das hier ist ein gutes Haus, und auf dem Tisch eines guten Hauses liegt zwischen Wurst und Kohl keine Peitsche. Ich lasse ihn Steine klopfen, Armenier haben diesen Hang zum Stein.‹«

»Ist das wahr?«

»Ich weiß nicht«, antwortete Arman. »Professor Ebedi hat erzählt, in Urartu, dem Königreich, aus dem Armenien entstanden ist, hätten die Leute Steinbildnisse von Verstorbenen gemacht, um ihren Seelen nah zu bleiben. Und im Transkaukasus soll es ganze Kirchen geben, die Armenier in Stein geschlagen haben, aber ich habe nie eine davon gesehen.«

»Aber den Hang zum Stein hast du. Und dein Bülent hat das erkannt? Dass er dich nicht durch Gewalt im Zaum halten muss, sondern dass du das selbst kannst, wenn er dir Stein zum Bearbeiten gibt?«

»Er hat mir Pistazien hingestellt, damit ich vor den Zweigen seiner Bäume keine Angst bekomme. Vom Schlagen wird er im Kopf verrückt, hat er zu den Leuten gesagt, aber vom Steineklopfen wird er müde, und wenn er müde ist, ist er gut zu haben.«

»Stimmt«, pflichtete Amarna bei und küsste seinen Nacken. »Obwohl du, wenn du hellwach bist, auch deine Vorzüge hast. Erzähl weiter. Habt ihr dann sechs Jahre lang zusammengewohnt und jeden Tag Bulgur gegessen?«

»Erst sind die Gendarmen gekommen«, sagte Arman. »Mit Trommeln und Peitschen. Und mit Austreibungsbefehlen.«

»Um Armenier aus ihren Dörfern zu treiben? Auf diese Märsche ins Nichts?«

Arman nickte.

»Erzähl weiter«, bat sie, ließ seinen Nacken los, aber streichelte ihn in Gedanken.

»Dem Trupp voran ritt ein Ausrufer in einer gelben Uniform. Der wirbelte Wolken von Staub auf und grölte über die Gasse: ›Wer unter seinem Dach Armenier beherbergt, hat sie vor die Tür zu werfen, oder er hängt am nächsten Baum.‹ Frauen, Kinder und Alte sind auf die Gasse gelaufen, und die Soldaten haben die Häuser gestürmt.«

»Und du?«

Er vergrub den Kopf tiefer in den Armen. »Ich wollte gehen, ehe die Leute uns verrieten. Aber ich habe vor Angst geschlottert und mich nur in ganz kleinen Schritten vorwärtsgeschlichen. Als ich mit meinem Geschlotter endlich die Tür erreicht hatte, ist Bülent gekommen und hat mich zurück in sein Haus gestoßen. ›Du gehst in die Kammer und bleibst da‹, hat er gesagt. ›Lass einen Zipfel von dir blicken, und ich gerbe dir das Fell mit der Pistazienrute.‹«

Amarna legte ihr Gesicht auf seinen Rücken, ihr Haar in Blut und Ziegensalbe, es war ihr völlig egal. »Das ist die schönste Geschichte, die ich je gehört habe. Noch schöner als die von Nathan Rosens Tuchhändler.«

»Wer ist Nathan Rosens Tuchhändler?«

»Das erzähle ich dir ein andermal. Jetzt muss ich erst das Ende wissen: Sie haben euch nicht gefunden, nicht wahr? Euch ist nichts passiert?«

Arman drehte sich um und sah sie an. »Zu seinem Haus sind sie gar nicht gekommen. Die Leute im Dorf haben zu ihnen gesagt: ›Da hinten wohnt Bülent Yilmaz, der hat nur noch seinen Knecht bei sich, denn seine Familie hat ihm ein Armenier ausgelöscht. Den beleidigt ihr, wenn ihr ihm unterstellt, er könnte Armenier schützen.‹«

Amarna legte die Arme um ihn, und nach einer Weile tat er es ihr nach. Sie hielten sich lange fest, und als sie sich nicht länger beherrschen konnten, streiften sie sich alle Kleider herunter, liebten sich und legten einer dem anderen die Hand auf den Mund, damit man nebenan keinen Laut hörte. Nie zuvor hatte er sie so sanft geliebt. Als sie ihn ein bisschen reizen und herausfordern wollte, fiel ihr ein, dass sein Rücken ihm weh tun musste und dass er vor Müdigkeit Fieber hatte, also ließ sie ihn und genoss seine Zärtlichkeit.

»Hat wirklich ein Armenier Bülents Familie ausgelöscht?«, fragte sie hinterher einfach weiter und wickelte sich mit ihm in die Decke ein.

»Ich weiß nicht«, antwortete Arman. »Und jetzt ist es genug. Das kommt von Professor Schoberts blödem Calvados, dass ich mich hier um Kopf und Kragen schwatze.«
»Ganz bestimmt.« Amarna lachte und hob den Becher, den er nicht angerührt hatte, vom Boden. »Merten hat den Calvados verhext, damit er dir zu Kopf steigt, ohne dass du ihn trinkst. Ich wünschte, er hätte dasselbe mit dem Pferd gemacht, damit es nicht mein Vater gewesen sein muss.«
Im Nu saß er aufrecht auf der Pritsche und nahm sie wieder in die Arme. »Amarna, es war nicht dein Vater.«
»Aber ich habe dir doch erzählt, ich habe ihn gerochen. Du musst mir das glauben.«
»Ich glaube dir, dass er hier ist«, sagte Arman, »aber nicht, dass er dir ein Leid antun will.«
Amarna hatte an diesen Aspekt nicht denken können, weil er ihr zu sehr weh tat. Jetzt war sie dazu gezwungen. »Ich weiß noch immer nicht, worum es in dieser verfluchten Geschichte geht«, sagte sie. »Aber ich weiß, dass mein Vater sein ganzes Leben dafür vertuscht und verschleiert hat, und wenn ich ehrlich bin, gibt es nach alledem nichts mehr, das ich ihm nicht zutraue. Ich weiß nicht einmal, ob er mich je geliebt hat.«
»O Gott, Lajvard, tu dir das nicht an.« Er hielt sie an sich gepresst und schloss seine Hände um ihr Gesicht. »Dein Vater liebt dich über alles. Ich glaube, was immer er getan oder nicht getan hat, ist geschehen, weil er dich nicht verlieren wollte. Der Gedanke, er hätte Sattelzeug beschädigt oder Granitblöcke niederstürzen lassen, damit du zu Schaden kommst, ist völlig absurd.«
»Danke, dass du dir solche Mühe gibst, mich zu trösten«, sagte sie, »aber es kommt bei mir nicht an. Verstehst du das? Als du mir von deinem Freund Bülent erzählt hast, ist mir warm geworden, aber jetzt, da wir von meinem Vater sprechen, ist

mir kalt, und ich möchte mich in deinem Arm verkriechen und keinem Menschen trauen. Nur dir. Natürlich glaube ich nicht, dass mein Vater mich umbringen will, aber das sollte mit dem Sattelgurt und dem Granitblock ja auch gar nicht erreicht werden. Er wollte mir einen Schrecken einjagen, damit ich nicht nach Hattuša fahre und herausfinde, was er dort vergraben hat.«

»Niemals, Amarna. Er war so wütend, als ich dir einen Schrecken eingejagt hatte, ich konnte tagelang an Sitzen nicht einmal denken. Ja, es stimmt, er möchte dich daran hindern, nach Hattuša zu gehen und von dem Dunkel in seinem Leben zu erfahren. Aber nur, weil er nicht will, dass etwas seinem Mädchen Angst macht.«

»Spar dir deinen Atem, Liebling.« Hilflos lachte sie auf. »Warum will man nur um jeden Preis eine Familie haben, der man lieb und teuer ist, warum pfeift man nicht darauf?«

»Ich weiß nicht«, antwortete Arman. »Ich habe mich das auch schon gefragt.«

»Im Augenblick hätte ich gern deinen Freund Bülent zum Vater«, sagte Amarna. »Dann würde ich ihn bitten, dass er mir auch ein Stück Leder unter den Hintern näht – und nicht nur dorthin.«

»Ach Gott, Lajvard.« Seine Stimme bebte vor Zärtlichkeit. »Wenn ich alles über Bord werfen und einfach mit dir bei ihm hereinplatzen würde, dann könnte er nicht widerstehen und würde dich um jeden Preis behalten wollen. Er würde mich und das andere Zeug vergessen, und vielleicht wäre dieser ganze Spuk vorbei.«

»Was für ein Unfug. Kann er nicht dich liebhaben und mich dazu? Ich finde, wir sind zusammen besonders nett.«

»Ich wünschte, das könnte er.« Arman drückte sie an sich. »Ich habe mich noch nie so nett gefunden wie mit dir. Und du bist dermaßen nett, dass es nicht kratzt, welchen von uns Idioten du im Schlepp hast.« Er küsste sie, ließ sie los und sprang von der Pritsche. »Ich gehe etwas aus meinem Rucksack holen, ja? Nur weil du das mit der Familie gesagt hast. Ich wollte es dir neulich geben, aber dann warst du mir böse, und ich habe mich nicht getraut. Willst du es jetzt?« Er stand schon an der Tür.

»Sehr böse war ich dir nicht«, sagte Amarna lächelnd. »Ich könnte es aber werden, wenn du tatsächlich den Nerv hast, in diesem Aufzug nach nebenan zu gehen, und dann Gnade Gott deinen Fußsohlen. Tut mir leid, mein schöner Armenierkönig. Den reizenden Anblick gönne ich keiner Semiramis, sondern nur mir allein.« Er sah an sich hinunter, errötete und kratzte sich am Kopf. Amarna warf ihm seine Hosen zu. »Komm sehr schnell wieder. Ich brauche dich bei mir.«

Er kam im Handumdrehen zurück, setzte sich zu ihr und schob ihr etwas zwischen die Finger, erlaubte ihr aber nicht, die Hand zu öffnen, sondern umklammerte sie mit der seinen. Die andere malträtierte das Ohrläppchen, und vor Verlegenheit starrte er zu Boden. »Wenn du es scheußlich findest, schmeißen wir es aus dem Fenster«, sagte er. »Oder du könntest es mir an den Kopf schmeißen.«

»Darf ich es, bevor ich schmeiße, erst einmal anschauen?«

Er nickte mit verbissenen Lippen, öffnete aber die Hand nicht.

»Wovor hast du denn solche Angst?«, fragte sie. »Arman, mir ist völlig egal, was es ist, ich bin verrückt vor Freude, weil du mir ein Geschenk machst.«

»Es ist aber nichts«, beharrte er. »Nichts, was Dr. Vollmer dir kaufen könnte, nur etwas, das ich gemacht habe. Ich habe an diesem blöden Tag damit angefangen, als dir fast meine Šawuška auf den Kopf gefallen wäre – nachdem wir über die Bilder von unseren Müttern gesprochen haben.«

»An dem Tag hast du angefangen, dies hier für mich zu machen?«
Er nickte dem Boden zu. »Wegen dieser Sache, die Professor Ebedi über die Leute aus Urartu erzählt hat.«
»Die von den Steinbildnissen, um Verbindung mit den Toten zu halten?«
Noch einmal nickte er. »Auch wenn das hier kein Stein ist, sondern Obsidian aus Hattuša. Schwarzes Vulkanglas. Ich hab's gefunden, nicht gestohlen. Obwohl das vermutlich dasselbe ist.«
»Mach die Hand auf, Arman.«
Sie bog ihm einen Finger nach dem anderen auf, öffnete dann ihre eigene Hand und sah auf eine kleine Figur aus schwarzglänzendem Stein. Eine Göttin, dachte sie. Aber nicht die Šawuška. Die Figur war überhaupt nicht wie eine hethitische Göttin gestaltet, sie hatte nichts Wuchtiges, Bedrohliches, sondern war anmutig und schlank. Ein Bein hielt sie vorgestreckt, so dass man sich vorstellen konnte, wie graziös ihr Schritt sein musste. Ihr Haar war ein wenig länger als ihr eigenes und fiel ihr in derselben vollen Glockenform um den Kopf. Das Gesicht war von einem Liebreiz, von dem man sich nicht abwenden wollte. Sie lächelte und hielt die Arme, als würde sie sie jeden Augenblick öffnen. Amarna glaubte ihr Lachen zu hören, tief aus der Kehle, der schöne Kopf weit zurückgelegt.
»Du hast sie gekannt«, stieß sie heraus. »O Gott, Arman, du hast sie ja gekannt.«
»Nicht richtig«, murmelte er. »Nur von weit weg.«
Die Frau aus dem schwarzen Stein war keine Göttin. Sie war Amarnas Mutter.

Hattuša
Im Nebel der Zeit

Puduhepa hatte gelobt, der Versuchung zu widerstehen und nie mehr Hand an Urhi-Tešub, Labarna des Landes Hatti, zu legen. Der Ratschluss der Götter hatte sie Hattušili gegeben, und dem hatte sie sich fügen wollen. Aber sie hatte ihr Gelöbnis gebrochen und hatte in derselben Nacht in Urhi-Tešubs Armen gelacht. Dafür würden die Götter sie bestrafen, und ihr Zorn würde sich mit ihr alleine nicht zufriedengeben.

»Meine Schönste. Meine Süßeste. Meine Königin aus Lapislazuli.«
Sie lagen auf seinem Bett im Halentuwa, Puduhepa auf dem Bauch und ihr Liebster über ihr, so dass er sie vom Nacken bis zu den Sohlen mit Küssen bedecken konnte.
»Du hast so entzückend kleine Füße«, sagte er. »Schau einmal meinen an – deiner passt zweimal hinein. Und das winzige Füßchen von Tudhalija, unserem Sohn, passt dreimal in deinen und sechsmal in meinen.«
»Haben wir in der Welt keine Sorge als die Größe von Füßen?«, herrschte sie ihn an. »Du bist ein solcher Kindskopf, Urhi-Tešub.«
»Das bisschen Fuß ist ja alles, womit wir Spuren hinterlassen«, sagte er, »einerlei, wie gewichtig wir uns in die Brust werfen.«
Puduhepa liebte ihn sehr. Er war ein Mann, der vor Kraft strotzte und dabei arglos und verwundbar wie ein Kind blieb. Er gab ihr mehr Glück, als sie, die in einer düsteren Tempelhalle aufgewachsen war, beim Namen kannte. Aber sie durfte ihn nicht lieben. Die Herrin der Liebe, die

Šawuška, war auch die Herrin des Todes, und sie geriet in Zorn, wenn Menschen es wagten, ihre Liebe in die eigenen Hände zu nehmen und glücklicher als die Götter zu sein. Ihre Strafe war Zwietracht, Zerstörung und Tod.

»Nenn Tudhalija nicht unseren Sohn«, sagte Puduhepa.

»Soll ich auf ihn nicht stolz sein dürfen?«, fragte Urhi-Tešub. »Darauf, dass du mir einen schönen Sohn geschenkt hast, bin ich stolzer als auf meine Stadt und auf die weiteste Grenze meines Landes, auch wenn ich wünschte, er hätte deine blauen Augen.«

»Tudhalija ist Hattušilis Sohn!«, beschied sie ihn. »Lass keine Liebe zu ihm in dir Wurzeln schlagen, oder keiner weiß, was uns droht. Vergiss seinen Namen. Zerreiß das Band, das dich an ihn bindet.«

Urhi-Tešub setzte sich auf und spielte mit den blauen Perlen des Halsbands, das er ihr geschenkt hatte, als sie ihm den Sohn geboren hatte, den er nicht Sohn nennen durfte. Sie trug es nur hier, in den gestohlenen Augenblicken ihres Glücks. Es war der schönste Schmuck, den sie besaß.

»Was immer uns droht«, entgegnete Urhi-Tešub, »ich werde mein Leben lang wissen, dass die schönste Frau meinen Namen kannte. Dass die Götter mich in den Armen hielten und mir von der Zärtlichkeit zu kosten gaben, mit der die Welt erschaffen ist.«

»Ich muss gehen«, sagte Puduhepa. »Ich komme lange nicht wieder. Du weißt, um Hattušili steht es nicht gut.«

»Ja, ich weiß«, erwiderte er wie geschlagen. »Hab Dank, dass du besonnen für uns beide bist. Hast du noch einen Wunsch? Etwas, das ich dir schenken kann, weil du mir alles schenkst?«

Puduhepa überlegte. Ihr Leben war Erschöpfung, wo sie ihn nicht hatte und fortwährend dafür sorgen musste,

Hattušili im Zaum zu halten. Manchmal wünschte sie sich nichts mehr als Schlaf, der sich über Tage und Nächte zog.
»Weißt du nichts?«, fragte Urhi-Tešub enttäuscht.
»Doch«, sagte sie. »Ich wünsche mir, in der Kammer, in der die Hieroglyphen unserer Chronik verzeichnet stehen, begraben zu sein. Mit dir. So, wie wir im Leben nie haben schlafen dürfen.«
Er ging auf die Knie und schloss die Arme um sie. »Weißt du, dass du mir Angst machst? Unser Volk scheint vom Tod besessen. All die Mauern, die dem Schutz vor dem Sterben dienen und die doch das Leben einsperren, ich will sie niederreißen. Du bist das Leben, mein Lapislazuli. Lass dich von der Todessucht nicht packen, lass uns die Menschen in dieser von Mauern erstickten Stadt das Leben lehren.« Puduhepa strich ihm über die Wange und stand auf. Erschrocken sprang er ebenfalls vom Bett. »Bist du mir böse? Ich will deinen Wunsch ja erfüllen, ich liebe unsere Kammer, und ich will am Tag der Mutter mit niemandem durch die Pforte gehen als mit dir. Meine Mutter kenne ich nicht. Wenn sie kommt, um mich von der Welt zu geleiten, will ich ihr sagen: ›Wie ein Mann von seiner Mutter geliebt wird, habe ich nie gespürt, aber dies ist Puduhepa, die stark genug war, mich zu lieben, wie ich war.‹« Er küsste sie. »Ich würde dir nur gern so viele Wünsche im Leben erfüllen. Wenn ich nach Ägypten ginge, um mit König Reamasesa Frieden zu schließen, würdest du mit mir kommen? Möchtest du das strahlende Ägypten sehen?«
»Das ist unmöglich, und du weißt es.«
»Ich will es nicht wissen. Ich will, dass unser Leben weit ist und dass mehr als ein Tod davon bleibt.«
»Du bist kein Gott, Urhi-Tešub. Nur der Tod kann dich zu einem machen.«

»Dann will ich ein Mensch bleiben«, sagte er.
Bedienstete geleiteten sie aus dem Palast, zurück in das Stadthaus, das sie mit Hattušili und ihrem Sohn teilte. Sie hatten Hakmis und Nerik verloren. Um die Geburt seines Sohnes zu feiern, hatte Hattušili auf einen neuen Feldzug gehen wollen, und als der Labarna es ihm verwehrte, richtete er stattdessen ein Blutbad unter den Kaskäern an. Urhi-Tešub sandte ihm einen Brief, der das königliche Rollsiegel trug und über den er nie mit Puduhepa sprach. Als die Bürger der heiligen Stadt gegen die Steuer, die er zur Ausstattung von Streitwagen brauchte, aufbegehrten, ließ er die Rebellen und jeden, der mit ihnen verwandt war, niedermetzeln.
»Mich hat nie ein Mann geliebt«, sagte er in der Nacht zu Puduhepa, »nicht einmal mein Vater, aber mein Sohn wird meine Macht und Stärke lieben.«
»Urhi-Tešub liebt dich«, erwiderte Puduhepa.
»Warum verwehrt er mir dann Ruhm und Ehre, wie ein Mann sie braucht und wie nur der Krieg sie ihm verleihen kann?«
Puduhepa gab ihm darauf keine Antwort, denn Urhi-Tešubs seltsame Liebe zum Leben, die nach Frieden, nicht nach Krieg verlangte, hätte sie ihm nicht erklären können. Sie passte nicht nach Hattuša. Sie passte in eine Welt, in der das Hattuša, das sie kannten, keinen Platz gehabt hätte.
Aus Empörung über den Tod der Aufständischen fanden sich neue Aufständische, die gegen Hattušilis Palast anrasten. Hattušili ließ mehr Menschen töten und dickere Mauern ziehen. Unter die Mauern ließ er Tunnel graben wie in Hattuša, und in den Tunneln ließ er Soldaten verbergen, die über jeden herfielen, der versuchte, in einen

der Tunnel einzudringen. Weil die Mauern, Tunnel und Soldaten Geld kosteten, erhob er neue Steuern, und weil die Steuern den Leuten die Luft zum Atmen raubten, gab es neue Aufstände. Und neue Tote. Mit den Toten wuchs Hattušilis Angst, einem Mord zum Opfer zu fallen. Er musste mehr Mauern errichten. Er musste mehr Steuern erheben. Er musste mehr Männer samt ihren Familien töten lassen. Er hatte bei Tag und Nacht keine Ruhe mehr.

»Dieses Kind ist schön, nicht wahr?«, fragte er Puduhepa, die ihren kleinen Sohn in den Armen wiegte. »Es ist nicht schwächlich und krank, wie ich es war. Leg es fort. Ich bin dein Mann und habe ein Recht auf dich.«

Das Kind, das er sich so sehr gewünscht hatte, blieb ihm fremd. Etwas brannte in ihm. Als das Feuer auf allzu viele Dächer in seinen Städten übergriff, beorderte Urhi-Tešub ihn nach Hattuša, aber Hattušili missachtete den Befehl. Da schickte der Labarna Truppen, die seinen Bruder in die Hauptstadt schafften. Der Sieger von Kadesch war entmachtet. Hakmis und das heilige Nerik, sein Stolz und seine Größe, unterstanden nicht länger seiner Herrschaft.

»Wie konntest du ihm das antun?«, hatte Puduhepa Urhi-Tešub gefragt.

»Soll ich zusehen, bis ihm einer der Männer, die er knechtet, den Hals aufschlitzt?«, fragte Urhi-Tešub traurig zurück.

Hattušili sagte: »Ich bin ein Hethiter, mir wäre der Tod willkommener als ein Leben ohne Würde.«

In einer anderen Nacht sagte er: »Wie damals im Tempel der Šawuška habe ich nichts mehr als dich. Lieber würde ich alle Fenster meines Hauses vermauern, als zu erlauben, dass du mir entgleitest.«

Urhi-Tešub hatte getan, was er konnte, um Hattušili zu helfen. Er hatte ihnen statt des Hauses, das ihr Hochzeitsgeschenk gewesen war, ein noch viel prächtigeres geschenkt, damit die Stadt zu sehen bekam, wer der zweite Mann in Hattuša war. Er übertrug Hattušili das Kommando über das Stadtheer, da ihn selbst die Beschäftigung mit Kriegszeug langweilte. Ein Mann aber konnte keinem anderen seine Würde zurückgeben. Seine Würde konnte ein Mann nur selbst bewahren, oder er verlor sie.
Unter den Männern des Stadtheeres fand Hattušili viele, die seine Ernennung begrüßten und mit ihm von glorreichen Zeiten träumten. Jetzt, so murrten diese Männer, war nie mehr vom Krieg mit Ägypten, sondern nur noch vom Frieden die Rede. Man stelle sich vor – der Name Kadesch auf einem Friedensvertrag!
Jene Männer, mit denen Hattušili seine Tage verbrachte, fanden den Labarna seltsam. Er errichtete keine Mauern, sondern riss welche ein. Er stationierte keine Truppen unter der Erde, sondern schickte sie zum Tanzen. Er war ein schöner Mann, der mit bloßen Händen einen Stier hätte töten können, aber er suchte ständig einen, der mit ihm über das Leben schwatzte, lachte oder sang.
Der Labarna war der Labarna, der Erwählte der Götter. Sie hatten ihm den Bruderschwur geleistet, und sie sahen, dass er für das Wohl der Leute sorgte, für Brot und Feuerholz unter jedem Dach. »Aber zuweilen munkeln sie untereinander«, erzählte ihr Hattušili. »Darüber, dass die Götter Urhi-Tešub ohne Weib und Kinder lassen, damit nach ihm ein anderer kommt. Ein harter König, der mit dem Schwert pflügt und mit der Peitsche aussät.«
Was nur wird er dann ernten?, fragte sich Puduhepa. Sie betete zu den Schutzgöttern der Stadt, dass sie sie gesund

erhielten, damit sie weiter mäßigend auf Hattušili einwirken konnte. Sie war sehr müde. Zuweilen kam es ihr vor, als hielte sie eine Waage mit zwei Schalen im Gleichgewicht, und die Last der Schalen bräche ihr langsam, aber mit tödlicher Gewissheit den Rücken.

In jedem freien Augenblick schlich sie sich in die verborgene Kammer, um die nur sie, Urhi-Tešub und der schöne Bildhauer wussten. Ihm diktierte sie ihre Chronik, und der junge Mann, der einen Leib wie in Bronze gegossen besaß, hieb die Worte in Stein. Dabei verwandte er die Hieroglyphenschrift, die nur die höchsten Schriftgelehrten Hattušas zu entziffern vermochten. Wenn die Chronik zu Ende erzählt war, würde er sterben müssen, damit er sein Wissen mit niemandem teilte. Puduhepa tat das Herz weh um ihn. Er war still, stellte keine Fragen, und seine Augen waren weit, als hätten sie gesehen, was vor der Zeit lag.

Für sein Opfer würde ihm jedoch alle Ehre zuteil. Puduhepa wollte Urhi-Tešub bitten, dass er in der Kammer begraben werden sollte, in die sie ihm einst folgen würden.

An jenem Abend machte sie den weiten Weg noch einmal, weil sie sich ruhelos fühlte. Sie schickte den Bildhauer fort und kauerte allein in der Kammer. Die Sehnsucht nach Urhi-Tešub überkam sie, der Wunsch, ihm zu sagen, was sie später Hattušili würde sagen müssen. Weil sie ihn nicht bei sich haben konnte, zog sie aus ihrer Gürteltasche das Halsband mit den Perlen und legte es sich um.

Als sie aufbrach, vergaß sie, es abzulegen. Hattušili wartete am Tor ihres Hauses. »Wo bist du gewesen?«, schrie er sie an. »Wer hat dir das gegeben?« Dann riss er ihr die blauen Perlen vom Hals und schlug ihr ins Gesicht.

Der Schlag und die Zerstörung des Halsbands schmerzten nicht so sehr wie die Erniedrigung, die er sich selbst zufüg-

te. »Du wirst die zersprungenen Perlen erneuern lassen müssen«, sagte sie, »und es wird dich teuer zu stehen kommen. Nur ein Meister kann aus Lapislazuli solche Perlen schleifen. Das Halsband hat mir dein Bruder, der Labarna, geschenkt. Ein Geschenk für die Gattin ist eine Ehre für den Gatten, die du nicht hättest gering achten dürfen.«

»Wenn er mein Bruder ist, soll er mir mein Land zurückgeben«, sagte Hattušili, doch Puduhepa spürte, dass er sich schämte.

Sie ging in die Hocke und sammelte die Scherben der Perlen ein. »Er wird immer dein Bruder sein. Versündige dich nicht. Ich erwarte wieder ein Kind.«

Im Sommer darauf brachte Puduhepa eine blauäugige Tochter zur Welt, die den Namen Sauškanu erhielt. Urhi-Tešub war außer sich vor Freude und schenkte Puduhepa ein Armband aus blauen Perlen wie die an ihrem Halsband, das er selbst hatte herrichten lassen. Sie konnten einander im Palast nicht mehr sehen, es gab nur noch wenige Mauern, und Puduhepa hatte zu viel Angst. Aber sie trafen einander manchmal in der geheimen Kammer. Puduhepa kroch durch den verborgenen Einstieg und schickte den Bildhauer fort, und wenn sie ein Geräusch hörte, drehte sie sich um und sah Urhi-Tešub den Kopf durch die Spalte stecken. Nur dieser eine Einstieg war benutzbar, denn der zweite mündete in eine Schlucht, in der ein Mensch sich zu Tode stürzen würde.

Urhi-Tešub lag auf dem Rücken, bettete seinen Kopf in Puduhepas Schoß und hielt ihre schlafende Tochter auf der Brust. Einen Atemzug lang war Puduhepa so glücklich, dass sie den Zorn der Šawuška in ihrem Nacken zu spüren glaubte.

Urhi-Tešub spürte ihn nicht. Er streichelte den rötlichen Schopf des Kindes und starrte an die Decke der Kammer. »Weißt du, was ich mir wünsche?«, träumte er vor sich hin. »Unsere schöne Tochter soll eines Tages Gemahlin des Großkönigs von Ägypten werden. Wir geben ihr unseren gehärteten Stahl zur Mitgift, und er gibt ihr ein Kunstwerk aus Alabaster. Kannst du es vor dir sehen, meine Liebste? Das Hochzeitsfest, mit dem der Bruderbund zwischen unseren Völkern besiegelt wird?«
Nein, dachte Puduhepa, ich kann mir keinen Bruderbund mehr vorstellen, ich habe nur noch Angst.
»Meinst du nicht, ich sollte meinen Bruder Hattušili umarmen und mit ihm reden?«, fragte er. »Warum soll Zwietracht zwischen uns sein, warum können wir nicht in Frieden mit unseren Kindern leben? Hattušili ist mir so nah wie mein eigenes Herz, ich könnte dem Mann, der mein Leben gerettet hat, nie Leid antun. Und du bist mir teurer als meine eigenen Augen. Wie soll aus so viel Liebe anderes erwachsen als noch mehr Liebe?«
»Du kannst sehr dumm sein, Urhi-Tešub«, sagte Puduhepa und fragte sich, ob alle Männer, die nichts Grausames in sich hatten, dafür etwas Dummes haben mussten.
»Weil ich dich liebe, mein Lapislazuli? Weil ich meinen Bruder Hattušili liebe?« Urhi-Tešub lachte. »Das ist nicht dumm! Ich finde, meine Liebe ist die klügste über die Grenzen aller Reiche hinaus.«
»Aber du bist zu dumm, um zu begreifen, dass du Hattušili das schlimmste Leid antust! Er will mich nicht teilen.«
Urhi-Tešub setzte sich mit dem Kind in den Armen auf und betrachtete sie. »Ich will dich auch nicht teilen«, sagte er. »Aber so köstlich, wie du bist, will dich auch der Wind

nicht teilen, und wenn der dich mit sich risse, was würde dann aus Hattušili und mir?«
An dem Tag brachte er sie mit seinem Reden in Zorn, doch zugleich liebte sie ihn mehr denn je. Er wollte nicht wissen, dass die Welt keine schillernde Perle, die das Licht fing, war. »Triff mich morgen wieder hier, Liebste. Jetzt, da das Land so schön ist, wird mir das Leben ohne dich schwer.«
»Nicht morgen.«
»Wann dann?«
»In sieben Tagen«, versprach sie, weil er ihr keine Ruhe ließ. Sie hatte Angst. An der ständigen Angst wurde ein Mensch verrückt.
In der Dämmerung trug sie ihr Kind nach Hause. Früher hätte keine Frau ihres Standes ohne Geleit Hattušas Straßen durchwandern dürfen, doch Urhi-Tešub lockerte alle Gesetze, wie man einem Pferd die Zügel schießen lässt. »Unsere Vorfahren haben Hattuša für die Ewigkeit gebaut«, hatte er Puduhepa erklärt. »Aber ewig kann nur sein, was sich verändert, so wie ein Zedernstamm nur dem Wind standhält, wenn er sich biegt.«
Ruhelosigkeit trieb Puduhepa, eine Seitenstraße zwischen hohen Häusern einzuschlagen und bis zum Ring der inneren Mauer zu gehen. Vor ihr ragte einer der Wachtürme auf. Hier traf sich Hattušili oft mit Hauptleuten des Stadtheeres, und aus dem Fensterschlitz bei der Tür drang Licht. Also war er wohl auch heute dort. Vielleicht würde es ihn freuen, wenn sie kam, um ihn mit seiner schönen Tochter zu besuchen. Ihr Sohn, Tudhalija, besaß das Rabenflügelhaar seines Vaters und das dunkle Feuer seiner Augen, und womöglich war es das, was Hattušili gegen ihn einnahm. Die Tochter aber glich ihrer Mutter.

Hattušili begegnete ihr mit einer Zärtlichkeit, die er sich sonst nicht gestattete.
Rasch wand sich Puduhepa das Armband vom Gelenk und legte es dreimal um den winzigen Arm ihrer Tochter, wobei sie ihr Liebesworte in das kleine Ohr flüsterte. Dann trat sie vor das Fenster und reckte sich, um in den Raum zu spähen. Hattušili saß mit dem Rücken zu ihr. Er hatte nur einen Mann bei sich, mit dem er sich beriet. Dieser hielt Puduhepa das Gesicht zugewandt.
Sie erkannte ihn sofort, und in dem Augenblick, in dem sie ihn sah, sah er sie. Puduhepas Herzschlag wurde dumpf und hart wie ein Meißel im Gestein. Es war keiner von Hattušilis Hauptleuten. Es war der Bildhauer.

FÜNFTER TEIL

»Mein Freund, der Enkidu, und ich,
Wir haben den Wächter erschlagen!
Wir waren es, die sich zusammentaten
Und auf die Berge stiegen,
Die den Himmelsstier ergriffen
Und den Himmelsstier erschlugen.«

»GILGAMESCH-EPOS«,
ZEHNTE TAFEL, VERSE 30–35

33

HATTUŠA
MÄRZ 1931

Er war Archäologe, Altertumsforscher. Er wusste, dass die Stadt, auf die sie zustrebten, seit mehr als viertausend Jahren an derselben Stelle stand. Dennoch schien es ihm einen scharfen Herzschlag lang unmöglich, dass sie noch immer hier war, dass sich nichts an ihr verändert hatte und dass die Tragödie, die ihrer aller Leben geprägt hatte, die Steine kaltließ.

Merten war kein Mann, der sich derlei Gedanken hingab, sondern einer, der sie mit ätzendem Hohn bedachte. Er hatte sich nie gewünscht, die Zeit zurückzudrehen, weil derlei Wünsche sinnlose Kraftvergeudung waren. Solchem Blödsinn hatte seine Mutter angehangen – hätte, wollte, könnte, ein ewiges Geplärr der Reue. Wer seinem Leben im entscheidenden Moment am falschen Zügel riss, der hatte dafür zu bezahlen, und alles Gejammer darüber war vergebens und würdelos.

Jetzt aber setzte die Zeit die Naturgesetze außer Kraft und drehte sich selbst zurück. Es geschah ohne sein Zutun, und um es aufzuhalten, hätte er mitten im Ritt die Augen schließen müssen.

Die Felsen waren schwarzgrau und ragten wie Götterfinger in den eisblauen Himmel. Die Hänge, die hinunter zum Dorf führten, waren mit fahlem Wintergras bewachsen. Hin und wieder ragte eine struppige Zeder auf, eine Flaumeiche, deren Zweige blau vor Rauhreif schimmerten, eine Gruppe Kiefern, eine Kette von zerzausten Weißdornsträuchern. In der Mittagsstille pfiff nur der Wind. Das Dorf, das sich hinter der Kuppe in den Kessel drängte, war von hier aus nicht erkennbar. Von hier aus gab es nichts als die aus dem Stein gehauene Stadt, die einst ein Weltreich beherrscht hatte.

Merten hatte sich auf den ersten Blick in sie verliebt. Nicht weil sie schön gewesen wäre, sondern weil sie furchterregend war, eine Stein gewordene Allgewalt, die wie die Berge ein unendliches Schweigen bewahrte. Nicht die Heimat eines fröhlich zechenden Göttergewimmels wie die ionischen Tempel Griechenlands, sondern die Festung einer grausamen Gottheit, die die Macht besaß, alles Erdengewürm unter ihrem Fuß zu zertreten. Hattuša hatte ausgesehen, als hätte sie schon hier gestanden und geschwiegen, als die Erde sich auffaltete, um Berge zu formen, und als würde sie noch stehen, wenn die Berge zu Staub zerfielen.

Das Jahr ist 1905, beschwor sich Merten wie ein Hysteriker, der im Begriff war, den Verstand zu verlieren. Wir sind allein, Tilman und ich. Auf die Stadt, die wir vor uns sehen, hat kein deutscher Archäologe je ein Auge geworfen. Sie ist unsere Entdeckung. Mitten aus dem Nichts, aus starren, stummen Felsen, taucht das Tor mit den Löwenköpfen auf. Im gleichen Augenblick zügeln wir unsere Pferde. Wir sehen uns an, wir verziehen die Gesichter, und unser Lachen, das über die Ebene schallt, hat etwas Göttliches. Wir haben sie gefunden. Unser Atlantis. Unser Eldorado. Die Hethiterstadt.

War das die schönste Zeit seines Lebens gewesen, der Spätsommer 1905, als sie beide, er und Tilman, allein nach Hattuša kamen? Die Frage beantwortete sich von selbst. Für Gilgamesch und Enkidu war gewiss keine Zeit schöner gewesen als die Tage im Zedernwald, als sie bereit gewesen waren, füreinander zu sterben und zu töten, ohne im mindesten zu ahnen, was das bedeutete.

Wenn es je einen Tag gegeben hatte, an dem Merten ganz sicher gewesen war, dass die unappetitliche Quälerei seiner Kindheit sich gelohnt hatte, dann war es dieser gewesen, an dem er das erste Mal vor dem Löwentor von Hattuša stand. Später hatte Tilman den Tag verflucht und sich gewünscht, er hätte Hattuša nie gesehen. Merten hatte ihn wüten und weinen lassen, aber seine Hände hatten sich um etwas Unsichtbares gekrallt, als wollten sie diesen Tag nicht preisgeben.

Natürlich hatte es auch 1905 Probleme gegeben. Tilman, dieser Sklave vom Stamm der Asra, sorgte sich um Gaspar. Er erwog allen Ernstes, den ganzen endlosen Weg zurückzureisen, um Gaspar zu holen. »Findest du nicht, wir hätten ihn mitnehmen müssen? Er hat ein Recht darauf, hier zu sein. Mehr als wir.«

»Warum mehr als wir?«, hatte Merten gefragt.

»Das weißt du so gut wie ich. Gaspar lebt, denkt, atmet Hethitologie. Wir hätten ohne ihn überhaupt keine Grundlage, auf der wir hier arbeiten könnten. Ich komme mir vor, als hätte ich ihn beraubt.«

»Das ist hanebüchen«, hörte Merten sich sagen. »Wir haben diese Sondierung durch Geld aus deinem privaten Vermögen finanziert. Wenn nächstes Jahr die Gelder der Orient-Gesellschaft und die Grabungslizenz bereitgestellt sind, wird der ewige Ogün vom Osmanischen Museum schon dafür sorgen, dass wir seinen Gaspar an Bord nehmen.«

»Natürlich kommt er im nächsten Jahr mit. Aber er sollte«, hatte Tilman stur, wie er gemacht war, beharrt, »auch jetzt hier sein. Gaspar ist mein Bruder, Merten.«
»Quatsch, dein Bruder ist tot.«
Tilmans Stimme würde ihm für immer im Ohr bleiben. »Ich weiß, dass er tot ist. Ich habe Gaspar als meinen Bruder angenommen. So wie ich sein Leben gerettet habe, hat er meines gerettet.«
»Warum sagst du das?«, fragte Merten, der seit Axels Tod tat, was er konnte, um das Leben seines Freundes zu retten.
»Sehr einfach«, erwiderte Tilman unbekümmert, »ohne Gaspar, der mich brauchte, hätte ich es nicht geschafft, mich aus dem Sumpf zu ziehen. Und ohne unsere Gespräche über Hattuša hätte ich es nicht geschafft, herzukommen. Gaspar braucht diesen neuen Lebenssinn genauso, sonst geht er an dem entsetzlichen Verlust kaputt.«
»Er hat ein schwer verletztes, traumatisiertes Kind«, hatte Merten zurückgebellt, »eins, dem das Beil in der Schulter steckte, mit dem seine Mutter erschlagen worden ist. Wenn er will, dass der Junge in keiner Irrenanstalt landet, hat er alle Hände voll zu tun. Ist das kein Lebenssinn? Hast du ihm dazu nicht das Kind zusammenflicken lassen?«
»Manchmal wird mir vor deiner Art, dich auszudrücken, übel, Merten.«
»Ich weiß, aber du kennst mich ja nicht erst seit gestern, dein Magen sollte allmählich abgehärtet sein. Und dein Gaspar, der sich natürlich niemals so krude ausdrücken würde, hat anderes zu tun.«
»Gaspar kann sich um den Jungen jetzt nicht kümmern«, hatte Tilman erwidert. »Sooft er ihn anschaut, sieht er sein totes kleines Mädchen, das so unglaublich klug war, und seine tote bezaubernde Frau. In ihm ist alles wie verbrannte Erde. Es

braucht Zeit, bis dort wieder so etwas wie Liebe sprießen kann. Diese Zeit hätte er hier. In Hattuša. Er ist wie ich, Merten. Wenn etwas uns von unserem Schmerz ablenken kann, dann ist es unsere Arbeit.«
Merten hatte einen Fluch geschluckt und war an ebendiese Arbeit zurückgekehrt. Die ständige Litanei von Gaspar verletzte ihn mehr, als er sich eingestand, doch 1905 war das alles nur ein Problem am Rand gewesen. An den meisten Tagen nahm Hattuša allen Raum ein und ließ keinen für Gaspar. Die Tontafeln. Das Heiligtum von Yazilikaya mit der Prozession der Götterriesen. Die Tunnel unter den Mauern, die Verließe unter dem Palast. Der Obsidian-Altar und die Perlen aus Lapislazuli. Der Vertrag von Kadesch.
Außerdem bestritt Merten nicht, dass Gaspar brillant war. Sogar brillanter als Tilman, den das seltsamerweise nicht störte. Dass sie ausgerechnet diesen Mann, den hellsten Stern der Hethitologie, vor einer Horde blutberauschter Militärs gerettet hatten, war auch ihm nahegegangen. Gaspars jahrelangen Studien kamen ihnen zugute, so dass sie im Handumdrehen Ergebnisse veröffentlichen konnten, die die Fachwelt in Staunen versetzten. Gaspar ging großzügig mit seinem Wissen um. Tilman hatte ihn gerettet, also hatte Tilman ein Anrecht, sich Erkenntnisse zu eigen zu machen, die ohne ihn nie genutzt worden wären.
Daneben verfügte Gaspar über jene seltene Art von Charme, die auf Männer und Frauen gleichermaßen wirkte. Vor dem Massaker an seiner Familie hatte er etwas von Champagner gehabt: Niveau und ein belebendes Flair, das einem Abend Verve und Geschmack verlieh. Er hatte jahrelang in Deutschland studiert und sprach edleres Deutsch als die meisten Muttersprachler. Hätte Tilman sich nicht in den Kopf gesetzt, ihn zu seinem Bruder zu erheben, hätte Merten ihn vermutlich

gemocht. Er mochte alles, was gut war, was Stil hatte, egal, von wem es kam.

Bis zum Herbst hatten sie Gaspar dann doch nicht mehr nach Hattuša geholt. Stattdessen bereiteten sie die Abreise vor, da sie für den Winter nicht ausgestattet waren und sich schnellstmöglich um die Konzession zur Grabung kümmern wollten. Zuvor wollten sie sich ein paar Tage lang mit einem Zelt nach Yazilikaya verlegen. Obwohl Gaspar Hattuša noch nie gesehen hatte, sondern nur aus den Berichten obskurer Reisender des 19. Jahrhunderts kannte, war er besessen von der Idee, dass in dem Heiligtum der Schlüssel zu dem größten Geheimnis verborgen liegen müsse – Hattušas Untergang. Die Tilgung des Hethiterreiches aus der Geschichte. Je mehr Zeit Tilman und Merten in Hattuša verbrachten, desto mehr neigten sie zu dem Schluss, dass Gaspar auch in dieser Frage recht hatte.

Um der Ahnung nachzugehen, wollten sie ihre letzten Tage in Yazilikaya verbringen. Am Morgen ihres Aufbruchs aber war ihnen im Vorhof der Musafir-oda, im Schatten der Pistazienbäume, das Mädchen in die Arme gelaufen. In Tilmans Arme.

»Bitte nehmt mich mit. Ihr dürft mich nicht hierlassen. Wenn ihr mich hierlasst, laufe ich hinüber in die schweigenden Berge und stürze mich in die Schlucht.«

Die Leute im Dorf hatten die Felsen, in die Hattuša hineingeschlagen worden war, alle so genannt – die schweigenden Berge.

Das Mädchen war die Tochter des Mannes, der die Musafiroda finanzierte und sie in diesen Wochen mit seiner Großzügigkeit überschüttet hatte. Er war der reichste Bauer von Boğazköy, und seine Gastfreundschaft war sein Stolz. Vermutlich gehörte der Alte genau wie Tilman einfach zu diesen Leuten, die am glücklichsten waren, wenn sie jemanden um-

sorgen konnten. Sein Kind aber, die schöne Sultanstochter, das Zauberwesen aus *Tausendundeiner Nacht,* weinte sich die hübschen Äuglein aus.
Es war die übliche Geschichte: Die verwöhnte einzige Tochter, das Prinzesschen, hatte Flausen im Kopf, Träume von der großen Welt, über denen sie vergaß, dass ihr Vater in Wahrheit gar kein Sultan, sondern ein anatolischer Bauer war. Er wollte sie mit einem Mann seines Standes verheiraten, wie es unter seinesgleichen Sitte war. Als sie sich widersetzte, kam er ihr mit der Pistazienrute, und sie rannte ihm davon.
Sie hatten sie mitgenommen. Natürlich hatten sie sie mitgenommen, wie hätten zwei liberal gesinnte Akademiker des 20. Jahrhunderts einer Frau in solcher Not ihre Hilfe verweigern sollen? Und wie hätte ein Mann wie Tilman Brandstätter solchen Augen, die vor Tränen glänzten, einen Wunsch abschlagen sollen? Er hatte ihr, solange sie lebte, nichts abschlagen können. Also nahmen sie sie mit, und damit war ihr Schicksal besiegelt. Aber von alledem hatten sie an jenem Tag vor dem Löwentor, im September 1905, noch nichts gewusst.
Das Jahr sei 1905, betete Merten stumm. Tarhunna, Blitzeschleuderer, schwarze Šawuška, Allah, Gott im Himmel, wer immer über diesen Wahnsinn regiert, lasst das Jahr 1905 sein.
Er wusste, dass sein Stoßgebet so sinnlos war wie alle Gebete. Hätte er es nicht gewusst, hätte er nur einen Blick zur Linken werfen müssen, um neben dem Überrest von Hattušas äußerer Mauer ein bräunliches Gebäude aufragen zu sehen. Ihr Grabungshaus. Das Jahr, in das die Zeit ihn zurückkatapultiert hatte, war nicht 1905. Es war 1912.
Das Grabungshaus hätte er als Hinweis nicht einmal gebraucht. Er musste nur die beiden Rücken ansehen, die Seite an Seite vor ihm aufragten. Junge Rücken. Stolz, gerade, be-

neidenswert gewachsen. Der dichte schwarze Schopf neben dem dichten roten, der schöne Armenierkönig und sein Prinzesschen. »Was für ein prächtiges Paar«, hatte einer der türkischen Grabungshelfer, die sie aus Songurlu mitgebracht hatten, bekundet.

Merten hatte Mühe, dem Idioten keinen Hieb mit der Gerte zu versetzen.

»Aber nicht doch!«, hatte Hugo Winckler, dem es seit Beginn der Reise elend ging, mit einem Lachen erwidert. »Die Dame ist die Gattin von Professor Brandstätter.«

Tilman hatte sein Kind vor sich im Sattel gehalten. Merten hatte für Kinder nie etwas übrig gehabt, aber man konnte unmöglich für die kleine Amarna nichts übrighaben, die in ihre Händchen klatschte und »Da vorn ist ganz bestimmt Huttaša!« rief. Sie hatte es bei jeder Siedlung, die in Sicht kam, gerufen und den Namen der Stadt jedes Mal auf andere Weise verdreht. Die Archäologen, die Helfer, alles lachte. Das blauäugige Sonnenscheinkind, an dem alles echt und offen und voll überwältigender Wärme war, hatte die gesamte Gruppe im Sturm erobert.

Gleichzeitig versuchte Tilman, den Esel im Auge zu behalten, den Artsrunis Balg ritt. Gaspars Balg, hatte Merten damals noch gedacht. Der Bengel hatte einen Stock aufgelesen, pirschte sich an die Pferde unsicherer Reiter heran und brachte sie mit Gefuchtel zum Scheuen. Gaspar hätte den Stock nehmen und ihm vor versammelter Mannschaft den Hintern versohlen sollen, aber eine solche Erfüllung seiner Vaterpflicht war von ihm nicht zu erwarten. Merten hatte verschiedentlich Gelegenheit gehabt, die Wohlerzogenheit armenischer Söhne zu bewundern, die ihren Vätern allmorgendlich die Hände küssten, ehe sie sich von ihnen segnen ließen. Gaspar fasste seine missratene Brut nicht einmal an, geschweige denn, dass er ihm die Hand zum Kuss überließ. Gaspars eleganter, makellos gepflegter Hände mit dem Siegelring hätte nur eine küssen dürfen – sein Prinzesschen.

Damals, als die beiden nebeneinander der Gruppe voranritten und Hattuša entgegenblickten, hatte Merten derlei Gedanken zum ersten Mal gehegt. Du bist ja verrückt, hatte er sich dafür gescholten. Eifersüchtig wie ein Landschulmädchen, dabei geht es nicht einmal um deine Frau. Merten hatte keine Frau. Die eine, mit der er sich im Entferntesten eine gemeinsame Lebensplanung hätte vorstellen können, die gute Irene, hatte sich für einen anderen entschieden, und er hatte es mit einem erleichterten Lachen quittiert. Tilman aber war anders. Er war vom Stamme der Asra.

Die beiden Pferde vor ihm hielten an. Geschmeidig glitt Gaspar aus dem Sattel und trat vor das andere Tier, um seiner Begleiterin herunterzuhelfen.

»Was macht ihr denn da?«, rief einer von Wincklers Leuten lachend.

Gaspar wandte ihm sein bemerkenswertes Gesicht zu und lächelte. »Nur ein bisschen verschnaufen.« Hörte er richtig, oder hatte der Kerl, der wie die seelenvolle Trauer auf Beinen herumlief, auf einmal einen Schalk in der Stimme? Hatten die beiden ihm zuvor die Rücken zugewandt, so sah Merten sie jetzt im Profil. Ein schönes Paar. Der Mann dunkel, lasziv, die Gesichtszüge von einem Ebenmaß, das an Männerdarstellungen der griechischen Klassik denken ließ. Die Frau von einem Liebreiz, den man nicht mehr aus den Augen lassen wollte, selbst wenn man sich aus der Gesellschaft von Frauen nichts machte.

Du bist verrückt, herrschte Merten sich an. Der da ist Gaspar Artsruni, Tilmans Wahlbruder, der geschworen hat, er könne dem Mann, der sein Leben gerettet hat, kein Leid antun.

Außerdem kannten die beiden sich seit Jahren und schienen sich nie auch nur einen Blick zu schenken. Gaspar war innerlich wie verbrannte Erde, hatte Tilman gesagt, und tatsächlich schien dieser Kerl, der im Maßanzug im Sattel saß und dem Frauen ungeniert nachglotzten, nicht einmal zu bemerken, dass es zweierlei Geschlecht gab. Seine ermordete Frau war eine Art Märchenfee aus *Tausendundeiner Nacht* gewesen und sein verlorenes Töchterchen ein kindliches Genie. Er lebte nur noch für Hattuša. Und für Tilman.

Merten zwang sich, die Schleier beiseitezublinzeln und nach vorn zu blicken, auf die Löwen, die Hattuša bewachten. Sein Hattuša. Einen weiteren Herzschlag lang vergaß er alles und fragte sich, warum er nie mehr hierhergewollt hatte. Dann hielten die beiden Pferde vor ihm an. Geschmeidig glitt der Mann aus dem Sattel und trat vor das andere Tier, um seiner Begleiterin hinunterzuhelfen.

»Was macht ihr denn da?«, rief eine Stimme, ohne zu lachen. Paul Vollmer. 1931. Nicht 1912.

Artsrunis Balg wandte ihm sein bemerkenswertes Gesicht zu und lächelte nicht. Schlafzimmerblick hatte Merten das bei seinem Vater genannt, und bei dem Sohn war es schlimmer. Davit von Sasun. König Ara, der Schöne. »Amarna soll Zeit haben«, sagte er ohne Schalk in der Stimme. »Für Hattuša.«

Sie standen nebeneinander, hielten ein jeder sein Pferd am Zügel und berührten sich nicht. Er wies nach vorn, um ihr etwas zu zeigen, sie stellte eine Frage, und dann wechselten sie, sehr leise und ohne die Blicke von Hattuša zu wenden, ein paar Worte.

»Das ist ein Anblick, was?« Der kleine Terim grinste. »Jemand sollte euch fotografieren: Die Stadt der Hethiter und ihr Königspaar.«

Paul Vollmer, der kein Türkisch konnte, verstand jedes gottverdammte Wort. »Geht es vielleicht mal weiter?«, keifte er wie ein pikiertes Mädchen. »Ich zumindest bin nach dieser unsäglichen Reise erschöpft und würde gern irgendwann ankommen.«

»Verdammt, das da ist nicht Ihr Sandkasten, sondern Hattuša«, entwich es Merten zwischen den Zähnen. Terim, der erstaunlich gut Deutsch verstand, sandte ihm ein Grinsen.

»In ein paar Minuten reiten wir weiter«, sagte Artsrunis Balg. »Wir haben nur noch eine knappe Stunde vor uns, dann können Sie sich ausruhen.«

»Eine Stunde?«, rief Paul. »Aber die Stadt ist doch da vorne, über wie viele Umwege wollen Sie uns denn noch hetzen?«

»Wenn ich nicht muss, über gar keinen«, erwiderte Artsrunis Balg mit Grandezza. »Die Nähe täuscht. Außerdem müssen wir ein Stück um den Berg herum, um Boğazköy zu erreichen.«

»In dein verdammtes Boğazköy gehst du ohne uns«, sagte Merten. »Wir anderen schlafen im Grabungshaus, das ja wohl irgendwie bewohnbar sein wird.«

»Da schlafe ich auch«, erwiderte Artsrunis Balg. »Ich dachte nur, Sie wollten nach Boğazköy, um einzukaufen.«

»Das schaffst du schon allein, mein Süßer.«

»Wie Sie wollen.«

Ehe er sich wieder Amarna zuwenden konnte, rief Paul: »Augenblick. Ich hielte es für besser, wenn Sie im Dorf übernachten und das Grabungshaus der Deutschen Orient-Gesellschaft uns überlassen würden.«

Merten warf ihm einen Blick zu. Der Mann hatte wahrhaftig jegliche Kontrolle über sich verloren. Seine aufgeschwemmten Wangen verrieten den Alkoholgenuss der letzten Wochen, die verquollenen Augen die schlaflosen Nächte. Von dem vielver-

sprechenden Doktoranden, auf dessen Entwicklung er gespannt gewesen war, schien nichts mehr übrig.
»Es tut mir leid, Ihnen das sagen zu müssen«, erwiderte Artsruni, »aber ich bin im Auftrag der Deutschen Orient-Gesellschaft hier.«
»Müssen Sie mit mir darüber rechten? Vor den Toren von Hattuša, haben wir da nichts Besseres zu tun?«
»Doch, natürlich«, sagte Artsruni müde. »Entschuldigen Sie. Da ich im Dorf nicht schlafen kann, schlage ich vor, Sie überlassen mir eines der Zelte, und das Thema ist erledigt.«
Während der ganzen Zeit hatte Terim den beiden anderen Türken übersetzt, was gesprochen wurde. Jetzt lenkte er sein Pferd hinüber zu Paul. »Warum das muss sein, Herr Paul?«, fragte er. »Wir eine Gruppe, wir zusammen arbeiten, und Sie seien doch netter Kerl. Ist immer schwierig, zwei Männer mit eine Frau, aber denken Sie: Wenn wir mit unsere kleine Sorgen sein alle begraben, Hattuša sein immer noch da.«
Artsruni und Amarna wandten ihm beide zugleich die Gesichter zu. »Bravo, Herr Terim«, sagte Amarna. »So schön, wie Sie sprechen, wird Ihre Deutschlehrerin bald von Ihnen lernen müssen, nicht Sie von ihr.«
»Dann meine Deutschlehrerin sagen Mesut, nicht Herr Terim.« Der kleine Mann strahlte.
Die beiden anderen schlossen sich an, und wie die übrigen Male fand im Schatten von Hattuša eine allgemeine Verbrüderung statt.
»Wie machen Sie das eigentlich?«, fuhr Paul Artsruni an. »Sie schaffen es jedes Mal, dass ich mich ausgeschlossen und wie ein Spielverderber fühle – oder noch schlimmer, wie ein Rassist.«
Artsruni hob die Hände. »Ich weiß es nicht. Es liegt nicht in meiner Absicht, obwohl ich das an Ihrer Stelle nicht glauben

würde.« Als ihm die Manschetten von den Gelenken rutschten, schrak Merten zusammen. Er trug Gaspars Uhr. Das Silberdesign mit den gravierten Keilschriftzeichen war unverkennbar. Nur hatte Gaspar sie an einer silbernen Kette getragen, während sein Sohn sie sich mit einem fadenscheinigen Band ums Gelenk geknotet hatte. Wie war er an die Uhr gekommen? Gestohlen haben konnte er sie nicht, denn als Merten Gaspar das letzte Mal gesehen hatte, hatte der sie noch bei sich gehabt.

Durch die Betrachtung der Uhr war Merten ein Teil des Streits entgangen. Paul war vom Pferd gestiegen und setzte auf den Rivalen zu. Um ein Haar hätte er Merten leidgetan. Er mühte sich wie Sisyphos, er spürte, dass es irgendwo etwas zu fassen geben musste, und glitt an dem stahlglatten Artsruni doch immer wieder ab. Aber statt für den Versager Vollmer sparte Merten sich sein Mitleid lieber für die wahren Opfer auf, die zerstört werden würden, wenn es ihm nicht gelang, Artsruni aufzuhalten.

Amarna und Tilman.

Flüchtig hatte Merten gehofft, Amarna durch eine Heirat mit Vollmer aus der Schusslinie zu bringen, aber wie hanebüchen die Idee gewesen war, wurde ihm jetzt klar. Der Waschlappen war Amarna nicht gewachsen, und um sie aus Schusslinien zu bringen, war es zu spät. Sie war getroffen worden. Wenn er nicht handelte, würde er Tilman selbst den letzten und härtesten Schlag nicht ersparen können.

»Wieso schlafen Sie nicht in Ihrem verdammten Dorf, nachdem wir die ganze Zeit in irgendwelchen verdammten Dörfern geschlafen haben?«, schrie Paul.

»Mit Verlaub, das ist meine Sache«, antwortete Artsruni.

Mit einer Art Hechtsprung stürzte Paul sich auf ihn und packte ihn wie neulich bei den Schultern. Amarna und die Türken schrien auf ihn ein, was er vermutlich nicht einmal hörte. Blitzschnell flogen Artsrunis schlanke Hände in die Höhe und stießen ihn vor die Brust. Paul taumelte zurück.

Das war der Unterschied. Vater und Sohn mochten sich wie ein Ei dem anderen gleichen, aber der Vater war ein Akademiker gewesen. Der Sohn war Davit von Sasun, ohne Halt und Hüter aufgewachsen. Er besaß die Kraft eines anatolischen Leoparden und beherrschte seinen Körper, wie sonst nur Tiere es konnten. Merten verstand sich darauf, denn er hatte seinen eigenen Körper auf dieselbe Weise trainiert.

»Fassen Sie mich nicht an!«, rief Paul und wollte sich von neuem auf ihn stürzen, aber Artsrunis Hände waren noch immer erhoben, und etwas an der Geste warnte ihn.

»Ich habe nicht vor, Sie anzufassen«, entgegnete Artsruni. »Ich habe auch nicht vor, Sie zu provozieren. Lassen Sie uns jetzt bitte weiterreiten. Sie geben mir ein Zelt, und wir vergessen das Problem.«

»Das ist keine gute Idee, Arman«, sagte Sedat Veysel auf Türkisch und trat zwischen die Rivalen. »Die Zelte sind zur Arbeit geeignet, aber nicht für die Nacht. Sie lassen sich nicht heizen.«

»Das kommt schon hin.«

»Fühl dich nicht beleidigt«, erwiderte Sedat, »aber du siehst nicht sonderlich gut aus.«

Artsruni entblößte die Zähne zu einer Grimasse, die mit dem entwaffnenden Lächeln seines Vaters nichts gemein hatte. »Und davon soll ich mich nicht beleidigt fühlen?«

»Du eitler Fatzke sollst in keinem unbeheizten Zelt schlafen«, sagte Sedat freundschaftlich. »Sorg lieber dafür, dass du das, was du dir irgendwo eingefangen hast, auskurierst.«

»Ja«, erwiderte Artsruni in Gedanken. »Deshalb bin ich hier. Vielen Dank für die Sorge. Ich habe ein Schaffell, darauf schwitze ich wie ihr im Hammam.«

Sedat gab ihm einen Klaps auf die Schulter. »Du musst es wissen. Pass ein bisschen auf, ja?«
»Verdammt, warum sprechen Sie keine Sprache, die wir alle verstehen?«, rief Paul auf Deutsch, das Sedat nicht verstand. »Worüber reden Sie denn? Darüber, dass Sie nicht im Dorf schlafen wollen, weil Sie diesmal Amarna nicht mitschleppen dürfen?«
Artsruni ballte die Fäuste und machte einen Schritt, fing sich aber ab und schwang zu den Pferden herum. »Wir reiten jetzt weiter«, sagte er. »Bitte, Dr. Vollmer, lassen Sie uns aufhören. Wir haben Amarna den Augenblick verdorben. Machen wir es ihr nicht noch schwerer.«
»Ich bin es doch nicht, der es ihr schwermacht!«
»Wenn die zwei Rotznasen ihr Gossengezänk unterbrechen könnten, kämen die Erwachsenen vielleicht heute noch nach Hattuša«, bemerkte Merten auf Deutsch. Artsrunis Rücken zuckte wie unter einem Schlag. Ohne ein Wort half er Amarna aufs Pferd, stieg selbst auf und trieb seinen Braunen in Schritt. Den Blick, der töten wollte, erhielt Merten stattdessen von Amarna.

34

Merten ging, als die Expeditionsteilnehmer in den aneinandergereihten Baracken des Grabungshauses halbwegs einquartiert, die Kohlebecken angezündet und kalte Speisen zum Abendessen ausgeteilt waren. Amarna hatte Artsruni zum Einkaufen begleiten wollen, aber der hatte sie zurückgeschickt. Am anderen Ende des Hangs, auf der Höhe des verschlossenen Stadttors, baute er sein Zelt auf. Im rasch schwindenden Licht sah Merten ihm eine Weile zu. Wie erwartet bemerkte Artsruni ihn nicht.

Er war schnell und geschickt, aber das, was Sedat Veysel gesagt hatte, sah Merten trotzdem. Irgendwo hatte er sich etwas eingefangen. Mehrmals musste er die Arbeit unterbrechen und sich am Stamm der Kiefer abstützen, unter deren überhängenden Zweigen er das runde Zelt aufrichtete. Er war bleich, rieb sich die Stirn, hielt sich eine Gesichtshälfte. Amarna hatte recht, man sah ihn nie essen.

Vermutlich war es nichts Ernstes, irgendeine Verkühlung, die er im Handumdrehen wegstecken würde. Und wenn es anders war? Wenn ihnen die Götter, an die Merten nicht glaubte, dieses eine Mal zu Hilfe kamen? Vor ihrer Ankunft 1912 hatte eine Cholera-Epidemie die Gegend durchkämmt wie ein Pflug mit vergifteter Schar. Fälle von Cholera gab es in diesem Teil Anatoliens noch immer zuhauf. Wenn du uns diesen Gefallen tust, dachte Merten, wenn du uns ohne Zutun stirbst, schreibe ich noch ein Buch und widme es dir.

Der Tag in Artsrunis Haus fiel ihm ein, als der Kerl behauptet hatte, er habe sein Buch gelesen. Niemand hatte es gelesen, weder Tilman noch Amarna und nicht einmal der Schleimer Vollmer. Die linksgerichtete Presse hatte es als klug und voll tiefer Menschlichkeit gelobt, und danach war es auf den Regalen der Buchhändler verstaubt. Die Widmung »für G.« – hatte irgendwer sich gefragt, was sie bedeutete?

Reiß dich zusammen, fuhr Merten sich an. Heulte er jetzt um sein nutzloses Buch wie sein Jammerlappen von Vater um sein nutzloses Leben? Wie konnte er hier herumsinnieren und darauf hoffen, dass Artsruni sich selbst aus der Geschichte verabschiedete? Wenn der Kerl die Cholera hatte, überlebte er vermutlich auch die. Er beugte sich vornüber, um das letzte Seil am Hering zu verknoten, dann richtete er sich auf, hielt sich wiederum das Gesicht und schöpfte Atem.

»Guten Abend«, sagte Merten.

Artsruni wandte den Kopf.

Es war eine Schweinerei, ihn hier draußen schlafen zu lassen, durchfuhr es Merten. Er war krank. Seine Lippen waren blau, und seine Zähne klapperten. Wenn er starb, war es ein Segen, aber dasselbe hatte er damals gedacht, als er erfahren hatte, wohin sie ihn verschleppt hatten. Man konnte sich einen Menschen aus der Welt wünschen, aber hieß das, dass man tatenlos zusehen konnte, wie er sich zu Tode quälte? »Setz dich mal hin«, sagte er. »Ich bin gekommen, um zu fragen, ob du Hilfe brauchst.«

»Deshalb sind Sie nicht gekommen«, erwiderte Artsruni.

»Nein«, gab Merten zu, setzte sich ins überfrorene Gras und schauderte. Inzwischen war es stockfinster, und wie auf ein verborgenes Zeichen überzog sich der Himmel mit Sternen. Es war die unglaubliche Nachtklarheit von Hattuša, das Schwarz des endlosen Weltraums, gesprenkelt mit einer Handvoll vergänglicher Funken. »Ich habe nichts gegen dich, Artsruni«, sagte er.

»Wirklich nicht? Ich dachte, Sie wären Vegetarier.«

»Warum hörst du damit nicht auf?«, fragte Merten. »Du hast in den letzten Tagen doch bewiesen, dass du anders kannst, und diese Sache, die Bodo dir aufgepackt hat, hast du mehr als ordentlich gemacht. Weshalb bist du so scharf darauf, dich weiter wie ein Flegel zu benehmen?«

»Weil ich dann merke, dass ich noch da bin.« Artsruni schlang die Arme um den Leib und versuchte vergeblich zu verbergen, dass er vor Kälte zitterte. »Haben Sie sonst noch Fragen? Wenn nicht, würde ich gern meine Arbeit machen.«

Merten fischte sein Zigarettenetui aus der Manteltasche, nahm eine Zigarette heraus und steckte sie an. Dann hielt er es Artsruni hin. »Ich habe wirklich nichts gegen dich, ich will dich nur von Amarna weghaben. Geld habe ich dir schon einmal angeboten, aber inzwischen bist du vielleicht ansprechbarer. Ich biete dir viel Geld, Artsruni. So viel, dass nie wieder jemand wagt, dir in den Bauch zu treten.« Woher das Geld kam, war gleichgültig. Tilman würde das Haus verkaufen, sie würden der Armenienhilfe keine Schecks mehr schicken, sein Institut würde für einen Kredit bürgen.
Schweigend starrte Artsruni auf das Zigarettenetui.
»Was willst du hier?«, fragte Merten. »Mustafa Kemals Türkei nennt Todesmärsche Umsiedlung und erkennt das Verbrechen an deinem Volk nicht an. Du magst ein paar Leute wie den ewigen Ogün finden, die dir die Stange halten, aber du wirst dich hier nie sicher fühlen. Ein Verbrechen, das geleugnet wird, kann sich jederzeit wiederholen.«
»Um mein Volk lohnt es sich nicht mehr«, sagte Artsruni. »Das nächste Mal muss ein anderes herhalten.«
»Und das beruhigt dich?«
»Nein.«
Merten schluckte und zwang sich zur Ruhe. »Mit dem Geld, das ich dir gebe, kannst du dir anderswo eine Existenz aufbauen, eine Existenz, die dir Spaß macht. Du hättest Spaß daran, dir ein Pferd zu kaufen, habe ich recht? Du hast die Statur für einen ordentlichen Anzug, und es schmeckt dir, wenn die Leute dich wie einen Herrn behandeln. Und dass du auf den Geschmack gekommen bist und gern eine Frau bei dir hättest, verübelt dir doch auch kein Mensch. Das großäugige Mäuschen bei uns drüben liegt dir ja sichtlich am Herzen.«
»Sie heißt Rehan. Sie ist kein Mäuschen.«

»Ich weiß«, sagte Merten. »Sie ist eins von diesen Todesmarsch-Kindern und sichtlich nicht unbeschadet davongekommen. Aber hübsch ist sie auch, und dir macht es offenbar Vergnügen, sie wie ein Prinzesschen zu umsorgen. Dazu brauchst du Geld.«

Artsruni klappte das Zigarettenetui zu und schob es zurück. »Sie sind Akademiker«, sagte er. »Als feilschender Basarhändler wirken Sie wie die falsche Besetzung.«

»Du verdammter Köter«, platzte Merten heraus. »Ich war schon vor zwanzig Jahren der Meinung, dir hätte man unentwegt …« Dann brach er ab und zog an der Zigarette. »Nein«, sagte er, »vergiss das. Du hast vieles eingesteckt, das dir nicht galt. Auch von mir.«

»Das kommt schon hin.«

»Ich kann das nicht mehr hören. Was du damit sagen willst, weiß ich. Du zahlst es uns heim, bis deine Rechnung beglichen ist. Auge um Auge. Aber was hast du letzten Endes dabei zu gewinnen, Davit von Sasun?«

»Das passt nicht«, sagte Artsruni.

»Warum nicht? Weil du eine Ziege von einem Hirsch unterscheiden kannst?«

»Weil Davit von Sasun den Haufen, der sein Land verwüstet hat, nach Hause schickt«, erwiderte Artsruni. »Er zahlt niemandem etwas heim.«

»Und warum musst du es tun? Um der Genugtuung willen? Geld ist solider. Du bist der Letzte deiner Familie, aber du musst es doch nicht bleiben, Artsruni. Hast du schon einmal daran gedacht, dass du statt eines Vaters einen Sohn haben könntest? Mach deinen Frieden, such dir ein Mädchen, das zu dir passt, und fang neu an.«

»Geht das? Und wo verstecke ich den verkorksten Rest von meinem alten Anfang?« Irgendwer hatte Armenier als

Menschen mit zu großen Mündern und aus dem Schädel brennenden Augen beschrieben. Er musste diesen gekannt haben.

»Zum Teufel, du kannst doch Amarna nicht zerstören wollen!«, rief Merten. »Weißt du nicht, wie wundervoll sie ist? Weißt du nicht, dass es selbst einen eiskalten Zyniker wie mich blutwarm überläuft, wenn sie von irgendwo auftaucht und mir die Arme um den Hals wirft?«

»Doch«, sagte Artsruni, »ich fürchte, das weiß ich.« Er hatte Mühe, gerade zu stehen, was er mit bewundernswertem Kraftaufwand zu verbergen suchte. »Wovor haben Sie eigentlich Angst?«, fragte er. »Davor, dass ich versuche, Amarna zu töten, davor, dass ich sie schwängere, oder davor, dass ich ihr sage, was ihr Vater getan hat?«

»Ihr Vater hat überhaupt nichts getan, du Scheißkerl«, schrie Merten. »Überhaupt nichts, hast du verstanden? Und für das, was du eben über meine Patentochter gesagt hast, sollte ich dir eine runterhauen, dass dir die Tränen den Rücken runterlaufen.«

Mühsam, indem er kurze, tiefe Züge von der Zigarette nahm, gelang es ihm, sich in die Gewalt zu bekommen. Er musste sich am Riemen reißen, durfte nicht ständig die Kontrolle verlieren. Artsruni stand vor dem Zelt und schwieg. Gerade als Merten versuchen wollte, zu sprechen und die Lage zu retten, sagte er: »Ja.«

»Was, ja?«

»Ja, Sie sollten mir für das, was ich über Amarna gesagt habe, eine runterhauen, dass mir die Tränen den Rücken runterlaufen.«

»Du treibst deine Spielchen mit dem Falschen, Kerl.« Merten warf die Zigarette weg und stand auf. Das vereiste Gras hatte ihm den Mantel durchnässt, und seine Glieder schmerzten. Er trat vor Artsrunis Balg hin, wie er es vor zwanzig Jahren getan hatte, als der spillerige Bengel ihm kaum bis zur Brust gereicht hatte, und holte aus. Artsruni blickte auf und sah ihn an. »Verdammt, Artsruni.« Merten stöhnte und ließ die Hand sinken.

»Das kommt schon hin.«

»Ein Sohn tut das, habe ich recht?« Merten konnte nicht glauben, dass er sich das sagen hörte. »Schläge für seinen Vater einstecken. Aber irgendwann stinkt es einem.«

Artsruni entblößte die Zähne. »An das Stinken könnte man sich vielleicht gewöhnen, aber das Dröhnen im Kopf fängt an zu stören.«

Merten musste lachen, ohne etwas komisch zu finden. »Allerdings«, sagte er. »Bei mir dröhnt es nicht nur, es knallt auch.«

»Davon würde ich wahnsinnig werden.«

»In der Tat.« Er starrte in seine Hände. »Was da knallt, ist die Borchardt C93, mit der mein Vater sich erschossen hat. Er fand das angebracht, nachdem seine Frau mit seinem halben Regiment durch sein Bett gesprungen war. Dass er seinen Sohn bei der Schlampe zurückließ, dass der Skandal wochenlang durch sämtliche Klatschblätter gezerrt wurde, dass der Sohn in der Schule den Namen Hurensöhnchen und die Stellung des Prügelknaben weghatte, spielte keine Rolle. Er war Offizier und zog sich aus der Affäre. Tod in Würde. Sag mir, zeugt es wirklich von Würde, wenn man sich feige vor Schmerz drückt und die, für die man Verantwortung trägt, in der Scheiße sitzenlässt?«

»Ich weiß nicht«, sagte Artsruni. »Von Würde verstehe ich nichts, nur von dem Wunsch, sich feige vor Schmerz zu drücken. Eine gute Figur gibt man damit nicht ab. Aber Schmerz macht den Kopf so leer, er trampelt alles, was in einem Menschenkopf vorhanden sein müsste, klein und platt.«

Erstaunt blickte Merten auf und sah Artsruni ins Gesicht. »Warum hast du dich nicht gedrückt?«, fragte er. »Warum hast du dich nicht umgebracht?«
Artsruni überlegte. »Die Idee kam mir wohl nicht«, sagte er dann. »Außerdem bin ich ja meist mit einem blauen Auge davongekommen.«
Merten grinste, noch immer ohne das Geringste komisch zu finden. »Einen Weichling kann dich wirklich keiner schimpfen, was?« Etwas an diesem seltsamen Gespräch tat wohl, die Kameraderie, das Gefühl, verstanden zu werden. »Das ist es, was mich am meisten ekelt, dass mein Vater so ein Weichling war, der in Selbstmitleid ertrank. Angeblich hat er an mich gedacht, als er sich zum Krepieren hinter seinen Schreibtisch fläzte. Er hat mir einen Jammerbrief geschrieben, den sollte ich lesen und seinen Tod in Würde begreifen, aber zum Teufel, ich war erst gottverdammte neun Jahre alt! Findest du, ich bin wehleidig, Artsruni? Findest du, ich jammere genauso erbärmlich wie er?«
»Ich glaube, ich kann Sie mir jammernd nicht vorstellen«, antwortete Artsruni.
»Der Hölle sei Dank. Wenn ich etwas nicht ertragen könnte, dann, ein Jammerlappen wie mein Vater zu sein. Drei Seiten lang hat er seinem neunjährigen Sohn die Ohren vollgeplärrt, ohne ein Wort des Bedauerns darüber, dass er diesen Sohn dem Hohn der Geiferer preisgab. Ein Rat, wie ein Junge seine Würde bewahrt, wenn er gezwungen ist, in einem besseren Bordell aufzuwachsen, fehlt in dem verdammten Brief.«
Artsruni sah ihn an. Obwohl er zitterte, war sein Blick ruhig, und auf einmal fand Merten in seinen Augen nichts mehr von Gaspar. »Sie haben seinen Rat nicht gebraucht, um Ihre Würde zu bewahren«, sagte er. »Und man merkt es Ihnen nicht an.«

»Was?«
»Dass Sie in einem besseren Bordell aufgewachsen sind. Ich hätte gedacht, Sie wären in einem Museum aufgewachsen. Nicht in dem von Professor Ebedi, das ist zu wenig perfektionistisch. Und in denen in Berlin auch nicht, die haben noch keine Tradition. Im British Museum vielleicht, in dieser großen Halle mit den Säulen. Wenn ich Unsinn rede, tut es mir leid. Ich bin ja nie da gewesen.«
Merten starrte die schönen, unbewegten Züge an. Nie zuvor hatte jemand lange genug über den eigenen Sorgen den Atem angehalten, um sich dies von ihm anzuhören und ihm Antwort zu geben. Mehrere Herzschläge lang musste er die Zähne zusammenbeißen, um sich nicht zu bedanken. »Wollen Sie gern einmal hin?«, fragte er.
Artsruni drehte den Kopf zur Seite. »Ja. Vielleicht.«
»Es ist das großartigste Museum der Welt«, sagte Merten. »Wenn ich statt Bordellgestank etwas von dem Wind, der dort weht, an mir habe, dann liegt es daran, dass ich in der ganzen Scheiße gottverdammtes Glück hatte.«
»Professor Brandstätter?«
Merten nickte. »Tilman hat mich im wahrsten Sinne des Wortes aus der Jauche gezogen. Und er hat dafür gesorgt, dass von den Kanaillen an unserer sogenannten Eliteschule keiner mehr wagte, mich anzupusten.«
Artsruni sah seiner Schuhspitze zu, die versuchte, ein Muster in den hartgefrorenen Boden zu zeichnen. »Sie haben es ihm vergolten«, sagte er.
»Das versuche ich noch immer«, erwiderte Merten. »Und ich schrecke dafür vor nichts zurück.«
»Ich glaube, das verstehe ich.«
»Wissen Sie was?«, fragte Merten. »Es würde mir leidtun, wenn Sie sich über dieser Sache das Genick brechen müssten.

Sie haben Schneid, dafür gebührt Ihnen Achtung. Und Sie haben viel mehr von einem feinen Kerl in sich, als wir Ihnen zugetraut hätten. Meinen Sie nicht auch, es sind Leben genug zerstört worden, können wir diese furchtbare Geschichte nicht zu einem guten Ende bringen?«

Artsruni schlang die Arme fester um den Leib. »Ich würde das gern«, sagte er, »aber ich weiß nicht, wie.«

»Warum nicht? Sagen Sie Hattuša Lebewohl und bauen Sie sich anderswo ein Leben auf, in dem keiner Sie wie einen Aussätzigen in die Kälte schickt. Was hält Sie denn?«

»Ich brauche die Wahrheit.«

»Die kennen Sie doch. Dafür, dass ich nicht einfühlsam vorgegangen bin, sondern gleich zugeschlagen habe, entschuldige ich mich. Wir waren alle mit den Nerven am Ende. Aber mir war immerhin daran gelegen, dass Sie die Wahrheit begreifen.«

»Sicher, nur waren Sie nicht dabei.«

»Aber ich kenne die verdammte Geschichte, als wäre ich dabei gewesen! Mir tut sie auch bis heute weh, genau wie Ihnen. Die Tat Ihres Vaters hat uns den Boden unter den Füßen entzogen. Aber Sie sind nicht Ihr Vater, Arman. Sie haben das Recht, in ein Land zu gehen, wo Sie keine falschen Namen brauchen und niemand Sie für ein Verbrechen abstraft, das Sie nicht begangen haben.« Merten hatte nicht vorgehabt, dergleichen zu tun, aber vermutlich schlug ein Erbe seines Großvaters durch. Eine Schwäche für Tapferkeit. Als Artsruni schauderte, legte er ihm den Arm um die Schultern. »Jetzt kommen Sie verdammt noch mal mit nach drüben ins Warme, und ich gebe Ihnen einen Brandy. Es braucht ja niemand zu merken, und morgen früh, wenn Sie sich besser fühlen, machen Sie sich auf den Weg.«

»Vielen Dank, Professor Schobert.« Sachte, aber mit mehr Kraft, als Merten erwartet hätte, befreite er sich. »Bitte verschwenden Sie keine Mühe mehr auf mich. Ich finde Ihr Angebot großzügig und wäre ziemlich gern in der Lage, es anzunehmen. Aber das bin ich nicht.«

»Warum nicht?«

Er senkte den Blick und hielt die Schuhspitze still. »Weil ich auch in der ganzen Scheiße gottverdammtes Glück hatte.«

Beim Aussprechen des Fluchs zuckte er zusammen, und auf einmal wusste Merten, von wem er das kannte. Im selben Augenblick begriff er, dass er nicht einen Gegner hatte, sondern zwei. Und dass mit dem zweiten nicht zu reden sein würde. »Das hatten Sie in der Tat«, rief er, obwohl er fürchtete, dass es sinnlos war. »Tilman Brandstätter hat Ihr Leben gerettet, er hat sich für Sie eingesetzt, Sie gegen uns alle verteidigt …« Artsruni hob den Kopf. Sein Blick ließ Merten verstummen. Erst nach mehreren Atemzügen setzte er noch einmal an: »Das mit Tatvan dürfen Sie ihm nicht vorwerfen«, murmelte er. »Dafür konnte er nichts, er hat nicht einmal davon gewusst.«

»Ich werfe ihm nichts vor«, erwiderte Artsruni. »Aber ich kann gegenüber dem Mann, der mich gerettet hat, nicht mein Versprechen brechen.«

»Verdammt, alle Menschen brechen Versprechen. Ihr Vater hat fast wörtlich dasselbe zu mir gesagt, und am nächsten Tag ist er hingegangen und hat das seine in Bausch und Bogen gebrochen.«

»Vielleicht kann ich es deshalb nicht«, sagte Artsruni.

Einen Herzschlag lang fühlte sich Merten wie als junger Mann auf einer Jolle, wenn mit einem Schlag aller Wind aus den Segeln wich.

Artsruni fuhr sich über die Schläfe. »Bitte entschuldigen Sie.«

»Was?«

»Den erbärmlichen Versuch, mich vor Ihnen als Held hinzustellen. Ja, ich hätte gern ein Pferd, einen Namen wie ein leeres Blatt und einen Anzug, hinter dem kein Mensch mich erkennt. Ich hätte gern ein Haus wie eine uneinnehmbare Festung und sicher auch ein Mädchen, das Kinder zur Welt bringt, ohne nach deren Stammbaum zu fragen. Hätten Sie mir im letzten November so ein Angebot gemacht, hätte ich vermutlich jedes Versprechen gebrochen und wäre mit Ihrem Geld auf und davon gegangen.«

»Und warum tun Sie's jetzt nicht? Ich verlange doch nichts, als dass Sie aus Amarnas Leben verschwinden.«

Er schüttelte den Kopf. Ein erstickter Zischlaut entfuhr ihm, und seine Hand schoss an sein Gesicht. »Ich habe es versucht«, sagte er. »Ich bringe die Kraft nicht auf, und das wirft alles durcheinander.«

Im harten Sternenlicht trafen sich ihre Blicke.

»Nein«, stieß Merten heraus, »nein, nein, nein! Sie tun das aus Rache. Sie vergreifen sich an dem Mädchen, um es uns heimzuzahlen.«

Artsruni presste die Lippen aufeinander, bewegte den Kopf und verbiss sich einen Schmerz, der seinen ganzen Körper schüttelte.

Von Entsetzen gepackt, ergriff Merten seine Schultern. »Zum Teufel, Sie wissen, dass Sie das nicht dürfen«, rief er. »Sie müssen sie vergessen, Sie zerstören dem Mädchen alles, was es hat und jemals haben könnte.«

»Das sage ich mir auch Tag und Nacht«, erwiderte Artsruni. »Aber ich höre nicht hin.«

Hattuša
Im Nebel der Zeit

Den Altar der Šawuška hatte Puduhepa fortgeräumt, als sie noch in Hakmis gelebt hatten. Als Urhi-Tešub sie nach Hattuša beorderte, hatte sie den Altar aus schwarzem Obsidian verpacken und gesondert in die Hauptstadt schaffen lassen. Sie hatte nicht gewusst, warum sie der Šawuška nicht in Hakmis ein Heiligtum stiftete und den Altar dort beließ. Vielleicht wäre es ihre Rettung gewesen, die dunkle Herrin von Liebe und Krieg hinter sich zu lassen, aber Puduhepa war das Gefühl nicht losgeworden, mit der Göttin untrennbar verbunden zu sein.

Jetzt begriff sie, dass sich dagegen mit Menschenkräften nicht ankämpfen ließ. In einer Kammer unter der Halle ihres Hauses warf sie sich vor den schwarzen Altar und leistete der Šawuška ein Gelübde. Lass Urhi-Tešub, der arglos wie ein Kind ist, nicht zuschanden gehen. Lass Hattušili, der ohne mich verloren ist, nicht zuschanden gehen. Lass die zwei Männer, die sich wie Brüder lieben, einander nicht verlieren, damit Hattuša nicht zuschanden geht. Dafür bringe ich mein Opfer. Ich bin dein Kind, Šawuška. Du hast mich hart gemacht, und ich opfere dir das eine, was in meinem Leben zart war.

Sie wollte ihn nur noch einmal treffen, weil sie es ihm schuldete, ihm die letzten Worte ins Angesicht zu sagen. Und weil er, wenn es zu spät war und der Bildhauer sie verraten hatte, nicht allein in der Felsenkammer gefunden werden durfte. Ich würde gern sterben, dachte Puduhepa. Ich würde gern aus dem anderen Ausgang unserer Kammer fliehen und in die Schlucht fallen, als könnte ich fliegen. Aber das darf ich nicht. Hattušili könnte damit leben, denn danach würde ich keinem mehr gehören, aber Urhi-Tešub würde zugrunde gehen.

Sie meldete der Palastwache, dass der junge Bildhauer unsittlich an ihr gehandelt hatte. Die wenigen vertrauenswürdigen Männer der innersten Wache kannten sie. Sie wussten nicht nur, dass sie die Frau des Helden von Kadesch war, sondern auch, dass sie das Liebste war, was der Labarna auf der Welt besaß. Der junge Mann wurde festgenommen.

»Er wird für seine Tat zu leiden haben«, versprach ihr der Oberst. »Eine Strafe mit dem Pistazienholz, bei der Blut und Tränen fließen.«

»Nein«, sagte Puduhepa, »führt ihn auf keinen Platz, um ihn vor aller Augen zu prügeln. Haltet ihn im Verließ. Ihr müsst ihn töten.«

»Aber dieser Mann ist ein Künstler und Schriftgelehrter. Der Labarna hasst es, solche Männer zu verlieren, und der Tod wird nur über Unmenschen verhängt, die den Bruderschwur brechen!«

»Wenn dieser Mann nicht stirbt, wird der Bruderschwur von Hattuša zerfallen«, sagte Puduhepa, der das Herz raste. Der Mann war so jung wie Hattušili, als sie ihn geheiratet hatte, er war schön wie Urhi-Tešub an jenem Morgen im Heiligtum, und er war klug und begabt. Aber er war ein Verräter. Um das fragile Gestänge, auf dem Hattuša stand, im Gleichgewicht zu halten, musste sie ihn opfern. Und wäre er am Ende der Chronik nicht ohnehin gestorben? Aus den Falten ihres Rocks zog sie einen Beutel und eine Bronzestatuette, die zu ihrem Brautgeschenk gehört hatte.

»Ich bin Euch zu Diensten, Tawananna«, sagte der Oberst, nahm den Beutel und verneigte sich. Der Titel Tawananna stand nur der Gemahlin des Großkönigs zu.

Da aber Urhi-Tešub unvermählt war, sprachen seine Vertrauten sie zuweilen mit diesem Titel an.
»Tut es sofort«, presste Puduhepa heraus. »Lasst keine Zeit verstreichen.« Dann zwang sie sich zu laufen, um nicht zu spät zu kommen. Einmal war sie auf solche Weise gelaufen, als im Winter so dichter Schnee gefallen war, dass sie den Weg vor Augen nicht mehr sah. Gefunden hatte sie ihn trotzdem. Sie würde ihn immer finden, auch wenn sie den Weg nie mehr gehen würde.
Heute lief sie erst nach Hause, um Hattušili in Sicherheit zu wiegen. »Ich gehe, um der Šawuška ein Opfer zu bringen.«
»Warum du allein?«
»Ich bin eine Priestertochter. Mir steht vom Gesetz das Recht zu, allein zu opfern, und die Šawuška weiß die zu schätzen, die sich ihr ohne Schutz und Gefolge nähern.«
Traute er ihr? Sein Blick war nicht zu deuten. »Ich liebe dich«, sagte Puduhepa, weil sie nichts anderes wusste und weil es nicht gelogen war. Dann legte sie sich ihr Tuch aus der Wolle junger Langhaarziegen um, das ihre Halbschwester Henti vor einem Menschenleben für sie umstickt hatte. Damals hatte sie gewusst, dass sie Henti, die ihr manchmal Wärme gegeben hatte, nie wiedersehen würde. Wäre es anders gewesen, hätte sie eine Wurzel haben dürfen, die in der Erde verankert war, hätte sie der Versuchung widerstehen können? Hätte sie eine Familie besessen, wäre sie der Gefahr von Urhi-Tešubs Nähe nie erlegen?
»Warum trägst du den alten Umhang, Puduhepa? Habe ich dich nicht ausgestattet, wie es einer Königin geziemt?«
»Du hast mich ausgestattet, wie es einer Göttin geziemt«, antwortete Puduhepa. »Den Umhang trage ich, weil er im Haus meines Vaters gefertigt wurde, der Hohepriester der Šawuška war. Gute Nacht, mein Gebieter.«

»Warte«, sagte Hattušili. »Wenn ich dich heute Nacht bitten würde zu bleiben, würdest du es um meinetwillen tun?«
So hatte er lange nicht mehr mit ihr gesprochen, es war die bittende Stimme, die sie aus der Zeit im Tempel kannte. Sie riss sich zusammen. »Ginge es um Menschenbegehren, würde ich bleiben«, sprach sie wie angelernt vor sich hin. »Aber das Begehren der Götter muss darüber stehen, oder uns drohen ihre Strafen.«
Er musterte sie, seine Augen ohne Ruhe. »Ich brauche dich, Puduhepa. Mein Tag war voller Erniedrigung. Wiederum hat er, den ich meinen Herrn nennen muss, vor dem Panku abgelehnt, was immer ich vorgetragen habe.«
»Du nennst Urhi-Tešub deinen Bruder!«
»Schweig!«, rief Hattušili. »Die Kaskäer, die in unserem Land schmarotzen, will er gewähren lassen, und mit Ägypten, dem Feind aller Feinde, will er einen Friedensvertrag. Der Name Kadesch, für den ich mein Leben geopfert hätte, soll nicht länger für einen Sieg, sondern für ein feiges Zusammenkriechen stehen, und mein Kind, die Frucht meiner Lenden, verlangt er als Pfand!«
Puduhepa zuckte zusammen. Hattušili liebte Sauškanu. Vor dem Weidenkörbchen, das im Wind schwang, stand er und sah dem schlafenden Kind beim Lächeln zu, als wäre es das eine Geschöpf, dem er zugestehen konnte, dass es ein eigenes war, ein kleines Leben voller Willen und Gefühle. Hattušili konnte nur Sauškanu meinen, wenn er »mein Kind« sagte, denn Tudhalija, den Sohn, nannte er nie bei einem solchen Ehrennamen. Der Junge, der ungebärdig war und sich mit dem Lernen schwertat, erhielt für ein so kleines Kind zu viele Schläge, kein lobendes Wort und keinen Blick, aus dem Vaterstolz sprach.
»Er wird das nicht tun, nicht wahr, Puduhepa?«

»Was, mein Gebieter? Und wer?«
»Der Mann, den ich mit einer Zunge, die sich sträubt, meinen Bruder nenne. Er wird mir nicht meine Tochter nehmen? Weißt du, wie es war, nach unserem Kampf, als ich ihn in den Armen hielt, halbtot und blutüberströmt, wie ich mir geschworen habe, diese teuerste Schöpfung der Götter nicht sterben zu lassen? Ich hätte mein Blut in seine Adern rinnen lassen, um ihn zu retten. Ich dachte: Wenn wir dies durchstehen, sind wir Herren von Hattuša, und keiner wird ahnen, dass wir Einsamkeit und Entwürdigung kannten. Wie kann er mir nehmen, was mich ausmacht? Erst mein Reich, dann meinen Ruhm, jetzt mein Kind – was noch?«
Bestürzt umfing Puduhepa sein Gesicht. »Er ist dein Bruder, mein Gebieter. Und nein, er wird unsere Tochter Sauškanu nicht von dir nehmen, er wird sie keinem fremden Großkönig in die Ehe geben, solange du als ihr Vater es nicht wünschst.«
»Mit Lapislazuli behängt er sie!«, rief Hattušili. »Ist der blaue Königsstein so unwiderstehlich, dass er eine Tochter von ihrem Vater fortlockt?«
Das Armband gehört mir, wäre es Puduhepa fast entschlüpft, doch sie besann sich. »Sauškanu wird ihrem Vater eine gehorsame Tochter sein«, sagte sie. »Der blaue Stein wiegt nichts gegen die Bande einer Familie.« Sie würde Urhi-Tešub ins Gewissen reden. Für sein Traumgespinst von Frieden durfte er nicht Hattušili quälen. Zwar besaß der Labarna das Recht, über die Köpfe von Vätern hinweg die Töchter des Landes zu verheiraten, aber Hattušili war nicht irgendein Vater. »Ich muss gehen, mein Gebieter. Die Götter schützen Euren Weg.«
»Puduhepa! So sehr drängt es dich? Hast du nicht wenigstens Zeit, nach deinen Kindern zu sehen, wie jede Mutter es tut?«

»Ich werde nach ihnen sehen«, sagte sie, verneigte sich in so unterwürfiger Weise, wie sie es nie getan hatte, und floh aus der Kammer. Besaßen ihre Schritte noch etwas von Grazie, von ägyptischer Würde, als sie den Gang entlanghastete, um zu den Gemächern der Kinder zu gelangen?
Sauškanu schlief lächelnd im Körbchen, an ihrem winzigen Gelenk die blauen Perlen. Telipi, die Kinderfrau, strahlte ihrer Herrin entgegen. »Sie ist ein süßer Sonnenschein«, sagte sie, »süßer als Feigen und Granatäpfel.«
Puduhepa drehte sich um, weil etwas an ihr zerrte, und fand ihren Sohn, der wie ein Köter mit Klauen und Zähnen in ihren Kleiderfalten hing. Er war schön, dunkeläugig, Urhi-Tešub aus dem Gesicht geschnitten. Er würde bald nicht mehr schön sein, weil Bitterkeit und Eifersucht das Ebenmaß der Züge entstellten. »Geh weg«, fuhr sie ihn an. Sie hätte ihn aufnehmen und an sich drücken wollen, das Rabenhaar streicheln, die fein geschwungene Wange küssen, doch sie bebte vor Angst, sich zu verraten. Als er zu schreien begann und versuchte sie zu beißen, rief sie nach Telipi. Die pflückte den Königssohn von ihr ab. »Ich werde den Zuchtmeister holen«, sagte sie. »Sein Vater verlangt, dass er Schläge erhält, wenn er sich schändlich beträgt.«
Das Amt des Zuchtmeisters war es, Sklaven zu strafen, keine Prinzen. Wen bestrafte Hattušili, wenn er seinen Sohn, ein Kind von kaum drei Jahren, nicht selbst züchtigte, sondern eine solche Entwürdigung verhängte? Seine Frau? Den Mann mit dem Rabenflügelhaar, dem das Kind ähnlicher sah als ihm selbst? Ohne ein Wort floh sie aus dem Haus, aus dem Sumpf des Grauens, den sie aus ihrem Leben gemacht hatte und der jetzt die Fangarme nach ihren Kindern streckte.

Puduhepa rannte durch die Nacht. Sie hätte nicht zu sagen vermocht, ob es heiß oder kalt war, ob Wind wehte, ob die Nacht sternenklar war. Sie war eine Ehebrecherin. Sie war eine Mörderin. Sie war eine schlechte Mutter, die ihr Kind nicht schützte, und all das hatte die Liebe zu Urhi-Tešub aus ihr gemacht. Nicht jede Liebe war heilig. Manche setzte die Šawuška in die Welt, um Menschen zu prüfen, und wenn die Menschen versagten, verströmte die falsche Liebe Gift. Puduhepa war an jeder der Prüfungen gescheitert, doch heute Nacht würde sie die letzte bestehen, um zu retten, was noch nicht verloren war.
Schweigend erhoben sich die Felsen, die Hüter des Heiligtums und ihrer sündigen Liebe. Selbst im Schlaf, selbst kurz vor dem Tod hätte Puduhepa den Einstieg in die Kammer gefunden.
»Meine Liebste, mein Lapislazuli, mein Ein und Alles.«
Er hatte eine Fackel entzündet, in deren Geflacker sie sein Gesicht sah. Auch die Hieroglyphen, die ihre Geschichte erzählten, sah sie, die Schriftzeichen, deren Schöpfer sie getötet hatte. »Nenn mich nicht mehr so, Urhi-Tešub«, sagte sie. »Nenn mich nicht mehr bei Liebesnamen.« Statt ihr zuzuhören, zog er sie in die Arme und küsste sie. Er war stark und sacht, und er zeigte ihr noch einmal, warum sie um seinetwillen alles aufs Spiel gesetzt hatte, warum ein Band aus Fleisch so stark sein konnte, dass es Mauern aus Stein niederriss. Es dauerte lange, bis sie zur Besinnung kam. »Wir müssen ein Ende machen«, sagte sie. »Die Götter haben mich für Hattušili bestimmt, und je länger wir uns ihrem Willen widersetzen, desto weiter werden die Kreise, die das Unglück zieht.« Wenn er jetzt anfangen würde, sie mit seinem Liebessäuseln zu betören, würde sie ihn schlagen.
»Puduhepa«, sagte er, »ich bin in diesen Tagen ohne dich

krank geworden, und ich habe nachgedacht. Ich glaube, dass die Zeiten sich ändern. Wir haben gelernt, wie man Stahl für Waffen schmiedet und Städte in den Schutz von Felsen schlägt. Jetzt aber werden wir lernen müssen, die Waffen niederzulegen und in den Städten das Leben zu feiern, oder unsere Städte werden hohl und leer. Wir müssen lernen zu lieben, Puduhepa.«

»Ich will nichts mehr hören!«, schrie Puduhepa, dass das Echo den Felsen erschütterte. Man durfte das nicht. Jedes Kind in Hattuša lernte, dass man in behauenen Felsen nicht schreien durfte, weil die Wunden und Spalten, die Menschen ihnen schlugen, ihre Struktur erschütterten. Ein Schrei, ein Stoß, eine falsche Bewegung konnte einen Steinschlag auslösen, Rache der Felsen, für die ein Mensch mit dem Leben bezahlte. »Dein Gerede streut mir Sand in die Augen, aber es hält das Unglück nicht auf.«

»Puduhepa«, sagte er, die Stimme ruhig und firm. »Ich habe dir das erzählt, um dir zu erklären, warum ich glaube, dass die Götter uns hier in Hattuša brauchen. Ich habe dir oft gesagt, ich könnte dem Mann, der mein Leben gerettet hat, kein Leid antun, und ich habe mir gewünscht, wir hätten dies vor den Augen Hattušas beweisen dürfen. Dass aus Liebe nicht Leid hervorgeht, nicht göttlicher Zorn, sondern Stärke und Leben.«

»Aber du tust ihm Leid an!« Schon wieder schrie Puduhepa. »In deinen Träumen von himmlischem Frieden siehst du nicht, dass du hier auf der Erde dem Mann, der sein Blut für dich gegeben hätte, die Luft zum Atmen nimmst.«

Ihre Fäuste, die auf ihn eintrommeln wollten, hielt er fest. Ihre Arme erlahmten, und sie sank kraftlos an seine Brust. Er umschlang sie, und sie vernahm seinen Herzschlag. Das Liebeslied, das unauslöschlicher sang als Worte.

»Es ist gut«, sagte er und wiegte sie. »Wenn ich dich von dem, was ich dir zu erklären versuche, nicht überzeugen kann, will ich dich nicht länger quälen. Und mich auch nicht. Ich bin ohne dich nicht der Mann, der dieses Reich regieren kann. Lass uns also niederlegen, was wir waren, und aus Hattuša fortgehen.«

Puduhepa stockte der Atem. Das Opfer, das er ihr bot, war in der Enge eines Menschenherzens nicht erfassbar. Er war der Labarna, der beim Neujahrsfest die Sünden Hattušas auf seinen Rücken lud und der einst, am Tag der Mutter, dafür in die Reihen der Götter aufsteigen würde. Er aber warf seine Unsterblichkeit um ihretwillen fort und ließ Tat werden, was er ihr gesagt hatte: Ich will lieber ein Mensch bleiben.

»Unsere süße Sonne Sauškanu nehmen wir mit uns«, sagte er. »Den Jungen müssen wir Hattušili lassen. So hart es dich ankommt, wir können einem Mann nicht seinen Sohn rauben.«

Sie streichelte die Stelle an seinem Hals, an der sein Leben klopfte, und weinte. »Ich liebe dich«, sagte sie und wünschte mit aller Kraft, sie könnten tun, was er angeboten hatte, fortgehen und Hattuša hinter sich lassen. »Es ist zu spät, mein Liebling.«

»Zu spät?«

»Der Bildhauer«, presste sie aus ihrer zugeschnürten Kehle. »Er hat uns verraten.«

»Akiia? Der Mann, der unsere Geschichte in die Wände schrieb? Nie im Leben. Du hast gesagt, ich soll dir einen Mann schicken, dessen Händen ich das Licht meiner Augen anvertrauen würde, und das habe ich getan. Er würde mich nie betrügen.«

»Aber das hat er getan!«, schrie Puduhepa. »Ich habe ihn

bei Hattušili gesehen. Sie saßen zusammen, und der Bildhauer hat ihm erzählt, wo unsere Kammer liegt.«
»Hast du das gehört?« Urhi-Tešub lachte und küsste ihre Stirn. »Wenn du nämlich nichts gehört hast, dann saß der arme Akiia, den du einer so üblen Tat bezichtigst, bei Hattušili, weil ich ihn dorthin geschickt habe. Ich kann diesen feinen Mann nicht nach Abschluss der Chronik töten lassen, Liebste. Deshalb kam mir der Gedanke, ihn als Schreiber Hattušili in Dienst zu geben. Auf die Weise ist er uns allen verpflichtet und kann ein zufriedenes Leben führen. Zufriedene Menschen werden keine Verräter.«
»Sag, dass das nicht wahr ist!«, schrie Puduhepa. Sie hatte ein Leben auf dem Gewissen. Das Leben eines Mannes, der hundert Jahre hätte alt werden können und in einem Verließ ohne Ehre verscharrt werden würde. Als ihr Schrei verklang, spürte sie unter ihren Sohlen das Rumpeln. Die Geduld des Steins war erschöpft.
Durch das Krachen des Gesteins drang ein Ruf. Hell und spitz. Nicht der eines Mannes, sondern der eines Kindes. Sie fuhren herum.
Steinhagel trennte sie vom Einstieg der Kammer, wo Urhi-Tešub die Fackel in den Halter gesteckt hatte. Die Flamme beleuchtete die kleine Gestalt, das vor Entsetzen verzerrte Gesicht. Hinter den niederstürzenden Steinen stand Tudhalija. Ihr Sohn.
Sie hatten keine Wahl. Sie würden nach vorn, in die Schlucht flüchten und hinunterfallen müssen, obwohl sie nicht fliegen konnten. Die Hufschläge der Wachen und ihr Rufen waren schon zu hören. Über allem dröhnte Hattušilis Stimme. »Seht, wo das Kind hingelaufen ist, dort nach oben, folgt immer dem Kind!«

35

Die Nächte waren voller Angst und Schrecken. Die Tage aber waren erfüllt von Wärme, Süße und Entdeckerfreude.

Sie war in Hattuša. Sie, Amarna Brandstätter, Studentin mit verkrachter Magisterarbeit, war auf einer Grabungsstätte im Vorderen Orient und arbeitete an der Vorbereitung einer Großgrabung mit. Ihre Kollegen, die mit beeindruckenden Qualifikationen aufwarten konnten, nahmen ihre Meinung ernst, als wäre sie ihresgleichen. Vor allem aber arbeitete sie mit dem Mann, den sie liebte, und verliebte sich täglich in eine neue Seite von ihm.

Sie waren den ganzen Tag auf den Beinen und gingen in der Arbeit auf, so dass sie die Kälte kaum spürten. Sie steckten Bereiche ab, die sich zur Grabung empfahlen, führten Probegrabungen durch, prüften Dicke und Beschaffenheit des Schutts, der abgetragen werden musste, bargen Artefakte, die ungeschützt herumlagen, und führten Logbücher, mit deren Hilfe die Archäologen um Bodo Hähnlein und Kurt Bittel ihr Vorgehen würden planen können.

Amarna untersuchte selbständig einen Bereich auf dem Palasthügel, in dem sie Wirtschaftsräume und Wohnungen für Wachleute vermutete. Unverhofft war sie auf einen Hohlraum gestoßen, und die Prüfungen, die sie im Rahmen der Sondierung durchführen konnte, bestätigten ihren Verdacht. Mit größter Wahrscheinlichkeit hatte sich hier ein Verließ befunden.

Sie steckte die Stelle gesondert ab und markierte die Abschnitte, die ihr Aufschluss gaben, mit wasserdicht umhüllten Schildern. Auch die Stelle, wo sie bei der Entnahme einer Boden-

probe die zauberhafte Bronzestatuette eines sitzenden Mannes gefunden hatte, erhielt eine gesonderte Markierung. Auf ihre Arbeit war sie unendlich stolz. Es war großartig, einen Teil dazu beizutragen, dass Hattušas Geschichte aus den Nebeln der Jahrtausende noch einmal erstand.
Die Gruppe um Bittel und Hähnlein, die unterwegs Grabungshelfer anwerben würde, wollte in etwa vier Wochen, wenn der Bann der eisigen Nächte gebrochen war und der Frühling Einzug hielt, eintreffen. Bis dahin musste die Sondierungsarbeit abgeschlossen sein. Auch damals waren sie im Frühling gekommen, erinnerte sich Amarna. Diese Bilder der Erinnerung, die fast zwanzig Jahre lang verschüttet gewesen waren, schreckten sie nicht länger. Sie waren kostbar und schön. Umso grauenhafter waren die, die sie bei Nacht überfielen. Die Träume, die immer unerträglicher und unverständlicher wurden, zerrissene Fetzen von Blut, Zerstörung und Tod, die Umrisse ihrer Mutter und eines Mannes, die leere weiße Gesichter hatten.
Arman hatte recht behalten. Statt eines Bildes von ihrer Mutter, das ihr Wärme schenkte, hatte sie eines bekommen, das sie in panische Angst versetzte.
Zur unverhofften Gefährtin wurde ihr das Mädchen Rehan, das unter Armans Abwesenheit vermutlich so sehr litt wie sie und im Schlaf schrie, als würde sie von derselben Todesangst gequält. Vor den Männern der Gruppe fürchtete sie sich, so freundlich sie sich auch um sie bemühten, und die Einzige, zu der sie Vertrauen fasste, war Amarna. Deren Eifersucht auf das Mädchen war verflogen, seit sie begriffen hatte, dass Rehan überhaupt nicht fähig war, Arman als Mann zu begehren, sondern ihn als ihren Beschützer liebte, bei dem sie sich geborgen fühlte. In Rehans Augen gehörten Arman und Amarna jetzt zusammen, und fortan bezog sie sie in ihre Liebe ein.

Sie überschüttete sie mit ihrem armenischen Wortschwall, von dem Amarna noch immer keine Silbe verstand, während das Türkische ihr von Tag zu Tag vertrauter wurde. Da sie Rehan in Worten keine Antwort geben konnte, rückte sie kurzerhand ihre Schlafmatte neben ihre eigene. Vor Dankbarkeit küsste Rehan ihr die Hände. Ehe sie einschlief, schmiegte sie sich an Amarna.
Die streichelte sie, sprach beruhigend auf sie ein und hatte auf diese Weise das Gefühl, wenigstens etwas für Arman zu tun, den sie allein in der Kälte der Nacht wusste. Die Nähe des warmen Körpers beruhigte auch sie, doch kaum schlief sie ein, kehrten die Bilder vom Tod und von der weißgesichtigen Mutter zurück.
Sie befahl sich, nicht mehr daran zu denken, nicht an den kostbaren Tagen, an denen sie ihre Arbeit, ihre Hethiterstadt und ihren Liebsten in vollen Zügen genießen wollte. Tagen, die kein Ende haben durften! »Wenn Bodo Hähnlein kommt, können wir trotzdem noch bleiben, nicht wahr, Arman? Ich kann mir nicht vorstellen, dass wir je wieder von hier wegmüssen!«
Im Gegensatz zu den Übrigen, die für bestimmte Bezirke eingeteilt waren, zog Arman überall herum und fertigte Karten und Skizzen an. Wenn sie ihn ansprach, blieb er stehen und blickte zu ihr herunter, dass ihr eine Woge von Wärme durch den Leib schwappte, so, als würde sein Herz lächeln. »Ich bin sicher, dass du bleiben kannst, Lajvard. Wenn du es dann noch willst.«
»Will ich nicht ohne dich, und das weißt du. Also bleibst du auch, und damit Ende der Diskussion.«
Mesut Terim, der ein Stück weiter mit einem Pinsel Sand aus einer Mauernische abtrug, wandte den Kopf und sandte Arman ein Grinsen.
»Weshalb fragst du mich überhaupt?«

»Damit du dich nicht herumkommandiert fühlst«, bekundete Amarna und stand auf. Sie wusste, sie durfte ihn hier, auf Hattušas von allen Seiten einsehbarem Palasthügel, nicht berühren. Er wollte Paul nicht provozieren, und sie wollte nicht, dass Merten noch einmal Gelegenheit erhielt, ihm ein verletzendes Schimpfwort an den Kopf zu werfen. Umso mehr mussten sie sich mit Worten, Mienen und Blicken lieben und Schlupflöcher finden, um den Übrigen zu entfliehen. »Du machst jetzt mit mir Pause«, bestimmte sie.
»Ich fühle mich herumkommandiert«, sagte er. »Außerdem hat Professor Ebedi mir die Pause gestrichen.«
»Du arbeitest ja jetzt für Bodo Hähnlein.«
»Der soll mir auch die Pause streichen.«
»Der ist aber gar nicht da.«
»Ich dachte immer, das mit der fehlenden Logik von Frauen sei ein männliches Vorurteil.«
»Tja«, bemerkte Amarna, »wir folgen eben grundsätzlich dem obskuren Gefühl in unserem Unterleib.« Sie streckte ihm die Zunge heraus, und als hätte sich die Gruppe stillschweigend geeinigt, Arman mit dem Lachen auszuhelfen, platzte Mesut los.
»Ich bin ein anständiger Junge«, sagte Arman. »Von Gefühlen in Unterleibern weiß ich nichts.«
Ihre Augen und seine unter halbgesenkten Lidern hatten gelernt, sich das, was verboten war, zuzuwerfen. Küsse, Umarmungen, Liebesworte, Gefühle in Unterleibern, alles stob zwischen ihnen wie Funken. »Na komm«, sagte er endlich mit der seidenweichen Stimme, die sie kirre machte. »Für Pausen haben wir keine Zeit, aber ich würde dir gern etwas zeigen, an dem von uns keiner arbeiten kann. Wenn du nichts anderes geplant hast, könntest du heute Nachmittag dort weitermachen.«

Sie streiften durch die Straßen von Hattuša, als wären nicht lediglich ein paar Mauerreste erhalten, sondern als erstünden rings um sie die steinernen Häuser des Palastbezirks, in denen die Inhaber der Macht gewohnt hatten, Mitglieder des Panku, Berater des Großkönigs, hochrangige Militärs. Amarna glaubte das Knirschen der Wagenräder zu hören, die Schritte eilender Diener und Lieferanten, die klappernden Hufe der Soldatenpferde.

Sie liebte es, mit Arman durch Hattuša zu laufen, weil er die schlafende Stadt so atemlos bestaunte wie sie, weil er ihr überall schweigend Details zeigte, die Geschichten erzählten. Dort, wo ein Stück der Außenmauer weggebrochen und nur noch der nackte Felsen zu sehen war, wies er auf ein kreisrundes Loch von der Größe eines Kohlkopfs. Die Hethiter hatten es in den Stein gebohrt, um einen Träger zur Befestigung regelrecht hineinzurammen.

»Sie ließen sich von nichts aufhalten, nicht wahr?«, fragte Amarna. »Sie hatten beschlossen, hier sollte ihre Stadt für die Ewigkeit stehen, und wenn Felsen im Weg waren, mussten sie eben durchlöchert werden.«

Er sah sich um, um zu prüfen, dass sie außer Sichtweite waren, dann küsste er ihr wie ein scheuer Verehrer die Hand. »Kannst du nicht ein Buch über Hattuša schreiben, Amarna? Ich glaube, das würde sogar ich auf den verschwiegenen Ort mitnehmen.«

»Wie soll ich auf eine solche Bitte denn nein sagen? Ich bin mir nur nicht sicher, ob ich es kann.«

»Aber ich.«

»Dann versuche ich es.« Sie fing seine Hand ein und drückte sie sich ans Gesicht. »Wenn wir in England sind und wieder einen verschwiegenen Ort haben, auf dem man sitzen kann, ja?«

»Bei Tag funktioniert Englandspielen nicht«, sagte er traurig.

»In der Nacht bist du ja aber nicht bei mir!«, rief sie. »Arman, warum tust du dir das an, warum schläfst du in diesem grässlich kalten Zelt? Vor mir brauchst du nicht den stahlharten Brocken zu spielen, ich weiß, wie du Kälte hasst. Dir friert die Nase ab. Paul hat nicht das geringste Recht, dich so zu behandeln.«

»Und habe ich ein Recht, ihn so zu behandeln?«, fragte er. »Ich kann mir meine Nase ja umwickeln, aber er muss das, was ich ihm reinwürge, einfach aushalten. Wenn er mir die Tür weist, damit er uns nicht noch zuhören muss, scheint mir das ziemlich bescheiden.«

»Nun schön, ich hatte mir zwar ein Wildschwein geangelt und stehe jetzt mit einem noblen Mann da, doch wenn das deine Ansicht ist, will ich sie dir nicht rauben. Warum schläfst du dann aber nicht wenigstens im Dorf, in einem warmen Bett? Wieso gehst du nicht zu deinem Freund Bülent. Er ist doch nicht gestorben, Arman?«

»Nein«, sagte Arman tonlos, »er ist nicht gestorben.«

»Er wird wollen, dass du bei ihm wohnst.«

»Nein, das will er nicht.«

»Warum nicht? Habt ihr euch gestritten? Hast du ihn besucht und er hat gesagt, er will dich nicht in seinem Haus?«

»Nein, ich habe ihn nicht besucht.«

»Aber um Gottes willen, warum denn nicht? Wie lange hast du ihn jetzt nicht gesehen?«

»Zwei Jahre.«

»Und dann läufst du nicht am ersten Tag zu ihm und wirfst dich ihm in die Arme? Was für ein Eisblock bist du denn?« Als er keine Antwort gab, puffte sie ihn in die Seite. »Heda, ich habe dich etwas gefragt.«

Er drehte das Gesicht weg, wie sie es inzwischen allzu gut kannte. »Bülent und ich nehmen uns nicht in die Arme, Amarna.«

»Und warum nicht?« Jäh zog das Bild ihres ersten Abends vor ihr auf, als sie ihn auf seinem blauen Sofa umarmt hatte. Er hatte sie angesehen und sich die Schultern betastet, als hätte er nicht gewusst, wie sich das anfühlte, menschliche Arme um den eigenen Körper. »Ich will, dass du mir das erklärst, Arman«, sagte sie scharf.

»Ich dachte, du wolltest etwas von Hattuša sehen.«

»Hattuša hat viertausend Jahre auf mich gewartet, sie tut's auch noch vier Minuten länger. Versuch nicht, dich zu drücken. Ich gebe mir Mühe, dich nicht mit Fragen zu quälen, doch es gibt Dinge, die ich wissen muss. Ich verstehe von all dem anderen fast nichts, und es macht mir furchtbare Angst. Aber wenn ich dich nicht verstehe, werde ich verrückt.«

Einen Moment lang zögerte er. »Komm mit«, sagte er dann. Sie gingen weiter die teils völlig zerstörte Mauer entlang bis zu dem kleinen Tor, das Merten das verschlossene Tor nannte und das auf den Weg zum Heiligtum führte. Auf diesem kurzen Abschnitt war die Mauer in ihrer gewaltigen Höhe von bald acht Metern und in einer Dicke, die im vorderasiatischen Raum einzigartig war, erhalten. Sie gehörte zu den gigantischen Ruinen, mit denen die Menschen hier seit Jahrtausenden gelebt hatten wie mit den Bergen, den zerzausten Bäumen und dem Wind.

Das verschlossene Tor war nur noch ein gemauerter Durchgang, der sich auf den Hang hinaus öffnete. Arman führte sie hindurch und ging dann nach links die Mauer entlang bis zu der Stelle, wo er sein Zelt hatte. An der Mauer lag die große Zelttasche flach ausgebreitet. Er zog sie zur Seite, und Amarna entfuhr ein Laut. Wo die Tasche gelegen hatte, befand sich ein frisch ausgehobener Graben. »Wer hat denn das gemacht?«

»Ich«, sagte er, sprang hinunter und reichte ihr die Hand. »In der Frühe, ehe ihr aus dem Haus kommt.«

»Aber so früh ist doch noch kein Licht!«

Er zuckte die Schulter und zog sie zu sich in den Graben. Zu Amarnas Verblüffung tat sich unter der Mauer ein Gang auf, in dem sie geduckt stehen konnten, und vor ihnen erhob sich eine schmale, in Stein gehauene Treppe, die ins Innere der Mauer führte.

»Wieder eine Kammer, um Soldaten zu verstecken? Ich kann nicht fassen, wie besessen diese Menschen von ihrer Sicherheit waren.«

»Ja, ich glaube, ein Feind von außen hätte unmöglich eindringen können.«

»Nur einer von innen«, entfuhr es Amarna, und ein Schauder lief über ihren Rücken.

Wie immer spürte er ihre Furcht sofort und legte von hinten die Arme um sie. »Dort oben ist etwas anderes versteckt als Soldaten oder Feinde«, flüsterte er an ihrem Ohr. »Etwas, das dir gefallen wird.«

Die Kammer war groß genug, um darin aufrecht zu stehen. In eine der Wände waren steinerne Vorsprünge eingehämmert, wie sie auch in der unterirdischen Bibliothek gefunden worden waren. Amarna fiel die seltsame Schwärzung des Steins auf, die sie in der Bibliothek und an Gebäuden des Palastbezirks bemerkt hatte. »Es sieht aus, als hätte jemand versucht, den Stein niederzubrennen«, sagte sie.

Arman, der sie noch immer von hinten umschlungen hielt, gab keine Antwort, sondern legte ihr das Kinn auf den Kopf. Er schaltete eine Taschenlampe ein und wies mit dem Strahl nach den steinernen Regalen. Ein paar Bruchstücke von Tontafeln lagen verteilt auf dem untersten Vorsprung.

»Noch mehr Dokumente«, murmelte sie.

»Aber diese sind anders.«

Mit einem schroffen Ruck stieß sie sein Kinn von ihrem Kopf und drehte sich zu ihm um. »War es das, was du mir zeigen wolltest?«

Er nickte und blickte nicht wieder auf.
»Und du hast gedacht, damit könntest du mich von meiner Frage ablenken, ja? Ist dir klar, dass ich dir dafür sehr böse sein müsste?«
»Ich hatte gehofft, du würdest dir die Tafeln ansehen und darüber vergessen, dass du mir sehr böse sein müsstest.«
Sie packte sein Kinn und zwang sein Gesicht in die Höhe. »Arman, das hier ist kein Spiel. Und ich finde es nicht zum Lachen.«
»Ich lache ja gar nicht. Es tut mir leid.«
»Damit kommst du mir nicht davon«, sagte sie. »Ich will die Antwort, um die ich dich gebeten habe. Damit ich nicht im Dunkeln tappe, wenn Merten oder Paul mir Dinge an den Kopf werfen, sondern weiß, dass ich mich auf dich verlassen kann.«
»Ich habe dir gesagt, du sollst dich nicht auf mich verlassen.«
»Und ich sage dir, dass ich jetzt kein Herumgerede mehr hören will. Warum besuchst du deinen Freund Bülent nicht? Und warum nehmen zwei Menschen, die sechs Jahre lang zusammen gelebt haben, sich nicht in die Arme?«
»Religiöse Gründe haben könnte es nicht, oder? Er ist Muslim. Ich bin zwar nicht gerade Christ, aber in jedem Fall ein Ungläubiger.«
»Ist das deine ehrliche Antwort? Dieser Mann riskiert sein Leben für einen zwölfjährigen Ungläubigen, aber er fasst ihn nicht an.«
»Er hat mich angefasst.«
»Verdammt noch mal, gib mir Antwort!«, schrie sie ihn an. »Spielst du eins deiner Beleidigte-Leberwurst-Spiele, von denen ich dachte, dass du sie überwunden hättest, mit dem alten Mann?«
Er verzerrte vor Schmerz das Gesicht und hielt sich das rechte Ohr zu. Dann sah er wieder zu Boden, gab das Ohr frei und

malträtierte das Ohrläppchen. »Ich habe ihn, seit ich weggegangen bin, jedes Jahr besucht«, sagte er. »Als ich das letzte Mal gegangen bin, habe ich ihm versprochen, ich komme erst wieder, wenn ich ihm bringen kann, was er am dringendsten braucht. Aber ich habe es nicht. Noch immer nicht.«

»Großer Gott, Arman, und deshalb traust du dich nicht zu ihm? Was denkst du denn, du Dummkopf? Dass er dich verprügelt, nachdem er es all die Jahre nicht getan hat, weil du ihm irgendeinen Quatsch nicht besorgen kannst? Du bist doch ständig zum Einkaufen in diesem Dorf gewesen, es wird sich längst zu ihm herumgesprochen haben, dass du hier bist. Was meinst du, wie der arme alte Mann sich fühlt? Weißt du, was ich jetzt mache? Ich pfeife auf deine blöden Tontafeln, ich nehme dich am Schlafittchen und gehe mit dir nach Boğazköy.«

Sie hatte sich so verausgabt, dass sie in dem engen Raum nach Luft schnappen musste. Den Augenblick nutzte Arman, um bis an die Wand zurückzuweichen. Als sie ihn ansah, erschrak sie. Er war wachsbleich, seine Augen schwarz umschattet wie von Blutergüssen, und er schien nicht ganz sicher zu stehen.

»O Gott«, sagte sie. »Arman, bitte komm wieder zu mir und lass dir einen Kuss geben. Ich bin eine Gewitterhexe, aber ich liebe dich, auch wenn ich dich ab und an zusammenstauche, hörst du?«

Er schien überhaupt nichts mehr zu hören. Sie ging zu ihm, nahm ihn in die Arme und küsste ihm den Nacken, der sich eisig anfühlte und von Schweiß bedeckt war. Über lange Zeit stand er in ihren Armen wie leblos, so dass kalte Angst sie packte. Sie flüsterte ihm jede Liebesbeteuerung, die ihr einfiel, ins Ohr, aber er kam ihr noch immer vor, als würde er nichts hören. Als sie ihn ins Ohr küsste, zuckte er zusammen. Kurz darauf schüttelte er sich heftig und war wieder er selbst. »Es tut mir leid«, murmelte er.

»Braucht es nicht. Dir geht es übel, und ich bin schuld.«

»Nein.«

»Doch. Aber ich wollte doch nur begreifen, warum du nicht zu Bülent gehst und warum ihr euch nicht in die Arme nehmt.« Sacht nahm er sie bei den Schultern und hielt sie von sich weg. Seine Augen mit den schwarzen Schatten sahen geradewegs in ihre. »Er ist alt«, sagte er. »Er lebt nicht mehr lange, und er kann nicht in Ruhe sterben, wenn er das, was er braucht, nicht bekommt. Er hat keinen anderen, der es ihm besorgen kann. Ich bin es ihm schuldig, oder nicht?«

»Aber wenn du es doch nicht bekommen kannst? Warum sagst du ihm nicht einfach, dass du es versucht hast?«

»Das habe ich ihm schon hundertmal gesagt. Damit kann ich ihm nicht noch einmal kommen.«

Amarna streichelte sein Haar, auch wenn er für den Augenblick keine Zärtlichkeit zu spüren schien. »Ich glaube, dass du dich täuschst, Arman. So streng wie du geht er gewiss nicht mit dir um. Ja, du bist ihm Hilfe schuldig, aber du kannst nicht zaubern, und ich bin sicher, er würde sich freuen, dich zu sehen. Willst du nicht furchtbar mutig sein und es mit mir ausprobieren?« Sie versuchte ein kleines Lachen und küsste ihm den Mundwinkel. »Ich verspreche, ich stelle mich vor dich und sage ihm, dass er dich nicht verprügeln darf, nur weil du ihm irgendein Dingens nicht mitgebracht hast. Was ist denn dieses ominöse Dingens überhaupt?«

Dieses Mal drehte er nicht das Gesicht zur Seite. »Die Wahrheit«, sagte er.

36

Sekunden später hatte Amarna begriffen. Es erging ihr wie schon mehrmals zuvor. Auf einmal fielen die Puzzleteile, die sie vereinzelt verabreicht bekam, auf ihre Plätze und ergaben ein Bild. In diesem Fall hätte sie jedoch lieber das Bild, das sie sich zurechtgemacht hatte, behalten: das von dem menschenfreundlichen Alten, der ein misshandeltes Kind in sein Haus nahm und es in sein Herz schloss. Der Arman gerettet hatte, nicht nur vor den Gendarmen, die das Dorf stürmten, sondern zugleich vor den Dämonen der Vergangenheit. Sie hatte geglaubt, es sei Bülent zu verdanken, dass Arman nicht stumpf und innerlich tot war, wie Merten behauptete, sondern voller Leben.

Er hatte ihr erzählt, wie der Alte ihm irgendwann Papier, ein Buch in lateinischer und eines in osmanischer Schrift hingelegt und gesagt hatte: »Lern's. Um herumzulaufen wie einer, der nicht lesen und schreiben kann, bist du mir nicht dumm genug.«

»Und was hast du gemacht?«

»Die Bücher nicht angesehen und das Papier mit meinen Kritzeleien vollgeschmiert.«

»Und er?«

»Er hat gesagt, er ist ein armer Mann, der mir neues Papier nicht kaufen kann, und wenn ich dumm bleiben wolle, solle ich zu den Ziegen gehen. Ob ich aber manchmal daran denke, dass meine Leute auf Todesmärsche in Richtung Syrien getrieben würden. Dass sie auf blutenden Füßen laufen müssten, bis sie an Hunger, Kälte und Entkräftung starben, während ich im Warmen säße und mich von ihm verhätscheln ließe. Ob das in mir nie den Wunsch wecke, mein Leben in die Hände zu nehmen und etwas damit anzufangen.«

»Dir deinen Platz im Rettungsboot zu verdienen?«, hatte Amarna gefragt.
Arman hatte den Kopf geschüttelt. »Eher, mich ordentlich darin hinzusetzen.«
»Hart ist es trotzdem«, hatte sie erwidert. »Was hast du getan?«
»Das will ich dir nicht sagen.«
»Tust du aber.«
»Geweint.«
»Und er?«
»Er hat gesagt, ich soll auf der Stelle damit aufhören, er hat's nicht so gemeint, und er verhätschelt mich gern. Er will, dass es mir gutgeht, morgen kauft er mir ein Schaffell und vier Paar warme Socken und Tulumba Tatlisi, auch wenn mir die nicht schmecken. Zwar hätte er gedacht, ich wäre unglücklich, weil ich nicht einmal zwei Zeilen in der Zeitung lesen könnte, aber wenn es mir nichts ausmacht, macht es ihm erst recht nichts aus.«
»Und dann hast du es gelernt? Ohne Papier?«
»Nein. Ich habe die ganze Nacht wach gesessen und mir an den blöden Kritzeleien die Finger wundradiert. Am Morgen hat er sich darüber totgelacht. Es war das erste Mal, dass ich ihn lachen hörte, und dann hat er mir neues Papier hingestellt, einen Stapel zum Schreiben und einen zum Zeichnen und einen Korb voll Pistazien. Er ist kein armer Mann. Er ist der reichste Mann von Boğazköy.«
Amarna hatte die Geschichte geliebt. Sie hatte den Gedanken an die lächelnde Wärme, in der Bülent Armans Körper und Seele gesund gepflegt hatte, geliebt und sich daran festgehalten, um die grausamen Geschichten zu ertragen. Jetzt zerbrach ihr das Stück heile Welt. Auf seine Art war Bülent, der kleine Alte mit dem großen Herzen, brutaler vorgegangen als der Rest. Er war der Mann, der zu Arman gesagt hatte,

er wünschte, er könnte ihn lieben. Er erpresste ihn. Arman hatte keine Familie, wie sie selbst keine mehr hatte, und es verband sie, dass sie sich verzweifelt eine wünschten. Amarna hatte gehofft, Arman habe bei Bülent das Ersehnte gefunden, aber der nutzte seine Liebe skrupellos aus: Wenn du mir nicht beschaffst, was ich will, dann verschwinde aus meinem Leben.

Sie sagte Arman nicht, dass sie den Zusammenhang begriffen hatte, und fragte ihn auch nicht, was das für eine kostbare Wahrheit sein sollte, die solche Unmenschlichkeit rechtfertigte. Für den Augenblick wünschte sie nur, es möge ihm bessergehen. »Hilft es dir, wenn ich dir verspreche, dass ich von Bülent nicht mehr anfange und dich nicht mehr bedränge?«, fragte sie ihn.

Er nickte und fuhr sich mit der Hand ans Gesicht.

»Was hast du?«

»Nichts. Wir müssen zurück an die Arbeit, Amarna.«

»Nicht, bevor es dir bessergeht. Bitte lass mich etwas für dich tun, Liebling. Sag mir, was du dir wünschst, und ich erfülle es dir.«

»Wirklich?«

Amarna nickte heftig.

»Dann pfeif nicht auf meine blöden Tontafeln«, sagte er und drückte ihr die Taschenlampe in die Hände.

Amarna zögerte. Sie vermochte sich beim besten Willen nicht vorzustellen, dass sie in diesem Augenblick etwas anderes interessieren könnte als der Mann neben ihr, dem es sichtlich elend erging. Vor die steinernen Regale trat sie nur, weil sie es ihm versprochen hatte. Der Strahl der Lampe fiel auf eines der Tonbruchstücke, und Amarna stockte der Atem. »Hieroglyphen!«, schrie sie, kaum dass sie wieder Luft bekam. »Arman, es sind Hieroglyphen!«

Die Lampe, ein britisches Fabrikat, war ungewöhnlich lang und viel stärker als gewöhnliche Taschenlampen. In ihrem Lichtkegel ließen sich die in den Ton gekerbten Bildzeichen klar erkennen. Vor Euphorie jagte Amarna das Herz, doch die Enttäuschung folgte auf dem Fuß. Sie fühlte sich wie in den Katakomben des Pergamonmuseums, als sie zum ersten Mal eine Keilschrifttafel mit Nesili-Text betrachtet hatte. Vor ihr lag ein Wunder, die Entschlüsselung eines Rätsels, doch für sie blieb das Geheimnis verborgen, denn sie kannte den Code nicht und konnte den Text nicht entziffern.
Natürlich gab es Zeichen, die sich deuten ließen, weil sie den Hieroglyphen anderer Sprachen glichen. So war das Zeichen für König erkennbar, auch eines, das zweifellos ein Schiff darstellte, und eines, das sie für ein Schwert hielt. Weit mehr Zeichen aber hatten sich von ihrer ursprünglichen Bildhaftigkeit so erheblich entfernt, dass ihre Bedeutung nicht zu erraten war. Dort, wo die Hieroglyphen einen abstrakten Begriff bezeichneten, der sich aus mehreren Zeichen zusammenfügte, war Amarna ganz verloren.
Sie würde sich mit den Bruchstücken hinsetzen und alles auflisten müssen, was sie deuten konnte, in der Hoffnung, daraus Weiteres zu erschließen. Liebend gern hätte sie sich an einer solchen Arbeit versucht, doch sie hatte mit Sicherheit nicht genug Material, und außerdem blieben ihr nur noch vier Wochen, dann war Bodo Hähnlein hier, und ihre Zauberstadt gehörte nicht mehr ihr.
Ein erschreckender Gedanke kam ihr. »Arman, dürfen wir diese Tafeln bergen? Oder müssen wir sie für Bittel und Hähnlein lassen?«
»Was fragst du denn mich? Was ich tun würde, weißt du doch.«
»Was würdest du tun?«

»Sie mir unters Hemd stopfen und mich vom Acker machen.«
»Nein, Liebling, das darfst du nicht«, rief sie. »Ich liebe dich über alles, und ich entschuldige mich, weil ich blöde Tontafeln gesagt habe, aber du darfst von keiner Fundstätte stehlen. Bitte versprich mir das. Wenn du wüsstest, was für Schätze zum Beispiel in Ägypten durch Grabräuber verlorengegangen und eingeschmolzen worden sind, würdest du nie mehr auf solche Ideen kommen.«
»Und du findest nicht, dass es da einen Unterschied gibt?«, fragte er mit einer Kälte, die die Kränkung schlecht verbarg. »Ich hatte nicht vor, das da einzuschmelzen. Ich weiß nicht einmal, wie man Ton schmilzt. Die Tafeln liegen hier seit fast zwanzig Jahren. Ich habe sie versteckt, um sie irgendwann einem Archäologen zu geben, der sie entziffern kann. Und um sie dann dorthin zu bringen, wo sie hingehören, ins Museum nach Istanbul. Ich fand, ich hätte ein Recht darauf, aber wenn das falsch ist, packen wir das Zeug in eine Hutschachtel und schicken es nach Berlin.«
»Arman.« Sie stellte die Lampe ab, ging zu ihm und legte ihm die Arme um die Mitte. »Bitte tu das nicht. Ich scheine heute mit scheußlicher Sicherheit deine verletzlichen Flanken zu treffen, aber wenn du deshalb zur Leberwurst wirst, geht es keinem von uns besser. Erzähl's mir. Hast du die Tafeln hier versteckt, weil du nicht wolltest, dass sie nach Berlin geschafft werden?«
Er hielt den Kopf gesenkt und sah sie von unten herauf so hinreißend trotzig an, dass sie lachen musste. »Ich bin keine Leberwurst, Amarna. Ich finde durchgedrehtes Fleisch ekelhaft.«
»Nein, du bist keine. Du bist mein Zitronenpfannkuchen, Tulumba Tatlisi. Fleisch ist an dir ja keines mehr dran, und für Leberwurst bist du entschieden zu hübsch.«
»Du streichst mir Honig um den Bart, oder?«

»Nein, denn du rasierst dich ja ständig, und du magst nichts, was klebt. Sorgen wegen der Fundstücke mache ich mir trotzdem. Wenn du willst, dass sie nach Istanbul kommen – könnten wir dann vielleicht mit Sedat reden? Im Zuge der Fundteilung müsste es doch zu machen sein, dass die Tafeln in der Türkei bleiben.«

»Ich will mit dir reden«, sagte er immer noch trotzig. »Warum schließt du eigentlich keinen Kompromiss mit mir? In der Zeit, die uns bleibt, versuchst du sie zu entziffern, hier, im Verborgenen, mit meiner gestohlenen englischen Lampe. Du sagst mir, was du gefunden hast, und dann kann Professor Hähnlein sie meinetwegen haben. Oder sie fundteilen. Was immer die Herren wünschen.«

»O Arman, es ehrt mich unglaublich, dass du mir das zutraust, aber ich kann es in der kurzen Zeit, ohne Hilfe und mit so wenig Material unmöglich schaffen. Ich bin eine Studentin, eine Anfängerin, keine Archäologin.«

»Du bist meine Archäologin«, erwiderte er und blitzte sie wütend an. »Dass du so wenig Zeit hast, ist deine eigene Schuld, und ich habe nicht gesagt, dass ich dir keine Hilfe und nicht mehr Material beschaffe.«

Auch wenn sie noch nicht wusste, was es mit den Hieroglyphentafeln auf sich hatte, wurde ihr klar, wie viel Vertrauen er ihr damit bewies. *Du bist meine Archäologin.* Dafür hatte er verdient, dass sie es versuchte. »Ist gut, mein Liebster«, sagte sie. »Aber bitte sei nicht enttäuscht, wenn ich so gut wie gar nichts herausfinde.«

»Du findest es heraus. Du kannst Nesili lesen.«

»Ein paar Grundzüge, mehr nicht«, entgegnete Amarna. »Und zudem in Keilschrift, die mir hier nichts nützt, weil wir keine Bilingue, keinen in zwei Sprachen abgefassten Vergleichstext haben. So wie beim Stein von Rosette, der sogar in drei Sprachen beschriftet ist, verstehst du? Hätte man einen Text in beiden Schriftarten, könnte man von der einen auf die andere schließen.« Dass ihm das Problem nicht klar war, wunderte sie, denn bisher hatte sein Fachwissen sie täglich aufs Neue verblüfft. Er griff sich unter die Weste und zog ein zusammengefaltetes Papier heraus. Es war vergilbt, an den Rändern ausgefranst und sah aus, als wäre es mindestens einmal nass geworden. »Was ist das?«

»Die Abschrift einer Bilingue. Der Vergleichstext, den du wolltest. Er ist nicht lang. Vermutlich werden dir jede Menge Rätsel übrigbleiben, aber du hast zumindest eine Grundlage.«

Ungläubig faltete sie das Papier auseinander. Mit Bleistift hatte jemand je fünf Zeilen in Keilschrift und in Hieroglyphen untereinandergesetzt. Die Schrift war trotz des schlechten Zustands des Papiers noch zum größten Teil leserlich, und das Wesentliche des Keilschrift-Textes erschloss sich Amarna sofort. Es handelte sich um einen Auftrag für ein Bildwerk. »Arman, das ist unglaublich! Ja, du hast recht, es wird noch einiges an Arbeit kosten, aber damit kann man früher oder später die Hieroglyphen entziffern. Hast du das geschrieben?«

»Nein.«

»Der, der es geschrieben hat, muss diese Tafeln lesen können!«, rief Amarna erregt.

»Nein«, sagte Arman noch einmal. »Der, der es geschrieben hat, hat ein paar Dinge erschlossen, die ich für dich übersetzen kann. Er glaubte genau wie du, dass das Geheimnis des Untergangs von Hattuša in den Hieroglyphentexten verborgen liegen könnte, aber er ist nicht weitergekommen, weil er ein zusätzliches Problem hatte: Er konnte beide Schriften nicht lesen.«

»Wie bitte?«

»Die Entschlüsselung von Nesili fand erst 1915 statt.«

»Und dieses Blatt ist von?«

»1912.«

Amarnas Herz raste bis in den Hals. »Wer hat es geschrieben, Arman?«
Er drehte sich weg. Nicht nur den Kopf, sondern den ganzen Körper und nicht nur zur Seite, sondern bis zur Wand. »Mein Vater.«
Amarna schwieg, weil wiederum in ihrem Kopf Puzzleteile an ihren Platz fielen, und zwar diesmal welche, die sie längst hätte zusammenfügen können, hätte ihr grässliches Namensgedächtnis ihr nicht einen Strich durch die Rechnung gemacht. »Großer Gott, Arman, ich bin eine solche Gans. Weißt du, dass ich dich seit Wochen, seit du mir Wincklers Berichte aus dem Museum geschickt hast, fragen wollte, ob dein Vater Gaspar oder Nurdan hieß?«
»Nurdan?«, Er schwang zu ihr herum, und seine schrägen Brauen schossen in die Stirn. »Sag mal, du geniale kleine Schlafmütze, die Nesili lesen kann – du lernst aber auch nur, was du willst, oder?«
»Ich fürchte«, murmelte Amarna kleinlaut.
Er küsste sie so, wie andere nicht einmal lächeln konnten. »Nurdan ist überhaupt kein Männername, mein Herz.«
»O Arman, findest du mich schrecklich dumm?«
»Ich finde, du bist das klügste Geschöpf der Welt«, beteuerte er, und in seinen funkelnden Augen las sie, wie verzaubert er von ihr war. »Du weißt sogar, wie man ein Gehirn ein- und ausschalten kann.«
Sie gab ihm zärtlich eins hinter die Ohren, worauf er in gespieltem Schmerz das Gesicht verzog. »Das ist alles deine Schuld. Du bringst meine Schaltungen völlig durcheinander.«
»Wie du mir, so ich dir.« Er grub die Hände in ihr Haar und verwirrte es mit Hingabe.
»Und dein Vater ist Gaspar Artsruni, der Mann, der nachgewiesen hat, dass die Hethiter Stahl herstellen konnten. Ich

habe in Berlin einen Text von ihm gelesen – aber deine Schlafmütze hat gedacht, er sei Türke.«

Sie brauchten beide eine Pause, küssten sich lange und hielten sich fest. »Wir müssen wieder nach draußen«, sagte Arman. »Ich will nicht, dass die anderen nach dir suchen und meinen Einstieg finden.«

»Darf ich dich rasch noch zwei Dinge fragen?«

»Wenn ich nein sage, tust du es doch trotzdem.«

»Du hast gesagt, es gibt noch mehr Material. Kannst du das hierherschaffen?«

»Nein«, antwortete er.

»Warum nicht?«

»Es ist in Yazilikaya, und von dort kommt es nicht weg.«

»O Liebling, dorthin wollte ich sowieso!«, rief Amarna erregt. Sie wusste, dass ihre Träume, selbst die Bilder von der weißgesichtigen Mutter, nach Yazilikaya gehörten. Wenn sie ihre Macht endlich brechen und den Traum zwingen wollte, an sein erlösendes Ende zu gelangen, musste sie das Heiligtum aufsuchen und seinem Ursprung ins Auge sehen. »Können wir gleich morgen gehen?«, bestürmte sie ihn.

»Gib mir noch ein paar Tage Zeit«, sagte er, »dann gehe ich mit dir hin. In der Zwischenzeit kannst du hier schon einmal anfangen. Ich sage den anderen die Hälfte der Wahrheit – dass du mit der Entzifferung von Texten beschäftigt bist.«

»Einverstanden. Und nun noch ein Letztes. Arman, warum hast du dich ausgerechnet in einem Museum für Altorientalistik mit falschem Namen beworben, statt daraus Kapital zu schlagen, dass du der Sohn eines großen Hethitologen bist?«

Wie so oft bemerkte sie, dass er sich ihr entzog, dass sein Körper sich spannte und seine Züge sich verschlossen. »Wer weiß«, erwiderte er lapidar, »vielleicht gefällt mir mein Name nicht.«

»Du bist ja nicht bei Trost!«, rief sie. »Dein Name ist wundervoll. Ich kann mir Namen nie merken, aber deinen musste ich vom ersten Tag an ständig vor mich hin flüstern. Der arme Merten faucht ihn mir um die Ohren wie ein Schimpfwort, doch das, was bei mir ankommt, ist ein Liebeslied.«
Arman seufzte und furchte eine Braue. »In einem anderen Leben würde ich jetzt vermutlich zu dir sagen: Wenn er dir so gut gefällt, kannst du ihn haben.«
Aus ihrer Kehle befreite sich ein Laut, der nur als Jauchzen zu bezeichnen war. Überwältigt drückte sie ihn an sich, bis sein fliegender Herzschlag gegen ihre Rippen pochte. »Mein Liebster. Mein Wildschwein. Mein Enkidu. Weißt du, wie sehr ich das will, deinen Namen haben? In diesem Leben. Sobald wir Ordnung in dieses Durcheinander gebracht haben und auch wenn wir fürchterliche Probleme bekommen werden, weil ihn in England kein Mensch aussprechen kann.«
»Dann nehmen wir in einem anderen Leben eben deinen«, sagte er in Gedanken. »Brandstätter. Ich fand das schon immer grandios.«
Amarna murmelte ihre Namen vor sich hin, hielt plötzlich inne und stieß heraus: »Wer B sagt, muss auch A sagen!«
»Was?«
»Unsere Namen! B und A. Es steht in Wincklers Berichten, und gemeint sind damit unsere Väter – Brandstätter und Artsruni. Sie müssen Freunde gewesen sein, noch engere Freunde als mein Vater und Merten, denn von Schobert ist an der Stelle gar nichts erwähnt.«
»Wie es aussieht, hat der Kerl, der die Berichte beschmiert hat, mächtig schlampig gearbeitet«, sagte er.
»Wenn ich bloß wüsste, wer das gemacht hat«, dachte Amarna laut vor sich hin. »Mein Vater? Gestern habe ich geglaubt, seinen Tabak und seinen Sirup vor dem Grabungshaus zu rie-

chen, aber sicher kann ich mir im Freien nicht sein. Meinst du, er hat auch die Berichte beschmiert?«
Arman neigte den Kopf und küsste ihr die Augen. »Wer die Berichte beschmiert hat, habe ich dir doch erzählt. Dass du mir nicht glaubst, ist nicht meine Schuld.«

37

Mit Tränen des Zorns hatte Amarna Paul vorgeworfen, er behandle den Armenier wie einen Aussätzigen, dem er das Recht absprach, in der Nähe von Menschen zu wohnen. »Er hat dir nichts getan«, schrie sie ihn an. »Dafür, dass uns das hier vor deinen Augen passiert ist, können wir doch nichts, und weißt du, wie verzweifelt er sich bemüht, auf dich Rücksicht zu nehmen?«
Die Crux war, dass Paul das sehr wohl wusste. Der Armenier benahm sich tadellos, während er selbst sich aufführte wie der letzte Gassenbengel. Hatten in Istanbul noch alle Vorteile auf seiner Seite gelegen, so hatte der Armenier das Gewicht in den Waagschalen Stück für Stück zu seinen Gunsten umgekehrt. Die türkischen Archäologen ergingen sich in Lobeshymnen und hingen Abend für Abend über seinen Zeichnungen. Ein einziges Mal hatte Paul gewagt, darauf aufmerksam zu machen, dass zumindest die täglichen Arbeitspläne vielleicht lieber ein anderer erstellen sollte. »Mr. Artsruni ist schließlich kein studierter Archäologe.«
»Aber er ist Mr. Artsruni«, hatte Sedat Veysel, der Paul am sympathischsten war, mit einem freundlichen Lachen erwidert.
»Was soll das heißen?«

Der Türke hatte ihm den Arm um die Schultern gelegt. »Bitte entschuldigen Sie. Aufgrund der tragischen Umstände ist Gaspar Artsruni in Ihrem Land offenbar nie bekannt geworden. Für uns aber bleibt er trotz allem so etwas wie der Geburtshelfer unserer Hethitologie. Arman ist sein Sohn, und er ist auf einer Grabungsstätte aufgewachsen. Auf dieser Grabungsstätte.«

Paul war sprachlos. Wo blieb da die Fairness? Der Mann war Armenier, was jeden, der ihn angriff, zum Schwein stempelte. Er sah verboten gut aus, ritt wie der Teufel und verfügte offensichtlich über einen Haufen rohes Talent. Und jetzt besaß er obendrein noch, was Paul sich von klein auf gewünscht hatte – einen Archäologen zum Vater, eine Kindheit im Zauber der Geschichte. Was hatte er dagegen aufzubieten? Einen arbeitslosen Schweißer, der sich herumprügelte und den er als Junge regelmäßig aus einer Gefängniszelle hatte auslösen müssen.

Natürlich war Paul sich bewusst, wie ungerecht solche Gedanken waren. Der Mann hatte seinen Vater durch den grausamen Völkermord verloren und war darum gewiss nicht zu beneiden. Helfen konnte er sich trotzdem nicht. Neid und Eifersucht quälten ihn, doch vor allem brachte ihn eine bohrende Frage schier um den Verstand: Waren die, die das Loblied des Armeniers sangen, alle auf einem Auge blind? Er mochte sich die ganze Reise über reizend betragen und aufopfernd für die Gruppe sorgen, aber er war der Einzige, der Amarnas Pferd mit der hethitischen Rezeptur getränkt haben konnte, denn einen anderen Eindringling im Stall hätte er bemerken müssen. Er hatte Ohren, die das Gras wachsen hörten, hatte Merten gesagt. Im Grunde war er auch der Einzige, der die Verschraubung des Reliefs beschädigt haben konnte. Er mochte mit reumütigem Augenaufschlag beteuern, er habe die Hintertür offen gelassen, damit sämtliche Bewohner von Istanbul – einschließlich des volltrunkenen Paul Vollmer – als Verdächtige in Frage kamen, aber er war dazu nicht der Typ. Er überprüfte alles dreimal und ließ nichts offen, was er nicht offen haben wollte.

Er mochte sich für diese Sondierung verausgaben, aber laut Merten hatte er in der Vergangenheit wertvolle Artefakte gestohlen und würde sich nicht scheuen, es wieder zu tun.

Er mochte Amarna den Kopf verdrehen, bis diese sich einen Schleier vor Augen hängte und *Tausendundeine Nacht* spielte, aber er war der Feind ihres Vaters. Er war ohne Zweifel charismatisch, doch auf gewisse Fragen verweigerte er wie eine Auster die Antwort, so auf die, warum er nicht im Dorf schlief. Und er verzog nie den Mund zu einem Lächeln.

Paul wollte nicht, dass er ins Grabungshaus zog. Nicht, weil er das Geschnäbel des Liebespaares nicht ertragen konnte, sondern, weil der Mann Gefahr bedeutete.

Das Geschnäbel ertrug er ohnehin. Jeder Moment war die Hölle. Falls die beiden sich einbildeten, sie wären diskret, weil sie nicht Hand in Hand über Festungsmauern spazierten, dann waren sie Meister der Selbsttäuschung. Noch wenn sie meterweit voneinander entfernt standen, flimmerte zwischen ihnen die Luft, und so bemüht sie die Hände voneinander ließen, so ungeniert umschlangen sie sich mit Blicken. Im Übrigen wäre es Paul lieber gewesen, Amarna hätte den Armenier schamlos vor aller Augen geküsst, statt dass sie besoffen vor Zärtlichkeit die Hand nach seiner Wange streckte und sie im letzten Augenblick wie ertappt wieder sinken ließ.

Es zerschnitt Paul das Herz. Inzwischen hatte er das Gefühl, unter seinen Rippen wühle eine entzündete Wunde. Am schlimmsten war Amarnas Lächeln, dieses schmale, verhaltene Lächeln, von dem er sich gewünscht hatte, es eines Tages zu befreien. Jetzt durfte er täglich erleben, dass seine Dienste nicht mehr vonnöten waren. Das Lächeln, das sie dem Armenier schenkte, sobald er ihr das Gesicht zuwandte, war selig und völlig frei. Sie brauchte nicht zu ihm zu laufen und ihm um den Hals zu fallen, ihr Lächeln tat es für sie. Und der Kerl stand da wie das Felsenstandbild beim Königstor und gönnte der überbordenden Liebesbezeugung nicht die kleinste Erwiderung.

Das alles ertrug Paul von früh bis spät, so dass die Nächte seine Qual kaum verschlimmert hätten. Er wollte den Mann nicht im Grabungshaus haben, weil er ihn bei Nacht nicht im Auge behalten konnte. Sein Verdacht war kein eifersüchtiges Hirngespinst – es war nämlich noch etwas geschehen. Über Nacht war die gesamte Sondierungsarbeit, die Amarna im Palastbezirk fertiggestellt hatte, vernichtet worden. Die Steckpfähle, Drähte und Kordeln lagen verstreut am Boden, die Markierungen waren abgebrochen, die Beschriftungen in Fetzen aus den Hüllen gerissen und durchweicht.

Amarna, die sich rührend wie ein Schulmädchen an ihrem Werk gefreut hatte, kämpfte mit den Tränen. Paul hatte sie trösten wollen, doch sie hatte ihn beiseitegestoßen und sich dem Armenier zugewandt. Der legte sich dieses eine Mal keine Zügel an, sondern nahm sie in die Arme. Kalt, fand Paul. Das wie in Marmor gemeißelte Gesicht und die umschatteten Augen reglos.

Lass sie los, wollte Paul brüllen. Gib nicht vor, sie über einen Schmerz zu trösten, den du selbst ihr zugefügt hast. Mühsam beherrschte er sich. »Jemand muss doch für diese Gemeinheit verantwortlich sein«, brachte er so sachlich wie möglich heraus.

Die Nacht hindurch waren abwechselnd Hagel und Schneeregen auf das Bergland niedergegangen. Selbst wenn sich jemand

unbemerkt aus dem Grabungshaus geschlichen hatte, hätten Spuren von Nässe ihn am Morgen verraten müssen.
»Es kann das Unwetter gewesen sein«, versuchte der Türke namens Kaya zu beruhigen. »Bei meiner ersten Sondierung ist mir das auch passiert. Ich wusste einfach noch nicht, wie fest man die Pfähle sichern muss, damit so ein Sturm nichts umreißt.«
Der Armenier hob den Kopf. »Amarna hat alles doppelt gesichert«, sagte er.
Du verdammter Heuchler, dachte Paul.
»Dann vielleicht ein Tier?«, schlug Sedat Veysel vor. »In der Gegend soll es ja immer noch Leoparden geben.«
Ja, und einer davon steht sprungbereit vor dir, durchfuhr es Paul, während der Armenier Amarna losließ und sich in die sumpfige Erde rund um die Zerstörung kniete. Ein paar Minuten lang simulierte er eine Prüfung der verstreuten Gegenstände, dann schüttelte er den Kopf. »Keine Bissspuren, keine Kratzer, nichts. Außerdem ist der anatolische Leopard so gut wie ausgestorben, und für Holz und Draht interessiert er sich nicht.«
»Also ein Landstreicher«, sagte Sedat Veysel. »Es tut mir so leid für Sie, Amarna, wir haben Ihre Arbeit alle sehr bewundert.«
Amarna lächelte. »Dass Sie das sagen, macht das Ganze nur noch halb so schlimm.«
Dass selbst Merten die Sache damit auf sich beruhen ließ, konnte Paul nicht fassen. Welcher Landstreicher streunte durch diese gottverlassene, unwirtliche Gegend, noch dazu bei solchem Wetter?
Von dem Tag an ließ sich Amarna im Palastbezirk nicht mehr blicken, und der Armenier trug nicht länger in den Arbeitsplan ein, was sie tat. Angeblich war sie mit der Entzifferung

von Texten beschäftigt, von denen niemand etwas wusste. Als Paul ein letztes Mal versuchte, Veysel darauf hinzuweisen, dass der Armenier die Protokollpflicht verletzte, hatte dieser wieder nur ein Lachen für ihn übrig. »Wir sind hier nicht in Deutschland, sondern in der Türkei, Mr. Vollmer. Und auf Grabungsstätten geschieht so manches, das die Protokollpflicht vergessen lässt.«
»Das mag wohl sein. Dennoch behaupte ich, dass Mr. Artsruni uns vorsätzlich vorenthält, was Amarna tut. Ich traue ihm zu, dass er Artefakte stiehlt.«
»Wie es ausschaut, trauen Sie ihm alles zu«, erwiderte Veysel, und sein Lachen erstarb. »Hören Sie, Mr. Vollmer, ich kann mich in Ihre Lage versetzen und Ihren Kummer nachvollziehen, aber deshalb bezichtigt man keinen Mann des Diebstahls. Mr. Artsruni hat mich gebeten, mich in Ihren Streit nicht einzumischen, und den Wunsch respektiere ich. Dass Sie ihn verleumden, gestatte ich dennoch nicht, denn ich kenne keinen Mann, der derart hart um seinen Ruf hat kämpfen müssen.«
Hart kämpfen? Der Mann hatte nicht einmal studiert, er bekam die Leitung eines Sondierungstrupps in den Schoß geworfen, weil er der Sohn eines Hethitologen war!
»Nur damit Sie es wissen«, fuhr Veysel fort, »Professor Ebedi und Professor Özdemir haben mich persönlich beauftragt, ein Auge auf Mr. Artsruni zu haben. Er liegt ihnen am Herzen, Mr. Vollmer, und das nicht ohne Grund.«
Das war die Krönung. Wie er es sich nach dem Vorfall mit dem Relief hätte denken müssen, war der Armenier das Hätschelkind der Museumsdirektion. Das machte ihn vollends unantastbar. Paul fühlte sich, als wären ihm die Hände gebunden, während sich um Amarnas Hals eine Schlinge zuzog.
Er würde einen Beweis erbringen müssen, der den ganzen betörten Haufen aus seinem Wahn weckte. Einen letzten Ver-

such, mit Merten zu sprechen, wollte er an diesem Abend noch wagen. Amarna übte mit dem kleinen Terim Türkisch und hatte die Reh-Frau im Schlepptau, und die zwei anderen Türken studierten wieder einmal die vielgepriesenen Kritzeleien des Armeniers. Merten saß allein in seinem Zimmer, einem der kastenartigen Räume, aus denen das Grabungshaus sich zusammensetzte, und aß seinen in Kümmel eingelegten Kohl.

»Darf ich mich kurz zu Ihnen setzen?«, fragte Paul.

»Tun Sie, was Sie nicht lassen können«, brummte Merten, »solange Sie nicht vorhaben, mir eins Ihrer unsäglichen Gespräche über Arman Artsruni aufs Auge zu drücken.«

»Ich wüsste ja gern, wann Sie in den Kreis seiner Anbeter aufgerückt sind«, versetzte Paul. »Ich bin gekommen, weil ich dem Mann nicht traue und weil ich Angst um Amarna habe.«

»Die habe ich auch«, erwiderte Merten. »Und dem Herrn Artsruni darf man genau so weit trauen, wie man ihn werfen kann. Vorausgesetzt, man ist kein Olympiawerfer. Aber das braucht Sie nicht zu kratzen. Was hier gespielt wird, übersteigt nämlich Ihren Horizont. Lassen Sie die Finger von unserem Davit von Sasun. Den erledige ich.«

Der Klang der drei Wörter ließ Paul schaudern. »Was habe ich Ihnen eigentlich getan, dass Sie mich derart herablassend behandeln?«, fragte er. »Ich bin hergekommen, um meinen Verdacht mit Ihnen zu teilen – nicht nur Amarna betreffend, sondern auch im Interesse dieser Expedition. Ich bin nämlich überzeugt, dass Herr Artsruni Fundstücke stiehlt und Amarna, die ihm verfallen ist, dazu benutzt.«

»Beeindruckend.« Merten kniff eine Wange ein. »Hört sich an wie die Nachmittagsvorstellung in der Komischen Oper. Zwar leider nicht mehr neu, aber das sind sie in der Komischen Oper ja nie. Artsruni hat schon Fundstücke geklaut, als Sie noch Türmchen aus Holzklötzchen aufgestapelt haben. Jetzt tun Sie doch bitte nicht so, als hätten Sie irgendein Interesse an Hattuša. Ihre Arbeit hier lässt dergleichen nicht vermuten, und wenn Sie Artsruni hinter Schloss und Riegel bringen wollen, dann bestimmt nicht, um Artefakte zu retten, sondern um ihn bei seiner Holden zu beerben.«

»Amarna ist nicht seine Holde!«

»O doch, mein Lieber, genau das ist sie, ob Sie es wahrhaben wollen oder nicht. Haben Sie das überhaupt schon mal gesehen, was da am Werk ist zwischen einem Mann und einer Frau, dieses Tierhafte oder von mir aus auch diese Naturgewalt? Trösten Sie sich, mir ist das genauso fremd wie Ihnen, aber ich sehe es immerhin nicht zum ersten Mal. Dagegen sind Sie machtlos. Wenn Sie Artsruni des Kunstraubs überführen, ihn in einen finsteren Kerker werfen und durchprügeln lassen, rennt Amarna hinterher und küsst jede seiner Schwären.«

»Das ist doch Humbug!«, rief Paul. »Amarna ist eine vernünftige, gebildete Frau. Sobald sie begreift, dass der Mann kriminell ist, wird sie wieder zu Verstand kommen.«

»Tatsächlich?« Merten hob die Brauen. »Sind Sie sicher, dass noch keine Weltreiche zerfallen sind, weil vormals vernünftige Menschen über einander den Verstand verloren haben? Schieben Sie Ihre Fachbücher mal beiseite und lesen ein paar Klassiker. Das ist auch Bildung. ›The face that launched a thousand ships‹ – sagt Ihnen nichts?«

Wütend und verlegen schüttelte Paul den Kopf.

»Christopher Marlowe«, erklärte Merten. »Der schreibt das über die schöne Helena, die den Trojanischen Krieg auslöste. Ich habe auch mal geglaubt, das sei alles Spinnerei für Leute, die zu sehr verzärtelt worden sind, um echte Probleme zu haben. Bis ich erleben musste, wie ein Kollege, den ich sieben Jahre lang als vertrauenswürdig kannte, für eine solche Leidenschaft alles über Bord warf, was er sich aufgebaut hatte, alles verriet, was ihn ausmachte, und alles zerstörte, was ihm etwas bedeutete. Dass sein Freund gelitten hat, wie kein Tier je leidet, ist ihm an seinem hohen Hintern vorbeigegangen. Wer B sagt, muss auch A sagen. Ha! Es wäre nicht uninteressant, einmal nachzuzählen, wie viele Leben eigentlich daran zerbrochen sind.«

Ziellos schweifte Pauls Blick durch den Raum, während sein Hirn versuchte, dem Gehörten einen Sinn abzugewinnen. An Mertens schwarzem Lederrucksack blieb er hängen. Die obere Verschlusslasche, aus der sonst sein Calvados ragte, war aufgeklappt. Pauls Magen krampfte sich zusammen. Obenauf glänzte etwas Metallisches – der Lauf eines altmodischen Armeerevolvers.

»Der Kerl, der da draußen im Zelt hockt, gehört auch zu denen, die für diese sogenannte Liebe über die Klinge springen mussten«, fuhr Merten fort, als spräche er zu sich selbst. »Den hat sein Erzeuger nämlich behandelt wie ein Ding, das niemand braucht. Der Junge hat geklaut wie ein Rabe, damit sein Vater ihn endlich wahrnahm, aber der war in die plinkernden Äuglein von seinem Prinzesschen versunken. Sein Sohn war ihm nicht einmal ein paar hinter die Ohren wert. Und als der Vater dann in seine eigene Falle gestürzt war, gab es erst recht niemanden, der das kleine Diebsgesindel brauchen konnte.« Wie angeekelt schob er den Teller mit Grünzeug beiseite und steckte sich stattdessen eine Zigarette an. »Die Leute von Boğazköy, die irgendwen bestrafen wollten und keinen von uns mehr zu fassen bekamen, sind auf die Idee verfallen, ihn für seine Diebereien auf die Gendarmerie zu schleifen«, fuhr er fort. »Und die verfiel auf die noch bessere Idee, ihn irgendeinem Transport mitzugeben, ans andere Ende des Reiches, in eine Besserungsanstalt für minderjährige Kriminelle. Solche

Anstalten wollen nicht bessern, schon gar nicht die Brut von Verbrechern. Sie wollen Schmerz zufügen, stetig gesteigerten Schmerz auf jeden einzelnen Teil, bis die Schutzhaut um das Menschsein platzt, das Rückgrat knack macht und zerbricht.« Paul presste sich die Hände auf die Ohren. »Das ist abscheulich. Bitte hören Sie auf.«

»Wer nicht krepiert, wird zum Monstrum«, fuhr Merten ungerührt fort. »Wir haben davon nichts gewusst. Tilman hat es nie erfahren und ich erst drei Jahre später. Aber dass der arme Teufel uns das nicht glaubt, sondern jetzt zum Rundumschlag ausholt, kann ich ihm nicht einmal verübeln.«

»Bitte, Merten«, stammelte Paul, dem hundeelend war. »Ich ertrage es nicht, davon noch mehr zu hören. Es tut mir alles sehr leid. Ohne Frage muss Herr Artsruni psychiatrische Hilfe erhalten. Man kann da heutzutage schon allerhand machen, sogar bei Menschen mit Kriegstraumata. Ich sehe ein, dass er krank ist, dass er für das, was er tut, nicht zur Verantwortung gezogen werden kann – aber wir dürfen ihm doch nicht Amarna überlassen!«

»Habe ich behauptet, ich würde ihm Amarna überlassen?« Eine Sekunde lang sah Merten Paul an, dann wanderte sein Blick hinüber zu seinem Rucksack, aus dem der glänzende Lauf der Pistole ragte. »Wissen Sie was? Ein Teil von mir hat eine Schwäche für den kleinen Artsruni. Er plärrt nicht, er bettelt nicht um Mitleid, sondern ist im Notfall geschmeidig genug, sich selbst einen Tritt in den Hintern zu verpassen. Und er gehört zu unserer Geschichte. Sie lassen die Finger von ihm, verstanden? Psychiatrische Hilfe – warum besorgen Sie uns nicht allen eine Gemeinschaftszelle, wo wir uns Bilder von Hattuša aufhängen und an Sonntagen ein bisschen im Garten buddeln dürfen, solange wir artig unsere Elektroschocks wegstecken?« Paul wollte protestieren, aber Merten ließ ihn nicht zu Wort kommen. »Kümmern Sie sich um Dinge, denen Sie gewachsen sind«, sagte er. »Der kleine Artsruni hat sich zu guter Letzt ein bisschen Würde verdient. Den erledige ich.«

38

Paul hatte nicht gewusst, was er tun sollte, nur, dass er etwas tun musste oder verrückt werden würde. Mit Amarna zu sprechen war vermutlich sinnlos. Außerdem verschanzte sie sich im großen Schlafraum hinter dem Körper des Reh-Mädchens, das sie in ihren Armen wiegte. Als er auch nur versuchte, sich den beiden zu nähern, schoss sie herum wie eine Schlange. »Lass mich in Ruhe«, zischte sie. »Rehan ist gerade eingeschlafen, ich will nicht, dass du sie wieder aus dem Schlaf reißt.«

»Ich würde gern mit dir reden, Amarna.«

»Nicht, solange alles, was du tust, dazu gedacht ist, Arman zu schaden«, erwiderte sie und sah von ihm fort auf das schlafende Gesicht der Reh-Frau. Die war in einen seidigen, gefütterten Morgenmantel und eine ebenfalls mit Seide bezogene Decke gehüllt. Wer immer diese Reh-Frau war, sie hatte offensichtlich Geld. Ohne zu wissen, was er eigentlich vorhatte, hob Paul seinen Mantel vom Rucksack auf und ging hinaus in die Dunkelheit.

Der Sturm hatte sich gelegt. Die Nacht war klar und kalt. Er hatte Hattuša noch nie so gesehen – schweigend, leer, eine schwarze Silhouette in der noch schwärzeren Nacht. Der erhabene Anblick, um den jeder seiner Studienkameraden ihn beneidet hätte, ließ ihn schaudern. Er wünschte sich, mit Amarna daheim zu sein, in Mutter Wiecherts Kneipe, bei einem Teller Kartoffelsuppe, einem Glas Moselwein und einem Gespräch über irgendwelche harmlosen Probleme mit ihrer Gilgamesch-Arbeit. Zu dem Epos hatte sie eine geradezu kindliche Liebe gehegt.

Gilgamesch und Enkidu.

Aber auch das war jetzt vergiftet und gehörte zu den Dingen, an die Paul ohne Qual nicht mehr denken konnte. Ein Geräusch ließ ihn zusammenfahren. Sofort schaltete sein ganzer Organismus auf Gefahr um, und er wurde zu dem Fluchttier, das der Mensch tief im Innern noch immer war. Herz und Puls begannen zu rasen, und die Muskeln seiner Schenkel spannten sich zum Sprung. Er schoss herum und sah einen Schatten hinter dem Grabungshaus verschwinden. Kein Tier. Eine Gestalt auf zwei Beinen.

Paul wollte etwas rufen oder den Flüchtenden verfolgen, doch seine Stimmbänder blieben vor Furcht gelähmt. Heute Abend hatte er mit Merten über ein Schloss für die Haupttür sprechen wollen, weil er seit Tagen gespürt hatte, dass der Armenier nachts hier herumstrich. Merten aber hatte ihn verhöhnt und nicht einmal zu Wort kommen lassen. Es dauerte eine Weile, ehe er sich so weit beruhigt hatte, dass seine verkrampften Glieder sich wieder rühren ließen und sein Herz nicht länger zu zerspringen drohte. Noch immer zitternd, zwang er sich dazu, einen Blick in die Runde zu werfen, um sicherzugehen, dass Artsruni wirklich verschwunden war und nicht von der anderen Seite wieder auftauchte. Als er sich der Hethiterstadt zuwandte, sah er das Licht, einen hellgelben Schein, der von dem Umriss am Ende der Mauer ausging. Der Umriss war Artsrunis Zelt. Er musste dorthin zurückgekehrt sein.

Paul war kein mutiger Mann. Der Gedanke, durch die menschenleere Nacht seinem Feind entgegenzulaufen, steigerte seine Übelkeit zum Würgen. Wer überlebt, wird zum Monstrum, hatte Merten gesagt. Hier aber ging es um Amarnas Leben, und er würde es sich nie verzeihen, wenn er etwas unversucht ließ. Entschlossen ballte er die Fäuste in den Taschen und rannte los.

Der Armenier hatte eine große Taschenlampe, die ein erstaunlich helles Licht warf, vor dem Eingang des Zelts aufgestellt. Daneben saß er, sein Schaffell über den Schultern, und beschäftigte sich mit einem Gegenstand, der im Dunkeln blitzte. Er war wahrhaftig schön, und das setzte dem Grauen seine Spitze auf. Irgendein Instinkt im Menschen nahm wohl an, dass von etwas so Schönem, Ebenmäßigem keine Gefahr ausgehen konnte, doch auf den zweiten Blick wurde sichtbar, dass er im Innern zerstört war: Im Licht der Lampe war das Gesicht kalkweiß, und um die Augen lagen tiefe Schatten, als würde schon der Tod in ihm wohnen.

Paul, der außer Atem war und ins Gehen fallen musste, erwartete jeden Moment, dass der Armenier mit dem Raubtiergehör ihn wahrnahm und herumschwang. Der aber war zu vertieft in die Beschäftigung mit dem Gegenstand. Als Paul erkannte, um was es sich bei dem Gegenstand handelte, war es zu spät. Ein gekrächzter Schrei entfuhr ihm.

»Guten Abend«, grüßte der Armenier höflich und blickte von dem Revolver auf. Paul stand neuerlich wie erstarrt und brachte kein Wort heraus. »Das ist ein Webley«, erklärte der Armenier. »Das Kriegsmodell mit rauchfreier Munition. Interessieren Sie sich für Waffen? Wollen Sie ihn sich ansehen?« Gleichmütig hielt er ihm die Schusswaffe entgegen. Ohne zu überlegen, sprang Paul vor und riss ihm den Revolver aus der Hand. »Ich bedaure«, sagte der Armenier, »er ist noch nicht geladen.«

Hatte der Mann geglaubt, er werde mit der tödlichen Waffe auf ihn zielen? Paul schluckte, so gut es ihm mit knochentrockenen Schleimhäuten möglich war. »Ich weiß nicht, was Sie

damit wollten«, entgegnete er tapfer, »und ich will es auch nicht wissen, denn es wäre sowieso gelogen.«
»Vermutlich«, sagte der Armenier. »Müssten Sie als Wissenschaftler aber nicht sichergehen?«
»Ich bin nicht hier, um mit Ihnen zu plänkeln«, sagte Paul, bemüht, das Zittern seiner Stimme zu verbergen. »Ich nehme diese Waffe jetzt an mich. Morgen früh wird in der Gruppe darüber befunden werden, was damit geschieht.«
Der Armenier schoss in die Höhe wie von der Sehne geschnellt. »Sie nehmen meine Waffe jetzt an sich? Und Sie befinden in Ihrer Gruppe, was damit geschieht? Ich fürchte, da irren Sie sich, Herr Dr. Vollmer.« Ehe Paul sich's versah, hatte er ihm den Revolver entwunden. »Das ist meine Waffe, und ich kann im Notfall damit schießen«, sagte er ruhig. »Sie auch? Wenn ja, dann überlasse ich sie Ihnen womöglich, oder wir können uns mit den Nachtwachen abwechseln. Wenn nicht, dann haben wir hier Ärger genug, ohne dass irgendwer wild in der Gegend herumballert.«
»Waren Sie deshalb eben am Grabungshaus?«, stammelte Paul. »Weil Sie hier Nachtwachen durchführen? Aber wozu denn?«
»Weshalb fragen Sie mich?« Der Armenier hob die Brauen, die in dem bleichen Gesicht umso schwärzer wirkten. »Was ich Ihnen antworten könnte, wäre doch sowieso gelogen.« Er setzte sich wieder in den Zelteingang und begann mit seinen wendigen Fingern die Waffe zu laden. Paul würgte. »Sie sollten sich schlafen legen, wenn Ihnen nicht gut ist.«
»Bitte sagen Sie mir die Wahrheit!«, rief Paul. »Was hatten Sie eben am Grabungshaus vor, und wozu machen Sie hier Nachtwachen?«
»Wenn ich Ihnen die Wahrheit sage, die Ihnen nichts nützen wird, weil Sie nicht wissen, ob Sie sie glauben dürfen – tun Sie mir dann auch einen Gefallen?«

Paul zögerte. »Ja.«
»Ich war überhaupt nicht am Grabungshaus. Und ich sitze hier auf Wache, weil ich gern den Mann zu Gesicht bekommen würde, der Amarnas Arbeit zerstört hat. Vielleicht will ich aber auch nur den Verdacht von mir ablenken. Oder ich bin geisteskrank, weil ich in meiner Besserungsanstalt zu lange gefoltert worden bin, und weiß gar nicht, dass ich es selbst war.«
Ein Schauder jagte den nächsten über Pauls Rücken. »Bitte hören Sie auf!« Seine Stimme klang spitz und brüchig wie die einer Frau.
»Ich bin ja fertig«, sagte der Armenier. »Aber Sie schulden mir jetzt einen Gefallen.«
Paul konnte nur nicken. Er wollte nichts als weg.
Der Mann legte den Revolver neben sich auf das Futteral und hob den Kopf. Seine zerstörte Schönheit tat weh. »Wenn Amarna Sie braucht, morgen Nacht oder später, bitte weisen Sie sie nicht ab. Und wenn sie zu Ihnen zurückwill, verzeihen Sie ihr, denn sie hat ja keine Schuld. Was immer geschieht, lassen Sie Amarna nicht allein.«

39

Amarna wäre lieber bei Tag gegangen. In den vergangenen Nächten hatten die Träume sie wie nie zuvor gequält, und der Gedanke, den Ort, dem sie entsprangen, in der Dunkelheit aufzusuchen, erfüllte sie mit Beklommenheit. Andererseits war die Vorstellung, mit Arman durch die Sternennacht zu laufen, Hand in Hand, ohne dass jemand ihnen ihre Zweisamkeit streitig machte, himmlisch und nahm der Furcht den Stachel. Die Furcht würde sie ohnehin aushalten müssen,

wenn sie sie je überwinden wollte. Und das wollte sie, denn wie sollte sie sonst mit den Hieroglyphen von Yazilikaya arbeiten?
Auf die Arbeit brannte sie. Mit Hilfe des Vergleichstextes und der Übersetzung, die Arman von den Notizen seines Vaters erstellt hatte, hatte sie einen Großteil der Tafelbruchstücke entziffern können. Auf dem Weg nach Yazilikaya würde sie ihm von den unglaublichen Dingen erzählen, die sie herausgefunden hatte. Was vermochte dagegen schon die Angst? Sie war nicht allein. Was immer ihr in den Felsenkammern des Heiligtums bevorstand, sie hatte ihren Liebsten bei sich, der es mit ihr tragen würde.
Nach dem Abendessen brachte sie Rehan zu Bett und ging durch die Dunkelheit hinüber zu Armans Zelt. Sie hatte zwei Pullover und ihren Mantel übereinander angezogen, doch sie fror noch immer. Er kam ihr entgegen. Ohne ein Wort breitete er ihr sein Schaffell um die Schultern, dann lagen sie sich in den Armen. Er kam ihr verändert vor. Während sie sich küssten, ging sein Atem schwer. »Liebling, geht es dir gut?«
Er sah sie an, nickte, sah sie weiter an, dann schüttelte er betreten den Kopf.
»Großer Gott, Arman, ich predige dir seit einer Ewigkeit, du sollst zu einem Arzt gehen. Es gibt einen im Dorf, Sedat hat sogar schon mit ihm gesprochen …«
Er furchte eine Braue, und etwas von der vertrauten, spöttischen Zärtlichkeit kehrte in seine Stimme zurück. »Du organisierst hinter meinem Rücken mit Sedat Ärzte für mich? Lasst ihr mich abholen und irgendwo einweisen?«
»Du bist ein Quatschkopf.« Als sie ihm verspielt einen Klaps übers Ohr gab, schrie er auf. Der Laut ging ihr durch und durch. Nie zuvor hatte sie ihn vor Schmerz so schreien hören.
»Arman, was hast du, was ist mit deinem Ohr?«

»Nichts, ich ...« Er spannte die Hand um die Stirn, presste zwei Finger an die Schläfen und versuchte zu sich zu kommen. »Es tut mir leid, es dauert nicht lange ...«

»Jetzt weiß ich!«, rief Amarna und atmete erleichtert auf. »Ich habe das neulich schon gesehen. Durch dein ewiges Gerupfe hat sich dein Ohrläppchen entzündet, und jetzt schreist du, wenn ich dich dort nur streife. Du musst dir das abgewöhnen, hörst du? Wenn wir zurückkommen, reibe ich es dir mit Ziegensalbe ein.«

Die Nacht war sehr klar, eine Vollmondnacht, erhellt von tausend Sternen. Überdeutlich sah sie sein Gesicht, aus dem allmählich der Ausdruck von Schmerz wich. »Ja, Amarna«, sagte er lammfromm, und dann verzog sich sein Mund. So oft hatte sie sich gewünscht zu sehen, wie ihm ein Lächeln stand, doch jetzt war sie unendlich dankbar, dass das Geschenk sich bewahrt hatte. »Meine liebste kleine Schlafmütze. Meine zerstreute Professorin. Ich liebe dich.«

Furcht und Sorge, Schmerz und Kälte, alles war wie weggeblasen. In seinen Augen funkelte Belustigung, in seine Wangen gruben sich zwei schmale Halbmonde, und seine Lippen entblößten weiße Zähne, von denen vorne einer ein wenig schief stand. Die Freude breitete sich in ihr aus wie ein frisches, duftendes Laken, das Frau Ziethen stets langsam über ihr Bett gestrichen hatte, um es an allen Rändern festzustopfen.

»Ich möchte dich streicheln«, meinte sie. »Ich möchte dich küssen, wie du noch nie geküsst worden bist, aber ich muss hier stillstehen und mir das anschauen. Bitte sag mir, wie sich das anfühlt, Liebling.«

Er sagte nichts und schüttelte lächelnd den Kopf.

»Weißt du, was sehr komisch ist, Arman? Die ganze Welt um uns tobt und kann uns jeden Augenblick überrollen. Meine Träume, die Vergangenheit, all der Wahnsinn, den ich nicht begreife. Aber unsere Welt im Innern, die, in der nur du und ich stecken, ist vollkommen heil. Wir stehen es durch, egal, wie hart es wird. Wir haben keine Mauern wie Hattuša, Feinde von außen können alle eindringen, aber hier bei uns im Innern gibt es keinen Feind.« Ihr Blick fuhr seinem Lächeln nach. In Gedanken küsste sie ihn auf die Gruben in den Wangen, auf die Mundwinkel und viele Male auf die Lippen. Er war ihr Mann aus Fleisch und Blut. Sooft sie ihn ansah, würde sie nie wieder an eine schöne Statue denken.

»Ich weiß, wenn wir es überstanden haben, werde ich mit dir glücklich sein. Wir können nach England gehen, und wir werden wenig Geld haben. Manchmal wirst du meine Leberwurst sein, und dann mache ich dir die Hölle heiß, aber hinterher muss ich dir vor Liebe die Luft abdrücken. Du wirst meine Arbeit ernst nehmen, und ich werde deine Arbeit lieben, wir werden ohne Ende zu reden haben, uns zanken, uns balgen, uns versöhnen, spielen, albern, unsere Kräfte messen. Ich werde ganz unverschämt gern mit dir schlafen, und jeder Frau, die dir hinterherlechzt, werde ich einen hämischen Blick senden, weil nur ich allein zu sehen bekomme, dass der schöne Armenierkönig in Wirklichkeit ein Wildschwein ist. Und irgendwann will ich ein Kind von dir, mit langen braunen Beinen und schwarzen Zotteln, dem ich nie, nie weh tun werde, auch wenn es seine Lehrer beißt und unseren Freunden Schlangen in die Betten stopft.«

Er stand lange still und legte seinen Blick um sie, so fest wie die Mauern von Hattuša. Dann schloss er die Arme um sie. »In England gibt's keine Schlangen«, flüsterte er ihr ins Ohr. Sie wollte ihn festhalten, aber er entglitt ihren Armen. Ehe sie recht begriff, kniete er vor ihr im überfrorenen Gras, umschlang ihre Mitte und lehnte seinen Kopf an ihren Leib. »Kannst du das aushalten, Amarna? Dass ich Bülent verrate? Das hört sich so pathetisch an wie aus einem dieser Shakespeare-Bücher, aber es bedeutet, dass ein alter Mann ganz alleine stirbt und nicht weiß, warum sein Leben so traurig war. Kannst du mich danach noch ertragen? Dann geh heute Nacht mit mir nach England. Geh mit mir nicht nach Yazilikaya.«

»Steh auf«, sagte Amarna und streichelte sein Haar. »Das darfst du noch einmal machen, und es ist mir ganz egal, ob es pathetisch und aus Shakespeare-Büchern ist. Mein schöner Mann auf Knien ist absolut hinreißend, aber das nächste Mal bitte, wenn wir im Warmen sind und ohne dass du nass wirst.«

Er stand nicht auf. Sie streichelte ihn weiter. Als er heftig zusammenzuckte, ertastete sie, dass er die Beule, von der Merten gesagt hatte, er spüre sie nicht, noch immer hatte. Wie lange war die Verletzung jetzt her? Bald sechs Wochen? Die Schwellung kam ihr größer vor, als sie sie in Erinnerung hatte, und sie tat ihm bei der leisesten Berührung weh. Amarna nahm sich vor, am Morgen mit Sedat zu sprechen, der sich Sorgen um Armans Gesundheit machte und deshalb den Arzt in Boğazköy aufgesucht hatte. »Dich zu ertragen ist meine leichteste Übung«, sagte sie. »Außerdem finde ich, dein Bülent ist ein Erpresser, aber …«

»Das stimmt nicht.«

»Stimmt sehr wohl.« Sie verschloss ihm den Mund. »Wie kann er denn zu dir sagen, er liebt dich nicht, wenn du nicht tust, was er will? Arman, ich will ganz viel von dir. Ich will, dass du aufhörst zu stehlen, dass du aufhörst zu lügen, dass du aus deiner Begabung etwas machst und deine Hattuša-Bilder der Welt zeigst. Ich möchte dir die Ohren langziehen, wenn du dein Licht unter den Scheffel stellst, dich wie eine Leberwurst beträgst und hinter dem Mann, der du sein kannst, zurückbleibst – aber lieben werde ich dich immer.« Sie küsste seinen

Schopf. »Und den, der trotzt und beißt und mit Schlangen wirft, noch ein bisschen mehr, weil der's nötiger hat.«
»Nicht«, stieß er leise heraus, umklammerte sie und presste sein Gesicht an ihren Leib.
»Doch, Liebling. Liebe ist so. Meinem Vater kann ich kein Wort mehr glauben, aber als Kind habe ich mich von ihm genau so geliebt gefühlt: wenn ich Unfug veranstaltet und Laternenpfosten umgefahren habe, noch ein bisschen mehr.«
»Aber er ist doch dein Vater! Bülent ist …«
»Ist schon gut«, fiel Amarna ihm ins Wort und verschloss ihm noch einmal den Mund. »Ich wollte dir nur gesagt haben: Du hast jetzt mich. Ich bin nicht mein Vater, der dir Wärme geschenkt hat, um dich irgendwann blutig zu prügeln, und ich bin nicht dein Bülent, der dir Wärme geschenkt hat, um dich irgendwann zu erpressen. Ich bin ich, die dich liebhat und die es aushalten würde, wenn du die ganze Welt verrätst. Die aber weiß, dass du es nicht aushältst. Und deshalb gehe ich mit dir heute Nacht nicht nach England.« Sie schluckte, nahm seine Hände und zog, bis er aufstand. »Bring mich nach Yazilikaya.«

40

Vor der Mauer hatten einst Tagelöhner und Ziegenbauern in Hütten gesiedelt. Wind trieb das Gras gegen Amarnas Knöchel und fing sich in Armans Haar. »Augenblick.« Er umschlang sie und hob sie in die Höhe wie in der ersten Nacht in seinem Haus. Erst jetzt hörte sie, dass unter ihnen Wasser plätscherte.
»Warum musst du mich tragen?«
»Weil ich Stiefel habe und du nicht.«

Es war so warm in seinen Armen, sie hätte sich darin zusammenrollen wollen. »Lass mich runter, Arman. Du brichst dir den Rücken.«

Er küsste sie. »Derjenige, der in der Steppe geboren ist, der ist stark und hat Kräfte.«

Sie küsste ihn zurück, und bei der Stadtmauer stellte er sie sacht auf die Füße. Wo die Mauer endete, ragte eine Felsgruppe auf, als stünden schweigende Riesen auf Wache. Amarna zwang sich, in die Höhe zu sehen. An der rechten Flanke der Felsen tat sich eine gähnende Schlucht auf. Die schwarze Wand wirkte auf den ersten Blick glatt wie Metall. Erst als sie näher kamen, konnte Amarna Spalten und Vorsprünge ausmachen, sogar einen, der breit genug schien, damit ein Mensch darauf stehen konnte. Die Vorstellung, auf dem schmalen Grat über der Schlucht auszuharren, erregte Schwindel in ihr. »Ist es nicht seltsam, dass wir in Hattuša noch immer kein Gräberfeld gefunden haben?«, fragte sie Arman. »Warum fällt mir das gerade jetzt ein?«

»Ist das wieder eine von den Fragen, die ich ehrlich beantworten muss, Lajvard?«

»Du musst heute gar nichts. Bitte versuch's, ja?«

»Ich weiß es nicht«, sagte Arman, »aber vielleicht, weil du hier an eine Tote denken musst. An eine, deren Grab du auch nicht gefunden hast. An deine Mutter.«

Amarnas Herz begann in harten Schlägen gegen ihre Brust zu hämmern. Der Weg wurde steiler. In festen Schritten stiegen sie bergan, auf das schwarze Bergmassiv zu, das auf dem Kamm aus dem Boden wuchs und jede Sicht versperrte. In ihrer Manteltasche umklammerte Amarna die kleine Figur, die Arman für sie gemacht hatte, das Bildnis ihrer Mutter.

»Ich war ein komisches Kind, oder? Ich habe nach ihrem Grab nie gefragt. Meine Mutter war irgendeine Frau Nora Brand-

stätter mit einem schicken roten Koffer, die es nicht mehr gab.«
»Vielleicht hattest du schon zu oft gefragt und keine Antwort bekommen«, erwiderte Arman und zog sie im Gehen dicht an seine Hüfte. »Oder du hattest vor den Antworten zu viel Angst.«
»Ich glaub«, sagte Amarna dumpf.
Mitten am Hang blieb er stehen. »Hast du jetzt auch zu viel Angst, Lajvard?«
Sie hielt sich an ihm fest. »Ich habe auf einmal ganz furchtbare Angst.«
»Wir können zurückgehen.«
Amarna schüttelte den Kopf und lehnte sich an ihn. »Versprich mir, dass du nicht weggehst, egal, was ich tue.«
»Wenn du mich wegschickst, gehe ich, sonst nicht.« An ihrem Ohr schlug sein rasendes Herz.
Sie gingen weiter. »Es kommt mir so verrückt vor«, sagte sie. »Warum sehe ich von meiner Mutter nichts als das Bild, das du mir geschenkt hast, und ihr weißes Gesicht? Ich weiß doch sonst noch so vieles. Ich weiß noch, wie Hugo Winckler sich, wenn wir zusammen gegessen haben, diese rosafarbene Fischpaste auf sein Brot gestrichen hat. Und wie sich bei Makridi Bey der Schnurrbart teilte, wenn er lachte.«
»Makridi Bey«, wiederholte Arman.
»Oh, Arman, das ist mir schon in den letzten Tagen mit Mesut, Sedat und Fatih so gegangen. Bitte sag nicht, ich bin verrückt, aber ich glaube, ich kann Türkisch.«
»Du bist verrückt, Lajvard. Aber du kannst Türkisch.«
»Wie denn nur? Und warum?«
Erneut blieb er stehen und umfasste sie. »Mir ist es auch so gegangen«, sagte er. »Als ich Deutsch lernen wollte, stellte ich auf einmal fest, dass ich es konnte.«

»Hast du es in Berlin gelernt?«, fragte Amarna.
Arman schüttelte den Kopf. »Mein Vater hat Leute bezahlt, die mit mir Deutsch gesprochen haben.«
»Warum?«
Seine Schulter zuckte, und seine Miene verschloss sich. »Ich weiß nicht. Er war stolz auf seine westliche Erziehung und fand wohl, ich müsse irgendetwas Nützliches können. Französisch sollte ich auch lernen, aber dafür war ich zu blöd.«
»Ich auch!« Ihr Lachen misslang. »Dein Deutsch ist wundervoll. Tausendmal besser als mein Türkisch.«
»Dein Türkisch traut sich noch nicht«, erwiderte er. »Das dauert ein bisschen.« Dann zog er die Brauen zusammen und schaute ihr in die Augen. »Amarna, du siehst uns alle vor dir, ja? Dich und mich, deinen Vater, Professor Winckler und Makridi Bey, Professor Schobert und die Grabungshelfer, die für dich gesungen haben, nur deine Mutter siehst du nicht?«
Amarna nickte.
»Siehst du meinen Vater?«
Ihr Herzschlag machte einen Satz. Dann schüttelte sie den Kopf. »Das, was du mir von ihm übersetzt hast, war großartig. Ich habe zu mir gesagt: Amarna, du musst diesen genialen Wissenschaftler doch gekannt haben, du musst dich erinnern. Aber da war nichts. Nur ein schlanker, schwarzhaariger Mann mit einem leeren weißen Gesicht.«
Arman zog das Schaffell fest um sie. Es war unglaublich warm, wie ein Unterschlupf für Nächte voller Angst und Kälte. »Woher hast du das? Ich möchte auch so eines.«
»Dieses ist jetzt deines«, sagte er. »Es ist von Bülent. Ich glaube, er hätte sehr gern, dass du es hast.«
»Du bist der netteste Mann auf der Welt, weißt du das?«
»Nein.«

»Dann bist du der dümmste Mann auf der Welt noch dazu. Arman, warum sehe ich meine Mutter und deinen Vater nicht, kannst du mir das sagen?«
»Ich glaub, ich kann«, antwortete er und drehte das Gesicht zur Seite. »Weil sie dir so weh getan und dich so erschreckt haben, dass du sie nicht mehr sehen wolltest. So sehr, dass deine Erinnerung sich verkrochen hat. Wie dein Türkisch.«
»Bitte erzähl mir von ihnen. Vielleicht traut meine Erinnerung sich dann heraus.«
»Ich glaube, das kann ich nicht. Ich habe sie nicht gut gekannt.«
»Du hast deinen Vater nicht gut gekannt?«
Er hielt noch immer das Gesicht von ihr weggedreht und zuckte eine Schulter. »Amarna, ich war wirklich kein Kind, in dessen Nähe ein vernunftbegabter Mensch sich aufhielt, wenn er es irgendwie vermeiden konnte.«
Amarna schnappte nach Luft und umfasste mit eisernem Griff ihr Gelenk. »Bei dem Satz wäre mir um ein Haar die Hand ausgerutscht«, sagte sie. »Aber die Ohrfeige hättest du überhaupt nicht verdient. Die gebührt deinem Vater.« Sie küsste seine Wange. »Ist dir in deinem klugen Kopf schon einmal der Gedanke gekommen, dass es umgekehrt gewesen sein könnte? Dass du dich wie ein Ekel betragen hast, weil die Leute dich ekelhaft behandelt haben?«
Hilflos schüttelte er den Kopf. »Ich will von dir reden, nicht von mir.«
»Das ist dasselbe, mein Goldstück. Bei dir und mir ist es dasselbe.«
»Ein bisschen stimmt das. Und dann auch wieder nicht. Ich würde dich gern nach diesen Hieroglyphen fragen, aber dann denke ich, dabei geht es nur um mich, und wie kann ich dich jetzt damit belästigen?«

»Sehr einfach, indem ich dir sage, dass du mich nicht belästigst. Ich wollte es dir die ganze Zeit erzählen. Dein Vater hat unglaubliche Arbeit geleistet. Er muss kurz vor dem Durchbruch gestanden haben, und wenn er nicht ermordet worden wäre, hätte er es geschafft, beide Schriftsprachen zu entziffern. Seiner Ansicht nach stammen die zwei Texte, deren Bruchstücke uns vorliegen, von Muršili III. oder Urhi-Tešub. Es sind Liebesgedichte. Wenn ich das, was ich von ihnen erfassen kann, lese, fühle ich mich an Echnaton erinnert. An einen König, der eine neue Zeit einleiten wollte, der einen Gott anbetete, der Sonne und Freiheit brachte, nicht Grenzen und Strafen. Der sich in Bildnissen darstellen ließ, auf denen er seine Frau in den Armen hielt, mit seinen Kindern spielte und um seine tote Tochter weinte.«

Arman zog sie an sich und bedeckte ihren Schopf mit Küssen. »Wenn du mich noch einmal ausschimpfst, weil ich Lichter unter Scheffel stelle, bekommst du Leberwurst«, sagte er. »Du bist viel schlimmer als ich. Von wegen du bist eine Anfängerin, und von wegen wir werden wenig Geld haben. Wenn ich das British Museum wäre, würde ich dir so viel Geld geben, dass wir jeden Tag ins Restaurant gehen können und ich nie wieder einen Finger krumm machen muss.«

In der Finsternis, vor dem schwarzen Felsmassiv aus ihren Träumen, lachte sie vor Stolz und Glück laut heraus. »Freust du dich?«

Er nickte. »Amarna, ich habe diese Tafeln nicht gestohlen. Und die Scherben von Hattušilis Vertrag auch nicht. Jedenfalls fand ich nicht, dass ich sie stehle. Ich fand …«

»Sag's mir.«

»Ich fand, Professor Schobert hatte sie gestohlen. Ich weiß, ich war ein verdreckter kleiner Angeber, dem die Hosen stramm gezogen gehörten, aber ich konnte das einfach nicht aushalten, dass sie diese Sachen, über denen mein Vater nächtelang gesessen hatte, aus Hattuša wegnahmen. Deshalb habe ich sie versteckt. Ich wollte, dass er sie findet, wenn er wiederkommt.«

»Aber er ist nicht wiedergekommen?«

Er schüttelte den Kopf und sah ins Leere.

So wie sie oft für ihn lachte, hätte Amarna jetzt gern für ihn geweint. Über den Mord an seinem Vater hatte er nie auch nur ein Wort gesprochen. Vermutlich wusste er nicht einmal, wo der Mann, nach dessen Liebe er sich vergebens gesehnt hatte, verscharrt lag. »Nein, du hast sie nicht gestohlen«, entgegnete sie weich. »Und die fehlenden Teile des Friedensvertrags hast du Professor Ebedi nach Istanbul gebracht.«

»Ja«, sagte er verloren. »Als ich gesehen habe, dass Makridi Bey den größten Teil dem Museum übergeben hatte, habe ich den Rest geholt. Aber diese Tafeln habe ich nicht loslassen können. Ich wollte wenigstens wissen, ob er recht hatte, ich wollte …«

Amarna strich ihm über den Kopf und erschrak, als sie die Beule streifte. »Du wolltest, dass sein Name nicht ungenannt bleibt, wenn diese Erkenntnisse veröffentlicht werden. Und das wird auch nicht geschehen. Das verspreche ich dir.«

»Danke, Lajvard.«

»Nichts zu danken.« Sie schlang die Arme um seinen Hals und küsste seine Nasenspitze. »Ich kann es noch lange nicht beweisen, aber ich glaube, dass dein Vater auch recht hatte, was Hattušas Untergang betrifft. Der Grund muss in diesen Texten zu finden sein. So wie Echnaton aus der Geschichte getilgt wurde, weil er seiner Zeit zu weit voraus war, ist es vielleicht auch Urhi-Tešub geschehen. Hattušili hat den Bruderschwur gebrochen, als er Urhi-Tešub stürzte und die Herrschaft übernahm. Damit zerstörte er Hattušas Quelle der Kraft. Die Hauptstadt wurde von Bürgerkriegen erschüttert, bis die

Überlebenden ihre Mauern in Brand setzten und verstreut in alle Richtungen flohen. Hattuša hatte ihre Stärke verloren, die sie vor inneren Feinden schützte wie vor denen von außen. So wie bei Gilgamesch und Enkidu. Solange sie zu zweit waren, waren sie selbst den Göttern zu stark.«

Sie erschraken beide und sahen sich an. Im Mondlicht betrachtete sie sein bleiches Gesicht mit den Schatten um die Augen und den ausgehöhlten Wangen. Sie würde morgen mit Sedat sprechen. Aber vielleicht würde es ihm ja auch von selbst bessergehen, wenn sie dies hier hinter sich hatten. Wenn sie frei waren.

»Darf ich mich bitte doch bei dir bedanken?«, fragte er.

Sie lachte und schlang ihm den Arm um die Hüften. »Du bist mein Liebster und darfst, was du willst.«

Umschlungen gingen sie den Weg bis zum Ende. Die in den Stein gehauene Öffnung tat sich auf und gab einen schmalen Gang frei, der in eine Art Kammer führte.

»Ist das das Heiligtum? Das Haus des Wettergottes Tarhunna?«

Arman nickte.

»Hierher kamen sie, um die Dämonen zu besiegen, damit ein neues Jahr beginnen konnte, nicht wahr?«

Er nickte noch einmal, der Kiefermuskel scharf herausgewölbt. Dort, wo der Felsen sie wieder ins Freie entließ, tat sich ein kurzes Stück Weg auf, das in eine in Gestein gemauerte Treppe mündete. Die Stufen führten zu einem hohen, freistehenden Tor, das den Eingang in einen Tempel bildete. Dahinter erhob sich ein weiteres viel höheres Paar Felsen zu einem zweiten Eingang. Arman führte sie weiter. Sein Arm lag um ihren Rücken, so dass er spüren konnte, wie ihr Körper sich sträubte. »Hab keine Angst«, raunte er. »Es wird dir gefallen. Wenn es Zeit ist, Angst zu haben, sage ich dir Bescheid.«

In seinem Arm tat sie die letzten Schritte in die Felsenkammer. Er hangelte nach seinem Rucksack und förderte seine englische Wundertaschenlampe zutage, mit der er den Raum in Licht tauchte. Amarna entfuhr ein glucksender Laut. Über den beiden Felswänden gab es kein Dach, nur den Himmel mit dem Mond und den gleißenden Sternen. Im schwarzen Stein prangte das Relief, das sie aus Armans Nachbildung im Museum und aus Hunderten seiner Zeichnungen kannte – strenge, verschlossene Gesichter, hohe Mützen, überlebensgroße Leiber. An den Wänden der Felsenkammer entlang zog sich die Prozession der Götter. Es war wundervoll, kein bisschen beängstigend, sondern ein Privileg, es anschauen zu dürfen. »Arman, wieso ist es denn hier nicht finster, nicht verschlossen, als fiele es mir auf den Kopf?«
»Ich bin kein Hethitologe«, antwortete er. »Sprich mit Sedat darüber, aber ich glaube, das Dach dieser Felsenkammer ist irgendwann eingebrochen, weil es dem Stein nicht passt, wenn allzu viel darauf eingehämmert wird. Oder die eingesperrten Götter haben Platzangst bekommen und wollten ihren Himmel wiedersehen.«
Sie umarmte ihn und drehte sich mit ihm in der offenen Felsenkammer aus ihren Träumen, die ihr nie mehr Angst machen würden. »Nein, mein Schöner«, sagte sie und lachte ihm in die Augen, »du bist kein Hethitologe. Du bist ein Bildhauer, du hast das, was hier seit dreitausend Jahren schläft, zum Leben erweckt. Und wenn du aus diesem gottverdammten Talent nichts machst, bekommst du wirklich die Hosen stramm gezogen, und dabei stoße ich dir Flüche in die Ohren, dass du nicht mehr weißt, wo vorn und hinten ist.«
Sie überschüttete sein Gesicht mit Küssen und tanzte mit ihm weiter bis zum Ende der Kammer, wo Hattušas Hauptgötter den Labarna des Landes Hatti in die Arme schlossen. Dort

blieben sie stehen, weil Amarna das Relief genauer betrachten wollte. Arman hielt ihr die Taschenlampe. In ihrem Rücken spürte sie seinen schweren, warmen Atem. Erst als sie sich jede Einzelheit des Reliefs eingeprägt hatte, bemerkte sie, dass seine Atemzüge sich nicht beruhigt hatten. Sie drehte sich um und fand ihn an die Wand gelehnt, bleich und als würde er kämpfen, um bei Bewusstsein zu bleiben. Im Nu war sie bei ihm und umfasste seine Schultern. »Was ist?«

»Nichts«, murmelte er. »Ich bin nur müde. Kannst du meine Schultern kräftig schütteln? Dann wird es besser.«

»Ich will dich nicht kräftig schütteln, wenn du müde bist. Ich will dich in ein Bett packen, wo du es warm hast und dich ausruhen kannst. So wie deines in Istanbul, wo du es mir mit deinen Decken und deinem Kohlebecken warm gemacht hast.«

Sein Körper in ihren Händen war schlaff und zitterte. »Wir sind aber noch nicht fertig, Lajvard. Wir müssen mich irgendwie in Bewegung bekommen, sonst bist du umsonst so mutig gewesen.«

Amarna seufzte und schüttelte ihn. Irgendwann befreite er sich und sagte: »Danke. Jetzt gehen wir weiter, ja?«

Wenn dies hier vorbei war, würde sie ihm nie mehr erlauben, so grob mit sich umzugehen, beschloss sie, während sie ihm aus dem Heiligtum hinaus folgte. Auf einem schmalen Weg drängten sie sich zwischen noch höhere Felsen. Sein Schritt war jetzt so schnell, dass sie nur mit Mühe mithalten konnte. Der Pfad stieg steil an, dass ihr die Wadenmuskeln ächzten. Sie klammerte sich an Armans Hand und ließ sich ziehen.

Abrupt endete der Pfad vor einer steilen Wand. Leise pfiff der Nachtwind, der an den Zweigen kahler Sträucher riss. »Bist du sicher, dass du das willst?«, fragte Arman.

»Was?«

»Die beiden mit den weißen Gesichtern suchen. Deine Erinnerung, die sich nicht traut.«
Ihr Herz klopfte. »Kannst du mir vorher etwas erzählen? Auch wenn du sie nicht gut gekannt hast? Irgendetwas zum Festhalten?«
»Ich glaub nicht«, sagte er. »Deine Mutter habe ich so gut wie gar nicht gekannt. Ich fürchte, ich habe sie gebissen.«
»Liebling, bitte mach jetzt keine Witze.«
»Ich mache keine.«
»Du hast sie wirklich gebissen?«
Auf dem schmalen Grat vor der Wand trat er vor ihr zurück. Seine Stimme war eisig. »Ich mochte sie nicht.«
»Warum nicht?«
»Weil ich ein eifersüchtiger Satan war. Weil sie dir Tulumba Tatlisi gegeben hat und den anderen auch, aber mir nicht.«
»Aber du magst doch Tulumba Tatlisi gar nicht!«
Er sah sie an, und sein Blick war ihr fremd. Aus den Zügen war alle Wärme verschwunden. »Du hast unentwegt davon erzählt, als wäre dieser Zitronenkrapfen, den Berliner Pfannkuchen nennen, das Tor zum Himmel. Also wollte ich auch einen, aber sie hat mir keinen gegeben. Sie hat sich zu meinem Vater umgedreht und gesagt: ›Wie kann ein so vornehmer Mann wie du ein solches Rabenaas zum Sohn haben? Mir graut vor ihm, Gaspar, ich will ihn nicht um mich haben.‹ Dafür habe ich sie gehasst.«
Amarnas Schultern verkrampften sich. »Liebling …«
»Ich habe nichts zum Festhalten für dich«, sagte er mit der kalten, fremden Stimme. »Es ist jetzt Zeit, um Angst zu haben.«
Er schaltete die Taschenlampe ein, und Amarna erkannte, dass die schwarze Wand in der Mitte aus einer Anhäufung von Gesteinsbrocken und Schutt bestand. »Hier war mal ein Eingang!«, rief sie.

Er nickte.
»Aber da kommen wir nicht durch. Gibt es noch einen zweiten?« In Amarnas Kopf fielen wieder einmal Puzzleteile übereinander und suchten ihren Platz.
»Ich glaube nicht«, sagte er. »Aber mein Vater hat diese Kammer hier vermutet und am Hang zwischen zwei Felsen einen Zugang gegraben. Er ist verschüttet, doch ich habe ihn freigelegt.«
»Arman, ich weiß, warum er die Kammer hier vermutet hat«, rief Amarna erregt. »In diesen Gedichten von Urhi-Tešub gibt es Hinweise darauf. Er wünscht sich an einen Ort in den Felsen, wo er auf seine Geliebte warten will. Seine Geliebte trug den Namen Puduhepa, und in den Wänden der Felsenkammer war ihre Geschichte bewahrt.«
Mit einem Blick, unter dem sich ihr Magen zum Knoten ballte, sah Arman sie an. »Und wer war Puduhepa?«
Sie wusste, dass er es wusste. »Hattušilis Tawananna. Seine Frau.«
»Die, die Ramses II. im Vertrag von Kadesch seine Schwester nennt.«
»Ist es nicht seltsam?«, fuhr Amarna auf. »Hattušili, der Kriegerische, der Zerstörer der Kaskäer, schließt einen Vertrag, der vor Milde und Verständnis strotzt? Hattušili, der die Vernichtung Ägyptens forderte, nennt einen ägyptischen Pharao Bruder und gibt ihm seine Tochter Sauškanu zur Frau? Viel eher hätte man so etwas Urhi-Tešub zugetraut, doch nicht dem Mann, der ihn entmachtete.«
»Mich musst du nicht fragen«, sagte Arman. »Die Antwort kann uns nur jemand geben, der Nesili lesen und die Hieroglyphen entschlüsseln kann.«
Ihre Blicke trafen sich. Der seine war nicht wiederzuerkennen.
»In der Kammer?«, fragte sie schwach.

Er nickte. »Wenn du nicht willst, gehen wir zurück.«
»Doch«, presste sie heraus. »Ich will es versuchen, auch wenn ich furchtbare Angst habe. Aber Arman, kannst du mich bitte festhalten und mir deine Wärme geben wie vorhin?«
Er sah sie an, als wäre er nicht ganz sicher, wer sie überhaupt war. Dann zog er sich die mit Schaffell gefütterte Weste vom Leib und gab sie ihr. »Nein«, sagte er, »ich glaube, das kann ich nicht.«

41

Es gab keine riesenhaften Götterfiguren an den Wänden, nur Reihe um Reihe mit Hieroglyphen. Und doch war es der Ort aus Amarnas Traum. Eine Kammer, deren Wände sich schwarz und eng um sie schlossen. Sie waren um den Berg herumgegangen in eine kleine kreisrunde Senke. Dort, zwischen zwei weiteren Felsen, lag der winzige Einstieg, der einst viel größer gewesen, aber verschüttet worden war. Alles in Amarna hatte sich gesträubt, sich durch dieses schmale Loch ins Innere des Berges zu schieben, aber sie hatte sich dazu gezwungen. Weil es sonst für sie und Arman keine Freiheit gab. Wenn sie eine Zukunft wollten, musste sie die Furcht vor der Vergangenheit besiegen.
Trotz aller Angst, trotz der Enge, die ihre Brust umschloss, zog die Schönheit der Hieroglyphen sie in den Bann. Sofort erkannte sie Zeichen wieder, denn das Schriftbild glich dem der Tafeln bis aufs Haar. Urhi-Tešub musste seine Gedichte demselben Schriftgelehrten diktiert haben, der auch diese Wände mit Schrift behauen hatte. Amarna fand die Namen: Urhi-Tešub, Labarna von Hattuša. Hattušili, sein geliebter

Bruder. Puduhepa, seines Bruders Frau, Lapislazuli-äugig, schön wie die Stille eines Sommermorgens. Puduhepa, die Leben in die Mauern des Palastes trug. Puduhepa, die einen Mann, der Angst hatte und ein Kind sein wollte, dazu befähigte, ein König zu werden.

Obwohl es Jahre dauern würde, den gesamten Reichtum an Schrift zu entziffern, glaubte Amarna die Tragödie dieser drei Menschen zu erfassen: Ein Mann, der ein wenig strahlender, ein wenig klüger, ein wenig den Göttern näher war als der Rest. Ein Freund, der ihn liebte und schützte. Der Bruderschwur. Liebe, die Neid in Schach hielt. Eine kleine Weile lang Glück.

Dann auf einen Schlag die Erkenntnis: Der andere bekommt geschenkt, wofür ich mein Leben lang vergeblich kämpfe. Nur eines hat er nicht, die Liebe meiner Schönen, die mir alles bedeutet. Wenn er mir das raubt, wenn er unseren Schwur zerbricht, muss er sterben.

Die Taschenlampe erlosch.

Amarna erschrak bis ins Mark. Sie drehte sich um. Im Finstern konnte sie gerade eben Armans Gestalt ausmachen, die den schmalen Gang zum Ausstieg versperrte. Er schien zu schwanken. Sein Gesicht war kalkweiß. »Du willst jetzt die Wahrheit, oder?«

Am ganzen Leib zitternd, nickte sie. »Bitte mach die Lampe wieder an, Arman.«

Er tat nichts dergleichen. Vor ihren Augen begannen die Wände der Kammer sich zu drehen.

»Erinnerst du dich an nichts?«

Amarna schüttelte den schmerzenden Kopf.

»Aber du musst dich erinnern!«

Noch verzweifelter schüttelte sie den Kopf und rief nach ihm, doch ihr Schrei verhallte ungehört.

»Du musst dich erinnern, Amarna! Du musst!«

Die Mauern schlossen sich über ihr, und die Trümmer begannen auf sie niederzuprasseln. Sie fiel zu Boden, umschlang ihre Knie und rollte sich zur Kugel. Ehe ein Stein sie erschlug, umfing sie gnädige Schwärze.

Das Erste, was sie bemerkte, als sie zu sich kam, war der weiche Stoff an ihrer Wange. Zunächst glaubte sie daheim auf ihrem Kinderkissen mit dem Löwen zu ruhen, doch das, was unter dem Stoff lag, war zu hart. Mühsam drehte sie sich auf den Rücken und schlug die Augen auf. Hände hielten sie, streichelten ihr beruhigend die Schultern, und den Raum erfüllte ein wenig Licht. Sie blickte auf, sah in Armans Gesicht und erschrak. Es war noch immer kalkweiß und verzerrt, die Schatten um die Augen schwarz. Es war das Gesicht des Mannes, den sie liebte und dem sie vertraut hatte, aber er hatte ihr Angst gemacht.

»Amarna«, sagte er leise.

Sie sagte nichts, sondern sah ihn nur an.

»Ich gebe auf. Sobald du gehen kannst, bringe ich dich zurück nach Hattuša. Zu Dr. Vollmer.«

Amarna spürte etwas Hartes an ihrem Hinterkopf. Gleich darauf fuhr Armans Hand dazwischen und zog den Gegenstand heraus. Amarna drehte sich um. Fassungslos sah sie, wie er die Pistole öffnete und das Magazin herausnahm. Er legte ihr beides in die Hand.

»Bist du wahnsinnig?«, schrie sie. »Was wolltest du mit dem Ding? Mich erschießen?«

Sein ganzer Körper schauderte, und seine Hand grub sich in ihr Haar. Er schüttelte den Kopf.

»Lass mich los«, sagte sie. »Hilf mir, mich aufzusetzen, und dann fass mich nicht mehr an.«

Er gehorchte. Erst jetzt sah sie, dass das schwache Licht nicht der Taschenlampe entstammte, sondern einer einzelnen Kerze,

die auf dem Boden stand. »Was hast du mit deiner geliebten englischen Lampe gemacht? Hast du die nicht nur ausgeschaltet, sondern zertrümmert, um mich in Todesangst zu versetzen?«
Wieder schüttelte er den Kopf und verkrampfte das Gesicht noch weiter. »Sie ist ausgegangen. Ich habe vergessen, die Batterien zu wechseln.«
»Und das soll ich dir glauben?«, schrie sie. »Zufällig hast du die Batterien vergessen, zufällig hast du die Hintertür im Museum auf gelassen, zufällig hast du in dieser einen Nacht im Pferdestall nichts gehört. Wahrscheinlich bist du auch zufällig im Finstern über meine Absteckung auf dem Palasthügel gestolpert, und zufällig ist dir eine Pistole in die Hosentasche gerutscht.«
Wie geohrfeigt zuckte sein Gesicht von einer Seite zur andern. »Bitte nicht schreien«, sagte er heiser.
»Es ist mir egal, ob mein Geschrei dir weh tut«, schrie sie weiter. »Hast du die geringste Ahnung, wie du mir weh tust?«
»Nicht deshalb«, seine Stimme wurde noch heiserer, »sondern wegen des Felsens. Laute Geräusche können einen Steinschlag auslösen. Du musst nicht schreien, deine Worte tun mir auch weh, wenn du leise sprichst.«
Ob er log oder nicht, es war sicherer, nichts zu riskieren. Sie beherrschte sich und zwang sich, die Pistole zu betrachten. Von derlei Dingen verstand sie nichts, doch vermutlich brauchte sie das Magazin einfach nur wieder in die Öffnung zu schieben. Sie tat es und richtete den Lauf auf seine Brust. »Ich will jetzt die Wahrheit. Keine Schaumschlägerei über deine tausend Zufälle mehr. Nur noch das, was du hier vorhattest. Ohne eine Lüge, ohne dein verdammtes Kopfwegdrehen. Sieh mich an und rede.«
Sie wollte ihn nicht ansehen müssen, aber sie würde sich zwingen, es durchzustehen.

»Ich erzähle es dir auch ohne das«, erwiderte er und wies mit dem Kopf auf die Pistole.

»Vielleicht tust du das, aber du bist mir zu gefährlich geworden.«

»Ja«, sagte er und senkte den Kopf.

»Sieh mich an!«

Als er aufblickte, zitterten ihm die Lippen. »Ich wollte dich hierherbringen, um dich in Angst zu versetzen. Ich dachte, dann würdest du dich erinnern. Du bist in die Höhle gelaufen. Du bist dabei gewesen und musst es gesehen haben.«

»Was?«

»Das, was hier passiert ist. Vor neunzehn Jahren. Ich wollte, dass du es mir erzählst. Wenn es so gewesen wäre, wie ich es seit neunzehn Jahren kenne, wollte ich gehen, es Bülent schreiben und nicht mehr zurückkommen. Wenn es anders gewesen wäre …«

»Was, wenn es anders gewesen wäre?«, schrie sie. »Verdammt noch mal, rede!«

Als er weiterschwieg, packte sie die Pistole beim Lauf und schlug ihm mit aller Kraft den Kolben vor die Brust. Sie war so unendlich wütend. Und sie hatte so unendlich viel Angst. Mit einem dumpfen Knall traf das Metall seinen Knochen. Seiner Kehle entrang sich ein winziges Wimmern, wie wenn man ein Tier schlug. »Wenn es anders gewesen wäre, wollte ich hier darauf warten, dass dein Vater kommt, und ihn erschießen«, sagte er.

Eine Sekunde lang wagte sie, ihn aus den Augen zu lassen und einen Blick durch den Raum zu werfen. Die Hieroglyphen an den Wänden schienen zu tanzen, und vage, wie in Nebeln, formierten sich Bilder. »Jetzt erzähl.«

»Was?«

»Das, was hier passiert ist.«

»Ich weiß es ja nicht.«

Sie hob die Pistole, und er duckte den Kopf. »Herrgott, sei nicht noch so erbärmlich feige«, schrie sie und schlug ihn noch einmal mit dem Kolben. Er hielt still. Sie traf sein Schlüsselbein und hasste das Geräusch. »Sie waren hier drinnen, ja? Meine Mutter und dein Vater? Und meine Mutter war keine Frau Nora Brandstätter.«

»Nein. Doch. Ich weiß nicht. Auf der Grabungsstätte hat jeder sie Nora genannt. Ich glaube, sie mochte den Namen. Eine Zeitlang gefiel es ihr wohl, in der Weltstadt Berlin zu leben und mit der türkischen Ziegenbauertochter nichts mehr gemein zu haben. Dass sie Nurdan hieß, habe ich erst später erfahren.«

»Wir waren nicht die ganze Zeit hier, oder? Meine Mutter und ich? Wir sind erst 1912 gekommen?«

Er nickte. »Dein Vater wollte euch nicht in Gefahr bringen. Hier ging die Cholera um, und das Klima ist nicht gesund. Aber sie hat sich wohl gelangweilt, allein, als Mutter und Hausfrau in Berlin. Ich weiß es nicht. Später habe ich meinen Vater zu ihr sagen hören: ›Er sperrt dich ein mit seiner Eifersucht. Er will, dass du in einem Käfig lebst.‹ In jedem Fall war sie hier, im Sommer 1912. Dein Vater hatte sie mitgebracht. Und dich. Vor sich im Sattel, mit einem Federhut.«

Die Bilder von ihnen beiden kehrten zurück. Gilgamesch und Enkidu. Bilder von ihrem seligen Sommer. Aber für Tränen war ihr bis in die Knochen zu kalt.

»Dein Vater sah sehr gut aus, oder? So wie du.«

Er zuckte eine Schulter. »Ich weiß nicht.«

»Sag nicht ständig, ich weiß nicht!«, schrie sie. »Zuck nicht ständig wie ein Feigling zusammen!«

Er versuchte die Schultern zu straffen. »Ich fand, dein Vater sah gut aus«, sagte er. »Er war der grandioseste Mann, den ich kannte. Ich habe nicht verstanden, wie sie ihm das antun konnten. Ich habe sie beide gehasst.«

»Sie hatten ein Verhältnis, ja? Sie haben sich hier getroffen, und du hast sie gesehen?«

Er nickte. »Sie haben darüber gesprochen, von Hattuša fortzugehen. Heimlich, damit dein Vater dich ihnen nicht wegnehmen konnte. Mich sollte mein Vater in Corum in ein Heim für Schwererziehbare geben. Dann wollten sie mit dir verschwinden. Deine Mutter wollte gern nach Paris.«

»Dafür hast du mir die Schlange ins Bett gelegt? Weil sie mich mitnehmen wollten und dich nicht?«

Er nickte.

»Und mein Vater, der wusste, was vor sich ging, hat dir mit der Gürtelschnalle Striemen geschlagen, weil er deinem Vater nichts anhaben durfte.«

Kurz schwiegen sie beide. Von den Gefühlen, die in ihr tobten, vermochte Amarna keines zu benennen. »Erzähl mir das Ende.«

Er hustete, wohl in dem Versuch, seine Kehle zu befreien. »Darf ich mich auf den Boden legen, Amarna? Ich glaube, ich kann nicht mehr sitzen.«

Sie starrte ihn an. Er zitterte am ganzen Körper, sein Atem ging flatternd, und in seinem Gesicht zuckten unentwegt Muskeln. Erst jetzt wurde ihr bewusst, dass er nur noch ein Hemd trug, das ihm schweißdurchtränkt am Körper klebte. Auch über sein Gesicht rann Schweiß in Bächen. Sie wollte nicht, dass sich von hinten wieder Mitleid mit ihm einschlich. Es ging um ihr Überleben, obwohl sie nicht einmal wusste, in was für ein Leben sie zurückkehren würde. »Bleib sitzen«, sagte sie. »Liegen kannst du, wenn du zu Ende erzählt hast.«

»Ich weiß das Ende nicht!«, rief er. Dann riss er sich zusammen und dämpfte seine Stimme. »Ich war ein tückisches Aas.

Ich wusste, dein Vater hasste mich jetzt auch, aber ich dachte, ich könnte ihn zurückgewinnen, wenn ich ihm verrate, was die beiden planen und wo sie sich treffen. Er hat gesagt, es ist widerlich, andere zu verleumden, und ich soll ihm aus den Augen gehen. Ich bin herumgestrichen, auf der Suche nach etwas, das ich kaputt machen konnte, und in der Dämmerung bin ich wieder nach Yazilikaya gegangen. Ich habe gehofft, dein Vater würde doch kommen, um die beiden zu stellen, und ich könnte zusehen, wie er sie noch mehr hasste als mich. Ich habe nur an mich gedacht. An niemanden sonst. Schon gar nicht an ein kleines Mädchen mit Zöpfen, das mir überallhin hinterherdackelte.«

Amarnas Kehle wurde so eng, dass sich ihr Atem in Tropfen hindurchzuzwängen schien. Sie musste die Augen schließen. Die Bilder, die sie vor neunzehn Jahren verloren hatte, kamen zurück. »Ich bin dir hinterhergelaufen, weil ich wollte, dass du wieder mein Freund bist. Aber als wir in die Senke vor dem Felseinstieg kamen, habe ich meine Mutter gehört. Sevgilim, sen en güzelsin, das hat sie immer zu mir gesagt, wenn sie mir Talumba Tatlisi in den Mund gestopft hat. Mein Liebling, du bist so süß. Ich habe sie gerufen und bin in die Höhle gelaufen.«

Ihr wurde schwindlig. Ehe sie gegen die Felswand stürzte, fing Arman sie auf. Seine zitternden Hände hielten sie bei den Armen. Mit so wenig Berührung wie möglich bettete er ihren Rücken an die Wand und schob ihr seine Weste unter den Kopf. Dann ging er zu seinem Rucksack und hielt ihr eine Feldflasche hin.

»Was ist das?«

»Der Rest von dem Calvados, den du Professor Schobert gestohlen hast.«

»Warum hast du den mitgenommen?«

Er gab keine Antwort.

»Warum hast du den mitgenommen?«, schrie sie.

Er sah zur Seite. Dann besann er sich und zwang sich, ihr das zuckende Gesicht wieder zuzuwenden. »Ich dachte, er hilft dir.«

»Aber das wolltest du doch nicht! Du wolltest, dass es so unerträglich wie möglich für mich wird, damit ich mich erinnere.« Sie trank einen Schluck aus der Flasche und fühlte sich ein wenig besser. »Was ist passiert, nachdem ich in die Höhle hineingelaufen bin?«

»Ich weiß nicht«, sagte Arman und duckte den Kopf. »Ich habe sie alle einander anschreien hören, dann einen Schlag, einen noch viel lauteren Schrei und einen Knall, wie wenn etwas umfällt. Als Nächstes dein Weinen, und dann hat der Stein angefangen, sich zu bewegen.«

Das, was folgte, erzählte er nicht, und das war auch nicht nötig, denn Amarna erinnerte sich. Es war das Bild aus ihrem Traum, die Felsen, die sich über ihr schlossen und zusammenstürzten. Sie rollte sich zur Kugel, schrie und wollte den Traum niederkämpfen, doch der Traum spulte weiter ab, dieses Mal, ohne dass die Filmrolle riss, bis an sein erlösendes Ende: Gesteinsbrocken prasselten auf sie nieder, trafen ihre Schulter und ihren Nacken. Sie glaubte, sie müsse sterben, aber sie schaffte es, noch ein kleines Stück weiterzurobben, auf den Menschen zu, der ihr durch den Hagel entgegenkroch. Zwei Hände streckten sich nach ihren Schultern und zogen sie an einen warmen Körper, der sie schützend unter sich barg. Das Herz ihres Freundes klopfte dicht an ihrem Ohr. »Es ist gut jetzt, kleiner Gilgamesch. Das Böse kann dir nicht mehr weh tun.«

Sie war in Sicherheit. Um sie schlossen sich die festen Arme von Enkidu, die sie ins Freie trugen, in die rettende Klarheit der Nacht. Leise sang er in ihr Ohr und wiegte sie. Sie hätte ihm so viel sagen wollen, aber sie war nur ein kleines Mädchen von fünf Jahren, das sich zu Tode erschrocken hatte, das nicht mehr wusste, wer es war, und haltlos weinte.

»Amarna.«

Sie nickte.

»Lass mich dich bitte festhalten. Nur noch dies eine Mal.«

Amarna schaffte es, ein kleines Stück weiterzurobben, und seine Arme fingen sie auf. An seiner Brust, an seinem zum Bersten klopfenden Herzen rollte sie sich zusammen und weinte all ihre Kraft aus sich heraus. Ganz leise hörte sie ihn die Melodie singen, die er damals gesungen hatte, die tröstlichen Worte, zu denen er sie wiegte.

Ach, wenn mich der Wind dorthin tragen könnte,
Wo meine Liebste ihren Weinberg hat.
Ach, wenn ich der Zephyr, der Westwind, sein könnte,
Der ihr durch die Reben und die süßen Rosen streicht.

Er hörte erst auf, als ihr Weinen verebbte.

»Erzähl mir den Rest«, sagte sie, sobald sie wieder Luft bekam. »Was ist passiert, nachdem wir draußen waren?«

»Genau weiß ich nur noch, dass mein Vater durch den Steinhagel ins Freie gestürmt ist. Er hat uns nicht gesehen, sondern ist einfach weitergelaufen. Es kamen dann aber Leute von der Grabungsstelle, die nach dir suchten. Die hielten ihn auf. Ich habe versucht, ihnen zu sagen, dass dein Vater noch in der verschütteten Höhle sein musste, aber sie haben nicht auf mich gehört, sie wollten nur dich von mir wegholen. Du hast geschrien. Ich glaube, sie haben dir weh getan.«

»Und mein Vater war in der Höhle?«

»Ich war sicher, ihn dort drinnen gehört zu haben. Deshalb bin ich die ganze Nacht dort sitzen geblieben und kann dir nicht erzählen, was weiter passiert ist. Es sind noch mehrmals Leute gekommen, aber keiner hat versucht, deinen Vater aus der Höhle zu befreien. Am Morgen ist Professor Schobert gekommen und hat mir Ohrfeigen gegeben, bis ich den Mund hielt, weil mir Blut aus der Nase lief. Er hat aus einer Papiertüte Kugeln geformt und sie mir in die Nasenlöcher gestopft. Dann hat er gesagt, dein Vater war nie in der Höhle, er war die ganze Nacht in seinem Bett.«

»Und meine Mutter?«

»Deine Mutter war tot, Amarna. Einer der beiden Männer hatte sie erschlagen und dabei den Steinschlag ausgelöst. Aber dein Vater war ja gar nicht drinnen. Ich bin all die Jahre über dieser verrückten Idee nachgerannt, ich habe mich Bülent aufgedrängt und ihn damit zum Wahnsinn getrieben, und ich hätte dich um ein Haar zu Tode erschreckt. Dabei konnte er gar nicht drinnen gewesen sein, denn er ist ja nicht herausgekommen.«

»Meine Mutter ...«, stammelte Amarna und spürte, wie er den Kopf schüttelte.

»Sie ist nie geborgen worden. In Anatolien war schon Krieg, die Leute hatten andere Sorgen. Ich weiß, wo sie ist, mit ihren blauen Perlen um den Hals, die dein Vater in Hattuša gefunden und die sie sich in die Hutschachtel gesteckt hat. Aber ich gehe nicht mit dir hin. Ich hätte dich nie hierherbringen dürfen, und zu ihr bringe ich dich nicht auch noch.«

Sein Herz hämmerte, als wollte es sich in Stücke schlagen. Sein ganzer Körper bebte.

»Was ist danach passiert?«, fragte Amarna stimmlos.

Als er die Schulter zucken wollte, bekam er sie nicht richtig hoch. »Die Grabung ist abgebrochen worden. Es war Krieg, Makridi Bey war krank, und Hugo Winckler hatte nur noch wenige Monate zu leben. Sie sind alle abgereist. Professor

Schobert hat dich und deinen Vater nach Konstantinopel gebracht und in den Zug nach Berlin gesetzt. Danach ist er in der Türkei geblieben, bis die Formalitäten erledigt waren.«

»Die Formalitäten?«

»Die Polizei.« Sein Atem pfiff. »Der Prozess.«

»Und dein Vater?«

»Er war ein Armenier, der eine Türkin ermordet hatte. Einer von den Intellektuellen, die sie am meisten hassten. Sie haben gesagt, deine Mutter habe sich entschieden, bei ihrem Mann zu bleiben, deshalb habe er sie erschlagen.« Noch einmal steigerte sich sein Herzschlag, drosch mit der Wucht eines Schmiedehammers gegen seine Rippen. In Stößen zitterte sein Körper unter der Anstrengung, Amarna festzuhalten. »Er ist gehängt worden.«

Ihr Atem stockte. »Und du?«, flüsterte sie nach einer stummen Ewigkeit.

»Wieso ich?«, fragte er ohne Ausdruck. »Ich war eben hier. Ich habe seine Artefakte gestohlen und versteckt, damit Professor Schobert sie nicht findet, wenn er wiederkommt.«

»Er ist wiedergekommen, oder?«

»Ja. Aber als er nichts fand, ist er abgereist.«

»Und du?«

Er schaffte es noch immer nicht, die Schulter hochzuziehen, und verkrampfte seinen Rücken. »Ich war hier, bis ich im Dorf ein Huhn gestohlen habe. Dabei haben mich Leute erwischt, und ich kam weg.« Er presste die Lippen aufeinander. Jäh wurde Amarna bewusst, dass ihre Kleider von seinem Schweiß durchtränkt waren.

»Auf seinem Lager nahm das Fieber dem Enkidu die Kräfte.«

»Leg dich hin!«, schrie sie.

Sein Versuch, den Kopf zu schütteln, sah aus, als könnte er seine Nackenmuskeln nicht mehr kontrollieren.

»Vergiss, was ich zu dir gesagt habe. Du bist krank, du musst dich hinlegen.«

»Ich habe dich …«

Sie presste ihm die Hand auf die völlig ausgetrockneten Lippen, wand sich aus seinen kraftlosen Armen und zwang ihn, sich niederzulegen. Als sie seinen Kopf berührte, schrie er auf, und gleich darauf schrie sie auch. Ihre Finger ertasteten die Beule. Sie war riesenhaft. Und jetzt wurde ihr klar, dass sie sich überhaupt nicht dort wölbte, wo die andere gewesen war, sondern weiter oben, so dass sie die Ohrmuschel nach außen bog. Gleich darauf fiel ihr auf, dass das entzündete Ohrläppchen, an dem er immer rupfte, auf der anderen Seite war. Sie glaubte sein Gesicht vor sich zu sehen, Stunden zuvor, als er sie angelächelt hatte. *Meine liebste kleine Schlafmütze. Meine zerstreute Professorin. Ich liebe dich.*

Wie hatte sie Angst vor ihm haben können? Sie hatte ihn zum Lächeln gebracht, weil sie in ihrer Zerstreutheit links und rechts verwechselt hatte, weil er sie so sehr liebte, dass jedes Kleinste an ihr ihn berührte.

»Bitte sag mir, was mit deinem Ohr ist«, beschwor sie ihn. Aus dem Gehörgang troff ein Gemisch aus Blut und Eiter.

»Ich weiß nicht.« Er rollte sich zur Kugel und schützte seinen Kopf, wie sie es im Traum tat. »Es hat eine Zeitlang weh getan, aber dann aufgehört. Es war nur irgendwie taub. Erst unterwegs hat es wieder angefangen.«

»Es ist taub? Es hört nichts mehr?« Jetzt fiel ihr ein, wie oft sie hinter ihn getreten war, ohne dass er es bemerkt hatte. Wie er sich einmal bald zu Tode erschrocken hatte. Er hatte das Gehör eines Raubtieres. Aber eines seiner Raubtierohren war ertaubt.

»Deshalb hast du nicht gehört, wer sich in den Pferdestall geschlichen hat«, brach es aus ihr heraus. Wie hatte sie glauben können, dieser Mann sei fähig, ihr Leben in Gefahr zu bringen?

»O Arman«, murmelte sie, und es kam ihr vor, als hätte sein Name ihr gefehlt. »Du hast die Tür vom Museum wirklich nicht abgeschlossen. Ich war doch dabei, ich hätte es wissen müssen.«
»Ich habe es vergessen.« Seine Worte zwischen pfeifenden Atemzügen waren kaum noch verständlich. »Du hast Schlacht von Kadesch zu mir gesagt, da habe ich an die Tür nicht mehr gedacht.«
Sie wollte sein Gesicht berühren, doch er barg es, so gut er konnte, in den Armen, als würde er von ihr nur noch Gewalt und Schmerz erwarten. Ihr Blick suchte seinen, aber seine Augen waren so verdreht, dass er mit Sicherheit nichts mehr sah. »Bitte verzeih mir«, sagte sie. »Du hättest niemals meine Arbeit beschädigt. Du warst derart wütend, ich hatte Angst, wenn du den Zerstörer erwischst, bringst du ihn um.«
»Ich habe Wincklers Papiere beschmiert«, stieß er heraus.
»Ja, das hast du. Du hast es mir immer wieder gesagt.«
»Ich hatte sie schon gestohlen.« Er keuchte und wand sich. »Aber dann ist mir eingefallen, dass du beim Lesen ja merkst, dass ich der Sohn eines Mörders bin.«
»Hier hat es jahrelang jeder gemerkt, nicht wahr? Der Fall deines Vaters ist überall herumgegangen, und du hattest Spucke im Gesicht, sobald du deinen Namen ausgesprochen hast.« Tränen strömten ihr aus den Augen. Er besaß nicht mehr die Kraft, sich zu wehren, als sie ihm die glühenden Hände von den Knien löste und in ihren festhielt. »Es war unglaublich dumm, in den Papieren herumzuschmieren, und ich wusste gar nicht, was für ein Schlamper du sein kannst. Ich habe dich sehr lieb dafür. Ganz unsäglich lieb. Und ich habe dir vorhin etwas versprochen. Wir stehen das hier durch. Wir verzeihen uns – ich dir, dass du mir Angst machen wolltest, und du mir, dass ich dich mit der Pistole bedroht und diese furchtbaren Dinge zu dir gesagt habe. Du bist nicht feige, Arman. Du hast überhaupt nichts Feiges in dir.«

»Doch.«
Amarna schüttelte den Kopf. In verzweifelten, fliegenden Gedanken sandte sie ihm jede Liebesbezeugung, die ihr einfiel. »Seinen Kopf vor Schlägen zu schützen ist nicht feige«, sagte sie. »Es ist dein Recht, genau wie meines oder das von Merten. Wir bekommen all das ins Lot, mein Liebster. Wir machen uns heil, wir haben jahrelang Zeit, uns zu trösten.«
Er wollte etwas sagen, aber es kam kein Laut. Auch sein Kopfschütteln war kaum noch zu erkennen, und sein Atem wurde flach.

Einen achten, einen neunten und einen zehnten Tag
Nahm das Fieber dem Enkidu die Kräfte.

Amarna umklammerte seine Hände. »Du und ich, wir sind stark genug. Wir gehen nach England, wir brauchen keinen Bülent. Du musst mir nur eines versprechen: Du darfst mir nicht sterben, Enkidu, du darfst nicht!«
Immer wieder versuchte er, Laute zu formen, bis sie ihr Ohr an seinen Mund brachte, um die zerhackten Silben zu verstehen. »Bülent … Amarna, du musst zu Bülent … Büyükbaba …«
Büyükbaba. Großvater.
Das Puzzle setzte sich zusammen. Bülent, der Alte mit den kleinen Händen, der Kinder, die Angst hatten, mit Pistazien fütterte, war der Vater ihrer Mutter. Ihr Großvater Bülent wohnte in dem weißen Haus mit den zwei Giebeln, den runden Fenstern und der riesigen Glocke an der Tür. Ihre Großmutter, ihre Büyükanne, stand am Herd und buk Tulumba Tatlisi.
»Was ist mit Büyükanne, Arman?«
»Gestorben. An dem, was mein Vater getan hat. Amarna … du musst … zu Bülent …«

Amarna begriff. Ihr Großvater hatte nicht einem fremden Armenierkind das Leben gerettet, sondern dem Sohn des Mannes, der seine Tochter auf dem Gewissen hatte.
»Wie bist du denn zu ihm gekommen?«, rief sie, weil das Ganze unfasslich schien. »Hast du dich aus Tatvan diesen endlosen Weg bis hierher geschleppt? Aber warum nur?« Sie hatte die Frage schon gestellt, als sie begriff, dass es keinen Ort gegeben hatte, an den er sonst hätte gehen können. Keinen Ort und keinen Menschen. Er war in eine Welt zurückgekommen, wie Nathan Rosen sie beschrieben hatte, eine, in der er keinen Menschen kannte, seine Familie nicht mehr existierte und ihm nur völlige Einsamkeit blieb.
»Ich wollte ihn sprechen«, presste Arman kaum verständlich heraus und röchelte. »Ich wollte ihm sagen … dass mein Vater es nicht getan haben konnte … aber das war falsch … mein Vater hat es ja getan … Amarna, du musst zu ihm gehen …«
»Nein!«, rief Amarna. »Hat er dir das gesagt? Dass er dich nur liebbehalten kann, wenn nicht dein Vater der Mörder ist, sondern meiner? Aber was kann denn einer von uns für das, was unsere Väter getan haben? Er soll mir gestohlen bleiben, Arman. Wenn er dich nicht will, will ich ihn auch nicht.«
»Du musst … Wenn er dich sieht, vergisst er … Bitte nimm Rehan mit …«
»Du willst, dass Rehan zu ihm kommt, nicht wahr?« Amarna presste sich seine glühenden Hände an die Wangen. »Sie kann in Istanbul nicht bleiben, sie fürchtet sich vor Menschen. Du meinst, bei ihm ist sie in Sicherheit und kann gesund werden?« Sie wollte ihm so gern das Gesicht streicheln, doch sie fürchtete, ihm noch einmal Angst zu machen. »Ist gut, Liebling«, sagte sie. »Darum kümmere ich mich. Aber jetzt musst du alle Kraft zusammennehmen und auf die Beine kommen, damit ich dich zu einem Arzt schaffen kann.«

Er versuchte den Kopf zu schütteln. Sein Körper zuckte in Krämpfen.

Als der elfte und auch der zwölfte Tag verstrichen war,
Da bettete der Tod Enkidu auf sein Sterbelager.

»Arman, bitte!«, schrie sie. »Du musst um dein Leben kämpfen, mein liebster Enkidu, du darfst dich mir nicht wegnehmen. Wenn du mir irgendetwas getan hast, dann ist es vergeben und vergessen, bitte glaub mir. Du hast mich beschützt. Du erträgst es nicht, mir ein Leid zu tun. Und dass du versucht hast, den Namen deines Vaters reinzuwaschen, ist doch keine Schandtat. Du bist sein Sohn, du bist der Letzte, der übrig ist, du musstest das doch tun!«

»Aber nicht auf Kosten meines Freundes Tilman.«

Amarna sprang auf, schoss herum und musste ihre Augen mit der Hand schirmen, weil grelles Licht sie blendete. Im Gang stand Merten, der eine Lampe, wie Archäologen sie benutzten, um den Hals trug. Seine Hand mit der Pistole beschrieb einen Bogen, ehe er die Waffe ausrichtete und auf Armans Kopf zielte.

»Merten, nimm die Waffe weg!«, schrie Amarna. »Bitte hilf mir, Arman muss sofort zu einem Arzt!«

»Was hat er? Cholera?«

»Ich weiß es nicht. Ich glaube, er hat sich verletzt, als du ihn gegen den Kasten mit dem Friedensvertrag gestoßen hast.«

»Tatsächlich?«, fragte Merten freundlich. »Deshalb hat er mir erzählt, eins von seinen Schleichkatzenohren hört nichts mehr. So ein Mensch ist zerbrechlicher, als wir denken, was? Selbst einer mit zwölf Leben. Er ist ein stolzer Mann, Amarna. Wenn er sich wie ein Wurm am Boden krümmt, muss er ziemlich unappetitliche Schmerzen haben. Lassen wir ihn nicht elend verrecken. Er hat mir eine Lektion über Würde erteilt, unser Davit von Sasun. Dafür verdient er einen ordentlichen Tod.«

»Bist du von Sinnen? Er ist keine Legendengestalt, der du irgendetwas andichten kannst. Er ist ein Mann von siebenundzwanzig Jahren, der kleinen Vögeln und Schlangen zuschaut, nach jedem Fetzen Wissen hungert, heimlich Gedichte liest und in den Nächten friert.«

Unwillig schüttelte Merten den Kopf. »Lass den armen Kerl seinen Abgang machen. Nachher schleife ich ihn dorthin, wo das Prinzesschen liegt. Der verdammte Gaspar war ja überzeugt, man habe hier auch ein hethitisches Königspaar begraben.«

Puduhepa und Hattušili. Obwohl die blauäugige Königin sich gewiss gewünscht hatte, mit Urhi-Tešub hier begraben zu liegen.

Amarna sprang Merten vor den Lauf. »Du kannst ihm doch nicht sein Leben nehmen! Weißt du nicht, wie sehr er es liebt?«

»Davon verstehst du nichts«, sagte Merten. »Einer, der so viel Dreck im Rücken hat wie er und ich, der mag das Leben dulden, wenn er Schneid hat, aber er liebt es nicht.«

»Das ist unglaublicher Unfug«, schrie Amarna. »Hast du Arman je zugesehen, wenn er stumm vor Staunen Hattuša anschaut? Hast du die Kraft gespürt, die in ihm steckt und die er seinen steinernen Bildern verleiht? Ich habe den Übermut erlebt, mit dem er wie ein kleiner Junge zu Pferd sitzt, und die Zärtlichkeit, mit der er mich in seine Arme schließt und liebt. Ich kenne keine größere Würde als Armans Liebe zum Leben, die er sich von niemandem kaputt schlagen lässt. Er will deinen Tod nicht, er braucht einen Arzt und wird wieder gesund …«

»Ich hasse es, dir weh zu tun, Amarna«, sagte Merten mit eingekniffener Wange. »Ich bin sonst ein zynischer Klotz, aber bei dir und bei Tilman fällt es mir schwer. Geh aus der Schusslinie.«

»Erst wenn du die Waffe wegwirfst. Du wirst Arman nicht töten.«
Merten sprang vor und schleuderte Amarna mit unglaublicher Kraft zur Seite. Sie hatte Glück, dass sie sich mit den Händen an der Wand abfangen konnte, doch die Stauchung der Schultern schmerzte höllisch. Der Laut, der von Arman kam, war nicht menschlich. Es war der Laut eines wütenden Tieres, das sich in die Höhe quälte, um sich auf Merten zu stürzen. Blind und kraftlos taumelte er zwei Schritte vorwärts. Merten setzte elegant zurück und richtete die Pistole neu aus. »Um Sie tut es mir leid, Artsruni. Sie haben Charakter. Eine Tugend, die ausstirbt und die Ihr Lackaffe von Vater nie besessen hat. Aber laufen lassen kann ich Sie nicht, denn Sie würden niemals Ruhe geben.«
In Amarnas Kopf fielen Puzzleteile an ihren Platz und formten das letzte Bild, das verschüttet worden war, als der Felsen niederstürzte. »Arman hätte Ruhe gegeben«, schrie sie, »aber ich nicht. Wenn du jemanden erschießen musst, dann mich, denn ich habe es gesehen. Nicht, wie es geschehen ist, denn Gaspar stand im Weg, aber ich weiß, dass mein Vater hier war. Und ich weiß, dass es einen zweiten Ausstieg gibt. Er geht auf die Schlucht hinaus. Urhi-Tešub und Puduhepa müssen dorthin geflohen sein, als Hattušili sie fand. Er wollte sie töten, aber er brachte es nicht über sich. Also ließ er sie auf dem Vorsprung von seiner Wache verhaften, schickte Urhi-Tešub in die Verbannung und zwang Puduhepa, mit ihm weiterzuleben. Den Friedensvertrag, den Urhi-Tešub erträumt hatte, hat er zu seinem gemacht. So wie du die Tafel des Vertrags, die Gaspar gefunden hatte, gern zu deiner gemacht hättest, nicht wahr, Merten? Du konntest sie nur nicht finden.«
Arman taumelte auf Merten zu. Als er auf ihn losging, schlug Merten ihm den Pistolenlauf links und rechts ins Gesicht, dass

er rückwärts strauchelte, in die Knie brach und auf den Stein prallte. Seitlich blieb er liegen. Aus Ohr und Nase rann Blut, und gequält schrie Amarna auf.

»Du kannst ihm ersparen, dass er sich so schinden muss«, sagte Merten. »Es macht mir wahrlich keinen Spaß, dem armen Teufel, der mehr als genug hatte, noch eins in die Zähne zu geben. Hör mit dem Blödsinn auf. Selbst wenn es einen Ausstieg in die Schlucht gäbe, hast du dir diese Schlucht einmal angesehen? Wer soll denn da hoch- oder runterkommen?«

»Ein Bergsteiger«, erwiderte Amarna. »Einer, der sich in seiner Jugend in jeder Sportart versucht hat. Ich nehme an, du bist meinem Vater gefolgt, wie du ihm immer folgst, wenn du ihn in Gefahr wähnst. Als dir klarwurde, was geschehen war, bist du um den Felsen in die Schlucht gelaufen. Mein Vater hat völlig außer sich auf dem Vorsprung gestanden, und du hast ihn von unten beruhigt, bis du hochsteigen und ihn abseilen konntest.«

»Es war ein verdammter Unfall«, schrie Merten. »Tilman hat sie nur gestoßen, das verdammte Prinzesschen, das alles kaputt gemacht hat. Weißt du, wie sehr er die beiden geliebt hat, die Schlampe Nurdan und den Verräter Gaspar? Sie haben seine Liebe wie Dreck behandelt, sie haben ihm das Herz im Leib herumgedreht, aber er hat nicht aufhören können, sie zu lieben. Er hat vor Schmerz den Kopf verloren, doch er hätte Nurdan niemals umgebracht. Als sie gegen die Wand prallte, hat sich ein verdammter Stein gelöst und sie am Kopf getroffen.«

»Und dann seid ihr beide nach Berlin geflüchtet und habt Gaspar und Arman ihrem Schicksal überlassen.«

»Es war ein Unfall! Wir konnten doch nicht ahnen, dass die Leute hier durchdrehen und einen begnadeten Wissenschaftler an den Galgen knüpfen würden. Ich war sicher, der ewige

Ogün boxt ihn raus, er hat ihn doch angebetet wie den Wettergott Tarhunna.«
»Einen Armenier, der eine Türkin ermordet hatte. Die Frau eines angesehenen Deutschen. Was hätte Ogün Ebedi ohne eure Aussagen denn machen sollen? Aber hinterher hast du ja menschenfreundliche Bücher geschrieben, nicht wahr, Merten? Und jedem Armenier, den du erwischen konntest, deine Schecks aufgenötigt – so wie die Staaten, die den Mord an einem Volk nicht verhindert haben, aber hinterher ihre Spenden schicken, um ihr Gewissen zu beruhigen.«
»Hör auf.« Mertens Stimme wurde gefährlich leise, als er die Hand mit der Pistole erneut einen Bogen beschreiben ließ und auf Amarna zielte. Arman stieß einen weiteren tierhaften Laut aus, warf sich nach vorn und umschlang Mertens Beine. Merten taumelte, stürzte in Richtung Wand, fing sich jedoch mit dem Ellbogen ab. Mit einem Schmerzlaut befreite er sich und versetzte Arman drei schnelle, harte Tritte vor die Stirn. Arman krümmte sich, der ganze Körper zuckte und versuchte noch einmal, sich aufzubäumen. Merten schwang das Bein weit nach hinten aus, trat ihm in die Leiste, in den Bauch und zuletzt mit aller Wucht aufs Herz. Armans Kehle entrang sich ein gurgelndes Stöhnen. Der sehnige Leib, den Amarna so sehr liebte, bog sich vornüber, fiel in sich zusammen und blieb leblos liegen.
Amarna schrie und rannte, warf sich auf die Knie und zog ihn zu sich. Schlaff, ohne jede Lebenskraft hing er in ihren Armen. Die Flut von Worten und Zärtlichkeiten, die sie über ihn ausschüttete, erreichte ihn nicht. Merten ging ebenfalls in die Knie und legte ihm die Mündung der Pistole an die Schläfe. »Schon gut, mein Süßer. Dass es noch einmal so weh tut, habe ich nicht gewollt, dafür können Sie sich bei Amarna bedanken. Aber jetzt haben Sie's überstanden und bekommen Ihren Frieden.«

Er schlug Amarnas Hand, die nach der Waffe griff, beiseite, streifte dabei Armans blutverschmierte Stirn und hielt inne. Seine Finger tasteten über das Geäst der Adern an der Schläfe, dann blickte er auf. »Unser König Ara hat's hinter sich, was? Alle zwölf ausgegeben. Da braucht's keine Kugel mehr.«
Ehe Amarna schreien konnte, schrie ein anderer. »Merten! Nicht!«
Flüchtig glaubte Amarna, die Gestalt, die wie ein Blitz in die Kammer schoss, Merten packte und von Arman zurückriss, müsse wahrhaftig Tarhunna, der Blitzeschleuderer, sein. Dann erkannte sie die Stimme. Als Nächstes krachte der Schuss, und gleich darauf betäubte das Getöse des Steinschlags ihre Ohren.

42

Die zwei Männer trugen ihn zwischen sich zurück nach Hattuša. Schweigend und voller Respekt. Paul, der gekommen war, weil er Angst um Amarna hatte, und Sedat, der gekommen war, weil er Angst um Arman hatte. Ihr Vater hatte helfen wollen, aber Amarna, die vor Tränen blind war, hatte ihn angeschrien, er dürfe Arman nicht anfassen. Mit hängendem Kopf hatte der Vater sich dem Verbot gefügt.
Auf dem langen Weg durch die Nacht hatte er versucht, mit ihr zu sprechen. »Ich kann dir nicht sagen, wie leid es mir tut«, beteuerte er. »Ich wollte damals sofort zur Polizei und eine Aussage machen, aber ich war außer mir vor Trauer um Nurdan. Wie ein Automat war ich, der nur ausführte, was Merten ihm befahl. Er hatte Angst, ich würde mich in Schwierigkeiten bringen, also beschwor er mich, ich müsse mich schützen. Ich wollte nicht mehr leben, aber er hat mir klargemacht, dass du

deinen Vater brauchst. Deshalb habe ich mich auf dem Bahnhof Sirkeci mit dir in den Zug setzen lassen. Merten hat versprochen, er würde sich um alles kümmern.«

»Und wann hast du erfahren, dass er sich nicht gekümmert hat? Dass Gaspar als Mörder gehängt worden ist?«

»Erst viel später, Amarna. Ich war monatelang wie gelähmt und wollte nichts hören und nichts sehen. Nur so gut, wie ich konnte, für dich sorgen. Du warst mein Liebstes. Das, was mir geblieben war.«

»Und als du es erfahren hast, hast du da versucht herauszufinden, was aus seinem Sohn geworden ist?«

»Der Krieg war gerade ausgebrochen«, murmelte ihr Vater. »Wir hatten Sorge, dass wir eingezogen würden und dich allein zurücklassen müssten. Es tut mir so leid, Amarna. Ich habe es vergessen.«

»Du hast es vergessen«, wiederholte Amarna, jedes Wort in ihrem Mund wie eine Scherbe. »Weißt du, wie Arman dich bewundert hat? Weißt du, wie sehr er dich geliebt hat? Bis zum Schluss. Er hat geglaubt, er sei es meinem Großvater schuldig, den Mörder seiner Tochter zu richten, aber er hat die Pistole mir gegeben. Ob du der Mörder warst oder nicht, er hätte dir nichts antun können.«

»Ich habe ihn auch geliebt, Amarna. Gaspars kleinen Vagabunden. Eigentlich war er meinem Bruder Axel viel ähnlicher als Gaspar. Unbändig, unerschrocken, rotzfrech, aber übervoll von dieser eigentümlichen Zärtlichkeit.«

»Hör auf oder mir wird übel«, zischte Amarna. »Wer solche Liebe hat, kann sich den Hass sparen. Dein Bruder Axel ist gestorben, und kein Mensch kommt als Ersatz zur Welt. Ich will nur noch eines wissen: Wer von euch hat die Verschraubung durchgefeilt, mein Pferd verrückt gemacht und meine Arbeit zertrampelt – du oder Merten?«

»Das kannst du von mir doch nicht glauben. Ich könnte dir niemals weh tun!«, rief ihr Vater. »Ich bin dir nachgereist, um dich zu schützen, und das mit deinen Absteckungen habe ich nur getan, damit du …«

»Damit ich Arman verdächtige, der meine Arbeit ohne Vorbehalt unterstützt hat«, fiel sie ihm bitter ins Wort. »Zu deiner Genugtuung: Dass ich ihn verdächtige, habe ich ihm ins Gesicht geschleudert, als er vor Schmerz und Fieber kaum noch aufrecht sitzen konnte. Wie er mich angesehen hat, werde ich nie vergessen.«

»Es tut mir so leid«, presste ihr Vater heraus, als wüsste er keinen anderen Satz.

»Was hast du gedacht? Er ist der Teufel, der mich mit Schlangen vergiftet, und du musst ihm das Herz auspeitschen wie vor zwanzig Jahren das bisschen Fleisch auf den Knochen?«

Ihr Vater schauderte und schüttelte den Kopf. »Dass du bei ihm in Sicherheit bist, habe ich immer gewusst. Ich wollte nur nicht, dass du mit ihm nach Yazilikaya gehst und mit dem Grauen leben musst wie ich seit bald zwanzig Jahren – nicht nur mit dem Tod deiner Mutter, sondern auch mit dem Wissen um den grauenhaften Tod von Gaspar.«

»Ich muss auch seit bald zwanzig Jahren damit leben«, sagte Amarna.

»Bitte glaub mir, ich wollte dir nicht schaden. Und Merten auch nicht. Dieser Granitblock sollte dich doch überhaupt nicht erwischen.«

»Wen sonst? Arman?«

Ihr Vater nickte. »Ein Warnschuss. Merten hoffte, er würde ihn verstehen und ein Einsehen haben.«

»Und was hätte das bedeutet? Dass wir voneinander die Finger lassen? Wir waren glücklich, weißt du das? Das Glück, das wir hatten, unsere Art, einander zu verstehen und furchtbar liebzuhaben, hatte mit euch und euren Querelen überhaupt nichts zu tun! Nicht, als wir Kinder waren, die sich umeinander kümmerten, weil ihr zu sehr mit euch selbst beschäftigt wart, und erst recht nicht, als wir Mann und Frau waren, die einander wundervoll fanden.«

Sie hasste sich, weil sie sich die Blöße gab und vor ihm weinte.

»Mein Löwenmädchen«, murmelte er, streckte die Hand nach ihr aus und hangelte ins Leere, als sie auswich. »Bitte glaub mir, dass ich immer dein Bestes wollte. Ich fand euch großartig, dich und Gaspars kleinen Vagabunden, wie ihr zwischen Ruinen und Felsen umhergestapft seid, Gilgamesch und Enkidu, die über Grenzen gehen. Merten und ich hatten nur Angst um dich, wir wollten, dass ihr beide zur Vernunft kommt und …«

»Und uns trennen?«, fragte Amarna, der die Tränen auf den Wangen brannten. »Nun schön, das hätten wir ja wohl gemusst, wenn Arman für einen Mordversuch ins Gefängnis gekommen wäre oder ich mir das Genick gebrochen hätte. Zu zweit waren wir euch zu stark, ja? Deshalb habt ihr in eurer Göttlichkeit entschieden, dass Enkidu geopfert werden muss.«

»Amarna, das ist nicht wahr …«

»Es ist gut, Vater«, sagte sie. »Ich will nichts mehr hören. Vielleicht irgendwann, aber nicht jetzt.«

Von Merten würde sie nie mehr etwas hören. Er hatte sich mit seiner Pistole aus der Affäre gezogen, in Puduhepas verborgener Höhle, während Amarna und ihr Vater Armans Körper unter dem Steinhagel hinweg in die Nacht gezogen hatten. So wie er vor all den Jahren Amarna hinaus in die Nacht gezogen hatte. In die Freiheit. *»Es ist gut jetzt, kleiner Gilgamesch. Das Böse kann dir nicht mehr weh tun.«* Sie hörte seine Stimme glasklar und würde sie für immer hören.

Merten war geblieben, wo er Arman hatte lassen wollen, in der Felsenkammer, in der Amarnas Mutter und vielleicht ein

Königspaar aus versunkener Zeit begraben lagen. Es würde eine Untersuchung geben, und danach würden sie die Kammer wieder öffnen und dauerhaft sichern müssen, um die Hieroglyphen auszuwerten, aber all das schien meilenweit weg. Womöglich würde Mertens Tod später ein Gefühl in ihr auslösen, doch im Augenblick ließ er sie kalt. Für ihn konnte sie nur hoffen, dass es nicht seine verhasste Mutter war, die kam, um ihn abzuholen, sondern irgendein Mensch, den er geliebt hatte. Vermutlich würde er dafür jedoch warten müssen, bis sein Freund Tilman ihm folgte.

Sie ging schneller, um zu den Trägern aufzuschließen. Scheu wandte Paul den Kopf und sandte ihr einen Blick. »Mir tut es auch leid, Amarna.«

»Dazu besteht kein Grund«, sagte sie tapfer. »Wir haben alle versucht, das Beste aus einer unerträglichen Lage zu machen. Mehr kann ein Mensch nicht von sich verlangen, denke ich.«

»Ich habe abscheuliche Dinge über ihn gedacht.«

»Ich auch«, erwiderte Amarna, zog sich Armans Schaffell von den Schultern und krallte die Hände hinein, damit das Weinen ihr nicht die Kraft raubte. »Arman würde sagen: Das kommt schon hin. Etwas anderes weiß ich nicht, Paul. Lass es uns bitte so handhaben.«

»Ist das nicht zu viel Großmut?«, fragte er.

Die Stimme drohte ihr zu versagen. »Ich glaube, es ist der Wunsch, ein Mensch unter Menschen zu bleiben«, presste sie heraus. »Die Weigerung, in seinen Artgenossen Bestien zu sehen, den brutalsten Beweisen zum Trotz.«

»Das ist sehr schön«, erwiderte Paul. »Danke, dass du das gesagt hast.«

Amarna schüttelte den Kopf. Dann hielt sie das Schaffell kurz an ihre Wange und legte es über Armans Hüften, breitete es die Beine hinunter aus und bedeckte seine ewig kalten Füße.

Sie wollte, dass er das Fell bei sich hatte, wenn sie nach Hattuša kamen, obwohl es ihn nicht wärmen würde und die armen Träger nun noch mehr zu schleppen hatten. So gut es ging, drehte Sedat sich nach ihr um. »Er braucht es nicht, Amarna«, sagte er sacht auf Türkisch. »Und er würde nicht wollen, dass Sie frieren.«

»Biliyorum«, entgegnete Amarna vorsichtig. Ich weiß. Es war ihr erster Versuch, ihre Muttersprache in den Mund zu nehmen, und es fühlte sich an, als hätte sie ein Stück Tulumba Tatlisi abgebissen, ein bisschen sauer, ein bisschen klebrig, aber rundum richtig und vertraut. »Ich will trotzdem, dass er es hat.« Sie bekam die Worte kaum heraus. »Der Mann, der es ihm gegeben hat, wollte, dass es ihm darin gutgeht.«

Sedat nickte ihr zu. »Dann braucht er es doch unbedingt. Ich passe auf, dass es nicht herunterrutscht.«

»Danke, Sedat. Danke, dass es so nette Leute gibt wie Sie.«

Hatten sie das Lager um das Grabungshaus dunkel und schweigend erwartet, so hatten sie sich getäuscht. Es herrschten Lärm und ein Lichtermeer wie auf dem Jahrmarkt, und Mesut Terim stürmte ihnen entgegen.

»Was ist denn los?«, rief er erschrocken.

»Ein Unfall«, antwortete Sedat. »Erklärungen später. Und was ist hier los?«

Hilflos spreizte Mesut die Arme. »Du wirst es nicht glauben. Unser Dr. Hähnlein hat es in Istanbul nicht mehr ausgehalten und ist mitten in der Nacht mit seinem Trupp hier eingetroffen.«

Eine Traube von Menschen wallte ihnen entgegen, doch Amarnas Vater lief voraus und hielt sie auf, damit sie ihnen nicht den Weg versperrten. Amarna erkannte den dicken Hähnlein, der aufgeregt auf ihren Vater einredete, und sah, wie ihr Vater ihm die Hände auf die Schultern legte.

Ein einzelner Mann aber ließ sich nicht aufhalten. Er rannte los und schlug einen Haken, als Amarnas Vater sich ihm in den Weg stellen wollte. Dann stürmte er den Hang herauf wie ein Hund, der seinen Herrn erkennt, und sprang auf Sedat los. Sedat und Paul blieb nichts übrig, als Armans Körper niederzulegen, wenn sie ihn unter dem Ansturm des Mannes nicht fallen lassen wollten. Kaum lag er am Boden, warf jener sich über ihn.

Es war ein winziger Mann mit einem schneeweißen Haarschopf, der Arman nie im Leben bis zum Kinn reichte. Er beugte sich über ihn und klopfte ihm mit seinen winzigen Händen die Wangen. »Oğlum, aşkım, hayatım«, rief er, und dazwischen weinte er zum Gotterbarmen. Mein Sohn, mein Liebling, mein Leben. »Was haben die mit dir gemacht? Die haben mir mein Mädchen genommen, die können mir doch nicht noch meinen Jungen nehmen!« Die winzigen Hände fuhren in Armans Haar und liebkosten es, der Kopf schoss hinunter und verteilte Küsse über Lider, Stirn und Schläfen. »Mein schöner Sohn, mein Stolz und meine Freude, warum habe ich dich denn aus meinem Haus gelassen, warum hast du denn denen vertraut?«

Die überwältigende, gänzlich unwestliche Bezeugung von Trauer und Zärtlichkeit hemmte die Übrigen, den alten Mann zu stören. Es war Sedat, der sich erbarmte. In seiner bestimmten Art nahm er den Alten bei den schmächtigen Schultern und zog ihn von Arman zurück. Falls die Verwandtschaftsverhältnisse ihn verwirrten, so ließ er sich nichts davon anmerken. »Verehrter Herr«, sprach er den Alten an, »Ihr Arman ist nicht tot, und wenn Sie so heftig auf ihn einstürmen, tun Sie ihm ganz sicher weh. Er hat eine entzündete Ruptur des Trommelfells, die verschleppt worden ist und einen bösen Abszess auf dem Schläfenbein gebildet hat. Aber wenn wir jetzt sehr schnell handeln und ihn hinunter ins Dorf schaffen, bringen wir ihn durch. Es muss geschnitten werden, bevor die Entzündung auf sein Gehirn übergreift.«

Für die medizinischen Details reichte Amarnas Türkisch nicht aus, die verstand sie erst, nachdem Sedat sie ihr noch einmal auf Englisch und mit Händen und Füßen erklärt hatte. Zu Anfang hatte sie nur einen Satz verstanden, und der hatte ihr vollauf genügt: Wir bringen ihn durch.

»Woher wissen Sie denn das alles?«, fragte sie, während Sedat und Paul sich Arman wieder aufluden und der kleine Alte das Schaffell um seinen Körper schlang. Sedat hatte gesagt, sie würden ihn durchbringen. Hätte er keine so teure Last getragen, wäre Amarna ihm um den Hals gefallen.

»Ach, das ist nichts.« Sedat grinste bescheiden und trabte los wie ein Pferd. »Mein Vater war Arzt, und ich wäre es auch gern geworden. Da aber mein Bruder bereits Medizin studierte, bestimmte mein Vater, Archäologie sei mal etwas anderes. Ich habe Arman in diesen Wochen beobachtet, und mir war ziemlich klar, was geschehen würde, wenn dieser Starrkopf sich nicht zu einem Arzt zerren ließe. Deshalb ist Dr. Oktar im Dorf auch auf uns vorbereitet und wetzt sozusagen das Messer.«

»Ich weiß nicht, wie ich Ihnen danken soll«, rief sie im Laufen. »Und Arman ziehe ich die Ohren lang. Aber erst, wenn er wieder gesund ist.«

»Nicht die Ohren«, sagte Sedat, der den Hang hinunterhastete.

»Nein, besser nicht«, erwiderte Amarna, die weinte, lachte und Mühe hatte, Schritt zu halten. »Aber was dann? Wie lehrt man einen derart verbohrten Kerl, dass er gefälligst auf sich aufzupassen hat?«

»Gar nicht«, antwortete Sedat keuchend. »Ich denke, bestraft ist er mehr als genug, und dass er es satthat, ein Opfer zu sein, kann ich ihm nicht verdenken.«

»Ich auch nicht«, sagte Amarna, der wieder die Stimme brach. Trotz der Anstrengung sandte Sedat ihr ein Lächeln. »Außerdem ist ein Mann, der einer geliebten Frau imponieren möchte, kein allzu zurechnungsfähiges Wesen. Er wollte seiner Königin sein Hattuša zu Füßen legen, nicht sein eiterndes Ohr unter ein Chirurgenmesser halten. Als ich ihm erklärt habe, dass ihn das auf dem Ohr das Gehör kosten kann, hat er die Schulter gezuckt und gesagt: ›Faint heart never won fair lady.‹«
»O mein Gott, er ist wirklich völlig verrückt.«
»In der Tat. Wie die Krankheit sich nennt, wussten schon die Hethiter.«
»Wird es so kommen, Sedat, wird er das Gehör auf dem Ohr verlieren?«
»Ich fürchte, ja«, antwortete Sedat. »Aber das steckt er weg. Er braucht ja nachts keine Tiere mehr zu hüten, und Sie müssen sich eben merken, in welches Ohr Sie flüstern.«
»Das wird schwierig.« Mit der Faust rieb sie sich die Augen trocken. Sie erreichten die ersten Häuser des Dorfes Boğazköy, und einen Herzschlag lang glaubte sie die Erregung des kleinen Mädchens zu spüren, das diesen Weg hinuntergelaufen war, um ihre Großeltern zu besuchen. Oft war das nicht geschehen. Ihre Mutter hatte es nicht gern gesehen, und meist hatte sie sich mit Armans Hilfe davonstehlen müssen. Der alte Mann spurtete an ihnen vorbei und schlug mit beiden Fäusten an die Tür eines Hauses. Als ein nicht minder alter Mann öffnete, überschüttete er diesen mit einem Wortschwall. Dann trat er zur Seite, um die Träger vorbeizulassen, und erst in diesem Moment fiel sein Blick auf Amarna.
Der alte Mann hatte etwas, was man in der Türkei selten sah und das die Menschen des Orients für einen Schutz gegen Unheil hielten – leuchtend blaue Augen.

43

Die Glocke war so groß, dass sie um den Hals einer Kuh gepasst hätte, aber Amarna erinnerte sich, dass sie Büyükbabas Lieblingsziege gehört hatte. Wie früher ergriff sie sie mit beiden Händen, um zu läuten, nur musste sie sich dazu nicht mehr auf die Zehenspitzen recken. Wenig später vernahm sie vertraute Trippelschritte, und dann zog Büyükbaba die Tür auf. »Sevgilim«, sagte er. Liebling. Wie früher. Amarna schnüffelte, aber der Geruch war ein anderer. »Arman mag die nicht«, erklärte er entschuldigend. »Früher musste ich ihm die trotzdem kaufen, und die standen dann an seinem Bett, bis sie hart waren. Aber inzwischen ist er ja erwachsen. Und daran, dass du kommst und fünf Stück davon verschlingst, muss ich mich erst wieder gewöhnen.«

»Musst du nicht«, erwiderte Amarna. »Sedats Frau Emine kommt nächste Woche auf Besuch und bringt mir bei, wie man Tulumba Tatlisi backt. Der arme Dr. Hähnlein rauft sich die Haare, aber ich fürchte, er ist nicht imstande, uns noch irgendetwas abzuschlagen.«

»Wer all diese Leute sind, weiß ich nicht«, sagte Büyükbaba. »Und Namen kann ich mir sowieso nicht merken. Nicht mal deinen, Sevgilim.«

»O Gott.« Amarna stöhnte. »Das scheint leider erblich zu sein. Aber wenn man alle Leute, die man liebhat, Sevgilim nennt, kommt man ja auch zurecht.«

»Ich bin alt«, entgegnete Büyükbaba. »So viele Leute zum Liebhaben hab ich nicht mehr. Nur Arman und dich, Sevgilim.«

Dass sie hofften, er würde Rehan auch liebgewinnen, konnte Büyükbaba später erfahren. Für den Augenblick war Amarna auf selbstsüchtige Weise glücklich über einen Großvater, der sagte: Nur Arman und dich. Umso mehr, als Arman überzeugt gewesen war, er könne nur einen von ihnen lieben, weil der andere das Kind des Mörders war. Büyükbaba schien sich nicht darum zu scheren.

Er legte den Kopf schräg und fragte: »Ihr bleibt doch jetzt hier, Sevgilim? Arman ist schwach und hat Schmerzen. Temel hat gesagt, er braucht Ruhe und Pflege ...«

»Wer ist Temel?«

»Dr. Oktar. Der dich behandelt hat, als du Kabakulak hattest.«

»Als ich was hatte?«

Büyükbaba blies eine Wange auf, wodurch eindeutig klar wurde, dass es sich bei Kabakulak um Mumps handelte.

»Ja, wir bleiben erst einmal hier«, sagte Amarna. »Arman braucht Zeit, um gesund zu werden, und ich brauche Zeit, um ruhig schlafen zu lernen, und danach brauchen wir beide Zeit mit Hattuša. Dr. Hähnlein möchte uns unbedingt in seiner Mannschaft behalten.«

»In den schweigenden Bergen, Sevgilim?«

Amarna nickte.

»Aber du gibst mir auf Arman acht, ja? Temel hat gesagt, eine halbe Stunde später hätte er das Gift im Hirn gehabt, und kein Arzt der Welt hätte ihn mehr retten können. Er ist ein guter Mann, und er hat ein brauchbares Hirn, weißt du? Egal, was die Leute sagen. Er ist nur manchmal nicht zu halten.«

»Ich weiß«, erwiderte Amarna. »Vielleicht hättest du aber auch nicht zu ihm sagen sollen, dass du ihn nicht lieben kannst, wenn er dir nicht die Wahrheit über den Tod meiner Mutter bringt.«

»Ach, ach, ach!«, rief Büyükbaba zornig und streckte die winzige Faust in die Luft. »Wenn er gesund ist, gerbe ich ihm das Fell mit der Pistazienrute, weil er sich solchen Unsinn über mich ausdenkt. Ich habe zu ihm gesagt, ich bin ein alter Mann, ich werde mich ins Grab legen, ohne zu erfahren, warum meine süße Sultanstochter hat sterben müssen, und er ist alles, was mir bleibt. Ich wünschte, er wäre mein geliebtes Fleisch und Blut, nicht der Sohn eines gottlosen Mörders.«

»Und dann hat er dir versprochen, herauszufinden, wie meine Mutter gestorben ist?«

Büyükbaba nickte. »Ich habe gesagt, wenn der andere es getan hat, muss er dafür bezahlen, aber jetzt kommt mir das gar nicht mehr wichtig vor. Wenn man so alt wird, lernt man, dass man bezahlen und bezahlen und Leben doch nicht zurückkaufen kann. Ich habe meine Nurdan verloren, ich will meinen Arman nicht auch noch verlieren. Dass er sein Leben aufs Spiel gesetzt hat, nehme ich ihm übel.«

»Er hat sich so sehr gewünscht, dir beweisen zu können, dass er nicht der Sohn eines gottlosen Mörders ist«, versuchte Amarna zu erklären. »Keine Verbrecherbrut, die es nicht wert ist, von dir geliebt zu werden.«

»Da hört sich doch alles auf«, schimpfte Büyükbaba. »Habe ich diesem Grützkopf nicht zu spüren gegeben, dass er mein Ein und Alles ist und dass ich das Licht meiner Augen für ihn herschenken würde? Sieh dich mit Arman bloß vor, Sevgilim, und mach ihm keine Komplimente, denn die dreht er dir im Mund herum. Ich hab ihm sagen wollen, dass ein Vater wie seiner einen so prächtig geratenen Sohn nicht verdient hat, und er zwirbelt mir daraus einen Strick.«

»Ich glaube, als Sohn eines Mörders ist er ein bisschen zu oft beschimpft worden, um das richtig zu verstehen«, sagte Amarna, schlang die Arme um Büyükbaba und drückte ihm zum ersten Mal einen Kuss auf die papierne Wange. »Er liebt dich so sehr, er wollte nur deiner würdig sein. Bitte gerb ihm nicht das Fell mit der Pistazienrute.«

»Na hör mal«, erwiderte Büyükbaba, »das habe ich nie getan, und das werde ich, solange ich lebe, nicht tun. Ich habe mein Töchterchen verwöhnt wie eine kleine Sultanstochter, ich habe ihr mit meinen Pistazien das Mündchen gestopft, und als der Himmel so gnädig war, mir noch einmal ein Menschenkind vor die Türe zu legen, habe ich es gewiss nicht weniger in Ehren gehalten.«

»Das weiß ich«, sagte Amarna lächelnd.

»Hat Arman dir das erzählt?«, fragte Büyükbaba verlegen. »Sagt er, dass er es gut bei mir hatte?«

»Du solltest ihn hören. Er bekommt verklärte Augen, wenn er nur deinen Namen ausspricht. Außerdem merkt man es ihm an. Er hätte nicht so viel Würde bewahren können, wenn er in den Jahren bei dir nicht mit Güte und Achtung erzogen worden wäre.«

»Darauf bin ich stolz.« Büyükbaba errötete und sah Arman eine Sekunde lang so ähnlich wie ein leiblicher Vater. »Ich habe ihm beigebracht, was ich konnte, und als er achtzehn war, habe ich zu ihm gesagt: Jetzt verschwindest du und siehst zu, dass du diesem klugen Kopf auf deinen Schultern Nahrung verschaffst. Es hat mir das Herz gebrochen, aber einer wie mein Arman gehört in keinen Ziegenstall. Ich habe nur gebetet, dass es ihm wohl ergeht und dass er manchmal wiederkommt.«

»Solange du ihm nicht die Tür weist, kommt er immer wieder«, sagte Amarna. »Lernt, euch in die Arme zu nehmen, ihr zwei. Nicht erst, wenn einer glaubt, der andere wäre tot. Falls ihr dabei Hilfe brauchen solltet, umarme ich gerne euch beide.«

»Das mag nützlich sein, Sevgilim. Zwei Männer in einer solchen Lage, wie wir es waren – die trauen sich nicht recht. Und wenn sie so viele Jahre miteinander allein sind, dann lernen sie's eben auch nicht. Aber dafür sind unter zwei Männern Dinge ganz einfach, die mit Frauen nie und nimmer zu machen wären. Man kann beisammensitzen und schweigen, man kann Zeug schwatzen, von dem man sich nicht überlegt, was es bedeutet, man kann sogar bei Tisch vor sich hin schnarchen, man kann jeden Tag Bulgur essen und mit ungeschorenem Bart herumlaufen, ohne sich Schimpfe einzuhandeln.«

Amarna musste laut lachen und gab Büyükbaba noch einen Kuss. »Darf ich dann jetzt zu Arman? Ich verspreche, ich schimpfe nicht über seinen Bart, und ich störe ihn höchstens fünf Minuten beim Schnarchen.«

Büyükbaba, der viel kleiner war als Amarna, legte mannhaft den Arm um sie und führte sie bis vor die Tür der Kammer. Dort drückte er ihr zwei kühle, metallene Gegenstände in die Hand. »Gib ihm das zurück, ja? Temel hat es ihm abnehmen müssen, und er hängt doch so daran.« Amarna öffnete die Finger und fand Armans Kette mit dem Kreuz und die silberne Uhr mit den ziselierten Keilschriftzeichen. Die fadenscheinigen Bänder, die ihm ständig vom Gelenk rutschten, hingen daran herunter. »Das ist von seinem Vater«, brummte Büyükbaba. »Die, die ihn aufgehängt haben, wussten nicht, wohin sie das schicken sollten, also haben sie es mir geschickt. Mir haben die Zähne geknirscht, als ich es Arman gegeben hab, denn am liebsten wär's mir, er würde an einen solchen Vater nicht mehr denken.«

»Sein Vater hat meine Mutter nicht getötet, Büyükbaba.«

»Und macht ihn das zu einem besseren Vater? Hast du gesehen, in was für einem Zustand sein Junge war?«

»Dafür konnte sein Vater nichts.«

»Ich sprech nicht von seinem Rücken«, sagte Büyükbaba, »sondern von seinem Herzen. Weißt du, dass dieser zähe, gestandene Mann, von dem Temel gesagt hat, er zieht den Hut vor seiner Tapferkeit, noch immer friert wie ein Kind und sich nachts in Felle verkriecht? Ist das ein guter Vater, der seinen Sohn so frieren lässt, dass er das Herz voller Frostbeulen hat? Was für ein Vater schickt seinen klugen Sohn in keine Schule, was für ein Vater bemerkt nicht, dass sein Sohn diese Armeniergabe besitzt, die Stein zum Leben erweckt, und was für ein Vater kitzelt seinen kleinen Jungen, dem das Lachen zerbrochen ist, nicht und schneidet ihm Grimassen, bis es heilt?«

»Sein Vater war krank vor Kummer«, entgegnete Amarna, sosehr es sie drängte, Büyükbaba zuzustimmen. »Er hat es nicht besser gekonnt.«

»Ach, hör schon auf, Sevgilim. Ich hab ihm das Zeug ja trotzdem gegeben, und jetzt denk ich, ich lass ihm für die Uhr mal eine Kette machen. Wenn er heiratet. Oder wenn er selbst einen Sohn hat.« Amarna steckte das Kreuz und die Uhr ein und drückte Büyükbaba an sich. »Pass mir auf, dass er isst, ja?«, brummte er. »Er kann eine solche Plage sein, wenn es ums Essen geht.«

Sie lachten sich an.

Amarna zog die Tür auf. »Das ist ein sehr erfreulicher Anblick«, sagte sie, »mein Wildschwein in einem ordentlichen Bett.«

Er sah erbarmungswürdig aus mit dem Kopfverband, sein Gesicht schillerte einmal mehr in Blautönen, und er sandte ihr einen Blick, der sich vor Verlegenheit wand. Sie ging zu ihm, setzte sich auf das Bett und schloss ihn in die Arme.

»Amarna, bitte komm erst wieder, wenn …«

Sie küsste ihm das Wort aus dem Mund. »Ich komme jeden Tag wieder, mein Herz, nicht erst, wenn es dir passt. Büyükbaba und ich haben nämlich beschlossen, dass ich mein Gepäck aus dem Grabungshaus hole und bei ihm einziehe. Für euch beide ist das ja auch besser, dann braucht ihr nicht jeden Tag Bulgur zu essen.«

»Amarna?«

»Ja?«

»Was essen wir, wenn wir nicht Bulgur essen?«

Sie sahen sich in die Augen, Amarna lachte los, und Armans Lächeln war schief. Sie küsste den Mundwinkel, den er noch nicht wieder richtig bewegen konnte, und kitzelte zart seine Taille. Das Lächeln würde schief bleiben, auch wenn sein Gesicht verheilt war. Zerbrochen. Nicht heilbar. Aber stark.

»Du darfst deines stehen lassen, bis es hart wird«, sagte sie. »Dir soll kein Essen wie ein Stein im Magen liegen, aber ich werde nie, nie, nie den anderen Tulumba Tatlisi backen und dir keines geben.«

»Du musst nicht jeden Mist, den ich erzähle, wörtlich nehmen, Lajvard.«

»Muss ich doch«, erwiderte sie. »Wem es vor Mist graut, der lässt sich besser auf kein Wildschwein ein. Ich soll dir von allen Grüße bestellen, von Sedat und Mesut und Fatih, natürlich von Rehan und von Paul, der dir ausrichten lässt, dass er kein Doktor ist. Am meisten aber von Bodo Hähnlein, der sich zu deinem weltgrößten Verehrer aufgeschwungen hat.«

»Warum das?«

»Weil er dazu allen Grund hat. Weil du mit deinem zusammengewürfelten Haufen eine Sondierung durchgeführt hast, auf die dein Vater stolz wäre. Aber ein bisschen auch, weil ich ihm dein gesammeltes Diebesgut zusammen mit meinen Ergebnissen übergeben und gesagt habe, dass er exklusiv damit arbeiten darf, solange er bei der Veröffentlichung darauf hinweist, dass diese Arbeit auf den Erkenntnissen von Gaspar Artsruni beruht. Er ist vor Stolz fast geplatzt und hat so etwas wie einen heiligen Eid geleistet.«

Über Armans Gesicht glitt eine Bewegung. Er richtete sich auf, was ihm sichtlich schwerfiel, legte die Arme um Amarna und küsste ihre Augen. »Darf ich mich bitte bei dir bedanken?«

»Darfst du nicht. Aber küssen darfst du mich, mein schöner Armenierkönig, den die Götter mir noch einmal zum Leben erweckt haben. Und mir versprechen, dass du dich von jetzt an mästen lässt wie dein neuer Freund Bodo, damit ich bald wieder meinen Streitwagen unter deine Bettdecke lenken kann, ohne dass unter meinen Rädern Knochen knacksen.«

»Amarna!«

»Du bist der reinste Klosterschüler. Ich kenne keinen Menschen, der bei den harmlosesten Bemerkungen so granatapfelrot wird wie du.«

»Und das musst du ständig ausprobieren, ja?«

»Muss ich«, sagte Amarna. Es war nicht einfach, zärtlichen Unfug zu schwatzen, aber es tat ihr gut. »Besonders solange du noch diesen Verband trägst. Um des Kontrastes willen.«

Er strich ihr Haar aus dem Gesicht und küsste ihre Schläfe. »Kommst du zurecht, Lajvard? Kannst du mit alledem leben?«

Zaudernd lehnte sie ihre Wange an seine Brust, rechts, wo kein Herz schlug, aber auch kein Bluterguss prangte. »Wenn du mir nicht böse bist, kann ich.«

»Soll das ein Witz sein?«

Amarna verbiss sich die Tränen und schüttelte den Kopf.

Er nahm ihr Gesicht in die Hände und berührte mit einem Finger ihre Wimpern. »Bist du denn mir böse?«

In seinen Händen schüttelte sie den Kopf noch heftiger.

Er verbog sich abenteuerlich und legte ihr seine Füße in den Schoß, ohne dass sein dunkler Blick den ihren losließ. »Wenn

doch, halt dich an denen schadlos«, sagte er. »Die sind nicht so empfindlich, aber der, der in mir drinsteckt, hält nicht aus, dass wir uns böse sind. Es macht mich so allein, Lajvard.«
»Mich auch!« Erlöst rieb sie ihm die Füße, die auch vom Reiben nie warm wurden, küsste ihm die Sohlen und kroch zu ihm aufs Bett. Er wiegte sie, und sie wiegte ihn. Sie konnten nichts ungeschehen machen, nichts Zerbrochenes zusammensetzen und einer dem andern keinen Schmerz nehmen, aber sie hatten Jahre Zeit, um sich zu trösten.
»Kannst du noch immer nicht schlafen, kleiner Gilgamesch? Lassen die Träume dich nicht los?«
»Ich ziehe heute noch zu Büyükbaba, ja? Wenn du mir in der Nacht mein Lied vom Westwind vorsingst, wird es leichter.«
»Ich kann nicht singen.«
»Für mich kannst du. Ich verrat's auch keinem. Und außerdem kannst du mit mir England spielen.«
»Ich spiele nicht mehr England mit dir«, sagte Arman. »Wenn du mich noch mitnehmen würdest, fahre ich mit dir hin.«
Ihr Blick streichelte ihn. »Das war ein Satz, für den du dringend eine Deutschstunde bräuchtest, Sevgilim. Aber nach Deutschland gehen wir ja nicht.«
»Ich glaube, das kann ich nicht«, erwiderte er zögernd. »Ich fand Berlin immer grandios, aber seit ich das letzte Mal da war, macht es mir Angst. Ich würde gern irgendwo leben, ohne allzu sehr um meine Haut zu fürchten, und wenn Dr. Vollmer auf seinem Drahtgestell mir nicht geholfen hätte ...«
»Der heißt Paul und ist kein Doktor«, schnitt sie ihm das Wort ab. Dann dachte sie an Nathan Rosen und strich ihm die bloße Haut des Rückens hinunter. »Mir macht es auch Angst«, sagte sie. »Ich will mit dir nach England.«
»Aber noch nicht gleich, oder?«

»Nein.« Sie zwang sich zum Lächeln. »Erst möchte ich Büyükbaba genießen. Und Hattuša, wenn die schwarzen Störche wiederkommen.«
»Darf ich dir dabei zusehen?«
»Ich glaube, ich höre nicht richtig.« Ehe sie ihn an sich ziehen konnte, zog er sie mit viel mehr Kraft an sich, als sie in seinem geschundenen Körper vermutet hätte, und küsste sie.
Hinterher bettete er ihren Kopf an seine Schulter und blickte über sie hinweg. »Ich möchte auch gern etwas tun, bevor wir gehen.«
»Was?«
»Ein paar Brocken mit ins Rettungsboot nehmen. Noch einmal versuchen, das *Sasna tsřer* zu lesen. Herausfinden, was es heißen könnte, ein Armenier, aber kein Opfer zu sein.«
»Was ist *Sasna tsřer?*«
»Dieses Nationalepos. Die Geschichte von den Kriegern von Sasun. Wenn ich nicht das Zeug dazu habe – hilfst du mir?«
»Helfen kann ich dir nicht«, antwortete Amarna und küsste ihm die Schulter, wie ein Mann sie ihm geklopft hätte. »Aber stolz auf dich sein. Und wenn wir ein Kind haben, könnte ich es dir abnehmen, ihm diesen Brei auf den Kopf zu streichen, damit du dir die Finger nicht klebrig machst.«
Er presste die Lippen aufeinander, ballte die Fäuste und kämpfte. Sein Blick flackerte, aber er sah nicht zur Seite.
»Du brauchst nichts zu sagen«, versicherte Amarna. »Nathan Rosen hat mir erklärt: Wenn man die Geschichten eines Volkes nicht mehr erzählt, löscht man es ein zweites Mal aus.«
»Wer ist Nathan Rosen? Und wer ist sein Tuchhändler?«
Sie lachte. »Für dein Gedächtnis brauchst du wirklich einen Waffenschein. Ich erzähle es dir ein andermal, einverstanden?«

»Von mir aus«, erwiderte er und hob zart ihr Gesicht. »Dann erzählst du mir jetzt, wie es dir mit deinem Vater ergeht.«

Amarna seufzte. »Mein Vater und ich haben es schwer miteinander. Was in den Felsen geschehen ist, werfe ich ihm nicht vor, weil eins zum anderen führte, ohne dass jemand es wollte. Aber er hätte dafür sorgen müssen, dass seinem Freund Gaspar nichts passiert. Und er hätte nie und nimmer dich allein zurücklassen dürfen.«

Arman schlang den Arm fester um sie und sah sie geradezu beschwörend an. »Wenn du mich verlässt, weil du einen andern lieber magst, kümmere ich mich auch nicht um irgendwelche Leute, sondern sitze in meiner Höhle und weine, Lajvard. Und wenn du mir stirbst, kümmere ich mich um gar nichts. Nicht einmal ums Weinen.«

Sie hätte auch weinen und ein bisschen lachen wollen, die Hände in sein Haar, das aus dem Verband ragte, graben und ihm den Kopf durchrütteln. »Sag mal, wie verrückt bist du eigentlich, du nobles Wildschwein? Leck gefälligst deine Wunden, statt Leute zu verteidigen, die sich um dich einen Dreck geschert haben.«

»Ich verteidige niemanden«, sagte er still und in seiner Traurigkeit allein. »Aber die Hethiter haben keinen Tag des Vaters. Lass dir deinen nicht entgehen, Lajvard.«

Amarna berührte seine Lippen, als ließe sich eins seiner Worte noch ertasten. »Und das, was er dir getan hat?«, fragte sie. »Soll ich ihm das einfach verzeihen?«

»Er hat mir nichts getan«, erwiderte Arman. »Er liebt dich, wenn du mit dem Rad an Laternenpfosten fährst. Bewerte ihn dafür. Für sonst nichts.«

Amarna ließ ihm Zeit. Dann beugte sie sich vor und küsste seine Wange so behutsam, als wäre er aus Glas. »Ich soll dir etwas von ihm ausrichten.« Sie legte ihm die Kette mit dem

Kreuz um den Hals und schob die Uhr in seine Hand. »Dein Vater hatte ein Trauma. Seine Familie wurde bestraft, weil er sich für die Rechte seines Volkes ausgesprochen hatte, und an dem Schuldgefühl ist er zerbrochen. Er war im Innern gelähmt, und die Lähmung wich erst, als das mit meiner Mutter begann. Er hat meinem Vater sein Tagebuch aus ihrem ersten Jahr in Hattuša geschenkt. Darin schreibt er, wie dankbar er ist, dass du lebst, und wie weh es ihm tut, seinen kleinen Vagabunden ohne Wärme durchs Leben streunen zu lassen. Mein Vater sagt, er würde dir den Text gern geben, aber die Mappe ist verlorengegangen.«

Arman blickte auf, erwiderte aber nichts.

Amarna sprach weiter: »Er hätte dich in kein Heim abgeschoben. In dieser Nacht in der Höhle hat er zu meiner Mutter gesagt, dass er ohne seinen Sohn nicht fortgeht und dass er in der Türkei bleiben will, weil sein Sohn sich in der Fremde nicht einfügt. Meine Mutter hat gelacht und gesagt, das werde er sich anders überlegen, denn sie habe einen Sohn von ihm im Bauch. Das hat meinem Vater den Rest gegeben, er ist aus seinem Versteck gesprungen und hat sie gegen die Felswand gestoßen.« Amarnas Stimme bebte. »Es war einfach Pech, Arman. Gottverdammtes Pech.«

Arman schloss die Finger um die Uhr, ohne einen Blick darauf zu werfen. Seine klugen, lebendigen Augen sahen Amarna an und ließen sie miterleben, wie es hinter seiner Stirne arbeitete. »Für alle anderen war es Pech«, sagte er dann, »aber nicht für mich.«

»Für dich doch am meisten.«

Er schüttelte den Kopf. »Mein Vater und ich wären drei Jahre später in der syrischen Wüste umgekommen. Stattdessen saß ich in einer Anstalt, in der wir alle Dreck waren, und ob der Dreck türkisch, kurdisch oder armenisch war, hat niemanden gekratzt.«

Verblüfft schnappte Amarna nach Luft. »In einem hatte Merten recht«, brach es aus ihr heraus, »du hattest nicht einen Platz im Rettungsboot, sondern zwölf, und das ist ganz richtig so, denn du bist wichtig genug, um die Welt anzuhalten. Aber elf hast du jetzt ausgegeben. Versprich mir, dass du auf diesen letzten aufpasst.«

»Das kommt schon hin«, sagte er und sah seinen Fingern zu, die begonnen hatten, mit ihrem Haar zu spielen. »Lass die Welt weiterrollen, Lajvard. Wie es aussieht, habe ich jetzt zwölf neue.«

Glossar

Adhan islamischer Gebetsruf, der die Gläubigen fünfmal am Tag an das Gebet erinnert, gerufen auf Arabisch, in der Türkei seit 1932 auf Türkisch

Adyton Allerheiligstes, innerster, heiligster Bereich eines Tempels, in der Regel vollständig abgeschlossen. Ich habe das griechische Wort *Adyton,* das hier strikt genommen anachronistisch ist, der Klarheit halber und zur Abgrenzung gegen den innersten Bereich eines Palastes verwendet, da beides im Hethitischen mit *Halentuwa* bezeichnet wurde.

Akkadisch semitische Sprache, zu deren Dialekten das Assyrische und das Babylonische gehören; wurde in Mesopotamien und dem heutigen Syrien gesprochen, fungierte zugleich aber als internationale Korrespondenzsprache in Vorderasien

Aleviten islamische Glaubensrichtung, die um 1930 etwa 30 % der türkischen Muslime ausmachte und dem schiitischen Islam zugerechnet wird, wenngleich ihn wesentliche Unterschiede trennen. Entscheidende Merkmale sind der im Zentrum der Glaubensauffassung stehende Mensch und die nicht wörtliche Interpretation des Korans.

Amarna-Briefe in akkadischer Keilschrift abgefasste Tontafeln aus Achet-Aton/Tell el-Amarna, der Hauptstadt des Pharaos Echnaton. Einige wenige dieser an die Amarna-Könige gerichteten Briefe stammen von dem hethitischen Großkönig Suppiluliuma I. und bildeten einen entscheidenden Hinweis zur Entdeckung Hattušas.

Aruru sumerische Muttergöttin. Im *Gilgamesch-Epos* ist sie es, die Gilgameschs Gefährten Enkidu aus Lehm erschafft.

Atam Hatik armenisches Breigericht aus Bohnen, Erbsen und Getreide, gekrönt mit Zucker oder Sirup, das Babys zur Feier des ersten Zahnes auf die Köpfe gegeben wird. *Atam Hatik* bedeutet in etwa »ein Stück Zahn« und ist auch der Name des Festes, auf dem diese Zeremonie vollzogen wird.

Ayran Joghurtgetränk

Bilingue in zwei Sprachen abgefasster Text, der zur Entschlüsselung einer noch unbekannten Sprache hilfreich ist. Ein in drei Sprachen abgefasster Text wie der Stein von Rosette ist damit eine Trilingue.

Borchhardt C93 frühes Modell einer Selbstladepistole

Bulgur Weizen, aus dem die Kleie herausgeschlagen wurde, wodurch das Getreide praktisch endlos haltbar ist. Bulgur ist ein Grundbestandteil der türkischen Küche und wurde archäologisch nachweisbar bereits in Hattuša zubereitet und als Grundnahrungsmittel verzehrt.

Çarşaf türkische Variante der Ganzkörperverschleierung für Frauen. Dies war keinesfalls die traditionelle Form der Verschleierung, sondern wurde erst Ende des 19. Jahrhunderts eingeführt und setzte sich nur in entlegenen Teilen des Osmanischen Reiches voll durch.

Chephren-Pyramide eine der Pyramiden von Gizeh, zweithöchste ägyptische Pyramide überhaupt

CIWL – Compagnie Internationale des Wagons-Lits Internationale Schlafwagengesellschaft, die den Orient-Express ins Leben rief und betrieb

Dar-ül Fünun »Haus der Wissenschaften«. Erste Universität nach europäischem Verständnis, die im Osmanischen Reich begründet wurde; 1933 aufgelöst bzw. in die Universität Istanbul übergegangen.

Davit von Sasun Held des armenischen Nationalepos *Sasna tsřer*

Deutsche Orient-Gesellschaft 1898 von dem Berliner Textilgroßhändler James Simon gegründet, sollte diese Gesellschaft Forschungen im Bereich orientalischer Altertumskunde fördern und deren Ergebnisse der breiten Öffentlichkeit zugänglich machen.

Direct Carving Richtung der Steinbildhauerei (auch Holzbildhauerei), die Anfang des 20. Jahrhunderts starken Zulauf hatte. Die Künstler suchten nach einem Weg, aufrichtiger mit dem Material umzugehen und sich unmittelbarer auszudrücken, verzichteten daher auf die zuvor üblichen Modelle aus Ton oder Gips, die dann auf den Stein übertragen wurden, und arbeiteten direkt am Stein.

Enkidu brüderlicher Freund des Gilgamesch, von den Göttern aus Lehm geschaffen, um Gilgamesch zu zügeln und zu kontrollieren. Er gilt als wilder Naturmensch, der den Gegenpart zum zivilisierten Gilgamesch, die zweite Hälfte der Medaille, bilden sollte. Seine Erschaffung in der Stille der Steppe trug ihm den Beinamen »Sprössling der Stille« ein.

Gabbro grauschwarzes, magmatisches Gestein, das in Hattuša häufig als Baumaterial verwendet wurde

Gilgamesch-Epos Sammlung literarischer Texte aus dem babylonischen Raum. Eine der ältesten bekannten schriftlichen Dichtungen. Erzählt wird vom Leben des Gilgamesch, des legendären Königs der sumerischen, später babylonischen Stadt Uruk.

Halentuwa innerster Bereich eines Palastes. Die Hethiter bezeichneten auch das Allerheiligste, Innerste eines Tempels, mit diesem Begriff. Ich bezeichne dies zur besseren Unterscheidung mit dem griechischen Begriff *Adyton.*

Hatti Bei diesem Namen nannten die Hethiter selbst ihr Reich.

Illuyanka schlangenartiger Meeresdämon der hethitischen Mythologie

Istanu hethitische Sonnengottheit, nach neuesten Forschungen mit der Sonnengöttin von Arinna identisch. Ihr wird besondere Gerechtigkeit und Barmherzigkeit zugeschrieben. Hethitische Hauptgöttin, Frau des Wettergottes Tarhunna. Ich bin für diesen Roman dieser Deutung, die dem aktuellen Forschungsstand entspricht, gefolgt, auch wenn zum Zeitpunkt der Handlung Istanu noch überwiegend für einen eigenständigen männlichen Gott gehalten wurde.

Jungtürken 1876 begründete politische Bewegung im Osmanischen Reich, die eine Modernisierung des zusammenbrechenden

Reiches anstrebte. Der stark nationalistische Flügel setzte sich durch und stellte das »Komitee für Einheit und Fortschritt«, das die Revolution von 1908 anführte. Mit kurzer Unterbrechung hatte das Komitee bis 1918 die Macht inne und trägt Verantwortung für den Völkermord an den Armeniern.

Kanope oder **Kanopenkrug** altägyptisches Gefäß, in dem Eingeweide mumifizierter Leichname separat aufbewahrt wurden

Karagöz traditionelles türkisches Schattentheater mit Figuren aus Rinderhäuten

Krumme Lanke Berliner Havelsee, beliebter Badesee

Kušata Ehevertrag der Hethiter

Labarna Großkönig der Hethiter

Lawazantiza bronzezeitlicher Name des türkischen Elbistan, Teil des hethitischen Großreiches

Muezzin Gebetsrufer, der den Adhan verkündet

Musafir-oda von einer Dorfgemeinschaft betriebene Unterkunft für Reisende

Nesili Bei diesem Namen nannten die Hethiter ihre dem indoeuropäischen Sprachraum entstammende Sprache.

Panku Senat des Hethiterreiches, der in bestimmten Fällen sogar Befehle des Großkönigs außer Kraft setzen und diesen absetzen durfte

Pektorale Brustschmuck

Pithos irdenes Vorratsgefäß, in dem z. B. Getreide, Öl und Wein aufbewahrt wurden

Purulliya hethitisches Neujahrsfest

Sasna tsřer armenisches Nationalepos, übersetzt ungefähr »Die tollkühnen Männer von Sasun«. Das Epos wird häufig beim Namen seines Helden »Davit von Sasun« genannt, obwohl Davits Geschichte nur einen der vier Zyklen des Epos umspannt. Das mündlich überlieferte Epos erzählt von vier Generationen von Kämpfern, die im 8.–10. Jahrhundert gegen die arabische Besetzung des Sasun-Berglandes kämpften.

Šawuška aus dem hurritischen Pantheon stammende hethitische Göttin des Krieges und der körperlichen Liebe; besaß bei den Hethitern zahlreiche männliche Attribute und war in der Lage, Menschen durch Geschlechtsumwandlung zu bestrafen

Sevgilim türkisch für Liebling

Sonnengöttin von Arinna hethitische Hauptgöttin, Frau des Wettergottes Tarhunna

Sumerisch altorientalische Sprache der Sumerer, vermutlich älteste Schriftsprache der Welt. Man bezeichnet das Sumerische als isolierte Sprache, weil es mit keiner uns bekannten Sprache verwandt ist.

Taranza hethitisches Eheversprechen

Tarhunna hethitischer Wettergott, Mann der Sonnengöttin von Arinna, Hauptgott, Anführer der männlichen Gottheiten, auch »Herr des Landes Hatti« genannt

Tawananna Königin, Gemahlin des Königs

Tehlirian, Soghomon armenischer Überlebender des Völkermordes, der dabei seine gesamte Familie verlor und selbst schwer verletzt wurde. Im März 1921 erschoss Tehlirian im Berliner Bezirk Charlottenburg den ehemaligen osmanischen Innenminister, einen der Hauptverantwortlichen für den Völkermord, der unbehelligt in Berlin lebte. In einem sensationellen Prozess wurden zahlreiche Experten gehört, die sich u.a. zu den Auswirkungen des Völkermordes auf die Überlebenden äußerten. Soghomon Tehlirian wurde wegen Schuldunfähigkeit freigesprochen.

Tulumba Tatlisi türkisches Spritzgebäck mit Zitronensaft

Yazilikaya hethitisches Heiligtum, der Hauptstadt Hattuša zugehörig und etwa anderthalb Meilen von ihr entfernt. Berühmt sind die in Felskammern gelegenen Felsenreliefs, die eine Prozession der hethitischen Götter zeigen. Nach dem neuesten Stand der Hethitologie sind die Reliefs erst in der Generation nach Hattušili III. entstanden. Da dies aber vorerst eine Annahme ist und immer auch Gegentheorien existierten und da Kulthandlungen in Yazilikaya nachweislich bereits Jahrhunderte zuvor vorgenommen wurden, habe ich mir erlaubt, die Entstehung vorzuverlegen.

Danksagung

Diesen Roman zu planen, zu recherchieren und zu schreiben war ein unvergessliches, bereicherndes Erlebnis. Vielen Dank meinem Agenten Roman Hocke und meiner Lektorin und Programmleiterin Christine Steffen-Reimann, die es mir ermöglicht haben.

Ohne die Arbeit zahlreicher Organisationen und Einzelpersonen kann eine wie ich solche Geschichte nicht einmal ausgraben, geschweige denn erzählen. Herzlichen Dank der Deutschen Orient-Gesellschaft, dem Deutschen Archäologischen Institut, dem Vorderasiatischen Museum Berlin, dem Pergamonmuseum Berlin, dem Historischen Museum Yerevan, dem Armenischen Genozidmuseum Yerevan, dem Armenian Institute London, dem Archäologischen Museum Istanbul, dem Nationalpark Boğazköy-Alacahöyük (Hattuša) und dem British Museum – dort vor allem Jenny Lewis, Adnan al-Sayegh und Irving Finkel, deren Inspiration unschätzbar war und bleibt. Besonderen Dank an Herrn Robert Dietz, der das aufregend schöne, letzte Stück der Recherche lieferte, als ich die Hoffnung bereits aufgegeben hatte.

Alleiniger Dank für die Wiederentdeckung des Weltwunders Hattuša gilt Theodor Makridi Bey, Hugo Winckler und Kurt Bittel. Da ich ihnen nichts andichten wollte, habe ich ihnen stattdessen eine bunte Schar von »Mitarbeitern« auf die Augen gedrückt und hoffe, sie wissen – wo immer sie jetzt sind – trotzdem oder deshalb, dass ich ihre rückhaltlose Bewunderin bin.

Für die medizinische Beratung vielen Dank an Claudio und Nikolaus – und auch schriftlich noch einmal meine Entschuldigung für meine Schummelei aus dramaturgischen Gründen (beide medizinischen Experten haben beteuert, dass man an einem Schläfenbeinabszess im Anatolien des Jahres 1931 mit ziemlicher Sicherheit gestorben wäre, aber …).

Last but rather not least:

Dank an Emine, der ich eine Hälfte der Geschichte verdanke.

Dank an Tomas, der völlig überraschend die zweite aus dem Hut zauberte.

Dank an Alan und Raul für unsere zwei schönsten Recherchereisen – trotz »Sabina Gocken«.

Dank an Andrea, Carl, Corinna, Inge, Martin und Nurdan sowie meine Kolleginnen, die Autorinnen Dr. Barbara Ellermeier, Jennifer Benkau und Sabrina Qunaj, das tollste, schnellste, unermüdlichste, effizienteste Testleser-Team der Welt (stehlen verboten!), auch wenn Tränen flossen, Fetzen flogen, Männer nur Elektronik-Spielzeuge zu Weihnachten verschenken und man auf Leute, die keine Hitchcock-Filme sehen, nicht hören sollte …

Alles Liebe,

Die Carmen
Ostern 2014

CARMEN LOBATO

IM TAL DER TRÄUMENDEN GÖTTER

Roman

Mexiko Ende des 19. Jahrhunderts: Glücklich und zufrieden lebt Katharina mit ihrem Mann auf ihrem Landgut. Sie lieben ihre beiden Töchter Josefa und Annavera, die unterschiedlicher nicht sein könnten. Stets fühlt sich Josefa zurückgesetzt, glaubt nicht dazuzugehören. Als sie einem zwielichtigen Großgrundbesitzer begegnet, verfällt sie ihm vom ersten Moment an. Kann Katharina ihre Tochter vor einem folgenschweren Fehler bewahren?

Eine atmosphärische und atemberaubende Familiensaga!

Ein Land im Aufruhr und eine junge Deutsche auf der Suche nach ihren Wurzeln

CARMEN LOBATO

IM LAND DER GEFIEDERTEN SCHLANGE

Roman

Voller Hoffnung wandert die Familie der jungen Katharina im 19. Jahrhundert nach Mexiko aus, um sich dort ein neues Leben aufzubauen. Heimweh und die schwierigen Lebensbedingungen machen ihren Verwandten das Einleben schwer. Katharina jedoch ist fasziniert von diesem Land, vor allem von dem jungen Benito, der sie in die Sagenwelt seiner Vorfahren einführt. Katharina, die sich nach Sicherheit und Geborgenheit sehnt, beneidet Benito um sein Zugehörigkeitsgefühl – vor allem, da es ein dunkles Geheimnis um ihre Herkunft zu geben scheint …

Eine dramatische und gefühlvolle Reise ins Sehnsuchtsland Mexiko.

KNAUR